LARISSA IONE
Eternal Riders
Limos

Arik - Bruder von Runa
+
Shade

Reaver → Gethel : gute Wache
der Reiter

Harvester : böse Wache

Ares	:	War	2. Reiter
Reseph	:	Pestilence	1.
Thantos	:	Death	4.
Limos	:	Famine	3.

LARISSA IONE

ETERNAL RIDERS
LIMOS

Roman

Ins Deutsche übertragen von
Bettina Oder

LYX
EGMONT

Die Originalausgabe erschien 2011 unter dem Titel *Immortal Rider* bei
Forever, Grand Central Publishing, New York

Deutschsprachige Erstausgabe Dezember 2012 bei LYX
verlegt durch EGMONT Verlagsgesellschaften mbH,
Gertrudenstraße 30–36, 50667 Köln

1. Auflage
Redaktion: Catherine Beck
Satz: Greiner & Reichel, Köln
Printed in Germany (671575)
ISBN 978-3-8025-8551-7
www.egmont-lyx.de

Für alle Freunde des Liebesromans – Leser, Autoren und Mitarbeiter in Verlagen –, die sich unlängst zusammengetan haben, um einem Mitglied ihrer Gemeinschaft zu helfen, und die auch weiterhin Veranstaltungen auf die Beine stellen, von denen Einzelpersonen, Gruppierungen und sogar ganze Länder profitieren. Ihr seid wirklich toll, und dieser Reiter ist euch gewidmet!

1

Eins musste Arik Wagner den vier Reitern der Apokalypse lassen: Sie verstanden es wirklich, eine Party zu schmeißen.

Na ja, zumindest drei von ihnen. Der vierte, dessen Name Reseph gelautet hatte, ehe sein Siegel brach und er als Pestilence bekannt wurde, hielt sich seit seiner Niederlage im Kampf gegen seine Geschwister – Ares, Limos und Thanatos – vor einem Monat versteckt. Zweifellos waren dieses Arschloch und seine Dämonenarmee gerade damit beschäftigt, sich neu zu formieren, aber zumindest für den Augenblick konnten alle erleichtert aufatmen.

Das war auch der Grund für diese Party, die zum Teil Siegesfeier und zum Teil Verlobungsparty für Ares und seine Cara war. Sämtliche Überlebende der Schlacht waren in Ares' griechische Villa eingeladen worden und dazu noch die Belegschaft des *Underworld General,* die Cara geholfen hatte, als sie im Sterben lag. Und das hieß, dass es dort von Dämonen nur so wimmelte.

Sogar ein paar Engel hatten sich unter die Feiernden gemischt. Reaver – ein Angeber und Schwachkopf, wie Arik gleich erkannt hatte – trieb sich drüben beim Schokoladenbrunnen herum und unterhielt sich mit einem strahlenden weiblichen Engel namens Gethel, der früher einmal die gute Wache der Reiter gewesen war, ehe Reaver diesen Job übernommen hatte. Daneben besaßen die Reiter auch noch eine böse Wache, die Harvester hieß und nicht eingeladen worden war. Das musste wohl damit zu tun haben, dass sie ein durch und durch böses Frauenzimmer war, dem durchaus zuzutrauen war, sich an den Gästen gütlich zu tun, wenn der Hunger sie überkam.

Thanatos, der vierte Reiter, stieß bei dem Versuch, einen Football zu fangen, den jemand quer durch das riesige Zimmer geschleudert hatte, gegen Arik.

»Pass doch auf, du Trottel«, murmelte Arik.

»Was ist los, Mensch?« Thanatos stieß ihm den Ball mit solcher Wucht gegen die Schulter, dass Arik taumelnd zurückwich. »Pingpong ist wohl eher dein Fall.«

Arik warf Kynan Morgan, einem alten Army-Kumpel, einen Blick zu. Kynan war inzwischen ein ganz hohes Tier in der Aegis, einer steinalten Organisation, die gegen Dämonen kämpfte. Der Blick besagte: *Können wir jetzt endlich abhauen, oder was?*, und Ky, der in eine Unterhaltung mit Ares vertieft war, hob einen Finger. Arik und er hatten vorgehabt, sich nach spätestens zehn Minuten wieder zu verabschieden, da Ky möglichst schnell nach Hause zu seiner Frau Gem und ihrem neuen Baby kommen wollte. Was Arik mehr als recht war.

Wenn Arik noch eine einzige Minute mit all diesen übernatürlichen, eingebildeten Scheißern verbringen müsste, würde er sich eigenhändig die Kehle aufschlitzen. Allerdings ... Falls Limos, der umwerfende weibliche Reiter, ihn noch ein einziges Mal dabei erwischte, wie er sie anglotzte, würde sie ihm diese Arbeit vermutlich abnehmen.

Obwohl sie rein äußerlich wie ein Party-Girl wirkte, war sie doch unter den Röcken, dem Nagellack und den Blüten im Haar mindestens ebenso gefährlich wie ihre Brüder.

Da niemand auf ihn zu achten schien, schlenderte Arik aus dem Haus in die kühle Novembernacht hinaus. Er hatte Griechenland immer gemocht, war auch ein paar Mal als Soldat hier gewesen. Das Essen war gut, das Wetter perfekt, und die Leute benahmen sich Amerikanern gegenüber nicht wie Arschlöcher.

Sicher, die griechische Bevölkerung wies einen hohen Prozentsatz an Dämonen auf, aber das war bei einigen der alten Länder der Fall. Dämonen waren extrem langlebig, wenn nicht sogar unsterblich, und sie neigten dazu, sich an Orten niederzulassen, die sie gut kannten.

Also, besonders abenteuerlustig waren sie nicht, diese Luschen.

Er ließ sich auf einer Steinbank nieder, von der aus er den Blick übers Meer genießen konnte. Er spürte die Schweinsäuglein der Widderköpfe auf sich – der Dämonenwachen, die Ares einsetzte –, ignorierte sie aber und sah in den Himmel hinauf. Die Sterne leuchteten heute Abend besonders hell, ihr Licht glitzerte am pechschwarzen Himmel. Er hatte ein paar Minuten mit Cara sprechen können, als sie einen ungebetenen Gast – einen ihrer Höllenhunde – hatte vor die Tür setzen müssen, und war beeindruckt gewesen, wie leicht es ihr, einem Menschen, gefallen war, sich in die übernatürliche Welt zu integrieren. Oh, sicher, zuerst hatte es jede Menge Probleme gegeben, und sie hatte ihm von einigen wirklich abgefahrenen Sachen erzählt – Ares hatte ihre Erinnerungen manipuliert? Dafür würde Arik jeden töten. Aber jetzt war sie glücklich – die Königin der Höllenhunde, die mit einer verdammten Legende verlobt war.

Apropos Legende – er roch Limos, noch ehe er sie hörte: Das Aroma von Kokosnüssen trieb auf einer Brise zu ihm heran und ließ sein Herz schneller schlagen. Kokosnüsse hatten ihn noch nie angemacht, aber schließlich hatte er diesen Duft bisher auch nicht mit einer unglaublich heißen Frau verbunden, deren Haare die Farbe des mitternächtlichen Himmels hatten.

»Was machst du?«

Ihre samtige, feminine Stimme stand in so krassem Gegensatz zu der Kriegerin, die sie eigentlich war, dass er sich unwillkürlich fragte, wie sie sich wohl im Bett anhörte. Ob sie an ihrer weiblichen Seite festhielt oder ob sie da eher die harte, dominante Tour bevorzugte und der Kämpferin in sich das Ruder überließ? »Ich wollte nur ein bisschen frische Luft schnappen.«

»Warum?«

Weil du mich ganz verrückt machst. »Einfach so.«

»Lust auf einen Kampf?«

Er blinzelte. »Was?«

Sie baute sich vor ihm auf. Ihre Knie berührten die seinen, und ihr mit Blumen bedrucktes hawaiianisches Kleid, das von einem intensiven Violett war, passend zu ihren Augen, wehte um ihre wohlgeformten Knöchel und schlug gegen seine Stiefel. »Ich spüre Unruhe in dir. Vielleicht möchtest du ja mal alles rauslassen? Du weißt schon, ein kleines Handgemenge wirkt manchmal Wunder.«

O Gott. Okay, okay, konnte schon sein, dass sie die Anspannung in ihm fühlte, aber das lag bestimmt nicht daran, dass er Sehnsucht nach einer Prügelei hatte. Er hätte sich am liebsten auf der Stelle nackt ausgezogen, und das Seltsame war, dass er sich vorstellte, sie wäre ebenfalls nackt. Sie faszinierte ihn mit ihren Widersprüchen, machte ihn mit ihrem Körper an, und als er zufällig beobachtet hatte, wie sie Ares' Dienern dabei half, Verschüttetes in der Küche aufzuwischen, hatte er sie bewundert. Sie hatte sich einfach auf alle viere begeben und den Boden geschrubbt und das Ganze mit einem verdammten Lächeln im Gesicht.

Natürlich hatte er ebenfalls gelächelt, denn bei dem Anblick, den sie ihm auf Händen und Knien bot, hatte er auf der Stelle einen Ständer bekommen.

Jetzt, als Limos vor ihm stand und er sich vorstellte, dass er nur ihr Kleid packen und es ihr über die Hüften hochschieben müsste, um sich auf Augenhöhe mit ihrer intimsten Stelle zu befinden, wurde er schon wieder hart. Würde sie sich wohl von ihm lecken lassen? Wie würde sie schmecken? Durchdrang dieser Kokosduft alles? Er liebte Kokosnüsse.

Irgendwie gelang es ihm, sich so weit zusammenzureißen, um ihr die Hände um die Taille zu legen und sie beiseitezuschieben, damit er aufstehen konnte. »Ich möchte gar nichts rauslassen.« *Abgesehen von meinem Schwanz.* Vermutlich würde sie ihn umbringen, wenn sie wüsste, was er gerade dachte.

Er machte Anstalten, zum Haus zurückzukehren, um Kynan mit Gewalt rauszuzerren, wenn es sein musste. Aber natürlich wollte Limos davon nichts wissen. Diese Reiter waren anscheinend davon überzeugt, sich alles leisten zu können.

»Stopp!« Sie packte ihn am Ellbogen und riss ihn herum. »Du darfst auch als Erster zuschlagen«, bettelte sie, während sie die rabenschwarzen Brauen tanzen ließ.

Er beugte sich hinab und starrte ihr in die Augen. »Ich schlage keine Mädchen.«

Das hätte er wohl besser nicht sagen sollen. Eine halbe Sekunde später fand er sich flach auf dem Rücken liegend wieder, während sie ihren beflipflopten Fuß auf seinen Hals stemmte.

»Siehst du«, sagte sie strahlend, »darum hab ich dir angeboten, als Erster zuzuschlagen. Wenigstens hab ich dir diesmal nicht die Rippen gebrochen.«

»Wow«, krächzte er. »Machst du alle Männer zur Schnecke, oder bin ich was Besonderes?«

Ihre sinnlichen Lippen verzogen sich zu einem amüsierten Lächeln. »Oh, du bist etwas Besonderes, aber das würde ich nicht als Kompliment auffassen.«

»Ich kann dir unters Kleid sehen.« Das war gelogen, aber es machte ihm einen Heidenspaß, wie sie die Augen aufriss und anfing zu stottern. Er hob die Hand und packte ihren Knöchel, um ihren Fuß anzuheben, damit er endlich wieder Luft bekam. Aber ihre Haut war so zart, dass er einfach so verharrte.

»Was machst du denn da?«, stieß sie keuchend hervor.

»Nichts.« Sanft ließ er den Daumen über ihr Bein hinauf- und hinuntergleiten, an jener hochempfindlichen Stelle, wo der Knöchel in die Wade überging. Ihre Muskeln waren fest, ihre Haut seidig. O Mann, nichts täte er lieber, als seine Hand weiter nach oben gleiten zu lassen. Aber immerhin hatte er sie jetzt da, wo er sie haben wollte – vollkommen unvorbereitet. Und jetzt würde er noch einen Schritt weiter gehen …

»Du«, sagte er mit einschmeichelnder Stimme, »bist ein HILF.«

»Ein was?«

»Horseman I'd like to fuck.«

Mit einem Ruck zog er ihr das Bein weg, während er sich gleichzeitig herumwarf, sodass sie nicht auf der harten Erde, sondern auf ihm landete. Sie wirkte dermaßen fassungslos, so völlig ungläubig, dass sie auf seinem Brustkorb liegen blieb und ihn mit offenem Mund anstarrte.

Gott, wie wunderschön sie war. Und dieser Mund … dazu geschaffen, einen Mann so weit zu treiben, um Gnade zu flehen. Also küsste er sie – ohne überhaupt zu merken, dass er es tat, ehe seine Lippen auf ihren lagen. Er hätte nicht gedacht, dass irgendetwas in der Lage wäre, ihr Entsetzen noch zu vergrößern, aber jetzt schossen ihre Augenbrauen so weit in die Höhe, dass es schon komisch gewesen wäre, wenn er nicht gerade seinen Kopf angehoben hätte, um den Kuss zu vertiefen. Das war ganz typisch für ihn: keine halben Sachen. Auch wenn er nicht gleich mitbekommen hatte, dass er sie küsste – wenn er erst einmal kapiert hatte, was los war, ging er auch so weit wie möglich.

Befehle und herrsche.

Einen kurzen, süßen Moment lang erwiderte sie seinen Kuss. Ihre Lippen wurden weich, und ihre Zunge kam seiner entgegen, zögernd, als wäre sie nicht sicher, was sie da tat.

Und dann stand seine Welt auf einmal Kopf.

Limos richtete sich auf und knallte ihm mit aller Kraft die Faust gegen die Wange. Schmerz breitete sich spinnwebartig über sein ganzes Gesicht aus, über jeden Knochen, jeden Zahn. Erst hatte er sie geschmeckt, und jetzt schmeckte er nur noch sein eigenes Blut.

»Was zur Hölle …!«, schrie er oder versuchte zumindest zu schreien. Dank seiner zerschlagenen Lippen, gespaltenen Zunge und vermutlich schrecklich zertrümmerten Kiefers und Wangenknochen klangen seine Worte ziemlich zermanscht. Was er hörte, klang eher so: *»Bas fur Öje …!«*

»Du hast mich geküsst!« Mit wildem Blick wich sie so rasch vor ihm zurück, dass sie ihre Flipflops verlor. »Weißt du eigentlich, was du da getan hast, du Trottel? Für den Kuss wirst du bezahlen.«

Was für eine Scheiße war –

Überall um ihn herum begann die Erde zu beben, und eine Sekunde später streckten sich riesige, dornige Arme aus dem Boden. Hände packten ihn, vielleicht ein Dutzend, zerrten an seinen Gliedmaßen, verdrehten sie, zerfetzten ihm die Haut, bis der Schmerz unerträglich wurde.

Sein Bewusstsein schien ihn zu fliehen, wurde unerreichbar. Ihm wurde schwarz vor Augen, doch seine Ohren funktionierten noch, und ehe er ganz und gar dichtmachte, hörte er noch Limos' panische Stimme. Doch was sie sagte, ergab gar keinen Sinn.

»Sprich meinen Namen nicht aus, Arik! Ganz gleich, was sie dir auch antun, sprich ja nicht meinen Namen aus!«

Limos war vollkommen gelähmt, gelähmt von einer grauenhaften Angst, wie sie sie noch nie zuvor empfunden hatte. Und das wollte schon etwas heißen, angesichts der Tatsache, dass sie fünftausend Jahre alt war.

Ihre Brüder und Ares' Gäste kamen mit gezückten Waffen aus dem Haus gestürzt, um gleich darauf schlitternd zum Stehen zu kommen.

»O Gott!«, schrie Kynan. »Arik!«

»Limos, nein!« Thanatos zog sie an sich, um sie daran zu hindern, sich auf die Behemoths zu stürzen, die Arik gepackt hatten und unter die Erde zogen.

»Er hat mich geküsst.« Diese Worte wiederholte sie immer wieder. Ihre Stimme war kaum mehr als ein schrilles, panisches Heulen.

Ohne ein Wort zu sagen, zog Ares ein Messer und schleuderte es. Limos' Instinkt riet ihr, ihn aufzuhalten, doch da flog das Messer bereits durch die Luft, mit direktem Kurs auf Ariks Herz.

Das Pfeifen eines Pfeils zerriss die Nacht, und Ares' Dolch zersprang in tausend Stücke. Pestilence stand nahe der Klippe, seinen Bogen in der Hand und ein zufriedenes Lächeln im Gesicht. Seine eisblauen Augen leuchteten im Licht des Mondes. »Dafür wirst du mir noch einmal danken, Schwesterherz.«

Thanatos machte Anstalten, sich auf ihn zu stürzen, und ein schwarzer, pelziger Schatten flog an ihnen beiden vorbei. Doch ehe Hal – ein Höllenhund und Caras Beschützer – Pestilence erreichte, hatte dieser ein bewegliches Höllentor geöffnet und war hindurchgetreten.

Er war verschwunden, und als sich Limos wieder Arik zuwandte, war auch dieser verschwunden. Das einzige Zeichen, das darauf hindeutete, dass er je dort gewesen war, war eine Blutspur im Sand.

»Was zur Hölle ist da gerade passiert?« Kynan fuhr zu Ares herum. »Warum hast du versucht, ihn umzubringen, du Schwanzlutscher?«

Limos brachte kein Wort heraus. Komisch, noch vor wenigen Momenten hatte sie gar nicht aufhören können, unzusammenhängendes Zeug zu schreien, und jetzt bekam sie kein einziges Wort heraus. Ares hingegen blieb vollkommen ruhig, obwohl Kynan ihn Schwanzlutscher genannt und die Faust in sein Hemd vergraben hatte und sein wütendes Gesicht sich nur wenige Zentimeter vor Ares' befand.

»Er hat Limos geküsst.« Ares' Stimme war rau wie Sandpapier. Vielleicht war er doch nicht so ruhig, wie sie gedacht hatte. »Es ist ihr nicht gestattet, einem Mann auf irgendeine Art ihre Zuneigung zu zeigen.«

Kynan ließ Ares los und richtete den mörderischen Blick stattdessen auf Limos. »Erklär mir das.«

Sie fand immer noch keine Worte. Gar keine. Die Nacht, die sie schon immer gehasst hatte, weil sie sie so sehr an Sheoul erinnerte, schloss sich um sie. Wie konnte Arik das nur tun? Wie konnte er es wagen zu denken, dass es in Ordnung war, *sie* zu küssen, einen der vier Reiter der Apokalypse?

»Gottverdammt!«, blaffte Kynan. »Kann mir vielleicht mal jemand antworten!«

»Wir haben dir doch gesagt, dass Limos dazu bestimmt ist, einst Satans Braut zu werden«, sagte Thanatos. »Allerdings erst, wenn ihr Siegel bricht, sie in Sheoul gefangen genommen wird oder sie etwas tut, das ihn eifersüchtig macht.«

»Okay«, sagte Kynan. »Der Alte ist also eifersüchtig. Warum ist sie dann immer noch hier, und Arik ist fort?«

»Weil es nicht so einfach ist. Der Dunkle Herrscher kann sie nicht haben, ehe der Mann, der seine Eifersucht herausgefordert hat, ihren Namen sagt, während er Todesqualen erleidet.«

Kynan schluckte laut genug, dass sie es hören konnte. »Dann ist er also noch am Leben? Wo?«

»Hölle«, brachte Limos mit heiserer Stimme heraus. »Arik ist in der Hölle.«

2

Einen Monat später …

Arik wusste nicht, wie lange er schon in der Hölle war. Die Zeit wurde zu einem einzigen, niemals endenden beschissenen Kampf, wenn man sich unter ständigen Schmerzen im Dunkeln befand. Und diese verdammten Dämonen ließen ihn einfach nicht sterben. Er hatte es versucht, aber sie heilten ihn immer wieder.

Wenigstens hatte er jetzt ein wenig Ruhe – einige wenige gestohlene Momente, in denen er schlafen konnte. Schlafen und Träumen waren seine einzigen Vergnügen … sogar die Träume, in denen es um die Frau ging, der er es verdankte, dass er überhaupt in diesem Dreckloch festsaß.

Limos.

Er schloss die Augen und lehnte sich gegen den kalten Stein – eine Erholung für seine nackte, von unzähligen Prellungen und Striemen übersäte Haut. Mit ein wenig Mühe gelang es ihm, das Knurren seines Magens und das unaufhörliche Tröpfeln von Wasser vor seiner Zelle auszublenden, das ihn vor Verlangen in den Wahnsinn treiben sollte, da die Dämonen sein Wasser rationierten und das wenige, das er bekam, für gewöhnlich muffig und widerwärtig war.

Er versuchte, an seine Schwester Runa und seine Neffen zu denken. Versuchte, seine Gedanken auf seinen Job bei der paranormalen Einheit der U.S. Army zu richten, dem R-XR, sowie auf die ihm aufgezwungene Beteiligung an der zivilen Organisation Aegis, die Dämonen bekämpfte. Versuchte, an seinen Fluchtplan zu denken … an alles Mögliche, außer an Limos, aber immer wieder wanderten seine Gedanken zu der wunderschönen Frau mit dem pechschwarzen Haar und den veilchenblauen Augen. Als er ihr zum ersten Mal begegnet war, hatte sie ihm ganz und gar nicht gefallen – in erster Linie, weil sie ihm den Hintern versohlt, die Rippen gebrochen und damit gedroht hatte, seine Organe zu Mus zu zerquetschen.

Mus … Gott, er war so hungrig.

Also nein, er war nicht allzu scharf auf den dritten apokalyptischen Reiter gewesen.

Und war es immer noch nicht. Nur ihretwegen hatten sie ihn nach Sheoul gezerrt, das Dämonenreich tief in der Erde, ihn ausgezogen und so lange gefoltert, bis er dem Tode nahe war. Immer wieder. Und das Komische dabei war, dass die Dämonen, die ihn gefangen hielten, nur eins von ihm wollten: Er sollte ihren Namen sagen. Ihren verdammten *Namen*.

Was sollte der Scheiß?

Bislang hatten sie ihn nicht gebrochen. Na ja, genau genommen hatten sie ihm so einiges gebrochen, aber diese gruseligen Dämonen unbekannter Spezies hatten einen Seminus-Dämon, der ihn immer wieder heilte, damit er nicht etwa abkratzte und sie um das Vergnügen brachte, ihm weiterhin die Knochen zu brechen und die Haut abzuziehen. Sie hatten es auch mit Schlafentzug und Hungern probiert, hatten versucht, sich in seinen Kopf zu schleichen, um ihm vorzumachen, er befände sich an einem weitaus angenehmeren Ort. Alles, um ihn dazu zu bringen, ihren Namen zu sagen. Sie hatten ihn jeder Folter und jeder Gewalttat unterzogen, die der Menschheit bekannt waren. Und dazu noch einigen anderen, denn Dämonen waren verdammt kreativ.

Aber sie verrieten ihm einfach nicht, *warum* sie wollten, dass er ihren Namen sagte. Und auch wenn es so einfach wäre, ihn nur ein einziges Mal auszusprechen, um der Marter endlich ein Ende zu setzen – er brachte es einfach nicht fertig. Etwas, das diesen bösartigen Mistkerlen derartig wichtig war, konnte nichts Gutes für die Menschheit bedeuten. Und Limos hatte sich unmissverständlich dazu geäußert, als sie ihn hier hinuntergezerrt und ihm die Haut zerschunden hatten, als ob er über eine Käsereibe gezerrt würde. *Sprich meinen Namen nicht aus, Arik! Ganz gleich, was sie dir auch antun, sprich ja nicht meinen Namen aus!*

Genau. Was, wenn ihr Name ein weltweites Erdbeben auslöste oder einen Riss in der Erde verursachte, durch den sämtliche Dämonen aus Sheoul entkommen konnten? Die Sache war die: Arik war sich nicht sicher, wie spezifisch er sein musste, darum hatte er keinen von Limos' Namen genannt; weder Li, ihren Spitznamen, noch Famine, den Namen, den sie tragen würde, falls – beziehungsweise wenn – ihr Siegel brach.

Wie passend, dass ihr Name Famine, also Hunger, sein würde, weil er nämlich drauf und dran war, zu *verhungern*.

Als sein Magen prompt wieder ein lautes Knurren von sich gab, legte er sich die Hand auf den Bauch, während er über Limos nachdachte. Er hoffte nur, dass ihr Siegel in Sicherheit war. Offenbar drehte es sich bei ihrem Siegel darum, eine uralte, winzige Schale zu finden, auf der eine Waage eingraviert war. Und wenn sie sie gefunden hatten, musste einer der Reiter daraus trinken. Trinken … Er würde sein rechtes Ei für etwas zu trinken geben …

Geistesabwesend fuhr seine Hand über seinen eingesunkenen Bauch. Er wusste, dass Durst und Hunger die geringsten seiner Sorgen waren, denn – verdammt, sollte ihr Siegel brechen, würden die Menschen wahrhaftig erleben, was es mit der Redensart *die Hölle auf Erden* auf sich hatte. Die Reiter waren nicht böse. Im Grunde waren sie halb Engel, halb Dämon und bewegten sich ständig auf einem sehr schmalen Grat. Aber sollten ihre Siegel vor dem in der Bibel prophezeiten Zeitpunkt brechen, würden sie dem Bösen verfallen und Armageddon einleiten.

Arik hatte auch schon einen Vorgeschmack darauf erhalten, wie sich das auswirken würde: Pestilence, der erste apokalyptische Reiter, hatte überall Tod und Zerstörung verbreitet, ehe ihm seine Brüder und seine Schwester in einer dramatischen Schlacht kräftig den Hintern versohlt hatten. Ariks Kidnapper hatten ihm gegenüber angedeutet, dass Pestilence inzwischen seine Streitkräfte wieder um sich gesammelt und gruppiert hatte, um aufs Neue zu versuchen, den Bruch der Siegel seiner Geschwister herbeizuführen. Damit das Ende aller Tage endlich beginnen konnte.

Was für ein Arschloch.

Ein Stein bohrte sich in Ariks Hintern, und er rutschte zur Seite, nur um gleich darauf von etwas anderem gepiekt zu werden … vermutlich von dem Knochen irgendeines glücklosen früheren Zelleninsassen. Jedenfalls hatte er nicht vor, sich hinzulegen. Stachelige Höllenratten hatten die charmante Angewohnheit, einem im Schlaf das Gesicht wegzufressen. Solange er aufrecht saß, konnte er sie immerhin packen und von sich schleudern.

Vielen Dank auch, Limos.

Wie zur Hölle war es nur möglich, dass ein einziger Kuss ihn in diese Scheiße geritten hatte? Es war ja nicht so, als ob er sich ihr aufgedrängt hätte. Ja, okay, er hatte sie geküsst, und einen unvergänglichen, heißen Augenblick lang hatte sie seinen Kuss erwidert. Und dann war sie komplett ausgerastet, und auf einmal war die Hölle los gewesen.

Auch wenn er nicht sicher war, warum sie ausgeflippt war, wusste er doch, dass Limos für jeden Tropfen seines vergossenen Bluts verantwortlich war. Sie hatte gesagt, er würde dafür bezahlen, dass er sie geküsst hatte, und seine Folterknechte hatten dies bestätigt, hatten es genossen, ihm zu erzählen, wie der Mangel an Selbstbeherrschung »seiner Geliebten« sein Untergang gewesen sei. Dass allein ihre Selbstsucht daran schuld sei, dass er jetzt gefoltert werde.

Sie hatten ihm sogar einen Ausweg geboten: Er müsse nur in ein Aufnahmegerät sprechen und Limos anflehen, ihm zu helfen, und wenn sie dann käme, um ihm den Arsch zu retten, würden sie sie schnappen und ihn gehen lassen.

»Dein wertloses menschliches Leben für ihres. Sie wird deinen Platz in den Ketten einnehmen. Und du kannst in dem Wissen Zufriedenheit finden, dass sie bekommt, was sie verdient. Du musst dich doch nach Rache sehnen.«

Mann, diese Dämonen konnten in ihm lesen wie in einem Handbuch für Gewehrbesitzer. Er wollte Rache, aber nicht so. Niemals würde er zulassen, dass eine Frau, selbst eine Frau wie Limos, diesen Mistkerlen in die Hände fiel.

Und so hatte er das Angebot abgelehnt, das vermutlich sowieso eine Lüge war. Was zum Einsatz eines Vorschlaghammers an beiden Fußknöcheln geführt hatte. Als er sich erneut weigerte, war der Vorschlaghammer nach oben gewandert, zu seinen Knien. Seine nächste Weigerung hatte ihm ein gebrochenes Becken eingebracht, aber zum Glück hatte er dann das Bewusstsein verloren und musste sich nicht weiter weigern.

»Du bist ein Narr«, hatte sein Folterknecht, der mit dem täuschend erstklassigen englischen Akzent, später zu ihm gesagt. *»Du wirst hier unten sterben, und es wird Limos' Schuld sein.«*

Arik war sich dieser Tatsache vollkommen bewusst. Doch dieses Wissen hielt ihn nicht davon ab, von ihr zu träumen – nackt. Manchmal befanden sie sich an einem Strand, beide mit Sonnenöl bedeckt, während er sich in ihr bewegte. Manchmal küsste er einfach nur ihre Hand, während er in ihre exotischen Augen blickte. Dann wiederum nahm er sie gegen eine Mauer gedrückt oder von hinten, während sie sich an eine Palme klammerte. Sein Lieblingstraum war der, in dem er zwischen ihren Beinen kniete, ihre nasse Hitze leckte und das Salzwasser und ihre Essenz schmeckte, die an einen tropischen Cocktail erinnerte.

Sie hatte immer nach Kokosnuss und Ananas gerochen.

Mann, er war am Verhungern.

Und was lernte er daraus? Richtig. *Rache ist ein Gericht, das am besten kalt serviert wird.*

Limos war nicht eben bester Laune. Genau genommen war sie seit Wochen verdammt schlecht gelaunt.

Aber es gelang ihr wirklich ausgezeichnet, so zu tun, als wäre sie glücklich, und in diesem Moment war sie auf dem besten Weg zu einer Oscar-Nominierung.

Die hawaiianische Sonne knallte auf sie herab, während sie die Hüften zum letzten Hit von Maroon 5 schwang, den Blick auf einen großen, dunklen Mann gerichtet, der an der transportablen Bar hockte, die sie für ihre Partys aufstellen ließ. Sein Blick bohrte sich hungrig in sie hinein, während er an seiner Margarita nippte, und als er beiläufig die Erektion in seiner schwarzen Shorts zurechtrückte, wusste sie, dass sie ihn hatte.

Langsam und provozierend bewegte sie sich auf ihn zu, wobei sie in jeden Schritt noch einen Extraschwung legte. Ihre bloßen Füße versanken im warmen Sand und verschafften ihren Beinen so eine zusätzliche Trainingseinheit, und sie wusste, dass der Mann jede Regung ihrer wohlgeformten Muskeln gierig aufsog. Der heiße, pinkfarbene Minirock erregte seine Aufmerksamkeit, und sein Blick wurde dunkel, als eine Brise ihn aufwirbelte und enthüllte, dass sie keine Unterwäsche trug. Das nächste Ziel seiner genießerischen Begutachtung war ihr flacher Bauch, dessen Bauchnabel ein goldener Ring zierte, und sie sah, wie sein Blick von dort zu dem kaum vorhandenen Bikinioberteil wanderte, das ungefähr genauso viel bedeckte wie zwei Pflaster.

Auf ihrem Schulterblatt befand sich eine Waage, die man ihr eintätowiert hatte, als sie gerade erst ein paar Stunden alt gewesen war. Diese Waage setzte sich nun in Bewegung, als die rechte Seite – die böse Seite – begann, mit der linken Seite, die das Gute in ihr maß, zu streiten.

Als sie nur noch wenige Meter entfernt war, lächelte sie, warf ihm einen Blick zu, der deutlich sagte: »Na, komm schon, mein Großer«, und stieg gemächlich die Stufen ihres Strandhauses empor. Es war das öffentliche ihrer zwei Häuser, das sie für Partys benutzte, bei denen auch Menschen anwesend waren – sowohl Einheimische als auch Prominente, die extra für ihre wilden Feiern einflogen. Aber dies war eine kleine Zusammenkunft, an der nur ein paar Dutzend *ter'taceo* teilnahmen. Sie hatte absichtlich nur die Dämonen eingeladen, die problemlos als Menschen durchgehen konnten, um diesen speziellen Mann anzulocken. Er war vorsichtig, fast schon paranoid, und wenn sie ihn direkt eingeladen hätte, wäre er nicht gekommen.

Stattdessen hatte sie ihre Gäste mit chirurgischer Präzision eingeladen – Freunde von ihm, Dämonen mit besonderen Vorlieben, die praktisch garantierten, dass er von dem Versprechen auf schmutzigen, grausamen Spaß herbeigelockt wurde, der sich im Laufe des Abends ergeben würde.

Er wusste, wer sie war, ahnte aber nicht, was sie von ihm wollte. Er konnte auf keinen Fall wissen, dass Thanatos' Informanten ihn als einen von Ariks Folterknechten identifiziert hatten.

Rhys

Sie schlüpfte ins Haus und stieg die Stufen zum Schlafzimmer hinauf. Als sie hörte, dass sich die Tür leise hinter ihr schloss, lächelte sie. Oben angekommen, löste sie ihr Oberteil und warf es über die Schulter, um eine verführerische Spur zu erschaffen, der er folgen konnte.

Im Schlafzimmer ging sie um einen Korbstuhl herum, der so aufgestellt war, dass sie auf die Meeresbrandung hinaussehen konnte, und wartete darauf, dass »Rhys« eintrat. Sein Dämonenname, Xenycothylestiranzacish, war … na ja. Sie benutzte einfach seinen menschlichen Namen.

Als er im Türrahmen auftauchte, überflutete sie eine Woge sexueller Bedrohung wie eine tödliche Riesenwelle. In der menschlichen Welt war er eine Art Corporate Raider, eine sogenannte Heuschrecke. In der Dämonenwelt war er ein Meister der Folter – ein Hobby, das sich auch auf seine Beziehungen mit Frauen erstreckte. Limos fragte sich, wie viele vermisste Prostituierte wohl auf sein Konto gingen.

»Was hast du vor, Reiter?« Seine tiefe Stimme mit dem englischen Akzent war die Kirsche auf einem wirklich sexy Kuchen, und sie erinnerte sich daran, dass sie vor ein paar Jahrhunderten einmal ernsthaft in ihn verschossen gewesen war. Aber er hatte gewusst, dass sie dem Dunklen Herrscher versprochen war, und war nicht so dumm gewesen, sich ihr zu nähern. Sie ebenfalls nicht – so dumm war sie nie gewesen.

Bis Arik kam.

Dieser verdammte Mensch. Wie konnte er es wagen, sie derartig in Versuchung zu führen? Wie konnte er es wagen, sie zu küssen, sie dazu zu bringen, ihn zu begehren?

Dieser Kuss hatte sie beide dem Untergang geweiht.

Jetzt kämpfte sie in einem Wettlauf gegen die Zeit darum, ihn zu retten, ehe er das Schicksal besiegelte, vor dem sie seit Tausenden von Jahren davonlief: Heirat.

Und dann war da noch dieses nervtötende Schicksal von wegen Bruch des Siegels und allem, was das nach sich zog. Aber jetzt musste sie sich erst einmal um das dringendste Problem kümmern, und das hieß, Arik zu finden.

»Ich habe gar nichts vor«, schnurrte sie, während ihr in leuchtendem Violett lackierter Nagel über die Rückenlehne des Stuhls strich. »Ich bin sicher, du hast schon davon gehört, dass ich der Lust erlegen bin und meine Zuneigung einem Menschen geschenkt habe.«

Rhys' Miene verriet absolut nichts. »Das hab ich gehört.«

»Tja, und das bedeutet, dass ich mich so lange amüsieren kann, bis er unter den Qualen der Folter meinen Namen sagt.«

Gott, sie hoffte nur, dass Arik auch weiterhin imstande sein würde, den Torturen zu widerstehen, denen ihn die Dämonen unterzogen. Eine Welle der Bewunderung wärmte sie von innen, denn sie wusste nicht, ob sie in der Lage wäre, einen ganzen Monat Folter zu überleben, und Arik war schließlich nur ein zerbrechlicher Mensch. Von Anfang an hatte sie Stärke in ihm gespürt – die hatte sie angezogen wie auch sein Sinn für Humor –, aber niemals hätte sie vermutet, wie tief diese Stärke tatsächlich reichte.

»Und mit genießen meinst du ...« Rhys verstummte, während er mit nackter, gut eingeölter Brust auf sie zuschlich.

Die meisten Frauen würden jetzt auf der Stelle den Rock heben. Limos hatte allerdings andere Pläne, und Bones, ihr Höllenhengst, der ihren rechten Unterarm in Form einer tattooartigen Glyphe zierte, regte sich in gespannter Erwartung.

»Ich meine, dass ich bis ans Ende der Zeit dazu verurteilt bin, mit ein und demselben Dämon ins Bett zu gehen, sobald Arik bricht. Also heißt es für mich jetzt oder nie.«

»Irgendwie«, sagte Rhys beiläufig, »kann ich mir nicht vorstellen, dass der Dunkle Herrscher es schätzen würde, wenn du nicht unberührt zu ihm kommen würdest.«

Sie blinzelte unschuldig. »Unberührt? Aber selbstverständlich werde ich als Jungfrau zu ihm gehen.« Eine nach Ozean duftende Brise wehte durch das Zimmer und liebkoste ihre Haut. Sie tat es ihr gleich und streichelte mit den Fingern über ihre Brustwarze.

»Aber alles andere kann ich tun. Meinst du nicht auch, er würde dich reich belohnen, wenn ich wüsste, wie ich meinen Mund einzusetzen habe, wenn ich zu ihm komme?«

Bei dem Gedanken hätte sie beinahe würgen müssen, und das nicht nur, weil ihr die Vorstellung, dem Teufel einen zu blasen, ziemliche Angst einjagte. Sie wollte es überhaupt nicht tun, hatte es noch nie gewollt. Frauen, die behaupteten, dass es ihnen gefiel, mussten einfach lügen.

Rhys trat näher. »Da bin ich mir nicht so sicher.«

»Ach, komm schon«, drängte sie. »Wir würden einander doch nur ein bisschen anfassen.« Noch ehe er protestieren konnte, packte sie ihn bei den Schultern, wirbelte ihn herum und drückte ihn auf den Stuhl. Dann setzte sie sich rittlings auf ihn, sodass ihr Gesicht ihm zugewandt war. Ihre Handflächen lagen auf seiner glatten Brust. »Berühre mich.«

Einen endlosen, atemlosen Moment lang dachte sie schon, er würde sie einfach runterschieben, sodass sie auf dem Hintern landete. Doch dann legten sich seine Hände auf ihre Oberschenkel und drückten so fest zu, dass eine menschliche Frau vor Schmerz geschrien hätte. Aber Limos war kein Mensch, und sie schrie nicht.

»Wenn wir das tun«, sagte er mit tödlich kalter Stimme, »tust du, was ich sage. Meine Regeln. Verstanden?«

Sie riss die Augen auf, als ob sie vollkommen verängstigt wäre. »J-ja.« Nur um sicherzugehen, ließ sie auch noch ihre Unterlippe kurz beben. *Meryl Streep, gegen mich bist du ein Niemand.*

Rhys' Lächeln war die pure Bosheit, etwas, das zu schätzen sie in den achtundzwanzig Jahren, die sie in Sheoul verbracht hatte, gelernt hatte, als sie unter der Fuchtel einer abartigen, durch und durch bösen Dämonenmutter aufgewachsen war. Wenn Limos immer noch diese Person wäre, würde sie jetzt erwartungsvoll hecheln.

»Gut.« Er nahm ihre rechte Hand in seine und zog mit dem Finger die schwarzen Linien nach, die das Pferde-Tattoo auf ihrem Unterarm bildeten. Sie konnte seine Berührung in den entsprechenden Abschnitten ihres Körpers fühlen, und sie hasste es. Bones hasste es ebenfalls. Er hatte es nie gemocht, von jemand anderem als ihr berührt zu werden, und jetzt regte er sich auf ihrer Haut und schnappte mit scharfen Zähnen zu. Rhys zog die Hand zurück, aber nicht schnell genug. Auf seiner Fingerspitze bildete sich ein winziger Blutstropfen. »Mistvieh.«

»Er ist ein wenig temperamentvoll.« Das war eine Untertreibung. Von allen Pferden der vier Reiter war Bones das … einzigartigste.

Limos' erster Hengst, ein normales Schlachtross wie die ihrer Brüder, war getötet worden, und ihr Verlobter hatte ihr Bones als ein Geschenk gesandt, das sie einfach nicht ablehnen konnte. Jetzt hatte sie also einen fleischfressenden Höllenhengst am Hals, und auch wenn sie inzwischen durchaus an ihm hing, rief sie ihn doch nicht herbei, wenn es nicht absolut notwendig war. Es war einfach zu schwierig, ihn zu beherrschen, und er hasste so ziemlich jeden, einschließlich – manchmal jedenfalls – Limos. Immerhin liebte er Ares' Frau Cara, aber nur, weil sie ihm das Leben gerettet hatte.

Als Rhys' Hände unter ihren Rock glitten, verspürte sie Abscheu und Vorfreude zugleich. Sie hatte davon geträumt, dass Ariks Hände genau dasselbe tun würden. Wenn sie sich nachts selbst befriedigte, drehten sich all ihre Fantasien stets um Arik.

Und um die Abwesenheit ihres Keuschheitsgürtels – was der Grund dafür war, warum ihre Gedanken pure Fantasie blieben.

Nur eine einzige Person war imstande, die strahlende Perlenkette zu entfernen, die ihre Hüften umschlang und zwischen ihren Beinen verschwand, vorne und hinten an der Hüftkette befestigt. Um die Wahrheit zu sagen: Er war wunderschön – ein

Schmuckstück von unschätzbarem Wert, das ihr das Gefühl vermittelt hätte, sexy zu sein, wenn es nicht dieses schmutzige kleine Geheimnis in sich trüge.

Rhys' Hände wanderten nach oben, und sie täuschte ein Stöhnen vor, während sie den Rücken durchdrückte, sodass ihre Brüste seinen Brustkorb berührten und ihre rechte Hand um die Rückenlehne des Stuhls herumfassen und den Dolch packen konnte, den sie dort mit Klebeband befestigt hatte.

»Du bist eine ungeduldige kleine Schlampe«, murmelte er.

»Ich habe noch viel zu lernen, ehe ich meinen Platz an der Seite meines Mannes einnehme.« Sie knabberte an seinem Ohrläppchen und wünschte sich, es wäre Ariks. »Möglicherweise hast du ja ein paar Freunde, die sich uns anschließen wollen?«

»Wenn ich mit dir fertig bin, vielleicht.«

Widerwärtiges Höllenschwein! »Mach schon!«

Seine Hand klatschte auf ihren Hintern. »Was hab ich dir gesagt? Meine Regeln.«

Du meine Güte, hatte der Kerl einen Schlag am Leib! Ihre Pobacke brannte wie Feuer. War ja klar, dass es ihm irgendwie gelungen war, ihre Keuschheitsperlen zu verfehlen. »Tut mir leid.«

»Noch nicht, aber das wird es bald.«

Was für ein Widerling. Sie hielt den Atem an und unterdrückte ein Schaudern, als sie gleich darauf wieder seine Berührung spürte. Da wäre es ihr ja lieber, eine Schlange kröche ihr unter den Rock.

Er massierte ihren Hintern, seine Finger drückten sich tief in ihr Fleisch. Sie packte den Griff des Dolchs. Das Geräusch seiner schneller werdenden Atemzüge erfüllte das Zimmer, als seine Handflächen um ihre Schenkel herumglitten, bis seine Daumen dazwischenlagen. Dann hielt er inne, als müsste er sich entscheiden, ob er es wirklich durchziehen wollte.

Bitte, bitte, mach weiter. Sie bewegte die Hüften, in der Hoffnung, er werde es als Zeichen ihrer verzweifelten Geilheit und nicht als Ungeduld werten.

»Hure«, flüsterte er.

Blödmann, dachte sie.

Jetzt bewegte er sich wieder, versuchte, ihr Intimstes zu umfassen, und löste damit endlich ihren Keuschheitsschutz aus. Jede Perle verwandelte sich in einen rasiermesserscharfen kleinen Sporn, der sich tief in ihre Haut und ihr überaus empfindsames Fleisch bohrte. Doch wie durch ein Wunder gab sie trotz der unvorstellbaren Schmerzen keinen Laut von sich. Das musste sie auch gar nicht. Rhys' Schreie hätten sie sowieso übertönt.

Blut spritzte – ihres, aber zum größten Teil seines, als drei seiner Finger abgetrennt zu Boden fielen. Wahnsinn. Er gehörte zu einer Dämonenspezies, die schwer zu verletzen war und nur in einem Fall Schwäche zeigte: wenn sie einen Körperteil verlor.

Trotz der Schmerzen gelang es ihr wie im Rausch, ihn zu Boden zu ringen, wo sie ihm die Spitze ihres Dolchs ans Auge hielt. »Okay, Arschloch. Sag mir, was ich wissen will, oder du verlierst weitaus mehr als deine Finger.«

»Du Miststück!« Wut verfinsterte seine Stimme. »Du schwanzlutschende Hure!«

Limos stieß ihm die Klinge ins Auge. Bei den Schmerzen an ihren intimsten Stellen war ihr jegliche Geduld vergangen. Die Sporne um ihre Hüften und zwischen ihren Beinen hatten sich inzwischen wieder in Perlen verwandelt, aber so rasch sie sich auch regenerierte, waren die Verletzungen doch längst noch nicht abgeheilt.

Wieder schrie der Dämon auf, als Blut und andere Flüssigkeiten aus seiner ruinierten Augenhöhle spritzten. Sie legte das Messer an sein anderes Auge.

»Meine Regeln«, äffte sie ihn nach. »Und meine Regeln beinhalten zunächst einmal, dass mich niemand eine schwanzlutschende Hure nennt oder mich mit irgendeiner anderen widerwärtigen und respektlosen Bezeichnung tituliert.« Sie drückte die Schenkel zusammen, sodass seine Rippen barsten. Das hatte sie auch schon einmal mit Arik getan. Der Ärmste. »Fühlst du mich?«

»Ja«, keuchte er.

»Gut. Denn – hallo! – ich bin eine Legende. Ich verdiene ein wenig Respekt. Und jetzt sag mir, wo sie Arik festhalten.«

»Weiß ich nicht.«

Sie schnalzte missbilligend mit der Zunge, drückte die Beine noch ein wenig fester zusammen und genoss das Krachen splitternder Knochen, während er erneut vor Schmerz aufschrie. »Ich weiß, dass du einer seiner Folterknechte bist. Also versuchen wir's doch gleich noch mal, und diesmal wirst du mir antworten, es sei denn, du hast es darauf abgesehen, dir einen Blindenhund zuzulegen. Wo ist er?«

»So sehr ich deinen Zorn fürchte, fürchte ich den deines Verlobten doch noch mehr. Wenn ich auch nur ein einziges Wort flüstere, werde ich höchstens einen Schritt über den Höllenschlund hinauskommen, ehe ich in Stücke zerrissen werde.«

»Wirf doch mal einen Blick auf deine Finger auf dem Fußboden. Ich bin schon dabei, dich in Stücke zu reißen.« Sie durchstach die Haut unter seinem guten Auge, sodass ein Blutstropfen austrat. »Wo. Ist. Arik?«

Als der Dämon daraufhin lachte, fuhr ihr ein eisiger Schauder über den Rücken.

»Wenn der Mensch bloß wüsste, wie verzweifelt du darauf aus bist, ihn zu finden, hätte er mein Angebot möglicherweise angenommen.«

»Und was für ein Angebot war das?«

Er grinste sie höhnisch an. »Dieser menschliche Wurm weigerte sich, einen Deal einzugehen. Du für ihn. Sogar nachdem ich seinen Unterleib mit einem Vorschlaghammer weich geklopft hatte, war er dazu nicht bereit.«

Vor Zorn war Limos kaum noch imstande, Luft zu holen. Dazu kam der Schock – sie hatten Arik einen Ausweg angeboten, und er war nicht darauf eingegangen? Er hatte sie beschützt, jemanden, mit dem er gar nichts zu tun hatte? Wer würde so etwas tun? Und warum?

»Ihr hättet mich gar nicht gefangen nehmen können, geschweige denn, mich festhalten.«

»Wir hätten dir eine Falle gestellt, sodass der Dunkle Herrscher dich gefangen hätte, denn ja, du hast recht: Wir hätten dich nicht festhalten und foltern können. Aber das wusste der Mensch schließlich nicht, und trotzdem ließ er sich auf keinen Deal ein. Das ist auch der Grund, wieso die menschliche Rasse in der Apokalypse untergehen wird. Sie ist sentimental. Schwach. Erbärmlich.«

»Schwach?«, fuhr sie ihn an. »Er hat sich geweigert, sich auf deinen miesen Handel einzulassen, sogar nachdem du ihm die Beine zerschmettert hast, und du wagst es, ihn schwach zu nennen?« Ihre Klinge fuhr über seine Wange und schnitt sie bis zu den Zähnen auf. »*Wo ist er?*«

Rhys zischte, sodass sich ein blutiger Sprühnebel erhob. »Das spielt keine Rolle, Reiter. Wahrhaftig nicht.«

»Und wie kommt das?«, brachte sie mühevoll heraus.

»Wenn er bis jetzt nicht gebrochen wurde, wird es nie geschehen. Der Befehl wurde erteilt. Er wird morgen hingerichtet. In vierundzwanzig Stunden ist er tot.« Er grinste. »Und die Ehre wird mir gebühren.«

»*Falsche Antwort, Arschloch.*« Limos rammte den Dolch in sein gutes Auge, drehte ihn herum und stieß die Klinge direkt in sein Gehirn. Der Dämon fuhr zusammen, gleich darauf zuckte sein ganzer Körper wie wild. »Das war für Arik.«

Sie sprang auf die Füße. Ihre Gedanken überschlugen sich.

Das Tor des Höllenschlunds. Als Rhys' beiläufige Bemerkung den Nebel ihrer Wut durchdrang, stockte ihr der Atem. Auch wenn nur wenige Menschen davon wussten, existierten auf der Erde sechs Höllenschlunde – Passagen, durch die Menschen Sheoul betreten konnten; für gewöhnlich wurden sie von Dämonen hindurchgezerrt. Könnte es sein, dass Arik in der Nähe eines dieser Eingänge gefangen gehalten wurde?

Gott, sie hoffte es, denn das war im Augenblick der einzige Hinweis, den sie hatte. Und sie musste sich beeilen, denn wenn Rhys recht hatte, blieben Arik nur noch wenige Stunden.

3

Kynan Morgan liebte es, unsterblich zu sein. Ja, sicher, es lastete auch eine Menge Verantwortung auf seinen Schultern, unter anderem in Form des Kristallanhängers an seinem Hals. Aber Unsterblichkeit war es schon wert, dieses kleine Stück Himmel – und das war wortwörtlich zu verstehen – zu tragen. Wenn er die Wahl hätte, würde er noch einmal genau dieselbe Entscheidung treffen und den Segen der Engel empfangen, um den Anhänger zu beschützen.

Als er heute das halbe Dutzend verletzter Dämonen betrachtet hatte, das auf dem Boden des unterirdischen Pubs in Las Vegas herumlag, nachdem er und sein neuer Kollege unter den Ältesten der Aegis, Decker, ihnen mächtig den Hintern versohlt hatten, war er für den Segen dankbarer denn je. Diese graugrünen, reptilienähnlichen Mistkerle hatten ihm nicht ein Haar krümmen können, was echt klasse war, bedachte man die klebrige, säurehaltige Substanz, mit denen ihre Finger bedeckt waren und die an einem haftete wie Sekundenkleber, während sie einem das Fleisch auflöste.

Decker war gerade dabei, sich aus seiner schwarzen Kampfanzughose zu schälen, die an den Händen einer dieser Kreaturen klebte. Nur an der Hand … nachdem Decker sie dem Dämon mit seinem Kampf- und Allzweckmesser vom Arm getrennt hatte.

»O Mann, was für eine Scheiße!« Deckers Hose verfing sich in seinen Kampfstiefeln, sodass er einen verrückten Tanz aufführte, während er sich bemühte, sie endlich loszuwerden. »Verdammt noch mal, diese Dämonen sind echt oberwiderlich.« Er schleuderte die Hose fort und stieß einen Laut des Ekels aus.

Der Barkeeper, ein Vampir und einer der wenigen, die im Pub geblieben waren, sobald der Kampf angefangen hatte, lachte. Doch als Decker ihm mit einem hölzernen Pflock zuwinkte, verstummte er sofort.

»Ich bin nur froh, dass du kein Freiträger bist.« Beim Anblick der Boxershorts mit einem Bild von Dale Earnhardt Jr. zuckte Kynan unwillkürlich zusammen. »Nicht, dass das, was du da anhast, viel besser wäre.«

Decker zog sein Aegis-Schwert aus der Scheide auf seinem Rücken und schlug einem der Dämonen den Kopf ab. »Sind ja nicht alle von uns verzaubert mit Ying-Yang und dem Hokuspokus.«

Ying-Yang hörte sich etwas merkwürdig an, wenn es von einem Mann mit breitem texanischem Akzent ausgesprochen wurde, aber Ky hielt wohlweislich den Mund, während Decker fortfuhr, Dämonenköpfe von Hälsen zu trennen, bis er beim letzten überlebenden Dämon innehielt, die Klinge hoch über dessen Herz erhoben. Als das Ding nach seinem Bein griff, benutzte Kynan seine modifizierte einhändige Armbrust, um dem Dämon in beide Hände zu schießen, sodass diese an den mit Blut getränkten Fußboden genagelt wurden.

»Danke, Kumpel«, sagte Decker.

Decker hatte Kynan nie »Kumpel« genannt, ehe Arik verschwand, und die Erinnerung daran, warum sie hier waren, verbesserte Kys Stimmung nicht gerade. Knurrend kniete er sich neben den Dämon und hielt ihm die Spitze seines s-förmigen, mit zwei Spitzen versehenen *S'tengs* an die Kehle.

»Wo wird der Mensch gefangen gehalten?«, fragte er.

Der Dämon verdrehte die eidechsenartigen Augen, bis er Ky ansehen konnte. »Woher … soll ich … das wissen?«

»Weil du und deine schuppigen Freunde Wetten darüber abgeschlossen haben, wie lange es wohl dauern wird, bis er bricht.«

»Scheißkerle«, zischte der Dämon. »Wir sind … wie nennt man das noch … Buchmacher? Wir hören alles Mögliche.«

»Das ist aber bei Weitem nicht alles, was ihr tut.« Kynan spießte mit der Spitze seiner Klinge eine Dämonenzecke auf, die die Größe eines Vierteldollars hatte und sich gerade zwischen die Schuppen des Eidechsenmanns verkriechen wollte. »Ihr habt außerdem noch menschliche Gestalt angenommen und euch in die Spielhöllen der Menschen eingeschlichen.«

Seit Pestilences Siegel gebrochen war, hatte sich das empfindliche Gleichgewicht zwischen Gut und Böse verschoben, das seit Urzeiten die schlimmsten Seiten der Dämonen in Schach hielt. Doch jetzt tauchte immer mehr Abschaum wie diese Dämonen auf, der einst in die Tiefen der Hölle verbannt worden war und sich jetzt einen Weg in das Reich der Menschen bahnte, wo sie Chaos und Verwüstung anrichteten. Entweder direkt, indem sie töteten und verstümmelten, oder passiv, indem sie das Böse ausstrahlten wie eine schmutzige Bombe. Menschen, deren Seelen wahrhaft gut waren, wurden von diesen Höllenbomben kaum beeinflusst, aber böse Menschen und solche, die auf dem Grat zwischen Gut und Böse balancierten, ließen sich von der Gewalt berauschen und von bösen Gedanken infizieren. Auf den Straßen begann das Chaos zu regieren.

Diese speziellen Dämonen hatten das Spielvirus verbreitet wie einen von Pestilences Krankheitserregern. Nicht nur, dass sich das organisierte Verbrechen verdreifacht hatte, auch die Einsätze hatten sich deutlich erhöht. In den Hinterzimmern und auch in seriösen Einrichtungen war nichts mehr tabu. Geld, Drogen, Kinder, menschliche Organe … Es war bestürzend, wie rasch all das zu einer allgemein anerkannten Währung geworden war.

Der Eidechsenmann zeigte keinerlei Reue. »Menschen sind dumm und blind. Du kannst uns nicht für ihre Schwächen verantwortlich machen.«

»Wo. Ist. Arik?«, knurrte Ky.

Die Nase des Dämons – zwei schwarze Löcher in seinem Gesicht – zuckte. »Wir wissen nicht, wo er gefangen gehalten wird.«

Kynan warf das *S'teng* beiseite und packte den Hals des Dämons mit bloßen Händen. »Jetzt hör mir mal gut zu, du widerlicher Sleestak-Abschaum. Entweder du rückst endlich mit der Sprache heraus, oder ich mach mir aus dir ein Paar Stiefel und einen schönen Gürtel. Und dann werde ich mir deine Familie vorknöpfen und mit ihnen genau dasselbe machen. Kapiert?«

Decker zündete beiläufig ein Streichholz an und berührte damit das Ende einer winzigen Kapsel: eine hässliche kleine R-XR-Waffe, die man einfach auf einen Dämon fallen lassen konnte, wo sie sich augenblicklich in sein Fleisch brennen würde. Das Ding verursachte grauenhafte Schmerzen, während es durch den Körper des Opfers wanderte, wobei die glühend heiße Hülle augenblicklich alle Wunden kauterisierte und damit verhinderte, dass der Dämon verblutete.

In den gelben Augen des Dämons flackerte Angst auf. »Ich weiß nichts«, sagte er rasch. »Das ist die Wahrheit, Jäger.«

»Dann her mit den Gerüchten. Du musst doch Gerüchte gehört haben.«

»Die Folterstätte des … Iblis befindet sich in den Gründen des Verderbens in Sheoul.« Der Sleestak verwendete einen der zahlreichen Namen für den großen bösen Dämon, den die Christen Satan nannten. »Aber es heißt, er hätte den Menschen Experten überlassen.«

Sie hatten den Auftrag, Arik zu foltern, weitervergeben? Diese Mistkerle. »Und wo genau halten diese Experten den Menschen fest?«

»Sie haben viele Gemächer. Alle liegen in der Nähe eines Höllenschlunds.«

»Und auf welchen sollten wir uns konzentrieren?«

Der Dämon schwieg. Ky drückte ihm die Kehle zusammen, und Decker hockte sich neben ihn und hielt die Kapsel direkt über die Genitalien des Eidechsenmanns. »Raus mit der Sprache.«

»Erta Ale«, krächzte die Kreatur. »Sie sagen … Erta Ale.«

»Ist das nicht ein Vulkan in Äthiopien?« Decker ließ die Kapsel auf den Boden fallen und zertrat sie.

Ky nickte. »Ich mach mich kundig, wo genau er liegt. Du musst ins Hauptquartier nach Washington zurück und das R-XR davon überzeugen, sich mit den Waffen zu beeilen, die sie uns versprochen haben.«

Das R-XR und die Aegis arbeiteten seit Kurzem an Waffen, mit deren Hilfe sie den Reitern – insbesondere Pestilence – den Speichel von Höllenhunden verabreichen konnten. Aber Ky würde nicht zögern, sie bei jedem Reiter zu verwenden, der auf die Seite des Bösen wechselte.

»Das R-XR gibt sein Bestes.« Ein abwehrender Ton schlich sich in Deckers Stimme, der jetzt den Kopf des Eidechsenmanns mit etwas mehr Kraft abschlug, als nötig gewesen wäre.

»Das R-XR tut, was es am besten kann, und das ist übermäßig vorsichtig sein.« Kynan wusste genau, wovon er sprach, denn er war von der geheimen Einheit der Army, dem Ranger-X Regiment, vereinnahmt worden – damals, als er noch Sanitäter bei der Army gewesen war. Ein Dämon hatte ihn angegriffen und hätte ihm beinahe die Kehle herausgerissen. Zur Erinnerung trug er immer noch eine auffällige Narbe und sprach mit einer Stimme, die klang, als kaute er auf Kieselsteinen.

Deckers Mund verzog sich zu einer grimmigen Linie. »Das R-XR geht mit der notwendigen Vorsicht vor, und das weißt du auch. Irgendjemand muss schließlich die Tendenz der Aegis ausgleichen, erst zu handeln und später nachzudenken.«

Da hatte Decker gar nicht unrecht, aber Kynans Nerven waren extrem angespannt, so wie die Beziehung zwischen der Aegis und dem R-XR. Viele Jahre lang waren sie verbündet gewesen, hatten einander bei ihren Einsätzen unterstützt und Informationen geteilt, aber seit Pestilences Siegel gebrochen war, ging ihre Beziehung den Bach runter. Das Militär mahnte zur Vorsicht und bemühte sich nach wie vor, die wachsende Bedrohung zu vertuschen, während die Aegis am liebsten auf der Stelle losschlagen würde und der Überzeugung war, dass es höchste Zeit war, die Menschen in die Existenz der Dämonen und die Bedrohung durch die kommende Apokalypse einzuweihen. Diese unterschiedlichen Standpunkte hatten für einen Riss zwischen den Organisationen gesorgt, und Decker bemühte sich als Mitglied beider Vereine nach Kräften, den Graben zu überbrücken.

Kynan fragte sich häufig, ob Decker es wohl bereute, sich vor drei Wochen als ein Ältester anheuern zu lassen. Es stellte ein unerhörtes Vorgehen dar, einen Außenseiter in die obersten Ränge der Aegis aufzunehmen, aber sie hatten das Militär so umfassend beteiligen wollen wie möglich.

»Das weiß ich.« Kynan erhob sich. »Aber sie müssen mehr tun, um uns zu helfen, Arik zu finden.«

»Ich wünsche mir genauso sehr wie ihr, Arik zu finden.« Decker wischte seine Klinge an den Klamotten eines toten Dämons ab; seine Bewegungen wirkten vor unterdrücktem Ärger abgehackt. »Aber das Militär kann nicht sämtliche Ressourcen allein dafür abstellen. Sie ... wir ... sind vollauf damit beschäftigt, Pestilences verdammte Seuchen abzuwehren und die ausgebrochenen Dämonen auszulöschen. Also erzähl mir jetzt verdammt noch mal nicht, dass wir rumsitzen und Däumchen drehen.«

Ky beäugte Decker, während er erwog, diese kleine Auseinandersetzung auf die nächste Stufe zu heben, doch dann dachte er sich: *Scheiß drauf.* Ihre Teams mochten Konkurrenten sein, aber sie spielten auf derselben Seite. Sie mussten ihr Blut für die Kämpfe gegen die Dämonen aufsparen.

»Na, komm jetzt.« Ky boxte Deck gegen die Schulter. »Jetzt sehen wir erst mal zu, dass wir dich zurück nach DC bringen.«

Und danach mussten sie einen der Reiter wegen eines Vulkans aufsuchen. Ky konnte sich des Gefühls nicht erwehren, dass es bald heiß werden würde. Höllisch heiß.

»Willst du Wasser?«

O Mann, klar wollte Arik Wasser. Was für eine dämliche Frage. Seine Kehle war zu wund und geschwollen, um zu sprechen, darum nickte er Tavin nur zu, einem blonden Seminus-Dämon, den Ariks Folterknechte angeheuert hatten, um ihn zu heilen.

Tavin runzelte die Stirn und packte Ariks Schulter mit der rechten Hand, die bis zum Hals hinauf mit Glyphen bedeckt war, die ein wenig an die Tribal Tattoos der Menschen erinnerten und die sämtliche Semini besaßen. Offensichtlich stellten sie eine Geschichte ihrer Herkunft väterlicherseits dar, wobei das oberste Symbol ein persönliches und für jeden Dämon individuelles war. Tavins schien so eine Art Wurm zu sein. Er musste sich deswegen allen möglichen Scheiß von anderen Semini anhören, die coole Symbole wie Waffen oder Stundengläser oder Blitze hatten.

Es war echt scheiße, Tavin zu sein.

Aber noch viel beschissener war es, Arik zu sein.

Der Dämon leitete seine heilende Gabe zum zweiten Mal innerhalb der letzten zehn Minuten in Ariks Körper. Beim ersten Mal war es darum gegangen, Ariks gebrochene Knöchel, seine gerissene Milz und den breiten Schnitt auf Bauchnabelhöhe zu heilen, durch den seine Eingeweide heraushingen.

Arik hasste diese verdammten Dämonen.

In diesem Punkt hatte er sich schon eine ziemlich feste Meinung gebildet, ehe er durch Folter bis an den Rand des Wahnsinns getrieben worden war, aber inzwischen war das Wort »Hass« längst nicht mehr stark genug. Die englische Sprache bräuchte ein neues Wort, um zu beschreiben, was er mittlerweile für Dämonen empfand.

Trotzdem – für einen Dämon war Tavin ganz in Ordnung. Er war nicht übermäßig freundlich, gab Arik aber mehr Wasser, als seine Folterknechte es je taten, und er brachte ihm immer eine neue Hose mit – schwarz, wie Arik gewünscht hatte –, um die zu ersetzen, die die Dämonen während ihrer Foltersitzungen zerstörten. Tavin hatte seinen Kidnappern sogar einen Grund dafür genannt: Die Kleidung schütze Ariks Haut vor Infektionen, die ihn umbringen könnten.

Und wenn Arik seine Karten richtig ausspielte, würde die Hose ihn aus diesem Höllenloch herausbringen.

Hitze brannte sich durch Ariks Körper – eine Nebenwirkung der heilenden Seminuskraft, die es den Dämonen erlaubte, Verletzungen zu heilen, Körperfunktionen oder den Verstand zu beeinflussen. Nach einigen Sekunden hatte Tavins Energie verletztes Gewebe repariert und Ariks Hals wieder in Ordnung gebracht. Er tat immer noch weh – verdammte Scheiße, sein ganzer Körper tat weh –, aber zumindest war der Schmerz jetzt erträglich.

»Danke.« Arik rieb sich den Nacken und erkundete die neuen Narben. Der Dämon hatte seine Sache gut gemacht, und sogar der psychische Schaden, die grauenhaften Erinnerungen, schienen verblasst zu sein. Wie immer, nachdem Tav mit ihm fertig war, fühlte sich Arik wieder in Ordnung, nicht nur körperlich, sondern auch geistig. »Du hast meiner Psyche auch ein paar Pflaster zukommen lassen, was?«

Tavins Miene war vollkommen ausdruckslos. »Ich habe keine Ahnung, wovon du redest.«

»Ach Quatsch. Ich sollte inzwischen eigentlich vollkommen irre sein. Nach einer Folterung bin ich so im Arsch, dass ich nicht mal mehr meinen eigenen Namen weiß. Aber wenn du dann mit mir fertig bist … Ich weiß auch nicht. Irgendwas machst du mit mir.« Arik kniff die Augen zusammen. »Und lüg mich nicht an. Ich hasse Lügner, und irgendwie hab ich den Eindruck, dass du für einen Dämon gar nicht mal so übel bist. Enttäusch mich nicht.«

Einen Herzschlag lang zögerte er … zwei … drei … bis das mitleiderregende Stöhnen eines bedauernswerten Geschöpfs ganz in der Nähe Tavins Erstarrung zu lösen schien.

»Seminus-Dämonen besitzen nur eine der drei Fähigkeiten.« Sein barscher Ton machte deutlich, dass die Diskussion beendet war, als er Arik eine Tontasse reichte, die einige wenige Esslöffel einer trüben Flüssigkeit enthielt. Roch wie Pisse und Schimmel, was es vermutlich auch war, aber immerhin war es nass, und er hatte gelernt, alles zu nehmen, was er kriegen konnte.

Na ja, nicht alles. Manchmal führten die Dämonen ihn in Versuchung, mit einem luftigen, feuchten Stück Kuchen, einem dicken, saftigen, auf Holzkohle gegrillten Steak oder einem kühlen Glas Bier. Aber er hatte gelernt, diese Angebote unter keinen Umständen anzunehmen, ganz gleich, wie sehr ihm das Wasser im Mund zusammenlief und sein Magen schmerzte. Denn das zu tun, brachte ihm nur ein heißes Schüreisen ein, und das an Orten, die einfach nicht dafür geschaffen waren, mit glühenden Eisenstangen umzugehen.

In Tavins grünen Augen blitzte Mitleid auf. Na toll, wie tief musste man sinken, damit ein *Dämon* Mitleid mit einem hatte?

»Weißt du, warum die Dämonen darauf aus sind, dass ich den Namen des Reiters sage, Tav?«

»Nee.« Tavins für gewöhnlich so ausgeglichene Stimme troff vor Bitterkeit. »Ich bin hier nur die Aushilfe.«

»Warum hast du den Job denn angenommen?«

Tavin nahm Arik die Tasse wieder ab und steckte sie in die Tasche mit seiner medizinischen Ausrüstung. »Hatte keine Wahl.«

»Man hat immer eine Wahl.«

»Nicht, wenn man ein Assassine ist, der an einen Vertrag gebunden ist.«

»Ein Assassine, hm.« Ariks rostige Räder begannen sich zu drehen. »Du kennst wohl nicht zufällig ein paar Halbblut-Semini namens Sin und Lore? Sie gehören sozusagen zur Familie. Vor nicht allzu langer Zeit waren sie auch Assassinen.« Lore war inzwischen der Chefpathologe am *Underworld General,* und Sin hatte eine Stellung in der Abteilung für Infektionskrankheiten am Dämonenkrankenhaus angenommen, da ihre mutierte Seminus-Gabe ihr die einzigartige Fähigkeit verliehen hatte, Krankheiten zu verursachen. Offensichtlich bestand Hoffnung, dass sie auch lernen könnte, wie man Krankheiten aufhielt.

Tavin griff in seine Arzttasche und zog eine Tube mit Salbe heraus. »Hab früher mit ihnen zusammengearbeitet.«

Eine winzige Flamme der Hoffnung flackerte auf. »Kannst du ihnen eine Nachricht zukommen lassen?«

»Erst wenn mich die Dämonen, die mich angeheuert haben, nicht mehr brauchen.«

Zu diesem Zeitpunkt wäre Arik vermutlich bereits tot. »Komm schon … das R-XR und die Aegis werden dich reichlich entschädigen, wenn du das tust.« Er konnte nicht fassen, dass er tatsächlich versuchte, ein Abkommen mit einem Dämon zu treffen. Andererseits wäre es ja nicht das erste Mal. Und wenigstens stand diesmal nicht seine Seele auf dem Spiel.

Nur sein Leben.

»Das kann ich nicht riskieren.«

»Wenn du ein Assassine bist, musst du doch auch heimtückisch sein.«

»Bin ich auch. Aber die Antwort lautet trotzdem Nein.« Er strich eine dünne Schicht der fettigen Salbe über eine Schürfwunde auf Ariks Brust. Tavins heilende Kräfte waren immer schon aufgebraucht, ehe er zu den kleineren Verletzungen kam. »Diesen Vertrag zu brechen, bedeutet einen extrem langen, schmerzvollen Tod und möglicherweise ewige Qualen.«

»Also etwas in der Art, wie ich es gerade durchmache?«, murmelte Arik.

»Ungefähr so.«

Arik starrte ihn finster an. »Okay, wenn du also ein Assassine bist, warum heilst du mich dann?«

»Deine Kidnapper haben einen Riesenhaufen Geld für meine Dienste hingelegt, ob ich nun heile oder töte.«

»Dann würdest du mich also töten, wenn sie dir das befehlen?«

»Jepp.«

Nett. »Hör mal, wenn du eine Nachricht weitergibst –« Arik verstummte, als er Schritte nahen hörte.

Tavin entfernte sich von ihm, als zwei potthässliche Mistkerle an der Zellentür stehen blieben. Zehn Zentimeter lange Klauen legten sich um die Gitterstäbe. Ariks Puls beschleunigte sich. Er wusste nie, ob die Dämonen ihn foltern, füttern oder einfach nur verspotten würden.

»Menschlicher Abschaum«, sagte der Größere. Von den Stoßzähnen, die ihm aus dem Unterkiefer ragten, tropfte Geifer. »Wir werden jetzt über deine letzte Mahlzeit reden.«

Na, das konnte ja heiter werden. Arik zuckte lässig mit den Schultern, auch wenn sein Herz durchdrehte.

»Letzte Mahlzeit? Wie wäre es denn mit Meeresfrüchten, dazu ein Steak – medium –, Fettucine Alfredo und diese wunderbaren Knoblauch-Käse-Cracker aus dem Red Lobster? Könnte ich dazu noch ein Harp bekommen? Aber kalt, nicht lauwarm, wie sie es in Irland trinken.«

Zwei Paare vollkommen humorloser Augen starrten ihn an. »Du hast die Wahl zwischen verfaultem Fleisch mit Maden oder Fischhaut.«

»Klasse.« Arik tippte sich gegen das Kinn, während er über die Auswahl nachzugrübeln schien. »Hmm … eklig oder obereklig. Eine schwierige Entscheidung. Dann nehme ich also … eklig.«

Der kleinere potthässliche Mistkerl klickte aufgeregt mit den Klauen. »Und das wäre?«

»Fischhaut. Lecker.« Hey, wenn sie noch nicht verdorben war, wäre das in der Tat das Beste, was er hier unten zu essen bekommen hatte. Das war doch gar nicht so übel. Und es hörte sich so an, als ob sie ihn tatsächlich umbringen würden. Er bezweifelte, dass es ein schneller Tod sein würde, aber es konnte ja nicht schlimmer werden als das, was sie ihm bereits angetan hatten.

Die Bestien unterhielten sich kurz in einer Sprache, die Arik erst ab dem zehnten Wort verstand, als sich seine Übersetzungsfähigkeit aktivierte. Sie diskutierten darüber, wie viel sie ihm über die Art, wie er sterben würde, erzählen sollten. Außerdem spekulierten sie darüber, was danach wohl mit seinem Körper passieren würde. Ob es ihnen erlaubt wäre, ihn zu fressen, oder ob er konserviert und irgendwo aufgestellt würde? Vielleicht würden sie ihn aber auch draußen vor einem Höllenschlund ablegen, damit seine Kollegen ihn fänden.

Okay, also Arik gefiel keine dieser Optionen.

Er sah den beiden Dämonen nach, als sie sich schwerfällig trollten, und fragte sich, ob Gebete von hier aus wohl den Himmel erreichen könnten. »Was meinst du, Tav? Wird mein Tod schnell oder langsam sein?«

»Eindeutig langsam.«

»Ja, das hab ich mir schon gedacht.« Diesmal hätte Arik ausnahmsweise mal nichts gegen eine kleine Notlüge einzuwenden gehabt. Er fuhr sich mit der Hand über den Brustkorb und zuckte zusammen, als er seine Rippen berührte. Er hatte hier unten ganz schön an Gewicht verloren. Er bemühte sich, seine Muskeln nicht allzu sehr verkümmern zu lassen, indem er Liegestütze und Sit-ups machte, wann immer es möglich war, aber die Energie dafür aufzubringen, war gar nicht so leicht. »Zumindest ist es jetzt bald vorbei.«

»Es besteht kein Grund, so erleichtert auszusehen, Mensch.« Tavin starrte ihn mit ernsten Augen an. »Der Tod ist nichts Gutes.«

»Du solltest mal einen Tag in meiner Haut stecken, dann würdest du deine Meinung ganz schnell ändern.«

Der Sem hievte sich die Arzttasche über die Schulter. »Das meine ich nicht. Für dich ist der Tod kein Ausweg.«

Mannomann, Dämonen mussten aber auch immer um den heißen Brei herumreden. »Los, raus mit der Sprache, Tav. Was willst du damit sagen?«

»Ich will sagen, dass die Seele eines Menschen, der hier in Sheoul stirbt, in der Falle sitzt. Du kannst nicht hinausgelangen, und die bösartigsten Dämonen auf der ganzen Welt werden dich bis in alle Ewigkeit foltern. Vertrau mir, was sie dir bislang angetan haben, ist nichts im Vergleich zu dem, was sie mit deiner Seele machen werden. Du glaubst, du weißt, was Schmerzen sind? Dann warte mal ab, bis du tot bist. Die Seele ist wesentlich empfindsamer als der Körper.«

Wesentlich empfindsamer? Arik warf einen vorsichtigen Blick in die Ecke, nachdem sein Fluchtplan jetzt eine neue Dringlichkeitsstufe erreicht hatte. Jedes Mal, wenn sich eine Gelegenheit ergeben hatte, hatte er behutsam die dünnen schwarzen Gummibänder aus seinen Hosen entfernt und sie in den Rissen und

Spalten der Wände seiner dunklen Kammer versteckt. Er hatte noch nicht annähernd so viele, wie er gehofft hatte, aber sie würden reichen müssen.

Er wartete, bis Tavin gegangen war, dann setzte er sich mit seinem Dutzend kleiner Schätze auf die Erde und begann sie zu verflechten. Das musste einfach funktionieren.

Oder ihn erwartete ein Schicksal, das schlimmer war als der Tod.

4

Limos brauchte eine volle Stunde, um die Sauerei wegzuputzen, die Rhys unverschämterweise auf ihrem Boden hinterlassen hatte, zu duschen und rosafarbene Shorts und eine gelbe Spitzenbluse anzuziehen. In jeder Minute dieser Stunde kreisten ihre Gedanken um Arik und was er für sie getan hatte, und sie konnte sich einfach nicht entscheiden, wie sie sich angesichts dessen fühlte. Ihre Emotionen reichten von ehrfürchtiger Überwältigung darüber, dass er sie auf diese Weise beschützte, über komplette Verwirrung, warum er sie so beschützen sollte, bis hin zu regelrechter Wut, weil er annahm, er müsse sie beschützen.

Dazu kam noch die Verärgerung darüber, dass sie sich überhaupt dermaßen aus der Fassung bringen ließ. Es sah ihr gar nicht ähnlich, sich derartig in die Handlungen einer anderen Person hineinzusteigern, aber genau das tat sie … Sie beschäftigte sich geradezu zwanghaft mit ihm.

Wütend vor sich hinmurmelnd, packte sie sich Ariks Folterknecht unter den Arm und nahm ein Höllentor, um zu Thanatos' Residenz in Grönland zu gelangen. Der Temperaturwechsel zwischen Hawaii und dieser gottverlassenen Ödnis war heftig, und sie erschauerte, als sie aus dem Höllentor auf das feste Eis in der Nähe des Eingangs zu Thans Festung trat.

Und, nur fürs Protokoll: Rhys wog eine Tonne.

Da sie keine Hand frei hatte, versetzte sie der Tür aus Holz und Eisen einige kräftige Tritte, bis irgendwann einer von Thans Vampirdienern, Artur, öffnete. Da es mitten am Tag war, gehörte der diensthabende Vampir der alten Rasse an, den ersten Vampiren, die nie unter einer Allergie gegen Sonnenlicht zu leiden gehabt hatten. Wie Than nicht nur einen, sondern ganze zehn von denen gefunden hatte, um ihm zu dienen, wusste sie nicht. Er konnte manchmal ziemlich verschlossen sein.

Ärgerlich.

Als ob du keine Geheimnisse hättest.

O ja, sie hatte jede Menge Geheimnisse, und das Ganze wurde noch durch das Wissen verschlimmert, dass die bösartige Seite in ihr durch die Lügen einen Kick erhielt. Je größer die Lüge, desto mehr Potenzial besaß sie, zu verletzen oder sogar zu zerstören – und desto mächtiger der Rausch. Immer wieder zuckten Stöße köstlichen, beinahe erotischen Adrenalins durch ihren Körper wie eine Droge.

Aber diese Droge hatte sie schon vor Hunderten von Jahren aufgegeben und gegen das Verlangen eingetauscht, mit lässiger Beiläufigkeit zu lügen. Das verschaffte ihr einen ähnlichen Rausch, machte jedoch wesentlich weniger süchtig.

»Miss Limos?« Artur starrte sie auf die für ihn typische gruselige Weise an. Auch wenn sie sich nicht sicher sein konnte, hegte sie schon lange den Verdacht, dass er Kannibale gewesen war, ehe er zum Vampir wurde. Irgendetwas an ihm stimmte einfach nicht.

Sie schob ihm den toten Dämon in die Arme und betrat mit eiligen Schritten den großen Saal, sodass ihre Riemchensandalen auf dem Boden klickten. Im Kamin loderte ein Feuer, und Than saß in einem der gemütlichen Sessel gleich daneben, die Nase in einem Buch vergraben. Als ihr Geschichtswissenschaftler auf freiwilliger Basis besaß er eine ausgedehnte Bibliothek und las eigentlich ständig, wenn er nicht gerade in seinem Fitnessraum trainierte oder sich an Orten herumtrieb, an denen es zu Katastrophen mit zahlreichen Toten gekommen war.

Seine neueste Obsession war die Suche nach Hinweisen, die ihm den Verbleib ihres *Agimortus* aufzeigen könnten, die Suche nach einer Möglichkeit, Resephs Siegel zu reparieren, und die Suche nach ihrem Vater. Na gut, man konnte nicht gerade von neuer Obsession sprechen, aber mittlerweile war dies seine *einzige*.

»Was liest du da?«

Thanatos hob den Kopf, sodass die beiden blonden Zöpfe gegen seine Schläfen schlugen. »*Salz: eine Weltgeschichte*.«

»Wahnsinn. Du findest doch immer wieder Themen, die einfach mitreißen.«

Than zog eine gepiercte Augenbraue in die Höhe. »Hast du eine Ahnung, wie viele Kriege bereits wegen Salz geführt wurden?«

Sie warf ihm einen Blick zu, der besagte: *Bist du doof, oder was?* »Immerhin waren wir dabei, weißt du nicht mehr?« Sie hatten von einigen dieser Kriege profitiert – genauer gesagt verdankten sie ihr Vermögen dem Salzhandel.

»Jepp. Die guten alten Tage.« Seine Worte trieften vor Sarkasmus.

»Und warum liest du dann ein Buch darüber?«

»Weil ich mich vor einer halben Stunde mit Kynan getroffen habe, um über ihre Fortschritte bei der Suche nach deinem *Agimortus* zu diskutieren, und er dabei erwähnte, dass die Aegis kürzlich ein Bündel von Texten entdeckt hat, die in einem uralten Salzfass versteckt waren. Dabei fiel mir wieder ein, dass die Isfet vor ihrer Unterwerfung durch die Neethulum ebenfalls am Salzhandel beteiligt waren.«

Die Isfet waren die Dämonen, die den Becher angefertigt – und verborgen – hatten, der ihren *Agimortus* trug. Bedauerlicherweise hatten sie nach Generationen von Geburten und Todesfällen sowie aufgrund entsetzlich lückenhafter Dokumentation keine Ahnung mehr, wo er aufbewahrt wurde.

»Dann meinst du also, du könntest in diesem Buch vielleicht einen Hinweis finden?«

Than zuckte mit den Schultern. »Es kann jedenfalls nicht schaden. Vielleicht ist der Autor bei seinen Nachforschungen ja zufällig auf ein paar Informationen gestoßen.« Als Artur eintrat, legte er das Buch beiseite.

»Was soll ich mit der Leiche tun, Sir?«

»Wer ist es?« Than blickte Limos an. »Einer von Ariks Folterknechten?«

»Jepp.« Den Plan, Rhys reinzulegen, hatte sie vor einigen Tagen mit Ares und Than besprochen. Die beiden hatten ihr helfen wollen, aber sie kannte den gerissenen Mistkerl gut genug, um zu wissen, dass er den Braten riechen würde. »Du musst ihn für mich loswerden.«

Than beugte sich auf seinem Sessel vor, sodass seine schwarze Jeans gegen das Leder der Polster knirschte. Seine Augen waren zu schmalen Schlitzen verengt. »Du willst Ariks Kidnappern eine Botschaft zukommen lassen.«

»Immerhin bist du noch nicht vollkommen verblödet, auch wenn du ein Buch liest, in dem es ausschließlich um Salz geht.«

Than starrte sie mit leerem, humorlosem Blick an. »Ja«, seufzte sie, »ich will ihnen eine Botschaft schicken.«

Vermutlich würde Thanatos nörgeln, aber im Grunde liebte er so etwas. Unruhe stiften konnte er am besten. Na ja, eigentlich war Reseph darin der Beste gewesen, aber seine Eskapaden waren im Grunde immer gutmütiger Natur gewesen. Than hingegen liebte es, den Dämonen eins auszuwischen.

»Es wäre klüger, die Leiche zu verstecken, damit niemand weiß, was mit ihm passiert ist, und niemand seinen Tod mit dir in Verbindung bringen kann«, sagte Than, die Vernunft in Person. Er musste wohl viel Zeit mit Ares verbracht haben, dessen Denkprozesse wie Schlachtpläne abliefen. »Es ergibt keinen Sinn, die Aufmerksamkeit auf dich zu lenken, Li.«

»*Hallooooo*. Ich bin ein Reiter der Apokalypse, und ich bin mit dem berüchtigsten, mächtigsten Dämon überhaupt verlobt. Ich könnte nicht mal dann mehr Aufmerksamkeit auf mich lenken, wenn ich Lady Gagas Schnitzelkleid bei einer PETA-Konferenz anziehen würde.«

»Aber du musst doch nicht unbedingt im Nest der Hornissen herumstochern.« Thanatos winkte Artur. »Bring die Leiche in die Eiskammer.« Sobald der Vampir fort war, widmete er sich wieder Limos. »Was hat der Dämon dir denn erzählt, ehe du ihn umgebracht hast?«

Sie studierte ihre vielfarbigen Fingernägel, um ihre Sorge zu verbergen. »Dass sie Arik hinrichten werden.« *Und dass sich Arik geweigert hat, auf einen Handel einzugehen, der ihm möglicherweise die Freiheit eingebracht, mich aber auf jeden Fall verdammt hätte.*

»Wann?«

Verflucht, das Orange an ihrem kleinen Finger war abgesplittert. »Bald.«

»Zweifellos werden sie ihn in Sheoul und nicht auf der Erde töten. Verdammt.« Than wünschte Arik den Tod, damit sich Li nicht länger ängstigen müsste, dass er ihren Namen aussprechen könnte – aber ihn in Sheoul zu töten, war nicht die Antwort.

Vielmehr wäre es sogar noch schlimmer, wenn sie dort unten seine Seele statt seinen menschlichen Körper foltern würden. Seelen konnten nicht vor Schmerz das Bewusstsein verlieren. Sie würden ihn innerhalb weniger Tage mürbe machen, und dann würde sie ihre Flitterwochen im Tadsch Mahölle verbringen.

Auch wenn sie keine Sekunde daran zweifelte, dass er einen neuen Rekord im Durchhalten aufstellen würde.

Und wieder überrollte sie eine Welle der Bewunderung, diesmal begleitet von einer Flut der Begierde, die nicht ausschließlich sexueller Natur war. Immer wieder hatte sie im Laufe des letzten Monats davon geträumt, wie es wohl wäre, mit ihm ins Bett zu gehen, aber auch davon, wie es wäre, einfach nur … mit ihm zusammen zu sein. Wie es wäre, so viel Charakterstärke um sich zu haben und in Sicherheit zu sein. Ja, sie war ein unsterblicher apokalyptischer Reiter, so mächtig, dass sie auf den Schutz irgendeines Mannes verzichten konnte. Aber, wie sie bei Ares und Cara gesehen hatte, bestand Macht nicht immer nur aus Muskelkraft.

Li richtete ihre Aufmerksamkeit auf ihre Haare und wickelte eine noch feuchte Strähne um ihren Finger. »Immerhin hab ich ein paar Informationen aus Rhys rausbekommen. Es ist möglich, dass Arik in der Nähe eines Höllenschlunds festgehalten wird.«

»Erta Ale«, sagte Than. »Kynan erwähnte es während unserer Unterhaltung. Er möchte die Gegend um den Vulkan gern absuchen, wird aber nicht in der Lage sein, die genaue Lage des Eingangs zu finden.«

»Weil er dafür nicht genug Bösartigkeit in sich trägt.« Das war so eine Sache mit den Höllenschlünden – Menschen konnten durchaus ohne die Unterstützung von Dämonen eintreten, aber nur, wenn sie böse waren. »Ich schätze, dann muss ich das wohl übernehmen.«

Thans ohnehin schon tiefe Stimme sackte in den Keller. »Ich weiß ja, dass du damit nicht etwa andeuten möchtest, dass du in diesem Höllenschlund herumschnüffeln willst.«

»Oh, und ob ich herumschnüffeln will.«

Thanatos erhob sich explosionsartig aus seinem Sessel; an seinem Hals standen die Adern hervor, was sogar unter dem Kragen seines schwarzen Rollis zu sehen war. »Verdammt noch mal, Li, wenn sie dich schnappen, bist du barfuß und schwanger mit der Höllenbrut Satans, ehe du auch nur einen Schrei ausstoßen kannst. Du kannst nicht –«

»Ja, meinst du denn, ich kenne die Risiken nicht?«, unterbrach sie ihn. »Ich bin nicht geflohen, um mich wieder einfangen zu lassen.«

Im Grunde war sie überhaupt nicht geflohen, aber das war etwas, das sie niemals laut aussprechen könnte. Es gab nur eines, was sie mehr fürchtete, als den Teufel höchstpersönlich zu heiraten: ihre Brüder zu verlieren. Sie hatten sie gelehrt zu lieben, nachdem sie unzählige Jahre lang geglaubt hatte, Liebe bedeute, das Leid anderer zu genießen.

»Dann komme ich mit dir.«

»Okay.«

Thanatos blinzelte. »Okay?«

»Was denn, hast du gedacht, ich fange an zu streiten? Ich bin doch kein Volltrottel.«

»Das«, sagte er, »bist du wirklich nicht. Für gewöhnlich.« Sein Blick wanderte über ihre Schulter, und als sie ihm folgte, sah sie Ares mit grimmiger Miene das Zimmer durchqueren. Die Anspannung schien ihm aus jeder Pore seines zwei Meter großen Körpers zu dringen.

Er war für den Kampf bereit, in seinem Lederpanzer, das Schwert an der linken Hüfte. Hinter ihm zockelte ein Ochse von Höllenhund. Limos hasste die Viecher, deren Bisse imstande waren, sie und ihre Brüder kampfunfähig zu machen, sie zu lähmen und damit wehrlos zu machen. Jede Waffe, die mit ihrem Speichel benetzt war, würde genau denselben Schaden anrichten, wie Limos aus eigener Erfahrung wusste. Aber Ares' Frau, eine Tierflüsterin, die die Gabe besaß zu heilen, hatte die verdammten Dinger sozusagen verzaubert und war überdies mit jedem Höllenhund auf geheimnisvolle Art verbunden. Dank dieser Verbindung war sie jetzt unsterblich, und sämtliche Bestien verspürten den überwältigenden Drang, sie und Ares zu beschützen.

»Hey, Bruder«, sagte sie. »Was gibt's? Wo sind Cara und Rath?«

Ares' schwarze Augen erwärmten sich beim Namen seiner Frau, sodass das eisige Glitzern einen Moment lang verging. »Sie ist zu Hause und kümmert sich um einen neugeborenen Höllenhundwelpen, dessen Mutter von Pestilence getötet wurde. Und Rath schläft.«

Rath war ihr Adoptivkind oder besser gesagt ihr Adoptivzicklein. Er war ein Baby-Widderkopf, ein ziegenähnlicher Dämon, dessen Vater ebenfalls von Pestilence ermordet worden war.

»Was ist los?« Thanatos musterte Ares, als versuchte er zu entscheiden, ob er ebenfalls seine Panzerung anlegen sollte.

»Unser Bruder hat sich von dem Schlag erholt, den wir ihm versetzt haben.« Ares' Stimme war kalt und hart, von eisiger Wut durchdrungen. »Ein Heuschreckenschwarm hat Neuseeland überfallen, die schlimmste Plage, die sie je erlebt haben.« Limos runzelte die Stirn. »Eine Plage könnte natürlich durch Pestilence hervorgerufen worden sein, aber sie ist und bleibt doch ein natürliches Phänomen.«

»Nicht, wenn die Heuschrecken auch Tiere und Menschen verspeisen.«

Igitt. »Ich hatte gehofft, es würde länger dauern, bis er sich neu formiert.« Dafür gab es eine ganze Reihe von Gründen, aber der wichtigste war, dass Ares und Thanatos nicht kämpften, solange Pestilence kein Unheil anrichtete. Ares wollte Pestilence tot sehen, während Thanatos hoffte, sein Siegel reparieren zu können.

Unglücklicherweise befand sich Pestilence im Besitz der einzigen Waffe, die in der Lage war, ihn zu töten, und bislang hatte niemand eine Möglichkeit gefunden, sein Siegel zu reparieren. Ach, zur Hölle, sie wussten ja nicht mal, ob es überhaupt möglich war. Thanatos besaß lediglich eine Theorie und jede Menge Hoffnung.

»Ja, ich auch«, sagte Ares. »Aber die Anspannungen auf dem Balkan nehmen erneut zu, so wie auch die Kämpfe im Mittleren Osten wieder aufleben. Ich komme gerade von einem besonders widerlichen.« Ares, der Reiter, der War sein würde, wenn sein Siegel brach, wurde von Krieg unweigerlich angezogen und konnte während des Höhepunkts der Kampfhandlungen Tage, Wochen, sogar Monate von zu Hause fernbleiben. Zum Glück war sein Siegel in Sicherheit, was sie Caras Verbindung mit dem Höllenhund zu verdanken hatten – es sei denn, Limos' oder Thanatos' Siegel brach.

»Verdammt«, flüsterte Than. »Ich habe eine Zunahme von Todesfällen gespürt, aber nichts Konkretes.«

»Das liegt daran, dass die Kämpfe ziemlich verstreut sind und es sich bislang eher um einzelne Scharmützel handelt, sodass die Todesrate noch ziemlich gering ist. Möglicherweise geht Pestilence diesmal stufenweise vor und bewegt sich eine Weile unter dem Radar, während er an seinem nächsten Versuch arbeitet, eine Apokalypse in Gang zu setzen. Jedenfalls führt er irgendwas im Schilde.« Ares streckte die Hand aus, um den Höllenhund unter dem Kinn zu kraulen. Limos glaubte nicht, dass sie sich jemals daran würde gewöhnen können. »Seid ihr denn schon weitergekommen, was Arik betrifft?«

Limos nickte. »Wir wollten uns gerade auf dem Weg zum Erta Ale machen, um ihn zu suchen. Hast du Lust, mitzukommen? Vielleicht gibt's ja was zu kämpfen.«

»Na, in dem Fall bin ich dabei.«

Sobald Limos die halbmondförmige Narbe links an ihrem Hals berührte, trug sie auch schon ihre Panzerung im Stil eines Samurais. Thanatos folgte ihrem Beispiel, und sein Panzer aus Knochenplatten klickte, als er sich um seinen Körper herum zusammenschob.

Es war an der Zeit, loszureiten.

Nichts.

Sie hatten um den Eingang zum Höllenschlund am Erta Ale nichts, aber auch gar nichts gefunden, außer glühend heißer

Lava, giftigen Gasen und erstickender Asche. Im Eingang selbst hatten sie schließlich die abgenagten Skelette eines halben Dutzend Menschen und einige Tunnel entdeckt, die sich in weitere Tunnel gabelten. Nachdem sie das Höhlenlabyrinth einen ganzen Tag lang abgesucht hatten, waren Ares und Thanatos an den Schauplatz eines weiteren von Pestilences Kriegen gezwungen worden, und Limos hatte ihre Strategie ändern müssen.

Sie öffnete ein Höllentor zu sich nach Hause, mit der Absicht, ein Team von Dienern zusammenzustellen, das ihr helfen sollte. Doch sobald sie den warmen Sand Hawaiis vor ihrem Zuhause betrat, öffnete sich blitzartig ein weiteres Höllentor, aus dem dieser Mistkerl Pestilence auf seinem weißen Hengst herausplatzte.

»Hey, Schwesterherz.« Mit scheppernder Rüstung schwang er sich von Conquest herab und rief das Pferd zu sich. Conquest löste sich mit einem *Puff* in eine Rauchsäule auf, die unter den Panzerhandschuh ihres Herrn schlüpfte, um sich auf seinem Arm niederzulassen. »Ich hab einen Job für dich.«

Ihre Finger öffneten und schlossen sich über der Scheide an ihrer Hüfte; der Wunsch, ihn einfach mit der Klinge zu durchbohren, war stärker denn je. »Wenn du glaubst, ich würde irgendetwas für dich tun, kannst du mich mal am Arsch lecken.«

Zu ihrem Erstaunen flackerte Schmerz in seinen eisblauen Augen auf. »Ich weiß, dass ich mich wie das letzte Arschloch aufgeführt habe, Li. Ich kann nichts dagegen tun.« Seine Schultern sackten herab, und er blickte zu Boden, sodass sein platinblondes Haar sein Gesicht verbarg. »Meine Träume … Mann, meine Träume machen mich echt fertig. Ich erinnere mich daran, wie ich war. Ich … ich vermisse das.«

Unwillkürlich machte sie einen Schritt auf ihn zu. »Reseph?«

»Ich brauche Hilfe.« Mit einer abgehackten, unkoordinierten Bewegung fasste er sich an den Kopf, als hätte er dort Schmerzen, und seine Stimme brach. »Mach mich wieder gesund …

bitte.« Er holte mühsam Luft. »Deliverance … unter meinem … Panzer. Töte … mich. Ich flehe dich an.«

»Wir werden dir helfen, das schwöre ich.« Sie streckte die Hand nach ihm aus.

Blitzartig zuckte seine Hand hervor und packte ihr Handgelenk so fest, dass sie die Knochen knirschen spürte. »Du sentimentale Närrin.« Er hob den Kopf, sodass sie das bedrohliche blutrote Leuchten in seinen Augen sah. »Reseph ist tot.«

Sie zischte, während Schmerz und Wut sie fast auseinanderrissen. Ehe Pestilence sie loslassen konnte, hatte sie ihr Schwert gezogen und schlug auf ihn ein. Blut spritzte, als sich die Klinge in seinen Nacken fraß. Er taumelte zurück und legte die Hand über die klaffende Wunde.

»Dafür«, sagte er mit seltsam ruhiger Stimme, »wirst du bezahlen.« Er zuckte mit dem Kopf, als wollte er eine Verspannung lösen, und die Wunde heilte – sehr viel schneller als dieselbe Verletzung geheilt wäre, ehe er böse geworden war. Als sein Siegel gebrochen war, hatte er an Stärke gewonnen; seine Fähigkeit, die Energie Sheouls anzuzapfen, hatte alle seine Fähigkeiten gesteigert. Aber verdammt noch mal, sie hätte nicht gedacht, dass er dermaßen widerstandsfähig geworden war. »Wie schon gesagt, ich habe einen Job für dich.«

»Für dich mache ich gar nichts.«

Er fuhr fort, als hätte sie gar nichts gesagt. »Ich habe ein altes Gewölbe entdeckt, das einmal der Aegis gehört hat, und ich will, dass du ihnen davon erzählst.«

Sämtliche inneren Alarmglocken begannen zu schrillen, bis ihr Schädel förmlich dröhnte. »Und was befindet sich in diesem Gewölbe?«

»Harmlose historische Relikte.«

»Das kannst du vergessen. Tut mir leid, aber ich führe die Aegis sicher nicht zu einem Haufen gefälschter Artefakte.«

Pestilence blinzelte unschuldig. Damit hatte er durchkommen können, als er noch Reseph war. Jetzt … wohl kaum.

»Gefälscht?« Er zuckte die Schultern. »Nee. Die sind echt. Die meisten jedenfalls. Und das Gewölbe ist tatsächlich ein Versteck der Aegis.« Er öffnete ein Höllentor. »Komm mit.«

»Für wie blöd hältst du mich eigentlich? Auf der anderen Seite wartet vermutlich Satans Schlafzimmer auf mich.«

Er verdrehte die Augen, als wäre ihr Misstrauen völlig ungerechtfertigt. »Dann schaff dir dein eigenes Höllentor und verbinde es mit meinem.«

»Ich hab wirklich anderes zu tun.«

Ohne jede Vorwarnung veränderte sich Pestilences Gebaren vollständig. »Solltest du es nicht bereuen wollen, mir deinen Anteil am Verlust von Deliverance vor so langer Zeit anvertraut zu haben, wirst du tun, was ich sage.«

»Erpressung, Bruder? Wow, du bist echt tief gesunken.«

»Sagte die Frau, die ihre Familie belügt, was einige wirklich verdammt wichtige Sachen betrifft.«

Verdammter Kerl. Mit einem Fluch schuf sie ihr eigenes Höllentor, das sich auf seines legte. Sie würden beide den zu einem einzigen Tor verschmolzenen Eingang betreten, aber sie konnte sich jederzeit zurückziehen, wenn sie das Gefühl hatte, es sei nicht sicher.

Sie gingen hindurch, Pestilence zuerst, und als sie in einer staubigen Höhle wieder hinaustrat, die von schwebenden Bällen mystischen Feuers erhellt wurde, wurde klar, dass er nicht gelogen hatte. Zumindest nicht vollständig. Sie befanden sich eindeutig in einer Art von Menschen gebautem Tunnel, und ihr eingebautes GPS verriet ihr, dass sie irgendwo in Ägypten waren.

Sie schauderte. Sie hatte Ägypten nie gemocht, und die klaustrophobische Enge der Wände legte sich um ihren Brustkorb wie ein Python.

»Wo sind wir?«

»In einer vergessenen Krypta. Irgendein früher mal ziemlich wichtiger Kerl liegt in der Kammer hinter uns begraben.« Pestilence kniete sich an das untere Ende eines Steinsargs, der die Größe einer Tiefkühltruhe hatte, und obwohl der Deckel vermutlich fünfhundert Pfund wog, hob er ihn an, als bestünde er aus Pappe. »Wirf mal einen Blick hinein.«

Langsam trat sie an den Sarkophag heran und spähte hinein. Darin lagen ein Dutzend antiker Schmuckstücke, Münzen und Tonstatuen auf einem Haufen Staub. Sehr behutsam hob sie eine der Figuren auf. Das tönerne Abbild einer fülligen Frau war mit Rissen überzogen, das Stoffstück, das um seine Beine gebunden war, brüchig.

»Gar keine schlechte Arbeit«, murmelte sie. »Du hast deine Berufung als Fälscher verfehlt. Was ist der Zweck des Ganzen?«

»Das geht dich überhaupt nichts an.«

»Du bist so ein Arschloch.«

Eine blonde Augenbraue schoss in die Höhe. »Nach all den Dingen, die du getan hast, hast du den Nerv, mich ein Arschloch zu nennen?«

»Komm endlich zur Sache«, brachte sie mühsam hervor. »Was willst du?«

»Bring einen Aegi hierher. Sag ihnen, du hättest das Gewölbe bei der Suche nach deinem *Agimortus* entdeckt.« Pestilence schleuderte ihr etwas vor die Füße. Als sie sich bückte, um es aufzuheben, erkannte sie, dass es sich um Erkennungsmarken handelte. Ariks Erkennungsmarken, mit Blut bedeckt. »Du wirst es tun, sonst bringe ich dir nächstes Mal seine Augen.«

Sie umklammerte die metallene Kette und die Marken so fest, dass ihre Handfläche wehtat. Aus irgendeinem Grund machte dieses kleine Stück von Arik alles so real. Es war, als könnte sie in den Blutspritzern seinen Schmerz fühlen. Gott, wenn sie nur stärker gewesen wäre, wenn sie Arik und seiner Anziehungskraft widerstanden hätte, säße sie jetzt nicht dermaßen in der Klemme und er würde keine Schmerzen erleiden.

Scham überkam sie, aber sie konnte es sich nicht leisten, ihr nachzugeben. Was Pestilence auch vorhatte, war weitaus bedeutsamer als Ariks Qualen, und sie durfte nicht zeigen, dass sie etwas für ihn empfand.

»Tu, was du mit Arik tun musst«, sagte sie mit sicherer, kräftiger Stimme, auch wenn sie es nicht meinte, auch wenn alles in ihr schmerzte. »Ich werde dir nicht helfen.«

»Dann hoffe ich, du bist darauf vorbereitet, Ares und Thanatos gegenüberzutreten, nachdem ich ihnen von *all* deinen Täuschungen erzählt habe.« Er entblößte seine Fänge. »Und ja, ich weiß. Unsere Mutter hat mir alles erzählt.«

Limos' Herz schoss ihr bis in die Kehle, doch es gelang ihr dennoch, äußerlich ruhig zu erscheinen. »Es ihnen zu verraten, wird deiner Sache nicht eben förderlich sein.« Sie strich über die Wörter, die auf den Marken eingraviert waren, schöpfte Trost aus dem Gefühl von Ariks Namen unter ihrem Daumen. »Wenn überhaupt, wird es ihr schaden. Alle Gefühle, die sie möglicherweise noch für dich hegen, werden sich in Hass verwandeln.« Hoffte sie zumindest. Sie war jedenfalls verdammt sicher, dass sie *sie* hassen würden.

»Ich bin bereit, dieses Risiko auf mich zu nehmen. Also, wofür entscheidest du dich, Schwesterherz? Entweder du erzählst den Wächtern von diesem Gewölbe, oder ich werde unsere Brüder aufsuchen und ihnen verraten, wieso du, und nur du allein, für den Fluch verantwortlich bist, der uns zu den apokalyptischen Reitern gemacht hat.«

Geh, Tochter. Geh in das Reich der Menschen und finde deine Brüder. Lass die Flüsse aus Blut strömen. Ihre Mutter, Lilith, hatte diese Worte gesagt, als Limos Sheoul verließ … ungehindert.

Es war zu keinem Kampf gekommen, im Gegensatz zu dem, was Limos ihren Brüdern gegenüber behauptet hatte. Limos war nicht geflohen – sie war in Glanz und Gloria aufgebrochen, mit der festen Absicht, zurückzukehren, um ihren Platz an der Seite ihres Ehemanns einzunehmen, sobald sie ihre Aufgabe erfüllt hatte.

Wenn Thanatos und Ares davon wüssten, würden sie ihr Deliverance mitten ins Herz stoßen, gleich nachdem sie Pestilence dasselbe angetan hatten. Oder vielleicht auch schon davor.

»Verdammt sollst du sein«, knurrte sie. »Ich werde es tun. Aber als Gegenleistung holst du Arik aus Sheoul heraus.«

»Du bist ganz und gar nicht in der Lage zu verhandeln.« Pestilence lächelte. »Und wenn die Aegis auch nur den Hauch eines Verdachts haben sollte, dass dies eine Falle sein könnte, werde ich Arik töten und unseren Brüdern dein Geheimnis verraten.«

Sie wünschte, sie könnte ihn erwürgen. Er hatte recht: Sie verfügte über keinerlei Druckmittel. »Du weißt, was diese Lüge mir antun wird.«

Pestilence leckte sich über die Lippen, als ob er den feinsten Brandy genossen hätte. »Das ist doch das Beste daran, Schwester. Mit jeder Lüge, die du äußerst, verstärkt sich deine Sucht, und mit jeder Lüge wächst das Böse in dir, bis du schließlich aus freien Stücken zu deinem Ehemann zurückkehrst.«

»Er ist nicht mein Ehemann.«

»Noch nicht, Limos«, sagte er. »Noch nicht.«

5

Pestilence war in der beschissensten Laune aller Zeiten, als er im Keller der Villa auf Neuseeland ankam. Er hatte sie für sich beansprucht, nachdem die Heuschrecken die Bewohner aufgefressen hatten. Am liebsten hätte er ein paar Köpfe abgerissen, einfach nur so.

Das Treffen mit Limos war nicht besonders gut gelaufen. Na ja, immerhin hatte er sie dazu gebracht, zu tun, was er wollte. Aber er war schwach geworden. Der Mann, der er gewesen war, ehe sein Siegel brach, Reseph, hatte es irgendwie geschafft, seinen dämlichen Kopf zu erheben und um Hilfe zu betteln. Pestilence hatte gerade noch so die Kurve gekriegt – er hatte so getan, als hätte er Limos nur etwas vorgespielt und sie zum Narren gehalten.

Aber in Wahrheit … *Verdammt noch mal – er hatte sie angebettelt, ihn zu heilen oder zu töten.*

Vor Wut brüllend warf er seine Panzerung ab, packte den Dolch, den er sich an die Brust geschnallt hatte, und stieß ihn sich in den Bauch. Durchdringender, glühender Schmerz ergriff ihn, er ging in die Knie. Sogleich kamen seine Lakaien angelaufen, aber er schickte sie mit einem Winken fort. Dies sollte ihn an etwas erinnern. Und zwar daran, dass er tot wäre, wenn er nur wenige Zentimeter höher gezielt hätte, wenn er Deliverance in sein eigenes Herz versenkt hätte. *Tot*. Er hielt die einzige Waffe in Händen, die in der Lage war, ihn zu töten, und er musste sie unbedingt von seinen Geschwistern fernhalten.

Reseph durfte ihn nicht schwächen.

»Was zur Hölle tust du denn da?«

Pestilence knirschte mit den Zähnen, als die weibliche Stimme an sein Ohr drang. Harvester. Eine der beiden Wachen der Reiter – die eine böse, die andere gut, beide Engel. Zufällig gehörte Harvester zu den Bösen – sie war ein gefallener Engel.

»Ich spiele mit mir selbst«, fuhr er sie an. »Was glaubst du denn, was ich tue?«

Sie blinzelte in vorgetäuschter Unschuld. »Wenn du eine Erinnerung daran nötig hattest, wie sehr Deliverance dich verletzen kann, hätte ich dir doch nur zu gern eine hilfreiche Hand dargeboten.«

Daran hegte er nicht den geringsten Zweifel. Sie hasste ihn ebenso sehr wie er sie. »Warum bist du hier?«

Harvester sah mit offensichtlichem Vergnügen zu, wie er sich die Klinge mit einem Ruck aus dem Leib zog. Die Verletzung heilte augenblicklich, der stechende Schmerz verwandelte sich in ein dumpfes Ziehen.

»Ich habe einen merkwürdigen Auftrag erhalten und mich gefragt, ob du vielleicht irgendetwas damit zu tun haben könntest.«

»Keine Ahnung.« Er ging zum Feuer, über dem ein Kessel mit Wasser kochte, und tauchte Deliverance hinein. *Saubere Waffen für einen sauberen Tod*, hatte Ares immer gesagt. Selbst wenn Pestilence Ares für ein ausgemachtes Arschloch hielt, würde doch nur ein Idiot seinen Ratschlag in puncto Krieg verschmähen. »Was ist das für ein Auftrag?«

»Streng geheim.«

»Das dürfte ja wohl kaum für mich gelten.« Er kam wieder zu ihr zurück.

»Oh, in diesem Fall schon. Das ist sogar für dich zu hoch.«

Nachdem Pestilence ganz oben in der dämonischen Nahrungskette stand, konnte das nur bedeuten, dass Harvesters Anweisungen von einigen anderen Dämonen oder von Zachariel stammten: dem Engel der Apokalypse, der sie überhaupt erst mit dem Fluch der Reiter belegt hatte.

»Geht es bei diesem Auftrag um deine Stellung als Wache?«

»Nein.« Sie musterte ihn, während er Deliverance in die Scheide zurückschob. »Es geht dabei ausschließlich um sheoulische Angelegenheiten.«

Ah, dann konnten ihre Befehle nur von jemandem stammen, der zu Satans engstem Kreis gehörte, was Lilith einschloss, Pestilences Sukkubus-Mutter. Interessant. Er lächelte verführerisch und fuhr mit einem Finger über die glatte Haut ihrer bloßen Schulter. »Kannst du mir denn nicht mal einen kleinen Hinweis geben?«

Sie erwiderte das Lächeln, auch wenn ihres bitter war. »Es hat mit den gefälschten Schriftrollen zu tun, aber mehr darf ich dir nicht verraten.«

Sie kaute an ihrer Unterlippe, und so sehr er sie auch hasste, musste er doch zugeben, dass die Art, wie ihr Fangzahn zwischen ihren Lippen hervorlugte, überaus sexy war. Er liebte es, dass Engel, wenn sie fielen, ihre albernen Engelnamen verloren und dafür Fänge und eine Vorliebe für Blut entwickelten. Er ließ den Blick von oben bis unten über Harvesters kurvenreichen Körper wandern, denn im Grunde konnte es sogar noch besser sein, jemanden zu ficken, den man hasste, als jemanden, den man mochte.

Harvester ließ den Fangzahn wieder verschwinden. Was für eine Enttäuschung. »Aber ich nehme an, es kann nicht schaden, wenn ich sage, dass mein Auftrag dazu beiträgt, dass dein Plan ungehindert verfolgt werden kann.«

Dank sei dem Dunklen Herrscher, dass zumindest eine Sache richtig lief. Und wenn die Aegis jetzt noch auf seine List hereinfiel, könnte er auch den anderen Teil seines Plans in Angriff nehmen. Es würde nicht leicht sein, sich einen von Thanatos'

Vampiren zu schnappen und durch einen Doppelgänger zu ersetzen, aber er würde es schon schaffen. Er schaffte immer alles. Als Reseph hatte ihm sein Charme alles besorgt, was er wollte. Als Pestilence funktionierten Drohungen noch weitaus besser.

»*Dein* Plan, meinst du wohl.« Es ging ihm gegen den Strich, dass ausgerechnet Harvester ihn auf die Idee mit dem »Aegis-Gewölbe« gebracht hatte, und jetzt musste er einfach nur hoffen, dass es funktionierte.

»Das sollte lieber unter uns bleiben«, sagte sie. »Ich möchte nicht beschuldigt werden, ›geholfen‹ zu haben.«

»Daran zweifele ich nicht.« Die letzte Wache, die die Regeln gebrochen hatte, hatte jahrzehntelang gelitten, ehe sie endlich vernichtet worden war.

Harvester schnaubte. »Hat Limos irgendeinen Verdacht geschöpft?«

»Das bezweifle ich. Sie hat sich auf die Artefakte konzentriert.« Jetzt musste er hoffen, dass der Wächter, den sie in die Kammer führte, schlau genug war, um die verborgene Kiste aufzustöbern, in der Pestilence den wahren Schatz versteckt hatte, den die Aegis seinem Plan zufolge finden sollte: die Schriftrollen, auf die Harvester angespielt hatte. Die Artefakte waren nur ein Ablenkungsmanöver, um Limos davon zu überzeugen, dass die Rollen nichts mit Pestilence zu tun hatten.

Harvester blickte sich in dem Keller um, der zu einem Spielplatz für Dämonen umgestaltet worden war. Schließlich blieb ihr Blick an dem Aegis-Wächter hängen, der in Ketten lag. »Wo hast du den denn her?«

»Den hab ich in Ungarn auf der Straße aufgegabelt. Er war hinter einem Hocker-Dämon her.« Das Stöhnen des Wächters klang musikalisch. Sinnlich. »Du weißt doch wohl, dass ich jeden belohne, der mir einen Aegi bringt, tot oder lebendig?«

»Selbstverständlich. Die gesamte Unterwelt weiß, dass du ein Kopfgeld auf Wächter ausgesetzt hast. Was für eine Art von Information möchtest du denn aus den lebenden herausholen?«

»Die Standorte der Hauptquartiere ihrer Zellen sowie den Standort des Aegis-Hauptquartiers. Dieser hier hat mir den Sitz seiner Zelle in der Nähe von Budapest verraten, die in ebendiesem Augenblick von meinen Lakaien belagert wird.« Pestilence seufzte. Er konnte den Schlachtenlärm praktisch hören. »Aber er weiß nicht, wo sich die regionalen Zentren oder die globalen Hauptquartiere befinden.«

»Die Einsatzleitung ist in Berlin.«

»Was du nicht sagst.« Pestilence knirschte mit den Zähnen. »Ich weiß allerdings nicht, wo genau. Und keiner von diesen Mistkerlen will es mir verraten.«

»Vermutlich kennen die meisten den genauen Ort überhaupt nicht.«

Natürlich, so war es. Die Obermacker der Aegis würden mit Gewissheit nicht riskieren, dass ein rangniederer Wächter alles ausplauderte, nur weil er ein wenig gefoltert wurde und dem Feind damit Gelegenheit gab, einen Angriff auf das Nervenzentrum selbst zu starten. Ein Angriff würde nicht nur die gesamte Organisation lahmlegen – Gerüchten zufolge lagerte auch ein Großteil ihrer Waffen, Geheimnisse und Artefakte im Hauptquartier, und die wären für jeden von unschätzbarem Wert.

Pestilence zeigte auf den zerschundenen Aegi. »Willst du mal sehen, was du aus ihm rauskriegen kannst?«

Sie wischte einige unsichtbare Staubkörner von ihrer schwarzen Leggings. »Ich hab anderes zu tun.«

»Nein, wirklich.« Er grub die Finger so fest in ihre Schulter, dass es wehtun musste, aber sie ließ sich nichts anmerken. »Ich würde zu gern sehen, wie du arbeitest.«

»Welchen Teil von ›Ich habe anderes zu tun‹ hast du nicht verstanden?«

Er sah sie mit zusammengekniffenen Augen an. »Weißt du was? Ich hab noch nie gesehen, dass du etwas anderes getan hättest, als rumzuhängen und anderen dabei zuzusehen, wie sie sich die Hände schmutzig machen. Vielleicht bist du ja … zart besaitet?«

Sie stieß ein Schnauben aus. »Wohl kaum. Ich habe Dinge getan, die du dir nicht mal vorstellen kannst.«

Das bezweifelte er. Seine Vorstellungskraft war ungeheuerlich. »Dann zeig's mir.«

Sie starrte ihn eine ganze Weile mit hartem Blick an. Am Ende zuckte sie mit den Schultern, wählte ein gezahntes Messer aus dem umfangreichen Angebot von Folterinstrumenten, die an der Wand hingen, und überprüfte die Klinge. Blut quoll aus dem Schnitt an ihrem Daumen. Sie leckte daran, um die Wunde zu versiegeln. Dieser Anblick und der Duft ließen ihn augenblicklich hart werden.

»Wie du willst«, sagte sie lässig und schlenderte zu dem Wächter hinüber, um ihr grausiges Werk zu beginnen.

Er sah dabei zu, und seine Erregung wuchs mit jedem Schrei des Menschen. Seine Pläne standen kurz vor der Vollendung. Schon bald würde die Aegis selbst die Apokalypse in Gang setzen, Limos würde wieder zu dem bösartigen Miststück, das zu sein sie geboren wurde, und Arik würde … sterben.

Aber nicht, ehe Pestilence sich seiner Seele versichert hatte.

Verfluchte Dämonen.

Das waren momentan Ariks Lieblingswörter, und er wiederholte sie immer und immer wieder. Na ja, es waren eigentlich schon immer seine Lieblingswörter gewesen, aber er hatte den Verdacht, dass die Zeit, die er in diesem Scheißloch verbracht hatte, sein Vokabular ausgelöscht und ihm nur noch diese beiden Wörter gelassen hatte.

Arik saß still da, während Tav damit beschäftigt war, ihn zu heilen. Schon wieder. Das war das zweite Mal innerhalb von zwölf Stunden, was an sich nichts Ungewöhnliches war, aber Arik hatte eigentlich auf eine Galgenfrist gehofft, da sie entschieden hatten, ihn hinzurichten.

Von wegen.

Er warf einen Blick auf die Tür, wo er seine dünne geflochtene Schnur um einen schwärzlichen Gitterstab zwischen Wand und Schloss gewunden hatte. So weit, so gut. Niemand hatte es bemerkt. Dämonen waren nicht gerade die Aufmerksamkeit in Person.

»Und, Tav, was hast du heute noch so vor?«

Tavin zog sich die OP-Handschuhe aus. »Sex.«

Richtig. Seminus-Dämon. Musste Sex haben, wenn er nicht sterben wollte. »Toll.«

»Und du?«

Flucht. Arik zuckte die Schultern. »Ich werde mir vermutlich den Eimer mit Fischhaut und -innereien zu Gemüte führen, den deine Freunde mir servieren werden. Und danach habe ich, glaube ich, einen Termin beim Scharfrichter. Warum? Wolltest du dich mit mir verabreden?«

Tav schob die Handschuhe in seine Arzttasche. »Du bist nicht mein Typ. Und außerdem können Sems nur mit einer Frau kommen.«

»Hmm. Ich bin zwar kein Seminus, aber mir geht's ganz genauso.«

Tavin lachte. Das hatte Arik ihn noch nie tun sehen. »Du gefällst mir, Mensch.« Gleich darauf wurde er wieder ernst, und sein Lächeln wurde traurig. »Ich bezweifle, dass ich dich wiedersehen werde.«

Arik klopfte dem Dämon auf den Rücken. »Weißt du was, mir ist Galgenhumor wesentlich lieber als eine rührselige Verabschiedung.«

Tav nahm seine Tasche auf die Schulter und gab der Wache ein Zeichen. »Ich hoffe, du findest Frieden, Mensch.« Dann senkte er seine Stimme ein wenig. »Und vergiss nicht, dass du, wenn du immer den rechten Weg gehst, niemals nach links abbiegen musst.«

»Äh, okay. Ich habe leider keine erstaunlichen Weisheiten für dich, aber hey, ich habe es mir zur Regel gemacht, niemals auf weiße Pferde zu wetten. Seit ich diesem Rat folge, habe ich noch nie Geld verloren.«

»Ich werde es mir merken.«

Sobald sich die Tür öffnete, platzierte Arik seine Hand strategisch über dem selbst gemachten Seil, das er um die vertikale Stange gewickelt hatte, in die das Schloss der Tür einrastete. »Bis dann, Dämon.«

Tavin trat hinaus, und als die Tür geschlossen wurde, zog Arik sein Gebilde nach unten, dankbar für die Gummizüge, sodass es eine Barriere zwischen dem Schließmechanismus der Tür und dem entsprechenden Gegenstück im Gitterstab bildete. Jetzt musste er nur noch beten, dass der winzige Knochen, den er in mühevoller Schleifarbeit zum Zahnstocher umgeformt hatte, stark genug sein würde, um das Schloss von außen zu öffnen, während das Gummiband von innen Druck auf den Riegel ausübte. Diese dämlichen Scheißdämonen wussten nicht, dass Arik inzwischen ihre Sprache verstand und ihren Gesprächen entnommen hatte, dass man das Schloss nur mit einem Knochen öffnen konnte.

Eins zu null für den Menschen, ihr Arschlöcher.

Tav winkte ihm noch einmal respektvoll zum Abschied, und sobald er und die Wachen verschwunden waren, machte sich

Arik an die Arbeit. Mit leichtem Hinken, da seine Fußknöchel und sein rechtes Knie von der letzten Folter noch schmerzten, holte er den nadelähnlichen Knochen und kehrte zur Tür zurück. Er quetschte die Hand zwischen die Gitterstäbe und betete um Erfolg.

Behutsam zog er am Seil und fühlte, dass das Schloss nachgab. Sein Herz machte einen Satz. Während er mit dem Knochen darin herumstocherte, lauschte er auf das Klicken und versuchte, ein Muster im Mechanismus herauszuspüren. Er verstärkte den Druck auf das Band, und allmählich begann das Metall nachzugeben, bis der Mechanismus sich zurückzog. Vorsichtig drückte er mit der Schulter gegen die Tür, die sich daraufhin quietschend öffnete. Der ohrenbetäubende Lärm – so kam es Arik jedenfalls vor – brachte seinen Puls zum Rasen. Wenn einer der Dämonen das hörte …

Er trat vor die Zelle. Sogleich ließ ein Gefühl der Freiheit sein Herz jubeln, während er zugleich den verstörenden Drang bekämpfen musste, in seine Kammer zurückzukehren. Adrenalin rauschte durch seinen Körper. Er spürte, dass ihm der Schweiß ausbrach, und seine Haut schien auf einmal zu eng für ihn zu sein. Erneut warf er einen unsicheren Blick in seine Zelle zurück.

O Mann, wieso zum Teufel zögerte er noch? Die logische Seite seines Gehirns erinnerte sich an seine militärische Ausbildung und daran, dass seine Reaktion typisch war für Menschen und Tiere, die man gefangen gehalten hatte. Das Grauen des Gefängnisses konnte tatsächlich weitaus weniger erschreckend sein als die Schrecken auf der anderen Seite des Gitters. Der Schrecken des Unbekannten.

Allerdings hätte Arik sich für stärker gehalten.

Verdammt noch mal, er *war* stärker! Also machte er den ersten Schritt in den dunklen Gang hinein. Überall um sich herum hörte er das unaufhörliche Tropfen, das ihn in den vergangenen

Wochen beinahe in den Wahnsinn getrieben hätte, aber bis jetzt weder Schritte noch Stimmen. Leise tappte er auf bloßen Füßen durch den sich windenden Gang, aber als er an einer Gabelung ankam, blieb er stehen. Der eine Weg führte weiter in die Dunkelheit hinein, wurde immer verschwommener, je weiter er sich erstreckte, während der andere Pfad, der genauso tintenschwarz erschien, leicht anzusteigen schien. Da Arik nach oben, ins Reich der Menschen zurück wollte, fiel ihm die Entscheidung nicht schwer.

Er schlug diesen Weg ein und blieb nur ab und zu stehen, um zu lauschen. Aber bis auf das typische Rascheln der Stacheligen Höllenratten, die durch die Tunnel huschten, waren keine dämonischen Laute zu vernehmen. So weit, so gut.

Bis zur nächsten Gabelung.

Beide Tunnel waren dunkel und voller Stalaktiten und Stalagmiten. Also wirklich, was sollte denn jetzt dieser Scheiß? Wie konnte sich ein relativ glatter Pfad auf einmal in einen Hindernisparcours verwandeln?

Er überlegte eine ganze Weile, versuchte es ganze drei Mal mit ene mene muh und stieß schließlich frustriert die Luft aus. Welchen Weg sollte er nur …

Und vergiss nicht, dass du, wenn du immer den rechten Weg gehst, niemals nach links abbiegen musst.

Er blinzelte. Hatte Tavin ihm da etwa einen Hinweis gegeben? Dieser raffinierte kleine Sem. Da ihm nichts Besseres einfiel, nahm Arik den rechten Weg und begann, sich vorsichtig durch die steinernen Hindernisse vorzuarbeiten. Als er an die nächste Gabelung kam – diesmal hatte er die Wahl zwischen drei Wegen – nahm er wieder den rechten. Der Tunnel schien im Großen und Ganzen eher nach links zu tendieren, aber er hielt sich jedes Mal, wenn er die Wahl hatte, rechts. Und seltsamerweise begegnete er keinen Dämonen.

Es kam ihm vor, als sei er schon Stunden unterwegs; seine Füße bluteten, und sein Magen zog sich vor Durst zusammen. Die Tunnel wurden immer heißer, einige waren mit Dampf und Rauch gefüllt, andere wiederum so sauerstoffarm, dass er beinahe das Bewusstsein verlor.

Während er sich weiterquälte, ließ er eine Spur aus Blut hinter sich zurück – Scheiße, das war echt übel. Er stolperte ein paar Mal, zog sich Schnitte in Händen und Knien zu, und seine Hose bestand mittlerweile nur noch aus ein paar zerfetzten Lumpen. Er hatte Tagträume von kaltem Bier und Essen – und, zu seinem Bedauern, von Limos –, während er sich weiterkämpfte, die Augen weit aufgerissen, alle Sinne, die so lange abgestumpft erschienen waren, hochkonzentriert.

Dann jedoch wurden all seine Hoffnungen und Fantasien wie aus dem Nichts zerstört, als hätte ihn eine Tomahawk-Rakete getroffen.

»Hallo Arik.«

Arik erstarrte bis ins Mark. Pestilence hatte ihn gefunden.

6

Als Limos die Notaufnahme des *Underworld General* betrat, war dort mal wieder die Hölle los. Eine Krankenschwester mit goldenem Haar – laut ihrem Namensschildchen hieß sie Vladlena – hielt kurz inne, obwohl sie eine Krankenliege schob, auf der sich ein blutender Patient befand.

»Eidolon ist im OP.« Dann zeigte sie zum Empfangstresen. »Shade ist dort drüben.«

»Ich bin nicht wegen –«

Vladlena eilte weiter, ohne ihr zuzuhören, aber da hatte Shade Limos schon erblickt. Na toll. Shade hatte sich in den vergangenen Wochen wie das letzte Arschloch aufgeführt. Er war der Gefährte von Ariks Schwester, und wenn Arik und Shade auch nicht gerade die besten Freunde zu sein schienen, sah der Dämon es gar nicht gern, welche Sorgen sich seine Gefährtin um ihren Bruder machte. Und da Ariks Lage in gewisser Weise Limos' Schuld war – nur indirekt, da Arik schließlich *sie* geküsst hatte und nicht umgekehrt –, hatte Shade Limos das Leben in letzter Zeit zur Hölle gemacht.

Shade warf das Klemmbrett, das er gehalten hatte, auf den Tresen und kam zu ihr hinüberstolziert. »Hast du Neuigkeiten?«

»Es gibt nichts Neues«, sagte sie. »Ich bin nur hier, um Kynan zu treffen.«

»Ich habe gerade mit ihm telefoniert. Er ist schon auf dem Weg.«

»Danke.«

»Du kannst mir danken, indem du Arik findest.« Schon war er

wieder davonstolziert, ehe sie ihm die passende Antwort geben konnte. *Hornochse.*

Sie ließ die Hand in ihre Tasche gleiten und spielte mit Ariks Erkennungsmarken, während sie den unaufhörlichen Strom von Patienten beobachtete, der die Notaufnahme durchlief. Was er wohl gerade machte? Ob er vor Qualen schrie? Oder ob er in irgendeiner Ecke hockte, im Dunkeln, frierend und verängstigt? Dachte er vielleicht an sie und verfluchte ihren Namen? Klebriger Schweiß begann ihren Körper zu bedecken, der nach Schuld roch. Fauliger, dicker, bitterer Schuld.

In ihrer verzweifelten Suche nach Ablenkung schnappte sie sich erneut Vladlena. »Ist es hier immer so chaotisch?«

»In letzter Zeit schon.« Sie seufzte. »Das liegt an dem Aufruhr in der Unterwelt. Diejenigen, die sich wünschen, dass die Apokalypse beginnt, bekämpfen diejenigen, die das nicht wollen, und dann sind auch noch die Wargkriege erneut aufgeflackert, und die Katzengestaltwandler werden von einer neuen Seuche heimgesucht. Und das heißt natürlich, dass wir jede Menge neue Patienten bekommen.«

Limos hatte keinerlei Zweifel, dass Pestilence hinter der Gestaltwandlerseuche steckte – seine Art, eine Botschaft zu verbreiten. Nämlich die, dass sich die Gestaltwandler besser auf seine Seite schlagen sollten, wenn die Apokalypse erst mal anfing, weil er sie sonst mit einem einfachen Fingerschnipsen vernichten würde.

Als Vladlena fortging, trat Kynan aus dem Tor, und natürlich nahmen seine jeansblauen Augen sofort Limos aufs Korn. »Was ist los?«, fragte er anstelle einer Begrüßung.

»Ich freu mich auch, dich zu sehen«, murmelte sie. »Komm mit. Ich muss dir was zeigen. Etwas, das euch möglicherweise weiterhilft.« Die Lüge liebkoste all ihre Lustzentren, und ihr wurde schwindelig.

Kynan fluchte, folgte ihr aber ins Höllentor. Da er von Engeln gesegnet worden war, gab es nur wenig, das er fürchten musste, doch es überraschte sie nicht, dass er zögerte, als sich das Tor innerhalb des Grabs öffnete.

»Wenn das eine Falle ist –«

»Ist es nicht.« Aber ja, sie konnte seine Sorge gut verstehen. Sie hatte ihn in ein versiegeltes Grab geführt, und falls sie ein Tor öffnen und es ohne ihn wieder verlassen sollte, würde er dort in der Falle sitzen, bis seine Freunde ihn fanden … was eine ganze Zeit dauern könnte. »Siehst du dieses Behältnis aus Stein? Das ist ein Versteck der Aegis. Ich hab's gefunden, als ich nach meinem *Agimortus* gesucht habe.«

Ein Schuss Adrenalin strömte in ihre Adern, und einen Moment lang musste sie gegen dieses köstliche Zucken anatmen. Es war schon so lange her, seit sie eine so große Lüge erzählt hatte, so lange, seit sie diesen verbotenen Kitzel gespürt hatte, dass sie vergessen hatte, wie es sich anfühlte.

Die Waage auf ihrem Schulterblatt kippte zugunsten der bösen Seite und erinnerte sie so an die Schwere dessen, was sie soeben getan hatte. Je weiter sich die Waagschale senkte und je länger sie sich zugunsten des Bösen neigte, desto schlechter war die Wahl, die sie getroffen hatte. Und umso weniger lag ihr irgendjemand außer ihr selbst am Herzen. Schlimmer noch: Sie würde beginnen, das Leid anderer zu genießen. Sie würde nur aus Spaß Hungersnöte auslösen, und das mit einer einzigen Berührung. Sie könnte einen Mann anrühren, und ganz gleich, wie viel er auch äße, würde er langsam verhungern, und jeder, der mit ihm in Kontakt käme, würde dasselbe Schicksal erleiden. Und sie würde die ganze Zeit lachen. Gegen sie würde Pestilence aussehen wie ein Pfadfinder.

Verdammt sollst du sein, Bruder.

Kynan schlich leise wie eine Katze auf den Behälter zu und kniete sich neben ihn. Pestilence hatte ihn offen stehen lassen, der schwere Deckel lag quer. Kynans prüfender Blick wanderte über das Aegis-Symbol auf dem Deckel, dann nahm er vorsichtig eine der Münzen auf, die darin lagen, und wischte mit dem Daumen den Staub ab.

»Was ist das für ein Zeug?«, fragte sie.

»Ich weiß nicht. Einige von den Dingern könnten verzaubert sein, in bestimmten Ritualen verwendet werden ... aber ich bin nicht sicher. Wir werden sie sorgfältig untersuchen müssen.« Er blickte zu ihr hinüber. »Du bist alt. Hast du vielleicht schon mal eines dieser Stücke gesehen?«

Alt? »Ich sehe mich eher als erfahren an, und nein, ich habe sie noch nie gesehen.« Diese neue Lüge brachte ihrem Körper neue Wonnen ein. Komisch, wie eine Schwindelei ihr einerseits körperliche Lust und zugleich seelische Qualen verschaffen konnte. Tatsächlich wünschte sich ein kleiner Teil in ihr, dass Kynan nicht darauf hereinfallen würde, während der Rausch zugleich jedes ihrer Nervenenden befeuerte. »Findet ihr solche vergessenen Aegis-Gewölbe denn öfter?«

Was auch immer Pestilence vorhatte könnte möglicherweise davon abhängen, wie glaubhaft es war, dass sie zufällig auf einen verlorenen Aegis-Schatz gestoßen war.

»So was kommt schon mal vor«, sagte er. »Aufzeichnungen gehen verloren, und einige dieser Orte sind seit Langem in Vergessenheit geraten. In anderen Fällen wurde jemandem in aller Eile der Auftrag erteilt, ein Objekt zu verstecken, und dann ist der Wächter gestorben, ehe er weitergeben konnte, wo das Versteck liegt. Also ja, es gibt eine ganze Reihe von Kammern, von deren Existenz wir wissen, die wir aber nicht finden können, und dazu noch Verstecke, über die wir zufällig stolpern. Und gerade jetzt, so kurz vor der Apokalypse, erreicht die Zahl der Entdeckungen geradezu rekordverdächtige Höhen.«

»Denn Dinge, die einst verborgen wurden, wollen gefunden

werden, wenn der Jüngste Tag naht«, murmelte sie – ein Zitat eines alten Propheten der Aegis, dem sie in den Tagen vor dem Christentum begegnet war.

»Genau.« Kynans Finger strich über eine der Halsketten, die sich auf dem Grund der Truhe befanden. »Wenn sich das Ende aller Tage nähert, werden Geheimnisse offenbar.«

Geheimnisse werden offenbar. So etwas hörte Limos gar nicht gern. Sie schloss die Augen und bemühte sich, ihre Vergangenheit, ihre Schuld zu verdrängen, was ihr allerdings nicht allzu gut gelang. Sie hatte so viele hintergangen, von dem Tag an, an dem sie Sheoul verlassen hatte, bis jetzt. Und so gern sie Kynan auch vor den Gegenständen gewarnt hätte, zu denen sie ihn geführt hatte, konnte sie es nicht. Es stand zu viel auf dem Spiel. Die Artefakte befanden sich also jetzt in den Händen der Aegis, und was die damit anstellte, ging sie nichts mehr an.

Als sie ein Scharren vernahm, öffnete sie die Augen und erblickte Kynan, der Sand vom Sockel der Steintruhe wischte.

»Was machst du denn da?«

Er leckte sich die Lippen, sein Blick verriet höchste Konzentration. »Manchmal enthalten solche Behältnisse ein Geheimfach.«

Sie hockte sich neben ihn. »Kann ich dir helfen?«

»Das würde ich an deiner Stelle lieber lassen. Für gewöhnlich sind solche Fächer mit einem Zauber belegt, sodass entweder der Inhalt zerstört wird, wenn jemand, der kein Wächter ist, versucht, sie zu öffnen. Oder diese Person erlebt eine böse Überraschung.«

Er drückte mit dem Zeigefinger auf ein eingraviertes Symbol. Gleich darauf war ein Knirschen zu hören, gefolgt von einer Sandwolke, die beide zum Husten brachte. Kynan wedelte mit der Hand, um die braune Wolke zu vertreiben, und als die Sandkörner endlich zu Boden sanken, wurde eine Art Schubfach sichtbar. Darin lagen drei zerbrechlich aussehende Schriftrollen.

»Cool«, hauchte sie.

Sie fragte sich, ob Pestilence wohl von der Existenz dieses Geheimfachs gewusst hatte. Vielleicht würde dies ja das Böse ausgleichen, das Pestilence mithilfe der Artefakte auszurichten versuchte.

Kynan hob eine Rolle auf. »Die Siegel sind intakt.« Als er aufsah, geschah das mit einem Lächeln, das eine Frau vor Verlangen an den Rand des Wahnsinns treiben könnte. »Danke, Limos. Die Artefakte und dazu noch die Schriftrollen … Das könnte sich als einer der bedeutendsten Funde seit Langem erweisen.«

Das schlechte Gewissen hinterließ einen sauren Geschmack in ihrem Mund. »Na klar. Kein Problem. Bist du bereit, wieder zu gehen?«

Kynan richtete sich zu seiner vollen Größe auf, die die eins achtzig bei Weitem übertraf. »Jepp. Nur noch eine Minute.«

Behutsam füllte er seine Taschen mit den Schätzen. »Ich wäre dir sehr dankbar, wenn du mich gleich nach Berlin bringen könntest.«

»An eine besondere Stelle?«

»Nee, danke.« Sein Lächeln verriet ihr, dass er keine Lust hatte, die Lage des Aegis-Hauptquartiers zu verraten, was sie gut nachvollziehen konnte.

Sie öffnete ein Tor. »Dann mal los.«

»Augenblick.« Er packte ihren Arm, und sie widerstand nur mit Mühe dem Verlangen, ihn quer durch die ganze Kammer zu schleudern, weil er sie berührt hatte. Nicht, dass sie dazu in der Lage gewesen wäre. Es war sinnlos, Kynan verletzen zu wollen. »Hast du schon Fortschritte bei der Suche nach Arik gemacht?«

»Nein«, erwiderte sie leise. »Hab ich nicht. Aber ich bin gerade auf dem Rückweg zum Höllenschlund.«

Als ihr Handy piepte, warf sie einen kurzen Blick aufs Display, in der Erwartung, Thans Nummer zu sehen. Was sie tatsächlich sah, ließ ihr das Blut in den Adern gefrieren. »Oh … Gott.«

»Was ist los?«

Das Update ihrer Unterwelt-App erfüllte die Kammer mit einem unheimlichen Leuchten. »Das Glücksspiel-Netzwerk. Da ist der Teufel los.« Ihre Brust schmerzte derartig, dass sie eine Sekunde lang fürchtete, einen Herzanfall zu bekommen. »Die Chancen darauf, dass Arik morgen stirbt, sind gerade ins Bodenlose gefallen.«

»Das ist doch eine gute Neuigkeit.«

»Nein«, flüsterte sie. »Das ist es nicht.« Sie sah auf. »Es heißt, er sei geflohen. Höchstwahrscheinlich wird er noch in dieser Stunde tot sein.«

»Hey, Pest.« Der leichte Tonfall, den Arik angestrebt hatte, wurde von seiner ausgetrockneten, schmerzenden Kehle sabotiert.

»Hast du dir tatsächlich eingebildet, du könntest entkommen?«

Arik fuhr herum. Als er den Mund verzog, weil ein stechender Schmerz seine Hüfte durchfuhr, hoffte er, dass man die Grimasse als unbesorgtes Lächeln deuten würde. »Ach was. Ich bin nur ausgebrochen, weil ich mal etwas Bewegung brauchte. Wie hast du mich überhaupt gefunden?«

Pestilence, dessen gewaltiger Körper von einem befleckten Panzer bedeckt war, an dessen Gelenken eine ölige Flüssigkeit austrat, rieb sich das Kinn, als wäre er in Gedanken versunken. Als hätte das Arschloch mehr als eine Gehirnzelle. »Stachelige Höllenratten sind meine Spione. Aber meiner bescheidenen Meinung nach war es ein nobles Unterfangen. Wirklich beeindruckend.«

»Ich lebe für deine Bewunderung.«

»Da bin ich sicher.«

Ariks Magen knurrte. Das Geräusch wurde durch die Akustik des Tunnels noch verstärkt, was ein wenig peinlich war. »Was willst du von mir? Denn ich muss dir sagen, es gibt nur wenig, was du mir antun könntest, was man mir bisher noch nicht angetan hat.«

Der Reiter lächelte, wobei ein Paar sehr imposanter Fänge zum Vorschein kam. »Wir werden einander sehr nahe kommen, du und ich. Wirklich überaus nahe.«

Arik schluckte. Oder versuchte es zumindest. Seine Kehle war zu trocken. Aber die Sache mit der Nähe, von der Pestilence da sprach, die gefiel ihm ganz und gar nicht. »Sieh mal, ich bin sicher, dass sämtliche Dämonen-Ladys bei deinem Anblick ein feuchtes Höschen kriegen, aber ich stehe einfach nicht so auf dich.«

»Aber du stehst schon auf Reiter, hab ich recht? Du bist hier, weil du die Hände nicht von meiner Schwester lassen konntest.« Pestilence zuckte die Schultern. »Ich will das nicht verurteilen. Ich weiß ja, sie ist ein unübertroffen böses Mädchen. War echt mutig von dir, sie zu küssen, wo du doch nur so ein jämmerlicher kleiner Mensch bist.«

Zu erschöpft, um das Geplänkel fortzusetzen, sackte Arik gegen die Höhlenwand. »Mach doch einfach, weshalb du gekommen bist. Bring mich in die Zelle zurück. Bring mich um. Ist mir egal. Ich hab die Spielchen satt.«

In der nächsten Sekunde befand sich Pestilences Gesicht nur Millimeter von Ariks eigenem entfernt, und seine Finger hatten sich um Ariks Hals gelegt. Arik hatte nicht mal Zeit, sich zu wehren, ehe er auch schon in die Luft gehoben und mit solcher Wucht gegen die Felsen geschleudert wurde, dass ihm die Zähne aufeinanderschlugen.

»Ich würde dich nur zu gern auf der Stelle umbringen, aber ich habe andere Pläne.« Wieder stieß Pestilence Arik gegen die Wand, sodass das Krachen brechender Knochen wie Schüsse von den Steinwänden widerhallte.

Der Schmerz schien seinen ganzen Körper in Brand zu setzen. Er baumelte hilflos an der Wand und konnte nur entsetzt zusehen, wie dieser Mistkerl ihm seine riesigen Fänge in den Hals schlug. Arik boxte, kratzte, kämpfte, so gut er konnte, aber nichts schien Pestilence aus der Fassung zu bringen.

Allmählich verließen ihn durch den Blutverlust die Kräfte, bis sich seine Gegenwehr auf kaum mehr als einige spastische Zuckungen beschränkte. Ihm wurde schwindelig, er fühlte sich benommen, bis alle Schmerzen von ihm abfielen und er einen Zustand gesegneter Gefühllosigkeit erreichte.

Pestilence hob den Kopf. Obwohl Arik inzwischen schwarz vor Augen war, fühlte er doch die Zunge des Mistkerls rau über den Biss gleiten. Verrückterweise konnte Arik ausschließlich daran denken, dass sich der Kerl wie ein richtiger Vampir aufführte.

Als Pestilence ihn losließ, fiel er schwer zu Boden, wo er wie ein zerknautschter, regungsloser Sack liegen blieb. Dann hörte Arik das Scheppern der Rüstung. Gleich darauf spürte er etwas an seinem Mund, und eine warme Flüssigkeit rann über seine Zunge. Zuerst war er dankbar für die Feuchtigkeit, die seine ausgetrocknete Zunge und seinen trockenen Hals erfrischte, und schluckte gierig.

Bis ihm bewusst wurde, dass die Flüssigkeit Blut war.

Heilige Hölle, er trank das Blut des Reiters –

Sein ganzer Körper krümmte sich, als ein grauenhafter Schmerz ihn durchfuhr. Mit einem Mal zuckte er wie ein verendendes Tier am Straßenrand; er hatte keinerlei Gewalt mehr über seine Gliedmaßen, und sein Kopf schlug immer wieder auf den Steinboden. Pestilence drückte ihn mit seinem riesigen gepanzerten Körper zu Boden und zwang Arik weiterzutrinken, wenn er sich doch am liebsten übergeben hätte.

Weiße Punkte schwebten vor seinen Augen, und Dunkelheit umzingelte ihn, saugte ihn in einen wirbelnden Vortex des Vergessens.

Und dann war er allein. Er lag auf dem Boden. Der enge Tunnel erschien ihm völlig fremd, und die Decke war so niedrig, dass sich ein Mann von durchschnittlicher Größe ducken müsste, um hindurchzugehen. In die erstickende, versengende Hitze mischte sich eine kühle Brise. Na ja, vielleicht nicht direkt *kühl*. Eher eine etwas weniger glühende Brise.

Augenblick mal … was war passiert? Wie war er hierher gekommen? Warum war er nicht in seiner Zelle?

Egal. Er musste die Quelle dieser Brise finden. Er versuchte, auf die Füße zu kommen, aber sie gehorchten einfach nicht. Nichts unterhalb seiner Taille gehorchte. Vermutlich sollte er jetzt in Panik ausbrechen, aber sein Verstand war genauso taub wie sein Unterkörper.

Die Brise lockte ihn so sehr, dass er sich auf den allerletzten Rest Energie besann, die noch in seinem geschundenen Körper war, die Finger tief in die schwarze Erde grub und sich in Richtung frische Luft vorwärts zog. Hitze versengte ihn. Dampf und Rauch verbrannten seine Augen, und seine Fingernägel rissen ein. Aber in der Ferne tauchten winzige Lichtpünktchen auf, die ihm Hoffnung gaben und den Willen, weiterzumachen.

So zog er sich vorwärts, eroberte sich stöhnend jeden Zentimeter Fortschritt, bis er sich endlich, o du lieber Gott, endlich, am Abgrund zwischen Hölle und Erde fand.

Dann erst, als er in den weit aufgerissenen Schlund eines gewaltigen, brodelnden Vulkans blickte, wurde ihm klar, dass sich nichts verändert hatte. Er war der Hölle entkommen, um in einer anderen Hölle zu landen: der Hölle auf Erden.

Der Höllenschlund am Vulkan sah für Limos genauso aus wie zu dem Zeitpunkt, als sie ihn abgesucht hatte. Schwärzlich. Dampf wehte darauf zu, obwohl er zum größten Teil von der Luft abgelenkt wurde, die aus Sheoul kam.

Kynan hatte sie begleitet, war zusammen mit ihr direkt aus Ägypten durch ein Höllentor gekommen. Sie konnte die ganze Zeit nur an die Gewinnquoten denken, die sie gesehen hatte. Die Dämonen, die das Glücksspiel der Unterwelt – und inzwischen auch der Oberwelt – beherrschten, waren geradezu unheimlich akkurat, und die Tatsache, dass sie darauf setzten, dass Arik innerhalb einer Stunde tot sein würde, verhieß ganz und gar nichts Gutes.

»Wo ist der Eingang?«, fragte Kynan, der sich vorsichtig einen Weg über ein Feld zerklüfteter Felsen bahnte.

Sie ruckte kurz mit dem Kopf zu der schimmernden Blase, die sich über ein klaffendes Loch in der Bergflanke erstreckte. »Genau da. Lass uns gehen.«

Gerade als sie sich in Bewegung gesetzt hatte, ließ ein gequältes Stöhnen sie innehalten. Sie wirbelte herum, und ihr Blick fiel auf einen Riss in der Erde, nur wenige Meter vom Eingang zum Tunnel entfernt. War das … eine Hand? *Ja.* Sie sprang über Steine, so scharf wie Glasscherben, zu der Hand, aus der bald ein Arm wurde – dann wurden ein Oberkörper und ein Kopf sichtbar. Ihr Herz drehte durch.

Arik.

Du liebe Güte. Ihr Mund war so trocken, dass sie nicht schlucken konnte, als sie sich neben ihm auf die Knie fallen ließ. Sie hatte in ihrem langen Leben schon viel gesehen, aber der Anblick dieses Mannes, der so stark gewesen war, vor Gesundheit strotzend … und der nun nur noch ein Schatten seiner selbst war, mit zerfetzter Haut, von der Hitze mit Blasen überzogen und von der Asche geschwärzt … bei diesem Anblick zog sich alles in ihr zusammen. Auf ihrem Arm bäumte sich Bones beim Geruch von Ariks Blut auf.

»Arik«, flüsterte sie. »Ich bin's, Limos.«

Kynan trat hinter sie, und sein gemurmeltes »O Gott« hallte durch den Krater. Er hockte sich sofort neben Arik und hielt ihm zwei Finger an die Kehle, während er sich vorbeugte, sodass seine Wange gleich über Ariks Mund lag. »Er atmet noch. Der Puls ist unregelmäßig. Wir müssen ihn ins –«

Kynan sprang auf die Füße, von einem ganzen Schwarm Dämonen aufgeschreckt, die aus dem Eingang des Höllenschlunds strömten. Er zog sein *S'teng* und wandte sich zu ihr um. »Geh! Nimm Arik mit!«

Limos widersprach nicht. Sie öffnete ein Höllentor und hob Arik auf, überrascht von seinem Gewicht. Er war zwar abgemagert, verfügte aber immer noch über eine gewisse Muskelmasse; dazu war es ihm irgendwie gelungen, mehr Fleisch auf den Knochen zu behalten, als sie erwartet hatte.

Ein Pfeil schwirrte an ihrem Kopf vorbei, als sie durch das Höllentor trat. Er bohrte sich in einen Baumstamm gleich vor ihrer privaten hawaiianischen Villa und verfehlte dabei nur um Weniges ihren Gärtner. Arik fest an sich gedrückt, trat sie auf den Sand hinaus. Sogleich kamen ihr Koch, der Haushälter und eine ihrer drei Wachen angerannt, alles Wolfgestaltwandler eines in der Nähe beheimateten Rudels.

»Ich brauche Hilfe, um ihn in mein Zimmer zu tragen.« Sie nickte ihrem Koch Hekili zu. »Du gehst ins *Underworld General* und bringst den Arzt namens Eidolon her. Schnell!«

Die anderen halfen ihr dabei, Arik auf ihre rosafarbene, mit Rüschen versehene Tagesdecke zu legen. Sie brachten ihr warmes Wasser und einen Waschlappen, und während sie auf Eidolon wartete, wusch sie Arik mit sanften, langsamen Bewegungen ab. Die Teile seiner Haut, die nicht zerschnitten oder abgeschürft waren, sodass das rohe Fleisch sichtbar war, waren entzündet und verfärbt. Seine Fingerspitzen waren bis auf die Knochen abgenutzt, und sein Hals war von einem Paar gewaltiger Fänge zerfleischt worden. Es gab keine Stelle, die nicht verletzt gewesen wäre.

»O Arik«, murmelte sie. »Wenn du mich doch bloß nicht geküsst hättest. Wenn du mich bloß nicht dazu gebracht hättest, dich zu begehren ...« Ein Winkel seines aufgequollenen Mundes verzog sich zur Andeutung eines Lächelns, und sie zuckte überrascht zurück. »Kannst du mich hören?«

Seine aufgesprungenen Lippen kräuselten sich zu einem breiten Lächeln, ehe sie sich wieder zu einer schmerzerfüllten schmalen Linie zusammenzogen. Sie beugte sich spontan hinunter und streifte seinen Mund mit ihrem, in der Hoffnung auf eine Reaktion.

Nichts. Aber was hatte sie denn erwartet? Dass er sich mit einem Mal aufsetzen würde, so gut wie neu? Dass ihr Kuss ihn aus seinen Qualen aufwecken würde? Sie hatte Märchen schon immer geliebt, hatte geliebt, dass die Prinzessin immer ihren Prinz bekam, aber das hier war kein Märchen, und er würde nicht auf magische Weise gesunden, nur aufgrund ihrer Berührung. Dies hier war eine Gruselgeschichte, und es war ihre Schuld, dass es ihm so schlecht ging.

Mit einem Seufzer wischte sie ihm das Blut von einem Riss an seinem Kiefer ab. Er war erst kürzlich rasiert worden, doch darüber wunderte sie sich nicht. Dämonen rasierten ihre Gefangenen häufig, damit ihre Haut ungeschützt und so für Folter besser empfänglich war.

Gott, was er alles durchgemacht haben musste. »Es –« Sie verstummte, unfähig, es auszusprechen. *Es tut mir leid.* Als Kind war es ihr verboten gewesen, diese Worte je auszusprechen. Oder eine Handlung zu bereuen. Reue war gleichbedeutend mit Schwäche. Das eine Mal, als sie sich bei einem Boten entschuldigt hatte, der ihr eine Nachricht von ihrem Verlobten brachte, hatte ihre Mutter Limos bestraft, indem sie dem Mann die Augen ausgerissen hatte, ehe sie ihn ihren Sklaven vorwarf, die sich auf abscheuliche Art mit ihm amüsierten.

Nein … Sie würde sich nicht noch einmal leichtfertig entschuldigen, hatte es seither erst ein einziges Mal getan. Das war im vergangenen Monat gewesen, als Ares' Diener Torrent getötet worden war und der Schmerz ihres Bruders ihre Erziehung außer Kraft gesetzt hatte, so wie es jetzt Ariks Schmerz zu tun drohte.

In diesem Augenblick traf Eidolon in seinem Arztkittel ein und setzte ihren düsteren Überlegungen ein Ende, und natürlich war auch Shade bei ihm, der in seiner schwarzen Sanitäteruniform dreist um sich sah. Die Ähnlichkeit der Brüder war so stark, dass man sie für Zwillinge hätten halten können, wenn Eidolon das schwarze Haar nicht kurz getragen hätte und sich so von Shade mit seinen längeren Haaren abgesetzt hätte. Gleich hinter ihnen kam Kynan, der aussah, als hätte er in Dämonenblut gebadet.

»Du hättest Arik ins *UG* bringen sollen«, sagte Eidolon, noch während er auf das Bett zuschritt.

Der Wunsch, irgendeine dramatische Ausrede zu erfinden, nagte an ihr, denn offen gestanden hätte sie eine kleine Dosis Euphorie gerade ganz gut gebrauchen können. Aber sie biss die Zähne zusammen und sagte einfach die Wahrheit. »Ich wollte nicht, dass irgendjemand erfährt, dass wir ihn gefunden haben.«

Eidolon schnappte sich eine Schere aus der roten Ärztetasche, die Shade zu Ariks Füßen abgestellt hatte. »Wer ist irgendjemand?«

»Die Dämonen, vor denen er geflohen ist.« Sie sah zu Ky. »Ich gehe davon aus, dass du die umgebracht hast, die uns angegriffen haben?«

»O ja. Sobald ihr fort wart, versuchten sie, wieder im Höllenschlund zu verschwinden, aber kopflose Dämonen kommen nicht weit.«

Shade half Eidolon dabei, Ariks zerfetzte Hose zu zerschneiden. Limos bebte vor Zorn, als sie das geschwollene, blutunterlaufene Fleisch und die gebrochenen Knochen erblickte, die durch die Haut ragten. Sie würde die Mistkerle erledigen, die ihm das angetan hatten.

»Meinst du denn, die können sich nicht denken, dass Arik bei dir ist?«, fragte Shade.

»Niemand weiß, wo ich wohne. Das *Underworld General* ist ziemlich … berühmt. Und ich habe kein Vertrauen zu eurem Personal.«

Eidolon warf ihr einen finsteren Blick zu, ehe er Arik die Hand auf die Stirn legte. Sein *Dermoire* leuchtete auf, als er seine heilende Kraft in den Menschen hineinleitete. »Er ist in einem ziemlich schlechten Zustand. Wirklich übel.« Er runzelte die Stirn. »Er hat jede Menge verheilte Verletzungen. Heilige Hölle, sein Trommelfell ist gerissen, jeder Knochen ist mehrfach gebrochen, und sein Schädel besteht praktisch aus einer Fraktur neben der anderen. Seine Organe sind von Narbengewebe übersät.«

»Also hat ihn jemand geheilt?« Limos würde dafür sorgen, dass Ariks Folterknechte genau dasselbe durchmachten wie er. Ohne die Heilung. »Was – oder wer – hätte das tun können?«

Shade zog alles Notwendige für eine Infusion aus der Tasche. »Sie könnten Zaubersprüche benutzt haben. Und es gibt einige Dämonenspezies, die über ähnliche Fähigkeiten wie wir verfügen, wenn auch nicht ganz so mächtige.«

Aus Eidolons Stirnrunzeln wurde eine finstere Miene. Er stieß ein Knurren aus. »Ich kann keine der alten Verletzungen heilen, was bedeutet, dass es ein Sem war, der ihn geheilt hat. Arik wird sich für den Rest seines Lebens mit den Folgen abfinden müssen. Ich kann vieles reparieren, aber nicht die Arbeit eines anderen Seminus.«

»Was willst du damit sagen?« Kynan trat neben sie.

Eidolon tastete Ariks Unterleib ab. »Es ist, als ob jemand ein gebrochenes Bein gerichtet hätte, ohne zu wissen, was er tat. Der Knochen wird heilen, aber nicht richtig, und infolgedessen wird das Glied krumm oder verdreht zusammenwachsen. Und so ist es mit fast allem, was Ariks Heiler getan hat. Wer auch immer dafür verantwortlich ist, war gut genug, um Arik am Leben zu erhalten, verfügte aber über keinerlei Erfahrung.«

»Und es gibt nichts, was du tun kannst?«, fragte sie, während Shade einen Beutel mit einer klaren Flüssigkeit an einen Bettpfosten hing und eine Nadel in Ariks Handrücken stach.

Eidolon schüttelte den Kopf. »Sobald etwas von einem anderen Seminus-Dämon geheilt wurde, kann es nicht ungeschehen gemacht werden.«

Limos fluchte. »Und was ist mit den aktuellen Verletzungen? Mit der ganzen Scheiße, mit der er sich gerade rumschlägt?«

»Das kann ich in Ordnung bringen.« Eidolon nickte Shade zu. »Ich brauche deine Hilfe, Bruder. Seine Wirbelsäule ist mehrfach gebrochen, das Rückenmark durchtrennt. Dazu hat er Verbrennungen dritten Grades, mehrfache Frakturen an Tibia und Fibula und diverse Platzwunden. Wenn du dafür sorgst, dass er keine Schmerzen hat, fange ich mit der Heilung an.«

»Warte.« Irgendwann hatte sie Ariks Erkennungsmarken aus ihrer Tasche gezogen und umklammerte sie jetzt so fest, als ob sein Leben davon abhinge. »Sein Rückgrat ist gebrochen? Dann ist er also gelähmt?«

»Im Augenblick ja. Aber wir werden es wieder in Ordnung bringen.«

Der Arzt klang so zuversichtlich, dass sie sich Hoffnung gestattete. Vielleicht konnte er es tatsächlich. Shade packte Ariks Handgelenk, und gleich darauf begann auch sein *Dermoire* zu leuchten wie das seines Bruders. Sie ging auf und ab, befingerte unruhig die Kette und nutzte den Holzboden ab. Sie versuchte, nicht hinzusehen, aber jedes Mal, wenn Arik stöhnte, zuckte sie zusammen, warf einen Blick hinüber und sorgte sich angesichts seiner bleichen, wächsernen Haut und der vor Schmerz verzerrten Miene.

Zweimal erwischte sie sich dabei, wie sie auf ihn zuging, als ob sie ihm helfen könnte, wo sie doch nicht mehr tun konnte, als seine Hand zu halten. Ob ihre Berührung ihn wohl trösten könnte? Oder würde sie seinen Schmerz nur noch vermehren?

Und wieso kümmerte sie das überhaupt? Sicher, die Waage auf ihrem Schulterblatt war wieder ausbalanciert, aber dies war doch das erste Mal, dass sie sich darum Sorgen machte, wie jemand – außer ihren Brüdern – wohl auf sie reagieren würde.

Frustriert von der Richtung, die ihre Gedanken einschlugen, konzentrierte sie sich lieber auf so nichtige Dinge wie die Farbe des Nagellacks, den sie das nächste Mal auftragen würde. Ob Arik wohl Orange und Limettengrün gefallen würde?

Endlich trat Eidolon zurück und wischte sich mit dem Handrücken die schweißbedeckte Stirn ab.

»Er braucht jetzt Ruhe, und wenn er aufwacht, sieh zu, dass er Nahrung und Flüssigkeit bekommt.« Eidolon zog Arik das Laken bis an die Brust. »Ruf mich, wenn irgendetwas ist.«

Shade zog den Katheter wieder aus Ariks Ader und stopfte den leeren Infusionsbeutel und die restlichen Utensilien in seine Tasche. »Ich werde Runa sagen, dass er hier ist. Sie wird ihn sehen wollen.«

»Aber natürlich. Ich werde euch informieren, sobald er aufwacht.«

»Limos.« Kynan ließ eine Münze in ihre leere Hand fallen. »Das hab ich von einem der Dämonen, die ich getötet habe. Wer ist Sartael?«

Sartael? Na, so eine Überraschung. Sie hielt die dünne Metallscheibe ins Licht und studierte den mit Schwingen versehenen Schädel darauf – Sartaels Symbol. »Er ist ein gefallener Engel, der über verlorene und verborgene Dinge wacht. Außerdem geht das Gerücht um, dass er unser Vater sein soll.«

Kynan hob eine Augenbraue. »Ich dachte, euer Vater wäre ein Engel namens Yenrieth.«

»Ja, aber er wurde nicht mehr gesehen, seit Lilith schwanger wurde. Engel erhalten für gewöhnlich neue Namen, wenn sie fallen, und viele sagen, Yenrieth sei zur Strafe dafür gefallen, dass er eine Dämonin geschwängert hatte. Gewissen Gerüchten zufolge wurde er zu Sartael … der wiederum seit Liliths Entbindung nicht mehr gesehen wurde.«

»Und warum sollte ein Dämon eine Münze mit Sartaels Zeichen bei sich tragen?«

»Offensichtlich«, überlegte sie laut, »ist er wieder da. Er könnte die Münze mit einem Ortungszauber belegt haben, damit sie den Träger zu Arik führt.«

»Besteht die Gefahr, dass Arik gefunden wird, denn immer noch?«

»Jetzt, wo er nicht länger in Sheoul ist, ist er vor Sartael sicher. Außerhalb von Sheoul sind Sartaels Mächte darauf beschränkt, Dämonen und dämonische Artefakte aufzuspüren.« Sie ließ die Münze einmal durch die Luft wirbeln. »Arik ist bei mir in Sicherheit.«

Kynans scharfer Blick suchte den ihren. »Ares hat versucht, Arik zu töten, ehe er nach Sheoul gebracht wurde. Wie kann ich sicher sein, dass es ihm bei dir gut geht?«

Limos bemühte sich, es ihm nicht übel zu nehmen, doch sie fuhr ihn dennoch an: »Weil ich bestimmt nicht Eidolon hätte kommen lassen, wenn ich ihn hätte tot sehen wollen.«

»Und was ist mit deinen Brüdern?«

»Sie wollen seinen Tod genauso wenig.« Diese spezielle Unwahrheit ging ihr leicht über die Lippen; vermutlich, weil sie wünschte, dass es wahr wäre. »Du hast mein Wort, Aegi. Arik ist in Sicherheit.«

Nach einem einzigen knappen Nicken verließ Kynan das Haus zusammen mit Shade und Eidolon. Als sich die Tür schloss, stöhnte Arik auf, und dieser Laut bohrte sich wie ein Speer in ihren Unterleib. Sie war nie der Typ gewesen, der andere tröstete – während sie kein Problem hatte, ihre Meinung kundzutun, war der Wunsch, sich um andere zu kümmern, nie Teil ihrer Natur gewesen.

Mit zögernden Schritten näherte sie sich dem Bett, als läge darin ein verletzter Bär und kein bewusstloser Mann.

»Arik?« Ihre Stimme war kaum mehr als ein froschähnliches Krächzen.

Wieder stöhnte er, diesmal lauter. Seine Kiefer waren fest zusammengebissen, als ob er unerträgliche Schmerzen erleide. Vielleicht sollte sie sich Eidolon schnappen –

Sein Körper versteifte sich, ein Zittern lief hindurch, und er warf den Kopf hin und her. Die Sehnen in seinem Hals standen angespannt hervor, als er den Mund zu einem stummen Schrei öffnete.

Jeglicher Gedanke daran, den Dämonenarzt zurückzuholen, verpuffte auf der Stelle und wurde von dem plötzlichen Drang ersetzt, Ariks Leiden ein Ende zu setzen. Hastig kletterte sie zu ihm ins Bett und setzte ihren Körper dazu ein, ihn daran zu hindern, sich unkontrolliert hin- und herzuwerfen. So sanft, wie sie nur konnte, legte sie ihren Kopf auf seine Schulter und die Hand auf seine Brust. Sein Herz klopfte gegen ihre Handfläche und dröhnte in ihrem Ohr. So nahe war sie einem Mann noch nie zuvor gewesen. Sollte es so sein, dass sich ihr Puls dem seinen vollständig anpasste?

Es ließ ihren ganzen Körper summen und fühlte sich seltsam … richtig an … wo sie doch nicht einmal gewusst hatte, dass irgendetwas nicht in Ordnung gewesen war.

Ein weiteres Stöhnen drang aus seinem Brustkorb – ein Laut, der verriet, unter welch entsetzlichen Qualen er litt. Körperlich war er geheilt, aber psychisch … Sie wollte nicht mal darüber nachdenken, was ihm angetan worden war. Wieder zuckte er, und seine Muskeln krampften sich derartig zusammen, dass er wild mit den Armen um sich schlug.

»Schhhh.« Sie streichelte ihn mit federleichten Berührungen, fuhr mit langen, beruhigenden Strichen durch sein Haar, über seine Kinnpartie, den Hals hinunter. Er beruhigte sich, seine Atmung wurde wieder regelmäßig, so wie auch das Heben und Senken seines Brustkorbes. »So ist's gut. Schlaf jetzt.«

Da schoss seine Hand heraus und schloss sich zu ihrer Überraschung um ihr Handgelenk. Atemlos sah sie zu, wie er ihre Handfläche an seine Lippen zog. Sie hätte jeden Eid geleistet, dass dies ein Kuss sein sollte. Verwirrt von seiner Zärtlichkeit und von den Gefühlen überwältigt, die diese in ihr auslöste, erstarrte sie. Noch nie war jemand so … sie kannte nicht einmal ein Wort dafür, so fremdartig erschien ihr das, was er mit ihr getan hatte.

Sie wusste nur eins: Der Name, den sie als apokalyptischer Reiter tragen würde, Famine – also Hunger –, war genau passend. Sie hatte immer schon nach etwas gehungert, das sie nicht einmal hätte benennen können, weil sie es noch nie erlebt hatte. Bis jetzt.

Die Berührung eines Mannes. Die Zuneigung eines Mannes.

Jetzt war sie hungriger denn je, und das hatte nichts Gutes zu bedeuten.

7

Wärme. Weichheit. Trost.

Arik stöhnte vor lauter Luxus. Er öffnete die Augen in der Erwartung, die schwarze, nackte Zelle vor sich zu sehen, doch stattdessen drehte sich an einer perlweißen Decke ein Ventilator aus Palmblättern, und durch weit geöffnete Fenster strömten eine Meeresbrise und warmes Sonnenlicht.

Traum. Er hatte wieder mal einen Traum. O Mann, er liebte es zu träumen. Für eine kurze Weile konnte er so Frieden und ein wenig Befreiung von Hunger und Schmerz finden, die sonst allgegenwärtig waren.

Er schloss die Augen wieder und drehte sich herum … um gegen einen warmen Körper zu stoßen. Einen warmen weiblichen Körper. Er musste gar nicht hinsehen, um zu wissen, wer es war. Ihr tropischer Duft nach Sonnencreme und Rum füllte seine Nase.

Er sollte Limos kurzerhand aus dem Bett stoßen, sodass sie auf ihrem Arsch landete. Aber das war ein Traum, und sie war heiß, und so gut hatte er sich seit dem Augenblick nicht mehr gefühlt, als sie ihn in die Zelle geworfen hatten.

Im nächsten Augenblick lag er auf ihr und drückte seinen Mund auf ihren. Seine Hüften lagen zwischen ihren gespreizten Beinen. Vor Überraschung und Empörung stieß sie einen Schrei aus, den er mit seiner Zunge erstickte.

Oh, wie praktisch: Er war nackt. Für gewöhnlich musste er sich in diesen Träumen erst ausziehen.

Oder aber er überließ Limos diesen Teil.

Ihre Hände wanderten beinahe zaghaft zu seinen Schultern, was ihm seltsam vorkam, da sie in allen früheren Träumen stets aggressiv aufgetreten war, eine anspruchsvolle Tigerin, die sich entweder nahm, was sie wollte, oder ihn für das schwitzen ließ, was *er* wollte.

Jetzt führte sie sich auf wie ein schüchternes Kätzchen. Das musste wohl ein Spiel sein.

Sanft glitten ihre Hände über seinen Rücken. O ja, ein Spiel. Limos hatte nichts Sanftes an sich. Sie war aggressiv, würde kratzen, beißen und treten und ihn dazu noch ihre scharfe Zunge spüren lassen.

Ihre Zunge … die gerade in diesem Augenblick die seine streifte, ganz zaghaft. Verdammt, sie machte das gut, sich so süß und unschuldig zu geben. Merkwürdigerweise machte ihn das richtig an, und er bäumte sich auf, presste seinen harten Schwanz gegen ihre Hitze, während eine Hand über ihre Taille glitt. Sein Stöhnen vermischte sich mit ihrem, und ihre Berührung wurde fester, ihre Zunge selbstbewusster. Er spielte einfach mit, ließ zu, dass sie seinen Mund in ihrem eigenen Tempo erkundete, selbst wenn sein Körper danach verlangte, sie so zu nehmen, wie er es in diesen Träumen immer tat.

Limos leckte über seine Lippen, streichelte seine Zähne mit der Zungenspitze, während sich ihre Finger in die Muskeln seines Rückens gruben. Am liebsten hätte er sie angewiesen, noch fester zuzugreifen, mit den Nägeln seine Haut zu zeichnen, aber das alles unterschied sich so sehr von seinen anderen Sexträumen, war so echt und doch so unglaublich zärtlich, dass er es einfach geschehen ließ.

»O ja«, flüsterte er an ihren Lippen. Seine Hüften bewegten sich trotz seines Vorhabens, es langsam angehen zu lassen.

Er richtete sich kurz auf, sodass er ihr das T-Shirt ausziehen konnte, während er ihre Haut mit Küssen übersäte. Sie schmeckte nach Himmel und Hölle zugleich, hell und dunkel, süß und würzig. Er leckte über ihre Kehle, schmiegte sich an ihren Hals, während seine Hand über ihren flachen Bauch bis zu ihrer Brust glitt. Wieder unterschied sich dieser Traum von seinen anderen – ihre Brüste waren nicht so groß wie bisher immer, sondern zwei Handvoll festes Fleisch, das sich in seine Handflächen schmiegte, als ob sie für sie gemacht wären. Er ließ den Daumen über einen kessen Nippel gleiten und liebkoste die seidige Haut darunter mit bebenden Fingern. Er fühlte sich, als ob dies sein erstes Mal mit ihr wäre, was verdammt seltsam war.

Limos zog die Beine an, bis ihre Knie an seine Taille stießen, und sie neigte das Becken so, dass es seinen stoßenden Bewegungen entgegenkam. Die Spannung zwischen ihnen baute sich rascher auf, als er erwartet hatte. Sein Schaft war so steif, dass er sich spröde anfühlte, seine Eier derartig mit seiner Saat angefüllt, dass er explodieren wollte, und als Limos' Hände jetzt zu seinem Arsch wanderten und ihn fest an sich zogen, wusste er, dass jetzt nur noch eine einzige sinnliche Berührung oder ein schmutziges Wort fehlte, und alles wäre vorbei.

Ein Knurren entrang sich seiner Kehle, das Limos mit einem sexy Schnurren erwiderte. Ihr Mund fuhr über sein Kinn, zu seinem Hals, und sie zwickte ihn kräftig. Wie gut das tat … so verdammt gut. Zum ersten Mal, seit er sich auf sie gelegt hatte, öffnete er die Augen, denn er wollte ihren umwerfenden Körper sehen. Der Anblick haute ihn um. Ihre gebräunte Haut lag makellos über Muskeln, die sich in ihren Armen und ihrem Bauch an- und wieder entspannten, während sie sich unter ihm wand. Ihre Brüste waren zwei perfekte Hügel, die ihn anflehten, von ihnen zu kosten.

Unfähig zu widerstehen, schlossen sich seine Lippen über einer von ihnen. Er genoss es, wie sie vor Lust kehlig aufkeuchte. Gierig saugte er an ihr, zog ihr warmes Fleisch in seinen Mund

und koste es mit seiner Zunge. Er hätte schwören können, dass er die Sonne und den Wind auf ihrer Haut schmecken konnte, und es war der Geschmack der Freiheit, fauler Tage und heißer Sommernächte, Sex am Strand.

Ihm brach der Schweiß aus, während er versuchte, sich zu beherrschen, aber so wie sie sich unter ihm drehte und wand, so sexy, so perfekt, das war einfach zu viel für ihn. Wie im Rausch stürzte er sich auf sie und eroberte erneut ihren Mund, während er mit den Hüften pumpte, mit wahnsinnigem Verlangen in sie hineinstieß, das ihm ebenso fremd wie besorgniserregend erschien.

»Arik«, flüsterte sie. »Wir sollten nicht … können nicht … o ja … genau dort.«

Sie musste ihm nicht erst sagen, dass er alles richtig machte. Ihre Reaktion, die Art, wie sie den Kopf zurückwarf, mit geöffnetem Mund, die leisen, gehauchten Laute, die sie von sich gab … Ja, er wusste, dass er sie in den Wahnsinn trieb.

Der Orgasmus kochte schon in seinen Eiern, bereit, durch seinen Schaft aufzusteigen. Es traf ihn wie eine Lokomotive, rammte ihn mit voller Wucht, während sie ihren eigenen Höhepunkt hinausschrie. Sie war so heiß, so feucht …

Augenblick mal … er war gar nicht in ihr. Dieser Gedanke bahnte sich mit aller Gewalt seinen Weg durch den Nebel, noch während er in den Nachwehen seines Höhepunkts erschauerte und fühlte, wie sich sein heißer Samen auf ihren Bauch und ihre Brüste ergoss.

Bebend hob er den Kopf und blickte mit gerunzelter Stirn auf sie hinab. Ihre violetten Augen waren noch ganz glasig, ihre Wangen erhitzt, die Lippen geschwollen. Sie war alles, wovon ein Mann träumte. Nur wurde ihm jetzt erst mit erschreckender Klarheit bewusst, dass dies kein Traum war.

Heilige Scheiße, dies war ein Albtraum.

Limos' Herz hämmerte immer noch, ihr Körper prickelte nach dem ersten Höhepunkt, den sie je mit einem Mann erlebt hatte. Verdammt, da hatte sie aber wirklich etwas verpasst. Sie konnte sich nur ausmalen, wie es wohl sein würde, wenn der Mann tatsächlich in ihr war. Vor allem, wenn dieser Mann ein ergötzlicher Mensch mit einem Körper war, dazu gemacht, einer Frau Lust zu bereiten.

Gott, wie wunderschön Arik gewesen war, als er kam. Seine harten Züge waren sowohl von der späten Morgensonne, die durch die Fenster hereinströmte, als auch durch die Ekstase abgemildert gewesen, seine Muskeln aufs Äußerste gespannt und definiert, mit pulsierenden, hervortretenden Adern unter schweißnasser Haut. Sein Samen war in heißen Strömen auf ihren Bauch gespritzt, und wenn sie auch zu gern wissen wollte, wie es sich anfühlen würde, wenn dies in ihr geschah, war es doch auch so schon erstaunlich. Sie hatte einen Mann zum Orgasmus gebracht, und wenn sie auch eines der mächtigsten Wesen auf dem Planeten war, hatte ihr das größere Befriedigung verschafft als alles andere in ihrem Leben.

Sie war von dem, was sie getan hatte, berauscht, ihre Lippen prickelten immer noch von seinen Küssen, und sie dachte, dass das der beste Teil der körperlichen Liebe gewesen sei. Die Zuneigung, nach der sie sich gesehnt hatte, die er ihr davor schon gezeigt hatte, als er ihre Handfläche geküsst hatte, war wie elektrischer Strom von dem Kuss ausgegangen, hatte ihr neue Energie geschenkt und ihren Bauch mit Schmetterlingen gefüllt.

Zaghaft strich sie mit den Fingern über seine Kinnpartie. Ihr Wunsch war es, ihr Bedauern für alles auszudrücken, was ihm zugestoßen war. Ihm zu sagen, wie erstaunlich es war, dass er es überlebt hatte.

Doch alles, was herauskam, war ein gekrächztes »Arik«.

Als ob sein Name der Auslöser gewesen wäre, explodierte Arik geradezu und stieg in aller Eile von ihr herunter und aus dem Bett. »Halt's Maul.« Er taumelte einige Schritte rückwärts, bis er gegen eine Kommode stieß.

»Ist schon gut, Arik.« Limos setzte sich auf und schwang die Beine über den Rand der Matratze. »Du bist in Sicherheit.«

»In Sicherheit?«, fragte er ungläubig. »In Sicherheit? Ich bin in der Hölle, du blöder Dämon.«

Okay, sie hatte ja damit gerechnet, dass er über das, was ihm passiert war, wütend sein würde, aber *blöder Dämon*? Betreten griff sie nach ihrem Shirt. »Jetzt hör doch mal – «

»Wer bist du?«

Sie blinzelte. Erkannte er sie denn nicht? Da hatte er sie eben noch von oben bis unten vollgespritzt und wusste nicht mal, wer da eigentlich unter ihm lag?

Die Schmach trieb ihr tiefe Röte auf die Wangen, als sie seinen inzwischen kalten Samen mit einem Laken von ihrem Bauch wischte und sich mit einer hastigen Bewegung ihr T-Shirt über den Kopf zog. »Ich bin's, Limos.«

»Quatsch. Raus aus meinem Kopf.« Seine Augen waren wild, er keuchte, und durch den berauschenden Duft von Sex und Lust konnte sie seine Wut und seine Verwirrung riechen. »Raus mit dir, und zwar sofort!«

Sie veränderte ihre Stimme, um ihn zu beruhigen. »Hey, was ist denn los?«

Er sah sie an, als ob sie die Verrückte wäre. »Du kannst mich nicht reinlegen.« Heftig fegte er die Vase mit den frischen Blumen von ihrem Nachttisch. Das Glas zerschmetterte an der Wand, und Wasser und zerbrochene Blumen ergossen sich über den Parkettboden. »Dieser ganze Scheiß ist nicht real. Ich weiß, dass ich in meiner Zelle bin, und du bist in Wirklichkeit irgendeine hässliche Dämonin, die so tut, als ob sie … sie wäre.«

»So tut, als ob sie ich wäre? Limos?«

»Du kannst mich nicht dazu bringen, ihren Namen zu sagen, also mach lieber gleich ein Ende mit dieser verdammten Scharade.« Er sah an sich hinunter. »Mann, krieg ich denn nicht mal Klamotten auf diesem Trip?«

Scheiße. Er war tatsächlich davon überzeugt, dass sich Dämonen in seinen Kopf geschlichen hatten und versuchten, ihn Dinge sehen zu lassen, die nicht echt waren.

»Arik, versuch dich zu erinnern.« Langsam stand sie auf, bemüht, ihn nicht zu verschrecken. Er war wie ein wildes Tier, das man verletzt und in die Ecke getrieben hatte: gefährlich und unberechenbar. »Du warst einen Monat lang gefangen. Ich weiß nicht, wie du es geschafft hast, aus deiner Zelle zu entkommen, aber gefunden habe ich dich am Höllenschlund des Erta Ale. Du warst bewusstlos, und ich habe dich hierher gebracht, nach Hawaii, wo Eidolon und Shade dich geheilt haben.«

»Halt's Maul.« Er umfasste seinen Kopf mit beiden Händen, als ob er ihn davon abhalten müsste, von den Schultern zu rollen. »Um Gottes willen, halt endlich das Maul.«

Limos atmete langsam aus, unsicher, wie sie weiter vorgehen sollte. Offensichtlich regte ihre Anwesenheit ihn schrecklich auf.

»Ich werde dir etwas zum Anziehen und Essen besorgen, okay? Vielleicht wäschst du dich inzwischen schon mal. Du sollst dich hier wohlfühlen. Im Bad liegen neue Zahnbürsten und Zahnpasta und Seife.« Sie zeigte auf die Terrassentür. »Du kannst auch auf die Veranda, aber unten stehen Wachen. Du bist kein Gefangener, aber ich kann nicht zulassen, dass du gehst, ehe es dir besser geht.«

Er starrte sie wütend an. »Ach, wenn ich nicht fortgehen darf, wie kann es sein, dass ich kein Gefangener bin?«

»Weil ich es gesagt habe.«

Oh, das war natürlich sehr klug gewesen. Verdammt, Arik hatte eine Art an sich, sie herauszufordern und völlig aus dem Gleichgewicht zu bringen. Sie musste sich zusammenreißen. Und zwar schleunigst.

Ihr Herz raste, als wäre sie gerade einen Marathon gelaufen, und sie flüchtete aus dem Schlafzimmer und über den Gang in die Küche, wo sie eine kurze SMS an Thanatos schrieb, damit er ein paar Klamotten brachte. Dann widmete sie sich dem Einzigen, was ihr einfiel, um Arik zu helfen: ihn mit Essen wieder aufzupäppeln. Also machte sie ihm ein riesiges Sandwich mit Putenfleisch, schnitt ein großzügiges Stück vom Bananenkuchen ab und holte eine Flasche Wasser aus dem Kühlschrank.

Der Klang von Schritten ließ sie erstarren, noch ehe sie die drei Schritte zum Küchentresen zurückgelegt hatte.

Reseph.

Den Klang seines Schlenderns würde sie überall wiedererkennen. Nur dass er nicht mehr Reseph war, und wenn sie sich auch zu neunundneunzig Prozent der Zeit darüber im Klaren war, entfiel ihr diese Tatsache manchmal immer noch, und im Geiste war sie dann wieder mitten in den Erinnerungen an ihn, wie er etwas Typisches tat, zum Beispiel durch ihr Haus tanzte und Party machte oder ihr so lange auf den Geist ging, bis sie nachgab und sich einen Film mit ihm ansah.

»Hey, Schwesterherz«, sagte er langgezogen, während er sich im Türrahmen aufbaute, sodass sein riesiger gepanzerter Körper ihr den Weg in Ariks Zimmer versperrte. »Willst du mir denn gar nicht danken, dass ich dein jämmerliches menschliches Spielzeug gerettet habe?«

»Er ist *geflohen*, du Lügner.«

»Er hat es geschafft, aus seiner Zelle herauszukommen«, konterte Pestilence, »aber ich habe ihn zum Eingang des Höllenschlunds gebracht, ehe die Dämonen ihn erwischen konnten.

Zugegeben, ich hab ihn in etwas schlechterem Zustand hinterlassen, als ich ihn gefunden hatte, aber ein bisschen Schwund ist ja immer, nicht wahr?«

»Du!«, knurrte sie. »Du bist schuld, dass er so übel zugerichtet war.«

Er zuckte mit den Schultern, sodass eine der mit Stacheln besetzten Panzerplatten eine tiefe Furche in der weißen Farbe des Türpfostens hinterließ. »Ich hab nichts getan, was seine Folterknechte ihm nicht auch schon angetan hatten. Oder ihm angetan hätten, wenn du ihn nicht vor Sartaels Team erreicht hättest.«

»Du bist widerlich.«

Pestilence fasste sich mit dramatischer Geste an die Brust. »Du verletzt mich zutiefst.«

Oh, sie würde ihn nur allzu gern verletzen. »Was willst du? Ich habe getan, was du verlangt hast, also verzieh dich aus meinem Haus.«

Ihr Bruder betastete das Symbol, das auf dem Rücken seines Panzerhandschuhs eingraviert war: Pfeil und Bogen. Bei der richtigen Berührung würde auf der Stelle eine reale Waffe in seiner Hand auftauchen, und Limos hoffte nur, dass er nicht plötzlich den Entschluss fassen würde, ihr einen Pfeil zwischen die Augen zu schießen.

»Ich bin gekommen, um dich zu warnen.« Er hörte auf, am Handschuh herumzuspielen.

Sie starrte ihn ausdruckslos an. »Ach wirklich?«

»Jepp.« Das amüsierte Glitzern in seinen Augen verschwand. Er blickte sie düster an und fletschte ein Paar Fangzähne, so lang wie ihr kleiner Finger. »Ich habe mich von deinem Jüngelchen genährt. Weich im Abgang. Wenn dein Siegel bricht, kannst du es selbst ausprobieren.«

Ungeheure Wut darüber, dass er diese Fänge in Arik geschlagen hatte, entzündete ein heftig loderndes Feuer in ihren Adern.

Ihr Bruder hatte Arik Gewalt angetan, hatte ihn verletzt und benutzt, aber ihre Wut enthielt auch eine Portion Eifersucht. Pestilence war mit Arik intim gewesen … Zugegeben, die Intimität war durch und durch krank und verdreht gewesen, aber das Trinken, die Penetration … darin lag eindeutig eine gewisse aufgezwungene Nähe, und sie hegte keinen Zweifel daran, dass ihrem Bruder dabei einer abgegangen war.

Doch auch wenn sie Pestilence am liebsten eines der Messer aus dem Messerblock in den Kopf geschleudert hätte, gönnte sie ihrem Bruder diese Genugtuung nicht.

»Mein Siegel wird nicht brechen«, erwiderte sie ruhig.

»O doch.« Pestilence stieß sich vom Türrahmen ab. »Das ist der einzige Grund, warum ich den Menschen noch nicht getötet habe. Ich will, dass du es tust. Ich will zusehen, wenn du ihn leer trinkst.«

»Warum spielt es für dich eine Rolle, ob er tot ist?«

»Weil«, seine Stimme war so dunkel wie das schwarze Zeug, das aus den Gelenken seiner Rüstung sickerte, »er sich auch von mir genährt hat. Das bedeutet, dass seine Seele mir gehört, wenn er stirbt. Und ich habe Pläne mit ihr.«

Vor Grauen war Limos' Kehle wie zugeschnürt, sie bekam keine Luft mehr und kämpfte gegen den Drang an, sich auf ihn zu stürzen.

Als sie wieder sprechen konnte, war ihre Stimme rau und heiser. »Warum? Warum solltest du so etwas tun?«

Aber noch ehe die Frage vollständig ihren Mund verlassen hatte, wusste sie die Antwort. Jede Seele, die Pestilence nahm, machte ihn stärker, aber dies hier ging weit darüber hinaus.

»Du weißt, warum«, entgegnete Pestilence. »Du hattest schon immer mehr Hirn als Titten.« Er ließ seine Fänge aufblitzen. »Dein Ehemann wird mir im Austausch für Ariks Seele alles geben, was ich nur will.«

Ihre Ruhe verpuffte. Sie schnappte sich ein Fleischermesser und schleuderte es mit aller Kraft.

Pestilence trat anmutig einen Schritt zur Seite, und die Klinge bohrte sich in die Wand, wo der Griff noch harmlos vibrierte. Er schenkte ihr ein Lächeln über die Schulter hinweg, bog um die Ecke und verschwand aus ihrer Sichtweite.

Dieses Arschloch! Dieser gottverdammte Mistkerl!

Sie schloss die Augen, stützte beide Fäuste auf den Tresen und blieb so stehen, bis ihr Blutdruck ihr nicht mehr die Trommelfelle zu sprengen drohte. Aber schon hörte sie erneut Schritte. Diesmal war es Thanatos, der in die Küche trat. Er war wie immer in eine schwarze Hose und einen langen schwarzen Mantel gekleidet, der vom hohen Kragen bis zur Taille mit Schnallen geschlossen war. Sie würde jede Wette eingehen, dass er darunter einen schwarzen Rolli trug. Statt seiner geliebten Stiefel im Grufti-Stil mit den dicken Sohlen trug er Kampfstiefel.

»Du siehst ja grauenhaft aus.« Er warf eine Jogginghose und ein T-Shirt auf den Tisch. »Und warum steckt da ein Messer in der Wand?«

»Pestilence war gerade hier, und das Messer war eigentlich für seinen Hinterkopf bestimmt.«

Thanatos erstarrte, seine gelben Augen färbten sich bernsteinfarben. Überall um ihn herum sammelten sich Schatten. »Was wollte er?«

»Mich verspotten, in erster Linie.«

Gott, wie sie das hasste. Sie hasste es, dass ihr Bruder auf die böse Seite gewechselt war. Hasste es, dass er so viel Macht über sie hatte. Hasste es, dass er Arik jetzt auf eine Weise besaß, wie sie ihn nie besitzen würde. Nicht, dass sie gern seine Seele gehabt hätte, aber sie wollte ganz bestimmt nicht, dass Pestilence sie bekam. Arik … was? Gehörte ihr? Unmöglich, selbst wenn er sie nicht hasste.

Thanatos war still geworden, als ob er darüber nachdächte, was ihr Bruder wohl getan haben könnte, um sie zu verspotten. Sie rechnete fest damit, dass er sie fragen würde, doch zu ihrer Überraschung sagte er nur: »Wie geht es dem Menschen?«

»Ich bin nicht sicher. Er erinnert sich nicht an seine Flucht.«

»Hast du an seinen Erinnerungen rumgepfuscht?«

Sie und ihre Brüder waren in der Lage, Erinnerungen zu löschen; je nach Situation und Individuum konnten sie normalerweise nicht mehr als ein paar Stunden zurückgehen, aber oft war es auch gar nicht mehr nötig.

»Ich hab gar nichts gemacht. Er glaubt, er wäre immer noch in Sheoul.« Sie seufzte frustriert. »Ich mach mir schon ein bisschen Sorgen.« Ein bisschen? Sie würde gleich ausrasten.

»Ja, sicher, aber erinnerst du dich nicht mehr, wie durcheinander du warst, nachdem du der Aegis entkommen warst?«

Wie könnte sie das vergessen? Diese Scheißkerle hatten sie mit Höllenhundgeifer gelähmt und in einem Kerker gefangen gehalten, während sie an ihr herumdoktorten und sie aus Spaß ab und zu auch mal ein wenig folterten. Reseph hatte sie gerettet, und sie hatte volle zwei Tage gebraucht, bis sie wieder wusste, wer und wo sie war.

»Er braucht einfach nur ein bisschen Zeit.«

Thanatos verlagerte sein Gewicht. »Wo wir gerade davon sprechen …«

»Sag es ja nicht«, knurrte sie. »Ihn umzubringen, damit ihn sich die Dämonen nicht schnappen können, ist keine Option. Unser bescheuerter Bruder hat Blut mit ihm ausgetauscht, und wenn er stirbt, gehört seine Seele Pestilence.«

»Mist«, flüsterte Than. »Das ist nicht gut.«

»Meinst du wirklich?« Sie stellte Essen und Wasser auf ein Tablett. »Ich kapier nur nicht, warum er noch wartet. Warum bringt er Arik nicht gleich um?«

»Keine Ahnung. Vielleicht ist es, wenn man eine Seele an sich bindet, genauso, wie wenn man jemanden in einen Vampir verwandelt? Es dauert ein Weilchen?«

»Keine Ahnung, aber immerhin hab ich auch eine gute Neuigkeit.« Sie zog Sartaels Münze aus der Tasche ihrer Shorts. »Sieh mal, wer wieder aufgetaucht ist.« Sie warf Than die Münze zu, der sie mit Leichtigkeit auffing.

»Na so was«, murmelte er, während er die Münze studierte. »Der Engel der verborgenen Dinge ist rausgekommen, um zu spielen, rechtzeitig zur Apokalypse.« Er blickte auf. »Woher hast du das?«

»Ich habe einen Dämon getötet, der sie benutzte, um Arik aufzuspüren.« Sie genoss die Hitze, die ihre Haut prickeln ließ. Sie hätte Than die Wahrheit sagen können, dass Kynan den Dämon getötet hatte, aber dann hätte sich ihr Bruder gewundert, warum sie überhaupt mit Ky zusammen gewesen war. »Ich dachte, Sartael wäre tot.«

»Es hat immer Gerüchte gegeben, dass er nicht tot, sondern von Satan eingekerkert worden wäre. Manche sagen, er wäre in eine Höllenratte verwandelt und als Haustier gehalten worden.«

»Und warum sollte man ihn jetzt freilassen?«

»Vielleicht wollte dein Verlobter Arik unbedingt finden, nachdem er geflohen war?«

»Das ist möglich, aber mir kommt es ganz schön extrem vor, Sartael nach so langer Zeit zurückkommen zu lassen, nur um einen Menschen zu finden.« Sie beäugte das Messer in der Wand. »Pestilence«, fauchte sie. »Er hat Sartael erwähnt, als er hier war. Ich würde dein linkes Ei darauf verwetten, dass Pestilence für Sartaels Freilassung verantwortlich ist, damit er ihm helfen kann, meinen *Agimortus* zu finden.«

Thanatos ließ die Münze auf seiner Handfläche hüpfen. »Mir

wäre es lieber, wenn du meine Eier nicht als Wetteinsatz benutzen würdest, aber ja, das ergibt durchaus Sinn.«

»Können wir die Münze vielleicht benutzen, um Sartael zu finden?«

»Möglicherweise finde ich in meiner Bibliothek etwas darüber. Reaver könnte auch etwas wissen. Ich werde ihn herbeirufen.«

Super. Es wurde auch höchste Zeit, dass sie einen konkreten Plan hatten. Sie schnappte sich das Tablett und die Klamotten und erlaubte Than, sie bis zum Schlafzimmer zu begleiten. Fürsorglich wie immer trat er vor sie, um die Tür zu öffnen und das Zimmer abzusuchen, ehe er sie eintreten ließ. Arik saß in einer Ecke, immer noch nackt, die Stirn auf die Knie gestützt.

Er blickte auf. In seinen wunderschönen haselnussbraunen Augen kochte Wut.

»Hey«, sagte sie leise. »Ich hab dir was zum Anziehen gebracht.« Sie warf es aufs Bett. »Und etwas zu Essen.«

Behutsam ging sie auf ihn zu, hielt aber inne, als er wortlos die Zähne fletschte. Than hinter ihr war eine schwarze Bedrohung, die es wohl kaum erleichtern würde, ein Vertrauensverhältnis zu Arik aufzubauen.

Geh, wies sie ihn stumm an, und als ihr Bruder sich nicht regte, stieß sie ihn mit dem Ellbogen an. Nachdem er ihr einen Blick zugeworfen hatte, der sein Missfallen deutlich machte, verließ Than endlich das Zimmer und knallte die Tür hinter sich zu.

Ganz langsam setzte sie das Tablett auf dem Boden ab und zog sich von Arik zurück. Angesichts der nackten Gier in seiner Miene hätte sie eigentlich erwartet, dass er sich sofort auf das Essen stürzen würde. Stattdessen zog er sich noch weiter zurück.

»Hältst du mich für so dumm?« Seine Stimme grummelte wütend. »Meinst du, ich würde das essen? Wo ist mein Eimer mit den Augen und den Eingeweiden?«

Augen und Eingeweide? Bittere Galle stieg in ihrer Kehle auf, als ihr klar wurde, was das bedeutete. Sie hatten ihm solches Ekelzeug vorgesetzt, ihn vermutlich mit richtigem Essen in Versuchung geführt und dann bestraft, wenn er versuchte, davon zu essen. Nie zuvor hatte sie sich mehr danach gesehnt, einen Massenmord zu begehen, als in diesem Augenblick.

»Die sind heute aus. Stattdessen eine besondere Leckerei.«

»Verpiss dich. Ich will dasselbe wie immer. Und erzähl mir jetzt bloß nicht, dass euch das madenverseuchte Fleisch ausgegangen ist, weil ihr nämlich mehr als genug von dem Zeug zu haben scheint.«

»Weißt du was«, sagte sie leichthin. »Du kannst das Ekelzeug haben, wenn du das hier aufgegessen hast.« Sie zog sich zur Tür zurück, in der Hoffnung, er würde essen, wenn sie fort war. Auch wenn diese Hoffnung vermutlich vergebens war.

Wie sich herausstellte, hatte sie recht.

Sie beobachtete ihn heimlich durch die Glasschiebetür, die von der hinteren Terrasse ins Schlafzimmer führte, während er mit verzweifelter Sehnsucht auf das Essen starrte. Als sie sich schließlich davon überzeugt hatte, dass Arik das Essen nicht anrühren würde, suchte sie Hekili, der gerade dabei war, eine Bestandsaufnahme der Speisekammer durchzuführen.

»Ich brauche etwas, das … ekelig aussieht«, sagte sie. »Etwas, das essbar und gesund ist, aber nicht aussieht, als ob es richtige Nahrung wäre.« Sie hielt inne und versuchte, sich das ganze Folterkammerszenario vorzustellen. »Und tu es auf einen Pappteller oder in eine billige Dose.«

»Da weiß ich genau das Richtige.« Lächelnd wischte sich Hekili die Hände an dem Handtuch ab, das er sich über die Kochjacke geworfen hatte. »Haggis.«

Ja, das würde gehen. »Perfekt.«

8

Harvester hasste es, von irgendjemandem Befehle entgegenzunehmen, aber die Instruktionen, die sie kürzlich erhalten hatte, durfte sie nicht ignorieren. Sie verstand sie nicht, wusste aber, dass sie schrecklichen Ärger bekommen würde, wenn sie das vermasselte. Und wenn sie Erfolg hatte, würde sie sogar noch größeren Ärger bekommen.

Was sie vorhatte, könnte ihr Leben in Gefahr bringen, in dem Moment, in dem sie Sheoul verließ und das Reich der Menschen betrat, wo die himmlischen Heerscharen sie wie eine Zigarette austreten konnten. Sozusagen wie ein Stiefel von der Größe einer Galaxie.

Sie blickte sich in ihrem Domizil um, das so kalt und unwohnlich war wie der schwärzliche Wald, der das Haus umgab, obwohl sie es reichlich mit Kunst aus den verschiedenen Regionen Sheouls geschmückt hatte. Ihr Werwolfsklave, Whine, war das Einzige, was ihrem Heim Leben verlieh, auch wenn er heute ziemlich lahmarschig war. Sie hatte gestern Abend wohl ein bisschen zu viel Blut von ihm genommen, und wenn er sich auch niemals über Müdigkeit beklagen würde, war sie ihm doch anzusehen. Er bewegte sich langsamer und mit erheblich weniger Anmut als gewöhnlich.

Aber sie konnte es sich nicht leisten, sich schlecht zu fühlen, und ganz sicher konnte sie es sich nicht leisten, ihm gegenüber irgendeine Art von Mitgefühl zu zeigen. An diesem Ort war Freundlichkeit tödlich.

»Hör auf herumzutrödeln«, fuhr sie ihn an. »Das Gästezimmer

muss auf der Stelle vorbereitet werden.« Sie wartete nicht auf Whines Nicken, sondern blitzte sich direkt zu der einzigen Person, die ihr helfen konnte, ihre Mission zu erfüllen: dem mächtigsten Orphmagier der Unterwelt.

Der Neethul, Gormesh, bewohnte einen Kristallturm an den zerklüfteten Ufern des Flusses Acheron. Wachen umkreisten den Turm, der gerade so durchsichtig wie Glas war, Farbe und Lichtdurchlässigkeit aber je nach Gormeshs Willen ändern konnte. Er befand sich in seinem Labor, wo er zwischen den Reihen seiner Testobjekte umherwanderte. Unwilligen Testobjekten, wie sich wohl aus der Tatsache schließen ließ, dass sie an Tische geschnallt und in Käfige eingesperrt waren.

Die Wachen ließen sie in Ruhe, sodass sie ungestört durch die Eingangstür eintreten konnte. Als sich die Türen schlossen, wurden die Wände des Palasts rauchig, und innerhalb von Sekunden erschien der Magier auf dem obersten Absatz des eindrucksvollen Treppenaufgangs.

»Harvester.« Seine Stimme war so rauchig wie die Wände. »Wir haben uns ja schon Jahrhunderte nicht mehr gesehen.«

Was allerdings nicht lange genug war. Sie kam gleich zum Punkt. »Ich brauche etwas, das einen Engel lähmt.«

Gormesh stieß einen leisen langen Pfiff aus. »Engel lassen sich nicht leicht bewegungsunfähig machen. Das weißt du.«

»Selbstverständlich weiß ich das«, brachte sie zwischen zusammengebissenen Zähnen heraus. Obwohl sie den Himmel vor Tausenden von Jahren verlassen hatte, war jede Erinnerung an ihre Zeit als reiner Engel so scharf wie eines der Skalpelle des Orphmagus.

»Warum lockst du deinen Engel nicht einfach mit einem Fesselzauber in die Falle und schneidest ihm die Flügel ab?«

»Weil sich dieser spezielle Engel nicht so leicht in die Falle locken lässt und ich nicht die Zeit habe, mir etwas Ausgefallenes auszudenken.« Sie begann, die Stufen hinaufzusteigen, ohne den Blick von dem des Zauberers zu lösen. »Meine Befehle kommen von ganz oben, das heißt, jegliche Hilfe, die du mir zuteilwerden lässt, wird … entsprechend honoriert werden.«

»Von ganz oben, sagst du?« Seine elfenartigen Ohren zuckten. »Komm mit. Es wird dich einiges kosten, aber wir werden uns schon einig werden.«

Na toll. Dieser verdammte Mistkerl nahm schon für die einfachsten Dinge horrende Preise. Und das hier? Es würde sie mehr kosten, als sie sich leisten konnte.

Aber das Ergebnis würde wahrhaftig spektakulär sein. Reaver würde Hören und Sehen vergehen.

Reaver sah lächelnd auf den Haufen toter Dämonen hinab, der ihm zu Füßen im Dreck lag. Von all seinen Pflichten war es ihm die liebste, Dämonen zu töten. Als Kampfengel des Kriegerordens der Engel war er genau dafür geboren. Und er war gut darin. Sicher, damals, als er seiner Schwingen beraubt und aus dem Himmel geworfen worden war, hatte er als Arzt im *Underworld General Hospital* gearbeitet, wo er Dämonen geheilt hatte. Aber in Bezug auf die Patienten, die er rettete, war er stets wählerisch gewesen, denn es waren nicht alle Dämonen böse, so wie auch nicht alle Menschen gut.

Überall existierte ein Gleichgewicht, eine Art Yin und Yang, seit Anbeginn der Zeit, und meistens funktionierte dieses System auch.

Bis dann Pestilences Siegel gebrochen war. Jetzt verlagerte sich das Gleichgewicht zwischen Gut und Böse in rasender Geschwindigkeit, und zwar nicht zugunsten des Guten. Das Böse drängte aus Sheoul hervor und infizierte die Menschen überall, so wie auch hier, in diesem entlegenen polnischen Dorf, wo die Menschen aufeinander losgegangen waren, ohne zu ahnen, dass ihre Handlungen von den Dämonen beeinflusst gewesen waren, die Reaver gerade erledigt hatte.

Gethel, der Engel, der die himmlische Wache der Reiter gewesen war, ehe Reaver diese Aufgabe vor einem guten Jahr übernommen hatte, trat aus einem Haus, in dem eine ganze Familie abgeschlachtet worden war.

»Sämtliche Seelen sind hinübergegangen«, sagte sie, während sie auf ihn zuglitt. »Aber viel zu viele auf die falsche Seite.«

Das war das Problem mit der Art von Bösem, mit dem sie es jetzt zu tun hatten: Zu viele Menschen, die normalerweise nie der Dunkelheit anheimfallen würden, ließen das Böse in ihre Körper und ihren Geist eintreten. Im Kampf um die Seelen war der Himmel immer im Vorteil gewesen, doch selbst das begann sich zu ändern.

Gethels Lippe kräuselte sich angewidert, als sie den toten Dämonen betrachtete. »Deine Kraft ist beeindruckend, Reaver. Jetzt verstehe ich, warum du als mein Nachfolger ausgewählt wurdest.« Lächelnd breitete sie die Flügel aus – weiß, mit Gold durchsetzt – und überprüfte, ob alles in Ordnung war, indem sie sie mehrfach öffnete und wieder zusammenfaltete. »Richte Limos meine Grüße aus. Ich vermisse sie wirklich sehr. Und Reseph.« Ihr Lächeln wurde traurig. »Er war derjenige, von dem ich geglaubt hatte, er könnte sich selbst nach dem Bruch seines Siegels ein wenig seiner Menschlichkeit erhalten.«

»Ja, ich auch.« Reaver hob die Hand auf jene steife, formale Art, von der seine Engelskollegen so begeistert waren. »Lebe wohl, Gethel.«

Sie war so schnell in der Luft, dass selbst Reaver es verpasst hätte, wenn er auch nur geblinzelt hätte. Überall um ihn herum lösten sich die Dämonen auf, wie sie es im Reich der Menschen immer taten, es sei denn, es handelte sich um Gestaltwandler oder Wergeschöpfe oder eine Spezies wie die Seminus-Dämonen, die menschliches Aussehen besaßen. Im Grunde war es so: Wer nicht als Mensch durchging, löste sich innerhalb von Sekunden auf.

Seine Kopfhaut prickelte – ein Sekundenbruchteil an Vorwarnung, ehe Harvester sich vor ihm materialisierte.

»Hallo, du sexy Biest.« Der Sarkasmus in ihrer Stimme ließ ihn die Zähne zusammenbeißen. Wie sie da vor ihm stand: ihr glänzendes Haar und die Schwingen so schwarz wie ihre Seele.

»Was willst du? Ich habe zu tun.« Und zwar musste er auf eine Vorladung reagieren, die ihm seit ein paar Minuten das Gefühl vermittelte, als zerre etwas an seinen Eingeweiden.

Thanatos rief ihn, und Reaver fragte sich, was los war. Die Reiter riefen ihn nicht einfach so zu sich, obwohl sich Reaver manchmal wünschte, es wäre so. Würde es ihnen denn wirklich wehtun, ihn auch mal zu einem … sagen wir mal, Grillabend zu rufen? Oder zu einer von Limos' Strandpartys? Auch Engel mussten essen.

»Ich habe mich einfach nur danach gesehnt, einen Blick auf deine himmlische Schönheit zu werfen.« Harvester klimperte mit den Wimpern, und Reaver schnaubte.

»Ich glaube, es ist sehr viel wahrscheinlicher, dass du gekommen bist, um noch einmal zu versuchen, mich unter einem Berg zu begraben.« Er deutete auf die Umgebung. »Dir steht eine ganze Bergkette zur Verfügung.«

Sie schnalzte missbilligend mit der Zunge. »Du vertraust mir aber auch gar nicht, oder?«

»Ich habe dir vermutlich nicht mal damals vertraut, als wir noch beide im Himmel waren.« *Vermutlich*, weil er sich nicht daran erinnern konnte. Aus irgendeinem Grund waren seine Erinnerung sowie jeglicher Beweis für seine Existenz ausgelöscht worden. Er konnte sich an nichts erinnern, das vor dem Ereignis stattgefunden hatte, das vor einem Vierteljahrhundert seinen Fall ausgelöst hatte. Selbst als er die Flügel zurückbekommen hatte, war seine Erinnerung ausgeblieben. Und auch kein anderer Engel, den er kannte, gefallen oder nicht, konnte sich an ihn erinnern.

Harvester zuckte mit der bloßen Schulter, eine langsame, weiche Bewegung. Mann, sie war angezogen wie eine Stripperin, trug ein schwarzes Lederbustier und einen Minirock, Netzstrümpfe und fünfzehn Zentimeter hohe Stilettos. Reaver mochte inzwischen ja durch und durch gut und heilig sein, aber eine der Gefahren des Daseins auf der Erde – vor allem jetzt, wo das Böse alles durchdrang – war, dass Engel alles fühlten, was auch Menschen fühlten, einschließlich Lust. Und Reaver hatte schon immer etwas für spärlich bekleidete, unartige Mädchen übrig gehabt.

Er kniff die Augen zusammen. Ob Harvester wohl von seinem schmutzigen kleinen Geheimnis Kenntnis hatte?

»Einst war ich durchaus vertrauenswürdig«, sagte sie. Sie klang ein wenig verletzt, trotz ihrer nonchalanten Haltung. »Ich habe es genossen, zu dienen.« Bei ihrem Lächeln blitzten Fänge auf. »Aber zu bestimmen, gefällt mir noch viel besser.«

»Bist du nur zum Plaudern hier, oder hast du vielleicht doch was Wichtiges?«

»Es ist definitiv wichtig.«

»Geht's um die Reiter?« Das war der einzige Grund, aus dem sie ihn aufsuchen würde, da es das Einzige war, was sie gemeinsam hatten.

»Irgendwie schon. Du weißt, dass dieser Mensch, Arik, aus Sheoul entkommen ist.«

Nein, das hatte er nicht gewusst. Das musste der Grund dafür sein, dass Thanatos ihn gerufen hatte. »Ja, ich hab so was läuten hören.«

Als sie sich hinunterbeugte, um etwas vom Boden aufzuheben, das wie ein Ring aussah, stellte sie einen hauchdünnen Fetzen Unterwäsche zur Schau, der nicht einmal annähernd genug verdeckte. Reaver biss sich auf die Innenseite seiner Wange und wandte den Blick ab.

»Wie hübsch«, murmelte Harvester, als sie sich wieder aufrichtete.

»Ich bin sicher, es handelt sich um einen Schatz von unschätzbarem Wert. Und, was ist jetzt mit Arik?«

»Er ist bei Limos.« Sie reichte Reaver den Silberring, und die Brüste des gefallenen Engels, die beinahe aus dem Bustier gefallen wären, als sie sich vorgebeugt hatte, lenkten ihn viel zu sehr ab, als dass er sich gewundert hätte, warum sie ihm irgendetwas geben würde. »Pestilence hat seine Seele an sich gebunden.«

Reaver sog verblüfft den Atem ein. »Er hat was?«

»Jepp. Pestilence hat dafür gesorgt, dass Ariks Seele nach seinem Tod auf direktem Wege zu ihm geschickt wird. Er entwickelt derartige Talente schneller, als irgendjemand von uns hätte voraussehen können.«

Verdammt, dieser Reiter wurde immer mächtiger. Ehe Resephs Siegel gebrochen war, hatte nur Thanatos eine gewisse Kontrolle über Seelen gehabt. Und jetzt war Pestilence nicht nur in der Lage, sie Menschen zu entziehen, während sie noch am Leben waren, und sie so zu gehorsamen Lakaien zu machen und gleichzeitig seine eigene Kraft zu stärken – er vermochte auch noch, Seelen auf eine Weise an sich zu binden, wie es nur einer Handvoll der mächtigsten Dämonen möglich war.

»Das ist nicht gut«, murmelte Reaver.

»Es ist nicht gut für *euch*«, korrigierte sie. »Für mein Team ist es sogar sehr gut.« Lächelnd schlenderte sie auf ihn zu und legte ihm ihre Hand auf die Brust. Ihre Stimme klang auf einmal leise und heiser. »Und weißt du, was noch gut für mein Team ist? Du. In meinem Gewahrsam.«

In seinem Kopf schrillten Alarmglocken, und das Gefühl, dass sein Schicksal besiegelt sei, senkte sich wie ein Leichentuch über ihn. Doch noch ehe er die Quelle dieses Gefühls identifizieren konnte, erstarrte sein Körper so vollständig, als wäre er in einem Eisblock eingefroren.

Harvester hatte ihn in eine Falle gelockt. Irgendwie hatte sie ihn bewegungsunfähig gemacht. Sein Herz war nicht einmal mehr imstande, vor Panik zu rasen, doch er fühlte, dass sich ihr Finger in seine Brust bohrte und er umkippte. Jetzt lag er auf dem Rücken und starrte in den grauen Nachmittagshimmel empor. Eine Minute später sah er nur noch verschwommen, konnte aber Gesichter über sich ausmachen. Stimmen um ihn herum. Er fühlte, dass ihn Hände grob anfassten, dann ein Blitz, und auf einmal der massive Schmerz in seiner Brust, der ihm verriet, wo er sich befand.

Sheoul.

Harvester hatte ihn in die Hölle geblitzt. Das war ein brutaler Verstoß gegen den Pakt der Wachen. Offensichtlich war das Harvester egal.

»Bringt ihn ins Gästezimmer.«

Er wollte kämpfen, schreien, irgendetwas tun, aber er konnte nicht einen Muskel bewegen. Er konnte nur fühlen. Was für ein Mist, dass all seine anderen Sinne gedämpft und nur dieser intakt geblieben war.

Reaver wurde recht unsanft getragen und mit dem Gesicht nach unten auf eine Oberfläche geworfen, von der er annahm, dass es sich um einen Tisch handelte. Ketten wurden ihm um Hand- und Fußknöchel gewunden.

Er war vollkommen hilflos, unfähig, sich zu rühren, kaum noch in der Lage zu denken.

»Jetzt, Whine.« Harvesters Augen leuchteten erwartungsvoll, als ihr Werwolfsklave mit einer gezahnten Klinge herbeitrat – einer alten Knochensäge. Er hatte mit so etwas schon im *Under-*

world General gearbeitet und wusste verdammt gut, wie diese Dinger aussahen.

Und während sich andere Lakaien um ihn sammelten, ihm das Hemd aufrissen und die Hände in seinen Rücken gruben, um seine Flügel auszubreiten, wurde ihm klar, dass er sehr bald auch wissen würde, wie es sich anfühlte.

Pestilence konnte sich einfach nicht entscheiden, ob er gute oder schlechte Laune hatte. So etwas passierte in letzter Zeit öfter. Für gewöhnlich fickte und tötete er dann irgendetwas – das wirkte bei ihm wie Super-Prozac. Aber der heutige Tag war eine Achterbahnfahrt der Gefühle gewesen, die mit dem geendet hatte, was er gesehen hatte, als Harvester Reaver aus diesem sterbenden Dorf geholt und mitgenommen hatte.

Er hatte gesehen, wie der gefallene Engel mit Reaver geflirtet hatte, ihre Titten und ihren Arsch vor ihm zur Schau gestellt hatte, und Pestilence war … eifersüchtig gewesen.

Warum? Pestilence hatte keine Ahnung. Er hasste Harvester. Er wünschte sich, ihr so viel Leid wie möglich zuzufügen. Darum hatte er auch Ariks Seele an sich gebunden: Er würde den Menschen töten und seine Seele dem Dunklen Herrscher bringen, wo er Arik als Druckmittel benutzen konnte. Ein Druckmittel, mit dem er erreichen würde, dass Harvester seine Gefährtin werden würde.

Ja, er hasste sie. Aber sie war – neben seiner Mutter – eine der mächtigsten Frauen in Sheoul. Es wäre überaus vorteilhaft, sie an seiner Seite zu haben, um nach der Apokalypse zu herrschen, wenn er und seine Geschwister Krieg um die Vorherrschaft über die Erde und die Seelen führen würden.

Und Spaß würde es auch noch machen, denn er würde es genießen, sie jede Nacht in sein Bett zu zwingen. Ihre Schreie, ihre Tränen, ihr Flehen um Gnade – wie ihn das erregen würde.

Ein Schauder purer Wonne durchfuhr ihn, augenblicklich gefolgt von einem Anfall nackter Wut. Sein Plan hatte nur einen Haken. Einen großen, wie er erfahren hatte, als er Limos besucht hatte, in der Absicht, Arik vor ihren Augen umzubringen. In dem Moment, in dem er ihr Haus betreten hatte, war er auf ein Problem gestoßen.

Er hatte Ariks Seele nicht spüren können – was bedeutete, dass die Seele des Menschen jemand anderem gehörte.

Irgend so ein Arschloch hatte bereits seinen Anspruch auf sie angemeldet, und jetzt musste Pestilence diesen Jemand finden, ehe Arik getötet wurde.

War ja klar, dass ausgerechnet jetzt, wo alle Fäden zusammenliefen, etwas schiefgehen musste.

Aber das war schon okay. Er würde eine Lösung finden. Wie immer. Und jetzt, wo Luzifer Sartael freigelassen hatte, in welchem Gefängnis er auch immer geschmachtet haben mochte, konnte es nur noch wenige Tage dauern, bis Limos' *Agimortus* gefunden wurde.

Pestilence kletterte aus der mit Höllenhundblut gefüllten Steingrube, in der er gebadet hatte, um seine Rüstung zu füttern, und ließ die Leichen der Amish-Familie zurück, mit der er sich vergnügt hatte, bis sie gestorben waren. Es war an der Zeit, sich an die Arbeit zu machen. Endlich hatte er die Seuche perfektioniert, an der er seit Wochen arbeitete. Auf die menschliche Rasse wartete eine böse Überraschung.

9

Seit mindestens einer Stunde stand Arik jetzt schon mit dem Rücken zur Wand und beäugte das Sandwich und den Kuchen. Ihm lief das Wasser im Mund zusammen, doch in seinem Kopf herrschte ein einziges Durcheinander. Wenn er diese Dinge aß, würde er auf eine Art leiden wie noch nie ein Mensch zuvor. Na ja, kein Mensch außer Arik, denn er hatte das alles längst durchgemacht. Ein paar Mal.

Du lernst aber verdammt langsam, Jungchen. Die Stimme seines Vaters hallte durch seinen Kopf. Was sollte der Mist? Mit diesem gewalttätigen Dreckskerl war er fertig, schon seit dem Tag, an dem er in diesem Krankenhaus krepiert war. Er war nur noch eine leere Hülle gewesen, sowohl körperlich als auch geistig. Es war ihm so unwirklich vorgekommen, diese Hände anzusehen, die Arik, Runa und ihre Mutter zu Klump geschlagen hatten, und die nun so zerbrechlich wirkten: die Haut papierdünn und von blauen Flecken übersät, die von den Infusionsnadeln und den Blutabnahmen stammten.

Nicht ein einziges Mal hatte Arik der vorzeitige Tod seines Alten leidgetan, aber jetzt, nachdem er Sheoul persönlich kennengelernt hatte, bereute er es fast, seinen Vater so oft in die Hölle gewünscht zu haben. Fast, denn manche Menschen hatten es verdient, dort zu sein. *Hier.* Arik war nach wie vor in der Hölle, das durfte er auf keinen Fall vergessen.

Er schöpfte Luft, atmete den süßen Duft des Kuchens ein, denn fürs Atmen würden ihn die Dämonen nicht schlagen. Das wusste er, weil er es immer wieder ausprobiert hatte, indem er sich den verbotenen Köstlichkeiten so weit wie möglich genähert und tief eingeatmet hatte, so als könnte er auf diese Weise vielleicht einige wenige Kalorien zu sich nehmen.

Dieser. Verdammte. Hunger.

Er fluchte, ausgiebig und lautstark. Dann richtete er sein Augenmerk auf die Kleidung. Die schwarze Jogginghose war zu lang und viel zu weit – wer zum Teufel trug diese Dinger? –, aber mithilfe der Kordel konnte er wenigstens dafür sorgen, dass ihm das Ding nicht bis zu den Füßen rutschte. Das schwarze T-Shirt mit dem Guinness-Aufdruck passte schon besser, wenn es um die Schultern auch ein wenig locker saß.

Als sich die Tür öffnete, erstarrte er. Er ging davon aus, dass dieser Traum jetzt endlich verblassen und er erkennen würde, dass er sich wieder in seiner Zelle befand.

Stattdessen kam dieser Limos-Dämon rein und stellte einen Teller und eine Plastikflasche auf den Boden. So hungrig er auch war, er konnte die Augen einfach nicht von ihr abwenden. Sie hatten ihr Abbild wirklich perfekt hinbekommen, bis hin zu den Augen, die die Farbe von Edelsteinen hatten, dem seidigen schwarzen Haar und den gebräunten Kurven, die einen Kerl zum Weinen bringen konnten.

Und er war auf diesem unglaublichen Körper gekommen.

Darüber hatten sich die Dämonen sicherlich totgelacht, auch wenn sich Arik am liebsten übergeben hätte. Diese Mistkerle.

Er wartete, bis die Frau das andere Essen aufgenommen und das Zimmer wieder verlassen hatte, ehe er vorsichtig näher schlich. Er beäugte den fleckigen Pappteller, war aber nicht in der Lage, das Zeug zu identifizieren, das darauf lag. Sah aus, als ob sie es aus irgendwelchen Tierdärmen gekratzt hätten. Was vermutlich auch der Fall war.

Er hockte sich daneben und roch daran. Zumindest stank es nicht nach Fäulnis. Eigentlich roch es sogar beinahe vertraut. Er schnüffelte noch einmal und blinzelte überrascht. Hundefutter? Jetzt fütterten sie ihn mit Hundefutter? Na ja, immerhin eine Verbesserung im Gegensatz zu unidentifizierbaren, verfaulten Organen und Tieren, die seit Wochen tot waren. Dann musterte er verwirrt die Plastikgabel. Sie hatten ihm noch nie Besteck gegeben, das er ja möglicherweise als Waffe benutzen könnte.

Was für ein Spiel spielten sie jetzt schon wieder mit ihm?

Egal. Er war am Verhungern. Er nahm einen Bissen und stöhnte auf. Es war köstlich. Das Beste, was er seit Wochen zu sich genommen hatte, und es schmeckte sogar wie richtiges Essen. Vielleicht wie so eine Art Wurst. Mann, heutzutage gaben die Leute ihren Hunden aber mächtig feines Futter.

Er atmete das Essen nahezu ein, leckte den Teller ab und schüttete dann das Wasser hinunter. Er hatte bereits Wasser direkt aus dem Wasserhahn im Bad getrunken, war also nicht durstig, aber die klare, eisige Flüssigkeit schmeckte, als ob man den Himmel in Flaschen abgefüllt hätte.

Als es an der Tür klopfte, stand er auf. Was würde jetzt wohl kommen? Normalerweise durfte er sich nach dem Essen ein Weilchen ausruhen, ehe die Folter wieder losging, aber manchmal fanden die Dämonen es auch lustig auszuprobieren, wie viel Schmerz nötig war, bis er das Essen wieder auskotzte.

Die Dämonin, die vorgab, Limos zu sein, betrat das Zimmer. »Ich hab dir noch mehr Kleidung besorgt.« Sie warf einen Seesack der U. S. Army aufs Bett, auf dem sein Name stand.

»Woher hast du das?«

»Kynan –«

Ohne nachzudenken, stürzte er sich auf sie, warf sie gegen die Tür, die Finger um ihre Kehle gelegt. »Woher weißt du von Kynan?«

Sie zerrte an seinen Händen und war immerhin stark genug, um ihn daran zu hindern, sie zu erwürgen. »Arik, hör zu.« Sie schnappte nach Luft. »Dies hier ist echt. Ich kenne Kynan, weil er uns geholfen hat. Als Ares' Siegel in Gefahr war. Du hast ebenfalls geholfen.«

Wie lange würde dieser Albtraum denn noch dauern? Er ließ sie los und trat zurück, wohl wissend, dass er sich soeben eine große, fette Tracht Prügel verdient hatte, weil er es gewagt hatte, einen seiner Folterknechte anzufassen. Gott, diese Warterei würde ihn noch wahnsinnig machen. Es war so viel leichter, die Folter zu ertragen als die Anspannung. Diese Mistkerle hatten eine neue Taktik, und die funktionierte tatsächlich.

Na gut. Er würde sich auf ihr Spiel einlassen. Offensichtlich taten sie alles, um ihn zu überzeugen, dass dieser ganze Mist real war – also würde er ihnen mal einen Vorgeschmack darauf geben, wie er war, wenn er gerade nicht in einem dreckigen Kerker gefangen gehalten wurde. Er würde das Kommando übernehmen und sie lehren, dass er der Herr über das war, was in seinem Kopf vorging.

»So.« Er beförderte den Pappteller mit einem Tritt in die Ecke. »Ich bin also tatsächlich auf Hawaii, und du bist wirklich die, die du zu sein behauptest. Der Reiter, der mich in die Hölle befördert hat.«

Eine schwarze Braue hob sich, nur ein klein wenig. »Dann glaubst du mir endlich?«

»Ich bin bereit, es zu versuchen.«

»Du kannst meinen Namen ruhig sagen.«

Aber sicher doch. »Das wird nicht passieren. Ich gehe kein Risiko ein. Dann erzähl mir doch mal, warum meine Kidnapper unbedingt wollten, dass ich ihn sage.«

Sie fuhr sich mit der Hand durchs Haar, und auch wenn sie nicht die wahre Limos war, zuckte es ihm in den Fingern, es ihr gleichzutun. »Haben sie dir gesagt, warum sie dich nach Sheoul gebracht haben?«

Nur ungefähr eine Million Mal. »Sie sagten, es wäre deinetwegen. Weil du die Beherrschung verloren hast und selbstsüchtig warst.«

Überraschung flackerte in ihrem Blick auf, und ein Laut der Empörung drang über ihre Lippen. »Wohl kaum. Du warst dort, weil du mich geküsst hast, und das war verboten.« Ihr Kinn fuhr hoch, als hätte sie sich plötzlich daran erinnert, dass sie eigentlich einen Überlegenheitskomplex haben sollte.

»Ein Kuss? Wegen einem einzigen verdammten Kuss haben die mich gefoltert, bis ich nicht mehr denken konnte? Vielleicht hättest du mir im Vorfeld gleich mal die Regeln erklären können, wie ich mit dir umzugehen habe. Du weißt schon – bevor ich das getan habe?«

Sie schnaubte. »Du hättest es besser wissen müssen.«

Dieser Dämon hatte Limos' Eigenarten echt perfekt drauf. »Und warum wollen – wollten – sie, dass ich deinen Namen sage?«

»Weil ich verlobt bin«, sagte sie gleichmütig, während sie ihre Nägel studierte. »Aber mein Verlobter kann mich erst dann zu sich holen, wenn ich in Sheoul gefangen genommen werde, mein Siegel bricht oder der Mann, dem ich meine Zuneigung schenke, meinen Namen sagt, während er Todesqualen leidet.«

»Ach, *jetzt* erzählst du mir, dass du verlobt bist?«, stieß er zwischen zusammengebissenen Zähnen hervor.

Sie seufzte tief, so als ob seine Fragen ihr lästig wären. »Ich dachte nicht, dass das wichtig wäre. Angesichts der Tatsache, dass ich nichts Intimeres vorhatte, als dir in den Hintern zu treten.«

Vor lauter Wut fühlte sich sein Körper plötzlich wie ein Dampfkochtopf an. »Du kleine Lügnerin. Du hast mich zurückgeküsst. Du hast es gewollt.«

»Hab ich nicht.« Ihre Pupillen weiteten sich, als wäre sie auf Speed, bis sie das Violette vollständig verschluckt hatten. Dann wurden sie stecknadelklein, ehe sie wieder normal wirkten.

»Lüg mich verdammt noch mal nicht an. Ich hab in meinem Leben schon genug Frauen geküsst, um Bescheid zu wissen, also lass den Scheiß.«

Ein leises Knurren grummelte in ihrem Brustkorb. »Wie viele Frauen hast du denn schon geküsst?«

»Warum?«

»*Wie viele?*«

Na, das war doch jetzt wirklich die Höhe: Sie war eifersüchtig. Sie hatte keinen Grund, eifersüchtig zu sein. Nicht, wo sie schließlich mit einem anderen Kerl *verlobt* war. Der Dampf zischte heiß durch seine Adern, denn wenn sein Verstand auch wusste, dass das alles nicht real war, waren sich sein Körper und seine Emotionen da längst nicht so sicher.

»Du willst die Wahrheit? Denn von mir wirst du keine Lügen hören. Also überleg dir besser vorher, was du fragst.«

Sie kreuzte die Arme vor der Brust und starrte ihn an. Als klar wurde, dass sie eigentlich keine Antwort hören wollte, kehrte er zum ursprünglichen Thema zurück.

»Nur damit wir uns richtig verstehen: Ich sage deinen Namen, und du trittst mit deinem Liebsten vor den Altar? Ist das so? Die haben mich an Haken aufgehängt und über Kohlen geröstet, nur damit du keine Kirche reservieren musst?«

Er würde ihren Namen ja so was von sagen. Er würde ihn von allen Dächern schreien. Durch ein Megafon.

»So einfach ist es nicht.« Jetzt war sie wieder ganz ruhig und zwirbelte eine Haarsträhne zwischen den Fingern. Arik wünschte, sie würde mit dieser ADS-Nummer aufhören. »Ich meine, ja, du hast mich davor gerettet, mit dem großen Boss ins Bett zu gehen, aber da hängt noch viel mehr –«

»Moment mal.« Er hob die Hand. »Wer genau ist denn dein Verlobter?«

»Ähm … nun ja … also, es ist Satan.«

Arik war bis in die Grundfesten erschüttert. Er streckte die Hand aus, um sich an der Kommode festzuhalten. »*Der* Satan? Der, der aus dem Himmel rausgeflogen ist? Das ultimative Böse, der gefallene Engel? Luzifer?«

Sie verdrehte die Augen. »Eigentlich sind Satan und Luzifer nicht derselbe. Ein einfacher Übersetzungsfehler hat zu diesem Glauben geführt. Wenn du wüsstest, wie oft Übersetzungsfehler und einseitige Interpretationen schon Geschichte und Religion durcheinandergebracht haben. Du musst mich irgendwann mal nach den Rosenkriegen oder den zehn Todsünden fragen. Jedenfalls ist Luzifer tatsächlich ein gefallener Engel, aber er ist Satans rechte Hand.«

»Vielen Dank für die Geschichtsstunde«, murmelte er. Jesus. Wie zur Hölle hatte er sich bloß in diesen Schlamassel hineingeritten? *Du hast mit dem falschen Körperteil gedacht.* Tja, Decker hatte immer schon gesagt, dass sein Schwanz ihn noch einmal in Schwierigkeiten bringen würde.

Das ging allerdings weit über bloße Schwierigkeiten hinaus – man konnte guten Gewissens von einer mittelprächtigen Katastrophe sprechen. Vor allem, als ihm der nächste entsetzliche Gedanke kam.

»Vorhin«, krächzte er. »Im Bett ... hab ich da alles noch viel schlimmer für mich gemacht?«

Limos lief leuchtend rot an. »Äh ... ach ja ... das. Nein. Der Schaden war längst angerichtet. Es ist ganz egal, was ich – was *wir* jetzt tun.«

»Es gibt kein wir.« Und warum hatte er diese Frage überhaupt gestellt, wenn das alles hier doch nur ein einziges großes Star-Trek-Holodeck-Szenario war?

Er drehte sich um und legte die Hand auf die Glasscheibe. Die Aussicht war fantastisch, aber auch ein vergoldeter Käfig war immer noch ein Käfig. Komisch war nur eins: Als die Dämonen zum letzten Mal versucht hatten, ihn auf diese Art reinzulegen, war ihm die ganze Welt verschwommen vorgekommen, wie in einem Traum, ohne erkennbare Details. Hier jedoch war alles scharf und klar umrissen, bis hin zu den kleinsten Einzelheiten. Zum Beispiel nahm er überdeutlich wahr, dass Limos nach Kokosnüssen duftete.

Offenbar war diesmal ein wesentlich mächtigerer Magier am Werk.

»Arik.« Limos' Hand legte sich auf seinen Rücken, und auch wenn sein Instinkt ihm riet, sich ihr zu entziehen, konnte er es einfach nicht.

»Arik?«, wiederholte sie.

»Was?«

»Ich wünschte, nichts davon wäre je passiert.« In ihrer Stimme lag ein Zittern, und beinahe hätte er ihr geglaubt. Beinahe.

»Wow. Wenn das eine Entschuldigung sein sollte, ist sie aber ziemlich lahm. Tut es dir tatsächlich leid?«

»Ja.«

Aus irgendeinem Grund machte ihre Antwort ihn erst so richtig sauer. »Tut mir leid« war okay, wenn man vergaß, den Müll rauszubringen, obwohl man eigentlich dran war. »Tut mir leid« war okay, wenn man den falschen Wein fürs Abendessen gekauft hatte. »Tut mir leid« war nicht okay, wenn man ausrastete und Frau und Kinder verprügelte. »Tut mir leid« war nicht genug, wenn man seinen Gehaltsscheck für Alkohol ausgab, anstatt für Essen für seine Familie. Und ganz sicher war »Tut mir leid« zu wenig, wenn man jemanden in die Hölle geschickt hatte, wo sie einem bei lebendigem Leib die Haut abzogen.

Er wirbelte herum und packte ihr Handgelenk, während er sie gegen das Glas drückte. »Von wegen, es tut dir leid. Wenn das alles hier nicht real ist, verarschst du mich eh nur. Und wenn doch, ist dein ›Tut mir leid‹ einfach nicht gut genug.«

»Was kann ich tun, um es dir zu beweisen?«

»Für den Anfang könntest du schon mal zugeben, dass ich dir den Kuss nicht aufgezwungen habe. Du könntest zugeben, dass du es genauso wolltest. Dass du *mich* wolltest.«

Ihre violetten Augen verschwammen. Jetzt war er endgültig sicher, dass das alles nur eine Verarsche war. Die wirkliche Limos würde ihm kräftig in den Hintern treten und ihm sagen, er könne sie mal kreuzweise. Aber die hier sah aus, als ob er ihr gerade einen Pflock ins Herz gerammt hätte.

»Das kann ich nicht«, flüsterte sie. »Wenn ich das tue, dann war alles meine Schuld.«

»Blitzmeldung: Das war es auch, mein kleines Pony.« Er ließ sie los und machte ein paar Schritte ins Zimmer, bis ihm klar wurde, dass er nirgendwo hin konnte. Also blieb er mitten im Raum stehen, ohne sich wieder zu ihr umzudrehen. »Warum bringt ihr mich nicht gleich um? Bin ich dir wirklich diesen ganzen Aufwand wert?«

»Ja.« Ihre Stimme klang gequält und heiser. »Ja, das bist du.«

Als Nächstes hörte er, dass sich die Tür schloss.

10

Limos stand mit klopfendem Herzen vor der Schlafzimmertür, am ganzen Körper zitternd. Sie war überzeugt gewesen, dass Arik Fortschritte machte, aber jetzt war klar, dass er immer noch glaubte, in seinem Gefängnis zu stecken. Und sie hatte keine Ahnung, wie sie ihm helfen sollte. Sie hatte sogar schon versucht, Reaver herbeizurufen, und als das nicht geklappt hatte, hatte sie es mit Harvester versucht. Keiner der beiden Engel war erschienen.

Sie schloss die Augen, ließ den Kopf gegen die Wand zurückfallen und dachte daran, wie durcheinander sie gewesen war, nachdem Reseph sie aus der Aegis-Hölle gerettet hatte. Er hatte sie auf Ares' Insel gebracht, und als sie weder stehen noch sprechen oder auch nur begreifen konnte, wo sie war, war er einfach mit ihr in die Brandung hinausgegangen und hatte sich vollständig bekleidet in die Wellen gesetzt. Der Schock hatte sie wieder zu sich gebracht, und die ganze Zeit über hatte er sie einfach nur festgehalten. Reseph war ihr Anker gewesen, der Bruder, der sie mehr liebte als alles andere.

Vielleicht war Ariks Anker seine Schwester.

Sie tätigte einen raschen Anruf, und innerhalb weniger Minuten klingelte es an der Tür.

»Danke, dass ihr gekommen seid.« Limos bat Shade und Runa ins Haus, wobei sie in Gedanken Arik und seine Schwester verglich. Die einzige Ähnlichkeit, die Limos entdecken konnte, bestand in ihrem muskulösen Körperbau, was keine Überraschung war. Kynan hatte erzählt, dass die Frau mit den karamellfarbenen

Haaren ein Werwolf war, und Limos hatte noch keinen Warg gesehen, der nicht aussah, als könnte er jeden Bodybuilding-Wettbewerb gewinnen.

Shades Arm lag beschützend um Runas Schultern, und auch wenn Limos noch nie jemandes Schutz bedurft hatte, verspürte sie seltsamerweise einen Anflug von Eifersucht, weil Runa einen Mann hatte, der für ihre Sicherheit sorgte.

»Wie geht es ihm?« Runas Hände waren ineinander verkrampft, bis Shade sie zärtlich in seine nahm.

»Körperlich geht's ihm gut«, beruhigte Limos sie. »Aber ich habe Probleme, ihn zum Essen zu bringen.«

Shade blickte finster drein. »Wieso denn das?«

»Ich nehme an, die Dämonen haben ihn mit Nahrung gefoltert.« Sie zögerte, denn das war etwas, von dem man nicht unbedingt wissen wollte, dass es einem geliebten Menschen angetan worden war. »Ich gehe davon aus, dass sie ihm Nahrung vorgesetzt und ihn dann bestraft haben, wenn er versucht hat, davon zu essen.«

In Runas atemberaubenden champagnerfarbenen Augen blitzte Entsetzen auf. »Kann ich ihn sehen?«

Mit einem Nicken führte Limos sie zum Schlafzimmer, aber ehe sie die Tür öffnete, brachte sie ihre Befürchtungen zum Ausdruck. »Ich habe euch doch gesagt, dass es ihm körperlich gut geht. Geistig allerdings … er ist verwirrt. Er glaubt, dass er nach wie vor in Sheoul ist, dass die Dämonen in seinen Kopf eingedrungen sind und bestimmen, was er sieht und mit wem er spricht. Ich hoffe nur, es gelingt euch, ihn davon zu überzeugen, dass er frei ist.«

Sie traten ein, und Arik, der an der Tür zur Veranda gestanden und aufs Meer hinausgeblickt hatte, drehte sich um. Er hatte eine schwarze Kampfhose und ein schwarzes T-Shirt angezogen, das vermutlich sehr viel lockerer saß als früher, aber immer noch seine breiten Schultern und muskulösen Arme betonte. Eine neutrale Maske schob sich vor seine Miene, doch in seinen Augen funkelte es wütend, als er seine Schwester sah.

»Arik.« Runa machte Anstalten, auf ihn zuzugehen, doch Shade packte ihren Arm und hielt sie zurück.

»Nicht.« Der große Dämon strahlte seine Anspannung in großen Wellen ab, die Limos' Haut versengten. »Ich traue ihm nicht.«

»Du hast ihm noch nie getraut.« Runa schüttelte den Griff ihres Gefährten ab und ging auf ihren Bruder zu, der erstarrte, als sie näher kam. »Arik? Es ist alles okay.«

»Ach ja? Warum sagst du mir nicht, wer zum Teufel du bist? *Okay*?«

Sie zögerte kurz, ging aber weiter. »Ich bin's«, sagte sie sanft. »Runa.«

»Wag es nicht, ihren Namen auszusprechen.« Seine Maske der Ruhe zersplitterte in eine Million Teile, und im nächsten Augenblick stieß er mit wutverzerrtem Gesicht ein mörderisches animalisches Knurren aus. »Du bist nicht meine Schwester.«

Dann schlug er zu, rammte Runa die Faust ins Gesicht und versetzte ihr einen Tritt in den Unterleib. Sie flog durch den ganzen Raum und landete wie ein Häufchen Elend auf dem Boden.

Und dann ging's erst richtig rund.

Während Limos auf Runa zulief, verwandelte sich Shade in einen riesigen schwarzen Werwolf, dessen Wutgebrüll sich zu Ariks gesellte, während sie in einem Sturm von Fäusten, Klauen und Zähnen aufeinandertrafen.

»Nein!« Limos stürzte sich ins Getümmel und bemühte sich verzweifelt, die beiden zu trennen, ehe Shade Arik umbrachte, und dann rauschte auf einmal eine weitere pelzige Gestalt an ihr vorbei, als Runa, jetzt ein Werwolf mit Fell in der Farbe von

Karamellbonbons, Shade zu Boden warf und ihre Schnauze um seine Kehle schloss. Was war da los? Werwölfe unterlagen den Phasen des Monds, sie konnten sich nicht einfach nach Lust und Laune verwandeln. Ausgewachsene Seminus-Dämonen konnten ihre Gestalt verändern, aber was in Gottes Namen war Runa?

Doch diese Frage musste warten. Jetzt musste sie erst mal Arik bremsen, der sich auf Shade und Runa stürzen wollte, und seine Absicht war so deutlich wie ein Neonschild mit der Aufschrift TÖTEN.

Limos packte ihn um die Taille und rang ihn aufs Bett nieder. Eine Faust traf sie seitlich am Kopf, und sein Knie rammte ihren Magen mit solcher Gewalt, dass sie aufstöhnte, aber schließlich gelang es ihr, ihn festzuhalten. Er war stark, viel stärker, als sie gedacht hatte, und als er sich aufbäumte, musste sie sich schon anstrengen, um über ihm zu bleiben und nicht abgeworfen zu werden. Vielleicht hatte ihm der Blutaustausch mit Pestilence zu einer Art Superman gemacht.

Eine große, tätowierte Hand legte sich schwer auf Ariks Schulter, und Shades *Dermoire* leuchtete grell auf. Beinahe augenblicklich beruhigte Arik sich, seine Lider senkten sich über die Augen, und seine Miene erschlaffte. Innerhalb weniger Sekunden war er bewusstlos.

»Was zum Teufel ist da gerade passiert?«, blaffte Shade, als er zurücktrat.

Runa wischte sich mit dem Handrücken Blut aus dem Gesicht und hielt sich mit der anderen Hand die Rippen.

»Ich hab's euch doch gesagt«, antwortete Limos. »Er glaubt, er wäre in der Hölle.«

Shade fuhr zu seiner Gefährtin herum und zog sie in die Arme. »Tut mir leid, Baby«, murmelte er. »Er hat dir wehgetan – «

»Ich weiß.« Runas und Limos' Blicke trafen sich, als sie sich von Arik löste. »Können wir kurz mal nach draußen gehen?«

Sie alle traten vor die Tür, und sobald sie sich hinter ihnen geschlossen hatte, ließ sich Limos erledigt dagegen sinken. »Scheiße«, hauchte sie, tiefer erschüttert, als sie zugeben wollte. »Ich hatte gehofft, er würde in die Realität zurückkommen, wenn er dich sieht.«

»Das bringt ihn noch um.« Runas Stimme war entsetzt, so wie auch ihr Gesichtsausdruck. »Wenn ihm dämmert, was er getan hat …« Runa leckte sich das Blut von den Lippen. Shade streckte die Hand nach ihr aus, aber sie stieß sie fort. »Er hat geschworen, mir niemals wehzutun. Oder überhaupt irgendeiner Frau. Nicht nach allem, was unser Vater getan hat.« Shade küsste sie auf den Kopf und streichelte ihr Haar, aber es schien sie nicht zu beruhigen, sondern genau den gegenteiligen Effekt zu haben, und sie zuckte zusammen. »Ich gehe mal kurz nach draußen … frische Luft schnappen.« Sie verschwand in einem Tempo, als ob das Haus in Flammen stünde, sodass Limos mit Shade zurückblieb.

»Was ist los, Dämon?« Limos kreuzte die Arme vor der Brust. »Was hat sie gemeint, als sie von ihrem Vater sprach?«

»Er war ein gewalttätiges Monster.« Der Ausdruck in Shades Gesicht war so harsch wie seine Stimme. »Hat sich gern an Frauen und Kindern vergriffen. Es war übel. Wirklich übel.«

Limos biss die Zähne aufeinander. »Arik und Runa?«

»Jepp. Ich weiß nicht viel darüber, was mit Arik war, aber Runa hat mir erzählt, dass er versuchte, sie und ihre Mutter zu beschützen. Also, entweder ist er jetzt doch wie sein alter Herr geworden, und in diesem Fall werde ich ihn dafür töten, dass er Runa geschlagen hat.« Shade boxte frustriert mit der Faust gegen die Tür, als wollte er Arik schon mal warnen. »Oder er wird sich nicht besonders gut leiden können, wenn er wieder zur Besinnung kommt und ich ihn am Leben lasse.«

»Du wirst ihn nicht anrühren. Mein Bruder hat seine Seele an sich gebunden. Arik darf nicht sterben.« Sie würde es sowieso nicht geschehen lassen und Shade umbringen, wenn er es auch nur versuchte. So einfach war das.

»Dein Bruder ist ein Arsch.«

Sie erstarrte. Ja, Pestilence war ein Arsch. Aber er war auch ihr Bruder, und dieser Dämon hatte keine Ahnung, was für ein Mann er einmal gewesen war.

»Pass auf, was du sagst, Sem.«

Shade sah in die Richtung, in die Runa verschwunden war, ehe er sich wieder Limos zuwandte. »Hör mal, ich hatte mal einen Bruder, der genauso war. Er lebte nur, um uns zu quälen, und darum mussten wir ihn vernichten.« Er betrachtete sie nachdenklich. »Steht ihr euch nahe, du und deine Brüder? Ihr werdet euch noch viel enger zusammentun müssen, um Pestilence aufzuhalten. Ihr dürft nicht zögern oder sentimental werden, sondern müsst tun, was getan werden muss. Wir haben genau diesen Fehler gemacht, und eine Menge Leute mussten deswegen sterben.«

»Das wird nicht so leicht. Reseph war von uns allen der anständigste. Er war nicht immer böse.« Sie wusste gar nicht, warum sie Pestilence eigentlich verteidigte, nur, dass sie Reseph Tausende Jahre lang geliebt hatte, ganz gleich, wie sehr sie ihn jetzt hasste, und dass sie das nicht einfach so vergessen konnte.

»Und warum fühlst du dich dann schuldig?«

Sie blinzelte. »Was?«

Shade trat enger an sie heran. »Ich kann Dunkelheit spüren … Schuld … in Frauen. Und du, Reiter, du ertrinkst geradezu darin.«

Sie spürte, wie sie vor Unbehagen bis in die Tiefen ihrer Seele erbebte. »Du hast doch keine Ahnung, was du da erzählst.«

»Ich weiß jedenfalls, dass ich noch nie zuvor jemanden erlebt habe, der eine so krasse Ausstrahlung hat wie du. Ich weiß auch, dass ich durch die Hölle gehen müsste, um alles aus dir herauszulocken.« Seine Stimme war ein verstörendes, düsteres Brummen, und was meinte er denn mit *herauslocken*? »Aber, den Göttern sei Dank, ist das nicht mein Problem.« Mit diesen Worten ließ er sie stehen und folgte Runa. »Sag Bescheid, wenn sich was ändert.«

Bei Shades Befehl hätten sich ihr eigentlich augenblicklich die Nackenhaare aufstellen müssen, aber sie war viel zu erschüttert über das, was er über sie und Arik gesagt hatte. Was wusste Shade von ihrer Schuld? Konnte er etwa Gedanken lesen? Okay, sie würde deswegen am liebsten eine erstklassige Panikattacke bekommen, aber dafür war jetzt keine Zeit. Sie musste sich auf Arik konzentrieren, denn ja, das Gewicht ihrer Schuld erdrückte sie beinahe, aber in diesem Augenblick war der Mensch ihre erste Sorge.

Wenn ihm bewusst wurde, was er Runa angetan hatte, wie würde sich das auf seine Genesung auswirken? Ihre Brüder hatten sie nicht ein einziges Mal im Zorn geschlagen – auch wenn sie es verdient hatte … mehr, als sie ahnten. Aber sie konnte sich nur ausmalen, wie sie sich selbst bestrafen würden, wenn sie ihr je wehgetan hätten.

Die Vorstellung, dass Arik als Kind misshandelt worden war … Gott, sie war solchen Gräueln gegenüber immer gefühllos gewesen – oder hatte sich vielmehr nie erlaubt, deswegen etwas zu empfinden. Aber sich Arik vorzustellen, wie er unter den Fäusten seines eigenen Vaters blutete und litt, verursachte irgendwo tief in ihrem Inneren ein Zwicken.

Sie war wie eine Prinzessin aufgewachsen, war dazu ermutigt worden, kleinlich und grausam zu sein, während sie andererseits nie kennengelernt hatte, wie es war, geschlagen oder hintergangen zu werden. Sie hatte immer gedacht, sie sei wie ein Mitglied des Königshauses behandelt worden, weil ihre Mutter sie liebte und andere Dämonen sie anbeteten … Aber was, wenn es eigentlich darum gegangen war, dafür zu sorgen, dass sie niemals Empathie empfinden würde, weil sie niemals Schmerz empfunden hatte?

Schon bei dem bloßen Gedanken wurde ihr übel, aber andererseits ging es jetzt auch nicht um sie. Sie hatte nie leiden müssen, vor allem nicht durch ihren eigenen Vater. Sie hatte ihren Vater ja nicht einmal gekannt.

Einen Augenblick lang fragte sie sich, ob Ariks Vater wohl noch am Leben war, doch dann wurde ihr klar, dass Shade niemals zugelassen hätte, dass dieser Kerl weiterlebte. Wieder verspürte sie einen Anfall von Eifersucht, weil Runa etwas besaß, das Limos niemals haben würde.

Doch dann schüttelte sie das nutzlose Selbstmitleid ab und betrat erneut Ariks Zimmer. Er war nach wie vor bewusstlos und lag mit ausgestreckten Gliedmaßen auf dem Bett, als schliefe er nur einen Rausch aus. Im Moment sah es nicht danach aus, als würde er der Hölle, die sich in seinem eigenen Kopf befand, jemals entkommen können.

Sie ließ sich neben ihn auf das Bett sinken und schenkte ihm das bisschen Trost, das sie zu bieten hatte, glättete sein T-Shirt und strich ihm die Haare aus der Stirn. Genau dasselbe hatte sie auch für ihre Brüder getan, wenn sie in einer Schlacht verletzt worden waren, in der Hoffnung, dass sie in ihrer Berührung Frieden finden würden. Sicher, sie regenerierten sich sehr schnell, aber wenn die Verletzungen schlimm genug waren, litten sie stundenlang, manchmal sogar tagelang schreckliche Schmerzen, bis es so weit war.

Was für ein Scheiß. Sie fühlte sich so hilflos. Ganz egal, was sie tat, für Arik wurde alles immer nur noch schlimmer. Obwohl … Moment mal … vielleicht konnte sie doch helfen. Wenn er sich gar nicht mehr daran erinnern könnte, dass er Runa je wehgetan hatte …

Ja. Mit einem breiten Lächeln, weil sie endlich etwas für ihn tun konnte, öffnete sie seine Lider und starrte in seine glasigen Augen. Behutsam drangen ihre Gedanken in seinen Verstand ein und schnitten die lästige Erinnerung daran, dass er seine Schwester geschlagen hatte, einfach heraus. Im Gegensatz zu Ares war sie nicht in der Lage, die fehlende Erinnerung durch eine andere zu ersetzen, aber das brauchte sie auch gar nicht.

Runas Besuch war etwas, an das er sich besser niemals erinnern sollte.

11

Kynan saß im Konferenzraum des Hauptquartiers der Aegis in Berlin. In seinem Kopf drehte sich alles. Sein Verstand bemühte sich nach wie vor, die Information zu begreifen, die er einer der drei Schriftrollen entnommen hatte. Zusammen mit den anderen Schätzen aus der Kammer, in die Limos ihn geführt hatte, hatte er sie seinen Kollegen im Ältestenrat mitgebracht.

Bislang hatten die kleinen Artefakte keine neuen Erkenntnisse gebracht, aber einer ihrer Historiker war noch damit beschäftigt, ihre Herkunft zu erforschen, und könnte durchaus noch etwas Nützliches entdecken. Zwei der Schriftrollen enthielten lediglich Berichte über Kämpfe gegen Dämonen; interessant, aber letztendlich keine großartige archäologische Entdeckung.

Aber diese eine Rolle … Gott. Wenn es stimmte, was darin stand, könnte es den Verlauf der menschlichen Geschichte verändern.

»Also.« Valeriu, ein Ältester, der durch Heirat entfernt mit Kynan verwandt war, nahm die Brille ab und rieb sich die blutunterlaufenen Augen. Sie hatten die Schriftrolle ohne Unterlass studiert, hatten in ihren Bibliotheken nach Texten gesucht, die mit ihr in Zusammenhang stehen könnten, und sich bemüht, einigen der kryptischsten Sätzen eine Bedeutung zu entlocken. »Wir denken, dass dies der Schlüssel dazu sein könnte, die Apokalypse aufzuhalten. Aber wollen wir wirklich auf eine bloße Vermutung hin das Leben eines Aegi riskieren?«

Malik, der dreißig Jahre lang im Mittleren Osten Dämonen gejagt hatte, ehe er zu einem Mitglied des Siegels befördert worden war, schüttelte den Kopf. »Das gefällt mir nicht. Wir haben Wächter durchaus schon gebeten, Dinge zu tun, von denen wir wussten, dass sie mit deren Tod enden könnten, und sie begreifen, dass ihre Arbeit gefährlich ist. Aber das hier …«

Lance, ein Kanadier, der seinen Sinn für Mode irgendwann in den Achtzigern verloren hatte, ließ einen Kaffeerührstab auf dem Tisch herumwirbeln. »Bei der Wächterin würde es sich um eine Freiwillige handeln. Sie wird wissen, dass es keine Erfolgsgarantie gibt.«

Ja, immer vorausgesetzt, sie würden eine Freiwillige für diesen Geheimplan finden. Was sie der Wächterin gleich berichten würden, die draußen vor dem Raum wartete, würde sie glatt umhauen.

Mist. Ky gefiel das alles ganz und gar nicht. Als er noch ein einfacher Soldat an der Aegis-Front gewesen war, hatte das Leben wesentlich unkomplizierter ausgesehen. Er hatte eine größere Zelle von Wächtern geleitet, aber in der Hauptsache hatte er Dämonen bekämpft. Töten oder getötet werden. So einfach war das.

Jetzt manipulierte er Schicksale und Leben, und nichts davon gefiel ihm.

Valeriu lehnte sich in seinem Stuhl zurück und starrte auf das Gemälde, das eine Schlacht zwischen Engeln und Dämonen zeigte. »Wir müssen daran glauben, dass es funktioniert.«

»Glauben?« Decker, für gewöhnlich ein lockerer Mann, saß stocksteif auf seinem Stuhl, während er sich mit der Hand immer wieder über die kurz geschnittenen blonden Haare fuhr. »Glaube ist etwas für Menschen, die keine Beweise haben. Ich könnte daran glauben, unsichtbar zu sein, aber das würde es noch lange nicht wahrmachen.« Er schüttelte den Kopf. »Ihr macht mich echt nervös, Leute. Ihr habt mit Magie und Prophezeiungen und allem möglichen Scheiß zu tun, den keiner von uns kapiert.«

»Und du meinst, das Militär könnte es besser machen?«, fragte Malik.

»Das hab ich nicht gesagt.« Deckers Südstaatenakzent wurde immer ausgeprägter, je mehr er sich aufregte. »Aber es gibt überhaupt keine Sicherheitsmaßnahmen. Und solange das so ist, solltet ihr … sollten wir überhaupt nichts unternehmen.«

Da hatte Decker nicht unrecht. Die paranormale Einheit des Militärs hatte es mit denselben Dingen zu tun wie die Aegis, aber da es sich nun mal um das Militär handelte, musste sich das R-XR an strenge Vorschriften halten, eine Befehlskette, die keinerlei Abweichungen tolerierte, und zusätzliche Sicherheitsmaßnahmen für bereits bestehende Sicherheitsmaßnahmen. Die Aegis verließ sich auf etwas, das das Militär fürchtete: Magie, und hatte die Tendenz, eher spontan zu handeln.

Was durchaus gut sein konnte … oder aber ziemlich übel.

Im Augenblick predigte das R-XR Vorsicht und abermals Vorsicht bei jedem Schritt. Es bestand darauf, dass dies nicht der rechte Zeitpunkt war, um vorschnell zu handeln. Die Aegis nahm genau die entgegengesetzte Position ein – nachdem Armageddon vor der Tür stand, blieb ihnen keine Zeit, um langsam und vorsichtig vorzugehen.

»Ich meine doch nur, dass wir uns vielleicht lieber darauf konzentrieren sollten, herauszufinden, was genau Thanatos' Siegel ist, statt auf diesen verrückten Ersatzplan«, wandte Decker ein.

»Er wird es uns nicht sagen.« Lance schüttelte den Kopf. »Also, solltest du nicht zufällig in der Lage sein, seine merkwürdige Prophezeiung zu übersetzen, haben wir nicht gerade viel, woran wir uns halten können.«

Ky fuhr mit den Fingern über die Seite in der *Daemonica*, der Dämonenbibel, die die vier Prophezeiungen der vier Reiter enthielt – die vier Prophezeiungen, die diese auf die Seite des

Bösen ziehen würde. Die Aegis verstand inzwischen drei der vier Texte. Thanatos' hingegen war die große Unbekannte, aber der Reiter weigerte sich, mehr zu sagen, als dass für sein Siegel nicht die geringste Gefahr bestand.

Seht! Unschuld ist des Todes Fluch, sein Hunger seine Last, eine Klinge seine Erlösung. Der Stern des Verhängnisses wird am Himmel stehen, wenn der Schrei versagt.

Was sollte der Scheiß?

»Wir haben gar keine andere Wahl«, sagte Val. »Entweder wir handeln jetzt oder nie. Menschen sterben zu Hunderttausenden. Das R-XR selbst hat errechnet, dass sich die Weltbevölkerung in einem Jahr halbiert haben wird, wenn Pestilence weitermacht wie bisher. Unser Plan ist aus der Verzweiflung geboren, aber er ist alles, was wir haben.«

»Fürs Protokoll«, sagte Decker. »Ich unterstütze das nicht.«

Fürs Protokoll: Kynan auch nicht. Aber Reaver war spurlos verschwunden und konnte ihnen keine Ratschläge geben, und die Aegis würde das auf jeden Fall durchziehen, mit oder ohne Kynans Zustimmung. Da wollte Ky doch lieber dabei sein, um sicherzustellen, dass niemand zu Schaden kam.

Lance schnaubte. »Ist schon komisch, dass sich ausgerechnet ein Militärheini so zimperlich anstellt.«

Das blaue Licht in Deckers Augen wurde eisig, aber ehe jemand die Beherrschung verlor, räusperte sich Val gebieterisch. »Bringt Regan herein.«

Kynan goss sich Kaffee nach, während sich die einzige weibliche Älteste zu ihnen gesellte. Als sie eintrat, war das Ende des dunklen Zopfes, der ihr über die Schulter hing, ziemlich mitgenommen, und er wusste, dass sie unablässig damit gespielt hatte, während sie draußen vor dem Konferenzraum gewartet hatte. Sie setzte sich. Auch wenn sie wie ein Model aussah, minderte das ihre Kriegeraura nicht im Geringsten. Sie war durch und durch eine Kämpferin und im wahrsten Sinne des Wortes in die Aegis hineingeboren worden.

»Okay«, sagte sie mit ihrer rauchigen Stimme. »Worum geht's hier?«

Malik warf ihr einen grimmigen Blick zu. »Zuerst einmal: Du musst dies alles geheim halten, sogar vor den anderen Ältesten.«

Regan runzelte die Stirn. »Ich verstehe nicht.«

»Was wir dir gleich anvertrauen werden, darf diesen Raum nicht verlassen«, sagte Val. »Selbstverständlich möchten wir all unseren Ältesten vertrauen, aber je weniger Menschen unsere Pläne kennen, desto geringer ist die Chance, dass etwas herauskommt. Sobald der erste Teil des Plans in die Tat umgesetzt wurde, werden wir die anderen Ältesten über alles informieren.«

Lance zeigte mit seinem Kaffeerührstäbchen auf die Schriftrolle. »Dieses Dokument wurden in einem uralten Aegis-Gewölbe entdeckt. Wir glauben, dass darin der Schlüssel enthalten ist, wie Pestilence aufgehalten werden kann.«

»Und was habe ich damit zu tun?«, fragte Regan.

Alle sahen einander an. Gerade als Kynan dachte, keiner wolle weiterreden, meldete sich Malik zu Wort. Seine Stimme war so ernst wie der Blick, den er ihr zuwarf. »Kynan und Arik waren unsere Mittelsmänner bei allen Angelegenheiten, die die Reiter betrafen. Aber offensichtlich ist Arik nicht mehr in der Lage, diese Funktion auszuüben.«

»Dann wollt ihr also, dass ich jetzt den Jockey spiele.«

Val wäre beinahe an seinem Kaffee erstickt, während Kynan genau dasselbe mit seiner Zunge passierte. »Das«, keuchte Val, »trifft den Kern der Sache.«

Regan stieß ein Schnauben aus. »Jetzt spuckt's schon aus, Leute. Was wollt ihr damit sagen?«

»Du musst mehr als nur ein Mittelsmann sein. Wir werden dafür sorgen, dass du bei einem von ihnen bleibst.«

»Wem?«

»Thanatos«, erwiderte Kynan.

Lance redete hastig weiter, ehe Ky den kommenden Schlag abmildern konnte. »Und wir wollen, dass du ihn verführst.«

Regan sog harsch die Luft ein, und ihre normalerweise bronzefarbene Haut wurde bleich. »Ihr wollt was?«

»Du musst ihn unbedingt ins Bett kriegen.«

Sie erhob sich schwerfällig. »Was zur Hölle ist das eigentlich für eine Schriftrolle? So eine Art Aegis-Liebesroman? Unterwelt-Erotika? Fickt euch doch.«

»Ich hab doch gleich gesagt, sie wird es nicht machen«, sagte Lance. »Sie hasst Männer.«

»Nur weil ich dir einen Korb gegeben habe, heißt das noch lange nicht, dass ich Männer hasse, du Arschloch.«

Lances Gesicht lief knallrot an. »Du gibst doch jedem einen Korb.« Er sah sich um. »Hat einer von euch sie vielleicht schon mal mit einem Mann gesehen?«

Nein, das hatte Kynan nicht, aber ihr Liebesleben, beziehungsweise ihr Mangel an einem solchen, war ihm total egal. »Jetzt beruhigt euch mal, alle beide.«

»Ich begreife nur nicht, warum es so wichtig sein soll, dass ich mit einem … mit einem … einem der *Reiter* ins Bett gehe.« Bei dem Wort *Reiter* erschauerte sie sichtlich.

»Weil«, erwiderte Val ruhig, »das der einzige Weg ist, wie du von ihm schwanger werden kannst.«

Schwanger. Ihre Kollegen wollten, dass sie sich vom Tod persönlich schwängern ließ.

Regans erster Instinkt war, laut loszuschreien. Oder einfach aus dem Raum zu stürmen. Aber fünfundzwanzig Jahre in der Aegis hatten sie eiserne Disziplin gelehrt, und sie erstickte ihre wütenden Instinkte im Keim, so wie sie es gelernt hatte, seit sie als neugeborenes Kind, noch mit dem Blut ihrer Mutter bedeckt, in die Gesellschaft der Dämonenjäger gekommen war.

»Meine Antwort lautet Nein. Aber erzählt mir ruhig, warum ihr glaubt, dass Thanatos unbedingt mal flachgelegt werden muss, und vor allem, warum ausgerechnet von mir.« O Gott. Mit einem der apokalyptischen Reiter schlafen?

Val lehnte sich in seinem Ledersessel zurück; ein Signal, dass jetzt ein längerer Vortrag folgen würde. »Nach der Antoninischen Pest, die im alten Römischen Reich über fünf Millionen Menschen das Leben kostete und vermutlich von Pestilence verursacht wurde, erkannte der Schriftrolle zufolge einer der ersten Aegi-Propheten, Marcus Longinus, dass Pestilence, wenn er schon so gefährlich war, ehe sein Siegel gebrochen war, danach noch eine Million Mal schlimmer sein würde.«

Malik nickte. »Wir wissen, dass sich die Aegis lange auf Pestilence konzentriert hatte, aber was wir bis jetzt nicht wussten, ist, dass jemals konkrete Pläne geschmiedet wurden, für den Fall, dass die Siegel der Reiter anfangen würden zu brechen.«

»Warum sollte man sich ausgerechnet auf Pestilence konzentrieren?«, fragte Regan, die ihre Finger in die Taschen ihrer Jeans gestopft hatte, um ihre Neigung, mit den Händen zu sprechen, zu unterdrücken. Es ließ sie leicht erregbar und dumm erscheinen.

»Weil wir aus der *Daemonica* wissen, dass sein Siegel als Erstes brechen würde«, antwortete Kynan. »Der Dolch, Deliverance, wurde geschmiedet, um die Reiter zu töten, aber jetzt hat Pestilence diesen Dolch, was bedeutet, dass keiner der anderen ihn benutzen kann, um ihn zu töten. Und da kommt unser Freund Marcus Longinus ins Spiel.«

»Er hat sich in eine Meditationshöhle zurückgezogen und seine Visionen niedergeschrieben«, ergänzte Val.

Lance schnaubte. »Aber natürlich wissen wir heute, dass diese Höhlen mit natürlichen Gasen gefüllt waren, die Halluzinationen verursachten, sodass Marcus durchaus puren Blödsinn geschrieben haben könnte.«

Regan hasste es, mit Lance einer Meinung zu sein, aber genau das befürchtete auch sie. In früheren Zeiten hatte man alles für einen Akt Gottes gehalten – oder der Götter, je nach Zeitalter und Religion. Also konnte es durchaus vorkommen, dass irgendein Kerl, der von der Höhlenluft high war, allen möglichen Scheiß sah und es für eine Vision hielt, die ihm eine Gottheit gesandt hatte.

»Okay, und was für einen Blödsinn hat Marcus genau geträumt?«

Val schob sich die Brille wieder hoch. »Er hatte eine Vision, dass die einzige Hoffnung für die Welt, sollte sich die Prophezeiung der *Daemonica* bewahrheiten und sämtliche Reiter auf die Seite des Bösen wechseln, in einem geheimen Kind bestehen würde, das bei der Vereinigung eines Aegis-Kriegers und eines Reiters gezeugt werden würde. Dieses Kind wird der Retter der Menschheit sein.«

»Äh … aber könnte das dann nicht irgendein Reiter sein? Und irgendein Wächter? Warum kann es bei dieser dämlichen Vision nicht um Limos und Arik gehen?« Sie schenkte Lance ein Lächeln. »Oder vielleicht solltest du deinen Mann stehen und die große Tat vollbringen. Oder hasst du am Ende Frauen?«

»Ich liebe Frauen vermutlich genauso wie du«, gab er zurück.

Angesichts der lahmen Retourkutsche verdrehte sie die Augen.

Sie war keine Lesbe. Sie war einfach nur … Na ja, man könnte sagen, dass sie einfach kein Risiko beim Sex eingehen wollte. Für sie war ein Orgasmus gleichbedeutend mit einigen Sekunden, in denen sie ihre sorgfältig gehütete Selbstbeherrschung verlor. Und wenn man im Besitz übernatürlicher Kräfte war, so wie sie, war es keine gute Idee, die Kontrolle darüber zu verlieren.

»Wir glauben, dass es sich bei dem fraglichen Reiter um Thanatos handelt«, sagte Malik. »Es gibt eine ganze Reihe Hinweise. Auf dem Griff von Deliverance sind die Worte *Aus dem Tod wird Leben entspringen* eingraviert, die auch hier auf der Schriftrolle wieder auftauchen.«

»Dann glaubt ihr also, dass von Death, dem Tod, im wörtlichen Sinn neues Leben kommen wird, in Gestalt eines Babys.« Regan könnte jetzt wirklich einen Drink gebrauchen. Ehe sie am Ende schwanger war und nichts mehr trinken durfte. Gott. »Und erklärt die Schriftrolle auch, wie eine Wächterin ihm nahe genug kommen soll, um ihn zu verführen?«

»Nein«, antwortete Val, »aber Pestilence hat ein Kopfgeld auf uns Aegi ausgesetzt. Die übrigen Reiter sind mehr als willig, uns zu helfen, da wir zusammen mit ihnen an vorderster Linie kämpfen. Offensichtlich verfügen sie über eine Menge Wissen, das wir nicht besitzen, vor allem die Geschichten ihres Lebens, nachdem die Aegis schon vor Hunderten von Jahren mit ihnen gebrochen hatte. Wir werden ihnen sagen, dass wir einige Lücken füllen müssen und ihnen einen Historiker – dich – schicken möchten, um mit ihnen zusammenzuarbeiten.«

»Aber wie könnt ihr sicher sein, dass sie nicht wollen, dass dieser Aegi mit Ares oder Limos zusammenarbeitet?«

»Das hat nichts mit Wollen zu tun«, entgegnete Kynan. »Hier geht es um rein praktische Dinge. Ares und Cara sind frisch verheiratet und außerdem damit beschäftigt, eine ganze Insel voller Höllenhunde zu trainieren. Limos hat mit Arik alle Hände voll zu tun. Thanatos hingegen ist allein, und er besitzt die beste Bibliothek. Er ist also im Grunde die einzige Option.«

»Hm. Na, dann mal viel Glück bei der Suche nach einer Blöden, die mit ihm schlafen will, denn ich werde das bestimmt nicht sein.«

»Regan.« Val sah auf seine Hände hinunter, die er gefaltet im Schoß liegen hatte. »Wir können dich nicht zwingen, es zu tun.

Aber ich möchte dich bitten, noch einmal gut darüber nachzudenken. Du bist eine unserer wichtigsten Mitarbeiterinnen, und wir bitten dich nicht leichtfertig darum, diesen Auftrag zu übernehmen. Wir bitten dich, weil du mit deinen Fähigkeiten die Einzige bist, die überhaupt in der Lage dazu ist.«

Die Erinnerung an das, was sie war, ließ sie rasch wieder ernst werden. Nur die Ältesten wussten von ihren übernatürlichen Kräften, und manchmal hatte sie den Verdacht, dass Val sogar noch mehr über deren Ausmaß wusste als sie selbst. Er war derjenige gewesen, der dafür plädiert hatte, sie am Leben zu lassen, als sie von einer Wächterin geboren worden war, die sie verlassen hatte, aufgrund dessen, wer ihr Vater war. Er war derjenige, der geschworen hatte, sie auszuschalten, sollten ihre Kräfte jemals außer Kontrolle geraten.

Er war derjenige, der ihren Vater getötet hatte.

Sie setzte eine neutrale Miene auf, um niemanden ihr Unwohlsein sehen zu lassen. Denn ja, es machte ihr schon etwas aus, dass alle außer Kynan sie ansahen, als wäre sie eine Bombe, die jederzeit hochgehen könnte. Genau wie sie hatten sie ihre Fähigkeiten in eine Kiste in ihren Erinnerungen gesperrt und riefen sich soeben in Bewusstsein, zu was genau sie fähig war. Und was zu tun ihr unter Androhung der Todesstrafe verboten war.

»Ich verstehe nicht, was du damit sagen willst, Val.«

»Einer von Thanatos' Verteidigungsmechanismen ist ein Panzer, der Seelen einlagert«, sagte Kynan. »Wenn er wütend ist oder sie loslässt, töten sie.«

»Deine Fähigkeit könnte dich vor ihnen beschützen«, fügte Val hinzu. »Du bist die einzige Wächterin, die für diese Aufgabe überhaupt infrage kommt.«

Sie ballte die Fäuste. »Seit fünfundzwanzig Jahren drillt ihr mich nun schon dazu, meine Fähigkeit nicht zu benutzen. Die Aegis bringt Leute wie mich um. Und jetzt wollt ihr, dass ich sie anwende?« Sie kreuzte die Arme vor der Brust. »Diese Schriftrolle. Wo habt ihr die gefunden?«

Kynan griff danach. »In einem Aegis-Gewölbe, in das Limos mich geführt hat.«

»Ist euch vielleicht schon mal in den Sinn gekommen, dass das ein Trick sein könnte? Eine Fälschung? Die erste paranormale Romanze der Welt?«

Kys Mund verzog sich zu einem schiefen Grinsen, als er sie ihr reichte. »Darum brauchen wir ja dich, um ihre Authentizität zu bestätigen.«

Scheiße. Von ihren beiden Fähigkeiten war es die, die sie benutzen durfte, aber sie tat es nicht gern. Vor allem nicht in Gegenwart anderer. »Ihr wisst doch, dass ich nicht sagen kann, wie alt sie ist oder so. Ich kann euch nur sagen, was derjenige, der sie geschrieben hat, dabei fühlte.«

»Das wissen wir.«

Mit unterdrückter Stimme einen Fluch murmelnd, rollte sie dieses blöde Ding auf, in dem angeblich stand, dass sie Thanatos ficken sollte, und fuhr mit den Fingern über die Tinte. Augenblicklich wurde ihr Körper von Emotionen und Bildern überflutet. Bilder der Hölle explodierten in ihrem Gehirn, grauenhafte Szenen von Folter und Schmerz und … Sie riss die Hand zurück.

»Ja«, krächzte sie. »Wer auch immer *Das geheime Aegis-Baby des biblischen Reiters* geschrieben hat, war aufrichtig. Er war davon überzeugt, dass dieses Kind wichtig ist. Und es war ein überaus gequältes Individuum.« Sie räusperte sich. »Wie genau wird dieses Kind die Menschheit retten?«

Als daraufhin alle den Blick abwendeten, schrillten ihre Alarmglocken. Schließlich blickte Val auf. »Das ist der Haken dabei. Wir wissen es nicht. Offensichtlich existiert eine zweite Schriftrolle, in der alles erklärt wird. Wir glauben fest daran, dass wir sie gefunden haben werden, ehe das Kind geboren wird.«

»Na, das ist ja echt super«, sagte sie gedehnt. »Vielleicht sollte ich einfach von einer Klippe springen und fest daran glauben, dass mir Flügel gewachsen sind, ehe ich am Boden aufschlage.«

»Und?« Lance tat, als ob sie nichts gesagt hätte. »Wirst du dich auf das wilde Pony schwingen?«

Gott, wie sie ihn hasste. Sie ignorierte das Arschloch und wandte sich an Kynan. »Wie sieht dieser Thanatos überhaupt aus?« Visionen eines knochigen Alten, der aussah wie der Zwillingsbruder von diesem halb verwesten Zombie aus *Geschichten aus der Gruft* stiegen in ihrem Kopf auf.

Kynan zuckte mit den Schultern. »Wenn du nichts gegen Tattoos und Piercings hast, ist er ganz attraktiv, glaube ich.«

»Glaubst du?«

»Tut mir leid, ich stehe nun mal zufällig auf Frauen, also kann ich Thanatos nicht so beurteilen. Aber es ist vermutlich fair zu sagen, dass ich ihn, wenn ich schwul wäre, nicht von der Bettkante schubsen würde.«

»Na, das ist doch mal hilfreich«, sagte sie trocken. »Und was werdet ihr mit dem Kind machen? Ich meine, was passiert, nachdem es auf der Welt ist? Ich bin nicht unbedingt die geborene Mutter.«

»Gem und ich werden es aufziehen«, sagte Kynan leise.

»Und deine Frau ist damit einverstanden?«

»Immerhin haben wir bereits ein Kind, das zum Teil Dämon ist. Und ich gehöre zu einer ausgedehnten Familie voller Dämonen, Engeln, Vampiren und Werwölfen, die alle mithelfen und dafür sorgen können, dass das Kind sicher ist. Wir werden es lieben wie unser eigenes, das verspreche ich dir.«

Scheiße. Sie konnte nicht fassen, dass sie tatsächlich ernsthaft darüber nachdachte. Aber die Aegis war ihre Familie. Sie hatten sie aufgezogen, als niemand sonst es wollte – oder konnte. Sie schuldete ihnen etwas, und wenn dies ihre Chance war, einen

Beitrag zur Rettung der Welt beizusteuern, konnte sie nicht Nein sagen. Außerdem könnte sie dieses Risiko keiner anderen Wächterin zumuten.

In diesem Augenblick vermochte kein Aegi außerhalb des Siegels das Ausmaß dessen einzuschätzen, was in der Welt vor sich ging, und nur sehr wenige wussten überhaupt von der Existenz der vier Reiter. Einen Außenseiter auf den neuesten Stand der Dinge zu bringen, würde Zeit kosten. Ach was, allein schon die richtige Frau zu finden, würde Zeit kosten.

»Trefft alle Vorbereitungen.« Sie war noch nie vor etwas davongelaufen, aber jetzt brauchte sie erst mal frische Luft und einen Moment für sich, darum riss sie die Tür auf. »Und das schließt Pläne für meine Beerdigung mit ein, denn wenn das schiefgeht, will ich wenigstens eine richtig nette Bestattung.«

12

Arik erwachte mit einem schweren, benebelten Kopf, aber wenigstens hatte er zum ersten Mal seit einer ganzen Ewigkeit nicht das Gefühl, dass sich sein Magen umgestülpt hatte und vor lauter Hunger gerade seine eigene Wirbelsäule verdauen würde. Sobald er die Augen öffnete, wusste er, dass er immer noch in diesem Fantasieland war, das ihm die Dämonen vorgaukelten. Vielleicht war es hier gar nicht so übel. Zumindest bekam er hier zu essen, konnte duschen und hatte ein weiches Bett.

Und eine Zahnbürste. Wer hätte gedacht, dass so ein einfacher Gegenstand einen Menschen glücklich machen könnte? Während er sich die Zähne putzte, stöhnte er praktisch vor orgasmischer Begeisterung über den Minzgeschmack der Zahnpasta und das Reiben der weichen Borsten. Das war mal richtiger Oralsex.

Okay, nicht ganz. Mit einem Schlag tauchte Limos in seinem Kopf auf, und diese ganzen Fantasien von ihr, wie sie sich mit gespreizten Gliedmaßen gegen seinen Mund aufbäumte, waren doch noch eine Klasse besser als Zahnbürstensex.

Er schimpfte sich selbst einen Idioten, spuckte aus, spülte nach und betrat das Schlafzimmer im selben Moment, in dem Limos, deren gebräunter Körper in einem spärlichen gelben Badeanzug und einem durchsichtigen Tuch steckte, das sie um die Hüften gebunden hatte, von draußen an die gläserne Verandatür klopfte. Er rührte sich nicht von der Stelle, um sie hereinzulassen, aber die Tür war nicht verschlossen, sodass sie sie einfach aufziehen konnte.

»Hey du Schlafmütze.«

»Schlafmütze?«

»Besser gesagt, Komamütze. Du hast ganze vierundzwanzig Stunden geschlafen.« Sie lockte ihn mit gekrümmtem Finger. »Komm mit nach draußen. Ich habe für heute eine sensorische Therapie geplant. Ich werde dich mit ganz normalen, vertrauten Sinneseindrücken bombardieren, um dir zu beweisen, dass das hier kein Trick ist, und dich in die Wirklichkeit zurückzuholen.«

Wirklichkeit. Er war sich gar nicht mehr sicher, was das eigentlich war.

Er musterte Limos argwöhnisch, aber genüsslich, indem er der Goldkette um ihren Hals bis zu dem Siegel folgte, das zwischen ihren Brüsten ruhte. Auf ihren flachen, muskulösen Bauch folgten schlanke Hüften und lange Beine, deren kräftige Oberschenkel sich zu runden, harten Waden und zierlichen Füßen verjüngten. Ihre Zehennägel waren mit pinkfarbenem Nagellack bedeckt, und sie trug Goldringe an den mittleren Zehen, die er ihr am liebsten auf der Stelle mit dem Mund ausgezogen hätte.

Du dämlicher Idiot. Jetzt verlor er wohl endgültig den Verstand. Das alles war nicht echt, und selbst wenn es das wäre … was dann? Scheiße, er wäre dermaßen glücklich, dass es ihm völlig egal wäre, was sie oder er getan hatte, um ihn nach Sheoul abtransportieren zu lassen. Also ja, er würde glatt an ihren Zehen lutschen.

Die warme Brise hüllte ihn ein, führte ihn in Versuchung, aber als er nicht sofort hinausging, wandte sich Limos ab. Sie stand dort, die Hände auf dem Geländer, und ihr Haar wurde ihr um die Schultern gepeitscht, während sie aufs Meer hinaussah.

»Komm schon, Arik.« Ihre Stimme war sanft, lockend, und – hey, was konnte es schaden, dort hinauszugehen?

Aus irgendeinem Grund verspürte er eine heftige Unruhe in der Magengegend. *Hör schon auf, dich so anzustellen.* Er trat nach draußen, wo er augenblicklich von warmem Sonnenlicht und tropischen Düften überflutet wurde. Einige Meter unter ihm erstreckte sich ein Sandstrand, so weit das Auge reichte, und dahinter gleich ein üppiger Wald. Über ihnen sprenkelten Möwen den azurblauen Himmel und stürzten sich mitten aus dem Flug in die Wellen.

»Siehst du?« Sie schenkte ihm ein blendendes Lächeln. »Es ist wunderschön hier draußen.«

Sie war wunderschön. »Schätze schon.«

Sie drehte sich zu ihm um und legte ihm die Hand auf die Wange. Am liebsten wäre er zurückgewichen, doch er tat es nicht. Ganz im Gegenteil, er schmiegte sich geradezu in die weiche Wärme ihrer Handfläche.

»Fühle es. Fühle, wie real alles ist. Die Sonne, die Brise, meine Berührung.«

»Meine Gefühle waren nie das Problem.«

Sie ließ die Hand sinken. »Okay, dann lass uns ein Spiel spielen. Wir tun so, als ob du die ganze Zeit für die Aegis und das R-XR gearbeitet und dir jetzt kurz Urlaub gegönnt hättest, um mich hier zu besuchen.«

»Du meinst, wir tun so, als ob ich dich draußen vor Ariks Haus geküsst hätte und nicht nach Sheoul geschleift worden wäre?«

Etwas blitzte in ihren Augen auf. Wenn er es nicht besser gewusst hätte, hätte er es glatt für Reue gehalten. »Ja. Wo wären wir dann in diesem Moment?«

Er wusste nicht, was er sagen sollte. Stunden über Stunden hatte er damit zugebracht, darüber nachzudenken, wie er sich an ihr rächen würde, aber um ehrlich zu sein, hatte er sich auch gefragt, was wohl passiert wäre, wenn sie nicht ausgeflippt wäre und er nicht die Hauptrolle in seiner eigenen Episode von *Survivor: Sheoul* erhalten hätte.

»Ich weiß nicht«, sagte er. »Wenn du nicht verlobt wärst … du weißt schon, wenn du noch zu haben wärst, hättest du den Kuss dann nicht unterbrochen?«

Als sich daraufhin ihr Kinn hob, wusste er, dass sie ihm gleich wieder mit dieser *Ich-wollte-es-doch-überhaupt-nicht-tun*-Scheiße kommen würde. O nein, diese Leier würde er sich definitiv nicht noch einmal anhören, und er näherte sich ihr, kam ihr so nahe, dass sie zurückwich und gegen das Geländer stieß. Schon seltsam … Sie war eine knallharte Kriegerin, aber sobald sich die Aufmerksamkeit eines Mannes auf sie richtete, war sie nur noch eine Frau, die mit ihren primitivsten Begierden zu kämpfen hatte.

»Nicht«, sagte er. »Leugne es nicht noch einmal. Hier gibt es keine Grauzonen, nur Schwarz und Weiß. Entweder du wolltest den Kuss, oder du wolltest ihn nicht, und du wirst mich nie im Leben davon überzeugen, dass du ihn nicht wolltest. Eins muss ich dir zu diesem Kuss noch sagen: Wenn die mich nicht in die Hölle gezerrt hätten, hätte ich nicht mehr aufgehört. Ich hätte dich im Nu splitternackt ausgezogen, und dann hättest du meinen Mund an Stellen gespürt, die dich vermutlich schockiert hätten. Das war das Einzige, woran ich die ganze Zeit dachte, als ich in diesem Höllenloch festsaß, und ich hab mir alles ganz genau ausgemalt, sogar, wie lange ich dich wohl hätte lecken müssen, bis du meinen Namen geschrien hättest. Vielleicht weiß ich nicht, ob irgendetwas von alldem hier«, er machte eine weit ausholende Geste mit dem Arm, »real ist, aber *das* wäre real gewesen. Und das ist die reine Wahrheit.«

Ihre Wangen waren mit hochroten Flecken übersät, und in ihren Augen schimmerte schon wieder dieses verdammte überhebliche Glitzern, als ob sie erneut versuchte, die Herrschaft über ihn, die ganze Lage und ihre eigenen Gefühle zurückzuerlangen. »Ich habe dir einiges durchgehen lassen, aber so kannst du nicht mit mir reden. Ich bin –«

»Ganz ruhig, Fury.« Er packte sie bei den Armen, zog sie an sich und drückte seinen Mund auf ihren. In erster Linie wollte er sie zum Schweigen bringen. Aber darüber hinaus wollte er ihr beweisen, dass sie unrecht hatte, ihr zeigen, dass sie diesen Kuss vor Ares' Villa gewollt hatte, trotz aller gegenteiligen Beteuerungen. Sie mochte ja eine biblische Legende sein und er nur ein Mensch, aber wenn sich ihre Körper berührten, waren sie Mann und Frau, und keiner von ihnen besaß einen taktischen Vorteil. Ihr ganzer Körper spannte sich, aber dann traf ihre Zunge auf seine, und es hieß Game over. Er hatte gewonnen. Er hatte bewiesen, was er beweisen wollte.

»So«, sagte er ein wenig atemlos. »Du wolltest, dass ich fühle – ich fühle. Aber ich bin nach wie vor nicht überzeugt, dass das alles real ist.« Er mochte sich nicht sicher sein, aber sein Schwanz war es. Ganz zwanglos rückte er seine Erektion zurecht.

Limos zog sich von ihm zurück, und auch wenn ihre Augen vor Lust glasig waren und ihre Lippen feucht von dem Kuss, war sie doch hochkonzentriert, und das Pferdetattoo auf ihrem Arm bewegte sich unruhig. »Es ist real.« Zu seiner Zufriedenheit klang sie genauso atemlos wie er. »Komm mit mir. Das waren noch nicht all meine Beweise.«

Der köstliche Duft von gegrilltem Rindfleisch lag in der Luft, als Limos Arik ins Esszimmer führte. Auch wenn er nicht protestiert hatte, bewegte er sich misstrauisch, langsam, wie eine Katze im Hundeterritorium.

Hekili hatte zwei Teller auf den runden Tisch gestellt sowie zwei eiskalte Flaschen Lager aus ihrer Lieblingsbrauerei, einem Minibetrieb auf Hawaii. Normalerweise trank sie »Mädchendrinks«, wie Ares es ausdrückte, aber ab und zu genoss sie auch ein Bier zu ihren Burgern.

»Setz dich.« Limos zeigte auf den Stuhl, von dem aus man den Blick auf den Strand genießen konnte. Arik setzte sich, auch wenn sein Körper so starr war, dass sie sich wunderte, dass seine Gelenke überhaupt funktionierten.

Limos stellte sich auf der anderen Seite des Tischs auf, während sich Arik hinsetzte und auf den Burger starrte, der mit Barbecue-Soße nach Hekilis Geheimrezept und einer dicken Scheibe Ananas bedeckt war. »Jetzt iss das bitte, Arik.«

Er starrte weiterhin darauf.

Gott, das musste funktionieren. Es war Ares' Idee gewesen, der über mehr als genug Erfahrung mit dem hatte, was man heutzutage posttraumatische Belastungsstörung nannte. Er war mit Than vorbeigekommen, um über Sartaels Münze und Reavers Nichterscheinen trotz Thans Ruf zu diskutieren. Ares hatte nur einen einzigen Blick auf Ariks komatösen Körper geworfen und entschlossen genickt.

»Du musst ihn stimulieren.«

»Äh … wie bitte?«

Ares verdrehte die Augen. »Doch nicht so. Du musst all seine Sinne überlasten, sein ganzes System dermaßen schocken, dass er aus der 2-D-Welt in seinem Kopf herauskatapultiert wird.«

Ares hatte versprochen, mit Cara zu reden, ob sie vielleicht einige Höllenhunde nach Hawaii schicken könnten, um dabei zu helfen, das Haus zu bewachen. Wenige Momente später waren Than und er verschwunden, von irgendeiner Katastrophe angezogen, die Pestilence verursacht hatte. Sie selbst bebte ebenfalls in dem dringenden Bedürfnis, sich ein Tor zu einer sich rasch ausbreitenden Hungersnot in China zu erschaffen, aber sie würde damit bis zur letztmöglichen Sekunde warten. Und nun stand sie hier und bemühte sich, Arik einen verdammten Burger aufzudrängen.

»Arik, hör mir mal gut zu.« Sie ließ sich auf den ihm gegenüberliegenden Stuhl sinken und nahm einen Schluck von ihrem Lager. »Ich weiß ja, dass du im Moment eine Menge Dinge zu verarbeiten hast, aber ich verspreche dir, dass du nicht bestraft wirst, wenn du isst. Sämtliche Nahrung, die wir dir gegeben haben, war echt. Na ja, manche Leute sehen Haggis vermutlich nicht als richtiges Essen an, aber es war jedenfalls kein Hundefutter.«

Er hob den Blick, der sich merklich verdüstert hatte. »Quatsch.«

»Ich sage die Wahrheit.« *Wahrheit*. Blitzartig überkam sie die Erkenntnis, dass, obwohl Pestilence ihr Verlangen zu lügen neu entfacht hatte, es keine selbstverständliche Gewohnheit mehr war. Und es fiel ihr leichter, ihr zu widerstehen. Damals, als sie noch in Sheoul gelebt hatte, und auch noch gut tausend Jahre, nachdem sie das Reich der Menschen betreten hatte, waren nichts als Lügen aus ihrem Mund gekommen. Vielleicht würde sich dieser Rückfall doch nicht als so schlimm herausstellen.

Zumindest nicht, solange niemand von den Dingen erfuhr, über die sie gelogen hatte.

Ariks Blick senkte sich wieder auf seinen Teller. »Du hast mich reingelegt«, sagte er mit gequälter Stimme.

Ja, das hatte sie, aber deswegen fühlte sie sich alles andere als schlecht. »Du musstest etwas essen. Und ich wollte dir auf gar keinen Fall … wie hast du es ausgedrückt? … Eingeweide und Augen vorsetzen.«

Eine ganze Weile saß er regungslos da. Dann griff er langsam nach dem Burger. Als seine Hände zitterten, stieß er einen Fluch aus und legte sie rasch wieder in den Schoß. Nachdem weitere fünf Minuten vergangen waren, versuchte er es erneut. Gerade als seine Finger das Brötchen berührten, zwitscherte ein Vogel, und er zuckte zurück, die Hände erhoben, als ob er einen Schlag erwartete.

Limos blutete das Herz. Wie seltsam, dass ihre Brüder, die einst zarte, empfindliche Babys gewesen waren, hart geworden waren, je älter sie wurden, während es bei Limos das genaue Gegenteil war. Sie war von Dämonen aufgezogen worden, die von ihr erwarteten, dass Grausamkeit ihr zur zweiten Natur würde. Sie war härter als ein Diamant und unfähig zu Mitgefühl oder Liebe gewesen, als sie im Reich der Menschen angekommen war. Doch nach und nach hatte sie gelernt zu fühlen, und wo ihre Brüder Mauern errichtet hatten, hatte sie die ihren eingerissen.

Arik besaß das Potenzial, auch noch die allerletzte zum Einsturz zu bringen, und dieser Gedanke erschreckte und erregte sie zugleich. Sie konnte es sich nicht leisten, durch ihre Gefühle verwundbar zu werden, und doch wünschte sie sich seit Langem nur eines: eine Beziehung.

Allerdings war die Beziehung, die sie sich vor so langer Zeit gewünscht hatte, eine ganz andere gewesen als die, die sie sich jetzt wünschte.

Als niemand aus den Ecken auftauchte, um Arik zu schlagen, hob er den Burger auf. Seine Kehle arbeitete heftig, schon bevor er ihn an den Mund hob. Mit wildem Blick nahm er einen Bissen. Als auch diesmal niemand aus dem Nichts auftauchte, um ihn zu foltern, entspannte er sich ein wenig und begann zu kauen. Dann nahm er einen weiteren Bissen. Und noch einen. Schließlich schlang er den Burger hinunter wie ein ausgehungerter Hund, und sobald er fertig war, leerte er die Bierflasche in einem Zug.

Ganz behutsam stellte er die Flasche wieder hin. »Das ist wirklich real, oder?«, flüsterte er.

»Ja«, flüsterte sie zurück.

Er neigte den Kopf und begann am ganzen Körper so heftig zu zittern, dass der Stuhl über den Boden rumpelte. »Wie? Wie bin ich dort herausgekommen?«

»Du bist geflohen.« Am liebsten wäre sie zu ihm gegangen, hätte ihn fest umarmt, aber er war in diesem Augenblick sehr zerbrechlich, und sie wollte nichts tun, was ihn womöglich in seinen geistigen Albtraum zurückschicken könnte. »Kynan und ich haben dich am Höllenschlund am Erta Ale gefunden.«

Er blickte auf. Zu ihrer Erleichterung entdeckte sie keine Spur von Argwohn mehr in seiner Miene. »Woher wusstet ihr, dass ihr dort suchen müsst?«

Sie grinste. »Kynan hat ein paar Buchmacher interviewt, und ich habe einen von deinen Folterknechten gefoltert.«

»Gut.« Einer seiner Mundwinkel hob sich. Wow, es war toll, ihn lächeln zu sehen.

Sie erwiderte das Lächeln mit einem durchtriebenen Zwinkern, woraufhin sie sich eines beglückenden Schwirrens bewusst wurde, eines Gefühls, das dem glich, das sie erlebte, wenn sie log. War es das, was verliebte Menschen Schmetterlinge im Bauch nannten?

Nicht, dass sie verliebt wäre. So sehr sie es genoss, davon zu träumen, eine normale, glückliche Beziehung zu haben, war so etwas für sie einfach nicht vorgesehen.

»Hat jedenfalls Spaß gemacht.« Sie zeigte auf seinen leeren Teller. »Willst du noch einen?«

Er schüttelte den Kopf. »Ich bin nicht mehr gewöhnt, viel zu essen. Ich bin ziemlich satt.« Er blickte durchs Fenster hinaus, aber dahin, wohin er ging, konnte sie ihm nicht folgen. »Wer weiß alles, dass ich hier bin?« Sein Kopf fuhr zu ihr herum. »Meine Schwester muss ja schon halb wahnsinnig sein –«

»Nein.« Ihre Finger schlossen sich fester um die mit Kondenswasser beschlagene Bierflasche. »Eidolon und Shade waren hier, um dich zu heilen, also weiß deine Schwester, dass es dir gut geht. Und Kynan ebenfalls.«

»Dann hat Kynan mir also wirklich diese Klamotten gebracht?«

»Ja.«

Er kniff sich mit Daumen und Zeigefinger in die Haut über seiner Nasenwurzel. »Mist. Alles ist total durcheinander.«

Sie streckte die Hand nach ihm aus. »Arik –«

Er sprang vom Stuhl auf. »Ich brauch noch eine Minute, okay? Lass mich eine Minute allein.« Er drehte sich um und taumelte mehr, als dass er ging, in Richtung Schlafzimmer.

Erst als sie das Krachen hörte, merkte sie, dass irgendetwas schrecklich falschlief.

13

Pestilence hatte den Spieleinsatz erhöht, und sein Schachbrett war aus menschlichem Fleisch gemacht, seine Schachfiguren aus Knochen geschnitzt.

Thanatos und Ares waren durch Gewalt und Tod gezwungen worden, sich nach Neuseeland zu begeben, dem neuesten Spielplatz ihres Bruders. Die Plage der fleischfressenden Heuschrecken hatte einen Großteil des Landes in eine Ödnis verwandelt, und als die neuseeländischen Verteidigungsstreitkräfte ausgezogen waren, um die Insekten zu bekämpfen, die die Größe von Krähen hatten, waren sie von Dämonen angegriffen worden. Dämonen, die bislang gezwungen gewesen waren, in Sheoul zu verharren.

Während Than und Ares durch Bäche von Blut wateten und eine Schlacht nach der anderen schlugen, hatten sie eine verstörende Entdeckung gemacht: Pestilence hatte die südliche Insel des Landes mit so viel Blut, Bösem und Zerstörung angefüllt, dass es ihm gelungen war, sie im Namen Sheouls zu annektieren. Damit war sie offiziell Dämonenterritorium, und das Ganze stellte einen bedeutenden Sieg auf Pestilences Spielbrett dar.

Sein nächster Zug, den Than aufgedeckt hatte, als er kurz Australien aufgesucht hatte, um ein beunruhigendes Gefühl des Todes zu untersuchen, das sich aber nicht ganz nach Tod anfühlte, war etwas, das direkt aus einem Horrorfilm stammen könnte.

Pestilence hatte eine unvorstellbare Seuche ausgelöst, eine, die Menschen in waschechte Zombies verwandelte. Thanatos mochte *The Walking Dead* genauso wie jeder andere, aber im wahren Leben sah die Sache doch ganz anders aus als im Fernsehen. Diese Seuche entsprach genau Resephs Sinn für Humor, nachdem er von Pestilence einmal durch die Mangel gedreht worden war. Zweifellos hockte der Mistkerl jetzt irgendwo und lachte sich tot.

Thanatos fluchte und rammte die Faust in den Sandsack in seinem Fitnessraum, wo er verzweifelt versuchte, jegliche Reste des Rauschs loszuwerden, der seinen Körper jedes Mal erfasste, wenn er einer großen Anzahl von Todesfällen ausgesetzt gewesen war. Er musste unbedingt sein Gleichgewicht wiederfinden, seine Konzentrationsfähigkeit, denn nachdem er Australien verlassen hatte, hatte er Informationen aufgestöbert, die möglicherweise einen Durchbruch in seiner Suche nach einem Mittel darstellten, Resephs Siegel zu reparieren. Aber solange er diese mörderische Stimmung nicht abschütteln konnte, war er nicht imstande, dem Hinweis mit klarem Kopf zu folgen.

Atrius, einer seiner Tagwandler-Vampire, unterbrach ihn mit einem leisen Klopfen am Türrahmen. »Ihr habt einen Besucher, Herr.«

Than landete noch einen letzten Treffer. »Könntest du vielleicht ein wenig genauer werden?«

»Es ist ein Aegi.«

Also Kynan. »Lass ihn rein.«

»Äh … es ist kein Er. Es ist eine Sie.«

Than wirbelte herum. »Hast du dich auch davon überzeugt, dass sie tatsächlich eine Wächterin ist?« Pestilence sandte immer wieder Sukkuben zu ihm, die ihn verführen sollten. In der Tat wartete gerade in diesem Augenblick eine von ihnen nackt angekettet im großen Saal auf ihre Befragung. Thanatos wäre nicht überrascht, wenn sein Bruder versuchen würde, ihn davon zu überzeugen, dass einer seiner Sukkubi ein Aegis-Jäger wäre.

»Selbstverständlich. Sie trägt das Aegis-Symbol auf einem Ring, und sie gab mir dieses Geschenk für Euch.« Atrius hielt ein Handy in die Höhe.

Thanatos nahm es, drückte sich zum Adressenverzeichnis durch, und tatsächlich war unter Hunderten anderer Namen auch der Name Dean Winchester verzeichnet. Gleich nachdem Arik entführt worden war, hatten die Aegis und die Reiter eine Art Code vereinbart, um sich zu vergewissern, dass sich nie wieder ein falscher Aegi in die Festung eines Reiters einschleichen oder sie hereinlegen konnte, wie damals, als einer von ihnen einfach in Ares' Haus marschiert war und ihm eine vergiftete Waffe überreicht hatte.

Diese Dean-Winchester-Sache war Limos' Idee gewesen. Sie liebte ihre übernatürlichen Fernsehserien.

Than schnappte sich ein Handtuch vom Geländer des Laufbands. »Bring sie rein.«

Er wischte sich den Schweiß von der Stirn und seinem Gesicht und leerte eine ganze Flasche Wasser. Als er das leere Gefäß gerade in den Müll warf, trat eine Frau ein. Verdammt. Diese Wächterin war umwerfend. Was andere vielleicht als Makel ansehen würden, machte sie in seinen Augen sogar noch schöner. Lange, dichte Wimpern umrahmten unauffällige haselnussbraune Augen, die ein wenig zu weit auseinanderstanden, und ihre leicht schiefe Nase war offensichtlich wenigstens ein Mal gebrochen gewesen. An ihrer Schläfe hob sich eine Narbe von ihrer gebräunten Haut ab so wie auch am Kinn.

Aber ihre Verletzungen ließen sie Than nur noch attraktiver erscheinen, der eine Frau zu schätzen wusste, die lebendig aus einem Kampf hervorgegangen war.

Sie trug einen dunkelroten Rollkragenpullover, der sich eng an ihre vollen Brüste schmiegte und ihre schlanke Taille betonte. Über ihrer linken Brust war eine rot-weiße Zuckerstange aufgestickt, die ihn daran erinnerte, dass es für die Menschen, die dieses Fest feierten, Weihnachtszeit war. Tief sitzende Jeans schmiegten sich an volle Hüften und schlanke Oberschenkel, und die Stiefel an ihren Füßen reichten bis zur Mitte ihrer Waden und verbargen zweifellos ein kleines Waffenarsenal.

»Hast du mich jetzt lange genug unter die Lupe genommen?«, erkundigte sie sich mit rauchiger Stimme. Ohne sich von ihr aus der Ruhe bringen zu lassen, nahm er sich erst recht Zeit, ehe er wieder aufsah.

»Ich hab dich nicht unter die Lupe genommen«, erwiderte er gedehnt. »Sondern nur eingeschätzt.«

»Wofür?«

»Ein Loch im Boden.« Er bewegte sich auf sie zu, aber sie wich nicht zurück. Nicht schlecht. »Es war dumm von dir, unangekündigt herzukommen, Jägerin.«

»Ich hab versucht, dich anzutwittern, aber wie's aussieht, habt ihr Reiter Angst vor den sozialen Medien.«

Witzig. Die Aegis hatte ihm eine Komikerin geschickt. »Was willst du?«

»Was denn? Haben sie dir damals denn keine Manieren beigebracht? Willst du mir nicht wenigstens einen Tee oder so was anbieten? Aber vielleicht willst du mich ja lieber anketten wie die nackte Tussi da drüben im anderen Zimmer?« Sie leckte sich über die Lippen, die, wie er gerade bemerkte, voll waren, vielleicht sogar zu voll, und sofort ging seine Fantasie mit ihm durch. Und nachdem Fantasie das Einzige war, was er hatte, wenn es um Erotik ging, war er auf diesem Gebiet zu ganz fantastischen Leistungen fähig.

»Antworte mir!«, herrschte er sie an. Sie zuckte nicht mal zusammen. Beeindruckend.

»Können wir uns woanders unterhalten? Vielleicht nachdem du dir was angezogen hast?«

Er grinste. »Führt dich mein nackter Oberkörper etwa in Versuchung?«

»Wohl kaum. Aber deine Tattoos lenken mich ab.«

Das hörte er öfter. Vermutlich, weil zahlreiche von ihnen Tod und Zerstörung zum Thema hatten, Szenen, die eine dämonische Tattoo-Künstlerin direkt aus seinem Kopf bezog. Ihre Begabung erlaubte ihr, die Tattoos in Schichten übereinander zu arbeiten, ohne dass ältere von den neueren überdeckt wurden, und so einen 3-D-Effekt zu schaffen, den andere Leute häufig befremdlich fanden.

Thanatos rief nach Atrius, der umgehend erschien. »Bring sie in den großen Saal. Den Sukkubus steckst du in mein Schlafzimmer, und der Wächterin bringst du Tee. Ich bin gleich wieder da.«

Atrius führte die Frau fort, und auch wenn Than nicht hätte hinschauen sollen ... er tat es. Er beobachtete, wie ihr perfekter Hintern beim Laufen hin- und herwackelte, und musste erst abwarten, bis seine Erektion nachließ und seine Fänge aufhörten zu pochen, ehe er sich ihr wieder anschloss. Im Grunde war es ihm höllenrattenscheißegal, ob sie mitbekam, dass er einen Steifen hatte, aber seine Eckzähne hielt er vorsorglich verborgen, und zwar seit dem Tag, an dem sie ihm gewachsen waren und nach Blut verlangt hatten.

Kurz dachte er über eine Dusche nach, aber warum eigentlich? Sie hatte ihn beim Training unterbrochen, da konnte sie es auch mit seinem verschwitzten, müffelnden Körper ertragen. Allerdings warf er sich ein Sweatshirt über.

Sie wartete neben dem Feuer auf ihn, die Hände hinter dem Rücken verschränkt, während sie das Porträt über dem Kaminsims studierte. »Du siehst dich wohl gern selbst an, wie?«

Diese Stimme. Mann, diese Stimme könnte er sich den ganzen Tag lang anhören. »Das war ein Geschenk«, sagte er ohne weitere Erklärungen.

Seine Vampire hatten das Gemälde vor ein paar hundert Jahren in Auftrag gegeben, und er hatte sie nicht beleidigen wollen, indem er es nicht aufhängte. Zugegeben, ursprünglich hatte er es an einem wesentlich unauffälligeren Ort platziert, aber irgendjemand brachte es immer wieder hierher zurück. Inzwischen hatte sich daraus eine Art Spiel entwickelt, und alle paar Jahre brachte er es woanders hin und wartete ab, wie lange es dauerte, bis sie merkten, dass es fort war, es fanden und wieder zurückbrachten.

Als Atrius mit einer Kanne Tee und einer einzelnen Tasse zurückkehrte, die er auf den schmalen Eichentisch hinter der Couch stellte, drehte sie sich zu ihm um. »Das mit dem Tee hab ich nicht ernst gemeint«, sagte sie, goss sich aber dennoch eine Tasse ein.

»Ich wollte nicht, dass du mich für einen schlechten Gastgeber hältst. Und jetzt sag mir, warum du hier bist.«

Sie pustete über den dampfenden Tee, als hätte er gar nichts gesagt. »Mmh. Riecht gut.«

Natürlich. Er kaufte nur das Beste. »Wo ist Kynan?«

»Keine Ahnung.« Sie beäugte ihn über den Rand der Tasse hinweg. »Ich hab heute keinen Wachdienst bei ihm.«

Nervtötender Mensch. »Warum ist er nicht hier? Wir haben bisher mit *ihm* verhandelt.«

»Ihr habt mit ihm verhandelt, weil er der Einzige von uns ist, der durch Höllentore reisen kann. Er war es auch, der mich hergebracht hat. Und darf ich kurz darauf hinweisen, nur damit das klar ist: Ich hasse es, während der Reise bewusstlos zu sein. Jetzt hab ich höllische Kopfschmerzen.«

»Ich werde dich nicht noch einmal fragen. Warum bist du hier?«

Ein langsames, geheimnisvolles Lächeln umspielte den sinnlichen Mund, und sie zeigte auf einen Koffer an der Tür. »Weil«, sagte sie zuckersüß, »ich hier einziehe.«

Regan hatte in ihrem ganzen Leben noch nicht so schreckliche Angst gehabt wie in diesem Augenblick.

Die Ungläubigkeit auf Thanatos' Gesicht verwandelte sich abrupt in schiere Wut, und jetzt umhuschten Schatten seine Füße. Die Schatten, über die sie im Aegis-Hauptquartier noch gesprochen hatten … Seelen von Dämonen, Tieren und Menschen, die Than getötet hatte. Schatten, die er loslassen konnte, um wiederum andere zu töten.

Tief in ihr regte sich ihre verbotene Fähigkeit.

»Du tust was?« Seine Stimme war so kalt wie der Schneesturm, durch den sie sich gekämpft hatte, um hierher zu gelangen. Kynan hatte sie durchs Höllentor gebracht, doch den Rest der Strecke hatte sie auf einem von mehreren Motorschlitten zurücklegen müssen, die Thanatos in einem umzäunten Gelände am Tor und an seiner Festung bereithielt. Es wäre auch ihr Fluchtfahrzeug, falls ihr Vorhaben lief wie geplant.

Oder, viel wichtiger, falls es nicht so lief wie geplant.

Sie holte tief Luft, strebte nach der ruhigen äußeren Hülle, die sie seit ihrer Ankunft angelegt hatte, und trank einen weiteren Schluck Tee, der wirklich wunderbar war. Und dabei mochte sie das Zeug normalerweise gar nicht.

»Ich ziehe hier ein. Die Ältesten haben die Angelegenheit besprochen, und wir haben beschlossen, dass einer von uns rund um die Uhr bei euch rumhängen sollte. Ich hab den Kürzeren gezogen.«

Er stotterte praktisch, und sein Gesicht lief rot an. »Ihr habt es *besprochen*? *Die Aegis* hat es besprochen, ohne zuerst mit uns zu reden?« Er ließ gleich ein Dutzend Flüche hintereinander ab. »Ihr wart schon immer viel zu sehr von euch eingenommen. Nichts davon wurde mit uns abgesprochen. Also verzieh dich.«

»Sieh mal«, sagte sie in aller Ruhe, wenn sie auch innerlich bebte, »hier geht es doch nicht darum, dass wir von uns eingenommen sind. Es geht darum, die schlechten Beziehungen zwischen der Aegis und den Reitern zu verbessern. Also zeig mir einfach mein Zimmer, und ich lass dich erst mal ein Weilchen in Ruhe. Lass dir Zeit, dich an die Vorstellung zu gewöhnen.«

Sie dachte schon, ihm würden gleich die Augen aus dem Kopf springen. Aber was für atemberaubende Augen das waren. Als sie sie zuerst gesehen hatte, waren sie blassgelb gewesen, und jetzt, im Zorn, hatten sie sich in poliertes Gold verwandelt. Darauf war sie nicht vorbereitet gewesen, ebenso wenig wie auf seine schiere Größe oder sein Aussehen. Oh, sie hatte von den Seelen gewusst, die ihn umgaben, und von den Tattoos und Piercings. Aber sie hatte nicht erwartet, dass die Seelen derartig unheimlich sein würden, die Tattoos so einzigartig oder er so gut aussehend. Trotz allem, was Kynan gesagt hatte, hatte sie immer noch einen verhutzelten, knochigen Alten im schwarzen Umhang von Gevatter Tod erwartet.

Thanatos war von diesem Bild unendlich weit entfernt, und wenn er ihr auch eine Höllenangst einjagte, musste sie ihn einfach bewundern. *Vergiss das bloß nicht, wenn er dich abschlachtet. Es ist wichtig, dass der Kerl, der dir die Gurgel zudrückt, geradezu anbetungswürdig gut aussieht.*

Sie war so eine Idiotin.

Die Schatten um Thanatos wirbelten schneller, in den tiefschwarzen Schwaden bildeten sich Gesichter, und ihre Gabe, die sie dazu befähigte, einem die Seele direkt aus dem Körper zu reißen, regte sich in ihr wie ein Lebewesen. Sie wollte genutzt werden. Sie wollte die Seelen aus Thans Panzer befreien, so wie sie Seelen aus Menschen und Dämonen »befreite«.

»Warum ist das der Aegis so wichtig?«, fragte Than.

»Hab ich dir doch gesagt.« Sie umklammerte ihre Tasse. »Wenn wir die nahende Apokalypse bekämpfen wollen, müssen wir mehr tun als nur zusammenarbeiten. Wir müssen alles über euch erfahren, was wir nur können, und die leeren Stellen ausfüllen.«

»Warum du?« Er musterte sie von oben bis unten, und die Schatten drehten beinahe durch.

Sie war nur froh, dass sie Vals Ratschlag, sich provozierend zu kleiden, in den Wind geschossen und sich stattdessen für lässig und hochgeschlossen entschieden hatte. Aber jetzt musste sie abwarten, ob ihre Entscheidung, die Spröde zu spielen, was ihrem normalen Verhalten entsprach und ihr leichtfiel, bei Thanatos effektiver war als die sexy Flirtqueen.

»Wie ich schon sagte, ich hab einfach den Kürzeren gezogen.«

»Den Kürzeren gezogen. Ich fühle mich geschmeichelt.« Sein Sarkasmus hallte von den Steinwänden und der hohen Decke wider, und das eine Tattoo, das sich von allen anderen unterschied, nämlich das Pferd auf seinem Unterarm, bewegte sich. Sie blinzelte und sah voller Erstaunen, dass es den Kopf hochwarf. Hatte Kynan nicht gesagt, dass ihre Pferde auf ihren Körpern lebten?

Fasziniert näherte sie sich dem gewaltigen Krieger. Ihr Herzschlag verdreifachte sich, und in ihrem Magen machten sich Schmetterlinge breit, aber sie konnte ihre Füße einfach nicht davon abhalten, sich zu bewegen, oder ihre Augen davon, sich an diesem Pferd festzusaugen. Thanatos blaffte etwas in einer Sprache, die sie nicht kannte, und gleich darauf schienen die Schatten, die ihn umkreist hatten, von seinem Körper absorbiert zu werden.

»Bemerkenswert«, murmelte sie. Sie streckte die Hand aus, um seine Haut zu berühren, doch Thanatos stieß ein Zischen aus und sprang zurück, was sie dermaßen erschreckte, dass sie ebenfalls zurückzuckte.

»Geh zu deinen Kollegen zurück und sag ihnen, sie sollen jemand anderen schicken.« Seine Stimme klang rau und hässlich. »Sie sollen einen Mann schicken.«

Sie plusterte sich auf wie ein beleidigtes Huhn, wie ihre Pflegemutter gesagt hätte. »Jetzt hör mal gut zu, Reiter. Ich weiß ja, dass du vor langer, langer Zeit geboren wurdest, als man Frauen im Grunde nur für Zuchtstuten und Sklaven hielt. Aber wir schreiben inzwischen das einundzwanzigste Jahrhundert, und wir können alles tun, was ein Mann tun kann. Ich bin genauso gut wie jeder männliche Aegi, also reiß dich zusammen und versuch mal, nicht das Chauvinistenschwein zu geben.«

»Ich habe eine Schwester, der kein Mann das Wasser reichen kann, und ich kann sie mir beim besten Willen nicht als Sklavin oder Zuchtstute vorstellen. Das heißt, es ist nicht deine Kompetenz, die ich anzweifle.« Er kam auf sie zu, bis ihr Instinkt sie anflehte, zurückzuweichen. Aber sie ignorierte ihren ersten Impuls und wich nicht von der Stelle, sogar als er gegen sie stieß und sie Brustkorb an Brustkorb dastanden und sie sein rauchiges Aroma riechen konnte. »Die Sache ist nur die: Ich ziehe es vor, mich mit Männern zu umgeben.«

»Tja«, sagte sie angespannt, »dann hast du wohl Pech, denn im Augenblick sind keine männlichen Wächter frei. Also wirst du dich damit abfinden und mit mir klarkommen müssen.«

In Thanatos' Augen glomm ein wildes Licht auf, das normalerweise vermutlich die Leute zu sehen bekamen, denen er gleich darauf den Kopf abriss. »Entweder du verlässt auf eigenen Füßen mein Haus, gesund und munter, oder ich werde dich rausschmeißen. In sehr viel schlechterem Zustand – nämlich in kleinen Fetzen. Du hast die Wahl.«

Denk nach … denk nach … Regan blickte über seine Schulter hinweg zum Eingang auf etwas, das aussah wie eine gewaltige Bibliothek. Perfekt. Sie hasste es, aber dieses *in kleinen Fetzen* klang nicht besonders angenehm.

»Du suchst doch nach Limos' *Agimortus*, stimmt's?«, sagte sie rasch. »Und einer Möglichkeit, das Siegel deines Bruders zu reparieren. Dabei kann ich helfen. Ich verfüge über eine äußerst nützliche spezielle Fähigkeit.«

Misstrauisch kniff er die Augen zusammen. »Was für eine Fähigkeit?«

»Ich kann Tinte auf Haut interpretieren. Das schließt Pergament mit ein.«

»Ich kann ebenfalls Tinte auf Pergament interpretieren«, gab Than trocken zurück. »Das nennt man Lesen.«

Sie rauschte an ihm vorbei, wobei sie den Schock des Gewahrwerdens ignorierte, der durch ihren Körper schoss, als sie einander berührten, und kurzerhand bis zu seiner Bibliothek marschierte, wo sie sich unter den Bergen von Pergamenten und Schriftrollen und Trilliarden von Büchern umsah, einige davon modern, die meisten jedoch uralt. Rasch, denn schon kam Thanatos wie eine Lokomotive hinter ihr her, wobei ihm der Dampf praktisch aus den Ohren stieg, schnappte sie sich ein Buch mit einer Hülle, die aus Leder gemacht zu sein schien. O … igitt – menschliche Haut.

Aber egal. Sie legte es auf den Tisch, schlug es auf und fuhr mit den Fingern über die Tinte – Blut? – auf einer der Seiten. Die Sprache war ihr unbekannt, aber die Emotionen, die ihre Fingerspitzen versengten, waren heiß.

Eifersucht, so zähflüssig wie Gelatine, floss durch sie hindurch. »Der Autor«, murmelte sie, »ist … aufgebracht. Eifersüchtig.« Bilder von Gewalt flackerten wie Szenen aus einem alten Schwarzweißfilm durch ihren Kopf. »Es ist eine Frau, denke ich. Sie will eine andere Frau … töten … auf grässliche Weise töten. Die andere Frau ist sehr schön, mit schwarzen Haaren und violetten Augen. Wer auch immer das hier geschrieben hat, dachte dabei an einen nackten Mann. Mit Flügeln.« Bebend holte sie Luft. »Einen Engel?«

Thanatos' Finger packten ihr Handgelenk und zogen sie von

dem Buch fort. »Kannst du das mit den Dokumenten tun, die sich auf den *Agimortus* meiner Schwester beziehen?«

Regan nickte. Die Visionen in ihrem Kopf standen nach wie vor äußerst lebendig vor ihrem geistigen Auge. »Wer waren diese Leute?«

»Die Autorin war ein Sukkubus namens Estha. Die Frau mit den violetten Augen ist Lilith, meine Mutter. Der Mann ist entweder Azagoth oder Sartael, ehe sie fielen, und einer der beiden ist angeblich unser Vater.«

»Azagoth? Es könnte sein, dass der Sensenmann persönlich euer Vater ist?«

Thanatos schwieg. Er stand einfach nur da und musterte sie nachdenklich. »Du könntest von Nutzen sein, aber ich werde dich aufsuchen. Keine Frau wohnt hier.«

Jetzt saß sie am längeren Hebel, und das würde sie ausnutzen. »So funktioniert das nicht. Ich brauche Zugang zu deiner Bibliothek. Du brauchst meine Hilfe und die Aegis deine. Ich werde nicht gehen, Frau hin oder her.« Mit einem Lächeln schlenderte sie aus der Bibliothek und nahm den Riemen ihrer Tasche auf die Schulter. »Und jetzt zeig mir bitte mein Zimmer.«

Mit einem Knurren ließ er sie einfach stehen, und auch wenn einen Moment später ein Vampir auftauchte, um sie tiefer in die eiskalte Festung hineinzuführen, fühlte sie sich keineswegs wie eine Siegerin. Ganz im Gegenteil, sie war stinksauer.

Der Reiter, den zu verführen sie ausgesandt worden war, war … schwul.

14

Arik hatte den Verstand verloren. Es war ja wirklich toll, dass er nicht länger in Sheoul war, aber jetzt war er leider total irre. Teile seiner Erinnerungen waren vollkommen verschwunden, und was noch da war, war verschwommen, wie im Traum, und er konnte Erinnerung und Traum einfach nicht unterscheiden. Gott, wie er das hasste, nachdem er immer so verdammt stolz auf sein gutes Gedächtnis gewesen war, vor allem nach dem intensiven Training beim Militär, das ihm dabei half, sich im Anschluss an Begegnungen mit Dämonen auch an kleinste Details zu erinnern. Jetzt fragte er sich, wie viel von seinem Leben unwiderruflich verloren war und wie viel vielleicht zurückkommen würde.

Entsetzt war er in sein Zimmer – Limos' Zimmer vermutlich – zurückgekehrt, doch dort hatte sich Klaustrophobie enger um ihn gelegt als eine schusssichere Weste. Daraufhin war er zur gläsernen Schiebetür geflüchtet, nur um festzustellen, dass sie verschlossen worden war. Von außen.

Panik setzte ein. Also hatte er sich einen Stuhl gepackt und durch die Scheibe geworfen, war übers Geländer gesprungen und hatte den Kerl ausgeknockt, der darunter Wache schob. Arik rannte barfuß in den Dschungel hinter dem Haus. Er wusste nicht, wie weit er gekommen war, als er Limos nach ihm rufen hörte, doch er hielt nicht inne, ehe seine Lungen vor Verlangen nach Sauerstoff brannten, seine Haut mit Schweiß bedeckt war und der Pfad von einem Wasserfall blockiert wurde, der den Dschungel in zwei Hälften teilte.

Keuchend beugte er sich vor und stützte die Hände auf die Knie, als Limos ihn schließlich einholte.

»Ich bin beeindruckt.« Ihre Stimme war sanft, als sich ihre Hand auf seine Schulter senkte, und jetzt, wo er wusste, dass sie real war, fühlte sich ihre Berührung besser an denn je. »Es ist dir gelungen, Kaholo auszuschalten, und er war immerhin der Kampfkunstlehrer seines Rudels.«

»Ich kämpfe gegen Dämonen, seit ich ein Kind war, erst in meinem eigenen Haus, dann für das Militär. Ich bin kein Totalversager.« Gott, er konnte nicht fassen, dass er das mit dem Kind gesagt hatte, und wenn Limos auch nur ein einziges weibliches Gen besaß, würde sie sich daran festsaugen wie eine Zecke an einem Hund.

»Ich glaube nicht, dass du ein Versager bist.« Ihre Hand löste sich von ihm, als er sich aufrichtete und zu ihr umdrehte. »Wenn ich mich recht erinnere, ist es dir ein Mal gelungen, mich umzuhauen.«

Ein amüsiertes Funkeln leuchtete in ihren Augen auf, und er schnaubte bei der Erinnerung daran, wie er ihren Knöchel gepackt und ihr die Füße unterm Leib weggezogen hatte, sodass sie auf ihm landete.

»Mein Erinnerungsvermögen weist einige ernsthafte Löcher auf, und ich weiß nicht mehr, was real war und was nicht, aber daran erinnere ich mich.« Zitternd holte er Luft. »War das, was du mir von deinem … Verlobten … erzählt hast, wahr?« Limos wandte den Blick ab. »Reiter?«

Sie kniff die Augen zusammen und sah ihn wieder an. »Sag meinen Namen.«

»Beantworte meine Frage.«

»Sag. Meinen. Namen.«

Wütend und frustriert beugte er sich hinab, bis sich ihre Gesichter beinahe berührten. *»Beantworte die verdammte Frage.«*

Offensichtlich waren sie in einer Sackgasse gelandet, aber er würde ganz sicher nicht einlenken. Wenn zwei Dutzend scheißhässliche Dämonen mit Fleischhaken, Vorschlaghämmern und Abhäutemessern ihn nicht dazu hatten bringen können, Limos' Namen zu sagen, hatte sie ganz bestimmt keine Chance.

Das musste wohl auch ihr klar geworden sein, aber da sie ihre Niederlage nicht eingestehen wollte, warf sie nur ihr Haar über die Schultern zurück und ging mit steifen Schritten auf den Rand des kristallklaren Teichs zu, der sich unter dem Wasserfall gebildet hatte. Sie sah auf ihre Finger hinab. »Verdammt, ich hab mir einen Nagel abgebrochen.«

»O Mann!« Frustriert warf er die Hände in die Höhe. »Kannst du dich jemals auf ein Thema konzentrieren oder irgendetwas ernst nehmen?«

»Meine Nägel nehme ich sehr ernst.« Sie stieß ein Schnauben aus. »Wenn man so lange gelebt hat wie ich, lernt man, die kleinen Dinge zu genießen. Wo wir gerade davon sprechen – ich hab noch etwas von dir. Ich weiß ja nicht, wie wichtig sie dir sind, aber ich hab sie jedenfalls behalten.«

Sie hielt ihm seine Erkennungsmarken hin, die an der silbernen Kette baumelten, die in ihrer geschlossenen Faust hing. Er nahm sie – eine weitere kleine Verbindung mit der Realität –, und als er die Kette um den Hals legte, fühlte er sich beinahe schon wieder vollständig. Jetzt brauchte er nur noch seine Waffen und seinen Army-Ring, und er war so gut wie neu. Leider hatten ihm die Kidnapper seinen Ring abgenommen, also würde er ihn wohl nicht mehr wiedersehen.

»Danke.« Zu seiner Beschämung klang seine Stimme ziemlich heiser.

Limos hatte seine Erkennungsmarken, die er für ein paar Dollar ersetzen konnte, gehütet, als wären sie ein Schatz. Und genauso hatte sie auch ihn behandelt, das wurde ihm erst jetzt klar.

Sie hätte ihn einfach im *Underworld General* abgeben können oder dem R-XR oder der Aegis übergeben können. Stattdessen hatte sie ihn höchstpersönlich gepflegt, bis er wieder gesund war. Sie hatte getan, was getan werden musste, damit er endlich wieder etwas aß. Sie hatte alle seine Sinne stimuliert, um ihn in die Wirklichkeit zurückzubringen.

Arik hegte keinerlei Zweifel daran, dass er jetzt angeschnallt auf einem Bett liegen würde, an diverse Infusionen angeschlossen, während Ärzte ihn piekten und piesackten und versuchten, in sein Gehirn vorzudringen, wenn sie ihm dem Militär oder der Aegis überlassen hätte. Gott, am Ende hätten sie dafür gesorgt, dass es ihm sogar noch schlechter ging.

»Du glaubst immer noch nicht, dass dies hier real ist, oder?« Sie blickte auf das Wasser, das um ihre Füße herumwirbelte und über den glatten Kieseln Blasen bildete.

Er streckte die Hand aus, legte seinen Finger unter ihr Kinn und hob ihr Gesicht an, sodass sie ihn ansah. Er brauchte das Gefühl, ihre warme Haut zu berühren, um absolut, einhundertprozentig sicherzustellen, dass er die Wahrheit sagen würde. »Ich glaube es. Nichts in diesem Höllenloch war so warm wie du.«

Sie schluckte. »Und warum willst du dann meinen Namen nicht sagen?«

»Ich kann nicht riskieren, dass jemand anders es hört. Du hast gesagt, er muss ausgesprochen werden, während ich leide, aber ich will das Wagnis lieber nicht eingehen.«

»Warum? Nach allem, was du meinetwegen durchgemacht hast … Warum willst du nicht einfach meinen Namen sagen und zusehen, wie ich bekomme, was ich verdient habe?« Ihre Worte waren bitter, ihre Stimme hart, und er fragte sich, was für ein Leben sie wohl geführt haben musste, dass sie dachte, er würde so etwas tun.

»Ich will nicht sagen, dass ich nicht darüber nachgedacht habe«, gab er zu. »Als ich in Sheoul war, konnte ich über nichts anderes nachdenken als Rache. Aber ich weiß, dass du nicht wolltest, dass das alles passierte. Also nein, das kann ich dir nicht antun.«

Sie hob die Hand und begann, mit ihrem Siegel-Anhänger zu spielen. »Aber wenn du doch von Rache träumtest, warum hast du das Angebot abgelehnt, als die Dämonen dir einen Handel anboten – mich an deiner Stelle zu foltern?«

Verdammt. Er wünschte, sie hätte nie davon erfahren. Er wollte nicht, dass irgendjemand wusste, was er dort unten erlitten hatte. Wie sich herausgestellt hatte, war Folter eine höchst persönliche, wenn auch grauenhafte Erfahrung, die er lieber nicht teilen wollte.

»Ich konnte das Angebot nicht annehmen, weil ich dann nicht länger mit mir selbst hätte leben können.« In seinem Kopf blitzte auf einmal ein blutiges Bild auf – Limos, die durch die Hände, Klauen und Werkzeuge dieser Dämonen gequält wurde –, und er musste ein Knurren unterdrücken. »Ich weiß, wozu diese Arschlöcher fähig waren, und so etwas würde ich dir niemals wünschen.«

Ihre Kehle bewegte sich krampfhaft, als sie schluckte. »Was würdest du mir denn wünschen?«

»Mich«, sagte er mit brutaler Ehrlichkeit. »Kann schon sein, dass ich ein Narr bin, aber ich wünsche dir *mich*. *Auf* dir. Als ich im Schlafzimmer sagte, dass ich dich an jenem Tag schon in der nächsten Sekunde unter mir liegen gehabt hätte, hab ich es genauso gemeint.«

Sie blinzelte. Öffnete den Mund. »Aber –« Er gab ihr nicht die Chance, irgendetwas zu sagen, sondern packte sie bei den Schultern und zog sie an sich. Sie keuchte leise auf, verweigerte ihm aber nichts, als er ihren Mund so nahm, wie er es sich erträumt hatte, jedes Mal, wenn er die Augen schloss.

Wasser spritzte um sie herum auf, winzigste Nebeltröpfchen bedeckten ihre Gesichter, als ihre Zungen sich trafen. Limos' Lippen waren weich, ihr Körper hart, ihre Fingernägel scharf, als sie sich jetzt in seinen Bizeps gruben. Doch wie zuvor waren ihre Berührungen zögernd, zaghaft, als ihre Hände zu seinen Schultern emporglitten.

Er war nicht so zurückhaltend.

Seine Hände sanken auf ihre Schenkel hinab, um gleich darauf wieder nach oben, unter ihren Wickelrock zu gleiten, doch sie packte seine Handgelenke und hielt ihn auf.

»Warum«, murmelte er an ihren Mund gedrückt, »bist du so scheu?«

»Weil ich das noch nie gemacht habe.«

Sein Kopf fuhr mit einem Ruck zurück. »Ach Quatsch!«

»Es ist wahr.«

»Du willst mir erzählen, dass du noch Jungfrau bist? Du bist fünftausend Jahre alt und hast noch nie Sex gehabt?«

»Wie könnte ich?« Ein Vogel flatterte an ihnen vorbei, und er war nicht überrascht, als sich Limos' Blick an ihn heftete. Ungeduldig wartete er ab, bis sich ihre Aufmerksamkeit wieder auf ihn richtete. »Ich wurde bereits als Kind verlobt. Du hast doch am eigenen Leib zu spüren bekommen, was passierte, als ich dich küsste.«

Gott, daran hatte er nicht ein Mal gedacht. Aber natürlich hatte sie niemals mit jemandem zusammen sein können, wenn ihr Verlobter seine Eifersucht bis in galaktische Extreme trieb.

»Warum ich?«, fragte er. Er musste unbedingt wissen, warum sie nach all dieser Zeit ausgerechnet ihm einen Kuss gegeben hatte. »Warum hast du in jener Nacht nachgegeben?«

Sie begann am ganzen Leib zu zittern, und er drückte sie noch fester an sich. Dann hörte sie mit einem Mal auf zu zittern, als hätte jemand einen Schalter gedrückt. »Weil ich getrunken hatte.«

Augenblicklich schrillte sein Bullshit-Alarm los. Er hatte sie den ganzen Abend über beobachtet. Ja, er hatte gesehen, dass sie einen ziemlich heftig aussehenden blauen Drink getrunken hatte und später noch einen pinkfarbenen, aber nein, betrunken war sie ganz sicher nicht gewesen.

»Du lügst.« Er legte seine Hand in ihren Nacken und begann, ihn zu massieren, um sie dazu zu bringen, mit der Wahrheit herauszurücken.

»Tu ich nicht.«

»Und das ist auch eine Lüge. Es gibt nichts, was ich mehr hasse als Lügen, Reiter.« Er beugte sich vor und küsste ihren Hals, um seine Worte abzumildern, auch wenn nichts je seine Gefühle Lügen gegenüber abmildern könnte. Dafür war er zu oft auf die Lügen seines Vaters hereingefallen, hatte gesehen, wie seine Mutter und seine Schwester durch ebendiese Lügen verletzt worden waren. »Sag mir, warum du schließlich doch nachgegeben hast.«

Ein leiser Schrei entrang sich ihr – fast als ob es ihr Schmerzen bereitete, ihm die Wahrheit zu sagen. Eine schreckliche Sekunde lang fürchtete er, sie werde sagen, sie hätte es aus einer Laune heraus getan. Um ihre Neugier zu befriedigen. Dass es mit jedem Mann hätte passieren können und er nur zufällig derjenige war, der nun mal die Arschkarte gezogen hatte.

»Weil du in all diesen Jahrhunderten der erste Mann bist, den ich wirklich begehre.«

Männlicher Stolz ließ ihn bei dieser Antwort gleich ein paar Zentimeter größer werden. »Das höre ich wirklich gern, aber warum ich?«

Ihre Lippen, geschwollen von dem Kuss und vom Nebel des Wasserfalls mit Tau überhaucht, verzogen sich zu einem überwältigenden Lächeln. »Weißt du noch, wie wir uns zum ersten Mal begegnet sind, bei Than? Und du uns so ehrfürchtig angestarrt hast?«

»Ehrfurcht ist ein bisschen viel gesagt«, murmelte er. Sie lachte. Wie schön sie war, wenn sie das tat.

»Du hast mich amüsiert. Nicht viele Leute tun das. Und wie du deine gebrochenen Rippen weggesteckt hast – alle Achtung.«

»Dann fühlst du dich also zu mir hingezogen, weil meine Schmerzgrenze besonders hoch ist?«

»Na ja, das ist schon ziemlich heiß, aber du hast mich auch zum Lachen gebracht, und deinetwegen hatte ich Schmetterlinge im Bauch«, fügte sie fröhlich hinzu, ehe sie wieder ernst wurde. »Außerdem hast du mich … du hast mich angesehen, als ob ich … ich weiß auch nicht.«

»Verdammt sexy wäre?«, schlug er vor. Das brachte ihm erneut dieses Lächeln ein.

»Das auch, aber es war noch mehr. Als wäre ich ein Rätsel. Und das hat mir gefallen. Normalerweise sehen mich die Männer an, als ob ich bloß für eines gut wäre. Was ziemlich komisch ist, da ich ausgerechnet dafür nun mal absolut nicht tauge.« Sie seufzte. »Und dann auf Ares' Party hab ich gemerkt, dass du mich beobachtest. Und ich hab gesehen, wie du Rath hinter dem Pflanztrog hervorgelockt hast, wo er sich vor den ganzen Fremden im Haus versteckt hatte. Das war süß von dir.«

Er zuckte mit den Schultern. »Er war doch nur ein Baby, und er hat sich fast zu Tode gefürchtet. Und die arme Cara war schon halb wahnsinnig, da sie ihn einfach nicht finden konnte.«

»Siehst du? Ich fand einfach … Ich weiß auch nicht. Ich wollte einfach nur in deiner Nähe sein.«

»Und darum hast du mich zu einem Zweikampf aufgefordert?«

»Das ist doch alles, was ich kann. Das ist die einzige Art, wie ich einem Mann nahe sein kann. Aber dann hast du dich total arrogant aufgeführt und mich HILF genannt, und so sauer ich deswegen auch war, fühlte ich mich doch gleichzeitig auch geschmeichelt und erregt. Und dann hast du mich auf dich hinabgezogen und mich geküsst … und jetzt rede ich dummes Zeug.« Finster starrte sie ihn an. »Ich rede niemals dummes Zeug.«

Vermutlich war es eine Art Todsünde, einen der Reiter süß zu finden, aber genau das war sie. Sie mochte imstande sein, ihn in den Arsch zu treten, dass er bis zum Mond und wieder zurück flog, aber sie war zugleich die femininste Frau, die er je getroffen hatte. Alles an ihr sprach den Mann in ihm an; jene beschützerische Seite, die sie in die Arme ziehen und dafür sorgen wollte, dass nichts und niemand ihr wehtun konnte. Und dann die fleischliche Seite, die sie am liebsten gegen den nassen Felsen hinter ihr gedrückt und dazu gebracht hätte, seinen Namen zu schreien. Selbst wenn sie nur taten, was sie in ihrem Bett getan hatten, wäre er in der Lage, ihr die süßesten Laute zu entlocken.

»Mir gefällt es, wenn du dummes Zeug redest«, sagte er. »Das ist süß.«

»*Süß?*«

Jepp, eine Todsünde, wie erwartet. Er liebte es, wenn sie sich wie eine wütende, fauchende Katze aufführte. Aber jetzt würde er keine Zeit mehr mit Geplänkel vergeuden, denn offen gesagt hatte sein Blut schon angefangen zu kochen, als er nur über dieses Felsenszenario nachgedacht hatte. Wie würde sie wohl reagieren, wenn er sie sich einfach schnappen würde und … Ach, drauf geschissen. Er würde es einfach herausfinden.

Also trat er noch näher an sie heran, packte sie um die Taille, schob sie an der glatten Felsoberfläche hoch und stellte sich zwischen ihre Beine.

»Arik«, keuchte sie. Als er hörte, wie sexy sein Name aus ihrem perfekten Mund klang, wurde er auf der Stelle steinhart.

»Schhhh …« Er drückte ihr eine ganze Reihe von Küssen auf den Hals, wo er das frische Wasser und die Sonne auf ihrer Haut schmeckte.

»Aber ich muss –«

Als er ihr die Hand auf die Brust legte, verstummte sie und sog lautstark die Luft ein. »Ich weiß genau, was du brauchst«, sagte er gegen ihre Kehle gedrückt, und als sie erneut den Mund aufmachte, biss er zu. Sein ganzer Körper wurde von einem seltsamen, drängenden Verlangen erfasst, zu besitzen und zu dominieren.

Als sie daraufhin merklich dahinschmolz, heulte sein inneres Tier angesichts ihrer Kapitulation siegreich auf. Seine Hände packten ihren Hintern und gruben sich tief hinein, während sie den Rücken durchbog und ihm so unbegrenzten Zugang zu ihren Brüsten gewährte und zugleich ihr Geschlecht durch den Stoff ihrer Kleidung hindurch an den Grat presste, den sein steifer Schwanz bildete. Sie hatten sich schon einmal in dieser Position befunden, auf ihrem Bett, aber da war er nicht er selbst gewesen. Das hier war viel besser. Viel realer.

»Gefällt dir das?« Er stieß seine Erektion gegen sie und stöhnte auf, als er die heiße Reibung spürte, die von der kühlen Brise um sie herum gemildert wurde.

»N-nein«, hauchte sie, während sie die Hüften rotieren ließ, um das Gefühl noch zu verstärken.

Er leckte ihr über den Hals. »Lügnerin. Weißt du noch, was ich dir zum Lügen gesagt habe?«

Seine Finger fanden das Bikiniband um ihren Hals, und mit einigen geschickten Bewegungen seiner Finger hatte er den Knoten gelöst, und das Oberteil fiel neben ihnen zu Boden. Er bückte sich, um ihre rosigen Nippel zu kosten, während Limos' Hände in seine Jeans eintauchten und seinen Hintern umfassten. Ihre Nägel gruben sich in seine Haut, und er wünschte sich, sie würde noch fester zupacken. Oder ihre weichen Hände auf seine Vorderseite wandern lassen.

Als ob sie seine Gedanken lesen könnte, grub sie ihre Nägel noch tiefer in sein Fleisch und zog sie über seine Hüften. Ein tiefes Stöhnen entrang sich seiner Kehle, als ihre Daumen zärtlich über die empfindliche Haut seines Beckens zu beiden Seiten seines Schafts strichen, und er hielt den Atem an, wartete darauf, dass sie ihn dort anfasste, wo er es am meisten brauchte.

Als ihre Hände schließlich verharrten, glaubte er schon, vor Anspannung sterben zu müssen. Einen langen, herzzerreißenden Moment lang bewegte sie sich nicht. Okay, sie hatte Angst. Vielleicht ging er einfach zu schnell vor. Er konnte auch langsamer, ganz gleich, was sein Körper ihm sagte.

»Ich mache dir wohl Angst«, flüsterte er.

»Ich bin … einer der Reiter«, flüsterte sie zurück.

Er drückte einen schwelenden Kuss auf die Haut zwischen ihren Brüsten, die nach Kokosnuss duftete. »Du bist eine Frau. Eine wunderbare Frau, die so ziemlich alles erlebt hat, außer das hier, und jetzt bist du unsicher, was du tun sollst. An dieses Gefühl bist du nicht gewöhnt.«

»Ich hasse das.« Ihre Stimme war kaum mehr als ein leises, lustvolles Stöhnen. »Ich hasse es, wenn du solche Dinge sagst, als ob du mich viel besser kennst, als es eigentlich der Fall ist.«

Er lächelte. »Du liebst es, und das weißt du auch. Das hält dich auf Zack.« Seine Zunge glitt gemächlich erst unter eine ihrer schwellenden Brüste, dann unter die andere. Limos begann praktisch zu schnurren, aber ihre Hand blieb wie erstarrt, wo sie war. Er wiederholte das Ganze, aber diesmal hielt er inne, um erst die eine Brustwarze tief in seinen Mund zu saugen, dann die andere. Wieder ein Stöhnen, aber keine Regung.

Mit Jungfrauen hatte er keine Erfahrung, aber er wusste, wie man eine Frau locker macht. Also ließ er seine Zunge nicht zur Ruhe kommen, leckte und saugte an ihrer sensiblen Haut, sodass sich ihre süßen Seufzer mit den Rufen der Urwaldvögel und dem beruhigenden Plätschern des Wassers um sie herum vermischten. Sie schien gar nicht zu merken, dass er ihren Rock aufknöpfte und auseinanderwickelte, bis sie nur noch in einem gelben Bikiniunterteil dastand.

Gott, war sie wunderschön. Tödlich und sexy zugleich, sodass seine Instinkte schier ausrasteten vor Verlangen, ihr das Höschen herunterzureißen und sie einfach zu nehmen. Doch er hatte zu viel Respekt vor Frauen und zu viel militärisches Training hinter sich, um seine niederen Instinkte die Oberhand gewinnen zu lassen. Darum zog er sie nur an sich und bückte sich, um seinen Mund an ihr Ohr zu legen.

»Davon habe ich geträumt«, knurrte er. »Ich habe von all den Dingen geträumt, die ich mit dir tun würde. Aber in keiner meiner Fantasien warst du Jungfrau.« Als er kurz in ihr Ohrläppchen biss, keuchte sie entzückend auf. »Ich hätte jeden umgebracht, der meine Schwester dazu gebracht hätte, ihr erstes Mal zu bereuen, also ja … Du bist diejenige, die hier den Ton angibt.«

Völlig unerwartet riss sie sich von ihm los, wich vor ihm zurück und schob sich über eine Rasenbank empor. Keuchend sah sie ihn an, als wären ihm auf einmal Hörner gewachsen. »Ich kann nicht.«

Erstaunt bewegte er sich auf sie zu, ganz langsam, denn bei jedem Schritt atmete sie noch schneller und sah aus, als wollte sie die Flucht ergreifen. »Du musst nichts tun, was du nicht tun willst.«

Sie legte die Arme vor ihren Körper und bedeckte ihre Brüste. »Das ist es nicht. Ich will ja. Du weißt gar nicht, wie sehr ich es will.«

»Aber was ist es dann?« Er stieß einen Fluch aus, als ihm die Antwort einfiel. »Dein Verlobter.«

Er hatte noch nie im Revier eines anderen gewildert, aber das hier war etwas anderes. Man konnte ja wohl kaum von wildern sprechen, wenn der fragliche Mann der übelste Mistkerl war, der je existiert hatte. Andererseits war das natürlich so ungefähr der beste Grund, den man sich denken konnte, um nicht zu wildern.

»Irgendwie schon.« Sie schluckte hörbar. Ihre Halsmuskeln arbeiteten wie wild, als ihre Hände zu ihrem Bikini wanderten. Beinahe mechanisch schob sie das Höschen hinunter und trat heraus.

Heilige Scheiße. Bei dem Anblick blieb ihm die Luft weg. Ihre gebräunte Haut war perfekt, ohne den geringsten Makel. Ihre Hüften waren schlank, wenn auch leicht gerundet, und die Stelle zwischen ihren Schenkeln war nackt.

Um die Hüften trug sie das erstaunlichste Schmuckstück, das er je gesehen hatte: eine zierliche Kette aus Gold und Perlen, die sie wie einen Stringtanga trug. Am liebsten wäre er mit der Zunge über jede Perle gefahren und der Kette bis zu der gefolgt, auf die es ankam. Und wenn er sie mit dem Mund zum Höhepunkt gebracht hatte, würde er die Kette beiseiteschieben und in sie eindringen … Gott, er konnte schon fühlen, wie diese glatten kleinen Schmuckstücke seinen Schaft liebkosten, während er in sie hineinstieß.

»Du bist zauberhaft«, brachte er hervor, während er bemerkte, dass er sich noch weiter auf sie zubewegt hatte.

»Nicht anfassen!« Sie trat zurück und stieß gegen einen Baum. »Das hier«, sie verhakte die Daumen an beiden Seiten unter der Kette, »ist ein Keuschheitsgürtel. Nur mein Ehemann kann ihn abnehmen.«

Er runzelte die Stirn. »Wie kann das ein Keuschheitsgürtel sein?«

»Wenn ein Mann es mit bloßer Haut berührt, verwandelt es sich in eine Art Stacheldraht. Es trennt Zehen, Finger … und Schwänze ab.«

Bei der bloßen Vorstellung schrumpfte er zusammen, und seine Eier krochen in seinen Körper hinauf. »Und was ist mit dir?«

»Es tut weh.« Sie zuckte die Schultern, als wäre es keine große Sache, aber so wie das Ding platziert war … Kein Wunder, dass sie was dagegen hatte, wenn ihr ein Mann an die Wäsche ging.

Er streckte die Hand nach ihr aus, wenn er auch penibel darauf achtete, seinen Unterleib außer Reichweite dieses schönen und zugleich so hinterhältigen Schmuckstücks zu halten. Aber sie schlug nach ihm und schob ihn von sich.

»Nicht! Kapierst du denn nicht? *Du kannst mich nicht berühren!*«

»Verdammt, Reiter, ich hab doch wohl nicht umsonst in Sheoul geschmort. Wir werden einen Weg finden.«

Ihr fielen beinahe die Augen aus dem Kopf. »Willst du damit etwa sagen, ich schulde dir etwas? Willst du, dass ich deine ganze Folter jetzt nach und nach abarbeite?«

»Was? Nein! O Gott, bist du zynisch. Ich will nur sagen, dass ich ein ziemlicher Sturkopf bin und nicht zulassen werde, dass diese hautabziehenden, mit Rasierklingen wedelnden, arschfickenden Mistkerle gewinnen. Ich wollte dich damals, und ich will dich jetzt. Du hast mir das Leben gerettet und mich zurückgeholt. Ich kann dir nicht länger böse sein.«

»Nicht«, sagte sie rau. »Mach mich nicht besser, als ich bin.«

Was zur Hölle meinte sie denn damit? Gerade als er fragen wollte, leuchteten zwei Blitze auf. Instinktiv warf er sich vor Limos, als zwei riesige, gepanzerte Männer aus zwei Höllentoren stürzten. Ares und Thanatos warfen einen Blick auf ihn, warfen einen Blick auf Limos und erfassten die Lage in weniger Zeit, als eine Kugel aus einem M16-Gewehr braucht, um aus dreißig Meter Entfernung ihr Ziel zu treffen.

Die ganze Zeit über, die Arik in der Folterkammer verbracht hatte, hatte er gefürchtet, dass er sterben würde.

Diesmal wusste er, dass er tot war.

15

Ares und Thanatos bewegten sich schneller, als Limos blinzeln konnte. Als hätten sie es abgesprochen, packte Thanatos Arik, während Ares ihr den Weg versperrte. Sie vermochte nicht an Ares' breiten Schultern vorbeizusehen, doch sie hörte Knurren, Grunzlaute und dann ein Platschen.

»Verdammt!« Sie fuhr mit den Fingern über die Kehle, woraufhin sogleich ihr Panzer ihren Körper und damit die Nacktheit bedeckte, und stieß Ares aus dem Weg. Er schnappte nach ihr, aber sie rammte ihm das Knie so fest in den Unterleib, dass er den Griff gleich wieder lockerte. Ihren minimalen Vorsprung nutzte sie, um sich auf Thanatos zu stürzen, der einen heftig um sich schlagenden, Wasser verspritzenden Arik unter Wasser hielt.

»Hör auf!«, schrie sie. »Du bringst ihn ja um.«

In Thans Augen glühte der goldene Tod. »Ja.«

Scheiße. Wenn Than erst mal im Killermodus war, konnte ihn so gut wie nichts mehr aufhalten. Es war keine Zeit, vernünftig mit ihm zu reden, also rammte sie ihn mit voller Wucht, packte seine Taille und brachte ihn so aus dem Gleichgewicht. Das reichte, damit Arik seinen Kopf einen tiefen, erstickten Atemzug lang über Wasser strecken konnte, aber gleich darauf machte Thanatos schon wieder unbeirrt weiter und schob Limos beiseite, als wäre sie nur eine lästige Fliege.

Jetzt kam Ares auf sie zu, und sie hatte endgültig genug davon, lieb und nett zu sein. Im nächsten Augenblick zog sie ihr Schwert und schwang es in einem breiten Bogen. Sie zielte genau, und die Schwingungen des Aufpralls von Metall auf Fleisch und Knochen in Thans Nacken ließen einen heftigen Ruck durch ihre Arme gehen. Blut spritzte, bedeckte das Schwert und färbte das Wasser um sie herum rot. Thanatos schrie auf und ließ Arik los, um die Hände auf die heftig blutende Wunde zu drücken.

Sie ignorierte seine Flüche ebenso wie Ares' »Was zum Teufel machst du denn, Limos?« und zerrte Arik aus dem Wasser. Heftig nach Luft schnappend tauchte er auf. Erleichterung und Wut wechselten in seinem Mienenspiel ab.

»Ihr dämlichen Trottel!«, fuhr sie ihre Brüder an, um gleich darauf Arik zurückzuhalten, der versuchte, sich an Than zu rächen. Der war allerdings vollauf damit beschäftigt, den Blutfluss zu stoppen, um nicht zu verbluten. Oh, ihr Schlag würde Than nicht umbringen, selbst wenn er tatsächlich sein gesamtes Blut verlieren sollte, aber es würde ihn schon mehr als einen Tag kosten, sich zu regenerieren. »Arik darf nicht sterben. Das wisst ihr doch.«

Ares fletschte die Zähne, die Hand griffbereit über dem Schwert, den wütenden Blick fest auf Arik gerichtet. »Was hat er dir angetan?«

»Nichts, das ich nicht wollte.« Ares' Hand fiel auf den Griff, und Limos, die niemals in Panik geriet … geriet in Panik.

»Hat Than dir nichts davon erzählt?« Sie wandte sich zu Than um, dem immer noch die Mordlust in den Augen stand. »Du weißt, dass wir ihn nicht töten dürfen, du Idiot.«

»Warum nicht?«, fragte Ares eindringlich.

»Ja«, krächzte Arik. »Warum nicht? Nicht, dass ich mich beschweren möchte.«

Than beruhigte sich langsam wieder, als die Logik seinen Todesrausch nach und nach niederrang. »Pestilence hat ihn reingelegt.«

Na klasse. Thanatos hatte leider noch nie Sinn für Diplomatie oder Taktgefühl besessen.

»Was?« Arik erklomm das Ufer, wo er sich erst mal hinsetzte, die Arme auf die an den Leib gezogenen Knie gestützt. »Was meinst du damit, Pestilence hat mich reingelegt?«

Limos wappnete sich schon mal für seine Reaktion. »Er hat dein Blut getrunken«, sagte sie. »Und dich von seinem trinken lassen.«

»Ich erinnere mich an nichts davon. Woher weißt du das?«

»Er hat es mir erzählt. Nachdem ich dich gefunden hatte.«

»Okay, das ist eklig, und ich möchte am liebsten kotzen, vielleicht gleich nachdem ich ihm seinen widerlichen Kopf abgeschlagen habe. Aber was hat das damit zu tun, dass ich nicht sterben darf?«

Thanatos löste seine Hand behutsam von seinem Hals, der schon teilweise verheilt war und aus dem das Blut nur noch sickerte und nicht mehr strömte. »Pestilence hat deine Seele an sich gebunden.«

Arik sprang auf die Füße. »Er hat *was*?«

»Wenn du stirbst«, erklärte Limos, »wird deine Seele ihm gehören.« Hoffentlich verging bis dahin noch sehr viel Zeit. Sie wünschte nur, sie wüsste, warum Pestilence noch zögerte. Reseph war nie sehr geduldig gewesen, und nachdem er auf die Seite des Bösen gewechselt war, war er noch sehr viel deutlicher der Typ, der auf sofortiger Befriedigung all seiner Wünsche beharrte.

»Der Mist –« Er verstummte und maß sie mit eiskaltem Blick. »Warum hast du mir das nicht schon früher gesagt?«

»Wann hätte ich es dir denn sagen sollen?« Sie schnaubte. Ihre Laune war ihr inzwischen gründlich verdorben: das Resultat, da war sie sich sicher, einer bitteren Mischung aus sexueller Frustration, der idiotischen Neigung ihrer Brüder, sie ständig zu bevormunden, und Ariks argwöhnischem Tonfall. »Vielleicht als du mich sowieso schon gehasst hast, weil ich der Grund war, dass du in Sheoul gelandet bist? Oder lieber als du davon überzeugt warst, dass nichts von dem, was ich sage, real ist? Oder, besser noch, als du zum ersten Mal seit Langem mal wieder eine anständige Mahlzeit zu dir genommen hast?« Sie schnippte mit den Fingern. »Oh, jetzt weiß ich's, es wäre doch ein echt cooles Thema für ein heißes Gespräch gewesen, dir davon zu erzählen, dass mein böser Bruder deine Seele besitzt, während du mir den Bikini ausgezogen hast.«

Das zog ein weiteres bedrohliches Knurren von Than nach sich, das sie ignorierte.

Sie schnappte sich ihren Bikini und den Wickelrock. »Es war nur zu deinem Besten.«

Sie konnte praktisch spüren, wie Ariks Wut ihr die Haut versengte, aber das Gefühl verging rasch wieder. Schließlich nickte er ihr respektvoll zu – als Entschuldigung oder als Anerkennung, weil das, was sie gesagt hatte, Sinn ergab. Ihrer Erfahrung zufolge waren nur wenige Männer so schnell bereit, Fehler zuzugeben, aber er schien definitiv nicht der Typ zu sein, der zu irrationaler oder defensiver Wut neigte. Sie schenkte ihm ein schnelles Lächeln, ehe sie sich wieder an Thanatos wandte.

»Warum seid ihr hier?«

»Weil Reaver immer noch nicht aufgetaucht ist. Ich habe mehrmals versucht, ihn oder Harvester herbeizurufen. Und jetzt spielt auch noch die Aegis ihr Spielchen mit uns.« Thanatos' Hände ballten sich zu beiden Seiten seines Körpers zu Fäusten. »Ich will herausfinden, ob unsere Wächter etwas darüber wissen.«

»Was für ein Spielchen?«

»Sie haben jemanden aus dem Ältestenrat geschickt, um bei mir zu wohnen.«

Schon wieder ein unerwarteter Gast. »Du machst Witze.«

Than spritzte Wasser über seinen Hals und schüttelte die Tropfen aus seinem Haar wie eine riesige Katze. »Seh ich aus, als ob ich Witze mache? Du weißt ja, was für ein Spaßvogel ich bin.«

Für einen Augenblick senkte sich eine dunkle Wolke über sie, denn Reseph hatte zu gern Streiche gespielt, und ihre Leben waren entschieden weniger lustig geworden, seit er durchgedreht war.

Sie räusperte sich, um die Anspannung zu durchbrechen. »Wen haben sie denn geschickt?«

Ares' Finger zuckte über die halbmondförmige Narbe an seinem Hals, und gleich darauf war seine Rüstung verschwunden. »Es kommt mir immer so absurd vor, auf einer tropischen Insel eine Rüstung zu tragen«, murmelte er. »Sie haben eine Frau namens Regan geschickt.«

»Regan?« Arik stieß ein Prusten aus. »Na, dann viel Glück. Warum sagst du nicht einfach Nein?«

»Weil es eine gute Idee ist«, erwiderte Ares. »Wir haben lange Zeit keinen Kontakt mit der Aegis gehabt. Das ist unsere Chance zu erfahren, was sie im Laufe der Jahrhunderte Neues herausgefunden haben. Und möglicherweise kann sie uns mit ihrer Gabe dabei helfen, Limos' *Agimortus* zu finden.«

»Das ist doch eine gute Nachricht«, sagte Arik. Er wischte sich einige Wassertropfen von der Stirn. »Wir wissen, dass es ein kleines Gefäß ist, aber über seine Geschichte ist nichts bekannt. Vielleicht könnt ihr uns ja mal aufklären.«

»Die Aegis und das R-XR wissen alles, was sie wissen müssen«, sagte Than.

Arik verdrehte die Augen. »Ihr arroganten Ärsche. Euer uralter Groll gegen die Aegis verblendet euch.«

»Mensch«, blaffte Than ihn an, »wage es nicht, so mit uns zu reden.«

Ariks Lider senkten sich, sein Körper wurde weich, und Limos verspannte sich. Reseph reagierte genau auf dieselbe Weise, und zwar immer dann, wenn er am tödlichsten war.

»Verpiss dich, Reiter.«

Limos sprang zwischen Arik und Thanatos, um das Unvermeidliche noch ein wenig aufzuschieben. »Ihr beruhigt euch jetzt mal ganz schnell, alle beide. Arik hat recht.« Mit Hoffnung auf seine Unterstützung warf sie Ares einen Blick zu und wurde nicht enttäuscht. Wenn es um Taktik ging, ließ er nicht zu, dass Gefühle seinen Verstand trübten.

»Ich stimme ihr zu«, sagte er. »Zuerst war ich auch skeptisch, aber es ist Zeit, dass wir der Aegis wieder unser Vertrauen schenken. Wir mögen zwischenzeitlich einige Fortschritte im Kampf gegen Pestilence gemacht haben, aber wir machen uns nur etwas vor, wenn wir glauben, dass wir ihn ohne die volle Kooperation der Menschen besiegen können.«

Thans Seelen wirbelten um seine Füße, als seine Emotionen hochkochten, aber bevor sie außer Kontrolle geraten konnten, nahm Limos seine Hand. »Hör auf, Bruder. Du weißt, dass wir das tun müssen.«

Seltsam, Thanatos war von ihnen immer der Ruhigste gewesen, aber gleichzeitig auch der Unbeständigste. Reseph hatte seine Gefühle stets offen zur Schau getragen, während Ares die seinen ein wenig besser unter Kontrolle hatte, und Limos stand irgendwo dazwischen. Aber Than … er war eine unterirdische Quelle von Emotionen, die nur ein Idiot anzapfen würde.

»Wir arbeiten doch schon mit ihnen zusammen«, wandte Than ein.

»Ja«, stimmte Ares zu, »aber wir haben uns ziemlich bedeckt gehalten. Zum jetzigen Zeitpunkt haben wir wenig zu verlieren, wenn wir unser Wissen mit ihnen teilen.«

Es folgte angespannte Stille, während Thanatos einem nach dem anderen in die Augen sah. »Tut, was ihr für das Beste haltet«, sagte er schließlich, warf jedoch Ares und Limos einen Blick zu, der deutlich besagte: *Aber mischt euch nicht in mein Privatleben ein.*

Schließlich war es ja auch nicht so, als ob Thanatos' Geheimnisse der Aegis auf lange Sicht irgendeinen Nutzen bringen würden. Sein *Agimortus* musste weder gefunden noch bewacht werden. Thanatos konnte ihn ganz allein beschützen.

Nachdem sie das jetzt geklärt hatten, wandte Limos sich wieder Arik zu. »Also, zurück zu meinem *Agimortus*. Es heißt, dass er in etwa die Größe eines Sakebechers habe und aus Elfenbein oder Knochen besteht. Er wurde von einer versklavten Dämonenrasse geschaffen, den Isfet, die ihn als Maßeinheit benutzten. Ein Isfet verschaffte sich mithilfe des Bechers seine Freiheit und ein Leben im Menschenreich, aber nur auf Kosten des Lebens seiner Schwester. Er musste ihr Blut aus dem Becher trinken, was ihm zu Unsterblichkeit und menschlicher Gestalt verhalf. Als sein Clan ihn fand, brachten sie ihn nach Sheoul zurück und verbargen den Becher, damit er ihn nicht länger benutzen konnte, und so verlor er seine Unsterblichkeit. Im Lauf der Zeit starben die Dämonen, und der Becher wurde vergessen. Es existieren Hunderte Theorien darüber, wo er verborgen sein könnte, aber wir haben diese Orte schon alle abgesucht.«

Sie hielt inne, wartete darauf, dass Arik Fragen stellen würde, aber er verharrte regungslos, sah sie nicht einmal an. »Arik?«

Ariks Blick war unverrückbar auf den Wald gerichtet. »Da draußen ist etwas.«

»Ich sehe nichts.« Auch wenn Ares nichts sah, legte er doch gleich wieder seine Rüstung an.

»Ich auch nicht.« Arik baute sich mit gespreizten Beinen und gestrafften Schultern auf. Angesichts seiner Gefechtsposition lief Limos ein Schauder über den Rücken. Als er ihr mit einer beschützerischen Geste bedeutete, sich hinter ihn zu begeben, gehorchte sie sogar. Als könnte sie nicht selbst auf sich aufpassen. Merkwürdigerweise wurde ihr bei der Vorstellung, dass er sie beschützen wollte, ganz warm ums Herz. »Ich fühle es.«

»Was fühlst du?«, fragte sie.

»Das Böse«, flüsterte Arik. »Ich fühle … das Böse.«

Höllenfeuer jagte durch Ariks Adern, eine brennende, kreischende Warnung, dass sich das Böse in unmittelbarer Nähe befand. Dieses fremdartige Gefühl bohrte sich tief in ihn hinein, bis er sich mit dem beinahe verzweifelten Verlangen, zu zerstören, was auch immer Limos und ihn bedrohte, in Gang setzte.

Thanatos und Ares waren auf sich gestellt. Was ein ziemlich dämlicher Gedanke war, nachdem auch Limos absolut in der Lage war, auf sich selbst aufzupassen.

Hinter ihm vernahm er das unverkennbare Scheppern von Rüstungsteilen, die an die ihnen zugedachten Stellen glitten, und es folgte das Zischen von Stahl, das seine Lederscheide verlässt.

Na toll, nur Arik stand natürlich ohne Waffe da.

Es raschelte in den Büschen, und während Arik noch den Mund öffnete, um die anderen zu warnen, brachen schon vierbeinige Dämonen von der Größe einer Dogge aus dem Gebüsch. *Khnive.*

Limos beschimpfte sie lautstark als Pestilences Spione und vergrub ihre Klinge in der Brust eines der *Khnive.*

Arik gelang es gerade noch, dem ersten aus dem Weg zu springen, sodass die schnappenden Zähne nur seinen Arm streiften. Noch während er sich abrollte, griff er sich einen dicken Ast, den er dem zweiten *Khnive* in die Kehle rammte, sodass die opossumähnliche, hautlose Kreatur gegen einen Baumstamm geschleudert wurde.

»Mensch!« Ares warf ihm einen Dolch zu.

Arik fing ihn auf und wirbelte gerade noch rechtzeitig herum, um die Klinge einer Bestie durch die Ober- und Unterkiefer hindurch ins Gehirn zu jagen.

Wellen des Bösen schleuderten ihn herum wie ein Orkan, der immer mächtiger wurde, als Dutzende Dämonen auf sie zujagten. Diese Viecher besaßen lange, scharfe Krallen und rasiermesserscharfe Zähne zwischen mächtigen Kiefern, aber das Tödlichste an ihnen war ihre schiere Übermacht. Innerhalb von Sekunden wurden Arik und die Reiter überwältigt.

Überall um sie herum tropfte Blut von den Blättern, strömte Baumstämme hinunter und färbte den kristallklaren Teich rot. Than hatte seine Seelen losgelassen, sodass sich jetzt die grauenhaften Schreie der angreifenden Schatten unter den Chorus der Schreie und des Knurrens der sterbenden Dämonen mischte.

Drei Dämonen sprangen Arik gleichzeitig an, und während er nach dem einen hieb, traf ihn ein anderer in die Seite, sodass ihm die Klinge aus der Hand fiel und er zu Boden gestoßen wurde. Limos ließ mit lautem Gebrüll ihr Schwert in weitem Bogen hinabsausen, der dem Ding glatt den Kopf abhieb. Die anderen beiden gingen Arik an die Kehle. Er stieß ein wütendes Knurren aus. Das wäre ja wohl das Letzte, wenn er aus Sheoul entkommen wäre, um unter den Zähnen und Klauen von Dämonen zu krepieren, die selbst die meisten anderen Dämonen für Abschaum hielten. Also legte er einem die Hände um den Hals und drückte zu.

Das Ding erstarrte und fiel tot zu Boden.

Arik blinzelte entsetzt, aber wen zur Hölle interessierte schon, warum das Ding so mir nichts, dir nichts abgekratzt war? Er machte sich über das andere her mit demselben Resultat. Ein weiterer stürzte sich auf ihn, und diesmal machte er sich gar nicht erst die Mühe, ihn an der Kehle zu packen. Er stieß dem Scheißvieh einfach die Faust ins Gesicht, und es sank tot zu Boden. Danach nahm er sich einen Dämon nach dem anderen vor, schlug eine Schneise durch den Ansturm wie ein Rasenmäher.

Irgendwann reichten ihm die Leichen bis zur Taille. Er starrte auf das Massaker um ihn herum, und die Reiter starrten ihn an. Wenigstens hatte er jetzt nicht mehr das Gefühl, von etwas Bösem beobachtet zu werden.

»Was zum Teufel war das denn, Mensch?«, fragte Ares.

»Ich habe keine Ahnung.« Er hob den Kopf, als sich seine neu entdeckten Spinnensinne erneut meldeten, diesmal allerdings nicht mit derselben Intensität. »Da drüben.«

Thanatos bewegte sich wie eine Schlange, als er im Gebüsch verschwand, schneller, als Arik ihm folgen konnte. Ein Quieken erklang, dann ein dumpfer Laut, und dann tauchte er auch schon wieder auf, eine Ratte beim Schwanz in die Höhe haltend. »Das hier?«

»Ja. Das war's.« Arik rieb sich verwirrt mit der Hand übers Gesicht. »Was ist das bloß?«

Limos fuhr zusammen. »Mist. Der Blutaustausch. Wie bei Vampiren.«

»Ah.« Ares nickte. »Das leuchtet ein.«

»Dir vielleicht«, murmelte Arik. »Würdet ihr mich vielleicht freundlicherweise in eure kryptische Unterhaltung einschließen?«

Limos schob ihr Schwert wieder in die Scheide. »*Khnive* sind Dämonen, die jemand heraufbeschwört. Spione. Eine Menge Dämonen sind in der Lage, ein oder zwei davon heraufzubeschwören, aber nur eine Handvoll von ihnen wäre imstande, sie in solchen Mengen herbeizurufen, und einer von ihnen ist Pestilence. Sogar als Reseph konnte er Krankheitsüberträgern schon Befehle erteilen und sie benutzen, um Informationen einzuholen oder Seuchen zu verbreiten. Oder er konnte sie ganz nach Belieben zerstören. Durch den Blutaustausch hast du jetzt seine Fähigkeit erworben. In welchem Ausmaß …« Sie zuckte mit den Schultern. »Das wird uns die Zeit zeigen.«

»Ich kapier das immer noch nicht. Ihr habt Vampire erwähnt.«

»Vampire übertragen ihre besonderen Fähigkeiten häufig an diejenigen, die sie wandeln«, erklärte Thanatos. »Aber da du ja nicht im eigentlichen Sinne gewandelt wurdest, vermute ich, dass an dir irgendetwas Einzigartiges ist. Was ist es, das du uns nicht sagst? Baumelt da vielleicht irgendwo ein Dämon in deinem Familienstammbaum herum?«

So verlockend es auch war, Thanatos zu sagen, er solle die Schnauze halten, wollte Arik doch unbedingt selbst wissen, was los war. »Keine Dämonen in meiner DNA, aber ich wurde vor ein paar Jahren mal gebissen.« Im Stillen dachte er, dass er einen Teil lieber weglassen sollte. Den nämlich, in dem es darum ging, dass der Dämon, der ihn gebissen hatte, von einem anderen ausgesandt worden war, mit dem er als Teenager mal ein mieses Geschäft abgeschlossen hatte, verzweifelt bemüht, dem Terrorregime seines Vaters endlich ein Ende zu setzen. »Die Infektion von dem Biss hätte mich fast umgebracht, aber Shade hat mir das Leben gerettet. Allerdings gab es eine … Nebenwirkung.« Er warf Limos einen Blick zu, die ihn neugierig musterte. »Ich kann Dämonensprachen lernen, nachdem ich nur ein paar Wörter gehört habe.«

»Ihr Aegi seid doch immer wieder voller Überraschungen«, murmelte Ares.

Dem konnte Arik nur zustimmen. »Und warum hat Pestilence uns von seinen Spionen angreifen lassen? Ich meine, wenn er meinen Tod will – kann er das nicht selbst erledigen? Wenn er nur mit einigen wenigen seiner Lakaien aufgetaucht wäre, wäre ich jetzt Geschichte.«

»Du hast recht.« Limos legte die Stirn in Falten. »Das ergibt keinen Sinn.«

»Vielleicht war es ja dein charmanter Verlobter?«, fragte Arik, aber sie schüttelte den Kopf.

»Das ergibt genauso wenig Sinn. Ich bezweifle, dass er weiß, dass Pestilence jetzt deine Seele besitzt. Satan würde dich nach Sheoul schleppen lassen, damit du dort stirbst und er deine Seele bekommt. Wenn du hier stirbst, würde er sie verlieren.«

»Was du damit sagen willst, ist, dass ein neuer Mitspieler aufgetaucht ist.«

Ares stieß eine der Leichen mit dem Fuß an. »Ein neuer Mitspieler, der dich tot sehen will.«

Thanatos stieß einen Pfiff aus. »Muss echt scheiße sein, du zu sein, Mensch.«

Mann, es gab Tage, an denen man das Bett einfach nicht verlassen sollte.

16

Auf dem Weg zurück zum Haus wurden Arik und Limos nicht mehr von irgendwelchen gruseligen Dämonen angegriffen, aber als Arik Kynan auf der riesigen Veranda stehen sah, die Limos' Haus vollständig umgab, überdachte er diesen Gedanken gleich noch einmal. Limos verzog sich, um ihnen einen Moment unter vier Augen zu geben, während er Kynan in einer Umarmung an sich zog, die einem Grizzly Ehre gemacht hätte. Ky klopfte ihm nach Männerart ein paar Mal auf den Rücken, und dann trennten sie sich wieder. Arik grinste wie ein Idiot.

»Mann«, flüsterte er, »es ist toll, dich zu sehen.«

»Dito. Du hast uns eine Scheißangst eingejagt.« Kynan klopfte ihm auf die Schulter. »Du siehst gut aus. Shade und E haben ganze Arbeit geleistet.«

»Wo wir gerade von Shade sprechen –«

»Runa und er sind schon hierher unterwegs«, unterbrach Kynan ihn.

»Gut.« Arik ließ sich auf einen der Hocker sinken, der an einer gemütlichen kleinen Bar aus Bambus stand. Auf der östlichen Verandaseite befanden sich Tische, die Bar und ein Whirlpool. Arik fragte sich, wie oft Limos hier wohl feierte. »Runa hat sich vermutlich Sorgen gemacht.«

»Sorgen gemacht?« Kynan schnaubte. »Ich glaube, das Einzige, was sie noch bei Verstand hielt, war die Zeit, die sie in der Tagesstätte im *Underworld General* verbrachte.«

Arik hatte ganz vergessen, dass das *UG* inzwischen eine Kindertagesstätte besaß, die von Runa und einigen anderen angeheirateten Verwandten geführt wurde, Serena und Idess. Das war schon wirklich seltsam. Ein Krankenhaus, das von Dämonen geleitet wurde, mit einer Kita, die von einem Werwolf, einem Vampir und einem Ex-Engel geführt wurde. Das könnte Stoff für ein Buch oder eine Fernsehserie liefern.

Arik stellte einen Fuß auf die Fußstütze des Barhockers und lehnte sich zurück, sodass die Sonne auf seine bloße Haut schien. »Ich wette, im Krankenhaus ist jede Menge los.«

»Überall ist viel los. Es steht echt schlimm, Mann.« Kynan fuhr sich mit der Hand durch die Haare. »Die Aegis hat sowieso schon viel zu wenig Leute, und inzwischen haben wir beinahe zehn Prozent unserer Wächter durch Morde oder in Kämpfen mit Dämonen verloren. Wir haben sogar einen Ältesten verloren. Decker hat seinen Platz eingenommen.«

Arik riss die Augen auf. »Du hast Decker zum Ältesten gemacht? Er ist doch nicht mal ein Aegi.«

»Jetzt schon.«

Arik rieb sich den Nacken, fassungslos über diese neue Wendung. »Wow. Die Aegis wählt ihre Leute ja wirklich sehr sorgfältig aus, was?«

»Haha.« Kynan schüttelte den Kopf. »Wir hatten noch einige andere Kandidaten in der engeren Auswahl, aber wir haben uns dazu entschlossen, jemanden aus dem R-XR zu nehmen.«

»Wieso? Du hattest uns, na ja, ihn doch schon als Berater an Bord.«

»Ja, sicher, aber als Ältester hat er jetzt auch Zugang zu sensiblen Informationen, und wenn er jetzt schwört, irgendetwas geheim zu halten, ist er dazu verpflichtet.«

»Du meinst, etwas vor dem R-XR geheim zu halten.« Arik hasste diesen Geheimhaltungsscheiß. Wie zur Hölle sollten sie denn dieses Puzzle um das Ende der Welt lösen, wenn die Mitspieler einander ihre Teile nicht zeigten?

Ky zuckte mit den Schultern. »Also, jetzt, wo du wieder zurück bist …« Er verstummte. »Du bist doch zurück, oder?«

Arik sah zu einer Möwe empor, die soeben über sie hinwegsegelte, und fragte sich, wie er darauf antworten sollte. Er war immer noch sehr durcheinander. Pestilence hielt die Eigentumsurkunde über seine Seele in Händen, er reagierte auf Spione wie ein Drogenhund auf Heroin, ein ganzer Haufen von Leuten wollte ihn tot sehen, und dann war da noch dieses … was auch immer es war, zwischen ihm und Limos.

»Hör mal.« Kynan unterbrach Ariks Überlegungen. »Wenn du noch Zeit brauchst, Ferien … eine Therapie … das ist doch verständlich. Es wird sogar verlangt. Aber die Lage der Welt wird sich in absehbarer Zeit nicht verbessern. Die Apokalypse hat eine kurze Pause eingelegt, aber sie klopft schon wieder an unsere Tür. Wir brauchen dich, Mann.«

»Glaub mir, ich sehne mich danach, den Dämonen in den Arsch zu treten, aber ich bin nicht sicher, ob es eine gute Idee ist, jetzt schon fortzugehen.«

»Was denn, du willst hierbleiben?«

Dämlich, wie er nun mal war, wollte er das tatsächlich. Hey, schließlich gab es nichts Besseres als ein bisschen selbst auferlegte Folter, erst damit war doch das Leben komplett. »Meine Seele ist in Gefahr. Wenn ich sterbe, ist meine Seele Pestilence ausgeliefert. Das ist eine lange Geschichte, aber sollte er beschließen, dass er mich tot sehen will, bin ich hier vermutlich am sichersten. Unsere beste Verteidigung gegen einen bösen Reiter ist ein anderer Reiter.«

»So eine Scheiße.« Kynan rieb sich das Gesicht. »Ich könnte jetzt echt einen doppelten Whiskey gebrauchen.«

»Ich bin sicher, Flicka bewahrt hinter der Bar jede Menge harte Sachen auf.«

»Flicka?«

»Ich will ihren Namen nicht sagen.«

»Und darum gibst du ihr Pferdenamen?« Ky hob eine dunkle Augenbraue. »Ich kann's kaum erwarten, wie sie auf Mr. Ed reagiert.«

Die hölzerne Doppeltür, die vom Wohnzimmer auf die Veranda führte, öffnete sich sperrangelweit, und Arik sprang auf die Füße, als Runa heraustrat, Shade an ihrer Seite.

»Schwester!« Als Arik auf sie zukam, schob Shade seinen riesigen Körper in den Weg, während ihm die Bedrohlichkeit förmlich aus allen Poren triefte. Was zur Hölle sollte das denn?

Runa ignorierte das Verhalten ihres Gefährten einfach, ging um ihn herum und warf sich in Ariks Arme.

»Gott sei Dank«, flüsterte sie. »Gott sei Dank geht's dir gut.«

»Ja.« Es schnürte ihm die Kehle zu. »Ja, mir geht's gut.«

Sie zog sich ein wenig zurück, damit sie sein Gesicht sehen konnte. »Du weißt doch, dass ich es bin, oder?«

»Äh, ja klar.« Was sollte das nun wieder?

»Ist mit dir wieder alles in Ordnung?«, fragte Shade. »Denn wenn du noch mal so eine Scheiße abziehst wie letztes Mal, reiß ich dir die Eingeweide raus. Und diesmal wird Runa mich nicht aufhalten.«

»Shade!«, rief Runa empört. »Es geht ihm gut.«

»Ein bisschen überfürsorglich, was?« Arik blickte ihn finster an. »Wovon redest du da eigentlich?«

»Hey, Leute, ich denke, Arik muss sich jetzt mal ein bisschen ausruhen.« Limos, die sich inzwischen ein hellblaues Sommerkleid angezogen hatte, kam nach draußen geeilt; ihr Lächeln war so künstlich und wackelig, dass auch der letzte Trottel erkennen würde, dass sie es darauf abgesehen hatte, Runa und Shade um jeden Preis davon abzuhalten, Ariks Fragen zu beantworten.

»Das können Sie vergessen, Oberschwester. Ich brauch keine Ruhe.« Er wirbelte zu Shade herum, wohl wissend, dass der Dämon ihm die Wahrheit sagen würde. Leute, denen man scheißegal war, waren immer am ehrlichsten. »Antworte mir.«

»Arik, das ist doch nicht nötig.« Limos nahm Ariks Arm, um ihn fortzuführen, aber er rührte sich nicht vom Fleck, und Shade schien auch nicht geneigt, auf sie zu hören.

»Lass mich dein Gedächtnis auffrischen.« Schatten tanzten in Shades dunklen Augen, und er stieß Arik einen Finger gegen die Brust. »Wir waren gestern hier. Du hast Runa zusammengeschlagen. Ihr den Wangenknochen gebrochen, die Nase zertrümmert und drei Rippen zerschmettert.«

Der Boden unter Ariks Füßen schien sich zu drehen. »Das ist unmöglich. Ich würde niemals – «

»Ist schon gut, Arik«, mischte sich Runa ein. »Du warst nicht du selbst. Du wusstest nicht, was real war und was nicht.«

»Das kann nicht sein.« Er schüttelte den Kopf, als könnte er so seine Erinnerungen wachrütteln. »Ich kann mich an die Schlosskombination meines Spinds im Bootcamp erinnern. Da würde ich doch noch wissen, wenn ich Hand an meine eigene Schwester gelegt hätte.« Ihm wurde schon schlecht, wenn er es nur aussprach.

»Es gibt eine Menge Dinge, an die du dich nicht erinnern kannst.« Als sich Limos auf ihn zubewegte, bekam er in Erwartung ihrer Berührung schon das große Zittern. Sie war für ihn die beste Medizin, was allein schon die Tatsache bewies, dass sie ihn aus der höllischen Existenz in seinem eigenen Kopf herausgeholt hatte.

In diesem Moment wollte er allerdings nicht geheilt werden. Er wollte sich erinnern.

Er wirbelte herum und schlug mit beiden Händen auf das Geländer der Veranda. Runa stellte sich neben ihn. Ihr karamellfarbenes Haar wehte in der Brise.

»Arik, alles ist gut. Ich habe die Gestalt gewechselt, und das meiste davon ist von allein geheilt. Eidolon hat dann den Rest erledigt. Es ist, als ob es nie passiert wäre.«

Es war lieb von ihr, dass sie versuchte, ihn zu trösten, aber er wusste es besser. Sie hatte als Kind so viel erleiden müssen, und seine Schläge mussten Erinnerungen zurückgeholt haben, die besser begraben geblieben wären. Augenblick mal … begraben …

Als er auf der Verlobungsfeier für Cara und Ares gewesen war, hatte Cara ihm erzählt, dass Ares seine besondere Fähigkeit bei ihr eingesetzt hatte, als sie sich zum ersten Mal begegnet waren.

»*Er hat meine Erinnerung ausgelöscht, damit ich nicht ausflippe*«, hatte sie gesagt. »*Was ich natürlich nachholte, als er sie wieder freigab.*«

»Verdammte Scheiße!« Er wirbelte zu Limos herum. »Du hast meine Erinnerungen ausgelöscht, stimmt's?«

»Nein.« Sie sagte es so mühelos, so überzeugend, dass er ihr glauben wollte, aber irgendetwas stimmte nicht. Ein Flackern in ihren Augen, ein Muskelzucken, oder vielleicht war es auch nur so ein leichtes Unbehagen, wie er es gespürt hatte, wenn sein Vater ihm etwas gesagt hatte, das Arik unbedingt glauben wollte.

Natürlich komm ich zu deinem Spiel, ich versprech's. Diesmal gibt's Weihnachten Geschenke. Ich schwöre dir, ich hör mit dem Trinken auf.

O ja, Ariks Lügometer schlug voll aus.

»Vielleicht möchtest du deine Antwort noch mal kurz überdenken, Reiter?« *Bitte, bitte, sag mir die Wahrheit.* Wenn sie jetzt wieder Nein sagte, würde er es akzeptieren. Er würde es glauben, so wie er vor all diesen Jahren seinem Vater geglaubt hatte. Aber als sie einfach nur dastand, verließ ihn all seine Hoffnung. »Du hast es getan, stimmt's? Und was fehlt sonst noch in meinem Kopf?«

Ihr Mund öffnete sich. Schloss sich wieder. Scheiße. Von all den Dingen, die sie ihm im Laufe des letzten Monats angetan hatte, kam ihr das wie die größte Verletzung vor.

Er wandte sich an Kynan. »Ich hab mich geirrt. Ich will nicht hierbleiben. Lass uns gehen.«

Arik war seit drei Tagen fort. Das Haus wirkte leer, was seltsam war, da Limos ihr Haus noch nie als leer empfunden hatte. Andererseits war vielleicht genau das der Grund, warum sie auf der anderen Seite der Insel noch diese zweite, öffentliche Villa besaß, wo praktisch ständig gefeiert wurde.

Diese Leere gefiel ihr nicht.

Genauso wenig wie Sheoul, mit seiner klaustrophobischen Atmosphäre, der finsteren Ausstrahlung und dem diffusen Licht, und doch war sie in ebendiesem Moment genau dort. Sie ritt auf Bones, eingepfercht zwischen Ares und Than, über einen Pfad in der Region Horun, wo sie einem Hinweis auf Sartael folgten.

Thanatos war es gelungen, aus Orelia, seiner dämonischen Tattoo-Künstlerin, ein paar Informationen herauszuquetschen, und wenn man ihr glauben konnte, führte die rechte Hand des dunklen Herrschers Sartael an einem Nasenring herum und benutzte ihn als Bluthund. Da das Ende aller Tage kurz vor der Tür stand, versuchten Satan und Luzifer in aller Eile noch weitere magische Gegenstände aufzuspüren, die seit Urzeiten verborgen waren und ihnen in der Letzten Schlacht noch mehr Macht verleihen würden. Offenbar war es ihnen eben erst gelungen, sich einen mythischen Dolch anzueignen, der einst Karl dem Großen gehört haben sollte, und jetzt waren sie auf der Jagd nach der Heiligen Lanze.

Limos und ihre Brüder hatten vor, sie aufzuhalten – und Sartael zu überreden, ihnen bei der Suche nach ihrem *Agimortus* zu helfen.

Sie waren alle aufs Äußerste angespannt, während sie von einer Stadt der Unterwelt zur anderen zogen, und es war keine große Hilfe, dass der Höllenhund, der sie begleitete – Gore –, immer wieder nach Bones' Fesseln schnappte. Bones war darüber alles andere als glücklich, und es kostete Limos alle Kraft, ihn davon abzuhalten, den Hund anzugreifen.

»Ich hasse diesen Ort«, murmelte sie.

Thanatos blickte sie finster an. »Dann hättest du nicht herkommen sollen.« Ares nickte zustimmend.

Sie widersprach nicht, da die beiden recht hatten. Aber nachdem Arik sie verlassen hatte, war sie in ihr altes, selbstzerstörerisches Verhalten zurückgefallen. Es trieb sie dazu, Risiken einzugehen, Schlägereien zu provozieren und jede erdenkliche Anstrengung zu unternehmen, um den Rausch zu empfinden, den nur Schmerz – und Lügen – verursachen konnte.

Aber das war eigentlich nicht die ganze Wahrheit, oder? Erst nachdem Arik fort war, war ihr klar geworden, dass sie einen ähnlichen Rausch verspürte, wenn sie mit ihm zusammen war. Ähnlich, aber besser, weil es ein reines, gutes Gefühl war, das sie nicht dazu trieb, sich selbst zu hassen.

Ich will Arik wiederhaben. Ihre Brüder drehten sich um und starrten sie an. Upps – sie hatte laut gesprochen. »Was denn? Ich traue weder der Aegis noch dem R-XR zu, ihn zu beschützen.«

Ares – ganz der Krieger – wandte seinen scharfen Blick wieder der Umgebung zu, während er sprach. »Hast du Kontakt mit Kynan aufgenommen?«

»Er will mir nicht sagen, wo Arik ist.« Sie klopfte Bones auf den ebenholzschwarzen Hals, ohne überrascht zu sein, als seine Reaktion in einem verärgerten Knurren bestand. »Und da er gesegnet ist, kann ich ihn nicht mal foltern, um ihn dazu zu zwingen.«

»Es ist vermutlich keine gute Idee, die Leute zu foltern, mit denen wir zusammenarbeiten«, sagte Ares trocken.

»Ist es wohl«, protestierte sie. »Solange sie mich nicht dabei erwischen.«

»Von mir aus kann sie den Wächtern ruhig ein bisschen den Arsch aufreißen«, meldete sich Thanatos zu Wort.

Es war oft schwierig zu sagen, wann Than etwas ernst meinte und wann nicht, aber in diesem Fall war er ein klein wenig zu enthusiastisch angesichts der Aussicht, einen Wächter verprügeln zu können, und sie wunderte sich, obwohl die Wächterin, die sich bei ihm einquartiert hatte, der Grund für seine Haltung war.

»Ich muss etwas tun.« Sie scheuchte Gore fort, der sich schon wieder an Bones heranschlich. »Zu viele Leute wollen Arik tot sehen, inklusive des Arschlochs, der die *Khnive* ausgesandt hat.«

»Das mit den *Khnive* macht mich auch ziemlich neugierig.« Die tiefe, wohlklingende Stimme hinter ihnen ließ sämtliche Rosse herumwirbeln und den Höllenhund knurren.

»Luzifer«, zischte sie, und noch ehe der Name des Dämons vollständig ihren Mund verlassen hatte, hatte Ares ein Höllentor geschaffen und Than einen Dolch geschleudert. Die Klinge traf den hochgewachsenen, schwarzhaarigen gefallenen Engel in der Schulter, doch er lachte nur, während seine karminroten Augen wie Laserstrahlen leuchteten.

»Dein Ehemann sucht nach dir, Limos. Es ist an der Zeit, dich zu ihm zu begeben.«

Gore machte sich ganz flach, drückte den Bauch auf die Erde, die Lefzen über den rasiermesserscharfen Zähnen zurückgezogen und die Ohren flach an den Schädel gelegt, aber schlauerweise machte er keine Anstalten anzugreifen. Luzifer könnte ihn mit einem einzigen Fingerschnipsen umbringen.

»Sie geht nirgendwohin.« Ares lenkte Battle dicht an Bones heran, um sie besser ins Höllentor hineinzudrängen – zur Not mit Gewalt.

»Wo ist Sartael?«, fragte sie.

»Komisch, dass du das fragst. Er hat eben erst einen Auftrag für mich erledigt.« Luzifer schnippte mit den Fingern, und ein geflügelter Mann fiel vom Himmel herab, um in der Hocke neben ihm zu landen.

Der Mann richtete sich zu voller Größe – weit über zwei Meter – auf, sodass sich seine ledrigen Schwingen, die die Farbe getrockneten Bluts hatten, hoch über seinen kahlen Kopf erstreckten.

»Was?«, knurrte er. Limos bekam den Eindruck, dass er ganz und gar nicht glücklich darüber war, mit Luzifer verkehren zu müssen.

»Darf ich dir die Reiter vorstellen?« In Luzifers Stimme gingen Seide und Schleim eine ungute Verbindung ein. »Bitte beachte besonders die Frau, da dein nächster Auftrag lautet, ihren *Agimortus* aufzufinden.«

Limos stieß ein Schnauben aus, um die Tatsache zu verbergen, dass ihr beinahe das Herz stehen geblieben wäre. »Ja klar, viel Glück dabei, Sarty. Du kannst ja wohl kaum finden, was weder versteckt noch verloren und von mir bereits gefunden wurde.«

Oh, wie gut sich diese Lüge anfühlte. Der orgasmische Kick war eher schwach; wenn sie Abschaum anlog, verschaffte ihr das kein besonders starkes körperliches Hoch. Es war einfach nur genial, Luzifer zu verarschen.

»Du bist eingerostet, Limos. Der Prinz der Lügen wird wünschen, dass seine Prinzessin der Lügen auch tatsächlich über die Fähigkeiten verfügt, die dieser Titel impliziert.« Luzifer lächelte, sodass seine schwärzlichen Lippen aufbrachen. »Wo wir gerade beim Thema sind: Ich habe dir ein Angebot zu machen. Suche den Dunklen Herrscher auf, und ich werde meine Lakaien zurückrufen.«

Bones scharrte mit den Hufen, er würde sich den Dämon nur zu gern vornehmen, und Limos war da ganz seiner Meinung. »Erstens: Du solltest es mal mit Labello versuchen. Zweitens: Was für Lakaien?«

»Die, die nur auf mein Zeichen warten, um Arik zu mir zu bringen, jetzt, nachdem Sartael ihn gefunden hat.«

Sie lächelte. »Und wer lügt nun? Sartaels Macht ist im menschlichen Reich darauf beschränkt, Dämonen und dämonische Artefakte aufzuspüren.«

»Dummes, dummes Mädchen«, erwiderte Luzifer gedehnt. »Ariks Seele gehört einem Dämon. Folglich ist er ein dämonisches Artefakt.« Limos war entsetzt. *So ein Mist!* Endgültig mit den Nerven fertig war sie, als sie Luzifers nächste Worte hörte. »Ich werde ihn deinem Ehemann frei Haus liefern.« Luzifer trat noch näher an sie heran. Seltsamerweise sah er dabei aus, als hätte er keinen einzigen Knochen im Leib. Limos zwang Bones, sich Ares entgegenzustemmen, der versuchte, sie durch das Tor zu drängen. »Du hättest schon vor langer Zeit die Seine werden sollen, Limos. Du hast die Bedingungen eures Vertrags überaus freizügig interpretiert, und darüber ist er alles andere als erfreut.«

Ihr Herz prallte gegen die Rippen, als ob es verzweifelt nach einem Ausweg suchte. Wenn ihre Brüder wüssten, wie freizügig, würden sie sie Luzifer persönlich zum Fraß vorwerfen.

»Und deine Mutter …« Luzifer setzte eine bekümmerte Miene auf. »Sie ist so enttäuscht von dir. Dabei hat sie dich doch zu einer verantwortungsvollen jungen Dame erzogen.«

Thanatos brachte Styx näher an Bones heran. »Wie unverantwortlich von Li, dass sie die arrangierte Ehe mit einem der bösartigsten Wesen, die je existiert haben, nicht eingehen will.«

»Limos wird von jedem weiblichen Wesen der Unterwelt glühend beneidet. Sie wusste, was er war, als sie der Heirat zustimmte«, erklärte Luzifer.

Das war die Wahrheit. O Gott, es war die reine Wahrheit. Schon im Säuglingsalter war sie ihm versprochen worden, hatte aber später als Teenager aus freien Stücken vor ihm gestanden, um ihre Absichten noch einmal selbst zu erklären. Da war sie sich ihrer Handlungen bereits voll bewusst gewesen.

Doch sie hatte ihre Meinung nun mal geändert, und im Augenblick krachte alles um sie herum zusammen, und sie fragte sich, wann sie wohl unter dem Gewicht der Trümmer zerquetscht würde.

»Sie hat nicht zugestimmt.« Ares' Stimme troff vor Verachtung. »Dies wurde ihr als Kind aufgezwungen, gegen ihren Willen.«

Oh, Mist! Ihr Körper war inzwischen so angespannt, dass Bones über den Druck ihrer Schenkel gegen seine Rippen stöhnte. Luzifers Kopf fuhr langsam herum. Das finstere Grinsen auf seinem Gesicht hätte direkt aus einem Horrorfilm stammen können.

»Hat sie euch das erzählt?« Er warf den Kopf zurück und brach in Lachen aus.

In einem Anfall blinder Panik öffnete sie ein Höllentor gleich neben Luzifer, das sie als Waffe einsetzte. Wie eine gigantische Klinge schnitt es durch ihn hindurch, trennte ihm den linken Arm und die Schulter ab.

Der Laut, den er ausstieß, ein Laut des Schmerzes, voller Wut und Hass, dröhnte mit solcher Gewalt in ihren Ohren, dass ihr die Trommelfelle rissen. Schmerz explodierte in ihrem Kopf, und die Schreie und das Jaulen um sie herum verrieten ihr, dass es auch für ihre Brüder und den Höllenhund die reinste Folter war. Die Erde bebte, und Luzifer verwandelte sich in ein Ungeheuer von der Größe eines Dinosauriers: ein schwarzes, schuppiges Ding mit grotesken, missgestalteten Gliedmaßen und übertrieben großen Zähnen und Genitalien. Mit seinen Klauen traktierte er den Höllenhund und schlug diesem tiefe, klaffende Wunden über die gesamte Länge seines Körpers.

Ehe sie imstande war zu reagieren, stießen Ares und Battle sie durch sein Tor hindurch.

Auf der anderen Seite traten Limos und Bones auf den Hof vor Ares' Villa. Und sie waren nicht allein. Bones wirbelte herum, als Sartael aus ihrem Höllentor sprang. Gleich darauf stürzte er sich auf sie, und obwohl Bones ihn in den Fuß biss, gelang es dem gefallenen Engel, sie aus dem Sattel zu werfen. Beide landeten auf dem Boden, wo sie sich herumwälzten und einander mit Fäusten und Waffen bearbeiteten.

Seine Hand schloss sich um ihren Hals, und er schlug ihren Kopf mit aller Kraft gegen einen Stein. Bones kreischte wütend auf, und gleich darauf füllten seine Hufe ihr Gesichtsfeld. Krachende, schmatzende Laute vermischten sich mit Sartaels Schmerzensschreien, als Bones' Füße durch seinen Rücken fuhren und an der Brust wieder austraten, sodass er wie aufgespießt im Sand liegen blieb.

Limos beeilte sich, unter ihm hervorzukrabbeln, dankbar, dass die Hufe des Höllenhengsts sie verfehlt hatten. Während ihre geplatzten Trommelfelle schon wieder abheilten, hockte sie sich neben den gefallenen Engel.

»Es war dumm, mir zu folgen, Sarty.« Sie tätschelte seinen kahlen Kopf. »Denn jetzt, wo ich dich habe, werde ich dich dazu bringen, mir zu sagen, wo Arik ist. Und dann wirst du mir dabei helfen, meinen *Agimortus* zu finden.«

Er lachte ... eigentlich war es eher ein Husten, da sein Mund voller Blut war. »Ich werde dich zu deinem Ehemann bringen. Und dann werde ich deinem Menschen die Haut abziehen, während er zusieht, wie der Dunkle Herrscher dich fickt, bis du entzweireißt.«

»Du bist widerlich.« Sie sah zu Bones auf. »Tu ihm mal ein bisschen weh.«

Bones fletschte die rasiermesserscharfen Zähne und biss dem Engel ein Stück aus der Schulter. Als er das Fleisch mit einem seltsam zischenden Geräusch herausriss, schrie Sartael vor Schmerz gellend auf.

»So, du Stück Scheiße«, schnurrte sie. »Entweder du bist damit einverstanden, mir zu helfen, oder aber Bones sucht sich das nächste Mal ein zarteres Stück aus. Stierhoden hat er besonders gern. Ich würde sagen, in diesem Fall nennen wir sie Engelshoden, okay?«

»Ich werde dich noch in der Hölle schmoren sehen«, brachte er zwischen zusammengebissenen Zähnen heraus. »Ich werde deinen Brüdern erzählen, wie du vor dem Dunklen Herrscher gestanden und ihn angefleht hast, dich zu seiner Braut zu machen. Wie du versprochen hast, ihm deine Brüder als Hochzeitsgeschenk zu bringen. Wie du regungslos dagestanden hast, vor Lust triefend, als dir der Keuschheitsgürtel angelegt wurde.«

Ihre Kehle war so trocken wie der Sand unter ihren Füßen. »Du warst nicht dort. Du weißt gar nichts.« Abgesehen davon, dass seine Beschreibung in allen Einzelheiten zutraf.

»Ich war die Höllenratte, die während der Zeremonie an Luzifers Handgelenk angekettet war. Ich habe fast fünftausend Jahre als Nager verbracht, zur Bestrafung, weil ich zuließ, dass ein anderer Engel deine Mutter fickte, ehe ich es tun konnte. Eigentlich hätte ich dein Vater sein sollen, du Hure. Ich hätte der Vater der Prinzessin sein sollen.« Er lächelte grimmig. »Jetzt werde ich der Bettgenosse der Prinzessin sein, sobald ihr Ehemann mit ihr fertig ist.«

Limos hörte Cara rufen, und als sie aufblickte, sah sie sie auf sie zulaufen. Im selben Augenblick erhellten Blitze die abendlichen Schatten, als sich nur wenige Meter vor ihr zwei Höllentore öffneten. Limos' Vergangenheit drohte sie endgültig einzuholen, erstickte sie, kam wie ein Flugzeug in einer Todesspirale auf sie zugeschossen.

Mit einem Aufschrei ließ sie ihr Schwert auf Sartaels Hals niedersausen und brachte damit ihn und seine hässlichen Wahrheiten für immer zum Schweigen.

Aus dem einen Tor kam Than, der Gore hinter sich herzerrte. Der Höllenhund konnte kaum noch stehen, Blut strömte wie ein Wasserfall über seinen Körper. Ares trat aus seinem eigenen Tor, sein hinkendes Pferd am Zügel führend.

Cara lief geradewegs auf die Tiere zu, und während diese zusammenbrachen und am Boden liegen blieben, legte sie schon je eine Hand auf beide. Aus allen Richtungen kamen Höllenhunde herbeigelaufen, still wie Schatten, und fielen über den toten Engel her. Rasch, ehe Bones noch Streit anfing, rief Limos ihn zu sich, und er löste sich in Rauch auf, ehe er sich wieder um ihren Arm wand.

Cara leitetet ihre Heilkräfte in die Tiere hinein, und innerhalb weniger Minuten hatten sich ihre Wunden geschlossen.

»Was zum Teufel ist hier los?«, brüllte Than Limos an. »Und warum hast du Sartael umgebracht? Er war unsere beste Chance, deinen *Agimortus* zu finden!«

»Ich weiß.« Wenigstens das war keine Lüge. »Er hat Arik bedroht. Da bin ich ausgerastet.« Eine weitere Wahrheit.

»Du bist ausgerastet?« Thanatos' Worte trieften vor Skepsis. »Du rastest nie aus. Nicht so.«

Ares half Battle wieder auf die Beine, während Cara die Behandlung des Hundes zu Ende führte. »Und warum ist Luzifer der Auffassung, du hättest deiner Verlobung aus freien Stücken zugestimmt?«

»Weil er ein Idiot ist.« Noch eine Wahrheit. Ehe ihre Brüder sie weiter ausfragen konnten, wechselte sie das Thema. »Wir müssen zu Arik. Sofort. Luzifer hat sicher nicht gelogen, als er sagte, er wisse, wo er ist.«

Ares gab Battle ein Stück Zucker. »Tja, aber *wir* wissen es nicht.«

»Ich wette, Runa weiß es.« Sie öffnete ein Tor. »Und ich werde dafür sorgen, dass sie genau weiß, was ihrem Bruder droht.«

Denn wenn es eins gab, worüber Limos Bescheid wusste, dann darüber, wie weit ein Geschwister gehen würde, um das andere zu beschützen.

Oder es zu hintergehen.

17

Rückblickend dachte Arik, dass Kynan ihn wohl besser in seine Wohnung hätte bringen sollen. Stattdessen hatte er Ky gebeten, ihn ins R-XR-Hauptquartier zu bringen, was sich als kolossaler Fehler erwiesen hatte. Dort hatte man ihn sofort auf die Krankenstation verfrachtet, um eine vollständige Untersuchung und so ziemlich jeden Test durchzuführen, der menschlichen oder dämonischen Wissenschaftlern bekannt war. Danach hatten sie ihn isoliert, um ihn zu befragen und eine ganze Reihe weiterer Tests durchzuführen, diesmal, um seine geistige Gesundheit zu überprüfen.

Er hätte wissen müssen, dass sie ihn wie einen Gefangenen behandeln würden – er hatte höchstpersönlich dabei geholfen, die Standardprozedur für den Fall auszuarbeiten, dass ein Angehöriger des Militärs von Dämonen gefangen genommen würde.

Die Fragen waren endlos, eintönig und manchmal sogar lächerlich. *Sind Sie sicher, dass Sie keinerlei sensitive Informationen preisgegeben haben?* Ja. *Wurden Sie von einem Dämon besessen?* Nein. *Wurden Sie geschwängert?* O Gott, hoffentlich nicht. *Fühlten Sie irgendeine Art von Zuneigung für einen der Dämonen?* Nein.

Solange Limos nicht zählte. Verdammt.

Als die vernehmenden Offiziere seine Zeit in Sheoul abgegrast hatten und mit der Spanne begannen, die er bei Limos verbracht hatte, wurde Arik ein gutes Stück wählerischer bei dem, was er ihnen erzählte. Auf gar keinen Fall würde er denen verraten, dass er sich in ihrer Gegenwart in einem Zustand ständiger Erregung befunden hatte. Oder dass er solche Angst davor gehabt hatte, Nahrung zu sich zu nehmen, dass er erst gegessen hatte, als er dachte, sie setze ihm Hundefutter vor. Oder dass er sich nach wie vor weigerte, ihren Namen zu sagen.

Oder dass sie seine Erinnerungen manipuliert hatte.

Außerdem ließ er den Teil aus, in dem Pestilence wie an einem Milchshake an ihm genuckelt und Arik gezwungen hatte, im Gegenzug von ihm zu trinken, mit der merkwürdigen Nebenwirkung, dass er jetzt in der Lage war, Spione zu wittern und sie mit einer einzigen Berührung zu töten.

Wenn sie das wüssten, würden sie ihn beim R-XR auf der Stelle an einem Seziertisch festschnallen und aufschneiden.

Das Gute an all diesen Befragungen und Tests war, dass es ihn von dem ablenkte, was er Runa angetan hatte. Shades Worte gingen ihm einfach nicht aus dem Kopf – ein brutaler Hieb gegen die Innenseite seines Schädels, den er wohl verdient hatte. Er hatte geschworen, Runa zu beschützen. Er hatte geschworen, niemals das Ungeheuer zu werden, das ihr Vater gewesen war. Und was hatte er getan? Er hatte sich in das Ungeheuer verwandelt, das sie in ihren Albträumen heimsuchte, bis Shade sie ihr nahm. Jetzt fragte sich Arik, ob er möglicherweise alles kaputt gemacht hatte, was Shade für Runa getan hatte.

Es spielte keine Rolle, dass er Runa angegriffen hatte, als er nicht bei Sinnen war. Ihr Vater hatte ihnen die brutalste Prügel angedeihen lassen, wenn er nicht bei Sinnen war. Das war keine Entschuldigung, und Arik hatte nicht vor, es in seinem Fall als Entschuldigung vorzuschieben.

Mann, er brauchte dringend Urlaub, aber immer wenn er an Urlaub dachte, reisten seine Gedanken an einen tropischen Strand, der verdächtig nach Hawaii aussah, inklusive einer gewissen schwarzhaarigen Schönheit. Nicht, dass er in absehbarer Zeit irgendeine Reise unternehmen würde. Sie hatten ihn aus der medizinischen Einrichtung des R-XR entlassen und in einen der Schlafsäle von Fort McNair gesteckt, und auch wenn es ihm freistand, innerhalb des Geländes zu kommen und zu gehen, wie er wollte, war es ihm nicht gestattet, den Stützpunkt zu verlassen.

Und das nervte. Er war Soldat, und die menschliche Rasse befand sich im Krieg. Er musste etwas tun. Musste für sein Team kämpfen, das Team Menschen, nicht das Team Reiter. Sicher, sie waren auf derselben Seite, aber eindeutig nicht im selben Team.

Allerdings war es toll gewesen, an Limos' Seite gegen die *Khnive* zu kämpfen. Sie hatte ihm Rückendeckung gegeben, und ihre Bewegungen hatten auf eine Weise harmoniert, wie er es sonst nur mit Decker erlebt hatte.

Er merkte, dass er sich die Brust rieb, als ob er versuchte, sein wehes Herz zu trösten. Was sollte der Scheiß? Hatte sein Aufenthalt im Alcatraz der Dämonenwelt ihn in einen liebeskranken Jüngling verwandelt? Widerlich.

Ein lautes Klopfen an seiner Tür riss ihn aus seinen erbärmlichen Gedankengängen. Ky und Decker kamen hereinspaziert, ohne dass er die Gelegenheit gehabt hätte, sie dazu aufzufordern. Er verzieh ihnen, weil er dringend an etwas anderes als an Limos und Runa denken musste. Und weil sie Bier mitgebracht hatten.

Decker zog eine Flasche Bud aus dem Sechserpack und warf sie Arik zu. »Du kannst dem Hinterwäldler das Land wegnehmen …«, sagte Arik.

»… aber du darfst ihm nie das Bud wegnehmen«, beendete Kynan den Satz.

Decker zeigte den beiden den Vogel. »So wie ich das sehe«, sagte er mit breitem Südstaatenakzent, »kannst du entweder warmes Wasser aus der Leitung trinken oder aber ein eiskaltes Budweiser.« Er hielt das Sixpack – minus eins – hoch und ließ es vor Kynans Nase baumeln.

»Ja, ja, jetzt gib schon her. Aber glaub ja nicht, dass ich demnächst anfange, mir NASCAR-Rennen anzusehen oder so was.«

»Ich sag dir was, die Kurzstreckenrennen würden dir gefallen«, murmelte Decker und warf ihm ein Bier zu.

»Nur, wenn Dämonen am Steuer sitzen«, sagte Kynan.

Decker zuckte die Schultern. »Es gibt da so Gerüchte über die Busch-Brüder. Die sind echt komisch. Und Jimmy Johnson. So oft, wie der gewinnt, das ist echt nicht mehr normal.«

Kynan verdrehte die Augen und setzte sich auf einen von zwei Stühlen, und Arik nahm den anderen. Wie in den guten alten Zeiten warf sich Decker aufs Bett, wo er es sich gemütlich machte, als wäre er hier zu Hause. Ihre Freundschaft war immer ungezwungen gewesen. Sicher, es hatte auch mal Spannungen gegeben, aber die gab es doch in jeder Beziehung. Arik wäre nie in den Sinn gekommen, dass vielleicht noch eine andere Art Beziehung für ihn wichtig werden könnte – nicht, wo er gute Freunde hatte und von einer engen militärischen Gemeinschaft umgeben war.

Ja, alles war wie immer. Natürlich. Und doch … wurde er das Gefühl nicht los, dass etwas fehlte.

Dir fehlt Limos, du Trottel.

Mist, er war echt im Arsch.

»Also«, sagte Decker. »Du siehst ziemlich gut aus, dafür, dass du einen Monat im Bauch der Hölle verbracht hast.«

Arik kippte das halbe Bier auf einmal runter. »Als Urlaubsort kann ich die nicht empfehlen.«

»Alles okay mit dir?« Kynans Stimme war leise, sein Blick ernst.

Arik hatte diese Frage so satt. In letzter Zeit hatte es einfach zu viele mitleidige oder verständnisvolle Blicke und Fragen nach seinem Befinden gegeben.

»Könnte gar nicht besser sein.«

»Runa möchte dich sehen. Sie sagte, du rufst sie nie zurück.«

»Ich hatte viel zu tun.« Damit, ihr aus dem Weg zu gehen.

Ky verstand den Wink und fragte nicht weiter. So wie auch Decker. Er nahm einen Schluck Bier und schnitt ein neues Thema an – Gott segne sein kleines, altes Redneck-Herz. »Und … was hat dich denn geritten, einfach einen der Reiter zu küssen und dir eine Fahrt auf dem langen schwarzen Zug einzubrocken?«

Mann, manchmal brauchte man einen Übersetzer, um Decker zu verstehen. »Langer schwarzer Zug?«

Kynan warf Decker seinen Flaschenverschluss an den Kopf. »Das stammt aus einem von Deckers Countrysongs, die ich mir immer anhören muss. Da geht's irgendwie um einen Zug in die Hölle.«

»Tja, also, es gibt keinen Zug. Nur riesige, mit Dornen besetzte Arme.« Rasch verdrängte Arik die Erinnerung daran und kippte den Rest seines Biers runter.

»Und?« Decker warf ihm noch eine Flasche zu. »Warum hast du's getan? Ich hätte nicht gedacht, dass du auf so was abfährst.«

»Ich hab den *weiblichen* Reiter geküsst, du Idiot. Ich bin doch nicht schwul.«

»Mann, ich weiß, dass du nicht schwul bist.« Decker stützte sich auf den Ellbogen. »Ich meinte übernatürliche Wesen. Ich hätte nur einfach nicht gedacht, dass das dein Bahnsteig ist.«

Kynan schnaubte. »Jetzt vergiss mal die Zugmetaphern. Wenn du Limos sehen würdest, würdest du sicher auch einsteigen.«

Arik seufzte. »Gibt es irgendeinen besonderen Grund, warum ihr beiden Schwachköpfe hier seid?«

»Hast du vielleicht was Besseres zu tun?«, fragte Kynan zurück.

»Nein, aber ihr seid doch wohl nicht gekommen, um mir Bier zu bringen und einfach nur rumzusitzen und Platz zu verbrauchen. Also, entweder seid ihr gekommen, um meine mentale Fitness zu beurteilen oder um mich über den ganzen Aegis- und R-XR-Scheiß auf dem Laufenden zu halten. Also was?«

»Beides«, gab Decker zu, der augenblicklich wieder zum Profi wurde. Manchmal kam er wie ein großer, etwas lahmarschiger Bauerntölpel rüber, aber Arik war längst nicht davon überzeugt, dass es nicht nur gespielt war. Manchmal war der Kerl so scharf wie die Klinge eines *S'teng*.

Arik rückte auf seinem Stuhl vor. »Was ist los?«

Kynan warf seine Füße, die in derben Stiefeln steckten, auf den Schreibtisch. »Als du bei Limos warst, hat sie dir da irgendwelche Informationen über ihren *Agimortus* gegeben?«

Arik erzählte ihnen die Sache mit den Isfet-Dämonen, die Kynan vollkommen neu war. »Verdammt«, flüsterte er. »Wir hatten nur die paar Zeilen in der *Daemonica. Ein Reiter, so er aus dem Becher der Täuschung und der Lügen trinkt, wird Hunger auf die Welt loslassen und sie verheeren.* Hat sie dir irgendwas über Thanatos gesagt?«

»Was ihn angeht, halten sie sich ziemlich bedeckt«, murmelte Arik. »Die Welt ist im Arsch. Es sei denn, ihr Genies hättet euch einen Plan einfallen lassen, während ich in Disneyland war.« Kynan und Decker wechselten Blicke, woraufhin sich in Ariks Bauch ein hundsmiserables Gefühl breit machte. »Was? Was verschweigt ihr mir?«

»Hat Limos dir vielleicht einen Einblick in Thanatos und sein … äh …« Kynan verstummte, als müsste er nach dem richtigen Wort suchen, was seltsam war, da dieser Kerl normalerweise nie um den heißen Brei herumredete.

Decker verdrehte die Augen. »Was weißt du über sein Sexleben?«

Arik erstarrte, die Flasche nur Zentimeter vor seinen Lippen. »Sein Sexleben?«

»Ja. Du weißt schon, worauf steht er so? Männer? Oder auf perverse Sachen? Gefährliche Sachen? Oder fährt er so wie du eher auf Nullachtfuffzehn-Sex ab?« Letzteres wurde von einem frechen Grinsen begleitet.

Der musste gerade reden. Dieser Kerl war seit der Highschool mit demselben süßen Mädchen zusammen gewesen, für das etwas anderes als die Missionarsstellung nicht infrage kam, bis er es nicht mehr ertragen konnte, sie über seinen Job zu belügen und er letztes Jahr Schluss gemacht hatte. Es war am Ende darauf hinausgelaufen, entweder weiter zu lügen oder aber das R-XR zu verlassen. Decker hatte sich für seine Karriere entschieden, und das konnte Arik ihm nicht verdenken. Es war gerade ganz sicher keine gute Zeit, die Waffen hinzulegen.

»Seh ich vielleicht wie sein Beichtvater aus? Woher zum Teufel soll ich denn wissen, worauf der Kerl steht? Und warum fragt ihr das überhaupt?« Arik beäugte die beiden anderen Männer, die sich anstellten wie Schuljungen, die man mit der Hand in der Hose erwischt hatte.

»Weil wir Regan hingeschickt haben, um ihn zu verführen.«

Arik wäre fast an seinem Bier erstickt. »Regan?«, keuchte er. »Die versteht von weiblichen Verführungskünsten so viel wie ein tollwütiger Kaktus.«

Decker verzog die Stirn. »Ich glaube nicht, dass sich ein Kaktus mit Tollwut infizieren kann.«

Kynan warf Decker einen eindeutigen Blick zu: *Willst du mich verarschen?*, ehe er sich wieder Arik zuwandte. »Hör mal, das muss auf jeden Fall unter uns bleiben. Nur einige wenige Älteste wissen überhaupt davon.«

Arik, immer noch entsetzt, seufzte. »Okay, von mir aus. Thanatos hat erwähnt, dass ihr sie geschickt habt, aber er denkt, der Grund wäre, dass die Aegis ein paar Lücken in der Geschichte schließen will oder so. Warum habt ihr sie denn geschickt, damit sie mit dem Kerl schläft?«

»Weil sie unbedingt schwanger werden muss«, sagte Kynan.

Arik blinzelte. Mehrfach. »Ich … glaube, ich hab mich verhört.«

»Nein, du hast schon richtig verstanden.« Deckers Stimme klang auf einmal so traurig wie die von I-Aah. »Das ist echt Mist, weil ich glaube, sie stand ein bisschen auf mich.«

Kynan leerte sein Bier, und dann erklärte er die Lage, sprich: Prophezeiung, blablabla, unsterbliches Kind rettet die Welt, blablabla, aus dem Tod wird Leben entspringen, blablabla, bis Arik die Ohren sausten, weil das Meiste, was Kynan da von sich gab, für ihn überhaupt keinen Sinn ergab.

Regan, die Eiskönigin, opferte sich und ging mit einem der Reiter ins Bett, während Arik nicht mit der ins Bett gehen konnte, die er haben wollte.

Er wollte Decker gerade bitten, ihm noch ein Bier rüberzuwerfen, als Kynans Handy klingelte und gleich darauf Deckers. Draußen begannen Sirenen in schrillem Alarm loszuplärren.

Decker zog vorsichtig den Vorhang ein Stück vom Fenster zurück. »Wir werden angegriffen. Mist. Wie zum Teufel konnten Dämonen auf den Stützpunkt gelangen? Er wird doch bewacht.«

»So ein –« Der Lärm von Schüssen mischte sich unter Schreie und Kreischen, aber die Soldaten konnten ja nicht wissen, dass Kugeln gegen die meisten Dämonen völlig nutzlos waren.

Die ranghöchsten Offiziere auf dem Stützpunkt wussten über Dämonen Bescheid, aber zum größten Teil hatten die Soldaten hier keine Ahnung, dass solche Kreaturen aus der Unterwelt überhaupt existierten. Das Einzige, was die Soldaten mit ihren jämmerlichen kleinen Kugeln erreichten, war, die Dämonen zu verärgern.

Arik riss die Tür auf, während die Dämonenhorde auf die Schlafsäle zuschwärmte.

»Wir sind ja so was von im Arsch«, murmelte Decker, während er schon unter seiner Jacke nach seinem *S'teng* fummelte.

Kynan folgte seinem Beispiel und warf auch Arik eines zu. »Seid ihr bereit?«, fragte er.

Arik testete das goldene Ende der s-förmigen Klinge, Blut erschien auf seinem Daumen. »Dann schicken wir diese Mistkerle mal in die Hölle zurück, wo sie hingehören.«

Limos, Ares und Thanatos gelangten durch ihr Tor auf direktem Wege in die Hölle auf Erden. Im wahrsten Sinne des Wortes.

Tausende Dämonen schwärmten über Ariks Militärbasis, fuhren durch die Reihen der Soldaten, als ob die aus Seidenpapier bestünden. Schüsse und Schreie erfüllten die Luft, und der süßliche Geruch von Blut und Gedärmen verstopfte Limos' Nase. Sie leitete Bones mit ihren Knien, während sie auf ihrer Suche nach Arik rechts und links Dämonen niederschlug. Ares' großes Schwert hieb einen Körper nach dem anderen entzwei, und Thanatos' Sense trennte Köpfe von Körpern.

Bones, der jede Schlacht als ein All-you-can-eat-Buffet betrachtete, biss einer schmächtigen, mit Dornen übersäten Kreatur den Kopf ab und kaute hocherfreut darauf herum, wie ein normales Pferd einen Apfel fressen würde.

»Da!« Thanatos zeigte auf ein großes, kastenförmiges Gebäude, vor dem Kynan, Arik und ein blonder Mann mit *S'tengs* und Dolchen auf ihre Angreifer einhieben. Der Kampf war blutig und schmutzig, und Arik in seiner schwarzen Militärhose war der Tod auf Beinen. Seine Bewegungen waren entschlossen, zielgerichtet, und mit einigen wenigen Drehungen, Hieben und Tritten hatte er bereits sechs riesige Dämonen umgelegt, als wären sie Vogelscheuchen. Der Junge konnte *kämpfen*.

So. Heiß.

Doch dann wendete sich das Blatt. Zwei gefallene Engel blitzten sich aus dem Nichts mitten in den Kampf und machten sich in einer konzertierten Aktion über Arik her. Der eine stieß ihn zu Boden, während der andere ihn mit irgendeiner Energie beharkte, sodass er wehrlos zuckend auf der Erde lag und ihm das Blut aus der Nase schoss.

Limos hatte diese verdammten gefallenen Engel so was von satt. Sartael hatte sie längst nicht genug leiden lassen, aber das würde sie jetzt wiedergutmachen.

Mit lautem Gebrüll griff Limos an, trat Bones in die Seiten, sodass er in einen tödlichen Galopp verfiel. Sie rannten Dämonen und Menschen gleichermaßen um, aber das war ihr egal. Niemand tat ihrem Mann etwas an.

Ihrem Mann. Es hatte wohl keinen Sinn, es noch länger zu leugnen. Sie betrachtete Arik seit dem ersten Kuss als ihren Mann. Er hatte recht gehabt, und er hatte es die ganze Zeit gewusst: Sie hatte diesen Kuss gewollt. Sie hatte *ihn* gewollt. Und Limos hatte alles, was sie wollte, schon immer grundsätzlich als ihr Eigentum betrachtet.

Bones donnerte in einen der gefallenen Engel und zerstampfte ihn unter seinen Hufen, während er mit den Zähnen seine Flügel zerriss. Limos sprang in einem Wirbel tödlicher Klingen vom Rücken ihres Hengsts und brachte dem anderen gefallenen Engel gut zwei Dutzend Wunden bei, ehe der überhaupt wusste, was los war.

Da knallten Schüsse ganz in der Nähe. Bones wieherte schrill und bäumte sich auf, während Blut aus einem baseballgroßen Loch in seiner Seite spritzte. Die Wunde heilte fast augenblicklich, aber sie wusste, dass es höllisch wehtun musste. Eine Kugel prallte von ihrer Rüstung ab. Verdammt, diese dämlichen Menschen konnte Freund und Feind nicht unterscheiden. Arik kam wieder auf die Beine. Seine Augen blitzten vor Wut. Zuerst dachte Limos, seine Wut richte sich gegen sie, aber als er einen Soldaten angriff, dessen M16-Gewehr auf sie gerichtet war, schmolz sie geradezu dahin.

Eine weitere Gruppe gefallener Engel unterbrach ihre rührselige Würdigung von Ariks galantem Akt der Verteidigung. Einer schleuderte Kynan mit solcher Wucht gegen das Gebäude, dass er mit unnatürlich verdrehtem Arm am Boden landete. Ein gebrochener Knochen ragte heraus.

»Arik!«, schrie sie. »Wir müssen weg!«

Er wirbelte herum, die Fäuste in das Hemd des Soldaten geballt. »Ich geh hier nicht weg.«

Sie rannte zu ihm, gefolgt von Bones, der nach den Dämonen trat, die versuchten, sie von der Seite anzugreifen. »Die Dämonen sind nur deinetwegen hier. Wenn wir gehen, gehen sie auch. Das ist die einzige Chance, die die Menschen hier haben.«

Arik zögerte nur eine Sekunde lang, ehe er den verwirrten Soldaten von sich wegstieß. »Dann los.«

Limos öffnete ein Tor, packte Ariks Hand und Bones' Zügel und sprang durch das Portal. Ihre Füße kamen auf dem warmen, weichen Sand auf Ares' griechischer Insel auf, kaum hundert Meter von der Stelle entfernt, wo sie Sartael getötet hatte. Sie wollte so was von nicht an diesen Vorfall erinnert werden und betete darum, dass Ares und Thanatos das Ganze auf sich beruhen lassen würden.

»So ein verdammter Mist!«, blaffte Arik. »Wie sind die Dämonen denn auf den Stützpunkt gekommen? Er wird doch auf magische Weise abgeschirmt.«

»Aber nicht von unten«, antwortete sie. »Und auch nicht vor der Art Macht, über die Luzifer verfügt. Sobald die Dämonen aus der Tiefe in den Stützpunkt eingedrungen waren, haben sie die Schutzvorrichtungen außer Kraft gesetzt, und so konnten auch wir und die gefallenen Engel dort hinein.«

»Luzifer?«

Sie nickte. »Er sagte mir, dass er dich gefunden hat und dich holen würde. Diese Dämonen müssen seine gewesen sein, und bitte glaub mir, mit so was wie denen hatten deine Leute noch nie zu tun. Und die Tatsache, dass seine Macht jetzt bis ins Reich der Menschen reicht, bedeutet, dass die Grenze zwischen den Reichen geschwächt ist. Schon bald wird sie fallen, und jeder Dämon wird aus Sheoul entkommen.«

»Ich dachte, damit das passiert, müssten erst die Siegel brechen.«

Sie zog ein Stück Trockenfleisch aus Bones' Satteltasche und gab es ihm. »Je mächtiger Pestilence wird und je ausgedehnter die Gebiete auf der Erde, die er im Namen von Sheoul erobert, desto schwächer wird die Grenze.«

»Na toll.« Arik verstaute sein *S'teng* sorgfältig in der Hosentasche. »Und warum sind wir jetzt hier?«

»Cara hat Höllenhunde auf meine Insel geschickt, um alles zu vernichten, was eine Bedrohung oder ein Spion sein könnte, der hofft, dort zu erfahren, wo du bist. Ich muss mich erst mit ihr absprechen, um sicherzugehen, dass alles in Ordnung ist, ehe ich dich dorthin bringe.« Sie seufzte. »Ich hoffe nur, die Höllenhunde fressen keine Menschen.«

Arik warf ihr einen Blick zu, der seinen Gefühlen ohne Worte Ausdruck verlieh. »Ja, das wäre natürlich ein Vorteil.«

Sie streckte den Arm aus. »Bones, zu mir.« Der Hengst, dessen Kiefer noch immer dabei waren, das Trockenfleisch zu zermahlen, löste sich in Rauch auf und ließ sich ohne Protest auf ihrer Haut nieder.

»Und was dann?«, fragte Arik, während er sich das Blut von der Schläfe wischte. »Hast du vor, mich wieder mit zu dir nach Hause zu nehmen und mir noch ein paar Lügen vorzusetzen?«

Sie machte sich auf den Weg zur Haustür. »Ich bin sicher, du bist eine Säule der Wahrheit, Arik.«

»Ich hab jedenfalls noch nie jemandem seine Erinnerungen gestohlen und dann deswegen gelogen.« Arik hatte sie inzwischen eingeholt, seine Kampfstiefel stampften mit dumpfem Dröhnen über das Pflaster.

»Oh, aber sicher doch, du selbstgerechtes Arschloch. Willst du mir etwa weismachen, du hättest noch nie gelogen? Dann erzählst also jedem, den du triffst, wer du bist und für wen du arbeitest?«

»Das ist was anderes. Mein Job ist nun mal top secret.«

»Und was sagst du zu den Frauen, die du kennenlernst? Musst du die über deinen Job anlügen? Darüber, wer du bist? Und dann fickst du sie, während all diese Lügen zwischen euch stehen?« Als er erstarrte, stieß sie ein Schnauben aus. »Hab ich's mir doch gedacht.« Und was viel schlimmer war: Sie war deswegen schrecklich eifersüchtig.

»Es ist ja wohl ein Riesenunterschied, ob ich lüge, um jemanden zu verletzen, oder Informationen zurückhalte, um jemanden zu schützen.«

»Red dir das ruhig weiter ein, Pinocchio.«

Arik wischte sich Blut von der Nase. »Wie hast du mich überhaupt gefunden?«

»Runa hat es mir verraten, nachdem ich ihr erklärt hatte, dass du in Gefahr bist. Und sie sagte, dass du auf keinen ihrer Anrufe reagiert hättest.«

»Petze«, murmelte er.

An der Haustür empfing sie Cara, die aussah, als ob sie gerade frisch geduscht hätte, mit ihren feuchten Haaren und, wie gewöhnlich, mit einem Flanellschlafanzug bekleidet. »Die Hunde haben deine Insel gesäubert. Es gab ein kleines … Missgeschick, aber davon abgesehen sollte jetzt alles in Ordnung sein. Sechs Hunde werden vor deinem Haus rund um die Uhr Wache halten.« Sie biss sich auf die Lippe. »Ich würde aber lieber keine Einwände erheben, wenn sie reinwollen. Du solltest vorsichtshalber eine Decke auf die Couch legen. Du weißt schon – Hundehaare.«

Toll. Einfach fantastisch. Limos hatte noch nie im Leben einen normalen Hund als Haustier gehabt, und jetzt durfte sie sehen, wie sie mit einem ganzen Rudel Höllenhunde klarkam.

Ein Höllentor öffnete sich, und Ares trat heraus. Sein Panzer troff nur so von Blut. Arik lief ihm rasch entgegen. »Wie sieht's auf dem Stützpunkt aus? Die Soldaten? Ky und Decker?«

»Kynan ist auf dem Weg zum *UG*. Decker hilft bei der Erstversorgung der Verletzten. Es gab zahlreiche Verluste. So viele, dass Than dort festgehalten wird.«

»Verdammt«, flüsterte Arik. »Ich muss helfen –«

»Das kannst du nicht.« Ariks wirkte entschieden, aber ruhig, ein Zeichen des Respekts zwischen Kriegern. »Du würdest nur die Dämonen zu ihnen zurückführen.«

»Und wann kann ich zurück?«

»Verstehst du denn nicht, Arik?«, fragte Limos sanft. »Luzifer ist hinter dir her. Meinem Bruder gehört deine Seele. Du wirst immer ein Risiko für deine eigene Rasse darstellen. Du gehörst jetzt zu uns.«

Das letzte Mal, als Reaver den Verlust seiner Flügel erlebt hatte, war nach seinem Fall gewesen. Damals war der Verlust ohne Schmerzen – zumindest körperlicher Natur – vonstattengegangen. Es gab zwei Stufen der Bestrafung für Engel: Ein Engel, der mit einem Fußtritt aus dem Himmel befördert und ins irdische Reich befördert wurde, spürte, wie seine Schwingen auf dem Weg nach unten zusammenschrumpften und sich schließlich auflösten. Diese Engel, die Ausgestoßenen, konnten sich ihren Weg in den Himmel verdienen, wie Reaver es getan hatte.

Die zweite Stufe der Bestrafung hingegen war etwas völlig anderes. Einem Engel, der aus dem Himmel geworfen wurde, um auf direktem Weg nach Sheoul zu gehen, wurden die Flügel von anderen Engeln abgerissen. Der arme Kerl wurde dann zu einem

Höllenschlund oder Höllentor gezerrt und hineingeworfen. In Sheoul wuchsen diesen wahren Gefallenen wie Reaver neue Flügel – ledrige, fledermausähnliche Schwingen mit Klauen.

Die Flügel eines Engels stellten die Hauptquelle seiner Macht dar, was der Grund dafür war, warum ein Ausgestoßener, wie Reaver es einige Jahrzehnte lang gewesen war, weder den Himmel noch die Hölle anzapfen konnte, um neue Energie zu erhalten. Und jetzt, nachdem man Reaver die Flügel mit einer unglaublich stumpfen Knochensäge abgeschnitten hatte, fühlte er sich wieder genauso machtlos wie zu der Zeit, als er, auf der feinen Linie zwischen Gut und Böse balancierend, über die Erde wandelte.

Nur mit seiner Hose bekleidet, saß er auf dem kalten Boden. Das Blut rann ihm immer noch aus den Stellen über den Rücken, an denen seine Flügel gesessen hatten, und seine Füße waren mithilfe von Ketten an Ringe gefesselt, die in den Stein eingelassen waren. Er hatte herausgefunden, dass die Kette aus den Knochen seiner eigenen Flügel hergestellt worden war. Sie waren mithilfe von schwarzer Magie aufgeweicht und geformt worden, und als sie um sein Bein gelegt wurden, sanken sie tief in sein Fleisch und verwuchsen mit seinen Knöcheln. Es war also sein eigener Körper, der ihn gefangen hielt, und sobald er die Kette belastete, erlitt er so grauenhafte Schmerzen, dass er das Bewusstsein verlor.

Genial. Abartig und krank, aber genial.

Er sah auf, als Harvester im Türrahmen auftauchte. Ihr schlanker Körper wurde von einem schwarzen, durchscheinenden Morgenmantel verhüllt. In der Hand trug sie eine Flasche, in der sich vermutlich Rotwein befand. »Gut. Du bist wach.«

»Gut«, äffte Reaver sie nach. »Du bist immer noch ein Miststück.«

Sie kam hereingeschlendert. »Da ist wohl jemand auf der falschen Seite seiner Kette aufgewacht.«

Er schloss die Augen und lehnte sich gegen die Wand, was höllisch wehtat, aber das würde er Harvester auf keinen Fall wissen lassen. »Warum tust du das?«

»Weil ich mir schon immer einen kleinen Engel als Haustier gewünscht habe.«

Er schnaubte. »Wer hat dir geholfen, Harvester?« Er öffnete die Augen. »Offensichtlich hattest du Hilfe, denn ganz allein auf dich gestellt, hättest du mich niemals gefangen nehmen können.«

»Dich nehmen?« Sie tippte sich nachdenklich ans Kinn. »Also, darüber werde ich tatsächlich mal nachdenken. Ich wette, du bist großartig im Bett.«

Er kämpfte gegen eine Welle des Ekels an. »Das bin ich. Aber das wirst du nie erleben.«

»Oh, das könnte ich, wenn ich nur wollte. Ich hab doch gemerkt, wie du mich angesehen hast. Weißt du eigentlich, wie leicht es war, dich abzulenken? Ich musste nur ein bisschen mit dem Hintern wackeln, und schon hast du mir mit heraushängender Zunge hinterhergesabbert.«

»Ich war angewidert und habe weggesehen.«

»Du warst erregt. Das war der einzige Grund, warum du weggesehen hast, und genau darauf hatte ich gebaut. Dadurch konnte ich den Zauber aktivieren, mit dessen Hilfe ich dich bewegungsunfähig gemacht habe. Er steckte in dem Ring, den ich dir gab.« Sie seufzte dramatisch. »Männer sind so simpel. Ganz gleich, ob Dämon, Mensch oder Engel. Kaum zeigt man euch auch nur ein bisschen nackte Haut, schon seid ihr hirntot. Und du? Bildest du dir vielleicht ein, ich hätte nicht gemerkt, wie du Frauen ansiehst, die sich wie Pornostars anziehen? Bildest du dir ein, ich hab mich nicht nach dem Typ Frauen erkundigt, die du als gefallener Engel gefickt hast?«

Er ballte die Hände zu Fäusten und wünschte sich, ihren Hals dazwischen zu halten. »Eifersüchtig?«

Sie lachte. »Wohl kaum. Offensichtlich hast du dich von Menschen ferngehalten, aber kein Gestaltwandler, Wergeschöpf, gefallener Engel oder Sukkubus war vor dir sicher, wenn sie nur einen Minirock und schenkelhohe Strümpfe trug.« In einer einzigen sinnlichen Bewegung stellte sie sich mit gespreizten Beinen über ihn, sodass ihr Morgenmantel aufklaffte und viel zu viel Schenkel sehen ließ. »Und offenbar bist du ein ausgesprochener Fan von Blowjobs.«

Er zuckte gleichgültig mit den Schultern, was nicht unbedingt das Klügste war, das er je getan hatte, weil sich dabei seine Wunde an der Wand rieb. »Welcher Kerl ist das nicht?«

»Ich schätze, das stimmt.« Sie sank herab und hockte auf seinen Beinen.

Unwillkürlich senkte sich sein Blick, um sich gleich darauf wieder zu heben und sich auf ihr Gesicht zu konzentrieren. Zu spät, da hatte er schon einen verlockenden Blick auf ihre Spalte und den verborgenen weiblichen Ort zwischen ihren Schenkeln erhascht. »Denk nicht mal dran, zu versuchen, mich zu überwältigen, oder ich werde so fest an diesen Ketten ziehen, dass dir das Schienbein aus der Haut platzt.«

»Dafür wirst du bezahlen«, presste er hervor.

Mit maliziösem Lächeln leckte sie den Rand der Weinflasche ab – zweifellos, damit er sich vorstellte, wie ihre Zunge über eine weitaus intimere Stelle glitt.

»Weißt du eigentlich, wie ich gefallen bin?« Sie ließ ihre Zunge tief in die Flasche gleiten und schnalzte beim Hinausgleiten mit großem Getue über den Rand. »Als Thron war ich dafür verantwortlich, den Menschen Gerechtigkeit zuteilwerden zu lassen.« Sie streckte die Hand aus und kerbte mit dem Fingernagel die Haut über seinem Schlüsselbein ein. »Viele Jahrhunderte lang tötete ich nur Mörder und solche, die Böses im Herz trugen. Mit jedem Tod wuchs der Nervenkitzel, den ich empfand. Aber eines Tages tötete ich versehentlich einen Unschuldigen, und aus dem Kitzel wurde pure, energetisierende Macht. Ich wollte mehr davon. Darum begann ich, aus purer Freude zu töten.« Sie beugte sich vor und leckte den Blutstropfen ab, der durch die winzige Wunde ausgetreten war. »Und als ich entdeckte, dass ich die Schreie der Seelen immer und immer wieder genießen konnte, wenn ich die Menschen nach Sheoul brachte, um sie dort zu töten …« Sie stöhnte vor Wonne auf. »Oh, dieser Rausch ist besser als ein Orgasmus.«

»Warum erzählst du mir das alles? Was willst du von mir?«

»Ich erzähle es dir, weil du wissen musst, wie weit ich zu gehen bereit bin, um die Macht zu erlangen, die ich will. Darum bist du hier.« Sie legte den Kopf nachdenklich auf die Seite. »Na ja, zumindest teilweise. Ich habe den Befehl erhalten, dich zu beschäftigen. Und außerdem muss ich mir ein wenig Kraft von dir borgen.«

Sie hielt ihm die Flasche an die Lippen. »Trink.«

Er biss die Zähne zusammen und schüttelte den Kopf.

»Es ist kein Gift. Nur Wein.«

Wieder schüttelte er den Kopf.

»Jetzt stell dich nicht stur.« Sie rief nach Whine, der in der nächsten Sekunde auftauchte. »Öffne seinen Mund.«

Whine riss Reavers Kopf mit einem Ruck auf die Seite und zerrte mit aller Kraft an seinem Unterkiefer, während er die andere Hand auf seine Stirn gelegt hatte und nach hinten drückte. Reaver knurrte und stieß Harvester die Handfläche gegen die Brust, während er den Kopf nach hinten warf und den großen Warg am Mund traf. Harvester flog ein paar Meter rückwärts, und Blut spritzte auf den Boden, aber Reaver blieb keine Zeit, seinen Sieg zu genießen, da Whines fleischige Faust ihn jetzt mit solcher Wucht am Kinn traf, dass Reaver seine Knochen brechen hörte und spürte, wie ihm der Unterkiefer ausgerenkt wurde.

Harvester fluchte … und machte ihre vorherige Drohung wahr. Mit einem gemeinen Knurren ruckte sie an den Ketten, woraufhin sich seine Knochen vom Fleisch zu lösen schienen. Vor Schmerzen blind, verschlug es ihm den Atem. Etwas wurde in seinen Mund gestoßen, und dann floss eine warme, dickliche Flüssigkeit über seine Zunge. Blut?

»Na, geht doch.« Er sah Harvester nur verschwommen vor sich. »Neethulianischer Markwein. Der wird dir schmecken.«

Panische Angst schnürte ihm den Brustkorb ein, so einengend und schmerzlich wie die Ketten, die ihn hielten. Er hatte Markwein schon einmal gekostet, damals, in seinen Tagen als gefallener Engel, und war bereits nach dem ersten Schluck augenblicklich süchtig geworden. Monatelang hatte er sich der Trunksucht ergeben, bis ihn schließlich irgendein Dämon gefunden – in einer verlassenen Scheune verkrochen – und das *Underworld General* um Hilfe gebeten hatte. Shade und seine Schwester Skulk hatten ihn dort rausgeholt und ins Krankenhaus gebracht, wo Eidolon ihn schließlich clean bekommen hatte.

Wenn der gute Samariter-Dämon und die Leute im *UG* nicht gewesen wären, hätte es mit ihm ein schlimmes Ende genommen. Ausgestoßene Engel, die sich aus welchen Gründen auch immer nicht wehren konnten, wurden oft gegen ihren Willen nach Sheoul gebracht, sodass ihr Fall vollendet war und sie unwiderruflich auf die Seite des Bösen wechselten.

»Whine.« War Harvesters Stimme wirklich so undeutlich, oder lag das an ihm? »Mach ihn leer. Das Blut lässt du dem Orphmagus liefern.«

O verdammt. Sein Blut … Was wollten sie denn mit seinem Blut? Diese Frage wurde schon im nächsten Moment unwichtig, als sich das vertraute Brennen in seinen Bauch vorarbeitete und wie Höllenfeuer verbreitete. Er bäumte sich auf, eine Woge der Lust rauschte durch seinen Körper und nahm ihm den Schmerz.

Erotische Hitzewellen spülten durch ihn hindurch, hinter dem Reißverschluss seiner Hose pulsierte sein Schaft, und seine Hoden pochten.

Eine unglaubliche Serie von Spasmen schoss durch seinen Unterleib, und dann schoss es heiß und feucht seinen Penis empor, um gleich darauf zu explodieren, als ein Orgasmus ihn erschütterte, wieder und wieder, eine endlose Welle der Lust, die ihn, wie er wusste, so hilflos und schwach hinterlassen würde wie ein Neugeborenes.

Irgendwo im Hinterkopf war er sich bewusst, dass er tief in der Klemme saß. Aber in diesem Moment konnte er sich nicht dazu aufraffen, sich darüber aufzuregen.

18

Thanatos war eindeutig der Miesepeter unter den Reitern. Er hatte Regan gebeten, irgend so ein zerfetztes altes Dokument für ihn zu befingern, ohne ihr zu erklären, warum, und als sie ihm nichts weiter berichten konnte, als dass wer auch immer das gekritzelt hatte, der Meinung war, er übersetze eine Botschaft des dunklen Herrschers, hatte er genickt und sie aus der Bibliothek geschoben. Seitdem mied er sie, es sei denn, er brauchte ihre Hilfe oder sie die seine, beispielsweise um eine Passage aus seiner Sammlung zu übersetzen. Das machte es ihr ganz schön schwer, ihn zu verführen.

Wenigstens hatte sie inzwischen feststellen können, dass er nicht schwul war, zumindest, wenn man den niemals abreißenden Strom von Frauen vor seiner Tür als Hinweis deutete. Sie kamen zu jeder Tag- und Nachtzeit, mehr oder weniger vollständig bekleidet, aber die Vampire wiesen sie grundsätzlich ab. Das könnte natürlich darauf hinweisen, dass Thanatos Frauen nicht leiden konnte, aber wenn das der Fall wäre, hätten die Frauen das doch mittlerweile sicherlich auch mitbekommen. Und wenn es so wäre – wo blieben dann die Männer?

Es kamen keine. Also war sie im Grunde ziemlich sicher, dass er nicht schwul war. Er war nichts als ein Arsch, der überhaupt niemanden leiden konnte.

Na, dann wusste sie ja jetzt Bescheid, was für eine Arbeit vor ihr lag.

Sie war sich nicht sicher, wo er seine Zeit verbrachte, aber jedenfalls nicht in seinem eisigen Eispalast. Seine Vampire kümmerten sich um all ihre Bedürfnisse, von Essen bis hin zu frischen Handtüchern, was ihr zunächst ziemlich unangenehm gewesen war. Sie war dazu erzogen worden, die Blutsauger umzubringen, und nicht, sich von ihnen von vorne bis hinten bedienen zu lassen. Aber das Seltsamste war, dass einige von ihnen sogar bei Tageslicht unterwegs waren. Als sie sie danach gefragt hatte, hatten sie zu dem Thema geschwiegen. Interessant.

Sie hatte die meiste Zeit entweder damit verbracht, in Thanatos' unglaublichem Fitnessraum zu trainieren oder sich durch seine Bibliothek zu wühlen, die es durchaus mit einigen der Aegis-Bibliotheken in den größeren regionalen Hauptquartieren aufnehmen konnte. Sicher, ihre hauptsächliche Absicht war es, mit dem Reiter zu schlafen, aber sie war auch gekommen, um von seiner Bibliothek und seinem Wissen Gebrauch zu machen … und beide waren von beachtlicher Größe.

Außerdem hatte sie ihm einige neue Einsichten in Dokumente geboten, die er bereits studiert hatte. Bislang hatte ihre Hilfe allerdings zu keinerlei bahnbrechenden Entdeckungen geführt. Aber immerhin konnte sie ihm dabei helfen zu bestimmen, welche Dokumente mit einer falschen Hand geschrieben worden waren.

Am sonderbarsten fand sie, dass er sich, während er davon besessen war, Resephs Siegel wiederherzustellen und Limos' *Agimortus* zu finden, mit ähnlicher Intensität darauf konzentrierte, seinen Vater zu finden. Der Unterschied war: Sobald die Rede auf den Engel kam, der ihn gezeugt hatte, neigte er dazu, seine Worte mit größter Sorgfalt zu wählen, als wäre seine persönliche Suche irgendwie falsch oder selbstsüchtig.

Oder als versuchte er, sich vor einer Enttäuschung zu schützen.

Seine Suche rüttelte etwas in ihr wach, denn so ungern sie es auch zugab, waren Väter doch ihr wunder Punkt. Vielleicht war es dumm von ihr, aber sie hatte sich extra Zeit genommen, um Thans Material durchzugehen, das sich auf seine Geschichte bezog. Einfach nur, um ihm zu helfen.

Nun, solche Hilfe fiel auch nicht schwer, wenn es bedeutete, Stunden in seiner Bibliothek zu verbringen, die vom Boden bis zur Decke mit Büchern vollgestopft war, von deren Existenz sie keine Ahnung gehabt hatte.

Dämonische Kochbücher. Literatur, von Kinderbüchern über Liebesromane bis hin zu Horrorgeschichten … alle von Dämonen geschrieben. Und, nur fürs Protokoll – wenn's um Erotik ging, wurde es ganz schön widerlich. Außerdem fand sie Bücher über die vier Reiter, die von Menschen, Dämonen und sogar einem Engel verfasst worden waren. Bei vielen dieser Werke handelte es sich um Fiktion – Thanatos schien alles zu sammeln, was auch nur im Entferntesten mit den Reitern zu tun hatte, Videospiele, Fernsehserien, Filme und Bücher –, aber einige Dutzend fielen in die Kategorie Sachbuch. Jede Menge »Berichte aus erster Hand« und Spekulationen.

Das einzige Buch, das sie bis an die Haarwurzeln erröten ließ, war von einem Sukkubus geschrieben, der behauptete, mit sämtlichen Brüdern intim geworden zu sein.

Das Buch las sich wie eine Mischung aus Urban Fantasy und einem Brief ans *Penthouse Forum*, und Regan verschlang es förmlich. In dem riesigen Sessel gleich neben dem gemütlichen Kamin in Thanatos' Bibliothek zusammengerollt, blätterte sie die Seiten um, so schnell sie konnte. Gott, sie brauchte das Feuer überhaupt nicht, nicht, wo ihr das Blut wie glühende Lava durch die Adern rann.

Der Sukkubus, dessen Name Pilani war, behauptete, einige sehr intime Einzelheiten über die Brüder zu wissen. Angeblich hatte sie zunächst einige Zeit mit Ares verbracht, nachdem sie ihn in einem Pub der Unterwelt – das *Four Horsemen* – kennengelernt hatte. Sie beschrieb seine Kraft, seine wilde und extrem raue Art zu lieben. Regan wurde während der Lektüre ganz unruhig. Sie hatte nur ein einziges Mal Sex gehabt, und das war ganz und gar nicht so gewesen, wie Pilani es mit Ares beschrieb: schnell, hart, jede Menge Waffen.

Regan hatte definitiv nicht so viele Orgasmen gehabt und war danach auch nicht dermaßen erschöpft gewesen. Nein, es hatte einen einzigen Orgasmus gegeben, während dem sie gespürt hatte, wie ihre Gabe sich regte, als ob sie ihrem Freund am liebsten auf der Stelle die Seele aus dem Leib gerissen hätte. Noch in derselben Nacht hatte Regan mit ihm Schluss gemacht und es nie wieder gewagt, Sex zu haben.

Anschließend hatte sich Pilani mit Reseph beschäftigt, der, das behauptete sie zumindest, verspielt und zärtlich war, wenn ihm danach war; und ein andermal wiederum unermüdlich, abenteuerlustig und waghalsig. Und offensichtlich gab es eine Sache, die er besonders gern mochte … Regan blieb der Mund offen stehen, und sie blätterte rasch um. Den Teil, in dem es um Resephs angebliche Bereitschaft ging, *alles* auszuprobieren, ließ sie aus.

Mit trockenem Mund und vor erwartungsvoller Anspannung fast keuchend, übersprang Regan einen Teil des Buchs und widmete sich gleich Pilanis Erfahrungen mit Thanatos.

Er saß in einer dunklen Ecke des Four Horsemen, *als ich mich ihm näherte. Seine Augen glühten, während er mich beobachtete. Ich hatte seine Brüder schon mehrfach gehabt. Reseph sah amüsiert aus seiner eigenen Ecke zu, wo er gerade eine Trillah-Dämonin ermutigte, ihn zu betatschen, während sich bereits weitere weibliche Wesen um ihn versammelten, bereit, sich mit ihm in eine seiner berühmt-berüchtigten Orgien zu stürzen.*

Selbstverständlich würde ich mich ihm ebenfalls anbieten, sollte Thanatos mir einen Korb geben. Ich habe nie jemanden gefunden, der zugab, den tätowierten Krieger gefickt zu haben, auch wenn ich schon ein paar Mal Zeugin wurde, wie eine Frau mit ihm im Hinterzimmer verschwunden ist.

»Death«, schnurrte ich, und er knurrte, wie er es immer tat, wenn ihn jemand mit diesem Namen anspricht. Aus irgendeinem Grund reagierten die Reiter sehr sensibel auf ihre Namen. Alle außer Limos, der es nichts ausmachte, Famine genannt zu werden.

»Verschwinde.«

Er führte sein Ale-Glas an die Lippen. Lippen, die ich nur zu gern näher kennenlernen wollte. Ich wollte die Erste unter all den Groupies sein, den Megiddo-Schlampen, die einen Dreier schafft. Und wenn ich Thanatos bekommen sollte, würde ich vielleicht sogar einen Versuch mit Limos starten und mir damit meinen Platz in der Geschichte der apokalyptischen Reiter sichern.

Natürlich ignorierte ich ihn und setzte mich einfach neben ihn, während ich darauf achtete, dass mein Rock gerade so weit hochrutschte, um verlockende Einblicke zu gewähren. Was ihm nicht entging – unter seiner Hose schwoll etwas an. Ich drehte mich zu ihm um, hob mein Bein über seines und legte die Hand auf seinen Schwanz.

»Lass mich dir einen blasen«, murmelte ich.

Seine Augen verdunkelten sich. Ich hatte ihn. Ich wusste es. Und als er mich hochhob und ins Hinterzimmer trug, wo ich schon mit Ares und Reseph gewesen war, kam ich schon zum ersten Mal, ehe er mich auch nur abgesetzt hatte. Das zweite Mal kam ich, als er –

»Und, amüsierst du dich?«

Als Thanatos' grummelnde Stimme so unerwartet an ihr Ohr drang, schrie Regan auf und ließ das Buch fallen. Ihre Wangen brannten, und ihre Kehle fühlte sich an, als hätte sie Rauch eingeatmet.

»Ich … ich … ich habe recherchiert.« O Gott, sie plapperte ja wie ein Teenager daher, den man dabei erwischte, wie er den

Namen seines heimlichen Schwarms in sein Tagebuch kritzelte. Oder eine erwachsene Frau, die man dabei erwischte, wie sie erotische Literatur las.

Die sich mit genau dem Mann befasste, der auf einmal im Raum stand, lässig gegen den Türrahmen gelehnt, einen Knöchel über den anderen gekreuzt, während ein amüsiertes Lächeln seine Mundwinkel hob.

O Mann, sie hatte ihn ja schon vorher für attraktiv gehalten, aber dieses Lächeln katapultierte ihn direkt an die Spitze der Charts.

»Recherchiert, mh?« Er kam näher, hielt ihren Blick mit seinem gefangen, auch als er sich bückte, um das Buch vom Boden aufzuheben. »Meine Bibliothek ist voller Bücher, die vermutlich sehr viel nützlicher wären.«

»Aber nicht mal annähernd so interessant«, entgegnete sie, um sich unbeschwert und kess zu geben. Aber sie versagte kläglich und klang stattdessen einfach nur atemlos und verzweifelt. Geil.

Er öffnete das Buch genau da, wo sie unterbrochen worden war. Eine blasse Augenbraue hob sich, während er las, dann die andere, und dann … färbten sich seine Wangen etwa rosa? Ja, allerdings.

Gut. Vielleicht war ihm das alles genauso peinlich wie ihr.

»Seine Finger fanden meine geschwollene Perle, die von meinem Honig nass war«, las er. Okay, vielleicht war es ihm doch nicht peinlich. »Er ließ einen Finger in mich gleiten, und ich stöhnte, während mein Körper vor Lust explodierte.«

Regan räusperte sich. »Du kannst also lesen, wie ich sehe. Beeindruckend. Können wir das jetzt lassen?«

»Willst du denn gar nicht wissen, was als Nächstes passiert?«

»Ich nehme an, dass es ihr jede Menge Ruhm und Ehre einbrachte, euch alle drei gebumst zu haben, und dass sie inzwischen zur Erinnerung einen Schlampenstempel über dem Hintern oder dem Schweif oder wo auch immer trägt.«

Thanatos starrte sie einen Moment lang an, dann warf er den Kopf zurück und lachte. Du lieber Gott – sie hatte soeben ihre Definition von so-heiß-dass-mir-das-Höschen-schmilzt ändern müssen.

»Sie hat keinen Schlampenstempel«, sagte er, als er endlich aufhören konnte zu lachen, aber das Lächeln blieb. »Jedenfalls glaube ich das. Hab sie schon ein paar Jahrhunderte nicht gesehen. Sie hat ein paar Dutzend kleine Ausgeburten der Hölle auf die Welt gebracht und ist ihrer Wege gegangen, soweit ich mich erinnere.« Er schloss das Buch. »Und nein, keiner der Dämlinge ist von uns.«

»Dämlinge?«

»So nennt Reseph sie.« Das Lächeln erlosch und wurde durch die vertraute finstere Miene ersetzt. »So nannte er sie. Ich schätze, heutzutage nennt er sie Abendessen.«

Es war überraschend, seine Reaktion auf die Transformation seines Bruders mit anzusehen. Bis jetzt hatte sie von Thanatos wenig außer Wut gesehen. Ab und zu ein Hauch von Belustigung, aber die war meistens so schnell wieder verschwunden, dass sie sich fast fragte, ob sie sich nicht vielleicht alles nur eingebildet hatte. Wenn auch ihre erhöhte Körpertemperatur und ihr rasendes Herz klare Indikatoren dafür waren, dass das, worauf sie reagierte, nicht seine Verärgerung gewesen sein konnte.

»Standest du ihm nahe?«, fragte sie.

»Er ist mein Bruder.« Er zog den Mantel aus und schob die Ärmel seines schwarzen Rollkragenpullovers hoch.

»Das ist doch keine Antwort.«

Seine Augen funkelten wie gelbe Diamanten in der Sonne. »Wir kamen aus demselben Schoß. Wir haben zusammen gekämpft, gelitten und getrunken. *Er ist mein Bruder.*«

Also, das war dann wohl ein Ja. Seine unverkennbare innere Anspannung erschreckte sie. Nicht, dass sie von einem Reiter, der einmal Death sein würde, etwas anderes erwartet hätte, aber auf die Tiefe seiner Gefühle für seine Geschwister war sie nicht vorbereitet gewesen. Irgendwie machte ihn das in ihren Augen menschlicher. Und beschämte sie zugleich. Sie hatte nie jemanden geliebt. Nicht so.

Sie rieb sich die Arme, obwohl ihr alles andere als kalt war. »Und selbst jetzt noch, nach dem, was aus ihm geworden ist – «

»Was aus ihm geworden ist, ist sein persönlicher Albtraum«, unterbrach er sie. »Wir werden einen Weg finden, um ihn zurückzuverwandeln.«

»Du musst doch irgendeine Ahnung haben, wie man das bewerkstelligen könnte.« Na, sie hatte gut reden, nachdem die Aegis nicht den leisesten Schimmer hatte, wie Deaths Kind die Welt retten könnte. Bei diesem Gedanken drehte sich ihr der Magen um; bisher hatte sie sich dermaßen darauf konzentriert, wie sie Thanatos ins Bett kriegen sollte, dass sie über die Konsequenzen nicht allzu viel nachgedacht hatte.

»Ich habe in der Tat eine Ahnung. Mir ist endlich ein Durchbruch gelungen.« Er nahm ein dickes Buch von einem der obersten Regalbretter und schlug es auf seinem Schreibtisch auf. Als er begann, die Seiten durchzublättern, erkannte sie, dass es eine Art Album war, voller Notizen, Bilder, sogar Zeitungsausschnitte, die sich, soweit sie sehen konnte, zum größten Teil mit Pestilence beschäftigten. »Ich denke, dies ist ein Hinweis.« Er zog das Pergament heraus, das er ihr kürzlich erst zur Untersuchung vorgelegt hatte. »Ich habe den Text übersetzt, und im Grunde heißt es darin, dass Krankheit vom Tod geheilt wird.«

»Na ja, so gesehen heilt der Tod so ziemlich alles.«

Er schüttelte den Kopf. »Vor ein paar Tagen fand ich dies in einem Dämonentempel, der Pestilences Verehrung gewidmet ist. Es lag auf einem Altar, der noch nicht dastand, als ich das letzte Mal nachgesehen habe, und es war um genaue Kopien aus Metall und Holz von Deliverance und einer Sichel – meinem Symbol – gewickelt.«

»Es gibt einen Tempel, der Pestilence gewidmet ist?«

»Es gibt für jeden von uns einen Tempel.« Er sagte es so wie eine normale Person sagen würde, dass sie noch Milch im Kühlschrank hatte. Nach dem Motto: Für wen nicht?

Er fuhr mit dem Finger über ein Foto, das auf der nächsten Seite eingeklebt war. »Unter den Kopien war diese Inschrift in den steinernen Altar eingraviert. Es ist eine Warnung, dass Deliverance, wenn ich den Dolch zu einem ganz bestimmten Zeitpunkt einsetze, Pestilence in den Zustand der Schwäche zurückversetzen würde. Also vom Standpunkt eines bösen Dämons aus betrachtet, bedeutet es, dass er wieder zu Reseph werden würde.«

»Das ist alles? Du stichst auf ihn ein, und er ist wieder der Alte?«

Er schwieg, die Augen fest auf das Pergament gerichtet. »Wir haben Deliverance so geschmiedet, dass es ihn tötet, wenn es ihm ins Herz gestoßen würde. Oder einem von uns. Aber wenn dieser neuen Information zu trauen ist, dann würde ein Stich zu einem präzisen Zeitpunkt ihn wieder in Reseph zurückverwandeln. Wir müssen nur noch herausfinden, wann genau dieser Zeitpunkt ist.« Er tippte mit dem Zeigefinger auf die Schrift. »Zumindest der erste Teil des Geheimnisses ist schon mal gelöst.« Das Pferde-Tattoo auf seinem Arm trat aus. Er blickte darauf hinab und fuhr mit dem Finger über die Pferdeschulter. Gleich darauf beruhigten sich die Linien wieder. Seltsam.

Aber damit hatte er ihr genau den Aufhänger geliefert, auf den sie gewartet hatte. »Darf ich mal anfassen?«

Sein Kopf schnellte zurück. »Was?«

»Das Pferd. Darf ich es mal anfassen?«

»Warum?«

Weil in den Reiter-Erotika steht, dass du alles fühlst, was das Pferd fühlt, und zwar in den entsprechenden Teilen deines Körpers. O ja, sie könnte diese Gelegenheit nutzen, um ihn zu erregen, ihn dazu bringen, sich nach ihren Berührungen zu verzehren.

»Es ist unglaublich faszinierend«, sagte sie wahrheitsgemäß. Wenn sie auch darüber hinausgehende Motive haben mochte, war sie in der Tat schrecklich neugierig. »Deine anderen Tattoos sind farbig und wirken metallisch. Aber das hier ... es sieht eher wie ein Henna-Tattoo aus. Nur Linien, aber die bewegen sich.«

»Weil es lebendig ist«, sagte er. »Du bist doch sicherlich mit der Tatsache vertraut, dass unsere Pferde ein Teil von uns sind.«

»Ja, und gerade das macht es ja so interessant.« Sie trat näher an ihn heran. »Darf ich?«

Er sah sie an, als hätte sie gefragt, ob sie ihm den Kopf abschlagen dürfte, aber nach einer ganzen Weile nickte er dann doch einmal abrupt und streckte ihr den Arm hin. Seltsam, wie die anderen Tattoos in Schichten übereinander lagen. Eigentlich hätte das Ergebnis totales Chaos sein müssen, aber irgendwie war alles deutlich zu erkennen, sogar multi-dimensional. Doch das Pferd lag einfach flach auf der Haut, ohne andere Tattoos darauf oder darunter.

Sie nahm Thanatos' Hand in die ihre, die Handfläche nach oben gerichtet, und sogleich spannte sich sein ganzer Körper an. Ihrer tat es ihm gleich, als die mit Tinte in seine Haut geschriebenen Knochen auf seinem Handgelenk ein Eigenleben entwickelten – in ihrem Kopf empfing sie ihre ganze Geschichte: wie sie dort hingekommen waren und ... oh, wow ... dieser Reiter trug schrecklichen Schmerz in sich.

Sie sah die Dämonin, die für die Tattoos auf seinem Körper verantwortlich war. Regan war nicht sicher, wie es funktionierte, aber diese Dämonin nahm Erinnerungen und Gefühle aus den Köpfen ihrer Kunden und brachte sie auf ihre Körper. Aber wieso nur? Diese tätowierten Knochen erzählten ihr so viel … die Todesfälle, die er an einem Tag verursacht hatte. Dämonen … ein Dämonenkrieg. Er hatte auf der Seite der Menschen gekämpft, hatte tote Dämonen zu einer Grube gebracht, wo ihnen das Fleisch von den Knochen gerissen wurde.

Ihr drehte sich der Magen um. Rasch schaltete sie ihre in diesem Moment unerwünschte Gabe ab.

»Alles klar mit dir, Aegi? Du wirst ja ganz grün.«

»Ja.« Als sie hörte, wie heiser sie klang, räusperte sie sich. »Ich bin nur ein wenig überwältigt. Du weißt schon, dass ich hier neben einer wahren Legende stehe und so.« O Gott, sie klang schon wie ein Teenie-Fan, der Justin Bieber anschmachtete. Aber mit Schmeichelei kam man doch immer weiter, oder nicht?

Er stieß einen undeutbaren Grunzlaut aus, woraufhin sie sich wieder dem widmete, was sie eigentlich erreichen wollte: zu versuchen, den Kerl zu verführen. Oder zumindest herauszubekommen, wie man ihn verführen konnte.

Zögernd berührte sie den langen Hals des Pferds mit der Fingerspitze. Selbst nachdem sie ihre Gabe abgeschaltet hatte, empfing sie schwache Spuren von Verwirrung und Verärgerung, ohne sagen zu können, ob diese vom Pferd oder von Thanatos stammten.

Sie fuhr die Linien nach, arbeitete sich über die Ohren, den Kiefer und die Nase vor, dann an der Kehle hinunter. Als sie mit dem Finger langsam über die Brust fuhr, holte Thanatos harsch Luft, und sein Puls ging mit einem Mal schneller, hämmerte geradezu gegen ihren Daumen. Da ihm das zu gefallen schien, verharrte sie dort und streichelte diese Stelle. In der Stille, die lediglich vom Knistern des Feuers unterbrochen wurde, strich sie mit leichter Hand über den Bauch des Tiers und dann nach oben, über den Rücken, um der Kurve des Rumpfs zu folgen.

Wieder streichelte sie die Stelle, fühlte die Strukturen in Thanatos' Haut, die harten, pulsierenden Adern, die die Linien des Hengsts unterbrachen. Und sein Puls beschleunigte sich weiter unter ihrem Daumen.

»Was machst du da?«

Sie blinzelte ihn unschuldig an. »Ich zeichne die Linien nach. Es ist einfach wunderbar. Kann das Pferd es fühlen?«

Ein Muskel in seinem Kiefer zuckte. »Ja.«

»Dann ist es sich also dessen bewusst, dass ich es berühre?«

Noch ein Zucken. »Ja.«

»Gefällt es ihm?«

»Ja.«

Sie verbarg ihr Lächeln und fuhr noch einmal mit dem Daumen über den Bauch.

Thanatos zischte leise.

»Wenn dein Pferd – Styx, nicht wahr? –, also wenn es hier stünde, würde es sich von mir streicheln lassen?«

»Er ist meist schlecht gelaunt.«

»So wie sein Herr?«

»Witzig.« Während er ihrem Fingerspiel zusah, zog sich seine Kehle immer wieder beim Schlucken zusammen. »Es scheint ihm zu gefallen. Also würde er vermutlich erlauben, dass du ihn auch tatsächlich berührst.«

Und was ist mit seinem Herrn? Sie sagte aber nichts, sondern beschloss, einen neuen Weg einzuschlagen und zu sehen, wie weit sie damit kommen würde. Sie gab vor, seine anderen Tätowierungen zu bewundern – was ihr nicht schwerfiel, da sie diese in der Tat überaus beeindruckend fand – und fuhr mit der Hand bis zu einem Bild von Pfeil und Bogen hinauf, das unter seinem Ärmel halb verborgen war.

»Und was ist das?«

»Das ist die Waffe, die ich benutzte, um den Mann zu töten, der mich aufzog.« Seine Stimme war völlig ausdruckslos und senkte die Temperatur in dem warmen Raum gleich um mehrere Grad. Mit diesen Worten entzog er ihr den Arm. »Genug. Es ist schon spät.«

Sie blickte auf die Uhr … tatsächlich, schon zwei Uhr morgens. »Würde es dir etwas ausmachen, wenn ich eins dieser Bücher mitnehme, um noch ein wenig im Bett zu lesen?«

»Wenn ich einen Vorschlag machen dürfte?«

Sie zuckte mit den Schultern. »Sicher.«

Ein boshaftes, schiefes Lächeln erschien auf seinem Gesicht, als er nach den Reiter-Erotika griff. »Nimm dies hier. Nur für den Fall, dass dir kalt wird.«

Nur für den Fall, dass dir kalt wird? Was für ein Mist war das denn? Than war ein Idiot. Gerade er sollte besser nicht mit dem Feuer spielen, und Regan war ein verdammtes Inferno.

Was er brauchte, war ein gutes Stück Abstand von ihr. Er wirbelte herum, doch sie hielt ihn mit einem einzigen Wort auf.

»Warte.«

Er starrte auf die Tür, weil er sich auf gar keinen Fall umdrehen und sie wieder ansehen wollte. »Was?«

»Wie endet es?« Ihre Stimme war sanft wie ein Flüstern, so wie ihre Berührung. »Die Geschichte, meine ich.«

»Hab ich dir doch erzählt. Sie hat jede Menge Kinder und –«

»Nein, ich meine deinen Teil. Nachdem du mit ihr fertig warst. Als du wieder in die Taverne zurückkamst und Reseph mit den ganzen Frauen dort saß. Habt ihr eure Geschichten ausgetauscht?«

»Du willst wissen, ob ich über meine Eroberungen plaudere?«

»Irgendwie so was.«

Er hatte keine Ahnung, was ihn plötzlich überkam, aber im nächsten Augenblick stand er vor ihr, eine Hand auf ihren Hinterkopf, die andere um ihre Taille gelegt, und zog sie an sich. Dann lagen seine Lippen auf ihren, und sein Kopf drehte sich, sein Blut rauschte donnernd durch seine Ohren, und ihr williger Mund stand für ihn offen. Ihre Zungen trafen sich in einem heißen, nassen Wirrwarr, und seine Erektion drückte sich als vor Verlangen pochendes Rohr gegen ihren weichen Bauch.

Gleich darauf entzog er sich ihr wieder. Er genoss es, ihre glasigen Augen zu sehen. »Ich schätze, das musst du schon selber herausfinden.«

Diesmal verließ er das Zimmer tatsächlich, und diesmal nahm er sich fest vor, sich von ihr fernzuhalten. Wenn er in den fünftausend Jahren seines Lebens etwas gelernt hatte, dann, dass er sich bis an den Rand des Wahnsinns treiben konnte, ohne sich am Ende den Schwanz nass zu machen.

Es hatte eine Zeit gegeben, in der er sich immer wieder bis zum Äußersten getrieben hatte, sich von Frauen hatte umschwärmen lassen, um zu sehen, wie weit er gehen konnte, ohne es zum Letzten kommen zu lassen. Doch damals war er jung und dumm gewesen. Er hatte es genossen zu küssen, Frauen zu erregen, und in den ersten hundert Jahren hatte er sogar Spielchen getrieben, die ziemlich … grausam waren. Er hatte seinen Status als Reiter dazu benutzt, Frauen mit nach Hause zu nehmen, sie zu küssen und zu necken, ohne sie auch nur ein einziges Mal den letzten Gipfel der Lust zu erklimmen zu lassen. Auf diese Weise hatte er die Frau und sich selbst gequält. Die Frauen waren immer Dämonen gewesen, und auf gewisse Weise glaubte er, er quäle sie wegen ihres Anteils an seinem Fluch.

Die Männer brachte er sofort um.

Er begab sich in sein Zimmer, in dem es stets so kalt war wie draußen. Er zog sich aus und genoss den Ansturm der eisigen

Luft. Seine Haut zog sich zusammen, aber seinem Schwanz wäre es vermutlich sogar egal gewesen, wenn er ihn in flüssigen Stickstoff getaucht hätte. Er verlangte, was ihm zustand.

Er verlangte nach Regan.

Dummes Stück.

Als er aufs Bett fiel, zischte er bei der Berührung der eiskalten Laken auf seiner fieberheißen Haut. Er streckte sich aus und starrte an die Deckenbalken hoch über ihm. Seine Gedanken kehrten augenblicklich zu der Wächterin zurück, und seine Erektion zuckte. Er war aufs Äußerste angespannt, wie eingeschnürt, und wenn er auch wusste, dass er sich in Gegenwart der Frau beherrschen konnte, solange alles ruhig war, waren die ruhigen Zeiten inzwischen arg selten geworden.

Sogar Limos war nicht mehr sie selbst. Dieser Mensch hatte sie aus dem Gleichgewicht gebracht. Das musste der Grund sein, warum sie auf einmal so ein Nervenbündel war. Sicher, sie konnte impulsiv und flatterhaft sein, aber nackte Panik und Angst? Das sah ihr gar nicht ähnlich. Und doch war sie während der Konfrontation mit Luzifer zutiefst verängstigt gewesen, und dieselbe Angst hatte er in ihren Augen gesehen, nachdem sie Sartael getötet hatte. Galt ihre Angst Arik? Hatte sie sich etwa in ihn verliebt? Gott, er hoffte es nicht. Das wäre eine Beziehung, die von vornherein zum Scheitern verurteilt war. Der Mensch begehrte sie, das konnte Thanatos in seinen Augen sehen, und ein Mann wie er würde sich nicht mit Fummeln begnügen.

Andererseits war es genau das, womit sich Than begnügen musste. Seine Lippen prickelten in Erinnerung an Regans Kuss, und er umfasste seinen Schwanz, der so erregt war, dass sich seine Hüften bei der Berührung aufbäumten und er in den Ring seiner Faust hineinstieß. Das würde nicht lange dauern.

Eigentlich hatte er nicht vorgehabt, dabei an Regan und sich zu denken, aber sie hatte sich nun mal einen festen Platz in seinen Gedanken erobert – nackt, auf Händen und Knien, während er von hinten in sie stieß. Ihre enge feuchte Hitze umschloss ihn, und er stöhnte. Er drückte seinen Schaft zusammen, um die Intensität noch zu steigern, und dann ließ er die Hand zu seinen Hoden wandern, fragte sich, wie es sich wohl anfühlen würde, wenn sie gegen ihr geschwollenes Fleisch schlugen.

Langsam ließ er die Hand wieder nach oben gleiten; jetzt stellte er sich vor, er habe sie umgedreht und nähme sie, wie ein Mann eine Frau nimmt, auf die er Anspruch erhebt: Gesicht an Gesicht, die Münder miteinander verschmolzen, die Hände verschränkt. Er wusste, dass er nicht so denken sollte, weil es Träume gab, die zu gewagt waren, um sie auch nur in Erwägung zu ziehen. Wenn er davon träumte, seine eigene Frau zu haben, verdüsterten Depressionen seine Stimmung, und ihm schossen gefährliche Ideen in den Kopf.

Manchmal, wenn er am absoluten Tiefpunkt war, dachte er, das Beste wäre, wenn er einfach eine Frau ficken würde. Dann läge der ganze Schlamassel endlich hinter ihm. Sein Siegel würde sowieso irgendwann brechen, also warum das Unausweichliche aufschieben? Er wollte Sex, verdammt noch mal. Doch ein Problem gab es dabei. Wenn er schon sein Siegel brach und damit das Ende der Menschheit einläutete, würde er bestimmt nicht irgendeine Frau ficken. Er wollte eine, die er lieben konnte. Was das nächste Problem nach sich zog: Wie konnte er eine Frau lieben, an der ihm etwas lag, wenn er wusste, dass er auf die Seite des Bösen wechseln würde und sie vermutlich die Erste sein würde, die von seiner Hand starb?

Jepp, es war ein Teufelskreis, aus dem es kein Entkommen gab.

Mit aller Gewalt zügelte er seine Gedanken und lenkte sie in eine andere Richtung. Er drehte die eingebildete Regan erneut um und stieß in sie hinein, während er sie gegen eine Wand drückte. Sie wimmerte vor Lust, während er sie beackerte. O ja, schon viel besser. Immer schön unpersönlich.

Sein Schwanz regte sich in seiner Hand und erinnerte ihn daran, dass es unpersönlicher gar nicht mehr werden konnte. Er, allein im Bett, und sein einziges Date war seine Hand. Klasse.

Mist.

Mit grimmigem Knurren pumpte er mit der Faust von der Wurzel bis zur Spitze, wo er kurz pausierte, um den ersten Tropfen auf dem glatten Kopf zu verteilen. Sofort vervielfachte sich dessen Sensibilität, und er stellte sich vor, sein Daumen sei Regans Zunge.

Das gab ihm den Rest. Seine Hüften hoben sich vom Bett, und ein ersticktes Stöhnen entrang sich seiner Kehle, als er zum Höhepunkt kam. Samenflüssigkeit ergoss sich in heißen Bächen auf seinen Bauch und seine Brust, während sich seine Eier zusammenzogen. Das Vergnügen war intensiv, aber leider nur flüchtig, so leer wie sein Bett. Und als er aufstand und sich mit dem T-Shirt säuberte, das er zu Boden geworfen hatte, kam ihm in den Sinn, dass sich gleich im benachbarten Zimmer eine wunderschöne Frau befand, die vermutlich gerade in einem Buch las, in dem es um seine sexuellen Abenteuer ging, und dass sie sich vielleicht sogar auf dieselbe Weise berührte wie er soeben.

Der Unterschied war, dass die Sache mit dem leeren Bett bei ihr nur vorübergehender Natur war. Irgendwann würde sie in ihr menschliches Leben zurückkehren, zu ihrem menschlichen Job, in ihr menschliches Haus. Und wenn sie wollte, würde sie auch einen menschlichen Mann finden, der ihr leeres Bett füllte.

Der *sie* füllte.

Thanatos knurrte, wirbelte herum und boxte mit der Faust ein Loch in die Wand.

19

Du wirst immer ein Risiko für deine eigene Rasse darstellen. Du gehörst jetzt zu uns.

Arik hatte sich gar nicht erst die Mühe gemacht, mit Limos oder Ares zu diskutieren. Sie hatte ihn in ihr Haus zurückgebracht und allein gelassen, damit er duschen konnte. Inzwischen war er unter dem heißen Wasserstrahl vollkommen gefühllos geworden, und sein Verstand kam ums Verrecken nicht auch nur auf einen von all den Gründen, die bewiesen, dass sie sich täuschten.

Er hatte sein ganzes Leben immer nur eins gewollt: für das Richtige kämpfen. Angefangen hatte er, indem er seine Schwester und seine Mutter verteidigt hatte. Danach war er zum Militär gegangen, um für sein Land zu kämpfen. Irgendwann, nachdem das R-XR ihn zu sich geholt hatte, kämpfte er dann für die gesamte menschliche Rasse. Die Vorstellung, dass er jetzt ein Risiko darstellte, ja sogar eine Bedrohung, machte ihn fassungslos. Diese Situation war nicht akzeptabel, und es musste ihm irgendwie gelingen, das wieder in Ordnung zu bringen.

Er zog die Jeans und ein weißes T-Shirt aus der Tasche, die nach wie vor in Limos' Schlafzimmer stand, und dann kam es zu einer seltsamen Begebenheit: Hekili hatte ihn in die Küche gerufen, ihm ein Bier und ein Handtuch in die Hand gedrückt und aufs Meer gezeigt. Als sich Arik über die Stufen hinab zum Strand begeben wollte, hielt Hekili ihn auf.

»Sie hat eine ihrer … Launen. Helfen Sie ihr, bevor sie sich noch etwas antut.«

Arik hatte keine Ahnung, was der Warg meinte, und auch keine Chance nachzufragen, denn gleich darauf rannte Hekili davon, als ob seine Küche in Brand stünde.

Er fand Limos nur fünfzig Meter weiter. Sie tat, als könnte es ihr gar nicht besser gehen.

Genau genommen tanzte sie wie eine Verrückte über den Strand. Eine sexy, extrem gut aussehende Verrückte in einem heißen, pinkfarbenen Bikini. Mit einer weißen Blüte im Haar. Niemand, der sie so sähe, würde ahnen, dass diese ultrafeminine Frau, die dort Hula tanzte, bösen Jungs den Arsch versohlen konnte wie der Terminator, natürlich das neueste Modell.

Was hatte Hekili bloß gemeint? Die einzige Möglichkeit, sich etwas anzutun, wäre, sich bei dieser Tanzerei das Hüftgelenk auszurenken.

Arik breitete das Handtuch aus und ließ sich auf den Sand sinken, den Rücken an eine Palme gelehnt, die Finger so fest um das kalte Bier geschlossen, dass es an ein Wunder grenzte, dass die Flasche nicht zersprang. Wie konnte sie nur tanzen, ohne ihre Margarita zu verschütten?

Als sie ihn bemerkte, hielt sie inne, und ihre Augen, die einfach zu schön waren, um wahr zu sein, bohrten sich in ihn. Mit einer langsamen, wohlüberlegten Geste führte sie ihr Glas an den Mund. Mit der Zunge leckte sie das Salz vom Glasrand, ehe sie es an die Lippen setzte und nippte. Die Bierflasche in Ariks Hand zitterte.

Limos kam mit wiegenden Hüften auf ihn zu. Sie war schön, so verdammt schön. Er stand auf, im Glauben, sie sei bereit, ins Haus zurückzukehren. Er jedenfalls hätte nichts dagegen einzuwenden, wenn die Klimaanlage seine plötzlich viel zu heiße Haut abkühlen würde.

»Ich glaube, ich werde in meinem anderen Haus eine Party geben«, sagte sie, als sie vor ihm stehen blieb.

»Die Apokalypse steht vor der Tür, und du willst eine verdammte Party schmeißen?« Kein Wunder, dass es ihr nie gelungen war, ihren *Agimortus* zu finden. Sie verbrachte ihr ganzes Leben mit Trinken, Tanzen und dem Bemalen ihrer Fingernägel.

»Ich bin halt gern beschäftigt.«

»Na, dann hätte ich einen Vorschlag für dich: Anstatt dich wie Paris Hilton aufzuführen, könntest du dich damit beschäftigen, deinen *Agimortus* zu suchen.«

Erneut nippte sie an ihrem Drink und begann sich zu einer Melodie zu wiegen, die nur sie allein hörte. »Ich hab unsere einzige Chance vermasselt. Hab den Scheißkerl umgebracht, der vielleicht in der Lage gewesen wäre, ihn zu finden. Also ... was soll's?«

Das war echt schräg. »Du hast eure Chance vermasselt, und darum musst du jetzt unbedingt ein Fest schmeißen?«

Sie zuckte mit den Schultern. Ihre gebräunte Schulter glänzte in den Sonnenstrahlen, die zwischen den Palmwedeln herabströmten. »Kein richtiges Fest. Eine Ablenkung.«

Eine warme Brise zerzauste ihr das Haar, und er widerstand dem Verlangen, es ihr aus dem Gesicht zu streichen. »Das ist jetzt nicht die richtige Zeit, um sich ablenken zu lassen, Reiter.«

»Reiter.« Sie sagte das Wort, als ob es etwas Bitteres wäre, das sie gerade gekostet hätte. »Ja, das bin ich. Das und Satans Verlobte.« Ihre Lippen verzogen sich zu einem schelmischen Lächeln. »Und ich verspüre den Drang, mich nach Sheoul zu schleichen und ihn zu necken. Ich wette, er kriegt mich nicht.«

»Was?« Arik fragte sich, was sie wohl tun würde, wenn er sie jetzt packte und schüttelte, bis sie wieder bei Sinnen war. »Sag mir, dass du das nicht ernst meinst.«

»Oh, aber ich meine es ernst.« Sie drehte sich anmutig im Kreis, den Kopf zurückgelegt, die Haare wehten durch die Luft, als ob sie auf einer Tanzfläche stünde. »Aber er wird mich kriegen, weißt du. Ganz egal, was ich mache, er kriegt mich.«

Ein dumpfer, primitiver Instinkt verwandelte sein Hirn in Matsch und ließ ihn rot sehen. Er packte sie bei den Armen. »Das werde ich nicht zulassen.«

Die Überraschung in ihrem Blick verwandelte sich in Trauer. »Du kannst es nicht verhindern. Und du kannst mich nicht davon abhalten, mich meinem Schicksal zu stellen. Es kommt. Heute habe ich einen Vorgeschmack darauf erhalten.«

»Wovon redest du?«

Sie streckte die Hand aus und fuhr die Umrisse seiner Kette unter dem T-Shirt nach. »Die Grenzen zwischen der Dämonenwelt und der menschlichen Welt sind inzwischen so dünn geworden. Es ist nur eine Frage der Zeit, bis ich gar nicht mehr nach Sheoul gehen muss, damit Satan mich einfängt. Er wird einfach herkommen und es hier tun. Die Invasion auf deinem Stützpunkt war nur der Anfang.« Je näher sie ihm kam, desto schneller schlug sein Herz. »Und dann ist da noch Sartael.« Sie spähte zu ihm hinauf, und bei Gott, er hatte in seinem ganzen Leben noch nie etwas so Trauriges gesehen wie ihren Blick. »Er stellte die größte Hoffnung seit Tausenden von Jahren dar, endlich meinen *Agimortus* zu finden. Und ich hab ihn umgebracht.«

»Ich bin sicher, du hast nur getan, was du tun musstest.«

Bestürzt sah er sie an, als sie mit einem Mal in schallendes Gelächter ausbrach. »O ja«, sagte sie. »Das habe ich.« Sie warf den Kopf zurück und leerte ihr Glas, dann schleuderte sie es in den Sand. »Genau wie ich auch tat, was ich tun musste, als ich deine Erinnerung ausgelöscht habe.«

Er erstarrte. Die nackte Wut über das, was sie ihm angetan hatte, strömte mit solcher Wucht in ihn zurück, als hätte sie ihm eine Ohrfeige verpasst. Und er wusste aus Erfahrung, dass sie ganz schön hart zuschlagen konnte.

»Was ist los, Arik?« In einer kühnen, unerwarteten Gefühlswallung drückte sie sich an ihn. »Bist du noch sauer auf mich? Das ist schon in Ordnung. Ich habe jeden Tropfen Hass verdient, den du übrig hast. Es war meine Schuld, dass du in Sheoul gelandet bist. Ich wollte, dass du mich küsst, und ich war nicht stark genug, um dich aufzuhalten.« Ihre Hand wanderte über seine Brust nach unten, bis ihre Finger an seinem Hosenbund Halt machten. »Oh, ich bin mächtig genug, um eine ganze Legion gefallener Engel abzuschlachten, aber ich hab's nicht geschafft, dich zurückzuweisen. Und die Sache mit der Erinnerung? Ich dachte, ich würde dir helfen, aber weißt du was – vielleicht hab ich's auch nur getan, weil es das war, was *ich* gewollt hätte. Weil ich nämlich nicht stark genug bin, um einzugestehen, dass ich meinen Brüdern wehgetan habe. Darum bin ich davon ausgegangen, dass du es auch nicht wärst. Aber du bist es, hab ich nicht recht?«

Ariks Herz hämmerte gegen seinen Brustkorb, und seine Gedanken waren ein einziges Kuddelmuddel. Er hatte keine Ahnung, worum es bei dieser Geschichte mit ihren Brüdern ging, und Limos' Verhalten jagte ihm inzwischen eine Scheißangst ein. Schlimmer noch, er spürte, dass sich hinter ihren Taten ein großer Schmerz verbarg, und er konnte nichts dagegen tun. Wie könnte er etwas in Ordnung bringen, was er gar nicht verstand?

»Hör mal, es war eigentlich gar nicht so sehr die Tatsache, dass du in meinen Erinnerungen herumgepfuscht hast, was mich so sauer gemacht hat, sondern dass du es mir nicht erzählt und dann auch noch gelogen hast.«

»Lügen«, murmelte sie, während ihre Finger seinen Hosenbund entlangstrichen und ab und zu etwas tiefer tauchten, als ob sie das Terrain sondieren wollte. »Meine gesamte Existenz ist darauf aufgebaut. Und jetzt holen sie mich ein.«

Er drückte ihre Schultern zusammen und schüttelte sie kurz. »Reiter!«, fuhr er sie an, um sie aus dieser unheimlichen Stimmung herauszuholen. »Sag mir endlich, was los ist.«

»Ich glaube nicht, dass ich die Zeit habe, dir das zu erzählen.« Sie ließ die eine Hand auf seiner Taille liegen, während sie die andere in seinen Nacken legte und seinen Kopf zu sich herunterzog, sodass seine Lippen den ihren so nahe waren, dass er beinahe das Salz und die Limette auf ihnen schmecken konnte. »Es gibt ein paar Dinge, die ich mir wünsche, ehe er mich holt, Arik«, flüsterte sie. »Ich weiß ja, dass du mich hasst, aber bitte … gönn mir wenigstens das.«

Sie küsste ihn. Hart. Ihre Zunge traf mit einer Aggression auf seine, die er nicht erwartet hatte. Bisher war sie immer schüchtern gewesen, hatte seine Handlungen passiv über sich ergehen lassen, aber was immer sie jetzt antrieb, begann sich auch auf ihn auszuwirken. Denn sie irrte sich, wenn sie glaubte, er hasse sie. Und wie sie sich irrte. Oh, er wünschte, er könnte sie hassen, aber in diesem Moment war es für ihn viel wichtiger, mit ihr zusammen zu sein, als an seiner Wut festzuhalten.

Er packte ihr seidiges Haar mit einer Hand und zog sie an sich, und als seine Hüften auf ihre trafen, stöhnte er auf. Er war schon mit anderen Frauen nackt zusammen gewesen, Haut auf Haut, aber nichts hatte ihn dermaßen erschüttert wie dies hier.

Und dann ließ sich Limos zu seinem Entsetzen auf die Knie sinken und begann beinahe verzweifelt an den Knöpfen seiner Hose herumzufummeln, als wäre die der Schlüssel zur Rettung der Welt oder so.

»L-« Er verstummte gerade noch rechtzeitig, ehe er ihren Namen aussprach, und packte ihre Hände. Ein wilder, animalischer Laut drang aus ihrer Kehle, während sie seine Hände abschüttelte und sich gleich wieder mit aller Kraft ihrer Aufgabe widmete. Diesmal gelang es ihr, alle Knöpfe mit einem einzigen Ruck zu öffnen.

Er war hart, und sein Schwanz sprang sogleich heraus, aber ehe sie auch nur einen Schritt weitergehen konnte, packte er sie und warf sie zu Boden, halb auf das Handtuch, halb in den Sand.

»Lass mich!«, schrie sie. Wieder griff sie nach ihm, aber es gelang ihm, ihre Handgelenke zu packen und auf ihrem Bauch festzuhalten.

»Hör auf!« Er setzte sein ganzes Gewicht ein, um sie zu beherrschen, obwohl er wusste, dass sie ihn abwerfen konnte wie ein zweitausend Kilo schwerer Rodeobulle, wenn sie nur wollte. »Hör auf, Süße. Du willst das doch gar nicht.«

»Will ich doch.« Sie sah ihn mit gefletschten Zähnen an, und eine ganze Weile blickten sie einander in die Augen und konzentrierten sich einfach nur aufs Atmen. In der Ferne grollte Donner, als ob der Himmel ihre Verfassung widerspiegelte.

Nach und nach löste er seinen Griff, in der Hoffnung, sie habe sich inzwischen beruhigt. Aber als sie ihre Hände mit einem Ruck aus seinen befreite und ihre Arme um seinen Hals legte und die Beine um seine Taille schlang, wusste er, dass sie lediglich die Taktik geändert hatte. Wütender Sex: gestrichen. Zärtlicher Sex: bereit zum Abflug.

Arik: im Arsch.

Fassungslos starrte Limos zu Arik empor – sie konnte nicht fassen, dass er versuchte, sie aufzuhalten. Nach all dem Schmerz, den er ihretwegen hatte aushalten müssen, bot sie sich ihm an, damit er sich wieder gut fühlte. Bot ihm an, mit ihr zu tun, was er wollte, um wenigstens zu einem kleinen Teil wiedergutzumachen, was sie ihm angetan hatte.

Bot ihm an, sie zu bestrafen.

Begriff er denn nicht, dass sie kurz davorstand, alles zu verlieren? Dass es nicht mehr lange dauern konnte, ehe all ihre Geheimnisse zutage traten und ihre Brüder sie höchstpersönlich ihrem Verlobten vor die Füße werfen würden? Oder ihr Verlobter würde hierher kommen, um sie zu holen – aber so oder so war es nur noch eine Frage der Zeit. Sie musste Arik jetzt geben, was sie nur konnte, ehe es zu spät war. Und sollte ihr dabei wehgetan werden, dann war es eben so. Es war nur das, was sie verdiente.

»Arik, bitte.«

Er begann sich aufzurichten, und sie ließ zu, dass er sich aus ihrer Umklammerung löste. »Warum?« Er kniete sich vor sie hin und ergriff zärtlich ihre Hand, um sie ebenfalls hochzuziehen. »Sag mir, warum?«

Der Drang zu lügen war so groß, dass sie zitterte, aber er hatte etwas Besseres verdient. Okay, dann würde sie es mal mit … Ehrlichkeit versuchen. Schon der bloße Gedanke an absolute und bedingungslose Aufrichtigkeit ließ ihren Magen zusammenkrampfen und brachte die Waage auf ihrer Schulter dazu, wild hin- und herzuschwingen. »Ich schulde dir etwas.«

Seine Lippen verzogen sich zu einer grimmigen, harten Linie. »Und du meinst, du könntest diese Schuld bezahlen, indem du mir zu einem Orgasmus verhilfst?«

»Warum nicht?«

»Weißt du was? Fick dich!« Er stand auf. »Du wirst deine Schuldgefühle ganz bestimmt nicht an meinem Schwanz abarbeiten.«

Sie sprang auf und packte ihn beim Unterarm. »Dann schlag mich.«

»Wie bitte?«

Frustration und nicht verausgabte Lust verwandelten sich in ihren Adern und auf ihrer Zunge mit einem Schlag in Gift.

»Schlag mich«, fauchte sie. »Tu mit mir, was die Dämonen dir angetan haben. Räche dich an mir. Jetzt gleich.« Er starrte sie an, als wären ihr plötzlich Hörner gewachsen, was irgendwie passend war. Die ganze dämonische Bösartigkeit in ihr trieb mit einem Schlag an die Oberfläche, als das Gewicht vieler Jahrhunderte voller Lügen und Schmerz sie niederdrückte und sich die eintätowierte Waage zugunsten der bösen Seite neigte. »Bist du taub? Brich mir die Knochen, Arik. *Lass mich bluten.*« Sie schubste ihn so fest, dass er rückwärts taumelte. »Oder schlägst du nur deine Schwester?«

Dies war ein Tiefschlag, der die Waagschale des Bösen so tief hinunterzog, dass sie das Gefühl hatte, jeden Moment umzukippen, so groß war das Böse in ihr, das wie ein Krebsgeschwür in ihrer bösen Hälfte wucherte. Irgendwo tief in ihr schrie ihre Engelshälfte vor Verzweiflung auf.

»Hör damit auf.« Arik war leichenblass geworden, seine Haut glänzte wächsern. »Was stimmt denn bloß nicht mit dir?«

»Das habe ich verdient.« Das war es, wonach sie sich sehnte. Verlangen überspülte sie, das Verlangen, vor lauter Spaß und Gefahr und Schmerz den Verstand zu verlieren. »Verdammt noch mal, Arik, warum musst du so stur sein!« Sie öffnete ein Höllentor, aber ehe sie hineintreten konnte, packte er ihren Arm.

»Wo gehst du hin?«

Seine Hand auf ihrer Haut war wie Balsam: Er glättete ihre Kanten, und die ölige Wut, die ihr Inneres gepackt hatte, ließ nach. Sogar ihre Waage verlagerte sich ein wenig. »Nach Sheoul. Ich … muss.«

»Du musst –« Harsch sog er die Luft ein. »O mein Gott. Du bestrafst dich selbst. Darum geht es hier also?«

Ja, darum ging es. Immer wenn sie Angst hatte oder Stress, oder wenn Menschen Hunger litten, strebte sie danach, sich selbst zu verletzen, indem sie die waghalsigsten Risiken einging.

Sie führte sich in höchstem Maße dumm und selbstzerstörerisch auf, aber es gefiel ihr nicht, dass Arik das erkannt hatte. Sie hasste es, dass er sie durchschaut hatte.

»Das ist ein Teil meines Fluchs«, sagte sie mit ausdrucksloser Stimme.

»Dich selbstdestruktiv zu verhalten? Aus den Augen zu verlieren, was wirklich wichtig ist? Sich wie ein totaler Idiot aufzuführen?«

Seine Hand lag immer noch auf ihrem Arm, sein Daumen zog kleine Kreise über ihre Haut. Sie hasste die Leichtigkeit, mit der er sie durchschaute und ihre Lügen anprangerte, und dennoch liebte sie es, wie er sie allein durch seine Berührung, seine Stimme, seine bloße Gegenwart besänftigen konnte.

»Ja«, seufzte sie. Gott, manchmal verachtete sie sich selbst. Sie verachtete die dämonische Hälfte in sich, gespeist aus einer Quelle des Bösen, die so tief hinabreichte, dass sie niemals austrocknen würde. »Du hast recht. Ich bin eine Idiotin. Was ich da über deine Schwester gesagt habe, das hab ich nicht so gemeint.« Ihre Waagschalen fanden zu ihrem Gleichgewicht zurück, und sie sog gierig die Luft ein, als ob sie kurz vor dem Ertrinken gestanden hätte.

»Und was ist mit dem, was du vorhin gefaselt hast, von wegen, du bist mir noch was schuldig?«

Sie schloss die Augen und kämpfte gegen den Wunsch an zu lügen, aber nicht, weil ihre Natur eine Lüge verlangte, sondern weil die Wahrheit bedeutete, einen Teil von ihr zu entblößen, den zu zeigen sie nicht gewohnt war.

»Ich schulde dir tatsächlich noch etwas, aber das ist nicht der einzige Grund, warum ich dich … dich … ausziehen wollte.« Ihre Wangen erhitzten sich, und sie fragte sich, welchen Rotton sie wohl angenommen haben mochten.

»Und was ist der andere Grund?«

»Weißt du noch, wie ich dich gefragt habe, wie viele Frauen du schon geküsst hast?« Sie öffnete die Augen. »Antworte mir jetzt.«

»Warum?«

»Weil ich es wissen will.«

Er sah sie mit zusammengekniffenen Augen an. »Nein, willst du nicht.«

»Siehst du«, sagte sie still. »Du willst es mir nicht sagen, weil es mich verletzen würde, stimmt's?« Als er nicht antwortete, nickte sie nur. »Aber wenn ich es wirklich unbedingt wissen wollte, dann würdest du mir die Wahrheit sagen.«

Die Muskeln in seinem Unterkiefer zuckten, bis er schließlich ein »Ja« hervorpresste. Ein Blitz zuckte über den Himmel, und es schien eine halbe Ewigkeit zu dauern, ehe der Donner folgte.

»Du bist ein guter Mensch, Arik. Es fällt dir leicht, ehrlich zu sein. Und die zu beschützen, die dir nahe stehen. Das gefällt mir. Es gefällt mir, dass deine erste Handlung, als die *Khnive* angriffen, war, mich hinter dich zu schieben. Du schaffst es, dass ich mich … verletzlich fühle.«

Eine dunkle Augenbraue hob sich. »Ist das nicht etwas Schlechtes?«

Sie zuckte mit den Schultern. »Ares würde das bejahen. Aber mir gefällt es, dass *du* mir dieses Gefühl gibt.« Ihre Hand zitterte ein wenig, als sie ihre Handfläche gegen seinen Brustkorb presste, um das Leben in seinem pochenden Herzschlag zu spüren. »Du bringst mich dazu, dass ich mich wie eine Frau fühle. So als ob ich nicht eine große, böse Kriegerin wäre, die immer und überall stark sein muss. Ich mag es, dass deine Stärke mir erlaubt, mich zu entspannen, sodass ich die Person bin, dich ich sein will, nicht die, die von mir erwartet wird. Das alles ergibt für dich vermutlich überhaupt keinen Sinn – «

Mit einer raschen Bewegung packte er ihre Oberarme und verhakte sein Bein hinter ihren Knien, sodass sie im nächsten

Moment auf dem Handtuch lag. Sie landete halb auf ihm und zögerte nicht eine Sekunde. Sie fiel über ihn her und küsste ihn, und er erwiderte ihren Kuss mit aggressiver Leidenschaft.

Schließlich schob sie sich vollständig über ihn. Seine Hände streichelten ihren Rücken, ihr Haar, ihre Arme, hielten sich aber wohlweislich von ihrem Unterleib fern. Ihr Bikini bedeckte den Keuschheitsgürtel, aber dieses Risiko würde wohl niemand eingehen, der auch nur halbwegs bei Verstand war, und Arik war alles andere als dumm.

»Ich will dich berühren«, murmelte sie gegen seine Lippen.

Seine Zunge leckte genüsslich über ihre Unterlippe. »Bist du sicher?«

Statt einer Antwort fuhren ihre Hände über seine harten Bauchmuskeln bis zu der Stelle, an der seine Hose offen stand und sein Schwanz in die Höhe ragte. Zischend reckte er sich ihrer Berührung entgegen, als sie die Finger um seinen dicken Schaft legte, dessen Beschaffenheit sie faszinierte … seidige Haut über stahlhartem Fleisch, Furchen und Unebenheiten, die schließlich in die samtige, glatte Eichel übergingen. Und als seine Hüften begannen, in ihren Griff hineinzustoßen, bewegte sie unwillkürlich ihr Becken, sodass sich ihre Mitte an seinem Schenkel rieb.

Mit einem Stöhnen packte er ihre Hand und hielt sie auf. »Kannst du dich selbst berühren? Ist dir das erlaubt, mit deinem Keuschheitsgürtel?«

Hitze ließ ihre Wangen erglühen. »M-mmh.«

Ein freches Lächeln verzog seine Lippen. »Das möchte ich unbedingt sehen.«

Sie stieß sich von seiner Brust ab. »Du willst dabei … zuschauen?« Gott, sie glaubte nicht, dass sie das könnte.

»Ich kann dich nicht anfassen, also … ja.« Sein Blick fiel auf ihr Bikinihöschen. »Zieh es aus.«

»Aber –«

»Tu es.« Er setzte sich auf und riss sich sein T-Shirt vom Leib. »Sofort, Reiterin!«

Bei diesem mit rauchiger Stimme vorgebrachten Befehl erbebte sie in seliger Erwartung. Sie hatte Befehle nie leiden können, aber etwas an Ariks erotisch aufgeladener Anweisung löste in ihr den Wunsch aus zu gehorchen. Während er sich aus seiner Hose schälte, kniete sie sich neben ihn und griff nach hinten, um ihr Oberteil zu öffnen.

Ariks Augen schwelten hinter schweren Lidern. Er legte sich auf dem Handtuch zurück und legte einen Arm unter seinen Kopf, während die andere Hand seinen Schwanz umschloss. Als sie nun das Oberteil ablegte, begann seine Hand mit langen, gemächlichen Bewegungen seinen dunklen, braunen Schaft auf- und abzufahren. Nie hätte sie gedacht, dass ein Mann, der sich selbst berührte, so sexy sein könnte, aber das hier könnte sie sich den ganzen Tag lang ansehen.

Sein Körper, der sowieso schon großartig war, wurde ganz hart, sämtliche Muskeln traten hervor, so wie sich auch die Sehnen an seinem Hals deutlich abzeichneten, als er den Kopf zurückwarf und sich mit zu Schlitzen zusammengekniffenen Augen auf sie konzentrierte. Seine Miene verriet, welche Lust er empfand, sein Mund war leicht geöffnet, und, etwas tiefer, pumpte seine Faust schneller.

Hitze baute sich in Limos' Adern auf, Feuchtigkeit erblühte zwischen ihren Schenkeln. Sie leckte sich über die Lippen und schob sich näher an ihn heran. Sie könnte seine Hand mit ihrer ersetzen. Und sich dann mit Küssen den Weg über seine Brust, seinen Bauch nach unten … oh, verdammt, dachte sie da etwa tatsächlich, dass sie ihn dort mit … dem Mund berühren wollte?

Ja, genauso war es.

Die Eichel, die nach und nach die Farbe einer reifen Pflaume annahm, glitzerte feucht, und der Wunsch, mit ihrer Zunge darüberzufahren, wurde stärker. Als hätte er ihre Gedanken gehört, begann sich sein Körper wellenförmig zu bewegen, seine Hüften hoben sich und erinnerten sie daran, dass er sich ganz ähnlich bewegt hatte, als er auf ihr gelegen und sie geritten hatte.

»Das Unterteil«, sagte er rau. Sie zögerte, die Finger am Bündchen. »Sofort.«

Sie verhakte die Daumen im Stoff und zog ihn nach unten. Ihr fiel auf, wie sich seine Bewegungen beschleunigten. Wieder hielt sie inne, kurz bevor der Stoff ihre Mitte freigab. »Ich wünschte, du könntest das tun.«

Sein Blick, der an ihrem Bikini geklebt hatte, suchte ihren. »Ich auch. Ich möchte dich berühren, dich schmecken, unbedingt.«

Oh, das wollte sie auch. Sie spürte, wie sie bei der bloßen Vorstellung ganz nass wurde. Aber jetzt davon zu träumen, wäre nur Zeitverschwendung. Sie schob ihr Höschen hinunter und kroch auf Arik zu, mit der Absicht, ihn mit dem Mund zu berühren. Doch kaum hatten ihre Lippen seine geschwollene Eichel berührt, legte er ihr den Arm um den Oberschenkel und zog sie zu sich heran.

»Was machst du denn?«

Er wackelte mit den Brauen. »Neunundsechzig.«

»Was?« Sie grub die Knie in den Sand und weigerte sich, sich von der Stelle zu rühren. »Das geht nicht.«

Sein Grinsen konnte man nur mit dem Wort »hinterhältig« bezeichnen. »Nein, aber du kannst dich selbst berühren, und ich kann zusehen.«

Nur ein Ruck, und im nächsten Augenblick kniete sie über ihm, ihre Mitte genau über seinem Kopf.

»Scheiße!«, hauchte er. Seine Stimme war rau, klang beinahe erstickt. Die Macht, die sie über ihn hatte, war erstaunlich und vor allem vollkommen unerwartet. »Wie schön du bist.« Sie hätte auf der Stelle dahinschmelzen können, wenn er nicht ihre Hand gepackt und sie zwischen ihre Beine geführt hätte, sodass ihre Finger genau an der richtigen Stelle landeten. »Bring dich zum Höhepunkt.«

Sie war sicher, dass ihr Gesicht inzwischen die Farbe eines reifen Apfels angenommen hatte, tat aber, was er forderte, ließ die Finger zwischen ihre Falten gleiten und begann, sich zu streicheln. Die glatten Perlen rieben an ihrer Hand, und wenn sie die Augen schloss, konnte sie sich einbilden, es sei Arik, der sie berührte. Sie leckte. Und als er seinen heißen Atem auf sie blies, spürte sie die ersten Regungen eines Höhepunkts.

Von verzweifeltem Verlangen erfüllt, ließ sie sich auf einen Ellbogen hinabsinken und nahm seinen Schaft in den Mund. Sein Körper bäumte sich unter ihr auf, und ein leises, sehnsüchtiges Stöhnen ließ seinen Brustkorb erbeben. »Ich werd wohl nicht … lange durchhalten.«

Sie ließ einen Finger in ihren Tunnel gleiten und dann hinauf zu dem kleinen Nervenknoten, der verzweifelt nach Erlösung verlangte. »Ich auch nicht.«

Sie saugte ihn tief in sich hinein und ließ ihre Zunge um die Spitze seines Schwanzes herumwirbeln, während ihr Finger in demselben Rhythmus über ihre Klitoris fuhr, und in weniger als einem Dutzend Herzschläge stand sie kurz davor. Ihre Hüften pumpten, und ihr Atem floss keuchend um seinen Schaft herum.

»Jetzt«, stöhnte er. »Jetzt.«

Ja, jetzt. Der Orgasmus ließ ihr Inneres explodieren, ein versengender, weiß glühender Blitz, der sich noch intensivierte, als sie seinen Atem auf ihrer intimsten Stelle spürte. In ihrem Mund schwoll sein Schwanz an, und warme Flüssigkeit spritzte auf ihre Zunge und ihre Kehle hinab. Er schmeckte salzig und herb, und mit einem Schlag wurde der Akt, der sie ihr ganzes Leben lang angewidert hatte, etwas, das sie immer und immer wieder tun wollte.

Aber nur mit Arik.

Sein Körper zuckte, sein Becken bewegte sich wie wild, bis sein Höhepunkt langsam abflaute und ihrer nachließ. Sie fuhr damit fort, sich zu streicheln, bis sie die Berührung dort nicht mehr ertrug. Instinktiv las sie Ariks Sensibilität in seinem Keuchen und seinem Zucken. Zärtlich leckte sie über seinen Schaft, um ihn zu säubern, und dann, während er dalag, um sich zu erholen, beeilte sie sich, ihren Bikini wieder anzuziehen, damit die Keuschheitsperlen ja nicht in Kontakt mit seiner Haut kamen.

Als sie fertig war, legte sie sich neben ihn, den Kopf auf seiner Schulter.

»Schon wieder ein erstes Mal«, murmelte sie.

»Was denn? Die leicht veränderte Neunundsechzig? Obwohl, ich muss sagen, das für mich auch das erste Mal.«

»Nein, das hier. Mich an jemanden zu kuscheln. Die einzigen Männer, die ich je umarmt habe, waren meine Brüder und Reaver.«

Er hob die Hand, um ihr übers Haar zu streicheln. »Das kann ich mir überhaupt nicht vorstellen«, sagte er leise. »Wir Menschen fühlen uns so rasch einsam. O Mann, ich kenne viele Leute, die es nicht mal ein paar Monate oder auch nur Wochen ohne einen Mann oder eine Frau aushalten.«

»Was ist mit dir?«

»Ich war immer viel zu beschäftigt, um mir um so was Sorgen zu machen.«

»Du kannst mir nicht erzählen, dass du noch nie eine Beziehung hattest.«

Er zuckte mit den Schultern. »In der Highschool hatte ich ziemlich oft Sex, aber da ging's eigentlich mehr darum, dem ganzen Scheiß zu Hause zu entkommen. An dem Tag, an dem ich achtzehn wurde, bin ich zur Armee gegangen. Ich hatte ein paar Dates, aber nichts Ernstes. Und nachdem ich dann erst mal beim R-XR gelandet war, war das das Aus für eine ernsthafte Beziehung. Es sei denn, ich nehme jemanden, mit dem ich zusammenarbeite.«

»Wie lange bist du schon beim R-XR?«

»Zehn Jahre. Ich war zwanzig und auf Urlaub in Japan. Mein Kumpel und ich, wir wurden von zwei echt heißen Girls in diese Untergrund-Bar gelockt. Wie sich rausstellte, waren sie Vampire. Ich bin gerade eben so mit dem Leben davongekommen, mein Kumpel kam um, und als ich im Militärkrankenhaus aufwachte und mir zu Bewusstsein kam, dass ich die ganze Zeit irgendwas von Vampiren quasselte, war ich sicher, ich würde in der Gummizelle landen. Aber sie haben mich nur ruhiggestellt, und als ich das nächste Mal aufwachte, fand ich mich in einer Einrichtung des R-XR in DC wieder.«

»Und du bist die ganze Zeit, seit du beim R-XR bist, Single?«

»Ja. Ich darf niemandem verraten, was ich beruflich mache, weißt du?«

»Du wirst doch wohl nicht von mir erwarten, dass ich glaube, dass du die ganze Zeit enthaltsam warst.«

Sein grummelndes Lachen hallte wunderbar durch sie hindurch. »Nein, aber vertrau mir, da war nichts, worüber ich reden möchte. Ab und zu mal ein One-Night-Stand.«

Limos verspürte den intensiven Drang, jede seiner Sexpartnerinnen aufzustöbern und sie den Höllenhunden zum Frühstück vorzuwerfen.

»Was ist mit dir? Ich weiß ja, dass du mit niemandem zusammen sein konntest, aber hat dich denn nie jemand ein wenig in Versuchung geführt?«

»Nein.« *Lüge.*

Der Dunkle Herrscher persönlich hatte sie in Versuchung geführt. Obwohl die mündliche Verlobung stattgefunden hatte, als sie noch ein Kleinkind war, war sie, als die Zeit gekommen war, den schriftlichen Vertrag auszuhandeln, in seine Kammer stolziert wie eine Königin – mit der festen Absicht, sich den König aller Dämonen zu angeln. In dem Moment, in dem sie ihn zum ersten Mal zu Gesicht bekommen hatte, war sie von Lust überwältigt worden, und ihre Begierde war durch die Angst nur noch gesteigert worden. Eine mystische Aura hatte ihn umgeben, und jeder, der in den Einflussbereich dieser Aura geriet, wurde von seiner unvorstellbaren Macht und überhöhten Sinnlichkeit berauscht. Und Limos war da keine Ausnahme gewesen.

Männer und Frauen erlagen ihm gleichermaßen, ebenso wenig imstande, sich seiner Anziehungskraft zu entziehen, wie der Mond der Schwerkraft der Erde widerstehen konnte. In ihrem gesteigerten Gefühlszustand war sie auf all die nackten Frauen eifersüchtig, die sich um ihn herum in Orgien ergingen, war von Mordgedanken gepeinigt gewesen, wenn sie ihn berührten. Sie hatte sogar zusehen müssen, wie sich Lilith ihm hingab.

Doch Limos hatte er nicht berührt. Es waren nicht einmal seine Hände gewesen, die den Keuschheitsgürtel um ihren Körper befestigt hatten. Damals war sie vor Wut außer sich gewesen. Heute war sie dafür nur unglaublich dankbar.

Das Problem war nur, dass sie viel zu lange gebraucht hatte, um zu dem Punkt zu kommen, an dem sie dankbar war. Hunderte von Jahren, nachdem ihre Brüder und sie verflucht worden waren, hatte sie Pläne geschmiedet, wie sie die Apokalypse in Gang setzen und ihre Brüder ihrem Ehemann als Hochzeitsgeschenk präsentieren könnte. Sie war ein Dämon gewesen, in jedem Sinne des Wortes. Sie hatte ihrer Erziehung alle Ehre gemacht, jeden belogen, dem sie begegnete, einschließlich ihrer Brüder. Sie hatte Ränke geschmiedet, Verschwörungen angezettelt, war ihnen bei jeder sich nur bietenden Gelegenheit in den Rücken gefallen.

Und sie hatten sie mit offenen Armen begrüßt.

Sie hatten nicht gewusst, dass jedes Wort aus ihrem Mund eine Lüge war, dass sie hinter all den schrecklichen Dingen steckte, die ihnen in den letzten Jahrhunderten passiert waren, von toten Bediensteten bis hin zu Angriffen durch Dämonen.

Doch nach und nach hatten sie sie mit ihrer Zuneigung, ihrer stetigen Unterstützung und ihrer Fürsorglichkeit zermürbt. Und dann hatte sie Thanatos eines Tages dabei angetroffen, wie er neben der Leiche eines Sklaven stand, der ums Leben gekommen war, als er seine Frau vor der Lust ihres Herrn beschützen wollte.

»Bist du wegen dieses Menschen traurig?«, hatte sie beinahe spöttisch gefragt.

»Nein.« Thanatos' Stimme klang leer. »Ich bin traurig, weil wir niemals wissen werden, wie es ist, so zu lieben wie er, oder jemanden haben werden, der uns so liebt.«

»Wir haben doch einander.« Noch so eine spöttische Bemerkung. Sie war schon ein Biest. Das gefiel ihm ja so an ihr.

»Und dafür bin ich auch über alle Maßen dankbar.« Sein gelber Blick hob sich und brannte sich in sie hinein. »Aber das ist nicht dasselbe. Wer würde für dich den Tod auf sich nehmen, wenn die Zeit gekommen wäre, Limos?«

Diese Unterhaltung hatte sie einfach nicht mehr losgelassen. Später war sie an diesen Ort zurückgekehrt, ohne genau zu wissen, warum. Sie hatte sich die Frau des Sklavenbesitzers geschnappt und bedroht, um zu sehen, was er tun würde, wenn er vor die Wahl gestellt wurde, sein Leben zu retten oder ihres. Er hatte seines gewählt. Schließlich konnte er sich eine andere Frau nehmen.

In diesem Moment war ihr klar geworden, dass der Verlobte, den sie gewählt hatte, genau dieselbe Wahl treffen würde. Sie würde die Königin der Unterwelt sein … und eine Zuchtstute, die leicht zu ersetzen war.

Scheiß drauf. Sie hatte den Mann umgebracht und ihr Leben von da an aus einer völlig neuen Perspektive gesehen.

Ariks warme Handfläche massierte ihre Nackenmuskeln, die sich bei diesen verhassten Erinnerungen verhärtet hatten. Seine andere Hand streichelte ihren rechten Arm, fuhren die Linien nach, die Bones darstellten.

»Kann er das fühlen?«

»Mmm-hmm.« Gerade liebkoste Arik das Bein des Tiers, worauf ihr Oberschenkel mit einem angenehmen Prickeln reagierte. »Es gefällt ihm. Ich glaube, du könntest dich als eine der wenigen Personen erweisen, die er nicht auf der Stelle auffressen will.«

»Gut. Das wäre nämlich echt ätzend.« Bones stampfte mit dem Huf auf, um Arik wissen zu lassen, dass er genug hatte. Arik befolgte den Hinweis und legte seine Hand auf ihre. »Du bist in Sheoul aufgewachsen, stimmt's? Bei Lilith?«

Kein Thema, über das sie reden wollte. »Ja.«

»Ich schätze, das war nicht sehr angenehm?«

»Es war grauenhaft«, murmelte sie. Die Lüge erfüllte sie mit einer wohlbekannten Wärme. »Aber ich konnte fliehen, und jetzt bin ich hier. Na ja, lass uns lieber über dich reden, das ist viel interessanter.«

Vor allem musste sie sich keine Gedanken mehr über das Lügen machen, solange er redete.

20

Arik wollte nicht über sich selbst reden – Limos war doch viel interessanter. Aber als ihre Handfläche langsam über seine Brust rieb, wurde er in eine Art Trance eingelullt und vergaß, warum er eigentlich gar nicht reden wollte.

Limos räusperte sich. »Kann ich dich was fragen?«

Wenn das kein Hinweis auf eine Frage war, die schwierig zu beantworten war, würde es ihn schon sehr wundern. »Du kannst fragen, aber ich kann nicht garantieren, dass ich antworten werde. Oder dass dir die Antwort gefällt.«

Sie nickte und räusperte sich noch mal. »Runa sagte, du würdest dich selbst hassen, wenn du wüsstest, was du ihr angetan hast, und Shade sagte, dein Vater war gewalttätig, und dass du früher immer Runa und eure Mutter beschützt hast.«

»Und?« Er wusste, dass er abweisend klang, aber dies war in der Tat eines der wenigen Themen, über die er gar nicht gern sprach.

»Und … erzähl mir davon.«

Er beäugte sie von der Seite. »Das ist aber keine Frage.«

»Du klingst schon wie Ares«, grummelte sie. »Okay, dann versuchen wir's mal so: Wo sind deine Eltern?«

»Tot.«

»Hast du sie getötet?« Die Frage wurde mit solcher Unschuld und Sachlichkeit gestellt, als wäre es das Normalste von der Welt, seine Eltern umzubringen. In welch unterschiedlichen Welten sie doch aufgewachsen waren.

»Selbstmord und Krebs.«

Limos' Hand begann wieder über seine Brust zu kreisen; ein Gefühl, das überraschend intim war. »Wie hast du deine Schwester und deine Mutter denn beschützt? Ich meine, du warst doch selbst noch ein Kind, oder?«

Ernsthaft, er hatte wirklich keine Lust, darüber zu reden. Aber Limos war eine meisterliche Verhörspezialistin, nur dass sie ihn mithilfe von Lust zum Reden brachte und nicht mit Schmerz. Als ihre Finger einen prickelnden Pfad von einer Brustwarze zur anderen schufen, brach es aus ihm heraus.

»Ich hab ihn abgelenkt«, sagte er barsch. »Wenn mein Alter auf eine von ihnen eingeschlagen hat, hab ich ihn so sauer gemacht, dass er irgendwann über mich hergefallen ist.« Oh, aber das war längst noch nicht alles. Als Teenager hatte er gelernt zu verhandeln. *Ich kauf dir Schnaps, wenn du aufhörst, Mom zu schlagen. Ich bring dir Gras, wenn du Runa in Ruhe lässt. Ich hol dir die Nutte von der Kreuzung Third und Division, wenn Mom nachts nicht mehr schreit.*

Nach und nach hatte er dann die Kunst der Drohung erlernt. *Wenn du Runa oder Mom noch ein einziges Mal blutig schlägst, geh ich zu den Cops.* Und schließlich, nach drei Tagen ohne irgendetwas zu essen im Haus, weil ihr Vater das ganze Geld für Alkohol ausgegeben hatte, war auch Arik auf dem absoluten Tiefpunkt angekommen. *Du gehst jetzt auf der Stelle zu den Anonymen Alkoholikern und reißt dich zusammen, oder ich schwöre, du kriegst all das zu spüren, was du uns angetan hast.*

Das hatte zu einer körperlichen Auseinandersetzung zwischen ihnen geführt, die mit einem gebrochenen Arm für Arik und ein paar fehlenden Zähnen für seinen Vater geendet hatte. Und nichts hatte sich geändert. Nicht, bevor Arik sich an dem »seltsamen Typ« in seiner Schule gewandt hatte, den, der immer Schwarz trug, Totenköpfe und Pentagramme auf seine Hefte zeichnete und behauptete, er bete den Teufel an.

Runa glaubte, es sei ihre Mutter gewesen, die ihrem Vater das Ultimatum gestellt hätte, das ihn zu einem nüchternen Mustervater gemacht hatte. Aber nein, das waren Arik und der komische Junge gewesen, die einen Dämon herbeigerufen und einen Handel abgeschlossen hatten, den Arik mit jeder Faser seines Seins bereute.

»Wie seid ihr aus dieser Lage herausgekommen?«, fragte Limos.

Eine ganze Weile lag er da und lauschte dem Grollen des Donnerns und dem Heulen eines der Höllenhunde ganz in der Nähe. Wer hätte je gedacht, dass das gruselige Geheul eines Höllenhunds mal ein Trost sein könnte? Aber dies war die Welt, in der er jetzt lebte, eine, die sich in den letzten Jahren und sehr viel mehr noch in den letzten Tagen radikal verändert hatte. Vor allem für ihn.

»Das ist wohl eine der Fragen, die du nicht beantworten wirst.« Limos seufzte. Limos, die für ihn in seiner neuen Welt das Wichtigste überhaupt geworden war. Ach, zur Hölle damit … Nachdem sich ihr Bruder seine Seele geschnappt hatte, konnte es doch vermutlich nicht schaden, ihr zu erzählen, dass das nicht das erste Mal war, dass ihm dies zugestoßen war.

»Wie ich da rausgekommen bin? Ich hab meine Seele an einen Dämon verkauft, der versprochen hatte, er würde dafür sorgen, dass mein Vater nüchtern und anständig wird.«

Limos richtete sich blitzartig auf, wobei ihr rabenschwarzes Haar ihre Brüste bedeckte, was allerdings eine Schande war. »*Du hast was?*«

»Ja, das war blöd. Aber ich war verzweifelt. Ich war überzeugt, dass mein Alter, wenn er das nächste Mal ausrastete, Runa oder meine Mom umbringen würde.« Er streckte die Hand aus, um mit einer Strähne ihres seidigen Haars zu spielen. »Und es hat funktioniert. Er wurde nüchtern und hat aufgehört, uns zu verprügeln und meine Mom zu betrügen, aber dann bekam er Lungenkrebs, und unsere Mom beging Selbstmord. Also hab ich meine Seele wohl ganz umsonst verkauft, schätze ich.«

»Wie lange?«, fragte Limos heiser.

»Wie lange was? Bis er starb?«

»Wie lange, bis der Dämon sich holt, was ihm zusteht?«

»Versucht hat er's schon. Weißt du noch, dass ich dir erzählt habe, wie ich von einem Dämon gebissen wurde? Das war wohl seine Visitenkarte. Ich sollte sterben, aber Shade hat mich gerettet.«

»Was für eine Art Dämon?« Sie packte sein Bein mit solcher Kraft, dass er am Morgen sicherlich blaue Flecke haben würde. »An was für eine Art Dämon hast du deine Seele verkauft?«

»Charnel-Apostel. Warum?«

Limos sprang so abrupt auf, dass er zusammenzuckte. »Zieh dich an.« Sie schnappte sich ihr Bikinioberteil aus dem Sand. »Beeil dich. Wir müssen diesen Dämon finden.«

Er zog sich seine Hose über. »Aber es ist ihm nicht gelungen, mich zu töten. Der Vertrag ist ungültig.«

»Nein«, entgegnete sie mit ungeduldiger Stimme. »Das ist er nicht. Charnel-Apostel haben keine Ausstiegsklauseln in ihren Verträgen.« Sie fluchte in einem Dutzend verschiedener Dämonensprachen. »*Aaah!* Das ist der Grund, warum Pestilence dich nicht gleich umgebracht hat. Darüber hatte ich mich gewundert, aber jetzt ergibt es einen Sinn.«

»Für mich nicht.« Er schlüpfte in sein T-Shirt und half ihr dabei, die Bänder ihres Bikinis auf ihrem Rücken zuzubinden, während sie ihre Haare hochhielt. »Interessantes Tattoo.« Er betrachtete mit gerunzelter Stirn die Waage. Er hätte schwören können, dass die Waagschalen beim letzten Mal, als er die Zeichnung gesehen hatte, anders ausgerichtet gewesen waren.

»Wir haben jetzt keine Zeit für Tattoos.« Sie wirbelte zu ihm herum. »Mein Bruder hat deine Seele an sich gebunden, aber sie gehört schon jemand anderem. Um sie zu bekommen, muss er sie dem anderen Dämon abkaufen. Oder, und das ist wohl wahrscheinlicher, den Kerl umbringen. Wir müssen den Dämon unbedingt zuerst finden.«

»Wie?«

Sie spielte mit ihrem Nabelring, während sie sprach. Die Worte sprudelten nur so aus ihr heraus, als wäre ein Damm gebrochen. »Ich hab schon mal gesehen, wie Gethel ein Ritual vollzieht, mit dem um Seelen verhandelt wird. Wir brauchen einen Engel. Und etwas Blut von allen, die an der Beschwörung des Dämons teilgenommen haben, der deine Seele besitzt.«

Arik schüttelte den Kopf. »Das ist unmöglich. Der Kerl, der das für mich getan hat, ist vor ein paar Jahren im Gefängnis gestorben. Aber das ist doch eine gute Nachricht, oder nicht? Das bedeutet, dass Pestilence den Dämon auch nicht finden kann.«

Limos' überaus kreative Flüche brachten seine Ohren dazu, rot anzulaufen. »Nein. Pestilence wird höchstwahrscheinlich in der Lage sein, den Besitzer der Seele zu spüren, die er für sich beansprucht. Wir sind im Arsch.«

»Und das gleich mehrfach.« Er zeigte in Richtung Strand auf Thanatos, der gerade auf sie zugelaufen kam. Zum Glück waren sie angezogen, aber der Typ war kein Idiot, und wenn er auch nur über einen einzigen brüderlichen Instinkt verfügte … jepp … die Augen des Reiters zogen sich misstrauisch zusammen, als er sich ihnen näherte, und Arik machte sich schon mal für *Death Match: Teil zwei* bereit.

Doch auch wenn Than Arik einen Blick zuwarf, der ihm S-P-Ä-T-E-R zumorste, kehrte er glücklicherweise in diesem Moment nicht den großen Bruder heraus.

»Mensch.« Thanatos' Stimme war so dunkel wie seine Miene. »Du sagtest, du könntest jede Dämonensprache lernen.«

»Ja, warum?«

Thanatos hielt ihm ein Stück Pergament hin. »Kannst du das lesen?«

»Worum geht's da?«, fragte Limos, während Arik die Seite nahm und das seltsame Gekritzel studierte.

»Ich lasse Regan alles durchgehen, was ich über deinen *Agimortus* gefunden habe. Sie sagte, dass sich dieses Stück eines Isfet-Dokuments wütend anfühle, aber ich weiß nicht, was darin steht. Ich hatte gehofft, dein Knabe hier könnte es übersetzen.«

Arik schüttelte den Kopf. »Tut mir leid. Lesen kann ich Dämonensprachen nicht, nur sprechen.«

»Verdammt«, knurrte Than. Er blickte auf das unordentliche Handtuch und den zerwühlten Sand, und schon begannen diese verdammten Schatten wieder um seine Füße zu wirbeln.

Nicht gut. Wenn sich der Reiter nicht auf den *Agimortus* konzentrierte, konzentrierte er sich auf Arik und Limos. Denk schnell nach … »Warum fragst du denn nicht einfach einen Isfet? Oder existieren die nicht mehr?«

»Sie existieren noch«, sagte Limos, »aber niemand außer den Isfet selbst spricht ihre Sprache. Darum ist das meiste von dem, was wir über meinen *Agimortus* zu wissen glauben, Legende und keine Tatsache.«

Arik klatschte das Pergament auf Limos' Handfläche. »Dann ziehen wir mal los und finden einen Isfet, denn du verfügst über einen einzigartigen Übersetzer.«

Ariks Seele mochte ja immer noch das Seil in einem dämonischen Tauziehen und Limos immer noch mit Mr. 666 verlobt sein, aber wenn es ihnen gelang, ihren *Agimortus* in Sicherheit zu bringen, wäre das ein gewaltiger Sieg für die Guten. Und solange es Thanatos gelang, sein Siegel vor dem Bruch zu bewahren, bedeutete die Sicherheit von Limos' Siegel, dass sie sich endlich allein darauf konzentrieren konnten, Pestilence aufzuhalten.

Das könnte der dringend benötigte Durchbruch sein, auf den das R-XR und die Aegis gewartet hatten. Arik grinste.

Pestilence sollte sich lieber warm anziehen.

Limos und Arik warteten im Tempel der Limos auf Ares und Thanatos – dem einzigen Tempel der Reiter, der sich nicht in Sheoul befand. Limos' Tempel existierte in einer Art Blase, wo sich menschliches und Dämonenreich trafen und sowohl Menschen als auch Dämonen hingelangen konnten, ohne jedoch das Reich des jeweils anderen betreten zu können. Diese Blase befand sich tief in einer uralten Höhle der Inka, die vermutlich seit Hunderten von Jahren kein Mensch mehr betreten hatte.

So wie der Tempel aussah, hatte ihn auch kein Dämon aufgesucht.

Sie betrachtete den Staub und die bröckelnden Steinaltäre. »Das ist wirklich beleidigend.«

Arik kniete sich neben ein ausgeblichenes Skelett, das an die Mauer gekettet war. »Warum liegen hier so viele Skelette rum?«

»Das waren alles Opfergaben für mich.«

Ihre Stiefel klapperten lautstark über den Boden, während sie zu einem der Altäre ging, auf dem farbige Steine zu dem Bild einer Waage zusammengelegt worden waren. Unter ihrer Rüstung hielten sich die Waagschalen ihrer eigenen Waage im Gleichgewicht, was eine Erleichterung war. Normalerweise senkte sich nämlich die Schale des Bösen, wenn sie sich in einer der Blasen oder in Sheoul befand.

Arik erhob sich mit einer Grimasse. »Nett.«

Sie sah ihm zu, wie er durch den Tempel wanderte und die Marmorwände musterte, die von oben bis unten mit Symbolen und Schriftzeichen bedeckt waren. Als er vor einem in den Stein geritzten Bild von ihr und ihren Brüdern vor einer Gruppe kniender Menschen und Dämonen stehen blieb und mit den Fingern über ihr Abbild fuhr, hätte sie schwören können, dass sie seine Berührung auf ihrer Haut spürte.

»Du und deine Brüder, ihr steht euch doch nahe, aber was passiert eigentlich, wenn all eure Siegel brechen?«

»Ich denke, wenn die Apokalypse vorbei ist und das Böse gesiegt hat, werden wir Krieg miteinander führen.« Schon bei der bloßen Vorstellung wurde ihr schlecht.

»Ich kann mir nicht mal vorstellen, wie es wäre, mich mit Runa zu bekriegen«, sagte er. Er ließ die Hand fallen.

Sie lächelte. »Das haben wir schon mal gemeinsam.«

Ihre Liebe zu ihren Geschwistern hatte sie beide zu extremen Maßnahmen greifen lassen. Sie enthielt ihren Brüdern schreckliche Geheimnisse vor, und Arik hatte für seine Schwester seine Seele verkauft. Limos hatte sich von dieser Offenbarung immer noch nicht erholt, aber in gewisser Weise war es doch in der Tat eine gute Nachricht. Es bedeutete, dass Pestilence Ariks Seele – noch – nicht besaß. Sobald sie hier fertig waren, würde sie Arik so lange ausquetschen, bis er ihr auch die kleinste Kleinigkeit über diesen Dämon erzählt hatte. Sie mussten ihn finden, bevor Pestilence es tat.

Arik ging zur nächsten Wand, die mit gewaltigen Lettern bedeckt war. »Was steht denn da alles? Sieht aus, als wären es ganz verschiedene Sprachen.«

Sie nickte. »Manches ist Latein, aber das Meiste ist Sheoulisch.« Sie fuhr mit dem Finger über die schwarzen Buchstaben im grauen Stein. »Hier steht die Geschichte unserer Herkunft.« Sie zeigte auf einen anderen Abschnitt. »Und das ist eine Art Hochzeitsablauf.«

Eine seltsame dunkle Wut strahlte von ihm aus, aber sie wusste intuitiv, dass sie nicht gegen sie gerichtet war. »Was steht da?«

»Vor allem jede Menge Mist aus meinem Vertrag.« Davon ausgehend, dass er Sheoulisch beherrschte, las sie die Worte laut vor. »Die Tochter von Lilith soll durch das Blut eines vormaligen Engels verheiratet werden, und die Perlen der Keuschheit sollen dann von ihrem Ehegatten gelöst werden.«

Seine Miene war sowohl nachdenklich als auch wütend, und sie hätte schwören können, dass er ein Knurren ausstieß. Unerklärlicherweise erregte sie seine Reaktion auf ihre Hochzeitspläne. Er verflocht seine Finger mit ihren und zog sie ein wenig näher. Sie stieß einen Seufzer des Glücks aus, als Ares und Than den Tempel betraten. Zwischen ihnen befand sich ein hochgewachsener Isfet mit grüner Haut.

Ares blieb an der Tür stehen, während Than den Isfet hereinbegleitete. »Ich glaube nicht, dass er weiß, warum er hier ist. Wir waren leider in der Tat nicht imstande zu kommunizieren.«

»Wie habt ihr ihn dazu gebracht, mit euch zu kommen?«, fragte Arik.

Than zuckte mit den Schultern. »Wir haben ihn gekidnappt.« Das war genau das, was auch Reseph getan hätte. Limos musste lächeln. »Ihr werdet ihn aber wieder zurückbringen, ohne dass die Neethulum davon erfahren, oder?«

Die Neethulum hielten die Isfet als Sklaven, und sie waren Meister der grausamen Bestrafung. Zweifellos würden sie dem Isfet seine eigene Entführung ankreiden.

»Selbstverständlich«, erwiderte Ares.

Than grinste. »Und sollte irgendein Neethul es herausfinden, werden wir dafür sorgen, dass er es niemandem erzählen kann.« Und das war jetzt wiederum typisch Thanatos. Er warf Arik einen Blick zu. »Jetzt bist du dran, Mensch.«

Arik, der inzwischen einen schwarzen Kampfanzug trug und von oben bis unten mit Waffen beladen war, die Kynan zu Limos' Haus gebracht hatte, ehe sie aufbrachen, wandte sich nun dem

Isfet zu. »Ich grüße dich«, sagte er in perfektem Sheoulisch. »Wir würden dir gern ein paar Fragen stellen.«

Der Isfet – zumindest nahm Limos an, dass es sich um einen Mann handelte, auch wenn sie nicht sicher war, warum – blinzelte mit großen runden Augen. »Dieser Dämon du fragen?«

Richtig. Sie hatte ganz vergessen, wie schlecht ihr Sheoulisch war.

Arik setzte sich auf eine der Bänke. Sie hatte den Eindruck, er versuchte so harmlos wie irgend möglich zu wirken. Obwohl sie nicht glaubte, dass es funktionierte mit seinem Brustharnisch und dem Waffengürtel. Sie hingegen fand, dass ihn das sogar noch ein wenig sexier machte.

»Kannst du in deiner Sprache mit mir reden?«

Der Isfet nickte, während sich seine langen, spindeldürren Finger um den Wanderstab krümmten. »Ist ich weiß?«

»O Mann.« Arik fuhr sich mit der Hand übers Gesicht und warf Limos einen Blick zu. »Kein Wunder, dass ihr euch nicht mit dem Kerl verständigen konntet.«

Die Haut des Dämons wechselte die Farbe wie bei einem Chamäleon und verwandelte sich in funkelndes Silber. Er sagte etwas in der Isfet-Sprache. Arik runzelte die Stirn, bedeutete dem Dämon aber fortzufahren. Nach ein paar Minuten stieß Arik einen langgezogenen Seufzer aus.

»Diese Sprache ist echt vertrackt. Ich musste noch nie so lange zuhören, um eine zu lernen. Und gerade wenn ich denke, ich hab's … Augenblick.« Arik sagte ein paar Worte, die Limos nicht verstand.

Der Isfet zuckte, sein winziger Mund öffnete sich erstaunt. Arik sagte noch etwas, und mit lebhaften Armbewegungen gab der Isfet ungefähr eine Million Wörter in der Minute von sich.

Arik wandte sich an Limos. »Habt ihr Kammern aus … Eis gesucht?«

»Ja.« Sie ging ein Stück auf ihn zu. »Einige der Gerüchte, die wir verfolgten, sprachen von Eishöhlen, sowohl in Sheoul als auch im Reich der Menschen.«

Arik nahm wieder ihre Hand und zog sie zu sich hinunter. »Was ist mit dem kochenden Glas?«

Limos seufzte. »Wir gehen davon aus, dass es sich dabei um Lava handeln könnte, also haben wir auch Kammern vulkanischen Ursprungs abgesucht.«

»Und Türme«, sagte Arik langsam. »Sie reden von Türmen.«

Arik wandte sich wieder an den Isfet, und sie wechselten ein paar Worte. »Okay«, sagte er dann. »Der Ort ist nicht in Vergessenheit geraten. Er ist nur nicht zu übersetzen. Ihr wisst doch, dass sie Sheoulisch kaum verstehen oder sprechen können, sie kennen nur einige wenige Wörter, genug, um ihre Produkte zu verkaufen.«

»Warum konnten sie Sheoulisch nicht einfach lernen?«, fragte Than.

Arik wandte sich jetzt an alle. »Es ist, als würde man mit Hunden kommunizieren. Sie können unsere Körpersprache lesen, sie verstehen auch einige Wörter und können unseren Tonfall deuten, aber sie können keine ganze Unterhaltung verstehen und auch unsere Sprache nicht lernen. Wir sind halt verschiedene Spezies.«

»Willst du damit sagen, dass die Isfet wie Hunde sind?«

»Ja. Sie sind anders als alle anderen Dämonen. Vielleicht sind sie auch überhaupt keine Dämonen.«

Limos sah zu dem Isfet hinüber. »Was sollen sie denn sonst sein?«

»Keine Ahnung.« Arik zuckte mit den Schultern, sodass sich sein T-Shirt eng über den breiten Schultern spannte. Wunderschön. »Vielleicht Außerirdische?«

»Außerirdische«, wiederholte Than mit ungläubiger Stimme.

»Das ist ja echt witzig. Ausgerechnet du, einer der vier verdammten apokalyptischen Reiter, zweifelt daran.«

Vermutlich hatte Arik da gar nicht so unrecht, aber trotzdem, sie war in ihrem ganzen Leben noch keinem Alien begegnet. Nicht dass sie wüsste, jedenfalls. »Okay, also, was auch immer sie sind, du verstehst sie jetzt, richtig?«

»Irgendwie schon. Er sagte, der Becher ist in einer Kammer von … Aber ich krieg einfach nicht raus, was dieses Wort bedeuten soll.«

Der Isfet schlurfte zum Altar und tippte auf einen der Steine.

»Ein Kristall«, flüsterte Arik. »Das ist es. Jetzt ergibt es einen Sinn. Er ist in einer Kristallkammer.«

»Kein Eis?«

»Nein. So wurde es nur ins Sheoulische übersetzt, und darum habt ihr es so aufgefasst. Und sie wurde mit heißem Wasser geflutet.«

»Kochendes Glas«, murmelte sie. »Und was ist mit diesen Türmen?«

Nachdem er kurz mit dem Isfet gesprochen hatte, wandte er sich wieder an Limos. »Keine Türme – Säulen. Hohe Säulen aus Kristall in einer riesigen Höhle. Und er sagte, da ich ihre Sprache verstehe, würde ich auch die Zeichen darin erkennen. Leider weiß er nicht, wo die Höhle ist.«

»Google.« Alle drehten sich zu Ares um, der nur mit den Schultern zuckte. »Cara sagt immer, dass man alles googeln kann. Kann ja nicht schaden.«

»Dann googeln wir also Höhlen aus Kristall?« Arik grinste. »Lasst uns googeln.«

21

Es dauerte keine halbe Stunde, bis sie die Höhle gefunden hatten.

Als sie nach Kristallhöhlen googelten, hatten sie ungefähr eine Milliarde Ergebnisse, aber nachdem sie die Suche verfeinert hatten, fiel eine besonders auf: eine riesige Kristallhöhle, die man in Mexiko entdeckt hatte und die einst mit kochend heißem Wasser gefüllt gewesen war. Bergleute hatten das Wasser herausgepumpt, aber das Innere der Höhle wurde durch vulkanische Schlote auf dermaßen hohe Temperaturen erhitzt, dass sie einen ungeschützten Menschen innerhalb von Minuten umbringen konnten.

Einem der Internetartikel zufolge hatten Wissenschaftler die Theorie aufgestellt, dass sich der Wasserstand innerhalb der Höhle im Laufe der Millionen Jahre, die es gedauerte hatte, bis sich die Kristalle ausgebildet hatten, immer wieder verändert hatte, von voll bis leer. Limos' *Agimortus* hätte also mit Leichtigkeit in einer der Tiefwasserperioden dorthin gebracht werden können.

Arik hatte Kynan angerufen, um ihnen bei der Suche zu helfen, aber Kynan hatte gerade alle Hände voll zu tun mit einem Angriff auf eine Aegis-Festung außerhalb von Frankfurt, bei der schon zwanzig Wächter ums Leben gekommen waren – darum schickte er an seiner Stelle seinen Vampir-Dämon-Kumpel. Dieser Dämon, Wraith, war eine Art Experte für Schatzsuchen, und Kynan schwor, dass er sich in diesem Fall sicher als genauso nützlich erweisen würde wie vor ein paar Monaten in der großen Schlacht gegen Pestilence.

Hoffentlich hatte Kynan recht, denn Limos hatte noch nie einen Seminus-Dämon getroffen, der ihr mehr auf die Nerven gegangen wäre.

In diesem Augenblick kam Wraith gerade aus dem Bergwerksgebäude auf Limos, ihre Brüder und Arik zugeschlendert. Er war vor ihnen eingetroffen und war schon mal hineingegangen, um sich alles anzusehen und einen »Eisanzug« für Arik zu holen, der offenbar über eine Miniklimaanlage verfügte, die gekühlte Luft in den Anzug blies. Er reichte ihn Arik.

»Hier, Alter. Du darfst Astronaut spielen. Oh, und ich hab mich auch schon um die Menschen da drinnen gekümmert.«

»Um sie gekümmert?«, fragte Arik.

»Jetzt mach dir mal nicht gleich ins Hemd.« Wraith schob die Hände in die Taschen seiner Jeans. »Sie sind noch am Leben. Nur … müde.«

Limos half Arik beim Anlegen des sperrigen Anzugs. »Wovon?«

Wraiths Zunge zuckte zu einem seiner Fänge. »Anämie.«

Thanatos lachte. »Der Kerl gefällt mir immer besser.«

»Gut«, sagte Limos, während sie half, das Atemgerät an das Luftzufuhrsystem anzuschließen, das wie ein großer Kasten auf Ariks Rücken saß. »Dann kann er *dein* Höhlenkumpel sein.«

Wraith und Thanatos lachten und quatschten den ganzen Weg bis zum Eingang, ihnen folgten Ares und Limos. Arik bildete das Schlusslicht. Kurz bevor sie durch die massiven Stahltüren traten, hielt Arik sie auf.

»Hey.« Er nahm die Maske unter einen Arm und legte ihr die Hand auf die Wange. »Ich weiß ja nicht, was wir dort drinnen finden werden, aber du sollst wissen, dass ich immer hinter dir bin.«

Er neigte den Kopf und küsste sie. Seine warmen Lippen waren so samtig, und es überraschte sie immer wieder, dass ein Mann, der so stark war wie er, zugleich auch so weich sein konnte und zu solcher Zärtlichkeit fähig. Sie liebte diesen Gegensatz und was er in ihr auslöste.

»Ähem.«

Ein lautes Räuspern unterbrach ihren Kuss. Als Limos sich umdrehte, sah sie Ares, der die Tür aufhielt und Arik böse Blicke zuwarf. Zum Glück waren Than und Wraith schon eingetreten. Wraith hätte sich vermutlich prächtig amüsiert, indem er sich über sie lustig machte, und Than hätte möglicherweise einen zweiten Versuch gestartet, Arik zu ertränken. Ohne Rücksicht darauf, dass es hier weit und breit kein Wasser gab. Sie hatte schon einmal gesehen, wie Than einen Mann in seinem eigenen Blut ertränkte.

Mit hochroten Wangen schenkte sie Arik ein scheues Lächeln und betrat die Anlage, wo sie mit eigenen Augen sahen, dass sich Wraith in der Tat um die Menschen *gekümmert* hatte, die eigentlich die wissenschaftliche Ausrüstung überwachen sollten. Sie lagen allesamt bewusstlos in dem weißen, tunnelartigen Vorraum. Schon jetzt war die Hitze schier unerträglich, und sobald Ares die schwere Tür aufschwang, die zur Kristallhöhle führte, wechselte die Temperatur von trockener Wüste zu Sauna.

Arik setzte die Schutzmaske auf, während die anderen Helme mit eingebauten Leuchten aufsetzten, die an der Wand des Vorraums hingen. Erwartungsvoll legte Limos ihre Rüstung an und betrat mit den anderen zusammen die Höhle, die einem riesigen, ausgehöhlten Schneeball glich.

Die gewaltigen Kristalle formten vertikale und horizontale Türme, die über hundert Meter lang waren, und einige von ihnen waren so breit wie ein zweispurige Straße. Unten am Boden erhoben sich rasiermesserscharfe Kristalle wie ein Nagelbrett. Ein falscher Schritt, und man fand sich in Nadelkissen-City wieder.

Sie hielt sich dicht bei Arik, der sich vorsichtig an einem Kristall vorbeischob, der eine Brücke zwischen verschiedenen

Kristallgruppen bildete. Er machte sich lang und strich mit behandschuhten Fingern über einen der rauen Kristalle. »Da soll mich doch der Teufel holen – Symbole.«

Ares befand sich direkt hinter ihm, seine Augen suchten jeden Winkel und jeden Spalt ab. »Was steht da?«

»Es handelt sich um eine Art Wegweiser.« Arik zeigte nach unten. »Da lang.«

Thanatos sprang von diesem Kristall auf einen anderen, der aus der Höhlenwand herausragte, und Wraith folgte ihm, wenn auch ein gutes Stück leichtfüßiger. Aber schließlich trug der Dämon auch keinen klobigen Knochenpanzer.

»Ganz schön hoch.« Arik spähte vorsichtig über den Rand. »War ja klar.«

»Was ist los, Mensch?« Than blickte mit spöttischem Grinsen zu ihm auf. Ihr Bruder hatte manchmal wirklich einen sehr seltsamen Sinn für Humor. »Zu sterblich, um herunterzuspringen?«

»Ach was«, rief Arik. »Aber eure fetten Ärsche nehmen den ganzen Platz ein.«

Thanatos lachte und sprang auf den nächstniedrigeren Kristall, und ehe Limos ihn aufhalten konnte, sprang Arik los. Er landete neben Wraith und hätte den Dämon beinahe umgerissen. Wraith versetzte ihm einen Schlag auf den Kopf und sprang auf einen Vorsprung in der Nähe von Than.

Limos gab ihr Bestes, um keinen Herzinfarkt zu bekommen. Arik war vollkommen furchtlos. Oder vielleicht auch einfach nur verrückt.

Irgendwie gefiel ihr das. »Und? Siehst du noch ein Symbol?«

»Noch nicht.« Ariks Hände fuhren über die Kristalle, und die übrigen schlossen sich seiner Suche an.

Sie wollte schon die Hoffnung aufgeben, als Wraith hinaufbrüllte: »Hey, Pferdeleute, ich hab ein Symbol gefunden.« Er hockte neben zwei riesigen Kristallen, die ein X bildeten, und spähte in die schmale Spalte zwischen ihnen.

»Wie zur Hölle hast du das denn gefunden?«, fragte Arik, als er neben dem Dämon angekommen war. »Es ist gut versteckt.«

Wraith zuckte mit den Schultern. »Ich bin gut darin, allen möglichen Scheiß zu finden.«

»Verdammt«, hauchte Arik. »Ich bin froh, dass Ky dich hergeschickt hat. Wir hätten das nie gefunden.«

Wraith erhob sich anmutig. »Was denn? Ihr freut euch gar nicht über meine bezaubernde Gesellschaft?«

Diese Bemerkung hätte auch von Reseph stammen können. Limos lächelte, als sie sich erinnerte. Mann, wie sie ihren Bruder vermisste.

Arik ging auf Knie und Hände, um zwischen die Kristalle zu spähen. Nach einem Moment legte er sich auf den Bauch und griff nach unten, sodass sein Arm unter dem Kristall verschwand, auf dem er lag. Dann sprang Arik auf – und ein zierlicher weißer Becher baumelte an einem Lederband in seiner Faust. »Ich hab's!«

Vor Freude hätte Limos beinahe losgekreischt. Ihre Brüder stießen Freudenschreie aus, Wraith murmelte etwas von wegen, er habe Hunger, und sie wollte gerade zu Arik hinunterspringen …

Als mit einem Mal die Hölle losbrach. Eben noch feierte Limos, dass sie ihren *Agimortus* gefunden hatten – und in der nächsten Sekunde kauerte Pestilence auf einem Vorsprung über ihnen, die Zähne in einem stummen Knurren gefletscht, sodass seine Fänge glitzerten.

»Wie hat er uns gefunden?« Arik setzte mit einem Sprung über eine der Spalten zwischen den Kristallen, aber schnell wie der Blitz befand sich Pestilence auch schon neben ihm.

Während Arik über die rutschige Oberfläche schlitterte, warf er den *Agimortus* zu Ares hinauf. Doch das hatte einen hohen Preis, denn ehe er entkommen konnte, hatte Pestilence ihn an der Kehle gepackt.

»Lass ihn los!« Limos rannte auf sie zu, während Arik um sich boxte und trat, aber als ihr Bruder den Druck auf seine Kehle erhöhte, erlahmte Ariks Gegenwehr.

»Bleib, wo du bist, kleine Schwester«, sagte Pestilence.

Alle erstarrten.

»Ich tausche ihn ein – gegen den Becher.«

Hätte er nur irgendetwas anderes gefordert, sie hätte es ihm gegeben. Aber der Becher war tabu. Sie musste Zeit schinden. »Wie hast du uns gefunden?«

»Ah. Das. Wusstest du, dass dein Knabe seine Seele an einen Charnel-Apostel verkauft hat?«

Arik trat Pestilence mit seinem Stiefel vors Schienbein. »Das weiß sie, du Pferdearsch!«

Pestilence riss Arik die Maske ab, sodass er in der Hitze nach Luft schnappte. »Ich habe ihn gefunden und umgebracht, und jetzt gehört deine Seele mir. Ab sofort kann ich dich überall spüren, ganz egal, wo du bist.«

»Lass ihn los, Reseph«, sagte sie leise.

»Glaub ja nicht, du könntest an Reseph appellieren«, knurrte Pestilence. »Der ist fort. Gewöhn dich dran.« Wieder verstärkte er den Griff um Ariks Kehle, dessen Gesicht sich puterrot verfärbte. »Und jetzt gib mir den verdammten Becher.«

Sie konnte es nicht. Aber sie konnte Arik auch nicht sterben lassen. Jeder Knochen in ihrem Körper schrie förmlich auf, aber sie erstickte den Lärm und trat vor.

»Nimm stattdessen mich.« Die Kristallwände schoben sich auf sie zu, erstickten sie so, wie Sheouls Grenzen es ab sofort und bis in alle Ewigkeit tun würden. »Du kannst mich zu meinem

Ehemann bringen und wirst von ihm die Belohnung erhalten, auf die du es abgesehen hast.«

Arik, Than und Ares schrien alle gleichzeitig »Nein!«, aber sie ignorierte es. Dies war ihr schlimmster Albtraum – na ja, ihr zweitschlimmster. Der allerschlimmste wäre der Bruch ihres Siegels, aber um Arik zu retten, würde sie es tun.

Pestilences Augen glitzerten vor eisiger Bosheit. »Ich denke, wir sind im Geschäft.«

Than stürzte auf sie zu, aber sie entzog sich ihm mit einem Satz. »Nicht«, flüsterte sie. »Ich muss das tun.« Mit bleiernen Füßen ging sie auf Pestilence zu. »Außerdem will ich, dass du Arik seine Seele zurückgibst, damit du sie nicht bekommst, wenn er stirbt.«

»Einverstanden.«

»Nicht, Baby«, krächzte Arik. »Tu das nicht.«

»Wenn ich es nicht tue, bringt er dich um, und du wirst bis in alle Ewigkeit gefoltert. Das kann ich nicht zulassen.« Sie wandte den Blick nicht von Pestilence ab, während sie auf Reichweite an ihn herantrat. »Lass ihn jetzt los.«

Pestilence schubste Arik über die Kante des Vorsprungs, und nur Wraiths katzenartige Reflexe bewahrten ihn davor, auf den Kristallscherben unten ihnen zu Tode zu stürzen.

»Mistkerl!« Limos rammte ihrem Bruder die Faust ins Gesicht.

Pestilences Kopf wurde zurückgeschleudert, und sie schlug erneut zu, aber diesmal wischten ihre Finger über seine Rüstungsnarbe. Augenblicklich schmolz seine Rüstung dahin, sodass er in einer abgetragenen Tarnhose vor ihr stand. Aus der Tasche an seinem Bein ragte Deliverance in all seiner glänzenden, pferdeköpfigen Pracht.

Während Pestilence noch die Hand hob, um die Rüstung wieder anzulegen, durchbohrte eines von Ariks Messern sein Handgelenk in einem Meisterwurf. Blut spritzte Limos ins Gesicht und blendete sie auf einem Auge, als sie nun ihre Schulter in Pestilences Leib rammte und sich Deliverance schnappte. Der Dolch fühlte sich kalt in ihrer Hand an. Schwer.

Ohne nachzudenken, stieß sie es ihrem Bruder ins Herz.

In der Höhle herrschte absolutes Schweigen. In Pestilences Augen blitzten Entsetzen und Ungläubigkeit auf. Mit zitternden Händen packte er Limos' Hand, die sich immer noch um den Griff des Dolchs krallte. Blut floss über ihre Finger und quoll aus seinem Mund.

Laute Schritte ertönten, als ihre Brüder, Wraith und Arik auf sie zueilten.

»Scheiße!«, brachte Than mit erstickter Stimme hervor. »Li, was hast du nur getan?«

Kein Wort kam ihr über die Lippen. Pestilence brach auf der Kristallbrücke zusammen und sie mit ihm. Als ihre Knie auf den Fels trafen, packte sie alles verzehrender Kummer. *Nein … nein … das alles kann gar nicht passieren!* Thanatos sollte doch sein Siegel wiederinstandsetzen, und o Gott, was hatte sie nur getan?

»Limos«, brachte Pestilence mit vor Blut erstickter Stimme hervor, und dann war er wieder Reseph. Limos wusste es, konnte es daran sehen, wie sich das Eis seiner Augen in Tränen auflöste. »Ich hab … dich vermisst.«

Ihre Kehle zog sich so eng zusammen, dass sie kaum noch Luft bekam. »Vergib mir.«

Sein ganzer Körper bebte. »Es t-tut … m-mir leid.«

»Nein«, schluchzte sie. »Das muss es nicht. Nichts davon war deine Schuld.«

Sein Kopf sank nach vorne, ihm fielen die Haare ins Gesicht. »Du … verstehst nicht«, flüsterte er. »Es tut mir leid … dich zu … zu enttäuschen.« Sein Griff schloss sich so fest um ihre

Hand, dass sie aufkeuchte. »Du musst ja so enttäuscht sein, dass Deliverance mich nicht getötet hat.«

Sein Kopf fuhr wieder hoch, seine Augen leuchteten rot, und er riss den Dolch aus seiner Brust, als wäre es nur ein Splitter.

Heilige Mutter Go-

Ein weiteres von Ariks Messern traf Pestilences Hand. Er ließ Deliverance los, und die Klinge begann mit wirbelnder Klinge in die Tiefe zu stürzen. Limos fing den Dolch im letzten Moment auf und kam so unbeholfen wieder auf die Beine, dass sie dabei fast ihre Brüder umgestoßen hätte. Pestilence bewegte sich blitzschnell. Im Nu trug er wieder seine Rüstung, in der nächsten Sekunde hatte er sein Schwert in der Hand und zielte damit auf ihren Kopf. Than schubste sie aus dem Weg, und sie hörte das unverkennbare Geräusch von Stahl, der sich in Knochen frisst. Thanatos stolperte und brach auf dem Kristall zusammen. Pestilences Klinge steckte tief in seinem Kopf.

Ares stürzte sich wie ein Irrer auf Pestilence, und dann schien die ganze Höhle mit einem Mal lebendig zu werden, als eine Horde Dämonen mit finsterem Knurren durch die Kristalle hindurch von unten heraufkletterten. Wraith stürzte sich sogleich ins Getümmel, während Arik ein weiteres Wurfmesser aus seinem Stiefel zog und eins der schuppigen Biester umlegte, das gerade einen Kristall hinaufhuschte.

»Geh!« Ares warf ihr den Becher zu. »Du musst sofort hier raus!«

Am liebsten wäre sie geblieben, um zu kämpfen, aber Arik war nach wie vor in Gefahr, und sie musste ihren *Agimortus* beschützen. Vor ohnmächtiger Wut fluchend öffnete sie ein Tor. Das Portal schimmerte wie ein glitzernder Vorhang, wartete … und sie merkte nicht einmal, dass sie zögerte, bis Arik sie praktisch umrannte und beide durch das Tor hindurchschossen, um im Sand vor ihrem Haus zu landen.

Ja, jetzt hatten sie Deliverance und ihren *Agimortus*, aber irgendwie kam ihr nichts von dem, was in dieser Höhle passiert war, wie ein Sieg vor.

22

Ariks Herz schlug so schnell und fest gegen seinen Brustkorb, dass ihm schon die Rippen schmerzten. Aber vielleicht stammten die Schmerzen auch von Pestilences mörderischem rechtem Haken. Oder es lag einfach daran, dass sich Deliverances Griff in seine Brust bohrte.

Behutsam rollte er sich von Limos herunter und wollte ihr aufhelfen, aber als er in ihre vom Mond erleuchteten Augen sah und das Grauen darin erblickte, setzte er sich neben sie.

Ihre blutigen Hände hielten Deliverance so fest gepackt, dass sich ihre Knöchel weiß abzeichneten, und ihr bleiches Gesicht war tränenüberströmt.

»Ich hab versucht, Reseph zu töten.« Beim Lärm der an den Strand krachenden Wellen war ihre dünne Stimme kaum zu hören.

»Hey.« Er löste den Dolch aus ihrem Griff und stieß ihn in den Sand. »Du hast nur getan, was du tun musstest.«

»Du verstehst nicht, Arik. Ich wollte seinen Tod.« Ihre Augen waren wild, und ihre Nasenflügel blähten sich, als sie ihn in rasender Verzweiflung am Kragen packte. *»Ich will meinen Bruder tot sehen.«*

Arik streichelte ihre Hände und versuchte, sie durch seine Berührung und seine Stimme zu beruhigen. »Das liegt doch nur daran, dass er nicht dein Bruder ist. Nicht mehr, und das weißt du auch.«

Limos sah auf den Dolch, den er in den Sand gestoßen hatte. »Du tust es schon wieder.«

»Was denn?«

»Erkennst Dinge in mir, die nicht mal ich weiß.«

»Du weißt es schon.« Er zog sie an sich, und sie schmiegte den Kopf an seine Brust. »Du belügst dich nur selbst.«

»Ja, das tue ich«, sagte sie still. »Ich lüge jeden an, also warum nicht auch mich selbst?« Sie schloss die Augen und nahm einen tiefen, bebenden Atemzug, um gleich darauf erschrocken zusammenzuzucken, als sich nur einen Meter entfernt ein Tor öffnete.

Ares trat daraus hervor, blutüberströmt, ein Auge war zugeschwollen, ein Arm baumelte nutzlos an der Seite herab. »Uns geht's allen gut«, sagte er, ehe Arik oder Limos fragen konnten. »Wraith hat Than ins *Underworld General* gebracht.« Er warf einen Blick auf Arik, als ob er ihm eine Erklärung schulde. »Er würde auch von allein heilen, aber die Verletzung war schwer, und wir können es uns nicht leisten, dass er für längere Zeit ausfällt.« Er hockte sich neben sie und legte seine Hand auf ihre. »Du hast getan, was du tun musstest.«

Sie nickte. »Aber warum ist Pestilence nicht tot?«

»Ich weiß auch nicht, aber dieser Fehlschlag ist eine Katastrophe. Deliverance war unsere einzige Möglichkeit, ihn aufzuhalten. Und es wird noch schlimmer.«

»Wie kann es denn noch schlimmer werden?«, fragte Arik, um gleich darauf zu erkennen, dass er es eigentlich am liebsten gar nicht wissen wollte.

Ares wischte sich Blut von der Wange. »Chaos ist aufgetaucht und hat Pestilence gebissen.«

»Jetzt sag mir nicht, dass er auch noch gegen Höllenhundgift immun ist«, sagte Limos gequält. »Bitte nicht.«

»Nein, immun ist er nicht, aber so gut wie. Er ist ganze fünf Sekunden lang erstarrt. Er wird immer stärker, Limos, und ich würde jede Wette eingehen, dass es nicht lange dauert, bis ihm nicht einmal mehr ein Höllenhundbiss irgendetwas anhaben kann.« Er fluchte auf Sheoulisch, und Arik verstand jedes hässliche Wort. »Wo zum Teufel stecken nur Reaver und Harvester? Wir brauchen sie mehr denn je, und sie verschwinden einfach.«

»Das ist alles meine Schuld«, murmelte Limos. »Vielleicht habe ich den Dolch nicht an der richtigen Stelle reingestoßen. Vielleicht – «

Arik drückte ihre Hand. »Du hast ihn mitten ins Herz getroffen. Besser hättest du gar nicht zielen können. Es ist nicht deine Schuld.«

»Arik hat recht.« Ares nahm den Dolch und ließ ihn in seinem Panzer verschwinden. »Ich gehe jetzt auch ins *UG*.« Er nickte Arik zu. »Kümmere dich um sie.«

»Ja«, sagte er. »Das mach ich.«

Sobald Ares fort war, nahm Limos das Lederband, an dem der Becher befestigt war, und zog es über den Kopf, sodass der Becher auf ihrem Siegelanhänger lag. Arik zog sie in seine Arme und trug sie ins Haus, überrascht über ihren Mangel an Gegenwehr. Genauso wenig protestierte sie, als er sie auszog und unter die heiße Dusche stellte. Seine Kleidung ließ er vorsichtshalber an, damit nicht irgendwelche hervorstehenden Körperteile abgetrennt wurden, falls er versehentlich mit den täuschend schönen Perlen in Berührung kam. Nachdem er Limos gewaschen hatte, steckte er sie ins Bett.

»Kommst du auch?«, fragte sie. Das hatte er vor, gleich nachdem er selbst geduscht hatte.

Er wusch sich schnell, und als er das Bad verließ, fand er Limos draußen auf der Veranda. In einen flauschigen, pinkfarbenen Bademantel gehüllt, starrte sie auf den dunklen Ozean hinaus.

Rasch zog er eine Shorts an und gesellte sich zu ihr. »Was machst du?«, fragte er.

»Nachdenken.«

»Worüber?«

Sie blickte in den sternenbedeckten Himmel hinauf. In ihren Augen lag ein versonnenes Glitzern. »Über dich.«

»Was ist denn mit mir?«

»Ich verdanke dir alles, Arik. Ohne dich hätten wir meinen *Agimortus* nie gefunden.« Mit einem Mal warf sie sich in seine Arme. Ihr Körper war so angespannt, dass es ihm das Herz brach. Sie so verletzlich zu sehen, rief seine Beschützerinstinkte wach, wie es sonst nichts vermochte.

Diese Frau war bereit gewesen, für ihn in die Hölle zu gehen. Wörtlich. Sie war bereit, alles aufzugeben, sich zu ihrem Ehemann zu begeben und die Ewigkeit in Leid und Trauer zu verbringen, nur um Ariks Seele zu retten.

»Nein«, krächzte er. »Ich schulde dir noch etwas. Was du für mich tun wolltest … das war, glaube ich, die selbstloseste Tat in der Geschichte.«

Sie lachte bitter. »Du hast ja keine Ahnung, wie selbstsüchtig ich bin.«

»Davon wirst du mich nie überzeugen können.«

Eine ganze Zeit lang standen sie so da und ließen sich von der warmen Nachtbrise umwehen. Seltsam, dabei war es schon Dezember, Weihnachten war nahe. Er war so an Schnee um diese Jahreszeit gewöhnt. Bei dem Gedanken an Weihnachten fielen ihm Blockhütten ein, prasselnde Feuer, ein geschmückter Baum, und Limos, die nackt davor lag. Nur dass sie in seiner Fantasie eine große rote Schleife anstelle ihrer Keuschheitsperlen trug.

Er musste einen Weg finden, um das wahr werden zu lassen. Es musste doch eine Möglichkeit geben, den Vertrag aufzuheben und diese verdammte goldene Kette zu zerreißen. Nach allem, was vorgefallen war, seit er aus der Hölle geflohen war, und vor allem nach dem, was heute Abend in der Kristallkammer passiert war, hatte er nicht vor, sie aufzugeben.

»Arik?« Sie lehnte die Stirn gegen seine Brust und fuhr mit den Händen über seinen Rücken. »Weißt du noch, dass ich sagte, es sei meine Schuld, dass Deliverance Pestilence nicht getötet hat?«

»Es war nicht deine Schuld.«

Sie lehnte sich ein Stück zurück und sah zu ihm auf. Das silberne Mondlicht spiegelte sich in ihren Augen und verwandelte sie in milchiges veilchenblaues Glas. Ihre Augen waren einzigartig. Sie war einzigartig.

»Ich muss dir etwas sagen. Etwas, das ich nicht einmal meinen Brüdern sagen kann, aber vielleicht kannst du mir helfen. Das R-XR oder die Aegis … Ich weiß auch nicht. Aber ich glaube wirklich, dass ich der Grund bin, warum der Dolch bei Pestilence nicht gewirkt hat.«

Arik hasste es, dass sie sich selbst die Schuld gab, und obwohl er sie eigentlich am liebsten sofort ins Schlafzimmer getragen und dazu gebracht hätte, alles zu vergessen, außer der Art, wie ihr Körper auf ihn reagierte, spürte er, dass sie jetzt jemanden brauchte, dem sie ihr Herz ausschütten konnte. »Fahr fort.«

»Du weißt doch, dass die Aegis Deliverance vor ein paar hundert Jahren verloren hat.«

Er verzog das Gesicht und fragte sich, wo das wohl hinführen mochte. »Ja … und dabei wissen sie nicht mal, wie sie ihn verloren haben.«

»Das liegt daran, dass sie ihn nicht verloren haben. Ich hab ihn gestohlen.«

Limos wartete darauf, dass Arik wütend wurde. Ausflippte. Ihr einen missbilligenden Blick zuwarf. *Irgendwas*. Stattdessen beobachtete er sie einfach nur mit unerschütterlicher Geduld. »Ich nehme an, dafür gibt es eine Erklärung.«

»Ja«, erwiderte sie, »aber eine, die dir nicht gefallen wird.«

»Wart's ab.«

Irgendwie war seine ruhige, unvoreingenommene Reaktion schlimmer, als wenn er aus der Haut gefahren wäre. Zumindest müsste sie sich dann keine Gedanken mehr darum machen, dass er wütend werden könnte. Aber je länger er ihr sein Vertrauen schenkte, desto schlimmer würde es werden, wenn sie ihn schließlich enttäuschte.

Sie könnte auf der Stelle damit aufhören und irgendeine Geschichte erfinden, aber wenn sie recht hatte und Deliverance tatsächlich nur wegen dem, was sie vor so langer Zeit getan hatte, nicht funktionierte? Vielleicht konnte Arik doch helfen. Gott, sie hoffte es.

»Weißt du noch, wie du mir erklärt hast, dass ich manchmal selbstzerstörerische Tendenzen entwickle?« Das fuchste sie immer noch. Auch wenn es stimmen mochte, gefiel es ihr nicht, für jeden so durchschaubar zu sein. Nicht mal für Arik. »Also, es war in der Zeit, als die Tempelritter in Ungnade fielen, die ganze Welt war in Aufruhr. Diverse Kreuzzüge hatten den gesamten Mittleren Osten in eine Krise gestürzt, und in Europa kam es zu Missernten, was wohl, wie die Wissenschaft heute weiß, an einem Klimawandel lag. Um 1300 begannen die Menschen zu hungern.« Sie erschauerte, trotz der warmen Temperatur, als sie sich daran erinnert, was für eine dunkle Zeit das für alle, sie eingeschlossen, gewesen war.

»Ich verfiel in selbstzerstörerische Depressionen und wünschte mir nur noch, dass endlich die Apokalypse beginnen würde. Unter den Menschen wurde schon davon geredet. Zum ersten Mal, seit das Christentum Wurzel gefasst hatte, kam es zu massiven Ängsten. Seit damals glaubt jede Generation, sie werde das Ende aller Tage erleben, aber das war wirklich das erste Mal, dass es so etwas wie einen Massenkonsensus gab, weißt du?« Aber nein, das tat er natürlich nicht. Er war ja nicht da gewesen. Es war seltsam, mir jemandem zu reden, der so … jung war. »Na, jedenfalls war ich total wild darauf, dass es endlich so weit kam und wir den Mist hinter uns brachten.«

»Darum hast du den Dolch gestohlen?«

»Jepp. Ich hab ihn den Tempelrittern abgenommen. In der *Daemonica* steht, dass Resephs Siegel als Erstes brechen würde, also dachte ich, wenn ich Deliverance hätte, müsste ich mir keine Sorgen machen, dass Ares oder Than versuchen könnten, Pestilence zu töten. Darum hab ich ihn bis 1317 behalten, als die Aegis, die mir die Schuld für die Hungersnot in die Schuhe schob, einen Zauber ausführte, der mich herbeirief.«

Arik runzelte die Stirn. »Warte mal … wenn sie … wir … dich herbeirufen können, warum musste Kynan dann vor ein paar Monaten Reaver benutzen, um mit euch Kontakt aufzunehmen?«

Sie wandte sich ab und umfasste das Geländer mit solcher Kraft, dass ihre Fingernägel Abdrücke im Holz hinterließen. »Weil ich danach jegliches Wissen über diesen Zauber zerstört habe.« Sie blickte Arik an, der nach wie vor sorgfältig darauf achtete, seine Miene neutral zu halten. »Weißt du, sie haben mich gefangen genommen, indem sie mich mit Höllenhundgift gelähmt haben, und ich hatte Deliverance bei mir. Sie nahmen ihn mir ab und haben mich dann eine Woche oder so gefoltert, um Informationen aus mir rauszukriegen. Irgendwann hat Reseph mich dann gefunden. Er wurde ja nicht oft wütend, aber wenn, dann gab es so gut wie nichts, was ihn aufhalten konnte. Er brachte jeden Wächter in der Festung um. Als er damit fertig war, musste ich zugeben, dass ich Deliverance gestohlen hatte, und jetzt, wo die Aegis ihn wieder zurückhatte, machte ich mir Sorgen, dass der Bericht darüber in ihren Aufzeichnungen auftauchen würde.«

Allerdings hatte sie Reseph belogen, was den Grund betraf, aus dem sie den Dolch genommen hatte. Sie behauptete, sie habe ernsthafte Zweifel gehabt, dass die Aegis ihn sicher aufbewahren konnte, und Reseph, stets bereit, anderen zu vertrauen, hatte ihr geglaubt, dass sie nur höchstpersönlich dafür sorgen wollte, dass er sicher war.

»Und was habt ihr getan?«

»Wir haben jeden Aegi aufgesucht, der von meiner Verbindung zu dem Dolch wusste und … haben uns um ihre Erinnerungen gekümmert.«

Er erstarrte … tja, das war ein heikles Thema. »Verstehe.«

»Es dauerte seine Zeit, aber mit Resephs Fähigkeit, weiter in jemandes Erinnerungen zurückzugehen als irgendjemand von uns, hatten wir uns schließlich um so ziemlich jeden gekümmert, der darin verwickelt war. Das Problem war nur, dass sich die Person, die den Dolch letztendlich an sich genommen hatte, damit versteckt hatte. Jetzt wissen wir, dass er seine Fähigkeiten dahingehend änderte, dass Deliverance auch dazu benutzt werden konnte, um Ares' *Agimortus* zu töten. Um ihn zu retten.«

»Warum nur Ares' *Agimortus*?«

»Er ist der Einzige von uns, dessen *Agimortus* eine Person ist.«

Er nickte. »Okay, und was hat das alles damit zu tun, dass Pestilence nicht gestorben ist, als du ihn erstochen hast?«

Eine duftende Meeresbrise strich über ihr Gesicht, und sie gönnte sich eine Pause, um zu genießen, wie das Flüstern des Winds ihr Gesicht liebkoste und mit ihren Haaren spielte. Sie hatte nur einen relativ kurzen Abschnitt ihres Lebens in Sheoul verbracht, aber diese dunkle, klaustrophobische Erfahrung hatte sich tief in ihre Seele gebrannt. Jeden Tag, den sie im Freien verbringen durfte, empfand sie als Geschenk und behandelte ihn dementsprechend.

Schließlich wandte sie sich wieder Arik zu. »Ich bin davon überzeugt, dass er durch diese Veränderung nicht mehr dazu taugt, einen von uns Reitern zu töten. Es gibt einfach keine andere Erklärung, warum er Pestilence überhaupt nichts anhaben konnte.«

Limos konnte praktisch zusehen, wie Ariks Gehirn arbeitete. Sein kräftiger Körper war im Mondlicht einfach wunderschön, aber auch wenn sie sich danach sehnte, ihn zu berühren, spürte sie doch, dass er in eine Art Militärmodus verfallen war und sein Verstand fieberhaft an einer Lösung arbeitete.

»Woher stammt die Inschrift auf dem Griff?«, fragte Arik. »War die schon immer da, oder wurde sie erst später hinzugefügt?«

Aus dem Tod wird Leben entspringen.

»Als wir Deliverance ursprünglich schmiedeten, hatte die Wächterin, die uns dabei half, ihn mit Magie zu versehen, eine Vision. Und zwar hörte sie diese Worte, und sie bestand darauf, sie auf seinen Griff einzugravieren. Darum glaubt Than daran, dass Pestilence zurückverwandelt werden kann. Er ist fest davon überzeugt, dass er irgendetwas tun kann, um es geschehen zu lassen, weil Deliverance in Thans Prophezeiung erwähnt wird.«

Er legte den Kopf schräg und musterte sie so lange, dass sie unruhig wurde. »Was?«, fragte sie schließlich. »Hab ich was im Gesicht kleben?«

Er lachte kurz, wurde aber gleich wieder ernst. »Ich bin nur froh, dass du mir das erzählt hast.«

»Dann hasst du mich nicht?«

Der halbe Meter Abstand, der zwischen ihnen lag, war in einer Sekunde überbrückt, und schon neigte er den Kopf, und seine Lippen strichen sanft über ihre. »Da hast du deine Antwort«, sagte er.

Sie war fassungslos.

»Ich denke, du hättest es deinen Brüdern erzählen sollen, aber ich verstehe schon. Es gibt Dinge, die ich Runa auch nicht erzählt habe.«

»Zum Beispiel?«

Er atmete langsam aus. »Zum Beispiel, dass ich meine Seele an einen Charnel-Apostel verkauft habe, um ihr das Leben zu retten.« Er kniff die Augen zu, aber auch das konnte den Schmerz, den er empfand, nicht vor ihr zu verbergen. »Sie hatte sowieso schon genug zu verkraften, und sie litt unter schrecklichen Schuldgefühlen, bis Shade sie ihr genommen hat.« Er öffnete die Augen. »Darüber kann ich auch nichts sagen. Sie würde nur sich selbst die Schuld daran geben.«

»Wie schafft Shade es denn, einem die Schuldgefühle zu nehmen?« Von dieser Magie könnte sie auch eine Portion gebrauchen.

»Vertrau mir, das willst du gar nicht wissen.« Er verzog das Gesicht zu einer Grimasse. »Es gibt Dinge, die meine Schwester tut, von denen ich absolut nichts wissen will.«

»Oh. Sex.« Okay, das war natürlich nichts für sie. Nicht mit Shade. Aber wenn Arik sie mithilfe von Sex von ihren Schuldgefühlen befreien wollte – das wäre eine ganz andere Geschichte.

»So was in der Art.«

So was in der Art? Für gewöhnlich konnte sie gar nicht genug hören, aber Arik sah das offenbar anders, wenn es um seine Schwester ging.

»Was Runa betrifft …« Also, das war jetzt ein Thema, auf das sie gut verzichten könnte, aber zum ersten Mal in ihrem Leben fühlte sie sich, als könnte sie sogar damit fertig werden. Als könnte sie über etwas sprechen, das sie getan hatte, ohne Angst, gehasst zu werden. Ariks Reaktion auf die Wahrheit über ihre Vergangenheit – zugegeben, das Schlimmste wusste er immer noch nicht – hatte ihr neues Selbstvertrauen geschenkt. Sie wollte endlich reinen Tisch machen, wenn auch nur ihm gegenüber. »Auf Sheoulisch gibt es keine Worte für ›Es tut mir leid‹«, begann sie. »Darum bin ich ohne sie aufgewachsen. Einmal, als ich versuchte, die richtigen Worte zu finden, wurde die Person, zu der ich sie sagen wollte, bestraft. Seitdem fällt es mir schwer, also bitte glaube mir, wenn ich dir jetzt sage, dass es mir sehr leidtut, dass ich in deinen Erinnerungen herumgepfuscht habe. Dazu hatte ich kein Recht.«

»Nein, das hattest du nicht.« Seine Stimme klang hart, aber nicht unfreundlich. »Aber ich begreife inzwischen, warum du es getan hast. Du wolltest mich beschützen, so wie vorhin, als du Pestilence angeboten hast, dich freiwillig zu Satan zu begeben.« Sein gewaltiger Brustkorb dehnte sich aus, als er tief einatmete, die Hand ausstreckte und ihre Wange streichelte. »Versprich mir einfach nur, dass du so was nie wieder tust.«

Sie lächelte, auch wenn nichts daran lustig war. »Was genau?«

»Alles. Dieser Mistkerl darf dich nicht kriegen.« Knurrend ließ er die Hand sinken, die sich sogleich zur Faust ballte, als wollte er sich schon darauf vorbereiten, mit ihrem Verlobten auf ein paar Runden in den Ring zu steigen. »Nichts ist in Stein gemeißelt. Es muss einen Weg aus deinem Vertrag geben.«

Sie schnaubte. »Aber sicher doch. Du musst mir nur meine Unschuld rauben.«

Oh, das meinte sie nicht ernst, aber nur daran zu denken, entfachte eine ungeheure Sehnsucht in ihr. Ließ sie verzweifelt wünschen, dass Arik auf ihr lag und sie liebte, wie ein Mann seine Frau lieben sollte. Ihn auf diese Art zwischen ihren Beinen zu spüren, wie sich seine Muskeln bewegten, seine Haut vor Schweiß glänzte … Gott, sie vermochte sich kaum auszumalen, zu welchen Gefühlsausbrüchen er sie treiben würde.

»Diese Lösung hat nur leider einen Riesenhaken.« Er runzelte die Stirn. »Warte mal, wie genau kann dein Keuschheitsgürtel noch gleich entfernt werden?«

»Gar nicht. Das kann nur mein Ehemann.«

Er dachte kurz nach. »Der Zauber, der diesem Gürtel und dem Vertrag innewohnt … war das der genaue Wortlaut, der benutzt wurde? Hieß es ›Ehemann‹ oder ›Satan‹?«

»Ehemann.« Sie atmete harsch ein. »Aber Harvester hat den Vertrag aufgesetzt. Sie hätte ganz sicher kein Schlupfloch übersehen.« Limos wanderte lautlos über die Veranda, während ihr Verstand wie eine alte Schreibmaschine ratterte. Irgendwie musste sie ihren Ehevertrag und das Rätsel um Deliverances Versagen lösen. Das Einzige, was sie mit Sicherheit wusste, war, dass sie Hilfe brauchte. »Ich muss mit Reaver sprechen.«

»Verschwinden eure Wachen öfter mal?«

»Manchmal schon. Aber wenn wir sie wirklich brauchen, sind sie immer wieder aufgetaucht. Ares und Than hatten kein Glück, aber ich werd's auch noch mal versuchen.« Sie blieb am anderen Ende der Veranda stehen, schloss die Augen und rief in Gedanken nach Reaver.

Reaver, unsere himmlische Wache, ich bedarf deiner Anwesenheit. Sie wiederholte die offiziellen Worte der Beschwörung und fügte noch hinzu: *Und zwar gleich. Wir stecken nämlich in der Klemme, Reavie-Weavie.*

Als sie Ariks Hände auf ihren Schultern spürte, gestattete sie es sich, sich an ihn zu lehnen. Er ließ seine Arme um ihre Taille gleiten und hielt sie fest, während sie über den vom Mond erleuchteten Ozean schauten. Seine Stärke umgab sie, beruhigte sie, schenkte ihr Trost – und ein Gefühl der Verbindung –, wie sie es noch nie erlebt hatte.

Er mochte nur ein Mensch sein, aber sie kannte nicht mal einen Unsterblichen, der über seinen Mut und seine Widerstandskraft verfügte. Alles an ihm schenkte ihr neue Kraft, machte sie stärker. Es war, als wäre sie ein stabiles Gebäude, das durchaus aus eigener Kraft aufrecht stehen konnte, und er war ihr Stützpfeiler, der die Außenwände mittrug und stabil hielt.

»Was für ein wunderschönes Paar.«

Die weibliche Stimme erschreckte sie beide. Augenblicklich wirbelten sie herum, und Arik zog Limos hinter sich.

Ein Engel stand auf der Veranda. Die weiße Robe leuchtete, als ob sie Nacht bannen wollte.

»Gethel.« Limos kam hinter Arik hervor, der allerdings seine kampfbereite Position beibehielt. Sie nahm Ariks Hand und drückte sie. »Ist schon okay. Sie war vor Reaver unsere Wache.«

»Reaver ist auch der Grund, warum ich hier bin«, sagte Gethel. »Ich hörte deinen Ruf, aber ich fürchte, er wird nicht kommen.«

»Wo ist er?«

Sie schüttelte den Kopf. »Ich weiß es nicht. Harverster und er sind für unsere Augen unsichtbar geworden.«

O weh, das war gar nicht gut. Wenn nicht mal die anderen Engel wussten, wo Reaver steckte, dann bedeutete das Ärger. »Sind sie in Gefahr?«

»Darüber kann ich nur spekulieren, aber ich würde diese Frage bejahen.«

»Wer würde … oder *könnte* … sie denn entführt haben? Und warum?«

»Pestilence?«, fragte Arik, aber Gethel schüttelte den Kopf.

»Es wäre die schlimmste aller Gesetzesübertretungen, wenn ein Reiter die Wächter töten oder einsperren würde.« Sie sah zu Limos. »Warum hast du Reaver gerufen?«

Sie wollte instinktiv lügen. Stattdessen zwang sie sich, die Wahrheit zu sagen. »Ich habe Pestilence mit Deliverance erstochen, aber er ist nicht gestorben. Weißt du, warum?«

Gethels Augen blitzten. »Ja. Genau wie du.«

Limos wurde schlecht. »Dann war es also tatsächlich meine Schuld.« Arik legte seinen Arm um sie, stützte sie wieder einmal, wenn sie es am nötigsten hatte. »Warum hast du denn nichts gesagt? Du hättest uns warnen können.«

»Ich wusste es selbst nicht, ehe du Arik deine Sünde gebeichtet hast.« Sie schlug auf eine Weise mit den Flügeln, wie sie es immer tat, wenn sie sich aufregte. »Du weißt, dass ich dich liebe, Limos, aber das hast du dir selbst zuzuschreiben.«

»Hey.« Ariks Stimme durchschnitt die Nacht wie ein Peitschenhieb. »Sie bedauert, was sie tat, und es kostet eine Menge Mut, so was zu gestehen, also immer mit der Ruhe, Engel.«

Ein Blitz leuchtete über ihnen auf. »Entweder bist du sehr mutig oder sehr dumm, Mensch.«

Ariks Finger gruben sich besitzergreifend in ihre Schulter. Nicht, dass er ihr wehtat, nein, aber er markierte sie. Machte deutlich, dass er sie als die Seine ansah. »Tja, und was bin ich, wenn ich einen der Reiter heiraten will?«

Limos' Kopf fuhr herum. Ungläubig starrte sie Arik an. »Das … ist nicht dein Ernst.«

Sein Blick war durchdringend, glühend. »Ich hab dir doch gesagt, ich werde nicht zulassen, dass er dich kriegt. Du hast es doch selbst erwähnt: In dem Vertrag heißt es auf Sheoulisch ›Ehemann‹ und nicht ›Satan‹.«

»Das liegt daran, dass das Wesen, das ihr als Satan kennt, viele Namen hat«, sagte Gethel. »Wenn nur *einer* davon aufgeführt worden wäre, hätte man argumentieren können, der Vertrag sei einigen Religionen zufolge ungültig.«

»Dann …« Limos leckte sich über die Lippen, die genauso trocken waren wie ihr Mund. »Wenn Arik mich heiratet, wird er doch mein Ehemann, und dann könnte er mir den Keuschheitsgürtel abnehmen?«

»Theoretisch schon«, sagte Gethel. »Er könnte dich entjungfern und dich damit aus Satans Klauen befreien.«

Limos' Herz brannte vor Verlangen, dass Ariks Plan gelingen möge, und das nicht nur, weil sie dann endlich Satan los wäre. Arik bot ihr ihren Traum auf einem sexy Tablett an: Heirat, Kinder, Sex. O Gott, *Sex*!

Und dazu noch etwas anderes, etwas so Kostbares, dass sie ihre Aufregung kaum noch meistern konnte: Er würde ihr jemanden schenken, dem sie vertrauen konnte. Jemanden, dem sie die Wahrheit sagen wollte. Wenn sie erst einmal verheiratet waren, würde sie ihn nie wieder belügen.

»Gib mir ja keinen Korb, Reiter«, sagte er. Komisch, dass er sich immer noch weigerte, ihren Namen auszusprechen. »Das mag ja nicht gerade eine konventionelle Ehe werden, aber wenn es funktioniert, muss ich nicht mehr befürchten, dass mich Dämonen jagen, die mich foltern, bis ich deinen Namen sage, und du wärst für alle Zeit vor Satan sicher.«

Ihr fiel auf, dass er nichts von Liebe sagte. Das schmerzte, auch wenn es das eigentlich nicht tun sollte. Aber das war okay. Selbst wenn er niemals lernen würde, sie zu lieben, liebte sie ihn genug, um das wettzumachen.

»Ja«, sagte sie mit zitternder Stimme. »Meine Antwort lautet ja.«

Auf ihrer Schulter neigte sich eine der Waagschalen tiefer denn je.

Es war die Waagschale des Guten.

23

Reaver kämpfte immer noch. Harvester beobachtete ihn von der Tür aus, erstaunt über seine Widerstandskraft. Er saß an die Wand gelehnt da und warf immer wieder einen Gummiball, den Whine ihm gegeben hatte, an die gegenüberliegende Wand und fing ihn wieder auf. Reaver hatte nicht ein Wort gesagt, seit sie ihn gezwungen hatte, den Markwein zu trinken. Er hatte einfach nur mit dem Ball gespielt und sich dermaßen darauf konzentriert, dass sie schon damit rechnete, er werde gleich in Flammen aufgehen.

Er war hellwach, und seine Beweglichkeit in keiner Weise durch seine Gefangenschaft, Verstümmelung oder den Rausch beeinträchtigt. Sie fragte sich, was wohl geschehen würde, wenn er wieder frei war. Würde er diese innere Kraft weiterhin im Zaum halten können oder alles zerstören, was sich ihm in den Weg stellte?

Harvester bezweifelte nicht einen Moment lang, dass sie die Erste war, hinter der er her sein würde, und wenn sie auch gut auf sich selbst aufpassen konnte, hatte sie doch nicht vor, all ihre Energie darauf verwenden zu müssen, gegen ihn zu kämpfen, wenn die Apokalypse vor der Tür stand.

Whine näherte sich ihr mit flüsterleisen Schritten. »Ihr habt einen Besucher.« Whines Stimme klang schroff. Er mochte keine Fremden, obwohl Reaver ihm regelrecht ans Herz gewachsen zu sein schien. »Er sagte, Ihr erwartet ihn.«

Der Orphmagus. Sie rauschte an Whine vorbei und gesellte sich zu Gormesh, der in ihrem Wohnzimmer auf sie wartete.

Er blickte von der neethulianischen Skulptur an ihrer Wand auf, die er eingehend betrachtet hatte. »Ich warte immer noch auf deine erste Rate.«

»Ich habe sie hier.« Sie griff nach einem Tongefäß auf dem Regal neben sich. »Engelblut. So frisch, dass es noch warm ist.«

Gormesh ließ die Flasche in den Falten seines Gewands verschwinden. »Ich will den Engel sehen.« Er machte Anstalten, in die Eingangshalle hinauszutreten, aber Harvester schnitt ihm den Weg ab.

»Das war nicht Teil der Abmachung.«

»Du hast zugestimmt, mir das Blut des Engels zu überlassen.« Die spitzen Ohren des Orphmagus schauten aus seinem taillenlangen weißen Haar heraus und begannen aufgeregt zu zucken. »Du hast nicht spezifiziert, wie es ihm abgenommen werden soll. Ich werde ihn selbst zur Ader lassen.«

»Was sich dort in dem Krug befindet, ist mehr als genug.«

»Aber es ist weitaus wirkmächtiger, wenn es direkt der Quelle entnommen wird.«

Noch mehr sogar, wenn es entnommen wurde, während das Subjekt vor Schmerzen schrie, was Gormesh zweifellos anstreben würde. »Nein.«

Er zischte, alle geheuchelte Höflichkeit war vergessen. »Du *wirst* mir Zugang gewähren.«

»Du *wirst* mich am Arsch lecken.« Sie spürte, wie sich Whine leise hinter ihr aufbaute, konnte die Anspannung praktisch fühlen, die von ihm ausstrahlte. Sein Beschützerinstinkt beruhte allerdings weniger auf Zuneigung als vielmehr auf seinem Selbsterhaltungstrieb. Er war an sie gebunden, und wenn sie stark war, würde sein Sklavenvertrag an ihren Mörder übergehen.

Der Orphmagus war ein ebenso grausamer Herr wie Wissenschaftler.

Gormesh erstarrte und fletschte die Zähne. »Du hast dir soeben einen Feind gemacht, den du ganz und gar nicht brauchen kannst, gefallener Engel.«

»Ich setz dich auf die Liste«, sagte sie. »Und jetzt geh.«

»Du schuldest mir noch etwas.«

»Und ich habe ein Jahr Zeit, um zu bezahlen. Also hau verdammt noch mal endlich ab.«

Seine Augen wurden auf einmal völlig ausdruckslos, und einen Moment lang fürchtete sie schon, er werde angreifen. Als er herumfuhr und aus dem Haus stürmte, sackte sie vor Erleichterung in sich zusammen. In einem Kampf wäre sie im Vorteil, aber als Magus hatte er ein paar schmutzige Tricks auf Lager, und es würde ihr nicht leichtfallen, zu gewinnen … zumindest nicht ohne jede Menge Schmerzen.

»Whine«, sagte sie leise. »Bring mir von dem Markwein.«

»Für den Engel?«

»Nein, für mich.« Um Reaver würde sie sich morgen wieder kümmern. Heute Abend ging es darum, ihn zu vergessen.

Tod. Zerstörung. Sie zerrten mit scharfen, hakenähnlichen Klauen an Thanatos.

Eidolon hatte ihn geheilt, aber Than hatte vor Schmerz im Delirium gelegen, und es waren Wraith, Ares und ein Vampir namens Con nötig gewesen, um ihn festzuhalten. In seinem Fieberwahn hatte er seine Seelen losgelassen, und wenn da nicht ein Ex-Engel namens Idess gewesen wäre, die mit ihnen kommunizieren konnte, hätte es jede Menge Tote gegeben.

Noch in derselben Sekunde, in der er sich geheilt fühlte, hatte Than zugesehen, dass er schleunigst aus dem *Underworld General* rauskam. Die dämonische Seite in ihm verlangte lautstark nach einem tödlichen Amoklauf. Stattdessen war er nach Hause zurückgekehrt.

Wo Regan war.

Die Wächterin lief die ganze Zeit über in engen Leggings und abgeschnittenen Sweatshirts durch seine Festung, und ihr flacher, muskulöser Bauch, der pralle Arsch und die vielen sexy Kampfnarben trieben ihn langsam, aber sicher in den Wahnsinn. Inzwischen hatte sie seine Bibliothek eingenommen, und ihre ordentlichen Stapel mit Notizen lagen überall herum, sogar an seinem Arbeitsplatz. Und sie flippte aus, wenn er sie auch nur um einen Millimeter verschob. Darum legte er Wert darauf, wenigstens ein Mal am Tag, ein, zwei Seiten von ihren Stapeln herunterzustoßen. Ihre frustrierten Flüche amüsierten ihn prächtig.

In diesem Augenblick fühlte er sich allerdings ganz und gar nicht amüsiert.

Als er in den großen Saal trat, kam Artur ihm mit angespannter Miene entgegen, was ihm gar nicht ähnlich sah. »Milord, es war die Aegi.«

»*Was* war die Aegi?«

»Der tote Sukkubus. Ihr sagtet, wir sollten sie hereinlassen …« Jetzt fehlte nur noch, dass der Vampir anfing, die Hände zu ringen, und ja, Than hatte in der Tat gesagt, dass Sukkubi hereingelassen werden sollten. Pestilence hörte einfach nicht auf, sie zu ihm zu schicken, in der Hoffnung, einem von ihnen könnte es doch noch gelingen, Than zu verführen. Und Than wollte sich die Gelegenheit nicht entgehen lassen, sie über dessen Bewegungen, Absichten, Aufenthaltsorte und so weiter zu befragen … um sie dann persönlich zu töten.

Aber es war niemandem sonst gestattet, in seinem Haus zu töten. Nicht, wo der Tod ihn in den Wahnsinn trieb. Sein Zuhause war sein Zufluchtsort.

»Wo ist sie?« Er fuhr sich mit den Fingern über die Kehle, um seinen Panzer loszuwerden, sodass er in Jogginghosen aus Nylon und einem T-Shirt dastand.

»Im Fitnessraum, Sir.«

Er eilte dorthin, auch wenn nach wie vor der Wunsch nach Gewalt all seine Gedanken beherrschte. Sicher war es nicht die klügste Idee, Regan in diesem Zustand aufzusuchen, aber sein Gehirn arbeitete immer noch auf einer primitiven Ebene, und sein logisches Denken hatte noch nicht wieder eingesetzt.

Regan tänzelte über eine Matte. Sie trainierte irgendeine Kampfsportart und traktierte einen der Trainingsdummys mit Tritten, dass ihm die Füllung herausflog. Ihre gebräunte Haut, die an Armen, Bauch und Rücken mit Narben übersät war, glänzte vor Schweiß. Der Geruch von Blut lag in der Luft – ein weiterer Schlag für seine Selbstbeherrschung.

»Bist du verletzt?« Er lag auf der Matte, ehe er die Frage ausgesprochen hatte.

Sie sprang in die Luft, wirbelte herum, und anstatt den Dummy gegen den Kopf zu treten, versetzte sie ihm einen Tritt gegen den Brustkorb, sodass er gegen das Laufband geschleudert wurde. »Beantwortet das deine Frage?«

Brüllend stürzte er sich auf sie, und obwohl sie ihm mit größerer Anmut auswich, als er erwartet hatte, gelang es ihm, ihren Arm zu packen und sie durch die Luft zu schleudern. Wieder überraschte sie ihn, indem sie auf den Füßen landete und sofort einen weiteren Spinkick ausführte. Doch diesmal war er bereit, und es gelang ihm, sie seinerseits mit einer weit ausholenden Beinbewegung in die Kniekehlen zu treffen und umzureißen. Sie stürzte schwer auf die Matte, und als sein Instinkt ihn anschrie, er solle sie umbringen, solange sie unten war, biss er die Zähne zusammen und regte sich nicht. Stattdessen ließ er ihr Zeit, wieder auf die Füße zu kommen.

»Ich freu mich auch, dich zu sehen, Reiter.« Sie wischte sich mit dem Handrücken den Schweiß von der Stirn … einer Hand, deren Knöchel blutig waren. »Ist das ein Übungskampf, oder versuchst du gerade ernsthaft, mich umzubringen?«

»Dies«, knurrte er, »wäre für gewöhnlich der Zeitpunkt, an dem ich dich warne, dich von mir fernzuhalten und dich in deinem Zimmer einzuschließen. Aber erst will ich wissen, was mit dem Sukkubus passiert ist.«

»Die blöde Kuh ist ausgerastet, als sie mich sah. Sie sagte, es wäre ihr Job, dich ins Bett zu kriegen. Keine Ahnung, worüber sie da eigentlich redete, aber dann hat sie mich angegriffen, und ich hab mich nur verteidigt. Tut mir leid, hab ich etwa deine Geliebte umgelegt?«

Er ignorierte die Frage. »Hast du dich bei dem Kampf mit ihr verletzt?«

»Das hier?« Sie hielt die Hand hoch. »Ja.« Und dann machte sie das Schlimmste, was sie tun konnte, abgesehen davon, sich auszuziehen: Sie steckte sich die blutigen Knöchel in den Mund.

Thans Fänge schossen aus dem Zahnfleisch, Speichel überschwemmte seine Zunge, und ihm brach der Schweiß aus. Scheiße. Er taumelte zurück.

»Raus. Sofort.« Seine Stimme war vor Verlangen so verzerrt, dass sie nicht mehr wie seine Stimme klang.

»Thanatos, was ist los?« Sie kam auf ihn zu, und ihr Duft erfüllte die Luft. Blut und Frau, beides verlockende Aromen, brachten seine Begierden dazu, sich zu bekämpfen. Zumindest hatte das Verlangen zu töten jetzt nachgelassen und die vorderen Ränge Lust und Hunger überlassen.

Er schüttelte den Kopf, unfähig zu sprechen, da er sonst riskierte, sie seine Fänge sehen zu lassen. Sie stellten sein schändliches Geheimnis dar, vier Werkzeuge, die er in den Jahren nach seinem Fluch ohne jede Rücksicht auf seinen Beutezügen benutzt hatte. Nachdem er endlich aus dieser düsteren Zeit aufgetaucht war, hatte er erfahren, dass er sozusagen eine neue Rasse geschaffen hatte, und das war etwas, worauf er nicht gerade stolz war.

Seit damals hatte es keine Probleme mehr gegeben, solange er sich in ausreichendem Maß von den Vampiren nährte, die in seiner Festung dienten. Doch in letzter Zeit hatte er sich immer wieder ablenken lassen, von der Gewalt, die auf der ganzen Welt herrschte, und von Regan, die ihn in den Wahnsinn trieb. Außerdem hatte er seine Ernährung vernachlässigt.

»Thanatos?«

Er wandte sich ab, um sprechen zu können. »Dies wäre ein guter Zeitpunkt zu gehen.«

»Sonst?«

Er schloss die Augen und holte tief Luft. Ihm lief das Wasser im Munde zusammen. Sie roch nach Kampf und Tod, Sonnenlicht und Honig, und seine Lenden regten sich. »Sonst –«

Später erinnerte er sich nicht einmal mehr daran, sich bewegt zu haben. Hatte keine Ahnung, wie es kam, dass er sich auf einmal gegen Regan gepresst wiederfand, sie gegen die Wand drückte, während ihre Münder verschmolzen. Ihr Körper spannte sich unter seinem, ihre Beteiligung an dem Kuss war eher zweifelhaft, aber in den Duft ihrer Wut mischte sich Erregung, so rein und scharf wie die seine.

»Hast du das Buch ausgelesen?« Er legte die Hand über den Sport-BH auf ihre Brust. »Hat es dir gefallen?«

Ihre Hand wanderte nach unten, um ihn durch seine Sweathose hindurch zu umfassen, was er als ein Ja wertete. Brennend heißes Verlangen überrollte ihn, und seine Hüften schmiegten sich unwillkürlich an ihre Handfläche. Das war dumm und weitaus gefährlicher als all die Spielchen, die er in der Vergangenheit gespielt hatte. Bei ihr waren seiner Selbstbeherrschung enge Grenzen gesetzt, und in seinem gegenwärtigen Zustand bestand diese ohnehin nur noch aus einer dünnen Schnur, die jederzeit reißen konnte.

Keine Penetration. Vergiss nur eins nicht … keine Penetration.

Sie fummelte am Band seiner Hose herum und schob ihre Zunge in seinen Mund, als sie den Kuss in Dominanz verwandelte. Sie kämpfte immer noch, diese Aegi-Kriegerin, und als sie fest genug auf seine Lippe biss, dass Blut floss, war er mehr als bereit, sich zusammen mit ihr auf den Boden zu werfen.

Seine Hand rutschte an ihre Taille, seine Finger glitten unter das Gummiband ihrer Hose, um sich auf ihren Hintern zu legen und sie an sich zu ziehen. Ihr Stöhnen vermischte sich mit seinem, als sich sein harter Schwanz gegen ihren Kern drückte. Trotz der Enge gelang es ihr, ihre Hand in seine Hose zu schieben. Bei der ersten zarten Berührung ihrer Finger an der Spitze seines Schwanzes wäre er schon fast explodiert.

Ihre warme Hand schloss sich um seinen Schaft und begann ihn zu reiben. Das Gefühl raubte ihm augenblicklich den letzten Rest seines Verstands, als bestünde ihre Berührung aus purer Magie, die ihn in einen hilflosen Klumpen Lehm verzauberte. Normalerweise würde er Widerstand leisten, sich dagegen wehren, die Kontrolle abzugeben. Seit Tausenden von Jahren versuchten Dämoninnen, ihn zu verführen, und einige verfügten über spezielle Tricks oder Begabungen, sodass er jederzeit wachsam sein musste. Aber im Gegensatz zu den Dämoninnen, die versucht hatten, ihn ins Bett zu zerren, war Regan nicht aus diesem Grund zu ihm gekommen, und es fühlte sich gut an, sich einfach mal gehen zu lassen, wenn auch nur ein klein wenig.

Seine Hand glitt nach vorne, und mit einem Tritt spreizte er ihre Beine, während sein Mund über ihre Kinnpartie glitt. Aus ihrer Kehle kam ein sexy Grummeln, woraufhin sich sein Mund an der Haut gleich darüber festsaugte. Zart schabte er mit seinen Fängen über sie hinweg. Aber zubeißen würde er nicht. Konnte er nicht. Er hatte seit über hundert Jahren keinen Menschen mehr gebissen, seit über fünfhundert Jahren keine Frau, und er hatte nicht vor, jetzt wieder damit anzufangen.

Fest entschlossen schob er diese Gedanken weit von sich und ließ einen Finger in sie hineingleiten. Er stöhnte, als er die seidige Nässe spürte. Sie drängte sich gegen ihn und drückte seinen harten Schaft zusammen. Fast wäre er auf der Stelle gekommen. Ihre festen Bewegungen waren einfach himmlisch, und innerhalb von Sekunden stieß er in ihren Griff hinein.

Seine eigene Hand war von ihren Säften bedeckt, und auch sie bewegte ihren Unterleib und keuchte auf, als er einen weiteren Finger in ihre enge Öffnung schob. Verdammt, fühlte sie sich gut an um seinen Schwanz. Er stellte sich vor, dass sie waagerecht auf einer Matratze lägen, anstatt gegen die Wand gedrückt Petting zu haben.

Der Stoff ihrer Unterwäsche und Sweathose behinderte seine Hand, und mit einem Knurren riss er ihr das Satinhöschen vom Leib, sodass nur noch die lockere Sweathose von ihren Hüften hing. Damit würde er klarkommen, dachte er. Vor allem, nachdem sie jetzt angefangen hatte zu keuchen und seine Hand zu reiten. Er war ebenfalls bereit, balancierte zusammen mit ihr über den feinen Grat zwischen Lust und Frust. Was jetzt fehlte, damit er kam, war ihr Daumen auf seiner Eichel … o ja. Offenbar hatte sie seine Gedanken gelesen. Ihre zarte Berührung zündete sein Feuer, gleichzeitig erklangen auch ihre Schreie, und der Duft ihrer Lust vernebelte sein Gehirn. Der Höhepunkt brach über ihm zusammen, und er ritt die Wellen, während er sie weiterbearbeitete, bis sie den nächsten Gipfel erreichte, genau wie er.

Mit pulsierenden Eiern und pumpenden Hüften stieß er eine weitere Ladung seiner Saat aus. So … gut. So … verdammt … gut.

Draußen heulte der Wind gegen das Fenster und brachte ihn wieder in die Wirklichkeit zurück, als sein Höhepunkt abklang. Seine Beine fühlten sich an wie aus Gummi, und er dachte, dass vielleicht das Einzige, was ihn noch aufrecht hielt, die Wand und sein Arm um ihre Taille waren.

Ihre keuchenden Atemzüge waren das einzige Geräusch im Zimmer, bis sie ihn ins Ohrläppchen biss und flüsterte: »Lass uns ins Schlafzimmer gehen, um es zu beenden.«

Beenden? Sein Schwanz war sofort wieder quicklebendig. Than konnte nicht anders, er musste ihre Ausdauer einfach bewundern. Doch zugleich überkam ihn eine Bitterkeit, die sie nicht verdient hatte, deren Folgen sie aber gleichwohl würde ertragen müssen.

Er schob sie von sich und zog seine Hose wieder hoch. »Wir sind fertig«, sagte er grob.

Verwirrung blitzte in ihren Augen auf, während sie betreten ihre Hose zurechtzog und ihre Hand an einem Handtuch abwischte. »Ich verstehe nicht.«

»Dann lass es mich mit einfachen Worten erklären.« Er baute sich so vor ihr auf, dass ihre Gesichter auf gleicher Höhe waren, damit seine Botschaft auch wirklich klar und deutlich ankam. »Dies war ein Fehler. Es wird nicht wieder passieren. Ich bin nicht zu haben, Regan. Wir werden zusammenarbeiten, aber ich weiß, dass ich die Tage zählen werde, bis du endlich wieder aus meinem Heim und meinem Leben verschwindest.«

Er wappnete sich gegen die Verletzung auf ihrem Gesicht, drehte sich auf dem Absatz um und verließ den Fitnessraum mit entschlossenen Schritten.

24

Ares nahm die Hochzeitspläne sehr viel besser auf als Thanatos. Ares wirkte nur nachdenklich, wie er da mit Cara und einem neugeborenen Höllenhund von der Größe eines Collies neben ihm auf dem Sofa saß, während ein Widderkopfbaby um ihre Füße herumsprang und auf dem Höllenhund herumkletterte, der auf dem Boden lag. Arik hatte schon eine Menge Seltsames in seinem Leben gesehen, aber ein häusliches Idyll, an dem Ziegendämonbabys und Höllenhunde beteiligt waren, war schon extrem abgefuckt.

Genauso beunruhigend waren Thanatos' Schatten, die um ihn herum aufflackerten, als er Arik und Limos anstarrte, nachdem sie ihre Neuigkeit verkündet hatten. Arik hatte gehofft, der Kerl wäre noch im *Underworld General,* sodass sie sich nur mit dem wesentlich vernünftigeren Ares unterhalten konnten, aber so viel Glück war ihnen natürlich nicht vergönnt. Thanatos war von Pestilences Versuch einer Lobotomie genesen und dasselbe Arschloch wie immer.

»Heiraten.« Thans Hände ballten sich immer wieder zu Fäusten, und Arik war sich ziemlich sicher, dass er sich dabei vorstellte, die Hände um Ariks Hals gelegt zu haben. »Limos, ist dir das eigentlich klar? Wenn du deinen Vertrag mit Satan brichst, machst du das einzige Wesen in der Unterwelt, das imstande ist, dich gefangen zu halten – ja, dich möglicherweise sogar zu vernichten – verdammt sauer.«

»Das wird er nicht tun.« Sie nahm Ariks Hand, mit dem sie auf der Couch Ares und Cara gegenüber saß. »Satan wünscht sich nichts mehr als die Hölle auf Erden, und mich zu vernichten, würde gegen eine ganze Reihe apokalyptischer Prophezeiungen verstoßen. Prophezeiungen, die davon sprechen, dass wir während Armageddon auf seiner Seite kämpfen.«

»Es ist ein guter Plan«, sagte Ares.

Arik hielt die Luft an, in Erwartung von Thans Reaktion. Auf dem Weg hierher hatte Limos gesagt, dass sich Than normalerweise Ares anschloss, wenn dieser einmal entschieden habe, dass eine bestimmte Strategie nützlich sein könnte.

Zum Glück hatte sie damit recht, und die Schatten, die Than umschwirrten, verschwanden. Trotzdem klang seine Stimme noch mürrisch, als er sich erneut zu Wort meldete. »Wie wollt ihr das tun? Dein Vertrag legt fest, dass ›die Tochter von Lilith durch das Blut eines vormaligen Engels den Bund der Ehe eingehen‹ soll. Was soll das heißen?«

Limos, die ein kurzes, kesses Sommerkleid in Orange und Lila trug, lehnte sich gegen Arik und machte es sich so richtig gemütlich. Mann, fühlte sich das gut an. Es fühlte sich *richtig* an. »Danach habe ich Gethel gefragt. Sie sagte, dies sei ein Teil der Verbindungszeremonie von Engeln. Ein ›vormaliger Engel‹ wird uns mit seinem oder ihrem Blut vermählen. Kann ich eine Margarita haben?«

Ares stieß einen übertriebenen Seufzer aus. »Ist mir leider gerade ausgegangen. Ich gehe mal davon aus, dass ein ›vormaliger Engel‹ ein gefallener Engel ist?« Er legte den Arm um Cara, die sich an seine Brust kuschelte. »Wo willst du denn so einen herbekommen? Kein Wahrer Gefallener würde den Zorn Satans riskieren, indem er dessen Verlobte mit jemand anderem verheiratet, und Pestilence hat vor ein paar Monaten erst sämtliche Ausgestoßene umgebracht.«

Limos legte die Hand auf Ariks mit einer Jeans bekleideten Oberschenkel. Selbstverständlich entging Thanatos diese Geste nicht, und seine bleichen Augen leuchteten golden auf. Und was würde sie damit erreichen? Am Ende nur einen weiteren Versuch, ihn zu ertränken. »Das hat Arik schon bedacht.«

Aller Augen richteten sich auf Arik. »Im Vertrag ist von einem ›vormaligen‹ Engel die Rede«, begann er. »Was, wenn damit gar kein gefallener Engel gemeint ist? Was, wenn es einfach nur genau das bedeutet, was es bedeutet?«

»Was denn, jemand, der früher einmal ein Engel war?« Thans Stimme klang über die Maßen skeptisch. »Ich habe noch nie davon gehört, dass ein Engel degradiert worden wäre, ohne zu fallen.«

Ha. Dieses arrogante Arschloch. Da hatte Arik Mr.-Fünftausend-Jahre-alter-Reiter endlich mal was voraus. »Ich schon. Eine meiner angeheirateten Verwandten, Idess. Du hast sie vielleicht im Krankenhaus gesehen. Sie war Memitim, eine Art Schutzengel, und sie hat auf ihre Flügel verzichtet, um mit Sins Zwillingsbruder Lore zusammensein zu können.«

»Interessant«, murmelte Ares. »Das könnte funktionieren. Jedenfalls kann es nichts schaden.«

Arik zog es vor, nicht zu erwähnen, wie sehr es schaden konnte. Wenn es nicht gelang, durch die Hochzeitszeremonie Limos' Vertrag zu brechen, und Arik versuchte, ihr den Keuschheitsgürtel abzunehmen, konnte es sogar verdammt großen Schaden anrichten. Aber wenn es funktionierte … Bei den Bildern, die dieser Gedanke in seinem Kopf auslöste, hätte er beinahe laut gestöhnt. Er hatte nie ernsthaft damit gerechnet, je zu heiraten, nachdem sein Job ihm schon nicht viel Zeit für Beziehungen ließ und die einzige Ehe, die er je aus nächster Nähe miterlebt hatte – die seiner Eltern – nicht gerade mustergültig war.

Allerdings hatte er seine Meinung schon ein wenig geändert, nachdem er gesehen hatte, wie glücklich seine Schwester mit

Shade war. Und Kynan schien unter seiner Ehe auch nicht gerade zu leiden.

Die Hochzeit mit Limos würde vielleicht nicht so ablaufen, wie er es sich gewünscht hätte, aber sie würde genauso ein wichtiger Teil seines Lebens werden wie Runa. Wenn er sie heiratete, würde es um sehr viel mehr gehen, als nur darum, sie vor einem Schicksal zu retten, das schlimmer war als der Tod. Oder darum, ihn vor Dämonen zu retten, die es darauf abgesehen hatten, ihn zu foltern. Es ging darum, sich jemandem vorbehaltlos hinzugeben, etwas, das er nie gekonnt hatte.

In seinem Leben hatte es immer Dinge gegeben, die er vor Frauen verbergen musste: seine Vergangenheit, sein Job, sogar sein Temperament. Das Resultat waren kurze Beziehungen, in denen er es sich selbst verbot, zu heftige Gefühle zu entwickeln. Aber Limos wusste alles über ihn, sie war definitiv in der Lage, sich neben ihm zu behaupten, und er hatte verdammt heftige Gefühle für sie entwickelt.

»Was ist mit Pestilence?«, fragte Than. »Andere Dämonen werden dich vermutlich in Ruhe lassen, wenn es nicht mehr nötig ist, dass du Limos' Namen aussprichst, aber unserem Bruder gehört deine Seele. Er wird deinen Tod mehr denn je forcieren, wenn auch nur, um Limos leiden zu sehen.«

»Das ist ein Risiko, das ich bereit bin einzugehen.« Arik erwiderte Thans kühlen Blick ruhig und gefasst. Er würde das durchziehen. »Ich habe deiner Schwester mein Wort gegeben. Um Pestilence werde ich mich kümmern, wenn es so weit ist.«

Than starrte ihn eine ganze Weile an, bis er schließlich nickte. Arik hatte das Gefühl, eine Art Test bestanden zu haben. »Und wo sollen wir dieses große Fest feiern?«

»Griechenland ist zu dieser Jahreszeit wunderschön«, sagte Cara, die das quirlige Fellbündel neben sich streichelte.

Limos legte ihre nackten Beine über Ariks Knie. »Das stimmt. Aber Thans Haus ist größer, und ich will eine große Hochzeit.«

Der kleine Ziegendämon schlüpfte unter Thanatos' knöchellangen Mantel und versuchte, an dessen Bein hochzuklettern. Lächelnd hob er ihn auf und kitzelte ihn unterm Kinn. »Ich hätte gedacht, du bist jemand, der es lieber schnell hinter sich bringt.«

»Sehr witzig, Than«, murmelte Limos. »Gut, dass du mir immer sagst, wie ich bin. Nur zu deiner Information: Ich will alles. Ein Kleid, eine Torte und eine Zeremonie. Allerdings müssen wir uns beeilen, da es im Moment alle auf Arik abgesehen haben. Außerdem ist bald Weihnachten, und Thans Zuhause ist doch ein Winterwunderland.«

Arik hob die Augenbrauen. »Ihr feiert Weihnachten?«

»Nicht als religiösen Feiertag.« Irgendwie war es Limos gelungen, Arik praktisch auf den Schoß zu kriechen, ohne dass er es gemerkt hätte, und jetzt drehte sie sich auf ihm um und legte ihm die Arme um den Hals. »Aber ja. Geschenke und Partys und alles hübsch dekoriert … Ich liebe es.« Er liebte es, wie perfekt sich ihr Körper an seinen anschmiegte. »Reseph hat es auch geliebt. Es war sein liebster menschlicher Feiertag.«

»Quatsch«, sagte Ares. »Er mochte Halloween viel mehr. Er hat es genossen, den Leuten eine Heidenangst einzujagen.«

Than schüttelte den Kopf. »Silvester. Er hat seine Party-Strategie immer schon Monate im Voraus geplant, damit er in jeder Zeitzone in einer Großstadt feiern und so ein Dutzend Mal das neue Jahr begrüßen konnte.«

Die Reiter begannen, Geschichten über Resephs Kapriolen auszutauschen, und einige entspannte Minuten lang bekam Arik einen Eindruck davon, wie es gewesen sein musste, ehe das Siegel ihres Bruders brach. Und zum ersten Mal erkannte er, wie viel sie verloren hatten.

Nach einer Weile setzte unbehagliches Schweigen ein. Hal, der Höllenhund, jaulte, als könnte er die Anspannung fühlen. Schließlich räusperte sich Ares und kam wieder zum eigentlichen Thema. »Ich habe keine Ahnung, wie man eine große Hochzeit plant«, grummelte er. »Wir hatten einfach nur eine kurze Zeremonie am Strand, nur mit Than und Limos.«

Cara grinste. »Darum kümmern wir uns, Limos und ich. Du kommst mit mir, und dann bereiten wir dich vor.« Sie tätschelte Ares' Brust. »Du trommelst deine Kumpel aus dem *Underworld General* zusammen, und ich garantiere dir, dass deren Gefährtinnen ebenfalls mithelfen wollen.«

»Das sind nicht meine Kumpel«, seufzte er, aber Cara ignorierte ihn einfach.

Sie packte Limos am Arm und zog sie auf die Füße. »Komm schon, Li. Bis heute Abend muss die Hochzeit stehen.«

25

»Bist du verrückt geworden, Arik?«

Arik lächelte seine Schwester an, die sich in Thans Haus umsah, in dem Diener aus sämtlichen Reiterhaushalten damit beschäftigt waren, alles für ein Fest vorzubereiten.

»Kann schon sein.« Vielleicht stimmte das sogar. Was jedenfalls definitiv nicht stimmte, war die Anspannung zwischen Runa und ihm, der ganze unausgesprochene Mist darüber, dass er ihren Anrufen aus dem Weg gegangen war.

»Ich kapier das einfach nicht.« Runa rieb sich die Arme durch ihren cremefarbenen Angorapulli hindurch. »Limos hat dich in die Hölle befördert, und jetzt willst du sie heiraten?«

»Sie hat mich nicht in die Hölle *befördert*. Es war eine Art Missverständnis.«

Runa warf ihm einen Blick zu, den sie gewöhnlich für ihre Drillinge reservierte, wenn einer von ihnen mal wieder unartig war. »Ein Missverständnis … das ist, wenn dein Partner es versäumt, deine Lieblingsserie aufzuzeichnen, weil er sich auf ein Footballspiel konzentriert hat, statt dir zuzuhören.« Sie warf Shade einen finsteren Blick zu, der sie verlegen angrinste, während er damit beschäftigt war, Bänke und Tische durch die Gegend zu schieben. »Aber nicht, wenn dich jemand einen ganzen Monat in der Hölle schmoren lässt.«

»Das liegt jetzt hinter uns«, sagte er. »Diese Hochzeit ist der einzige Weg, sie zu retten.« Und wenn es funktionierte, auch sich selbst.

»Dann ist das also eine Art Vernunftehe? Du liebst sie nicht?«

Runa klang beinahe erleichtert, darum war er nicht sicher, was er darauf sagen sollte.

Er hatte sich in Limos verliebt, aber das konnte er nicht laut aussprechen. Noch nicht. Wenn er es sagte, dann zu Limos. Er hatte vielleicht nicht damit gerechnet, je zu heiraten, aber jetzt, nachdem er diese Entscheidung getroffen hatte, würde er die Sache ernst nehmen, und seine Frau würde in jeder Hinsicht seine Partnerin sein. Sie wäre die Erste, die die wichtigen Dinge zu hören bekam – beispielsweise seine Gefühle für sie.

»Sie hat mir das Leben gerettet. Sie war bereit, ein gewaltiges Opfer für mich zu bringen, und jetzt kann ich dasselbe für sie tun. Ich will es wirklich, Runa.«

Seine Schwester tat einen langen, tiefen Atemzug, ehe sie ihn wieder ansah. »Okay.« Sie schloss ihn in die Arme und drückte ihn fest an sich. »Ich freue mich für dich.«

Er erwiderte ihre Umarmung und küsste sie auf den Kopf. »Wie ich sehe, hat die Ehe dir nicht geschadet, also besteht doch wohl Hoffnung für mich, schätze ich.«

Sie löste sich von ihm und sah zu ihm auf. »Wow, du klingst zum allerersten Mal so, als ob du unsere Ehe tatsächlich gutheißt.«

Er schnaubte. »Ich mag den Kerl immer noch nicht, aber ich bin doch nicht blöd. Er tut dir gut, und es gibt niemandem, dem ich deine Sicherheit eher anvertrauen würde.«

»Und was ist mir dir?« Runas Stimme wurde leise und todernst. »Bist du in Sicherheit? Oder wird diese Heirat dich in Gefahr bringen? Sollte ihr Siegel brechen –«

»Sollte ihr Siegel brechen, stecken wir allesamt mächtig in der Klemme.« Er lächelte, in der Hoffnung, sie zu beruhigen. »Limos hat ihren *Agimortus* endlich gefunden, und sie trägt ihn immer bei sich, bis wir ihn irgendwo verwahren können, wo er für alle Zeit sicher ist.«

Das allerdings war ein strittiger Punkt zwischen den Reitern, dem R-XR und der Aegis. Sie hatten vor einer Stunde eine kurze Telefonkonferenz abgehalten, um die beste Vorgehensweise zu diskutieren, und selbstverständlich war jede Partei davon überzeugt, dass sie am besten geeignet wäre, um Limos kleine Tasse zu beschützen.

»Was ist mit Pestilence?«, fragte sie. »Er ist immerhin ihr Bruder, also was ist, wenn er beschließt, sie durch dich zu verletzen?«

»Stopp«, sagte er leise. »Alles wird gut werden.«

Er betete darum, dass er zuversichtlicher klang, als er sich fühlte. Runa wusste nicht, dass dieser Arsch ihm die Seele geklaut hatte, und wenn es nach ihm ging, würde sie es auch nie erfahren. Sie war stark genug, um damit umzugehen, an ihrer Stärke würde er nie zweifeln. Aber wenn sie es wüsste, würde sie sich endlos Sorgen machen, und nach allem, was sie durchgemacht hatte, hatte sie ein Leben verdient, das von dem Hässlichen in seinem Leben frei war.

»Was ist mit dir? Geht es *dir* gut?«

Diese Frage musste sie nicht weiter erläutern. Sie wollte wissen, welche Auswirkungen sein Aufenthalt in der Hölle auf ihn hatte. »Mir geht's gut.« Auf ihren skeptischen Blick hin verdrehte er die Augen. »Ernsthaft, ich weiß ja, ich müsste eigentlich ein Wrack sein und mich sabbernd auf dem Boden wälzen, aber ich glaube, der Seminus-Dämon, der mich immer wieder zusammengeflickt hat, hat auch meinen Verstand wieder zusammengeflickt.«

Ein Vampir kam an ihnen vorbei, auf den Armen eine Kiste mit Dom Pérignon. O Mann, diese Reiter machten keine halben Sachen, was? »Hey, äh …«

»Nicht.« Runa trat zurück. »Mach das bitte nicht kaputt, indem du über die Vergangenheit redest.«

Das hatte er eigentlich gar nicht vorgehabt, aber es hatte damit zu tun. Er schluckte, um die plötzliche Trockenheit in seiner

Kehle zu vertreiben. »Ich wollte nur sagen, dass es mir leidtut, dass ich dir in letzter Zeit aus dem Weg gegangen bin. Was ich dir angetan habe –«

»War nicht deine Schuld. Also hör damit auf, okay? Und bitte mich bloß nicht um Verzeihung, weil es nichts zu verzeihen gibt.«

»Bist du sicher?« Er blickte sich in dem großen Raum um, wie er es seit seinem Eintreffen schon hundert Mal getan hatte, um sich zu vergewissern, dass er alle im Auge behielt, die kamen und gingen. Man konnte den Soldat aus der Schlacht nehmen, aber seine Vorsicht blieb, und in diesem Fall war die Schlacht noch in vollem Gange. »Sind deine Albträume zurückgekehrt?«

Sie hatte lange an Albträumen gelitten, die sich sowohl auf ihre Kindheit als auch auf die Rolle bezogen, die sie beim Tod ihrer Mutter gespielt hatte, und ihre Schuldgefühle hätten sie beinahe umgebracht. Bis Shade das alles von ihr genommen hatte.

In ihren Augen blitzte Schuldbewusstsein auf und gab ihm die Antwort, die er befürchtet hatte. »Nur eine Nacht lang. Shade hat dem schnell ein Ende gemacht.« Ihre Lippen verzogen sich zu einem heimlichen Lächeln. »Vertrau mir, es war alles andere als schrecklich.«

Arik hob abwehrend die Hände. »Okay, das reicht mir. Mehr brauch ich gar nicht zu wissen.«

»Nein, mehr möchte ich auch gar nicht sagen.« Sie sah zu Shade hinüber, der gerade auf sie zugestampft kam und mit seiner schwarzen Lederjacke, der Sonnenbrille und den Stiefeln, die bei jedem Schritt einen pistolenähnlichen Knall verursachten, aussah wie der Terminator. »Er bringt mich jetzt gleich zu Limos, damit wir unser Mädchen-Ding durchziehen und sie vorbereiten können. Zur Zeremonie bin ich dann wieder da, okay?«

Er umarmte sie noch einmal. »Danke für alles.«

»Nein«, widersprach sie sanft. »Ich danke dir. Bis ich Shade traf, warst du der Einzige, der mich nie im Stich gelassen hat, und der Einzige, der immer ehrlich zu mir war. Du hast mir deine Geheimnisse anvertraut und nie an meiner Stärke gezweifelt, auch wenn ich das manchmal selbst tat. Ohne dich hätte ich nie gelernt, einem Mann zu vertrauen. Also verdanke ich es im Grunde dir, dass ich glücklich bin.«

Shade trat jetzt neben Runa und streckte Arik die Hand hin, die dieser ergriff. Das war das erste Mal, dass sie einander die Hände reichten.

»Viel Glück, Mann«, sagte Shade. »Das ist ja echt eine höllische Familie, in die du da einheiratest.« Shades Stimme senkte sich. »Vergiss nur nie, wie viel ihre Brüder Limos bedeuten. Denn aus eigener Erfahrung kann ich dir sagen, dass sie mit dir den Boden aufwischt, solltest du das vergessen.«

Lächelnd legte Runa den Arm um Shades Taille. »Ich liebe dich, Bruder.«

»Ich dich auch«, krächzte Arik.

Runa ging mit Shade und ließ Arik in einem tiefen Konflikt zurück, den er ausschließlich sich selbst zuzuschreiben hatte. Seinetwegen hatte Runa also gelernt, dass nicht alle Männer verlogene, gewalttätige, betrügerische Schleimbeutel waren. Toll. Einfach klasse. Warum hatte ihm eigentlich noch niemand eine Medaille verliehen?

Denn er hatte sie angelogen, und ganz gleich, wie oft er sich auch einreden mochte, dass alles – die Dinge, die er vor ihr geheim gehalten hatte, seine »Versäumnisse« und nicht etwa *Lügen* – nur zu ihrem eigenen Besten gewesen sei, war er davon selbst nicht mehr überzeugt.

Limos mochte Cara wirklich sehr. Das hatte sie schon, seit sie die Menschenfrau kennengelernt hatte, aber nachdem sie den ganzen Tag mit ihr verbracht hatte, wurde ihr klar, dass sie ein ganz besonderer Mensch war.

Sie waren in New York City gewesen, wo sie einen neuen Rekord im Speed-Shopping aufgestellt hatten: Limos hatte ein Brautkleid, Schuhe, Schmuck und Make-up gekauft. Die ganze Zeit über hatte Cara mehr Leute angerufen oder mit SMS bombardiert, als Limos zählen konnte, aber sie hörte unter anderem die Namen Sin, Tayla, Kar, Runa, Serena, Gem und Idess. Als sie schließlich wieder bei Ares zu Hause waren, um Limos vorzubereiten, waren Runa und Idess schon da, und Cara verschwand mit Ares, um irgendetwas bei Than zu regeln.

Limos kannte Idess noch nicht und war von der Brünetten – einer klassischen Schönheit – schwer beeindruckt, vor allem davon, wie nett sie war. Nicht, dass Limos etwas anderes erwartet hatte, aber Engel, die ihre Flügel verloren, neigten leider häufig zur Bitterkeit.

Apropos bitter – Harvester war immer noch nicht aufgetaucht, genauso wenig wie Reaver. Limos würde sich ihren Abend von ihrem Verschwinden nicht ruinieren lassen, aber sie wünschte sich doch, Reaver könnte dabei sein. Er war noch gar nicht lange ihre himmlische Wache, aber sie hatte sich auf Anhieb gut mit ihm verstanden. Er war anders als andere Engel mit ihrer pedantischen Spießigkeit. Mit Reaver konnte man richtig Spaß haben. Seine Zeit als Ausgestoßener schien ihn von jeglicher Spießigkeit kuriert zu haben.

»Dann ist es für dich also wirklich okay, die Hochzeitszeremonie zu vollziehen?«, fragte Li den Ex-Engel, als sie in Caras Schlafzimmer standen. »Möglicherweise gehst du damit ein großes Risiko ein.«

Idess testete die Temperatur des Glätteisens, mit dem sie gleich Limos' Haare traktieren würde. »So, wie sich das anhört, wäre es doch wohl ein viel größeres Risiko, es nicht zu tun. Die Welt kann es sich nicht leisten, dass du dich mit dem größten Bösewicht aller Zeiten zusammentust.« Sie zuckte mit den Schultern. »Außerdem ist Arik Runas Bruder, und für diese Familie würde ich alles tun. Ich verdanke den Sem-Brüdern sehr viel.«

»Idess hat außerdem einen überaus mächtigen Vater, mit dem sich wohl nur wenige anlegen würden.« Runa wirbelte Limos herum, um die Knöpfe am Rücken des Brautkleids zu schließen.

Limos, die gerade die exquisite Perlenstickerei auf der langen Schleppe bewundert hatte, sah auf. »Wen?«

Idess grinste, als sie eine Strähne von Limos' Haar nahm und durch das Glätteisen zog. »Azagoth.«

»Der Sensenmann?« Limos hoffte, ihre Stimme hatte nicht so erstickt geklungen, wie es ihr vorgekommen war. »Er ist dein Vater?«

»Jepp.«

Limos und Idess könnten also Halbschwestern sein. Dies war vermutlich nicht der richtige Zeitpunkt, um das zu erwähnen, und in Wahrheit war es wohl das Beste, Pestilences Aufmerksamkeit auf niemanden zu richten, den er verletzen könnte, bis er keine Bedrohung mehr darstellte, falls das wirklich jemals der Fall sein sollte. Wenn er erfuhr, dass er noch eine weitere Schwester hatte, würde Limos ihm durchaus zutrauen, dass er Idess einfach nur zum Spaß foltern würde.

»Okay«, sagte Limos, die jetzt unbedingt das Thema wechseln musste. »Dann ist das also für dich okay.« Ihr Bauch fühlte sich ganz kribbelig an, als Runa jetzt vor sie trat, um ihr weiße Satinschuhe mit hohen Absätzen anzuziehen. »Und du, Runa?«

»Arik verdient es, glücklich zu sein.« Sechs Wörter, mit denen Runa alles gesagt hatte. Vielleicht war sie nicht begeistert, aber sie würde akzeptieren, dass es das war, was ihr Bruder wollte.

»Ja, das tut er. Ich habe in meinem Leben nicht viele Männer wie ihn getroffen«, sagte Limos still. »Arik … er bringt mich dazu, eine bessere Person sein zu wollen.« Arik die Wahrheit zu sagen, machte sie froher, als irgendeine Lüge es je vermocht hatte. »Das ist ganz schön schmalzig, oder?«

»Es ist dein Hochzeitstag. Da muss es schmalzig werden.« Runas Lächeln erinnerte Limos an Arik. Ihre Augen und Haare hatten verschiedene Farben, aber sie hatten denselben Mund, dieselbe Augenform und dieselbe präzise, wohlüberlegte Art, sich zu bewegen.

»Darf ich dich etwas fragen?«, sagte Limos.

Runa zuckte mit den Schultern.

»Ich will ja nicht unhöflich sein, aber … was bist du?«

Runa zog eine Augenbraue in die Höhe. »Du denkst da wohl daran, dass ich mich mitten am Tag in einen Warg verwandelt habe?« Als Limos nickte, fuhr Runa fort: »Ich wurde von einem Werwolf gebissen, der mich dem Tode nah liegen ließ. Arik fand mich, brachte mich zum R-XR, und die haben an mir eine experimentelle Heilmethode ausprobiert. Hat nicht funktioniert, aber dadurch besitze ich die Fähigkeit, mich jederzeit zu verwandeln, und nicht nur bei Vollmond. Aber jetzt haben wir genug über Monster geredet.« Sie nahm eine kleine Schmuckschatulle vom Bett und öffnete sie. Darin lagen wunderschöne blaue Topas-Ohrringe. »Etwas Geborgtes und etwas Blaues.«

Idess reichte Limos ein weißes Strumpfband. »Etwas Neues. Einen Moment bitte … so, hier kommt auch noch etwas Altes.« Sie griff in einen kleinen Satinbeutel und zog ein zierliches Armband heraus, das aus winzigen, geschnitzten Elfenbeinperlen bestand. »Das hier kommt von Wraiths Gefährtin, Serena. Sie ist eine Art Schätzjägerin, und das hat sie – ich schwöre, das ist die Wahrheit! – in einer echten Piratenschatztruhe gefunden. Angeblich wurde es von Eleonore von Aquitanien bei ihrer Hochzeit mit ihrem ersten Ehemann, König Louis VII., getragen.«

»Äh … du weißt schon, dass die Ehe ein schlechtes Ende nahm, oder?«, fragte Limos.

Idess zuckte mit den Schultern. »Na, bei ihrer zweiten Hochzeit hat sie es nicht getragen, und die war auch nicht viel besser.«

»Gutes Argument.« Limos zog das Armband, das Strumpfband und die Ohrringe an. Als sie fertig war, blickte sie zum ersten Mal, seit sich die anderen Frauen um ihre Haare und ihr Make-up gekümmert hatten, in den Spiegel.

Sie wäre um ein Haar in Ohnmacht gefallen.

»Alles klar mit dir?«, fragte Runa.

Limos' Augen brannten. »Ich … ich bin …«

»Wunderschön«, beendete Idess ihren Satz.

»Ja.« Limos' Stimme war kaum mehr als ein Flüstern.

Menschenmädchen auf der ganzen Welt träumten von ihrem Hochzeitstag, verbrachten Jahre damit, ihn sich in allen Einzelheiten auszumalen. Limos hingegen hatte Jahrhunderte lang davon geträumt, was sie tun würde, wenn sie eine ganz gewöhnliche Frau wäre, und ihre Vorstellungen dabei nach der jeweils herrschenden Mode abgeändert. Und jetzt war es endlich so weit. Sie fühlte sich wunderschön und feminin, wie die glücklichste Frau der Welt.

Runas Handy klingelte. Sie ging dran und kehrte gleich darauf zu Limos zurück. »Das war Shade. Er sagt, es ist alles fertig. Wir sollen draußen ankommen, wo du immer dein Tor öffnest.«

Limos führte alle nach draußen und öffnete ein Tor, auch wenn ihr dabei die Hände zitterten. Runa, Idess und sie traten hindurch und kamen auf dem verschneiten Hof vor dem Eingang heraus. Jemand hatte ein langes Zelt errichtet und einen roten Teppich ausgerollt, dazu erleuchtete eine ganze Reihe von Kerzen den Weg bis zur Tür.

»Wow«, sagte sie. »Das ist unglaublich schön.« Thanatos und Ares kamen auf sie zu, beide im Smoking und mit einem dicken, fetten Grinsen im Gesicht.

»Wir gehen dann schon mal rein«, sagte Runa. »Viel Glück.«

Die Frauen beeilten sich, hineinzukommen, während Limos' Brüder vor ihr Halt machten.

»So etwas Schönes hab ich noch nie im Leben gesehen.« Than ließ sich auf ein Knie nieder und küsste ihr die Hand. Er war immer so förmlich.

Ares beugte sich vor und hauchte ihr einen Kuss auf die Wange. »Du siehst umwerfend aus.«

Limos musste ein Schluchzen unterdrücken. »Danke.« Sie räusperte sich. »Wer führt mich zum Altar?«

»Wir beide.« Sie hielten ihr den Arm hin und sie hakte sich bei ihnen ein, um zwischen ihren Brüdern auf den Eingang zu Thans Festung zuzugehen.

Als sie eintraten, blieb sie einen Augenblick lang überwältigt stehen. Der große Saal hatte sich tatsächlich in ein Winterwunderland verwandelt. Der Boden war mit künstlichem Schnee und Glitter bedeckt. Überall standen hell erleuchtete Weihnachtsbäume, und riesige Bouquets mit weißen und silberfarbenen Weihnachtssternen und funkelndem Schleierkraut schmückten Tische, die mit Essen und Getränken beladen waren. An der gegenüberliegenden Wand sprudelte ein Champagnerbrunnen, und im Kamin prasselte ein gewaltiges Feuer, dessen Flammen in allen denkbaren Farben leuchteten, vom gewöhnlichen Orange über Blau und Grün bis hin zu Violett.

Und auf einer improvisierten Bühne mitten im Saal befanden sich Idess und Arik. Als sich Ariks und Limos' Blicke trafen, bebte ihr Herz. Er trug eine steife Uniform, die sich perfekt an seine breiten Schultern, den gewaltigen Brustkorb und die schlanke Taille schmiegte. An der Hüfte hing ein schwarzes zeremonielles Holster, wenn sie auch bezweifelte, dass an der Pistole, die darin steckte, irgendetwas Zeremonielles war. Seine langen Beine waren leicht gespreizt, die Hände hinter dem Rücken verschränkt.

Sein durchdringender Blick bohrte sich in sie hinein. In den haselnussbraunen Tiefen seiner Augen funkelte eine Gier, die ihr glatt den Atem verschlug. Sie hatte ihn schon immer gut aussehend gefunden, hatte immer den Soldaten in ihm gesehen, aber während sie jetzt auf ihn zuschritt, sah sie das ganze außergewöhnliche Paket: ehrenwerter Soldat, mächtiger Krieger, leidenschaftlicher Liebhaber, atemberaubend attraktiver Mann.

»Bist du immer noch sicher?«, flüsterte Thanatos ihr ins Ohr. Als hätte Arik ihn gehört, nickte er ein einziges Mal langsam.

Wenn sie noch irgendeinen Zweifel gehegt hätte, war er spätestens jetzt verschwunden.

»Ja«, flüsterte sie zurück. »So sicher war ich mir noch nie im Leben.«

26

Regan hasste Hochzeiten. Sie hasste sie wirklich. Nicht nur, dass sie es verabscheute, sich während der langweiligen Zeremonie den Hintern platt zu sitzen, sie begriff auch einfach nicht, welchen Sinn es hatte, jede Menge Geld auszugeben, das meiste davon für andere Leute, wenn es doch viel besser als Anzahlung für ein Haus oder für die Flitterwochen angelegt wäre. Warum bis über die Ohren verschuldet in eine Ehe starten?

Vor allem, wenn die meisten Ehen sowieso mit einer Scheidung endeten. Wenn man das Geld für die Flitterwochen ausgab, hatte man zumindest die Erinnerung an ein paar Tage an einem Ort, den man liebte, selbst wenn man mit dem Arschloch dort gewesen war, von dem man sich am Ende scheiden ließ.

Viele hielten sie für zynisch. Eine Pessimistin. Aber das war sie nicht, sie war nur realistisch.

Doch in diesem Fall war dem Ereignis zumindest keine große Planung vorausgegangen, und die Reiter schienen Geld wie Heu zu haben. Außerdem hatte niemand von Regan verlangt, sich schick anzuziehen. Und was noch besser war: Dies würde keine normale Hochzeitszeremonie werden. Es kam ihr eher vor wie eine große Party, deren Gäste zum größten Teil übernatürliche Wesen waren.

Der große Saal sah aus wie im Märchen. Überall leuchteten Kerzen, Tannenbäume waren mit Lichtern und Flitter geschmückt worden, und Konfetti über Tische und Regale verstreut. In der Küche waren Thans Vampire und Ares' und Limos' Dienerschaft damit beschäftigt, Hors d'œuvres für den Empfang vorzubereiten, der in Wahrheit wohl eher eine Trink- und Fressorgie werden würde.

Immer vorausgesetzt, die Zeremonie ging problemlos über die Bühne.

Obwohl die vorhochzeitliche Stimmung durchweg erbaulich gewesen war, war die darunterliegende Sorge doch deutlich spürbar gewesen. So hatten Sin und Lore beispielsweise ihre Kontakte genutzt, um eine ganze Horde Assassinen als Security anzuheuern, und Cara steuerte die Unterstützung durch ihre Höllenhunde bei, die draußen auf Patrouille gingen. Nur einer von ihnen war drinnen: ein sabbernder Welpe mit Knickohren namens Hal, der tollpatschiger war als ein betrunkener dreibeiniger Elch. Vielleicht war er ja auch tatsächlich betrunken – Regan hatte ihn schon zweimal mit der Schnauze im Champagner-Brunnen erwischt.

Und dann war da noch Thanatos, der definitiv nicht betrunken war. Der Mann war ein Muster an Selbstbeherrschung und Grazie, wie er da auf der Bühne stand, auf der Limos und Arik einander zugewandt ihre Gelübde sprachen. Sein seidiges blondes Haar umrahmte sein eckiges Gesicht, die Flechten an den Schläfen trugen nur zu seiner wilden Schönheit bei. Sein schwarzer Smoking spannte sich über breite Schultern und schmiegte sich so perfekt an seinen muskulösen Hintern und seine Oberschenkel, dass man sah, dass er ihm auf den Leib geschneidert worden war.

Und zu diesem wunderbaren Anzug trug er … Kampfstiefel. Hätte es sich um jemand anders gehandelt, hätte sie vermutet, er habe vergessen, die Schuhe zu wechseln, aber nicht Thanatos. Dafür war er viel zu detailverliebt und sorgfältig. Dies war der Mann, der die Stunden vor der Zeremonie damit verbracht hatte, durch seine Festung zu schleichen wie ein Tiger, der sein Revier bewacht, jeden Winkel und jede Ecke mindestens zwei

Mal gecheckt hatte, die Waffen der Wachen überprüft hatte und es insbesondere darauf angelegt zu haben schien, Regan zu ignorieren. Wie zur Hölle sollte sie bloß einen Kerl verführen, der sie seit ihrer Begegnung im Fitnessraum mied, als ob sie ihn mit einer besonders ekligen Krankheit angesteckt hätte?

Dabei hatte sie ihn durchaus erwischt, wie er sie angestarrt hatte, die aufgestaute Hitze seiner Augen ihr die Haut versengte, doch schon einen Moment später kehrte die kalte Gleichgültigkeit zurück, und er wandte sich mit einer Miene arroganter Zurückweisung wieder ab.

Der Mann war ein Rätsel. Ein gefährliches, sexy Rätsel. Im Laufe der vergangenen Tage war sie ihm mehrfach zufällig über den Weg gelaufen. Mal hatte er neben dem Feuer gesessen und gelesen; seine Finger hatten ein Buch liebkost, als wäre es eine Geliebte. Wenn sie ihn das nächste Mal sah, hatte er vielleicht seinen Panzer angelegt und war blutüberströmt, und sogar die Luft um ihn herum knisterte, als würde sich ein Gewitter zusammenbrauen. Er sagte nie auch nur ein einziges Wort, teilte ihr nie freiwillig irgendetwas mit, und sein Sinn für Humor war mit einem Mal ziemlich … schräg.

Ja, Regan litt eindeutig an einer milden Zwangsneurose und hatte die Neigung, all ihre Aufzeichnungen in ordentlichen Stapeln zu je zwölf Blättern in seiner Bibliothek aufzubewahren. Aber Than schien sich einen Spaß daraus zu machen, ein einzelnes Blatt einfach so von einem Stapel auf einen anderen zu legen, nur um sie in den Wahnsinn zu treiben. Sie wusste genau, dass er es war, denn die Vampire hatten ihr glaubhaft versichert, ihre Arbeit nicht anzurühren, aber der Reiter … er leugnete gar nichts. Er sah einfach nur zu, wie sie schimpfte, während sich bei ihm ein Mundwinkel – der übrigens nur dazu geschaffen zu sein schien, Frauen feucht werden zu lassen – zu der Andeutung eines Lächelns verzog.

Mühsam riss sie den Blick von ihm los und begann erneut, die Umgebung zu beobachten, denn trotz der massiven Sicherheitsmaßnahmen fühlte sich Regan alles andere als sicher. Kein Wunder, wenn die Security aus Dämonen, Vampiren, Gestaltwandlern und Höllenhunden bestand. Das war für einen Wächter so ziemlich das genaue Gegenteil von sicher. Jemand tippte ihr auf die Schulter, und als sie sich umdrehte, stand einer von Thanatos' Vampiren, Atrius, vor ihr. Mit einer Flasche, in der sich offenbar Wein befand.

»Dies ist ein sehr seltener Honigwein«, sagte er. »Von Ex-Mönchen angefertigt, die ihre Kenntnisse über Honigwein nutzten und mit übernatürlicher Magie vermischt haben.«

»Und warum genau erzählen Sie mir das?«

»Es ist Thanatos' Lieblingsgetränk.«

Sie beäugte ihn misstrauisch. »Und?«

»Es ist ein Geschenk«, sagte der Vampir. »Ein Dankeschön dafür, dass Sie Thanatos' Laune verbessert haben.«

Sie war sich ziemlich sicher, dass ihre Augen hervortraten. »Er ist *besserer* Laune, seit ich angekommen bin?« Du lieber Gott, wie mochte er dann bloß sein, wenn sie nicht da war?

»Seine Stimmungsschwankungen waren stärker«, gab der Vampir ohne Umschweife zu. »Aber er hat in letzter Zeit öfter gelächelt als sonst, seit er Reseph verlor.«

»Hm. Okay. Und danke.«

Der Kerl grinste, als ob sie sich eine Ader für ihn geöffnet hätte. »Ich werde mir erlauben, den Wein in Ihr Schlafzimmer zu stellen. Allerdings würde ich vorschlagen, dass Sie nicht mehr als einige Schlucke davon trinken. Er ist zu stark für Menschen.«

»Danke für den Tipp.« Sie hatte nicht vor, überhaupt davon zu trinken. Er hatte gesagt, das Zeug sei mit Magie vermischt, und das konnte ja nur schlecht sein. Aber hey, wenn Thanatos das mochte, war das okay für sie.

Der Vampir ging gemessenen Schrittes davon, und sie war wieder allein. *Allein*, das war etwas, woran sie gewöhnt war. *Allein* gefiel ihr.

Auf der andern Seite des Saals drehte sich Thanatos um, und sein Blick bohrte sich in sie hinein. Überall um sie herum wurde gelacht; die Leute umarmten einander, hielten sich bei den Händen. Aber nicht Thanatos. Und nicht Regan.

In einem Saal voller Leute waren sie allein.

Nur gut, dachte sie, dass ihr das so gefiel.

Die Hochzeit war genauso, wie Limos es sich erträumt hatte. Komisch nur – da stand sie vor Arik in einem wunderschön geschmückten Saal voller Leute und köstlichem Essen und nahm nichts davon wahr. Sie konzentrierte sich einzig und allein auf Arik. Er stellte für sie die Welt dar. Sie hatte die Worte wiederholt, die Idess ihr vorgesagt hatte, wie auch Arik. Was sie aber wirklich mit schnulziger Wärme erfüllt hatte, waren die Worte gewesen, die Arik dem obligatorischen »Ich nehme dich zu meiner Ehefrau, meiner Gefährtin, meinem Verlangen« hinzugefügt hatte. Am Ende hatte Arik die Stimme gesenkt und gesagt: »Meinem *einzigen* Verlangen.«

Idess griff nach dem Athame und dem Kelch auf dem Altar neben ihr. Mit dem zeremoniellen Dolch schnitt sie sich in den Daumen, das Blut fing sie im Kelch auf.

»Streckt eure Hände aus.« Behutsam wiederholte sie das Ritual bei Arik und Limos und wischte mit dem Blatt irgendeines Krauts über die Schnitte. Dann hielt sie den Kelch in die Höhe. »Euer Blut wird euch binden, und durch das Blut eines vormaligen Engels erkläre ich euch für verheiratet. Benässt eure Lippen, und dann sprecht die Wahrheit.«

»Die Wahrheit sprechen?«, fragte Arik.

Idess neigte den Kopf. »Ihr müsst diesen Bund auf der Grundlage der Wahrheit eingehen. Ihr werdet beide ein bedeutendes Geheimnis enthüllen, während das Blut eures Gefährten eure Lippen benetzt. Je größer das Geheimnis, desto stärker ist der Bund der Ehe. Eine Lüge wird brennen, aber eine Wahrheit … Ihr werdet schon sehen. Ihr könnt den anderen bitten, eine bestimmte Wahrheit zu äußern, oder ihr lasst den anderen selbst entscheiden, was er enthüllen möchte.«

Oh … Gott. Limos wurde von panischer Angst erfasst, deren brennende Tentakel ihr jegliche Orientierung raubten. Beinahe hätte sie ihre Rüstung angelegt und das Schwert gezogen, um gegen den unsichtbaren Feind zu kämpfen, der ihren Körper attackierte. Wie konnte dies ein Teil einer Hochzeitszeremonie sein?

Arik nahm den Kelch und führte ihn ohne zu zögern an die Lippen. Seine Augen glühten in einem von Rauch überdeckten Feuer, als stünde ein Wald in Flammen. Als er den Kelch wieder absetzte, glänzten seine Lippen leuchtend rot.

»Eine Wahrheit«, sagte er nachdenklich. »Gibt es etwas, was du wissen willst?«

»Die Frauen«, platzte es aus ihr heraus. »Du hast mir immer noch nichts über sie gesagt.«

»Das liegt daran, dass ich nicht besonders stolz darauf bin, dass es so viele waren. Und an einige … erinnere ich mich nicht mal.« Bei Ariks Worten begann ein Schmerz in ihr zu pochen und fügte ihren ganzen Ängsten noch eine weitere Schicht hinzu. Sie hätte nicht fragen sollen. »Zwanzig waren es sicherlich, vermutlich mehr. Aber ich schwöre dir, dass es keine andere mehr geben wird und sich nicht eine dieser Frauen mit dir messen konnte.« Seine Stimme wurde vor Gefühlsduseligkeit ganz heiser. »Das beantwortet wohl deine Frage, aber es gibt noch etwas, das ich dir sagen möchte. Ich würde zulassen, dass du all diese Frauen aus meinem Gedächtnis tilgst, wenn du es willst. Und das ist das Aufrichtigste, was ich je gesagt habe.«

Es verschlug ihr fast den Atem. Dass er ihr erlauben würde, sich noch einmal an seinen Erinnerungen zu vergreifen, angesichts der Tatsache, wie wichtig ihm die Unversehrtheit seiner Gedanken war, war ein riesiges Kompliment und ein Vertrauensbeweis. Nicht, dass sie es tun würde, selbst wenn sie in der Lage wäre, so weit zurückzugreifen und diese Fäden zu zerschneiden. Sie würde seine Gedanken nie wieder anrühren. Ihre Augen brannten, und in ihrer Kehle hatte sich ein dicker Kloß gebildet. Was für ein Glück sie mit diesem Mann hatte.

Hatte sie das überhaupt verdient?

Er reichte ihr den Kelch, den sie mit zitternden Händen entgegennahm, und beobachtete sie erwartungsvoll. Wie alle anderen auch. Als das Zittern so stark wurde, dass sie den Kelch kaum noch halten konnte, nahm Arik ihre Hände in seine und führte den Kelch an ihren Mund. »Du kannst das«, flüsterte er.

Warme Nässe benetzte ihre Lippen und ihre Zunge, und die Waagschalen auf ihrer Schulter senkten sich in wildem Tempo abwechselnd auf die eine und die andere Seite. »Arik«, sagte sie mit erstickter Stimme. »Ich … ich …«

Sie sollte lügen. Irgendwas erfinden. Der Drang, eine dicke, fette Lüge aufzutischen, war so mächtig, dass sie die Zähne fest aufeinanderbeißen musste. Nichts wünschte sie sich mehr, als den Grundstein für eine stabile Beziehung zu legen, aber da waren diese ganzen Leute um sie herum, und für die musste sie sich unbedingt eine Geschichte ausdenken. Sie hatte schon einmal vor einer Menge gestanden und sie mit fantastischen Geschichten angefeuert, die zu einer Rebellion gegen ihren Herrn geführt hatten. Jedes Wort hatte zu ihrem wilden, wonnigen Rausch beigetragen. Selbst jetzt beschleunigte sich ihre Atmung, ihr Blut schoss wie ein tobender Fluss durch ihre Adern, und alle möglichen Lügen wirbelten ihr durch den Kopf, kämpften darum, auserwählt zu werden –

»Hey.« Ariks tiefe, beruhigende Stimme durchdrang ihre Panik, und ihr wurde bewusst, dass sie so ziemlich jeden angesehen hatte – außer ihm. »Meine Augen«, sagte er. »Sieh mich an. Ich bin bei dir.«

Sie klammerte sich an seinen Blick, als wäre er ihr Rettungsring, und ließ alles andere von sich abfallen. *Ich kann das tun. Für ihn kann ich alles tun.*

Trotzdem kam immer noch nichts aus ihrem Mund. Es gab einfach zu viele Geheimnisse, unter denen sie wählen musste, und alle waren grauenhaft und verletzend.

Arik wusste das, der Gute, er wusste es und kam ihr zu Hilfe.

»Da dies unsere Hochzeit ist, vielleicht kannst du es ja deinem Ex in die Schuhe schieben?« Er wackelte mit den Augenbrauen, was ihr ein kleines Lächeln entlockte. »Hast du vielleicht ein Geheimnis, das dich und ihn betrifft?«

Die Furcht erzeugte einen sauren Geschmack in ihrem Mund, denn ja, sie hatte ein Geheimnis, das sie nie hatte erzählen wollen, aber wenn sie es je preisgeben sollte, dann war dies der richtige Zeitpunkt und der perfekte Ort.

»Ich habe aus freien Stücken an meiner Verlobung teilgenommen.« Sie räusperte sich. Die entsetzten Blicke ihrer Brüder schienen Löcher in sie hineinzubrennen, aber sie ignorierte sie, konzentrierte sich vollkommen auf Arik und betete, dass er sie nach ihrer Beichte nicht hassen würde. »Ich wollte Satans Braut sein, und wenn er mich zu diesem Zeitpunkt hätte haben wollen, dann hätte ich es getan.«

So. Sie hatte es ausgesprochen. Ihr Magen rebellierte, und ihr Deo hatte versagt, aber sie hatte es getan. Die Stille im Saal begann unerträglich zu werden, während Arik dastand, stoisch und mit neutraler Miene.

»Wenn ihr die Wahrheit des anderen akzeptiert«, sagte Idess, »dann dürft ihr euch jetzt küssen.«

Diese Warterei … o du liebe Güte, diese schreckliche Warterei. Limos dachte schon, ihr Herz würde gleich explodieren, und dann geschah das Unglaubliche: Arik trat auf sie zu und drückte seine Lippen langsam, so langsam auf ihren Mund. Ihr Blut vermischte sich, ihre Zungen trafen aufeinander, und ein mächtiges, intensives Glücksgefühl überkam beide. Sie wusste, dass er es ebenfalls spürte, denn in diesem Moment war es, als ob sie ein einziges Wesen wären, in nahezu orgiastische Ekstase zusammengeschweißt.

Ihr federleichter Körper prickelte überall. Wie hieß es doch gleich? Die Wahrheit macht dich frei? Ja. Sie fühlte sich freier als je zuvor, und als sich Ariks Arme um sie legten, fühlte sie sich auch sicherer. Sicher und begehrt und frei.

»Ich gratuliere«, murmelte Idess. »Ihr seid verheiratet.«

Arik hätte in einer Million Jahren nicht gedacht, dass er je heiraten würde. Oder, besser gesagt, mit einer Gefährtin verbunden werden würde. Was in der übernatürlichen Welt ein sogar noch stärkerer Bund als die Ehe war, weil diese Verbindung in der Regel körperlicher Natur war. Die Sem-Brüder beispielsweise konnten sich nur dann aus ihrer Verbindung lösen, wenn ihre Gefährtin starb.

Idess zufolge galt dasselbe für ihre Verbindung. Hoffentlich würde sich Limos nicht allzu rasch die Scheidung wünschen …

Sein ganzer Körper brannte vor Glück, als sie von der Bühne hinunterstiegen, und er fragte sich, wie lange dieses Gefühl wohl anhalten würde. Das Blut-und-Wahrheit-Ritual war auf so vielen Ebenen übermächtig gewesen: unangenehm, beängstigend und am Ende befreiend. Er hatte gar nicht gewusst, wie sehr er Limos vertraute, bis er schließlich seine Wahrheit ausgesprochen hatte, und als sie zugegeben hatte, dass sie aus freien Stücken in die Verlobung eingewilligt hatte, hatte er nichts als Stolz darüber gespürt, dass sie ihm etwas anvertraut hatte, das als ein schmählicher Schandfleck auf ihrer Seele gelastet haben musste.

Von allen Seiten kamen Leute auf sie zu, gratulierten, umarmten sie und klopften ihnen auf den Rücken. Es schien, als ob das ganze *Underworld General* gekommen wäre, und die auffällige Abwesenheit von Ariks Kollegen vom R-XR und der Aegis schenkte ihm einen Moment surrealer Klarheit: Seine Welt hatte sich wahrhaftig von Grund auf verändert.

Er wünschte sich, Ky und Decker hätten kommen können, aber sie hatten es mit einem weiteren Angriff auf eine Aegis-Zelle sowie einem plötzlichen Ausbruch von Dämonenangriffen auf menschliche Krankenhäuser zu tun. Offenbar setzte Pestilence alles daran zu verhindern, dass die Menschen den von ihm angerichteten Schaden wieder reparierten. Dieser Mistkerl.

Nach und nach ließ der Ansturm nach, als sich alle auf das Essen und die Getränke stürzten, und das gab Thanatos und Ares endlich die Gelegenheit, das Paar anzusprechen. Limos spürte, wie die Anspannung wieder von ihr Besitz ergriff.

»Hey.« Sie drückte Ariks Hand so fest, dass er schon glaubte, das Krachen seiner Gelenke zu hören. »Was ich da während der Zeremonie gesagt habe –«

»Es war nicht leicht, das zu hören«, unterbrach Than sie, »aber es gibt wohl bei uns allen Dinge in der Vergangenheit, auf die wir nicht stolz sind. Wir können dir wohl kaum etwas übel nehmen, was du vor Tausenden von Jahren getan hast.«

Ares nickte. »Du bist nicht länger die Person, die du in Sheoul warst. Wir lieben dich, Limos, ganz gleich, was du damals getan hast.«

Ares' Worte hätten Limos trösten sollen, aber als ihre Brüder sie umarmten, erhaschte Arik einen kurzen Blick auf die Sorge in ihrem Gesicht, ein Zögern in ihrem Lächeln. Aber vielleicht bildete er sich das auch nur ein, denn als die Brüder davonschlenderten, war sie wieder ganz sie selbst, stellte sich auf die Zehen und flüsterte Arik ins Ohr: »Wir könnten uns doch in eins von Thans leeren Zimmer verdrücken.«

Er stöhnte, sein Schwanz zuckte – er war mit ihrem Vorschlag mehr als einverstanden. Nur schade, dass alle Augen auf ihnen ruhten. »So gern ich das auch tun würde, fürchte ich doch, das würde den Leuten hier auffallen.«

»Und?«

»Und … zufällig weiß ich, über welch ausgeprägten Beschützerinstinkt deine Brüder verfügen«, er schnappte sich zwei Champagnerflöten vom Tablett eines vorübereilenden Kellners, »und ich möchte nicht, dass sie mich umbringen, nur weil ich dafür verantwortlich bin, dass dein erstes Mal nur ein Fick in einem Schrank ist.«

»Fick?« Sie lachte laut auf. Es klang wunderschön und stand ihr.

Er reichte ihr eines der Gläser. »Ja, Fick. Und wenn das nicht funktionieren sollte, will ich nicht, dass alle hier mich schreien hören, wenn das Ding da mir die Finger abhackt.« Bei dieser Vorstellung bewegte sich sein Schwanz recht schnell wieder in die Ausgangsstellung zurück.

»Es wird funktionieren«, sagte sie. »Hoffe ich jedenfalls. Ich bin geil.«

Arik wäre beinahe an seinem Champagner erstickt, und Ares klopfte ihm ein paar Mal herzhaft auf den Rücken.

»Alles klar mit dir, Mann? Hier wird nicht eher abgekratzt, als bis du Limos aus diesem Keuschheitsgürtel rausgeholt hast.«

Und der nächste Erstickungsanfall. Seit wann besaß Ares überhaupt Sinn für Humor?

»Einverstanden«, säuselte Limos. »Ich freu mich jetzt schon seit fünftausend Jahren darauf, endlich mein Jungfernhäutchen zu verlieren.«

Diesmal verschluckte sich Arik nicht. Er hörte einfach auf zu atmen.

Ares packte ihn bei der Schulter. »Vielleicht solltet ihr beiden endlich mal loslegen.«

O Gott. Fehlte nur noch, dass Ares Arik persönlich auszog und sie in ein Schlafzimmer schubste. »Ich, äh …«

»Bis ihr beide die Ehe vollzogen habt, ist Limos' Vertrag immer noch gültig«, erinnerte Ares sie mit ernster Stimme.

So groß seine Erleichterung auch war, dass Ares nicht einfach nur wild darauf war, dass seine Schwester endlich flachgelegt wurde, so sehr nervte ihn die Erinnerung an die Realität. »Wir werden uns gleich wegschleichen«, sagte Arik. »Aber das ist Limos' Party, und die soll sie genießen.«

Ares legte den Arm um Limos und zog sie in einer brüderlichen Umarmung an sich. »Ich glaube, mit diesem Menschen hast du eine gute Wahl getroffen.«

Limos grinste. »Blödmann.«

Ares stürzte sich wieder in die Menge, auf der Suche nach Cara, die gerade dabei war, Hal wegen irgendetwas auszuschimpfen. Der Höllenwelpe blickte sie mit großen, traurigen Augen und hängenden Ohren an, aber sein Schwanz klopfte auf den Boden. Arik hoffte nur, dass Cara wusste, dass sie gerade für dumm verkauft wurde.

»Ich bin gleich wieder da.« Limos drückte ihm einen Kuss auf die Wange. »Ich will mich nur bei Idess und Runa für alles bedanken.«

Er sah ihr hinterher, als sie leichtfüßig davonglitt. In seinen Fingern juckte es, ihr die Haare herunterzulassen, die auf ihrem Kopf zu einer lockeren Hochsteckfrisur zusammengefasst waren. Dieser Stil stand ihr umwerfend gut, da er ihren schlanken, wohlgeformten Hals betonte, aber er wollte einfach nur, dass sie die Haare löste und ihr Kleid auszog, und das schleunigst. Sie nackt zu sehen, wäre ihm durchaus einen abgetrennten Finger wert.

»Gratuliere.« Regan tauchte mit einer Flasche Wasser in der Hand an seiner Seite auf. Aus irgendeinem Grund verzog sie das Gesicht, als sie seinen Champagner sah. Vielleicht trank sie keinen Alkohol.

Vielleicht war sie schwanger.

O verdammt. Er schmeckte bittere Galle in seiner Kehle. Er hatte soeben Thanatos' Schwester geheiratet und saß auf einem Riesenhaufen Informationen über ihn. Er kapierte, warum die Aegis davon überzeugt war, dies tun zu müssen, und vor noch gar nicht allzu langer Zeit hätte er ihrem Rettet-die-Welt-Plan möglicherweise zugestimmt. Aber was er früher in Schwarzweiß gesehen hatte, lag inzwischen in widerlichen Grautönen vor ihm, und sein Sinn für Fairness protestierte lautstark.

Thanatos hatte Besseres verdient, als als Zuchthengst missbraucht zu werden. Er sollte ein Mitspracherecht haben, wenn es darum ging, ein Kind in die Welt zu setzen.

Er senkte die Stimme. »Bist du schwanger?«

Sie schnaubte. »Dazu müsste man erst mal Sex haben.«

Gott sei Dank. »Tu das nicht, Regan. Geh nach Hause und vergiss den Plan der Aegis.«

»Was geht dich das denn an?«

»Ich habe soeben in diese Familie hineingeheiratet. Und ich kann so etwas nicht vor meiner Frau geheim halten.«

Regan spießte ihn mit ihrem harten Blick auf. »Siehst du, das ist der Grund, warum ich niemals heiraten will. Es nimmt dir deine Unabhängigkeit und deine Fähigkeit, selbst zu denken.«

Er hatte nicht vor, darüber mit ihr zu streiten, aber er würde sehr deutlich machen, wo er stand. »Du wirst noch heute von hier fortgehen, oder aber ich gehe zu den Reitern.« Morgen würde er der Aegis einen Besuch abstatten und sie davon überzeugen, dass

Thanatos bei dieser Entscheidung nicht ausgeschlossen werden durfte.

Regans Augen blitzten. »Fein. Aber dann erklärst du den Ältesten, warum ich versagt habe. Und dann erklärst du der gesamten Welt, dass die Apokalypse hätte verhindert werden können.« Sie warf einen Blick auf sein Glas und lächelte ihn boshaft an. »Genieß deinen Champagner.« Damit stolzierte sie davon.

Er stand da, beäugte sein Glas und fragte sich, warum er das Gefühl hatte, der Angeschmierte zu sein.

Na, egal. Er würde sich von der kratzbürstigen Wächterin jedenfalls nicht seinen Hochzeitstag verderben lassen. Er fand Limos, die gerade ihren Champagner austrank, das Glas ins Feuer warf, wo es zersprang, und einen lauten Jubelschrei ausstieß. Überall um sie herum begannen die Leute ebenfalls zu jubeln und zu tanzen. Limos packte ihn bei der Hand und zog ihn in einen etwas geschützten Alkoven.

»Du kleine Hexe«, sagte er, als ihm klar wurde, was sie getan hatte. »Du hast sie alle abgelenkt.«

»Jupp.« Sie legte ihm die Hand auf den Hinterkopf und zog ihn zu sich hinunter, um ihn zu küssen. Ihre Zunge war heiß, ihr Mund nass, und innerhalb zweier Herzschläge war er so angetörnt, dass er sie gegen die Wand gedrückt hatte. Sie schnurrte zustimmend und legte ihm die Arme um den Hals. Er ließ die Hände über ihre Seiten bis zu ihren Hüften hinuntergleiten, während er ihre Lippen abschleckte und an ihnen knabberte.

Gott, fühlte sie sich gut an, und als sie den Rücken durchbog und ihre Brüste gegen ihn presste, verlor er sich vollkommen in seinen Sinneswahrnehmungen.

Verlor sich in *ihr*.

»Ich liebe dich«, flüsterte er, und sein Herz hätte beinahe zu schlagen aufgehört, als sie erstarrte.

»Was hast du gesagt?«

Scheiße. Jetzt hatte er alles ruiniert. Tja, aber für einen Rückzug war es zu spät. »Ich liebe dich. Ich bin nicht sicher, wann es passiert ist, aber es ist passiert, und es tut mir nicht leid.«

Sie schloss die Augen, und als sie sie wieder öffnete, leuchtete ein violettes Licht in ihnen. »Ich hätte nie gedacht, dass ich diese Worte je zu hören bekommen würde.« Ihre Finger glitten durch sein Haar und vergruben sich darin. »Ich liebe dich auch, Arik. Und ich will Kinder.«

»*Sofort*?«

»Ja.« Sie schüttelte den Kopf. »Ich meine … meine biologische Uhr tickt seit fünftausend Jahren. Und dabei bilden sich menschliche Frauen ein, *sie* wären schlecht dran … Aber das wäre wohl nicht klug. Nicht, ehe die Bedrohung durch Pestilence vorbei ist. Das Schlimmste, was ich mir vorstellen kann, wäre schwanger zu sein, wenn mein Siegel bricht. Aber ja, ich will Kinder haben, und darum sollten wir schon mal üben. Viel üben.«

Er schluckte ein ums andere Mal, bis er das Gefühl hatte, sprechen zu können, ohne wie eine Heulsuse zu klingen. »Ich glaube«, flüsterte er, »es ist Zeit, nach Hause zu gehen.«

Mit einem verruchten Lächeln ließ sie ihre Hand nach unten wandern, um seine pralle Erektion durch die Hose hindurch zu streicheln. »Meinst du denn, das schaffst du?«

»Nicht, wenn du so weitermachst.«

Ihre Hände legten sich wieder auf seine Schultern. »Ich kann es kaum erwarten, dich endlich zu lieben«, murmelte sie. »Ich hab schon so lange darauf gewartet, aber jetzt bin ich froh darum. Ich bin so froh, dass du es sein wirst, Arik.«

Etwas Schöneres hätte sie ihm gar nicht sagen können. Er nahm ihre Hand und führte sie aus dem Alkoven hinaus. Ungesehen schlüpften sie durch die Menge und zur Tür hinaus, aber als sie gerade das Zelt verlassen wollten, ertönte Ares' Stimme.

»Ihr dachtet wohl, ihr könnt euch einfach so wegschleichen, was?«

»Das war der Plan«, murmelte Arik, und in der nächsten Sekunde wurden sie schon von kräftigen Armen umschlossen. Thanatos und Ares zogen sie beide in eine ungestüme Umarmung.

»Kommt morgen früh mal vorbei«, sagte Ares. »Ich hab so das Gefühl, dass bis dahin mächtig Aufregung in der Unterwelt herrschen wird.«

»Zweifellos«, bestätigte Than. »Und seid schön brav.«

»Darin war unsere Schwester doch noch nie gut«, rief eine weitere Stimme.

Arik und Limos wirbelten herum, als Pestilence aus der Dunkelheit trat.

27

War ja klar, dass Pestilence Limos die Hochzeitsnacht verderben würde. Ihr sackte der Magen bis in die Kniekehlen, als er, ein Schwert in der einen Hand, den Kopf eines Höllenhundes in der anderen, auf sie zukam. Arik zog sie an sich heran und stellte ein Bein vor ihres, eine subtile beschützende Geste.

Pestilence ließ den Kopf in den Schnee fallen, der sich durch das Blut sofort in grotesken Matsch verwandelte. »Nur keine Sorge, eure Wachen sind nicht alle tot. Nur abgelenkt.«

»Was machst du hier?«, knurrte Than. Er hatte inzwischen seine Rüstung angelegt, genau wie Ares.

»Ich war verletzt, weil ich nicht zur Hochzeit eingeladen wurde.« Pestilence schob sein Schwert wieder in die Scheide, sodass das Scheppern seines Panzers in die frostige Nachtluft hinausgellte. »Aber ich hab trotzdem ein Geschenk mitgebracht.«

Limos klammerte sich an Ariks Hand. »Wir wollen nichts von dir haben.«

»Es ist nicht für dich, liebe Schwester.« Pestilence fletschte die Zähne zu einem Grinsen, das als der Inbegriff des Bösen hätte gelten können. »Es ist für Arik. Passend zum Thema der Hochzeit hab ich dir das Geschenk der Wahrheit mitgebracht.«

Limos sah mit einem Mal alles nur noch verschwommen. Panisch zerrte sie an Arik und bereitete sich darauf vor, ein Tor zu öffnen. »Komm schon, wir gehen.«

»Ihr geht nirgendwohin.« Pestilence versetzte dem Höllenhundkopf einen Tritt, sodass er gegen Limos' Kleid flog und den wunderschönen Satinstoff mit Blut bespritzte.

»Du Mistkerl!« Arik stürzte sich auf ihn, ohne dass die vollkommen entsetzte Limos ihn hätte aufhalten können.

Zum Glück packte Thanatos Arik und hielt ihn fest. »Schalt mal einen Gang zurück, Bro. Er ist es nicht wert.«

»Keine Sorge. Ich habe nicht vor, Arik zu töten, ehe er gehört hat, warum ich hergekommen bin.« Pestilences Fänge glitzerten wie Eiszapfen in der Dunkelheit. »Limos, erzähl deinem neuen Gefährten und unseren Brüdern doch mal die Wahrheit über deine *Flucht* aus Sheoul.«

»Reseph, nein.« Limos schluckte, um den Kloß loszuwerden, der sich in ihrer Kehle bildete. »Bitte tu das nicht.«

Sie hätte schwören können, dass sie etwas Vertrautes in Pestilences eisig blauen Augen sah, eine Art Bedauern, aber das spielte eigentlich auch schon keine Rolle mehr, denn wenn Ares auch nicht seine Klinge senkte, warf er Limos doch einen Blick zu. »Wovon redet er da?«

»Das ist doch egal.« Sie rieb sich die Arme, da sie auf einmal schrecklich fror, und sah zwischen ihren Brüdern hin und her. »Vergesst es einfach. Hört nicht auf ihn.«

»Vertraut mir«, sagte Pestilence. »Das wollt ihr bestimmt hören.«

Sie war vor Angst fast außer sich und legte verzweifelt die Hände zusammen. »Ich bitte euch. Geht wieder rein und tut so, als ob Pestilence nie hier gewesen wäre.« Als sie vortrat, brachen ihre hohen Absätze durch das Eis, das von dem Blut des Höllenhunds aufgeweicht war. »Ihr habt doch gesagt, ihr liebt mich, ganz gleich, was ich auch getan habe, und darum spielt das doch auch gar keine Rolle mehr. Bitte. Geht wieder rein.«

Es folgte angespanntes Schweigen. Ares und Than wechselten Blicke, und dann ließ Thanatos Arik los, der immer noch Pestilence mit seinen Blicken durchbohrte, und Ares schob sein Schwert in die Scheide.

»Verzieh dich, Pestilence.« Thanatos marschierte auf seinen Bruder zu, bis ihre Panzer scheppernd zusammenstießen und sich ihre Nasenspitzen beinahe berührten. Ein schwacher Wind wirbelte ihre Haare auf, sodass ihre Gesichter nicht mehr zu sehen waren und sich die Strähnen vermischten – helles, warmes Blond mit kaltem Platin. »Limos ist unsere Schwester, aber du bist nicht länger unser Bruder. Und du hast es einfach zu weit getrieben.« Wieder blitzte Schmerz in Pestilences Augen auf, und er zischte. »Ich hab noch nicht mal richtig angefangen!« Er packte Thanatos Hinterkopf und schlug ihre beiden Stirnen mit solcher Wucht zusammen, dass das Krachen der Schädel weit in die Nacht hinaushallte.

Than stieß ein wütendes Knurren aus, und im nächsten Augenblick wälzten sie sich mit fliegenden Fäusten in Schnee und Eis. Ares und Arik machten sich über Pestilence her, aber der Mistkerl schlug mit einer Klinge um sich und erwischte Than an der Wange, während er schon wieder auf die Beine kam.

»Wisst ihr, wer euch wirklich verarscht hat?«, blaffte Pestilence. »Eure süße, jungfräuliche Schwester. Sie ist nicht aus Sheoul geflohen. Sie hat die Dämonen ausgesandt, die uns angegriffen hatten, und dann fand sie uns, log uns etwas über ihre Flucht vor und überredete uns, den Krieg zu beginnen.«

Thanatos blieb auf dem Boden sitzen, während ihm das Blut aus Wange und Mund strömte. »Li? Willst du diesem Beutel voller Scheiße sagen, dass er sich seine Lügen sonst wohin stecken kann?«

»Dann wäre ich ja ein Kolostomiebeutel, du Idiot«, meldete sich Pestilence gleich wieder zu Wort. In diesem Moment erinnerte er sie so sehr an Reseph, dass Tränen in ihren Augen brannten.

O ja, am liebsten würde sie ihren Brüdern sagen, dass Pestilence nichts als Lügen verbreitete. Der Drang zu lügen war so stark, dass sich die Waagschale des Bösen tief nach unten senkte. Ihr Blick wanderte zu Arik, der sie ansah, als sei er felsenfest davon überzeugt, dass sie ihnen gleich erklären musste, dass es sich um ein großes Missverständnis handelte. Er kam auf sie zu, aber sie wich sofort vor ihm zurück, unfähig, seinen Trost anzunehmen – nicht, wenn sie ihn nicht verdiente.

»Limos?« Diesmal klang Thans Stimme abgehackt. Beinahe verängstigt. *»Sag, dass er lügt.«*

»Das kann ich nicht«, sagte sie mit erstickter Stimme.

Ares stieß ein grauenerregendes Knurren aus. »Wer hat dich gezwungen? Womit haben sie dich bedroht?«

»Ihr denkt, man hätte sie gezwungen?« Pestilence lachte. »Aber natürlich denkt ihr das. Limos würde uns doch niemals von sich aus so schändlich hintergehen.« Er hob eine blonde Braue und sah sie aufmunternd an. »Mach schon. Erkläre es ihnen, kleine Schwester. Königin der Unterwelt.«

»Halt endlich dein Maul!« Wieder wollte sich Arik auf Pestilence stürzen, und diesmal war sie es, die ihn davon abhielt, etwas zu tun, das er nicht mehr würde bereuen können, weil er es nämlich nicht überleben würde. Sobald sie seinen Arm packte, beruhigte er sich, wenn er sich auch so vor sie stellte, dass er Pestilence abfangen konnte, sollte dieser versuchen, an Limos heranzukommen.

Gott, sie hatte ihn einfach nicht verdient.

»Limos«, sagte Ares ruhig. »Erkläre es uns.« Trotz des sanften Tonfalls waren seine Worte ein eindeutiger Befehl, und sie schnappte nach Luft, als ob ihr dies neuen Mut schenken könnte.

»Ich wurde dazu erzogen, ein Dämon zu sein«, begann sie mit zittriger Stimme. »Das wisst ihr ja. Aber was ihr nicht wisst, ist, dass ich wie eine Prinzessin behandelt wurde. Ich … wir … waren alle Teil eines Plans. Von Anfang an, vielleicht sogar schon vor unserer Empfängnis, planten Lilith und Satan, uns dazu zu benutzen, Zerstörung über die menschliche Rasse zu bringen.« Ihre Muskeln zuckten, als sie sich die nächsten Sätze abrang. »Und als die Zeit gekommen war, wurde ich auf die Erde geschickt, um euch zu studieren. Um eure Schwächen herauszufinden.«

»Du hast uns ausspioniert?«, fragte Ares.

Sie nickte. »Ein ganzes Jahr lang. Ihr habt mich nie gesehen, hattet keine Ahnung, dass ich da war.«

Ein dunkler Schatten fiel auf Ares' Gesicht. Seine Miene wurde starr. »Und was genau hast du erfahren?«

»Dass deine Schwäche die waren, die du liebst, und auch deine Arroganz, weil du davon überzeugt warst, sie beschützen zu können. Than, deine war deine friedliebende Natur. Reseph, deine war deine Unfähigkeit, dich auf irgendetwas zu konzentrieren.«

Ares' Körper war so angespannt, dass ein Stahlträger nicht härter sein könnte. Sie wusste, dass sie am Ende ihrer Geschichte angelangt war, noch ehe sie auch nur bis zur Mitte vorgedrungen war. »Sprich weiter.« Seine Stimme klang tot. Und das war *sie* für ihn vermutlich auch. Aber Than und er hatten gesagt, dass sie sie liebten, egal, was sie getan hätte, und an diese Worte musste sie sich klammern. »Was hast du getan, nachdem du erfahren hattest, was du wissen wolltest?«

»Ich bin nach Sheoul zurückgekehrt, und es wurde entschieden, dass es an der Zeit war, euch in den Schoß der Familie zurückzuholen.«

»O Gott.« Thanatos fuhr sich mit beiden Händen durch die Haare. »Was hast du getan?«

Ihr Hals war wie zugeschnürt. Von jetzt an wurde ihre Geschichte nur noch schlimmer.

»Sie hat die Dämonen geschickt, die uns angriffen.« Pestilence sprach aus, was sie nicht sagen konnte. In seiner Stimme lag solche Verachtung, dass sie wusste, dass irgendwo da drin Reseph war, der sie für das hasste, was sie ihm angetan hatte. »Sie

Limos

schickte die Dämonen, um ein Blutbad unter den Menschen anzurichten. Und dann, als die Katastrophe ihren Höhepunkt erreicht hatte, gab sie sich uns zu erkennen. Sie behauptete, sie sei ihrer höllischen Existenz entflohen, um uns zu suchen und uns die Wahrheit darüber zu sagen, was wir waren.«

Ares' Augen wurden zu schwarzen Lasern, die auf sie zielten, so wie sie sonst auf seine Feinde zielten. »Die Dämonen, die meine Frau folterten und töteten ... die hast du geschickt.« Es war keine Frage. Ares wusste es. Er wollte nur, dass sie es aussprach.

Am liebsten hätte sie sich auf der Stelle übergeben. »Bitte hör mir zu, Ares – «

»*Antworte mir, verdammt noch mal.*«

Ihr Instinkt riet ihr dringend, zu lügen, aber wenn es noch Hoffnung geben sollte, die Beziehung zu ihren Brüdern zu retten, musste sie ihnen begreiflich machen, warum sie getan hatte, was sie nun mal getan hatte. Ihnen klarmachen, dass sie es rückgängig machen würde, wenn sie es nur könnte. Auf der Stelle. Ganz gleich, was es sie kosten würde.

»Meine Aufgabe war es, euch zum Krieg gegen die Dämonen aufzustacheln, und die Menschen mit hineinzuziehen, um sie zu vernichten.« Ihre Stimme hatte einen Beiklang von Hysterie angenommen, und sie kämpfte mit aller Kraft darum, ihn loszuwerden. »Wie ich das anstellte, spielte keine Rolle. Je mehr Schmerz ihr erleiden würdet, desto größer würde euer Hass auf die Dämonen sein. Und wenn ihr dann erst durch Hass und Selbstverachtung vollkommen korrumpiert gewesen wärt, wäre es ein Leichtes gewesen, eure dämonische Seite zum Vorschein zu bringen.«

»Meine Frau ist also auf deinen Befehl hin gestorben«, knurrte Ares. »Was ist mit meinen Söhnen? Hattest du vor, sie ebenfalls umzubringen?«

»Du hast sie fortgeschickt, ehe das passieren konnte«, krächzte sie. »Aber ich wollte ihren Tod nicht, das schwöre ich, Ares.«

Pestilence stieß ein harsches Lachen aus. »Aber nur weil sie als Ares' Nachkommen möglicherweise über bestimmte Kräfte verfügt hätten.«

Wie wahr. Sie hätten nützlich sein können, wenn sie erst einmal herangewachsen waren. Leider fielen auch sie dem Dämonenkrieg zum Opfer – also war sie auch dafür verantwortlich, wenn auch indirekt. Sie riskierte einen Blick auf Arik, der sie in fassungslosem Schweigen anstarrte. Vor Scham legte sich ein Band um ihren Brustkorb und quetschte ihn zusammen, und als sie ihre Brüder ansah, schnürten ihr die Verachtung und Enttäuschung in deren Augen alles andere ab.

»Die Dämonen haben den größten Teil meiner Familie abgeschlachtet.« Thanatos' Stimme war so eisig, dass sie erschauerte. »Ich musste zusehen, wie beinahe mein ganzer Stamm von Seelenschändern in Stücke gerissen wurde. Weißt du, wie sie töten, Limos?« Er sprang auf die Füße, packte sie bei dem wunderschönen Perlenkragen ihres ruinierten Kleids und zog ihr Gesicht ganz nahe an seines heran. »*Weißt du es?*«

Ja, sie wusste es, aber ehe sie antworten konnte, war Arik da und schob seinen muskulösen Arm zwischen sie und Than.

»Zurück, Reiter.«

Thans Stimme klang wie das Rumpeln einer Lawine. »Das geht dich nichts an, Mensch.«

»Es geht mich seit einer Stunde sehr wohl etwas an, als ich ihr Blut aus einem Kelch trank«, erwiderte Arik. »Also lass sie los. Auf der Stelle.«

Niemand war überraschter als sie, als Thanatos sie tatsächlich losließ. Aber er war noch nicht mit ihr fertig. Noch lange nicht.

»Dabei fällt mir etwas ein«, sagte Pestilence beiläufig. »Ich habe Tausende Seelenschänder ins Menschenreich geschickt. Dort wird es bald richtig lustig werden.«

Ares wies mit dem Finger auf Pestilence. »Um dich kümmern

wir uns später.« Dann wandte er sich wieder Limos zu. »Aber *du*.« Das letzte Wort spuckte er ihr quasi ins Gesicht. »Du bist genauso schlimm wie er. Zumindest kann er zur Entschuldigung ein gebrochenes Siegel vorweisen.«

In ihren Augen brannten ungeweinte Tränen. »Ihr habt doch gesagt, ihr würdet mich lieben, ganz gleich, was ich getan hätte. Ihr habt gesagt, ihr könntet mir nicht vorhalten, was ich vor Tausenden von Jahren getan habe –«

»Das war, bevor ich wusste, dass du für den Tod von allen, die ich liebte, verantwortlich bist«, brüllte er. Ares' Hass traf sie mit solcher Wucht, dass sie zurücktaumelte, als ein schneidender Schmerz ihre Brust zerriss.

»Wusstest du, wie der Himmel reagieren würde?«, fragte Thanatos mit herrischer Stimme. »Wusstest du, dass er Engel aussenden würde, um uns zu bestrafen und durch einen Fluch zu Reitern zu machen?«

»Nein«, flüsterte sie. »Das gehörte nicht zum Plan. Ihr solltet mein Hochzeitsgeschenk an Satan sein.« Ihre Hände öffneten und schlossen sich krampfhaft. »Noch vor unserer Geburt hatte er vorausgesehen, dass wir eine Rolle in der Apokalypse spielen würden, aber er wusste nicht, auf welche Weise. Darum sollte ich euch zu ihm bringen. Aber ich war zu langsam. Luzifer warnte mich, dass der Himmel nur eine gewisse Anzahl menschlicher Opfer tolerieren würde, ehe er etwas unternehmen würde. Ich habe mich verrechnet, und noch ehe ich euch nach Sheoul bringen konnte, griffen die Engel ein, und wir alle wurden dazu verflucht, die apokalyptischen Reiter zu sein.«

Für ihr Versagen hatte sie mit Blut bezahlt. Nach zwei Monaten der Folter wurde sie ins Reich der Menschen zurückgeschickt, um ihren Fehler wiedergutzumachen.

»Erzähl ihnen auch den Rest.« Pestilence verschränkte die Arme vor der breiten Brust, dass das Scheppern von Metall weit in die kalte Nachtluft hinausklang. »Erzähl ihnen, dass du Hunderte von Jahren gegen uns gearbeitet hast, um mein Siegel zu brechen. Und erzähl ihnen, dass du diejenige warst, die der Aegis Deliverance gestohlen hat, und zwar nicht, weil du der Aegis nicht zutrautest, für seine Sicherheit zu garantieren, sondern damit du ihn zerstören und Ares oder Thanatos davon abhalten konntest, mich zu töten, wenn mein Siegel brach.« Pestilence fletschte die Fänge in einem teuflischen Grinsen. »Und das Allerbeste daran? Sie hat Sartael umgebracht, um ihn zum Schweigen zu bringen. Stimmt's nicht? Du wusstest, dass er der Einzige war, der deinen *Agimortus* finden konnte, aber du warst bereit, darauf zu verzichten, nur um dein jämmerliches Ich zu beschützen. Du hast die falsche Person verärgert, Limos. Sartael war Luzifers kleiner Liebling, und Luzifer hat in seinem Zorn geschworen, sich dafür an euch allen zu rächen. Das heißt, Limos hat nicht nur euer früheres Leben zerstört, nein, sie ist auch noch dafür verantwortlich, wenn euer jetziges Leben den Bach runtergeht.«

»*Limos*.« Ares' riesiger Körper bebte vor der Art von Wut, die sie nur selten miterlebt hatte. Und sie hatte ihn schon verdammt wütend erlebt. »Du verlogene, hinterhältige Ausgeburt der Hölle!«

Ihr Herz wurde von grauenhaftem Schmerz erfasst, so mächtig, dass sie aufschrie: »Ares, bitte –«

»Bitte?«, fauchte Pestilence. »Du solltest Satans Hure sein. Nicht die des Menschen. Der Dunkle Herrscher würde dafür sorgen, dass du die Schmerzen erleidest, die du verdientst –«

Da knallten Schüsse aus einer Schnellfeuerwaffe, und die obere Hälfte von Pestilences Kopf explodierte in einem grotesken Schauer von Knochen, Blut und Hirnmasse.

»O Mann«, sagte Arik ruhig, während er die Waffe wieder ins Holster schob. »Hältst du eigentlich auch irgendwann mal die Klappe?«

Pestilence fiel rücklings in den blutgetränkten Schnee, aber noch ehe er landete, öffnete er ein Tor und warf seinen zerfetzten Körper hindurch.

Limos blickte zu Arik, der sie anstarrte, als ob sie eine völlig Unbekannte für ihn wäre. Grässliche Angst quetschte alles Blut aus ihrem Herzen. »Es tut mir so leid, Arik.«

»O Limos«, murmelte er. »Was hast du getan?«

28

Es begann mit einem Rumpeln. Dann folgten die verwirrten Mienen.

»O mein Gott«, sagte Arik. »Scheiße, ich hab deinen Namen gesagt.« Wenn er dabei auch nicht unbedingt schreckliche Qualen erlitten hatte, konnte man doch mit Fug und Recht behaupten, dass das, was passiert war, ihm einen gewissen Schmerz zugefügt hatte. Ach, verdammt! Limos hatte ihn mit einer beschissenen Entschuldigung dazu gebracht, ihren Namen zu sagen, nachdem die bösartigsten Dämonen der Unterwelt das mit all ihren Foltermethoden nicht geschafft hatten.

Ares hatte sie noch daran erinnert, dass ihr Vertrag mit Satan erst dann ungültig war, wenn sie die Ehe vollzogen hatten, und jetzt saßen sie mächtig in der Tinte.

»Wir müssen weg!« Limos öffnete ein Höllentor, als aus dem eisbedeckten Boden die größte und scheußlichste Bestie hervorbrach, die Arik je gesehen hatte. Brocken aus gefrorener Erde und Eisplatten von der Größe eines Eisenbahnwaggons flogen durch die Luft und krachten überall um sie herum zu Boden. Die Partygäste kamen aus der Festung gerannt, zum Kampf bereit.

»Weg!« Than schoss Arik einen auffordernden Blick zu, und der nickte und zerrte Limos durch das Portal.

Sie landeten in einem fremden Wohnzimmer, das wie ein Strandhaus dekoriert war. »Wo sind wir?«

»In meiner anderen hawaiianischen Villa. Ich hab nicht nachgedacht. Ich habe einfach nur … Wir mussten doch irgendwohin.« Sie schluckte. »Arik, es tut mir leid –«

»*Es tut dir leid?* Du hast mich angelogen, deine Brüder hintergangen, ihre Familien umgebracht, und es *tut dir leid*?«

Der Boden bebte und wackelte, als sie ihn beim Hemdkragen packte. »Bitte, Arik, ich schwöre, ich wollte es dir ja sagen …« Es fühlte sich an, als ob die ganze Insel tanzte, wie der Deckel auf einem Topf voll kochendem Wasser.

Ariks Adrenalin und Überlebensinstinkt übernahmen das Kommando. »Ist auch egal. Ich muss dich ficken. Sofort.« Jepp, wenn das nicht sexy war …

Limos zögerte keine Sekunde. Sie packte ihr blutiges Brautkleid und zerriss es vom Kragen bis zum Saum. Arik blieb die Luft weg, als er sah, womit sie jetzt noch bekleidet war: ein weißer Spitzen-BH, der Perlengürtel und schenkelhohe weiße Strümpfe. Sie trug ein weißes Strumpfband, das einen der Strümpfe in der Mitte ihres Oberschenkels schmückte.

Wenn die Situation eine andere gewesen wäre, sprich, wenn er nicht stinksauer gewesen wäre und ihnen nicht der König aller Dämonen im Genick säße, hätte er ihr den Rest mit den Zähnen ausgezogen.

Ein grauenhaftes Heulen zerriss die Luft, und die Wand hinter ihnen explodierte nach innen. Schreiend öffnete Limos ein weiteres Tor und zerrte ihn hindurch. Sie landeten mitten im Dschungel, wie es aussah. Alles war feucht, es tropfte, Tiere kreischten. Limos drehte sich hastig zu ihm um.

»Beeil dich«, flüsterte sie.

Mann, nur gut, dass er nicht unter Druck stand. Warum sollte er auch keinen hochkriegen, wenn er von Dämonenhorden gejagt wurde, die ihn töten wollten, und Satan höchstpersönlich an die Tür klopfte?

Doch da ließ sich Limos schon auf den Boden fallen und streckte die Hand aus, um ihn zu sich hinunterzuziehen.

In der Ferne war schon wieder das Grummeln zu hören.

»Arik.« Limos' Veilchenaugen blickten ihn flehentlich an. »Er kommt, um mich zu holen.«

So sauer er auch war, so verletzt er auch war, liebte er sie doch immer noch. Er würde nicht zulassen, dass irgendjemand sie ihm wegnahm. Also sank er auf die Knie und griff nach dem Keuschheitsgürtel, um einen Zentimeter davor innezuhalten. »Wenn es nicht funktioniert –«

»Das wird es«, schwor sie.

»Aber wenn nicht …« Er holte tief Luft. »Wenn nicht, tut es mir leid.«

In ihrem Augenwinkel bildete sich eine einzelne Träne, die ihr über die Wange hinunterrann. »Ja, mir auch.«

Er stählte sich für das, was er tun musste. In seinen Ohren dröhnte es, als ob ein Frachtzug auf sie zuraste, als er nun die Hand um ihren Keuschheitsgürtel legte.

Und nichts passierte.

»Heilige Scheiße«, hauchte sie. »Es hat funktioniert. Zerreiß ihn!«

Er nahm seine andere Hand zu Hilfe, packte die feine Kette, erstaunt, dass etwas so Zierliches so stark und tödlich sein konnte, und riss sie entzwei. Winzige Perlen flogen überall hin, regneten auf den üppigen Boden des Urwalds.

»Bitte, Arik. Jetzt.«

Er sah hinunter und fluchte. Er war nicht hart. Das konnte nicht klappen. Doch dann richtete sich Limos auf und nahm ihn in die Hand. Ehe er auch nur einmal Luft holen konnte, hatte sie ihn schon in den Mund genommen, und ihre Zunge fuhr über die Eichel. Trotz des Erdbebens, das immer näher zu kommen schien, rührte sich etwas.

Er war schon immer der Meinung gewesen, dass Gefahr ein Aphrodisiakum war, und wie sich herausstellte, hatte er damit recht gehabt. Sein Adrenalinspiegel stieg, sein Körper war mit einem Schlag entsichert und bereit für Action. Sein Blut war heiß, und Limos' Mund war seidige Magie.

Ein Baum, der nur Meter von ihnen entfernt stand, fiel mit lautem Krachen um, und ein grauenhaftes Gebrüll erhob sich. Trotz der Tatsache, dass er noch nicht vollständig erigiert war, stieß er Limos zu Boden, umfasste mit der Hand ihr Geschlecht und glitt prüfend mit dem Finger über ihren Schlitz. Mist. Sie hatten nicht mal Zeit, sie ausreichend vorzubereiten.

Ein Knurren ließ die Luft erbeben, und er hätte schwören können, dass er warmen, fauligen Atem auf seiner Wange spürte.

»Tu es!«

Er bewegte die Hüften mit einem Ruck nach vorn und drang in sie ein. Ihre Barriere gab nach, und er ließ sich auf sie sinken und hielt sie so fest, dass er bezweifelte, dass sie überhaupt noch Luft bekam. Sie bebten beide am ganzen Leib, und in seiner Hand befand sich der Dolch, den er sich vor der Hochzeit um den Fußknöchel geschnallt hatte. Er konnte sich nicht mal daran erinnern, ihn herausgezogen zu haben, aber er war bereit, ihn zu benutzen. Niemand, nicht mal der Teufel selbst, würde Limos bekommen, ohne ihn erst im Kampf besiegt zu haben.

Es folgte ein entfernter, furchtbar wütender Schrei, und dann hörte das Rumpeln auf. Der Dschungel war mit einem Schlag still, und die einzigen Laute, die Arik hören konnte, waren seine keuchenden Atemzüge und das Klopfen seines Pulses in seinen Ohren.

Behutsam, da inzwischen jeder Muskel in seinem Leib aus Gummi zu bestehen schien, schob er sich von Limos herunter.

Sie packte seinen Arm, dass sich ihre leuchtend pinkfarbenen Nägel in seine Haut gruben. »Arik, bitte …«

»Ich kann nicht.« Er stand auf, knöpfte die Hose zu und legte seine Uniformjacke ab. Nachdem er ihr aufgeholfen hatte, wickelte er sie in die Jacke. War er nicht ein Gentleman? Trotz seiner Wut wollte er nicht, dass sie sich schutzlos den nicht vorhandenen Blicken ausgesetzt fühlte.

Dämlicher Idiot.

Ein kleines rotes Rinnsal lief ihr über die Innenseite des Beins. Verwirrt blickte sie an sich hinunter. »Irgendwie hätte ich nicht damit gerechnet.«

Die Verletzlichkeit in ihrer Stimme ließ seine Wut ein wenig abflauen. Hätten sie sich in irgendeiner anderen Situation befunden, hätte er sie in seine Arme gezogen. »Öffne ein Tor und bring uns hier raus.«

Limos ließ die Schultern hängen. Sie sagte nichts, erschuf nur ein Tor, durch das sie in ihren Hauptwohnsitz gelangten. Eine ihrer Wachen winkte und wandte die Augen ab, als er bemerkte, dass Ariks Jacke nicht alles bedeckte. Schweigend gingen sie in ihr Schlafzimmer, wo sie sofort im Bad verschwand. Er ließ sich auf das Bett sinken, gleich neben eine rosa-weiße Schachtel.

Neugierig geworden hob er den Deckel ab und schob das Seidenpapier beiseite. Darin lag die sexieste Wäsche, die er je gesehen hatte. Ein durchsichtiges, schwarzes Babydoll-Oberteil mit halben Körbchen, die so angelegt waren, dass die Brustwarzen sichtbar waren. Dazu glitzernde Strapse, die mit etwas besetzt waren, das wie winzige Diamanten aussah, und die leuchtend rosafarbener Spitze schmückte. Ein dazu passender schwarzer String-Tanga lag ganz unten und dazu ein Paar schwarze Spitzenstrümpfe.

Der feuchte Traum eines jeden Mannes.

»Das war für unsere Hochzeitsnacht«, sagte Limos hinter ihm. Er hatte nicht mal gehört, dass sie das Bad verlassen hatte.

Er sprach, ohne sie anzusehen. »Ich schätze, das ist nicht so gelaufen wie geplant.«

»Ja. Es ist lächerlich, aber ich wollte doch nur eine wunderschöne menschliche Hochzeit.« Ihre Stimme zitterte kaum merklich, aber Arik kannte sie inzwischen gut genug, um das leichte Beben herauszuhören. »Du weißt schon, wie ein normales Mädchen. Nicht wie irgendein grässlicher Dämon.«

Seine Faust ballte sich reflexartig um die Unterwäsche und zerdrückte sie, so wie ihren Traum einer perfekten Hochzeit. Wie konnte er nur so mit ihr mitfühlen und zugleich so verdammt wütend sein?

»Du bist keins von beidem, Limos.« Er hörte sie schniefen und wandte sich endlich um, um sie anzusehen. Beinahe hätte er seine letzte Aussage zurückgenommen, denn in diesem Augenblick sah sie tatsächlich wie ein ganz normales Mädchen aus.

Sie trug wieder den kuscheligen rosa Bademantel, der sie von Kopf bis Fuß einhüllte. Ihr Haar war tropfnass, und ihre schönen Augen waren rot und geschwollen. Warum weinten Frauen eigentlich unter der Dusche? Er erinnerte sich, dass seine Mom und seine Schwester genau dasselbe getan hatten. Sie hatten es zwar geleugnet, aber er war nicht dumm, und manchmal hörte er trotz des rauschenden Wassers ihr Schluchzen.

Damals war er so hilflos gewesen, aber das würde er nie wieder sein. Es ging gegen seine Natur, eine Frau leiden zu lassen, daher stand er auf und ging auf sie zu.

Kaum war er zwei Schritte weit gekommen, als die Tür aufplatzte und Ares hereinmarschiert kam. Seine Miene war eine schwarze Wolke. Innerhalb einer Sekunde hatte er die Lage erfasst und wusste, dass die Bedrohung vorerst von Limos abgewendet war.

Zumindest die Bedrohung aus der Unterwelt. Die Bedrohung durch Ares war nach wie vor auf dem Tisch, und Arik beeilte sich, ihn abzufangen.

»Gib ihr noch ein bisschen Zeit«, begann er, doch Ares unterbrach ihn mit wütendem Knurren.

»Zeit? Sie hatte fünftausend Jahre Zeit, um uns reinen Wein einzuschenken.«

»Ares.« Limos' Stimme war verzweifelt. »Hör mir zu –«

»Ich hab dir lange genug zugehört!« Ares steuerte auf sie zu, aber Arik stellte sich dem riesigen Kerl in den Weg.

»Nicht, Reiter. Keinen Schritt weiter. Ich schlage vor, du gehst jetzt.« Er wartete ab, Brust an Brust mit Ares. Die fünf Zentimeter Luft zwischen ihren Nasen surrten vor Aggression.

Arik bezweifelte keine Sekunde, dass er gleich zu Brei geschlagen werden würde, aber er müsste sich schon sehr täuschen, wenn er nicht selbst auch den ein oder anderen Treffer würde landen können, ehe er zu Boden ging.

Ares bleckte die Zähne, und ein tiefes, animalisches Knurren ließ seine Brust erbeben. »Sie ist meine Schwester. Ich erledige das.«

»Sie ist meine *Frau*«, gab Arik zurück. »Ehemann schlägt Bruder. Also verzieh dich und komm erst wieder, wenn du dich wieder unter Kontrolle hast.«

Eine angespannte Sekunde verging. Dann zwei. Dann ungefähr eine Million, und gerade als Arik dachte, er könnte ja genauso gut den ersten Schlag landen und die Party einläuten, nickte Ares kurz.

»Ich gehe, weil ich dich respektiere, Mensch. Was du für uns getan hast, kann dir nie vergolten werden.« Sein düsterer Blick wanderte zu Limos. »Aber dies ist noch nicht vorbei.«

Ares ging, und Arik hätte schwören können, dass die ganze Insel vor Erleichterung aufatmete.

Limos legte ihm die Hand auf die Schulter. »Hasst du mich?«

Er schloss die Augen und drehte sich zu ihr um. »Nein.« Er nahm sie in die Arme. Seine Wut verflog, als das Adrenalin sich verflüchtigte. »Ich hasse es, dass du deine Brüder die ganze Zeit belogen hast, aber dich hasse ich nicht.« Er drückte ihr einen Kuss aufs Haar. »Und wenn es dich tröstet – ich glaube nicht, dass deine Brüder dich hassen.«

Ein Schaudern ließ ihren zarten Körper erbeben; eine Erinnerung daran, dass sie trotz der Kraft, über die dieser Körper verfügte, immer noch Schmerzen empfinden konnte, und in diesem Augenblick war sie in einem emotional überaus fragilen Zustand. Ihm blutete das Herz, weil dies etwas war, das er nicht reparieren konnte. Wenn es sich um ein in seine Einzelteile zerlegtes M16-Gewehr gehandelt hätte oder um einen kaputten Motor, dann hätte er gewusst, was zu tun war.

Eine gebrochene Frau hingegen verlieh ihm dieses schreckliche Gefühl der Hilflosigkeit … und den primitiven Wunsch, denjenigen umzubringen, der sie verletzt hatte. Unglücklicherweise war da nur die Sache mit der Unsterblichkeit ihrer Brüder.

Ihre Arme legten sich um seine Taille, und sie vergrub ihr Gesicht an seinem Hals. »Liebe mich, Arik. Mach, dass das alles verschwindet.«

Das konnte er immerhin tun. Nein, nichts konnte verschwinden lassen, was an diesem Abend passiert war, aber er konnte sie für ein Weilchen ablenken.

Endlich hatte er das Gefühl, ihr ein wenig helfen zu können. Er ließ seine Hände über den Rücken des Bademantels nach unten gleiten, streichelte sie, versuchte, ihre verspannten Muskeln zu lockern. Langsam begann sie darauf anzusprechen, küsste seinen Hals, presste ihre vollen Brüste gegen seine Brust.

»O ja«, murmelte er. Sein Körper erwachte wesentlich schneller zu neuem Leben, als er erwartet hatte. Aber er hätte es wissen müssen, angesichts der Tatsache, dass Limos ihn schon mit einem einzigen sinnlichen Blick unter Strom stellen konnte.

Als sie zu ihm aufsah, färbten sich ihre Augen dunkel und verwandelten sich in glatte, herrliche Amethyste. »Berühre mich.« Ihre Worte waren Befehl und Bitte zugleich. Zur Hölle, ja, natürlich würde er sie berühren. Und kosten.

Er hielt sie mit seinem Blick fest, während seine Hände nach vorn glitten und ihren Bademantel öffneten. Die Kordel fiel zu Boden, und der Stoff glitt auseinander. Ihr herrlicher Körper kam zum Vorschein, reif wie ein saftiger Pfirsich wartete er darauf, gepflückt und gegessen zu werden. Ihm lief tatsächlich das Wasser im Munde zusammen.

Seine Erregung stellte seine Geduld gehörig auf die Probe, denn so gern er augenblicklich auf die Knie gefallen wäre und seine Zunge eingesetzt hätte, um sie zum Schreien zu bringen, wollte er doch diesmal alles richtig machen. Er würde ihrem Körper huldigen und sich dafür jede Menge Zeit nehmen.

Er beugte sich vor und küsste sie auf beide Schultern, während er den Bademantel heruntergleiten ließ. Er fiel zu Boden, und Arik beförderte ihn mit einem Tritt in die Ecke, sodass nichts mehr ihre zarte Haut berührte, abgesehen von ihrem Siegel und ihrem *Agimortus*-Anhänger.

Als er mit der einen Hand ihre Brust umfasste, keuchte sie seinen Namen und warf den Kopf zurück. Er ergriff die Gelegenheit, um ihren Hals mit Küssen zu bedecken, während er sie streichelte. Ihr langer, schlanker Körper war der Inbegriff der Eleganz, die perfekte Mischung von hart und weich, und innerhalb weniger Momente vergaß er vollkommen, dass er sich eigentlich vorgenommen hatte, sich Zeit zu lassen, denn mit einem Mal musste er feststellen, dass er sich an ihr rieb, sich mit ihr paarte, obwohl er noch seine Kleidung trug.

Als mit einem Mal heftig an der Tür geklopft wurde, wirbelte er herum und knurrte: »Verdammt noch mal, Ares, ich hab dir doch gesagt – «

»Limos!«

Diese verstörte Stimme gehörte keinem ihrer Brüder, und sie beeilte sich, ihren Morgenmantel wieder überzuwerfen.

»Was ist los, Kaholo?« Sie riss die Tür auf. Vor ihr stand einer ihrer Diener. Seine Hände waren mit Blut bedeckt.

»Es ist Hekili«, sagte er mit rauer Stimme. »Sie haben ihn … abgeschlachtet. Und sie haben eine Nachricht für Euch hinterlassen. Luzifer … er sagt, dass Ihr ihm seinen Liebling weggenommen habt und er nun dafür Euch den Euren.«

29

Ares wusste nicht, wann er zum letzten Mal so wütend oder verletzt gewesen war. O ja, er war schrecklich wütend auf Pestilence gewesen, als der Cara entführt hatte, um sie zu Tode zu foltern, aber dies war etwas anderes. Ares wollte Limos nicht töten. Er war nicht sicher, was er tun wollte, aber im Augenblick kostete es ihn alle Selbstbeherrschung, nicht auf der Stelle loszuziehen und ein Blutbad anzurichten. Überall auf der Welt wurden Schlachten geschlagen, denen er sich nur anzuschließen brauchte. Er würde sich auf keine Seite schlagen. Nur kämpfen. Und töten.

Er kehrte zu Thanatos zurück und war kaum überrascht zu sehen, dass alle Hochzeitsgäste gegangen waren.

Cara kam auf ihn zu, als er durch die große Halle auf Than zuging. »Sie sind alle gegangen, aus Respekt vor dir und Than, aber sie sagten, ihr könnt euch jederzeit melden, wenn ihr irgendwas braucht. Bist du okay?« Ihre meergrünen Augen waren vor Kummer ganz dunkel, und ihre Sorge um ihn half ihm dabei, wieder etwas klarer zu sehen. Sie hatte es jedenfalls nicht verdient, unter seinem Zorn zu leiden.

Aber genauso wenig hatte sie es verdient, belogen zu werden. Offensichtlich hatte es in seiner Familie schon viel zu lange viel zu viele Lügen gegeben. »Ich weiß es selbst nicht«, gab er zu. »Was Limos getan hat, war – «

»Das, wozu sie erzogen wurde.«

Er zuckte zusammen. »Du verteidigst sie auch noch? Sie ist der Grund, warum meine Familie getötet wurde. Sie hat Deliverance gestohlen und sich gegen uns verschworen, um unsere Siegel zu brechen. Sie hat uns alle hintergangen.«

»Ich will nicht verteidigen, was sie getan hat.« Cara legte ihm die Hand auf die Brust, was immer beruhigend auf ihn wirkte, sogar durch seinen Panzer hindurch … Aber schließlich verwandelte ihre bloße Gegenwart das harte Leder in weiches Rehleder, sodass er ihre Berührung tatsächlich spüren konnte. »Aber du darfst nicht vergessen, wo sie aufgewachsen ist und wer sie aufgezogen hat. Sie wusste es doch nicht besser.«

»Dennoch hätte sie uns schon früher davon erzählen sollen.«

»Ich bin sicher, dass sie diesen Entschluss bereut.« Sie stellte sich auf die Zehen und gab ihm einen Kuss auf den Mund. »Wir sollten gehen. Zeit, Rath zu füttern.«

»Gib mir noch eine Minute, um mit Than zu sprechen.« Er zog sie an sich, denn er brauchte den kurzen Vollkörperkontakt, wenn auch nur für eine Sekunde. »Es tut mir leid um den Höllenhund, den Pestilence umgebracht hat.«

»Ja, mir auch«, murmelte sie. »Aber ich bin froh, dass alle anderen in Sicherheit sind. Dieser Abend hätte sehr viel schlimmer ausgehen können.«

Ares sagte ihr nicht, dass er fürchtete, das »Schlimmere« steuere direkt auf sie zu. Vielleicht erreichte es sie noch nicht heute, aber bald.

Sie half Thans Vampiren noch beim Saubermachen, während er sich zu seinem Bruder gesellte, der sich an den Kamin zurückgezogen hatte. Dort stand er sehr still, den Kopf gesenkt, und kämpfte mit aller Kraft darum, die Selbstbeherrschung nicht zu verlieren.

»Ich nehme an, es ist Arik gelungen, Limos zu befreien?« Thans Stimme war eiskalt und so ruhig wie der Ozean vor einem Sturm. Ares' Nackenhärchen richteten sich auf.

»Das schien der Fall zu sein.«

Thanatos blickte ins Feuer. Die Flammen tanzten in seinen Augen. »Reseph zu verlieren war hart. Aber was er getan hat, weil sein Siegel brach, tat er nur, weil er nicht er selbst ist.« Die Schatten begannen um seine Füße herumzuschwirren. »Doch Limos … Sie tat, was sie tat, obwohl ihr Siegel nicht gebrochen war. Ihretwegen wurden wir überhaupt erst verflucht. Und jetzt sitzt uns womöglich Luzifer im Nacken, weil sie Sartael umgebracht hat. Wie zur Hölle sollen wir mit alldem nur fertigwerden?«

»Ich weiß es auch nicht, Bruder, aber wir müssen auf jeden Fall einen kühlen Kopf bewahren.«

Na, wenn das nicht Heuchelei vom Feinsten war, so wie Ares in Limos' Schlafzimmer gestürmt war, in der Hoffnung, sie werde sich wappnen und ihm einen guten Kampf liefern. Zum Glück hatte sie einen anständigen, ehrenwerten Mann geheiratet, der Ares wieder zur Vernunft gebracht hatte.

Die Adern in Thans Schläfen pulsierten, und seine Stimme klang wie ein Felsblock, der sich an einem anderen reibt. »Ich bin nicht sicher, ob ich dazu in der Lage bin.«

Scheiße. Dann blieb ihnen nur noch eine Option: sich auf den Aufschlag vorbereiten. »Cara sagte, die Gäste sind alle weg. Also sind nur noch deine Vampire da, und du musst dir keine Sorgen machen, falls du ausrastest. Ich sehe zu, dass meine Widderköpfe und Caras Hunde auch verschwinden.«

Than nickte, und Ares wusste, dass er jetzt besser ebenfalls gehen sollte. Er fand Cara und verließ mit ihr die Festung, um draußen ein Tor zu öffnen. Schrecklich, wie sich ihre Glückssträhne in eine totale Katastrophe verwandelt hatte. Und als er noch einmal zu Thanatos zurückblickte, konnte er das Gefühl nicht abschütteln, dass dies erst der Anfang war.

Sie fanden Hekili im Keller, und Limos, die schon so ziemlich jede Gräueltat zu Gesicht bekommen hatte, die es gab, und die glaubte, im Laufe der Jahrtausende Gewalt gegenüber unempfindlich geworden zu sein, wandte sich entsetzt ab. Er war in der Tat abgeschlachtet worden wie eine Kuh beim Metzger, und sie hegte nicht den geringsten Zweifel, dass er noch am Leben gewesen war, als das Massaker begonnen hatte.

Sie wusste nicht, ob sie auf seinen grausamen Tod genauso reagiert hätte, ehe sie Arik in ihr Leben gelassen hatte, aber das spielte keine Rolle. Tatsache war, dass sie den Warg gemocht hatte, ihm vertraut hatte, und dass er ihretwegen ermordet worden war.

Zum Teil war er wegen ihrer Lügen gestorben. Lügen, die zu bewahren sie versucht hatte, als sie Sartael tötete. Und indem sie Sartael tötete, hatte sie Luzifer erzürnt, der vor nichts Halt machen würde, um sie und alle um sie herum zu verletzen.

Arik versuchte, sie in die Arme zu ziehen, als sie dort in dem dunklen, feuchtkalten Keller unter ihrer Küche standen, und es gab nichts, was sie sich mehr wünschte.

Doch sie mied seine Umarmung, da sie sicher war, dass sie ihren Entschluss bereuen würde, wenn er sie erst einmal in seine starken Arme gezogen hatte.

»Limos?«

»Nicht.« Sie sprintete die Stufen hinauf, rannte durch die Küche und zur Haustür hinaus. Arik folgte ihr, aber sie ließ ihn nicht an sich heran. »Fass mich nicht an.«

Wie er da im Mondlicht vor ihr stand, glitzerten die Erkennungsmarken auf seiner bloßen Brust, als ob sie sie zu ihm locken wollten. Sie hatten sie getröstet, als er in Sheoul war, so wie sie jetzt hoffentlich ihm Trost spenden würden. »Was ist denn los, Liebling?«

»Ich habe einen gewaltigen Fehler gemacht, Arik.« Sie schlang die Arme um ihre Mitte, bemüht, sich zusammenzureißen. Komisch, dass sie sich in aller Ruhe Shorts und ein Tanktop angezogen hatte, nachdem sie von Hekili erfahren hatte, und jetzt auf einmal kurz davorstand, komplett zusammenzubrechen. »Ich habe zugelassen, dass das, was ich sein *möchte*, eine ganze Frau, eine Ehefrau, eine Mutter, das überschattet, was ich sein *muss*.«

»Wovon redest du nur?« Seine nackten Füße versanken im Sand, als er auf sie zuging, aber sie wich zurück.

»Ich war eine Närrin, die sich erhoffte, was sie niemals haben kann. Ich bin einer der apokalyptischen Reiter. Halb Dämon, halb Engel. Und ein Krieger ist nun mal nur zu dem einen Zweck da: zum Kämpfen.«

Der Ausdruck seines harten, kantigen Gesichts wurde grimmig. »Du bist all das und noch viel mehr. Du bist eine wunderschöne Frau, eine Ehefrau, und wir werden aus dir eine Mutter machen. Bis dahin werden wir Seite an Seite kämpfen –«

»*Nein.*« Sie hatte einen Aufschrei unterdrücken müssen, als sie hörte, was er sagte. Sie wünschte sich diese Dinge so sehr, aber es war nur ein Traum. »Das werden wir nicht. Es ist vorbei, Arik. Eine Scheidung ist in unserem Fall nicht möglich, aber eine Trennung schon.«

Sein Kopf zuckte zurück, als ob sie ihn geschlagen hätte. »Das ist nicht dein Ernst.«

»O doch. Du befindest dich meinetwegen in Gefahr. Du wirst dich immer in Gefahr befinden. Wenn nicht durch Pestilence, dann durch Luzifer. Sie werden dich töten, um mich zu verletzen. Damit kann ich nicht leben, Arik. Damit werde ich nicht leben.«

»Verdammt noch mal, Limos, es war meine Wahl, mit dir zusammen zu sein. Ich bin bereit, mit dieser Gefahr zu leben.«

Natürlich war er das. Er war mutiger als jeder andere, den sie kannte. Aber er war ein Sterblicher, und Mut brachte mehr Männer um als Feigheit.

»Ich aber nicht.«

Er biss die Zähne so fest aufeinander, dass sie das Knirschen des Zahnschmelzes hörte. »Das ist mir egal. Wir sind verheiratet. Das bedeutet, dass ich nicht gleich beim ersten kleinen Streit, den wir haben, weglaufe. Und vertrau mir, das hier zählt im Grunde noch nicht mal als Streit. Besauf dich erst mal, verprügel alle um dich herum, und sag mir, dass du ein paar Nachbarn gefickt hast, dann reden wir weiter.«

Sein Vater konnte wirklich von Glück sagen, dass er tot war, denn sonst würde sie ihn aufspüren und dafür umbringen, dass er seinem Sohn solche Erinnerungen aufgezwungen hatte.

Dann kam ihr in den Sinn, dass sie jetzt genauso weit gehen musste, denn sonst würde Arik sie niemals aufgeben. Sie würde sich hinterher für das hassen, was sie jetzt tun würde, aber zumindest wäre er am Leben.

Sie atmete tief ein und bereitete sich darauf vor, ihm einen Schlag zu versetzen, der ihn umhauen würde. »Wenn du meine Entscheidung nicht akzeptierst, kann ich dich dazu zwingen. Ich werde in deinen Kopf eindringen und ein bisschen kreativ werden, damit du dir einbildest, unsere Trennung wäre deine Idee und nicht meine. Ist es vielleicht das, was du willst?« Ihre Fähigkeit war viel zu beschränkt für so etwas, aber das wusste Arik hoffentlich nicht.

Er wurde blass, und Limos brach es das Herz. »Das würdest du nicht wagen. Du hast geschworen –«

»Das war eine Lüge.« Sie wappnete sich gegen seine Wut und Enttäuschung und zuckte mit den Schultern. »Daran solltest du inzwischen doch gewöhnt sein.«

»Limos …« Seine Stimme brach. Da erst dämmerte ihr, dass er so lange vermieden hatte, ihren Namen zu sagen und ihn in dieser Unterhaltung immer wieder aussprach, als ob er ihn als Rettungsleine benutzte. »Tu das nicht. Ich liebe dich. Du liebst mich.«

Und jetzt der K.-o.-Schlag. »Das«, sagte sie und tauchte dabei tief ein in die Limos, die sie früher war, die Limos, die gern ein Dämon war, »war ebenfalls eine Lüge.«

Mit blutendem Herzen öffnete sie ein Tor und ließ Arik allein am Strand zurück.

30

Regan war nicht mit den anderen gegangen.

Arik hatte ihr befohlen zu gehen, aber sie war niemand, der so leicht aufgab, und die Geschehnisse dieses Abends hatten sie in ihrem Entschluss nur noch bestärkt. Etwas Gewaltiges, schrecklich Böses war wie ein Tornado durchgezogen, hatte den Boden draußen vor der Festung aufgerissen und zwei Nebengebäude vollkommen zerstört. Eine ganze Reihe der dämonischen Wachen war abgeschlachtet worden, entweder von Pestilence oder von diesem Riesenmonster, und jetzt war Regan mehr von der Bedeutung ihrer Mission überzeugt denn je zuvor.

Die Dämonen mussten aufgehalten werden, die Apokalypse abgewendet. Und wenn dazu das Kind eines Reiters nötig war, dann war es eben so.

Während sie darauf wartete, dass auch die letzten Hochzeitsgäste Thans Festung verließen, patrouillierte sie über das Gelände. In ihren Parka eingemummelt, ein *S'teng* in der behandschuhten Hand, studierte sie die Fußabdrücke und die Blutflecke im Schnee, wo Dämonen gestorben waren. Sie hatte in ihrem Leben schon viele Dämonen gesehen, aber einige der Spuren, die sie entdeckte, waren ihr neu, und manche, so wie die, die von Godzilla höchstpersönlich stammen könnten, ungefähr dreißig Meter von der Festung entfernt, erschütterten sie zutiefst. Normale Dämonen waren schon schwierig genug zu bekämpfen, aber wie sollten Menschen gegen Ungeheuer ankommen, die so groß waren wie ein zwanzigstöckiges Hochhaus?

Müde und zitternd kehrte sie schließlich ins Haus zurück, aber sobald sie den großen Saal betrat, ließ das Gefühl, beobachtet zu werden, sie mitten im Gehen erstarren. Ihr Puls hämmerte laut in ihren Ohren, als sie den Kopf zu dem riesigen Krieger umwandte, der vor dem Feuer stand.

Sein erbarmungsloser Blick war auf sie gerichtet. Darin flackerte der kalte Tod. Überall um ihn herum wirbelten Schatten, die seinen weißen Knochenpanzer grau erscheinen ließen und sich immer schneller und schneller bewegten, während sie zusah. Ihre dunkle Gabe regte sich, klopfte gegen ihren Schädel, als ob sie herauswollte.

Bleib ruhig … du musst … ganz … ruhig bleiben.

Wie in Zeitlupe, und darum noch grässlicher anzusehen, bildeten die Schatten Münder und Augen, und dann schoss plötzlich einer auf sie zu.

Mit einem gellenden Schrei wirbelte sie herum und rannte in ihr Schlafzimmer, aber das Ding rammte sie von hinten, sodass sie mit voller Wucht auf den Steinfußboden fiel. Schmerz, als ob ihr eine Million winziger Nadeln bis in die Knochen geschoben würden, wurde die Luft, die sie atmete. Irgendetwas schien in sie hineinzugreifen, und sie hätte schwören können, dass sie fühlte, wie sich eine eisige Hand um ihr Herz schloss. Dann spürte sie zusätzlich zu dem Schmerz auch noch ein Ziehen … Heilige Scheiße, jetzt wusste sie, wie es sich anfühlte, bei lebendigem Leib gehäutet zu werden … wie es sich anfühlte, wenn ein lebenswichtiger Teil aus all den anderen lebenswichtigen Teilen herausgerissen wird.

Das Ding war dabei, ihr die Seele aus dem Körper zu reißen.

Ihr ganzes Training, ihre ganze Disziplin – alles zum Teufel. Sie ließ ihre Gabe los. Ihr Körper vibrierte, und ein Licht leuchtete aus ihr, drang aus jeder Pore, bis sie von dem weißen Blitz geblendet war. Der Schmerz löste sich auf, als ein Strahl lebendigen Lichts den Schatteneindringling packte und aus ihrem Körper herauszog.

Da kam Thanatos um die Ecke gerannt. Schlitternd kam er zum Stehen, die Augen weit aufgerissen. Weitere Schatten lösten sich von ihm und attackierten das Licht. Die Kugel aus Dunkelheit und Licht drehte und wand sich, verwandelte sich in ein wirres Knäuel, und dann verschluckten die Schatten nach und nach das Leuchten.

Regan wartete nicht ab um zu sehen, was als Nächstes passieren würde.

Auf Beinen, die so wackelig waren, dass sie ihr Gewicht kaum zu tragen vermochten, taumelte sie in ihr Schlafzimmer und warf die Tür hinter sich zu. Seine Vampirdiener hatten ein Feuer in ihrem Kamin angezündet, aber das Zimmer war kalt, was nicht gerade dazu beitrug, ihren zitternden Körper zu beruhigen. Sie brach an der Kommode zusammen und hätte beinahe eine Flasche mit Honigwein und zwei Gläser auf einem Tablett umgeworfen.

Honigwein ... *ja.* Alkohol klang nach einer ausgezeichneten Idee. Ihre zitternden Finger warfen eins der Gläser um, aber es gelang ihr, es aufzufangen, ehe es am Boden aufkam. Die Tür öffnete sich, und sie tat ihr Bestes, um nicht noch mehr zu zittern, als Than hereinkam und ihr sanft das Glas abnahm.

Sie konnte ihn nicht ansehen, konnte nicht zulassen, dass er in ihren Augen sah, welchen höllischen Schreck ihr die Begegnung mit dem Tod eingejagt hatte. Als Wächterin hatte sie schon öfter Situationen erlebt, in denen es um Leben und Tod ging, als sie zählen konnte, aber diesmal hatte sie zum ersten Mal gefühlt, wie sie starb.

Sie schluckte krampfhaft und zeigte auf den Honigwein. »Öffnen?«

»Verdammt«, murmelte er. Dann löste er das Wachssiegel vom Flaschenhals. »Wo hast du den denn gefunden?«

»V-Vampir«, sagte sie und hasste sich für das Stottern.

Ein tröstliches Gluckern erfüllte das Zimmer, als er einschenkte. Dann nahm er ihre Hand, drückte ihr das Glas in die Handfläche, schloss die Finger darum und führte den Rand an ihren Mund.

»Trink«, sagte er leise und neigte das Glas, als es ihre Lippen berührte.

Die rote Flüssigkeit war würzig und weich und füllte ihren Mund wie Balsam, beruhigte ihre Nerven, schon ehe sie geschluckt hatte. »Das … waren deine Seelen?«

»Ja.« Nachdem er sich selbst ein Glas eingeschenkt hatte, trat Thanatos zurück. Er nahm zwei große Schlucke, ehe er fortfuhr. »Wenn ich wütend bin, können die Seelen, die in meinem Panzer leben, ausbrechen. Sie wollen nur eins: töten.«

»Warum?«

»Wenn sie jemanden töten, muss ich sie freilassen.«

Sie erschauerte, als sie an den Schmerz dachte, den dieses Ding ihr bereitet hatte, als es versucht hatte, sie von innen auseinanderzureißen. War das dasselbe, was ihre Opfer erleben würden, wenn sie ihre Fähigkeit einsetzen würde? Fühlten sie ebenfalls, wie das lebendige Licht ihnen die Seele aus dem Leib riss? Sie nahm einen weiteren Schluck von ihrem Wein, und zu der Wärme, die sich in ihr ausbreitete, gesellte sich ein angenehmes Prickeln. »Wie gelangen sie denn in deinen Panzer?«

»Jedes Mal, wenn ich töte, wird die Seele des Toten hineingesaugt.« Seine Stimme klang so beiläufig, dass es ihr eiskalt über den Rücken lief. Nichts fiel ihr so schwer, wie über ihre eigene Seelensaug-Fähigkeit zu sprechen, während er genauso gut über den nächsten Einkauf hätte reden können. »Seelen machen meinen Panzer stärker.«

»Und dann hängen sie da einfach so rum und warten darauf, dass du wütend wirst?«

»Oder darauf, losgelassen zu werden. Ich kann sie in einer Schlacht loslassen oder um zu tun, was ich ihnen befehle.«

Hmm. »So ähnlich wie diese Geister im dritten Teil von *Herr der Ringe*?«

Sein Lächeln war umwerfend, aber seine Augen wirkten traurig. »So in der Art.«

»Und warum sind sie nicht alle rausgekommen?«

»So wütend war ich nicht.«

Sie erschauerte. »Ich glaube nicht, dass ich das sehen möchte.«

»Nein, das möchtest du ganz bestimmt nicht.« Eine blonde Augenbraue hob sich, und das silberne Piercing glänzte im Feuerschein. »Willst du mir nicht von deiner kleinen Überraschung erzählen?«

Ihr Glas blieb in der Luft stehen, ehe es ihre Lippen erreichte. »Eigentlich nicht.«

Ein glitzernder Tropfen Honigwein hing an seiner vollen Unterlippe. Er zog ihren Blick wie magisch an und entzündete eine winzige Flamme der Begierde. Der Alkohol selbst war stark und mit exotischen Gewürzen versetzt, aber um wie vieles besser würde er schmecken, wenn er von Thanatos' Lippen genossen würde? Ihr blieb die Luft weg, als er den Tropfen ableckte. Gott, wie konnte er so etwas Einfaches und Normales so sexy aussehen lassen?

»Ares würde dir befehlen zu sprechen«, sagte er nachdenklich. »Reseph würde dir die Antwort mit seinem Charme entlocken. Limos …« Seine Stimme wurde rau und kantig. »Sie würde dir so lange auf die Nerven gehen, bis du ihr alles erzählst, nur damit sie endlich die Klappe hält.«

»Und du?«

Seine Augen funkelten. »Meine Spezialität ist die Folter.«

Aber natürlich. Ihre Hand wanderte zu ihrer Jackentasche, in der sie ihr *S'teng* verstaut hatte. »Hast du vor, mich zu foltern?«

»Hast du vor, mir zu verraten, was du bist?« Er führte das Glas an die Lippen und betrachtete sie über den Rand hinweg. »Und bilde dir bloß nicht ein, dass deine kleine Aegis-Waffe gegen mich etwas auszurichten vermag.«

Kleine Aegis-Waffe? Arroganter Mistkerl. »Ich bin zu hundert Prozent ein Mensch.«

»Ein Mensch mit emphatischen Fähigkeiten, das würde ich dir abkaufen. Ein Mensch, der mit den Toten kommuniziert, das würde ich dir auch abkaufen. Aber du besitzt Macht über Seelen.« Er näherte sich ihr, zweifellos in der Absicht, sie mit seiner schieren Größe und Masse einzuschüchtern. Es hätte sogar funktionieren können, wenn sie nicht den Wunder-Wein intus gehabt hätte. Doch so spielte nur ihr Puls verrückt und sie drängte ihn in Gedanken, näher zu kommen. »Also, das mit dem Menschen kauf ich dir nicht ab.«

»Willst du vielleicht einen DNA-Test? Ich bin ein Mensch. Meine Eltern waren beide Wächter.« Prinzipiell entsprach das der Wahrheit. Zu der Zeit, in der sie gezeugt wurde, war ihr Vater von einem Dämon besessen gewesen, aber das musste der Reiter ja schließlich nicht wissen.

»Ach, tatsächlich«, murmelte er, und von einer Sekunde auf die andere veränderte sich die Aura der Wut und Bedrohung, die ihn umgeben hatte, in etwas sehr viel Angenehmeres, wenn auch nicht weniger Gefährliches.

Seine Finger glitten über seine Kehle, und sein Panzer verschwand, sodass er in der Kleidung dastand, die er während der Hochzeit getragen hatte. Das weiße Hemd unter der Smokingjacke stand am Kragen offen, und das Tattoo des Skorpions spähte heraus, dessen Zangen sich immer wieder öffneten und schlossen.

Sie blinzelte und fragte sich, ob der Wein wohl ihre Sehkraft beeinträchtigt habe. »Deine Tattoos sind wirklich etwas ganz Besonderes, oder?«

»Alle Tattoos sind etwas Besonderes. Selbst wenn man sie sich aus einer Laune heraus stechen lässt, ist es doch jedem wichtig, was für ein Bild er da auf seinem Körper trägt.«

»Nein, ich meinte … sie tun etwas für dich.«

Sie fürchtete schon, er werde wieder mal dichtmachen, doch stattdessen überraschte er sie, indem er seine Jacke auszog. Irgendwie gelang es ihm, diese einfache Handlung ebenfalls zu etwas Besonderem zu machen, zu einem unbeabsichtigten, aber darum nicht weniger verlockenden Striptease. Er warf die Jacke aufs Bett, und seine langen Finger begannen sich dem Hemd zu widmen. Sie konnte die Augen einfach nicht abwenden, als er es aufknöpfte und sich das Hemd gleich darauf zur Jacke gesellte.

Mannomann. Es spielte keine Rolle, dass sie seinen nackten Oberkörper früher schon einmal zu Gesicht bekommen hatte … Sie glaubte nicht, dass sie sich je an dieses unglaubliche Kunstwerk würde gewöhnen können. Sein Siegel, das an einer feinen Kette hing, lag flach zwischen seinen fantastischen Brustmuskeln, und das Tattoo eines keltischen Knotens verlieh ihm den perfekten Rahmen.

»Diese Szenen stammen direkt aus meinem Kopf und werden auf meine Haut übertragen.«

»Das wusste ich, aber warum?«

»Woher wusstest du das?« Er bewegte sich auf sie zu, langsam und mit breitbeinigem Gang, sodass sie das Gefühl überkam, gejagt zu werden.

Das prickelnde Gefühl in ihren Gliedern breitete sich weiter aus und verlieh ihr neue Energie, während es sie zugleich entspannte. »Das hab ich gesehen, als ich dich einmal berührt habe. Ich kann Tattoos genauso lesen wie Tinte auf Pergament.«

Das Prickeln verwandelte sich in ein angenehmes Brennen, mit nichts vergleichbar, was sie je gefühlt hatte. Was hatte der

Vampir noch über den Wein gesagt? Magisch. Okay. Sie hatte wohl genug.

Thanatos blieb stehen, als er ihr so nahe war, dass sie aufblicken musste, um sein Gesicht zu sehen. »Kannst du deine empathischen Fähigkeiten kontrollieren …?« Seine Stimme war rau, wunderbar tief und lief in einer seltsam erotisierenden Welle durch sie hindurch.

Sie stellte das Glas ab, als sie sich mit einem Mal merkwürdig entrückt fühlte, so als würde sie jemand dabei beobachten, wie sie das Glas auf die Kommode stellte. Dann sah sie, wie er ihre Hand nahm und auf seine Kehle legte, auf den Skorpion, der jedes Mal, wenn Thanatos sprach, in seine Halsschlagader zu stechen schien.

»Ja«, flüsterte sie. »Ich kann es an- und abschalten.«

»Und … was fühlst du in diesem Moment?«

Sie war sicher, dass er die Frage absichtlich so mehrdeutig formuliert hatte.

»Nichts«, sagte sie, was Wahrheit und Lüge zugleich war. Sie hatte ihre empathische Fähigkeit nicht aktiviert, konnte aber trotzdem eine schwache Energie spüren, die von dem Skorpion ausging. Gleichzeitig war sie extrem erregt.

Und das hatte in diesem Moment nichts mit ihrem Auftrag zu tun, Thanatos für die Aegis zu verführen. Sie wollte ihn. So einfach war das. Die Angst, ihre Seelensauger-Fähigkeit während eines unbeherrschten Moments versehentlich zu aktivieren, traf hier nicht zu – Thanatos' Schatten würden ihn beschützen. Zum ersten Mal in ihrem Leben wünschte sie sich, ihre sinnliche Seite von der Kette zu lassen und auf die Jagd zu schicken.

Thanatos legte ihr die Hand in den Nacken und zog sie mit einem Ruck an sich, als hätte er ihre Gedanken gelesen – so nahe, dass ihre Körper aneinanderklebten. Er drückte seine Lippen auf ihre. Seine Erektion war eine riesige, brutale Präsenz an ihrem Bauch, und seine Zunge eine Angriffswaffe, die die Barriere ihrer Lippen einfach überrannte und sich nahm, was sie wollte. Ihr wurde heiß und sie schien zu zerfließen. Ihre Brüste spannten, ihre Haut brannte, und zwischen ihren Beinen zog sich alles zusammen.

»Und jetzt?«, murmelte er gegen ihren Mund.

»Gott, ja.« Der Puls an ihrer Kehle pochte im Gleichklang mit dem Pulsieren tief in ihrem Becken.

»Du machst mich verrückt.« Er drängte seine Hüften gegen ihre. Er bildete sich ein, sie sei diejenige, die hier irgendwen verrückt machte? »Ich will dich, Regan. Mehr als ich je irgendjemanden gewollt habe, und ich stehe kurz davor, nachzugeben.«

»Ja«, hauchte sie. »Tu es.«

Seine Hände glitten zu ihrer Taille, und mit einem Mal artete das Ganze in einen wilden Wettbewerb aus, wer sich wohl zuerst ausziehen könnte. Ihr Verstand funktionierte nicht mehr richtig, in ihr tobte das reinste Chaos. Sie kannte nur noch das drängende, primitive Verlangen, diesen Mann auf den Rücken zu bekommen.

Und er würde auf dem Rücken liegen. Sie musste die Kontrolle haben, und sie würde niemals und unter gar keinen Umständen unter einem Mann liegen.

Als das letzte Kleidungsstück auf den Boden fiel, standen sie beide einander zugewandt da, beide heftig keuchend und mit geballten Fäusten. Guter Gott, er war fantastisch. Er hatte den Körper eines Läufers, schlank und muskulös. Sein muskulöser Brustkorb wurde von zwei identischen Piercings in den Brustwarzen geschmückt, seine Bauchmuskeln waren von tiefen Furchen durchzogen, und die schlanken Hüften gingen in kräftige Beine über. Und dazwischen erhob sich seine Erektion, dick an der Wurzel und bis zur Eichel hinauf mit Adern überzogen.

»Ich kann nicht«, flüsterte er. »Ich kann nicht bis zum Letzten gehen.«

Enttäuschung erfasste sie, aber zum Teufel damit, im Moment würde sie einfach nehmen, was sie kriegen konnte. Augenblick mal ... warum konnte er nicht bis zum Letzten gehen?

Seine kräftigen Arme legten sich um sie, schlossen sie wie in einem Käfig ein und zogen sie an sich, und sie war zu keinem vernünftigen Gedanken mehr fähig. Sein Kuss war rau, heiß und verzweifelt. Sein Schwanz drängte sich zwischen ihre Beine und rieb sich an ihrem Geschlecht, während er pumpte, als ob er schon in ihr wäre.

»Bett.« Sie wirbelte ihn herum, legte ihm den Fuß um die Wade und stieß mit aller Kraft gegen seine Brust, sodass er das Gleichgewicht verlor und mit dem Rücken auf der Matratze landete. Ehe er sich von seiner Überraschung erholen konnte, sprang sie auf ihn und setzte sich rittlings auf seine Oberschenkel.

Seine Miene verriet pure Verwunderung, doch als sie gleich darauf begann, sich hin- und herzubewegen und den Schaft zwischen ihre Falten gleiten ließ, fiel sein Kopf zurück, und seine Lippen öffneten sich – das Abbild purer männlicher Ekstase. Ihre Hände glitten über seinen Bauch, seine Brust und die harten Ebenen seiner Arme. Er reagierte, indem er die Hände hob und auf ihre Schultern legte ...

Seine Finger gruben sich beinahe schmerzlich in ihre Haut, und er hielt sie mit aller Kraft fest. Sein Blick war glasig, schläfrig fast, und er nuschelte beim Sprechen. »Du willst spielen, Aegi? Ich werde mitspielen, aber du darfst nie vergessen, dass ich hart spiele.«

»Ach ja?« Sie ließ sich nach vorne fallen, um seinem Griff zu entkommen und einen der Ringe in seinen Brustwarzen zwischen die Zähne zu nehmen. Sie zog so fest daran, dass er ein Zischen ausstieß. »Genau wie ich, Reiter. Genau wie ich.«

31

Thanatos stand in Flammen.

Ein träges Brennen arbeitete sich durch seine Muskeln voran, Flammen leckten über seine Haut, Rauch vernebelte ihm den Verstand. Regan bewegte sich über ihm. Ihr Innerstes war seinem Schaft viel zu nahe gekommen, und warum zum Teufel hatte er es überhaupt so weit kommen lassen? Er hatte sich in Gegenwart einer Frau noch nie, nicht ein einziges Mal, vollständig entkleidet, und jetzt lag er hier auf dem Bett, mit einer Frau – noch ein erstes Mal – und stieß mit den Hüften nach oben, um ihrer heißen feuchten Stelle näher zu sein.

Regan nahm ihn zwischen die Schenkel, und er stöhnte. Diese Beine würden sich verdammt gut anfühlen, wenn sie sich um seine Taille legten.

»Ich muss oben sein. In dich hineinfahren.« Irgendwo tief in seinem Gehirn wusste er, dass die Worte von ihm kamen, aber er konnte trotzdem nicht fassen, dass er sie ausgesprochen hatte.

»Tut mir leid.« Sie griff zwischen ihre Körper und rieb seinen Schaft. »Ich mache das nur auf meine Art.«

Als er die Reibung ihrer Handfläche auf seinem harten Glied spürte, zischte er. »Damit komm ich klar.« Zur Hölle, er würde es auf jede Art tun, die sie nur wollte. Wenn er seine Jungfräulichkeit verlieren sollte …

Nein.

Gott, was dachte er denn da bloß?

»Regan.« Er stöhnte und streckte sich ihrer Berührung entgegen. »Hör auf.«

»Keine Chance.« Ihre Stimme war so weich wie ihre Lippen, die gerade seinen Hals mit Küssen pflasterten. Sie knabberte kurz an seinem Skorpion, ehe sie das Tattoo mit der Zunge abschleckte.

Thanatos schloss die Augen und genoss einfach ihre Zärtlichkeiten, die Art, wie sie ihren ganzen Körper einsetzte: wie eine große Katze, die sich an ihm rieb. Ihre Brüste glitten über seine Brust, die Innenseite ihrer Schenkel strichen sanft über seine Hüften, und ihre Hände schienen überall gleichzeitig zu sein, um ihn zu streicheln, zu liebkosen. Er dürfte es nicht genießen, aber er war ausgehungert, sehnte sich so nach der Berührung einer Frau. Davon hatte er sein ganzes Leben lang geträumt, und er hatte nicht vor, ihr jetzt schon Einhalt zu gebieten.

Vielleicht würde er ihr auch gar nicht Einhalt gebieten.

Er runzelte die Stirn und fragte sich, woher dieser Gedanke auf einmal kam. Sein Körper hatte seinen Verstand bisher noch nie überstimmt, zumindest nicht, wenn es um Sex ging. Dafür hing viel zu viel davon ab, dass er an seiner Jungfräulichkeit festhielt. Vielleicht der Wein …

Regans Zunge spielte mit seinem Nippel, und sogleich zersprangen seine Gedanken in tausend Scherben der Lust. Zur Hölle mit seiner Jungfräulichkeit.

»O ja«, zischte er, und dann gleich noch einmal, weil ihre Zunge über seinen Körper wanderte. Als sie seinen Nabel erreicht hatte, umrundete sie ihn einmal. Er hätte schwören können, dass sich noch nichts in seinem Leben je so gut angefühlt hatte. Aber würde sie auch noch tiefer gehen? Bitte, bitte, *bitte*.

Sie würde. Er keuchte schon, ehe ihr Mund seinen Hüftknochen erreicht hatte. Ihr seidiges Haar ergoss sich wie ein Wasserfall über seine Haut, und ihre Wange streifte seine Erektion. So sehr er sich auch wünschte hinzusehen, konnte er es einfach nicht. Dafür stand er zu kurz vor dem Höhepunkt, und der Anblick würde ihm den Rest geben.

»Was soll ich jetzt machen, Krieger?«, murmelte sie an die Innenseite seines Oberschenkels gepresst.

Ein Kloß von der Größe einer Faust steckte in seiner Kehle, sodass er kein Wort herausbrachte. Sie sollte … oh, jetzt wusste er, was sie tun sollte. Aber das war eine vollkommen neue Erfahrung, und er war noch nie mit einer Frau so intim geworden. Nein, nicht mal in diesem schäbigen Hinterzimmer im *Four Horsemen.* Jede Frau, die er dorthin mitgenommen hatte, war auf ihre Kosten gekommen, aber nur, weil er nicht nur ihren Körper, sondern auch ihre Gedanken berührte, und wenn er mit ihnen fertig war, waren sie davon überzeugt, dass er sie gefickt oder geleckt hatte, auch wenn nichts der Wahrheit ferner lag.

»Hmm.« Ihre Fingerspitzen streiften spielerisch seine Eier. »Ich nehme an, es gibt nichts, was ich für dich tun könnte …«

»Doch«, krächzte er. »Da gibt es etwas.«

»Dann sag's mir.« Endlich schlug er die Augen wieder auf und sah sie an. Der Anblick, wie sie da über ihm hockte, ihr Mund so nahe an seiner Erektion, dass ihr Atem darüber wehte, hätte ihm beinahe den Rest gegeben. Begierde leuchtete in ihren schönen Augen, und ein sündiges Lächeln umspielte ihre Lippen. »Was ist es?«

Er schluckte den Kloß in seinem Hals herunter, was allerdings gegen die Trockenheit in seinem Mund überhaupt nichts ausrichtete. »Berühre mich mit deinem Mund.«

Ihr Lächeln wurde breiter, und sie drückte ihre Lippen auf die sensible Haut seiner Hüfte. »So etwa?« Sie würde ihn noch umbringen.

»An meinem … Schwanz.«

»Oh. Verstehe.« Ihre Lippen glitten über seinen Schaft. »Meinst du so?«

»Ja, aber …«

»Aber was?« Ihr Mund blieb, wo er war, und sein Schwanz zuckte gleichzeitig vor Lust und aus Protest.

»Aber … blas mir einen.«

Sie zwinkerte ihm zu. »Na, endlich rückst du mit der Sprache raus.« Sie begab sich sofort an ihre Aufgabe und nahm ihn tief in ihren feuchten Mund auf.

Er schrie auf, und seine Hände verkrampften sich. Langsame, feste Bewegungen wechselten sich mit leichten, zarten Zungenschlägen ab, und die ganze Zeit über glitt eine Hand seinen Schaft immerzu rauf und runter, während die andere seine Eier umfasste und zärtlich massierte.

Er war fast so weit … sein ganzer Körper bäumte sich auf, seine Hüften kreisten … o ja …

»Fass dich an«, flüsterte er.

Regans Stöhnen ließ seinen Schaft vibrieren, sodass er beinahe an die Decke gegangen wäre. Als er mühsam die Augen öffnete, sah er, wie ihre Finger zwischen ihre Beine glitten. Schon in einer Minute würde er sie dort kosten. Er würde jeden Quadratzentimeter dieses vom Kampf gezeichneten Körpers abschlecken. Und wie ihre Haut leuchtete … Irgendetwas daran brachte die Seelen in seinem Panzer dazu, sich unruhig zu winden.

Sie waren sehr aufgeregt, aber das erhöhte nur seine Sensibilität. Das Licht auf ihrer Haut schien ihn einzuhüllen, während ihre Zunge über seine Eichel glitt, und gerade als er dachte, sie würde ihn wieder in den Mund nehmen, richtete sie sich auf. Sie setzte sich mit gespreizten Beinen auf ihn, nahm seinen Schaft in die Hand und … Oh, *Scheiße*.

»Nein!«

Das Licht traf ihn mit voller Wucht in die Brust, zerlief und hüllte ihn ein wie Plastikfolie, um schließlich zu verschwinden. Die Seelen in ihm wehrten sich, und ein Krieg begann, der gleich unter der Oberfläche seiner Haut tobte und ihn ans Bett fesselte.

Er konnte sich nicht bewegen, hatte keinerlei Kontrolle über seine Muskeln, als Regan seine Schaftspitze vor ihren Eingang bugsierte.

»Tu das nicht. *Regan*!«

Zu spät. Sie senkte sich auf ihn hinab und nahm ihn bis zur Wurzel in sich auf. Lust und panische Angst vermischten sich, und als sie sich zu bewegen begann, gelang es ihm nur mit Mühe, nicht zu hyperventilieren. Er sah vor sich, wie sein Siegel zerbrach, konnte beinahe schon fühlen, wie sich das Böse in seiner Seele ausbreitete.

Regan stöhnte und begann mit den Hüften zu kreisen. Die seidenweiche Reibung ihres Tunnels um seinen Schaft war einfach unglaublich. Er wünschte nur, er könnte es mehr genießen, aber sein verdammtes Siegel …

War nicht gebrochen.

Was sollte das denn? Und wie gelang es ihr nur, ihn unter sich festzuhalten? Nichts konnte ihn festhalten.

Regans Fingernägel zerkratzten ihm die Brust, und sie warf den Kopf zurück, die Augen geschlossen, den Mund weit geöffnet, und gegen seinen Willen lösten sich seine Hüften vom Bett, um noch tiefer in sie einzudringen. Er durfte dies nicht genießen, aber inzwischen bewegte sie sich schneller, ihre Brüste hoben und senkten sich bei jedem ihrer immer rascher aufeinander folgenden Atemzüge. Wunderschön … Sie war atemberaubend in ihrer Leidenschaft. Seine eigene Leidenschaft drohte vollends außer Kontrolle zu geraten, so versengend, alles verzehrend war seine Lust. Seine Eier waren prall, bereit zu explodieren. Sein Schaft schwoll an, und die ersten Anfänge seines Höhepunkts ließen seine Nervenenden vibrieren.

Oh, Scheiße … was, wenn es nicht die Penetration, sondern der Orgasmus war, der sein Siegel zerbrach? *Der Moment, in dem sich deine Saat in eine Frau ergießt, wird dein Leben verän-*

dern. Die flüsternde Stimme des Dämons, die er gehört hatte, als er verflucht worden war, erhob sich in seinem Kopf und schnürte ihm die Luft ab.

»Hör auf«, presste er mit rauer Stimme hervor, aber Regan bewegte sich nur noch schneller, rieb sich mit anmutigen Kreisbewegungen an ihm. »Regan, hör sofort auf!«

»Auf gar keinen Fall … oh, oh, ja.« Ihr Körper erschauerte, und ihr Tunnel zog sich um ihn zusammen, hielt ihn fest und melkte ihn, und dann war es mit seiner Selbstbeherrschung vorbei. Er war erledigt. Der Orgasmus traf ihn wie ein Wirbelwind und hob ihn mit Gewalt vom Bett. Regan schrie auf, als er sich so heftig aufbäumte, dass sie sich an seine Schultern klammern musste, um nicht herunterzufliegen.

Er brüllte auf – in höchster Ekstase, in vergeblicher Wut … und in reiner Verzweiflung.

Regan konnte sich kaum noch bewegen. Ihr Körper war zufrieden, und doch schien immer noch etwas zu fehlen. Unter ihr hob und senkte sich Thanatos' Brustkorb heftig, und die glatte tätowierte Haut war mit einem dünnen Schweißfilm bedeckt. Sie fragte sich, ob er wohl gefühlt hatte, wie ihre Fähigkeit wie ein elektrisch aufgeladenes Unwetter getobt hatte. Sie hätte schwören können, dass sie an einem gewissen Punkt losgelassen hatte, aber als sie die Augen geöffnet hatte, war da kein Licht gewesen, kein Kreischen, überhaupt kein Anzeichen der Kreatur, die Seelen extrahierte wie ein chirurgisches Instrument.

Vielleicht war ihre Angst, beim Sex die Beherrschung zu verlieren, ja völlig unbegründet gewesen.

Sie lauschte Thans Herzen, das unter ihrem Ohr pochte, und strich mit einer Hand über sein seidiges Haar. Sie liebte seine Flechten, und als sie nun eine davon um den Finger wand, seufzte sie in erschöpfter Resignation.

So sehr sie sich auch wünschte, einfach so liegen bleiben zu können, vielleicht sogar noch eine zweite Runde einzuläuten, musste sie jetzt gehen, wenn der Plan der Aegis funktionieren sollte.

Mit letzter Kraft richtete sie sich auf. Die gelben Augen des Reiters starrten sie an. Die Brauen hatte er zusammengezogen, er sah vollkommen verwirrt aus. Vielleicht war er es ja nicht gewohnt, dass eine Frau die Regie übernahm. Zu schade. Wenn das der Fall war, dann würde er das einundzwanzigste Jahrhundert wohl nicht lieben.

Sie stieg mit steifen Beinen etwas umständlich von ihm herunter und zog ihre Hose an. »Schön«, sagte sie, während sie sich den Pulli überstreifte. »Das hat echt Spaß gemacht, aber jetzt muss ich los.«

»Du gehst nirgendwohin.« Seine Stimme klang seltsam hohl.

Sie stieg in ihre Stiefel. »Na, und ob ich das tue. Ich habe meine Nachforschungen beendet.« Sie schloss den Reißverschluss ihrer Tasche, darauf bedacht, schleunigst zu verschwinden, ehe sie noch ihre Meinung änderte und blieb. »Wenn die Aegis noch irgendetwas braucht, schicken sie jemanden her.«

»Du gehst nirgendwohin«, wiederholte er. Diesmal klang er regelrecht verbiestert. »Und du wirst mich erlösen.«

Sie hob eine Augenbraue. »Ich würde meinen, das hätte ich schon erledigt.«

Er starrte sie finster an, die Brauen tief über die verwirrt dreinblickenden Augen gezogen. Dann veränderte sich abrupt etwas. Ein rauchiger Schatten glitt über seine Miene, und in seinen Augen schienen eisige Scherben zu glitzern. Sogar die Luft selbst knisterte gefährlich.

»Du … *Verräterin*.« Seine Stimme war leise, von einer tiefsitzenden, erschreckenden Wut erfüllt. »Du hast gar nichts erledigt.«

Bis ins Mark von seinem plötzlichen Stimmungswechsel erschüttert, trat sie zurück. Offensichtlich sprachen sie hier nicht über dieselbe Art von Erlösung.

Er warf einen Blick auf die Weinflasche. »Und du hast mich vergiftet.«

Ihn vergiftet? Als ob sie so tief sinken würde, nur um Sex mit ihm zu haben. »Hör mal, du musst dich beruhigen, und ich muss jetzt gehen.«

»Warte.« Seine Stimme traf sie wie ein Peitschenhieb. Seltsam, dass er immer noch stocksteif auf der Matratze lag, stinksauer, wie er war. »Du bist hergekommen, um mich zu verführen, hab ich recht?«

Sie setzte ihre beste verletzte Miene auf, während sie ihren Parka anzog. »Ich bin davon überzeugt, dass deinem Ego diese Vorstellung gefällt – «

»Was hast du mit mir gemacht? Wie hältst du mich fest?« Als sie nur blinzelte, offenbar von allem in dieser Unterhaltung zutiefst verwirrt, stieß er einen Fluch aus. »Deine … Gabe. Dein verdammtes Licht steckt in meiner Haut. Aber wie?«

O nein. Scheiße! Dann hatte sie wohl doch losgelassen. »Tut es … tut es dir weh?«

»Meine Seelen kämpfen dagegen an«, knurrte er. »Sie sind dabei, es zu vernichten, und sobald ihnen das gelungen ist, werde ich dir den Hals umdrehen.«

Na, wenn das kein Hinweis war, dass sie hier nichts mehr verloren hatte. Sie ging auf die Tür zu.

»Arbeitest du mit Pestilence zusammen?«

Ihr sackte der Unterkiefer herunter. Mit weit offen stehendem Mund fuhr sie zu ihm herum. »Meinst du tatsächlich, dass ich so dringend Sex mit dir haben wollte, dass ich deinen bösen Bruder um Hilfe bitte? Wow, du bist echt der größte Egomane, der mir je über den Weg gelaufen ist.«

»Sex?«, brüllte er.

Sie erschrak dermaßen, dass sie unwillkürlich einen Schritt zurücktrat.

»Das war kein Sex. Du hast mich reingelegt. Du hast mich vergiftet und missbraucht. Hast du überhaupt eine Ahnung, was du angerichtet hast?«

Sie fürchtete, ihr würden jeden Moment die Augen herausfallen. »Dich *missbraucht?* Machst du Witze?«

»Ich habe Nein gesagt. Ich habe mich geweigert.« Die Sehnen in seinem Hals traten hervor, als er versuchte, den Kopf zu heben. »Du hast mich … vergewaltigt …« Seine Stimme wurde zu einem widerlichen Knurren. »Du hast mir meine *Unschuld* geraubt.«

Sie lachte. Unschuld. Das konnte ja nur ein Witz sein.

Seine finstere Miene sagte das Gegenteil, aber Unschuld? Niemals. Lächerlich.

Nein. Tu das nicht, Regan! Mit einem Mal erinnerte sie sich wieder an sein Flehen. Seine Worte hallten mit dröhnender Klarheit durch ihren Kopf. Er hatte sie gebeten aufzuhören, aber … nein, das hatte er nicht ernst gemeint.

Er konnte es nicht ernst gemeint haben.

Sein Brustkorb senkte und hob sich mit seinen heftigen Atemzügen, in seinen Augen glühte schierer Hass. Ein kleines Rinnsal aus Schweiß lief ihr die Schläfe hinunter, als sie jede Sekunde des Akts in Gedanken noch einmal durchging. Sie hatte gedacht, bei seinem Protest handele es sich nur um Scheinwiderstand, aber was, wenn der Wein tatsächlich vergiftet gewesen war und ihre Fähigkeit ihn dann angegriffen und festgehalten hatte, während sie … *O Gott!*

Ihr drehte sich der Magen um, und sie rannte taumelnd aus dem Zimmer und blindlings auf die Eingangstür zu. Thanatos' wütende Schreie trieben sie an. Gerade noch rechtzeitig kam sie ins Freie und verlor ihr Abendessen neben dem Schneemobil.

Heiße Tränen brannten in ihren Augen, und der eisige Wind stach ihr tausend Nadeln in die Wangen, während sie in ihrer Tasche wühlte, auf der Suche nach ihrem Handy und den Schlüsseln. So schnell sie nur konnte, sandte sie einen Hilferuf per SMS an Kynan und Val, und dann startete sie mit zitternden Fingern das Schneemobil.

Über den Lärm des Motors hinweg konnte sie immer noch Thans wütende Schreie hören. Vermutlich würde sie sie bis ans Ende ihres Lebens nicht mehr aus dem Kopf bekommen.

»Es tut mir leid«, flüsterte sie. Du liebe Güte, es tat ihr so schrecklich leid.

Sie brachte den Motor auf Touren, in der Hoffnung, so seine Stimme zu übertönen, und raste davon, sich verzweifelt festklammernd. Die Fahrt schien eine Ewigkeit zu dauern, und die Scheinwerfer des Schneemobils schafften es kaum, die Dunkelheit des frühen Morgens zu durchdringen. Aber vielleicht lag es auch an den Tränen in ihren Augen, dass sie kaum etwas sah. Sie wünschte sich nur, die Kälte würde sie betäuben, doch das Einzige, was sie tat, war, ihr kaltes Entsetzen über ihre Tat noch zu vergrößern.

Endlich erspähte sie zwei Gestalten in einiger Entfernung, vom Licht ihrer Taschenlampen erleuchtet. Einer davon musste Kynan sein, und die andere war wohl einer seiner dämonischen Verwandten … Shade vermutlich. Kynan sagte, er könnte dafür sorgen, dass sich ihre Eizelle und Thanatos' Spermium zusammentaten und ein Baby dabei entstand.

Das würde nicht passieren.

Als sie einen Blick über die Schulter riskierte, wünschte sie sich augenblicklich, es nicht getan zu haben. Gegen die graue Mauer der aufkommenden Dämmerung waren die Umrisse eines riesigen falben Pferds und eines gepanzerten Reiters zu erkennen, die durch die eisige Ödnis galoppierten.

Thanatos.

Von panischer Angst ergriffen, hätte sie beinahe aufgeschrien. Wenn er sie erwischte, war sie tot.

Schlitternd kam sie zum Stehen, und noch ehe sie von dem Fahrzeug abgestiegen war, hatte Shade schon ihr Handgelenk gepackt. »Lass los!« Sie versuchte, sich loszureißen, aber er hielt sie eisern fest.

»Ich muss dich für die Reise durchs Höllentor ausknocken.«

Richtig. Und dann, als sein Arm zu leuchten begann und Wärme von seinen Fingern in ihr Blut strömte, drehte sich ihr noch einmal der Magen um. »Aber du darfst auf keinen Fall –«

Ein Schrei gellte und dann noch einer, und als sie sich umdrehte, erblickte sie Pestilence auf seinem Hengst, der aus dem Nichts auftauchte und Thanatos und Styx mit voller Wucht seitlich rammte. Pferd und Reiter gingen in einem Wirbel aus Blut und Schnee zu Boden.

»O Scheiße«, sagte Kynan. »Wir müssen sofort hier weg. Beeil dich, Shade.«

»Geschafft.« Der Dämon nickte. »Gratuliere. Du bist schwanger.«

Schwanger. Nein. *Nein, nein, nein!* Gott, was hatte sie nur getan?

Waffen krachten aufeinander, Pferde wieherten, und Regan schrie auf, als Thanatos unter den Hufen des weißen Hengsts zertrampelt wurde.

Wieder erblühte Wärme unter Shades Hand. »Sag gute Nacht, Aegi.«

»Nein, warte –«

Und dann gab es nichts mehr als Schwärze.

32

Ganz egal, wie lange er auch auf der Veranda vor Limos' Schlafzimmer auf- und abmarschierte und vor sich hinfluchte, Arik konnte immer noch nicht fassen, was sie getan hatte. In den ersten zwei Stunden, nachdem sie verschwunden war, hatte er abwechselnd gefürchtet, dass sie irgendetwas Dummes getan hatte – sich zum Beispiel Luzifer vorgeknöpft –, und war stinksauer auf sie gewesen, weil sie ihn angelogen hatte.

Und nein, er glaubte nicht, dass sie gelogen hatte, als sie sagte, sie liebe ihn und werde sich nie wieder an seinen Erinnerungen vergreifen. Sie hatte nur versucht, ihn damit loszuwerden, damit er in Sicherheit war.

Aber er konnte durchaus allein auf sich aufpassen. Er hatte seine Kindheit überlebt, das Militär, einen Monat in der Hölle und nicht zu vergessen Limos' Brüder. Er würde alles überleben, was hinter ihm her war, und wenn nicht …

Würde Pestilence seine Seele gehören.

Okay, das war vielleicht doch ein kleines Problem, aber er konnte die Zeit, die er hatte, nicht damit vergeuden, darüber nachzugrübeln. Er hatte das R-XR und die Aegis über das Problem informiert und hoffte, dass sie einen Weg finden würden, wie er aus dieser Scheiße wieder rauskam. Und inzwischen würde er einfach mit Limos zusammensein.

Sie würde das Leben führen, das sie sich immer gewünscht hatte, und er hätte es ihr geschenkt.

Er gestattete sich den Luxus, sie sich mit dickem Babybauch vorzustellen, während er durch die Glastür auf das leere Bett starrte. Sie hatten nicht mal die Chance gehabt, sich als Ehepaar zu lieben, aber er schwor sich, dass er sie innerhalb von Minuten ausziehen und in ihr stecken würde, sobald sie wieder da war. Er würde ihr zeigen, wie von nun an jede Nacht mit ihm aussehen würde, würde sie süchtig nach seiner Berührung machen und die verrückte Idee vergessen lassen, ihn zu seinem eigenen Besten loszuwerden.

Dieses Ziel fest vor Augen, betrat er das Schlafzimmer genau in dem Augenblick, in die Tür aufflog und Limos in voller Montur und mit roten, verquollenen Augen hereinmarschiert kam. Als sie ihn sah, blieb sie abrupt stehen, und ihr Gesicht wurde erst kreidebleich und dann knallrot vor Empörung.

»Warum bist du denn immer noch hier?«, fuhr sie ihn an.

Er verschränkte die Arme vor der Brust. »Na ja, lass mich mal überlegen – vielleicht liegt es daran, dass ich die Höllentore nicht benutzen kann, vielleicht aber auch daran, dass wir verheiratet sind.«

»Also, was das betrifft.« Sie warf die Haare in ihrer typischen arroganten Art über die Schulter. »Ich war bei Gethel. Das ist das Komische an Engeln … sie können jede Ehe scheiden, die im menschlichen Reich stattfindet.« Sie hielt eine winzige Schriftrolle hoch. »Du hast eine Stunde Zeit zum Packen. Wir sind offiziell geschieden.«

Dieser Mistkerl. Dieser *verdammte* Mistkerl!

Pestilence starrte auf die dampfenden Klumpen aus Knochen und Blut, die Thanatos und Styx waren. Der Hengst lag im Sterben, aber Than würde in ein paar Minuten wieder auf den Beinen sein, so gut wie neu. Warum zur Hölle war sein Siegel noch intakt? *Warum?*

Pestilence hatte von dem Vampir-Doppelgänger, den er in Thans Festung eingeschleust hatte, eine Nachricht erhalten, in der dieser ihm versichert hatte, dass die Aegi-Hure, mit ein wenig Unterstützung durch seinen »verbesserten« Honigwein, Thanatos gefickt hätte. Also, was war da los?

Mit lautem Knurren öffnete er ein Tor und stieg vor Harvesters Haus aus dem Portal. Mit Gewalt bahnte er sich einen Weg in ihr Heim, fegte an ihr vorbei und marschierte auf direktem Weg in die Kammer, in der sie Reaver festhielt. Der Engel saß an die Wand gelehnt da, von oben bis unten mit Blut und Dreck besudelt, und sein goldenes Haar hing ihm in Zotteln um Gesicht und Schultern. Glasige blaue Augen beobachteten Pestilence, als er hereinkam und dem Engel ins Gesicht trat.

Reaver grinste nur höhnisch, obwohl ihm das Blut nur so aus Nase und aufgeplatzter Lippe strömte. Dieser arrogante Scheißkerl. Pestilence trat ihn gleich noch einmal. Da schlug dieser verfluchte Engel so fest zu, dass Pestilence gegen eine Wand geschleudert wurde und sich den Kopf aufschlug. Blut strömte in einem klebrigen, warmen Rinnsal über seinen Nacken in seinen Panzer hinein, der es mit lautem Schlürfen gierig trank. Wenn Pestilence nicht so wütend gewesen wäre, hätte ihn beeindruckt, wie stark Reaver immer noch war, obwohl ihm die Flügel genommen worden waren.

»Wann wirst du es endlich lernen, Reseph?«, fragte Reaver. »Du kannst mir wehtun, aber brechen wirst du mich nie.«

»Das werden wir ja noch sehen, du Arsch.«

Pestilence legte mit allem los, was er hatte. Reaver wehrte sich nicht mal, während Pestilence ihn trat und auf ihm herumtrampelte, bis von dem Engel nichts mehr übrig war als ein bewusstloser Fleischhaufen und das Blut nur so von Pestilences Stiefeln rann. Da legten sich Harvesters Hände schwer auf seine Schultern.

»Was ist passiert?«, fragte sie, und er fuhr zu ihr herum.

»Du solltest es besser wissen, als mich zu berühren.«

Er umkreiste sie, während er das Ausmaß ihrer Angst sondierte, und nachdem er entschieden hatte, dass sie längst noch nicht genug davon empfand, packte er sie bei der Kehle und schleuderte sie gegen die Wand. Danach atmete er so tief ein, dass er ihren Schrecken auf der Zunge schmeckte. Er lächelte.

»Die Aegi hat meinen Bruder gefickt«, flüsterte er ihr ins Ohr. »Also, warum ist sein Siegel nicht gebrochen?«

»Ich weiß es nicht«, sagte Harvester. Obwohl er das Gefühl hatte, dass sie log, wusste er doch auch, dass sie ihm nichts anderes sagen würde, so viel er sie auch schlagen mochte. Jedenfalls nicht, wenn es sich hierbei um eine der »Regeln« handelte, denen Reaver und sie zu folgen hatten.

»Lügnerin.« Er würde sie ficken, bis sie am Ende war. Bis jeder Knochen zermalmt und er von ihrem Blut glitschig war. Er riss ihr das Gewand vom Leib, sodass sie nackt und zitternd vor ihm stand.

»Es gibt immer noch Hoffnung«, keuchte sie, als er seine Finger zwischen ihre Beine stieß.

»Lass … sie … in Ruhe.« Reavers Stimme ertönte hinter ihm, abgehackt und schwach, aber immer noch stark genug, um die Luft vor Macht knistern zu lassen.

Vielleicht würde er sich Reaver auch noch vorknöpfen, nachdem der Engel ihm zugesehen hatte, wie er es dieser Hure von Harvester besorgt hatte. Mit einem Lächeln blickte er über die Schulter.

»Nur keine Sorge, Reavie-weavie. Ich werd noch ein bisschen was für dich übrig lassen. Ich bin wie dieser Trommelhase aus der Werbung, der läuft und läuft und läuft.« Sein Finger glitt über seine Kehle, und sogleich schmolz sein Panzer weg, und er stand so nackt da wie Harvester.

»Du Bastard«, krächzte sie.

»Wie wahr«, sagte er zustimmend.

»*Reseph!*« Die donnernde Stimme erfüllte die gesamte Residenz und erschütterte ihn bis ins Mark. Ganz langsam drehte er sich zu Reaver um, der in seinen Ketten dastand. Sein Körper leuchtete und hatte die doppelte Größe angenommen. »Du wirst dies nicht tun.«

Es gab keinen Grund, den Engel zu fürchten. Überhaupt keinen, aber irgendetwas in Pestilence, das so tief saß, dass er es nicht erreichen konnte, war so verängstigt wie ein kleines Kind im Angesicht des erzürnten Vaters.

Trotzig hob er das Kinn, und es gelang ihm sogar, verblüfft zu klingen, als er sprach. »Jetzt hast du mir doch tatsächlich die Stimmung verdorben.« Wieder fuhr der Finger über die Kehle, und schon trug er wieder die Rüstung. »Dann halt ein andermal. Sobald die Apokalypse beginnt, werde ich mir dich vornehmen, bis deine Schreie mich nicht mehr amüsieren und deine Haut keine Organe mehr bedeckt.«

Mit diesen Worten verließ er Harvesters Haus, in der verzweifelten Hoffnung, dass niemand bemerkt hatte, wie ihm die Knie zitterten. Was sollte der Scheiß? Seit sein Siegel gebrochen war, hatte er vor nichts und niemandem mehr Angst gehabt. Wild fluchend öffnete er ein Höllentor und kam bei dem schwarzen Bogengang heraus, der zur Wohnung seiner Mutter führte. Sie befand sich in dem tempelähnlichen Gebäude und räkelte sich auf einem Sofa mitten in einer Orgie. Wie immer. Der Anblick beruhigte ihn, aber nur ein wenig.

»Mein Sohn«, schnurrte sie und krümmte einladend den Finger zum Zeichen, dass er zu ihr kommen solle. »Du wirkst aufgebracht.«

Er trat nach dem humanoiden Mann, der vor ihm auf die Knie gesunken war, und bewegte sich durch die ineinander verschlungenen Leiber. »Mein Plan ist fehlgeschlagen.«

»Dann hat die Aegi Thanatos nicht die Unschuld genommen?«

»Das hat sie, aber sein Siegel ist nicht gebrochen.«

Lilith blinzelte, und ihr geschmeidiger Körper setzte sich in einer anmutigen Bewegung auf. Sie trug einen dünnen, durchsichtigen Rock, aber kein Oberteil, bis auf eine Kette mit einem Smaragd von der Größe eines Hühnereis, der zwischen ihren üppigen Brüsten lag. »Was hast du der Aegis eingeflüstert, um sie dazu zu bringen, die Frau zu Thanatos zu schicken?«

»Dass ihr Kind, wenn sie von ihm schwanger würde, die Welt retten würde.«

Sie klopfte neben sich auf das Sofa, und er ließ sich auf die samtigen Kissen sinken. »Und du bist sicher, dass sie mit ihm geschlafen hat?«

»O ja.« Während er mit seinem Bruder gekämpft hatte, hatte Thanatos es bestätigt.

»Dafür bist du verantwortlich.« Thanatos' Klinge traf Pestilences Ohr und durchtrennte es. »Du hast die Aegi dazu gebracht, mich zu ficken.«

Conquest schlug aus und zahlte es Than heim, indem er Styx ein Stück Ohr abriss. »War es gut, Than? War es das wert, fünftausend Jahre zu warten?«

Thanatos' Augen hatten sich mit solchem Schmerz gefüllt, dass Pestilence beinahe auf der Stelle einen Orgasmus gehabt hätte. Er liebte es, seine Geschwister leiden zu sehen. »Ja.«

»Hat sie ein Kind empfangen?«, fragte Lilith.

Er zuckte mit den Schultern. »Vermutlich. Harvester sagt, dass es immer noch Hoffnung gibt, aber –« Er brach ab und stieß harsch die Luft aus. Hoffnung – Hope. »Das Kind. Das Kind ist unsere Hoffnung. In der Prophezeiung geht es nicht um Thans Jungfräulichkeit, seine Unschuld. Es geht um einen *Unschuldigen*. Ein Kind.« Harvester, dieser hinterlistige Engel, hatte es gewusst, oder nicht? Wenn sie auch nicht auf direktem Weg helfen konnte, hatte sie es durch ihren Vorschlag mit der

Schriftrolle getan. Jetzt hatte er doch ein schlechtes Gewissen wegen allem, was er ihr angetan hatte.

Okay, nein, das hatte er nicht.

»Brillant.« Lilith legte ihm die Hand auf den Schenkel. Ihre Augen, die denen von Limos so glichen, leuchteten vor Erregung. »Das Kind ist der Schlüssel zu seinem Siegel.«

Lächelnd ließ sich Pestilence in die Kissen zurücksinken und legte seinen Panzer ab. Sein Verstand funktionierte am besten, wenn er nackt war. Und noch besser, wenn er kam.

Und als nun Münder und Hände seinen Körper bedeckten, begannen sich neue Pläne auszuformen. Während er den ersten Orgasmus hatte, wusste er, was er zu tun hatte. Er musste dieses Kind in die Hände kriegen.

Dieses zarte, süße Kind.

33

Noch in derselben Sekunde, in der Pestilence die Residenz verließ, versagten Harvesters Knie ihren Dienst. Als sie am Boden auftraf, zersprangen ihre Kniescheiben, und eine Sekunde später ereilte Reaver dasselbe Schicksal, und er brach zu einem blutigen Klumpen zusammen. Obwohl sie zutiefst erschüttert war und ihre Muskeln nur mehr Brei, kroch sie zu ihm hinüber.

Lass sie in Ruhe.

Pestilence hatte Reaver zu Klump getreten, hatte solchen Schaden angerichtet, dass er Tage brauchen würde, um sich zu erholen. Und doch hatte Reaver nicht nur die Kraft gefunden, trotz der gebrochenen Knochen in seinem Gesicht zu sprechen, sondern auch noch die letzten himmlischen Reserven zu aktivieren, den winzigen Rest Macht, der ihm in den Stummeln, wo einmal seine Flügel gesessen hatten, verblieben war. Das hatte ausgereicht, um ihn zu einem ernstzunehmenden Aspekt zu machen.

Aus irgendeinem Grund hatte er sie beschützt, und der verschrumpelte schwarze Kohlebrocken, der früher einmal ihr Herz gewesen war, erhielt einen Riss. Nur einen kleinen, kaum mehr als ein winziger Haarriss, aber trotzdem.

»Reaver?«

Er stöhnte, ein Laut des Leids, das bis in die Seele reichte.

»Wein!« Der Werwolf kam sogleich hereingeeilt. »Markwein. Beeil dich.«

Er würde Reaver nicht bei seiner Heilung helfen, würde aber zumindest den Schmerz erträglich machen. Vor allem, nachdem sie ihm den Wein in der letzten Zeit regelmäßig aufgezwungen hatte, wie ihr befohlen worden war, und sie damit eine Sucht geschaffen hatte, die ihn so gut wie nutzlos machen würde, da sich nun das Ende aller Tage näherte. Inzwischen nahm er ihn freiwillig zu sich, verlangte danach, wie ein Heroinabhängiger nach dem nächsten Schuss lechzte.

Sobald der Werwolf ihr die Flasche gebracht hatte, hob sie Reavers Kopf an und hielt ihn fest, während sie ihm die Flasche an die Lippen setzte. »Hier«, murmelte sie und zuckte gleich darauf zusammen, als der größte Teil der Flüssigkeit ihm aus dem Mundwinkel rann.

Er war zu schwach zum Trinken, verdammt. In diesem Zustand, so weit entfernt von der Quelle seiner himmlischen Macht, bestand die Gefahr, dass er in eine Art Koma fiel. In diesem Zustand würde er dann so lange vegetieren, bis ihn jemand aus Sheoul herausbrachte, was letztlich darauf hinauslief, dass er bis in alle Ewigkeit hier festsaß, wenn sie – oder jemand anders – das wünschte.

»Komm schon, Reaver. Trink, verdammt noch mal!« Als er sich nicht rührte, wandte sie sich an Whine. »Bring mir Zucker oder besser noch Honig, wenn wir welchen haben. Und einen Becher und einen Löffel.«

Whine brachte ihr einen kleinen Topf mit Honig, woraufhin sie einen Löffel davon im Becher mit dem Markwein vermischte. Engel glichen Kolibris, waren imstande, aus Zucker winzige Mengen lebensspendender Energie zu fabrizieren. Wieder nahm sie seinen Kopf, drehte das Gesicht nach oben und goss ein wenig der Mixtur in seinen Mund. Diesmal schluckte er tatsächlich, als sie seine Kehle hinunterrann.

»Gut«, flüsterte sie. »Noch ein wenig.«

Er trank, und ehe der Becher leer war, hatte er genug Energie gewonnen, um den Kopf zu heben und ihre Hand festzuhalten, während er gierig trank.

»Herrin«, sagte Whine. Sie war so dankbar für Reavers Reaktion, dass sie ihren Sklaven nicht mal schalt, weil er ungefragt das Wort an sie gerichtet hatte.

»Was?«

»Es ist eine Nachricht gekommen, während der Reiter hier war.« Er reichte ihr eine Schriftrolle, die aus menschlicher Haut gefertigt war.

Sie brach das Siegel mit den Zähnen und wartete, bis sich das Schreiben aufgerollt hatte. Sie konnte Reaver freilassen. Erleichterung erfüllte sie. Sie hatte es verabscheut, ihn bei sich zu haben, seine stechenden Blicke auf sich zu fühlen, vor allem, weil er sie an das erinnerte, was sie verloren hatte.

Seine Hand verstärkte ihren Griff um die ihre, und seine Augen, die blutunterlaufen und vor Schmerzen ganz benebelt gewesen waren, wurden ein wenig klarer. Der Zucker wirkte, so wie auch die aphrodisierende Wirkung des Weins, denn das Blau seiner Augen wurde sinnlich wie ein warmes Meer im Mondschein.

Schockiert keuchte sie auf – das war das erste Mal, dass sie ihn wahrhaftig als sexuelles Wesen wahrgenommen hatte. Oh, sicher, sie hatte schon immer zu würdigen gewusst, dass er ein umwerfender Mann war, dessen Gegenwart sogar die Sonne verblassen ließ. Aber jetzt … wow! Sein Körper wurde hart, als die Ekstase ihn packte, sein Kopf fiel zurück, und sein Körper bäumte sich auf. An seinen Hüften beulte eine massive Erektion die Reste seiner zerfetzten Hose aus.

Ihr eigener Körper erhitzte sich, als sie ihn beobachtete, wie er sich in der Art von Orgasmus wandte, zu der ausschließlich dieser Dämonenwein verhelfen konnte. Obwohl, das entsprach nicht ganz der Wahrheit. Auf der anderen Seite, im Himmel, hatte die Vereinigung zweier Seelen eine ähnliche Wirkung. Ursprünglich war der Markwein geschaffen worden, um das zu simulieren, was gefallene Engel verloren hatten, als sie mit einem Fußtritt aus dem Himmel befördert worden waren, und ja, die Wirkung war durchaus mit der des Originals zu vergleichen – das zweitunglaublichste Gefühl, das man erleben konnte.

Es juckte sie in den Fingern, ihn zu berühren. Schließlich erwischte sie sich dabei, wie sie die Hand nach seiner prallen Erektion ausstreckte. Sie wollte ihn nur ein wenig streicheln. Sie wollte die Umrisse seines Schafts hinter dem Reißverschluss seiner Hose nachfahren, vielleicht mit dem Daumen kurz über die Eichel fahren, die beinahe schon unter dem Hosenbund hervorlugte.

Flüssige Lust sammelte sich zwischen ihren Beinen, und Whine gab ein leises, kehliges Knurren von sich, als er ihre Erregung witterte, die wiederum seine eigene anfachte. Er war immer für sie da gewesen, wenn sie Blut, Sex oder jemanden brauchte, an dem sie ihre Wut auslassen konnte. Manchmal behandelte sie ihn ziemlich schlecht, aber genau das wurde von ihr erwartet, und wenn sie es nicht täte, würden sowohl sie als auch Whine teuer dafür bezahlen.

»Geh«, sagte sie, und er gehorchte nach kurzem Zögern.

Seine Natur erlaubte es ihm nicht, sich allzu weit zu entfernen oder sich selbst zu befriedigen, ehe er ihre Erlaubnis erhalten hatte – was bedeutete, dass er bereit und willig sein würde, falls sie ihn später noch brauchte.

Reaver stöhnte. Seine Lippen öffneten sich, die Augen waren geschlossen, als die Lust ihn überwältigte. Seine Hüften stießen nach oben und zogen sich wieder zurück – eine Art pumpende Bewegung, die seinen Körper beherrschte, und dann breitete sich ein nasser Fleck an der Vorderseite seiner Hose aus, als er immer und immer wieder kam.

Er war einfach wunderschön.

Lass sie in Ruhe. Er hatte sie gerettet. Er hätte auch schweigen können, hätte zulassen können, dass Pestilence sie vergewaltigte, sie folterte, aber Reaver hatte seine eigene Sicherheit hintangestellt. Dieses Wissen spülte eine Welle der Dankbarkeit über sie hinweg, die mit ihrer Lust verschmolz. Sie stürzte sich auf ihn, bereit, ihn in die Hand zu nehmen –

Seine Finger fuhren in die Höhe und packten ihr Handgelenk, ehe sie seine Erektion berührte. Erschrocken richtete sie den Blick auf sein Gesicht, wo sich seine Lust in die Stellung seiner geöffneten Lippen, die halb gesenkten Lider und die gerötete Haut eingraviert hatte. Aber hinter alldem leuchteten seine saphirblauen Augen wie glühende Kohlen.

»Danke«, hauchte sie. »Danke, dass du mir zu Hilfe gekommen bist.«

»Keine Frau sollte das erleiden.« Ein schiefes Lächeln verformte seine Lippen. »Aber ich hab es nicht für dich, sondern für Reseph getan.« Seine Finger schlossen sich mit solcher Kraft um ihren Arm, dass sie aufschrie, als sie die Knochen ihres Handgelenks brechen fühlte. »Du … ich werde ich umbringen … sobald ich nur die Gelegenheit dazu kriege.«

Thanatos verließ das Höllentor und stand vor Ares' Haus, wo er sogleich Limos auf seinem Handy anrief. »Komm in fünf Minuten zu meinem Höllentor in Grönland. Und bring Arik mit.«

Er wollte herausfinden, ob Limos' neuer Ehemann wusste, was Regan geplant hatte. Das würde ihn mittlerweile nicht einmal mehr überraschen, nach allem, was Limos ihnen offenbart hatte. Vielleicht hatte sie ja jemanden geheiratet, der genauso verschlagen war wie sie selbst.

Allerdings … Thanatos fiel es schwer, an seiner Wut festzuhalten. Er war schrecklich wütend gewesen, als er zum ersten Mal von ihren Täuschungen erfahren hatte, aber er kannte sie zu gut, um zu glauben, dass sie ihre Vergangenheit nicht längst bereute.

Und wenn er davon überzeugt war, dass Reseph gerettet werden konnte, wie könnte er da Limos aufgeben?

Mit Arik – das war allerdings eine andere Geschichte. Thanatos hatte dem Menschen vertrauen wollen, aber wenn sich herausstellte, dass er mit Regan unter einer Decke steckte ...

Limos' Stimme drang durch den Äther an sein Ohr. »Than, ich kann nicht. Ich mach mich gerade fertig, um Arik zum R-XR zu –«

»*Bring ihn dorthin!*« Tobend beendete er das Gespräch, indem er das Handy gegen eine Steinsäule schleuderte, die sich wie ein Wachtposten am Eingang zu Ariks Garten erhob. Es explodierte in einer Wolke aus Plastik und Elektronikschrott.

Als er – vor Blut und geschmolzenem Schnee nur so triefend – in Ariks Haus stürmte, wurde er von Ares' hochgeschätztem Widderkopf Vulgrim aufgehalten. »Ihr seid verletzt, mein Herr –«

»Das weiß ich selbst«, fuhr er ihn an. »Wo ist Cara?«

»Sie ... ist beschäftigt, Sir.«

»Wo ist Ares?«

Vulgrim räusperte sich. »Ebenfalls beschäftigt.«

Na gut. Than schob sich an dem Dämon vorbei und marschierte zu Ares' Schlafzimmer, wo er gegen die Tür hämmerte und dabei blutige Spuren auf der weißen Farbe hinterließ. »Mach auf!«

Ein erotisches Knurren war hinter dem Holz zu hören. »Hau ab, Than.« Ares' Warnung war laut und deutlich, aber Than ignorierte sie einfach und hämmerte gleich noch mal doppelt so laut gegen die Tür.

»Styx stirbt.«

Es folgte das Rascheln von Decken, dann stapften Füße über den Boden, und dann raschelte es erneut. »Eine Minute«, rief Cara.

Than ging auf und ab, die zum Zerreißen angespannten Muskeln zuckten, was er einer Kombination aus Angst um sein Pferd,

Wut auf seinen Bruder, der sie angegriffen hatte, und intensivem Hass auf Regan, die ihn hintergangen hatte, verdankte. Er war sich nicht sicher, was schlimmer war, aber all das vermischte sich zu einem ätzenden Gebräu, das drohte, einen grauenhaften Ausbruch von Gewalt auszulösen. Er wollte töten. Zerstören. Alles kurz und klein schlagen und töten, töten, *töten*. Nur seine Sorge um Styx hielt ihn davon ab, seiner Wut freien Lauf zu lassen, aber er konnte nicht garantieren, dass das nicht noch geschehen würde, sobald der Hengst geheilt war.

Sollte der Hengst sterben … dann *konnte* er garantieren, dass ihn nichts und niemand würde aufhalten können.

Cara und Ares rissen die Tür auf und kamen herausgestürmt, Cara in Jeans und Sweatshirt, Ares in seiner Rüstung. »Was ist passiert?«

»Unser Bruder ist passiert.« Than führte sie aus dem Haus und brachte sie mittels Höllentor an den Ort des Kampfs.

Obwohl er damit gerechnet hatte, dass sich ihm der Magen umdrehen würde, wenn er Styx wie einen harpunierten Wal in einer Pfütze aus Blut auf dem Eis liegen sehen würde, hatte er nicht erwartet, dass es *so* wehtun würde.

Sein Pferd war schon öfter verletzt worden, auch schwer, aber Pestilence und dessen Hengst hatten sich geradezu daran ergötzt, Styx leiden zu sehen, und Than hätte schwören können, dass er den Schmerz des Tiers fühlen konnte.

Ein weiteres Tor öffnete sich, goldenes Licht blitzte auf dem bisschen Schnee auf, das nicht durch den Kampf und das Blut besudelt worden war. Heraus traten Limos und Arik, und wenn die beiden ein glücklich verheiratetes Paar waren, würde Than sein Siegel aufessen. Sie hielten Abstand zueinander. Limos trug eine türkisfarbene Jeans und eine Lederjacke, Arik einen Kampfanzug, eine dicke grüne Jacke aus Armee-Beständen und einen Waffengürtel um die Hüften.

»Verdammt.« Cara kauerte sich neben den Hengst, der Mühe hatte, Luft zu bekommen.

Ares baute sich vor Than auf und verstellte ihm so die Sicht. »Worum ging es bei dem Kampf?«

»Weiß ich auch nicht.« Than schloss die Augen. »Nein, ich weiß es. Er dachte, mein Siegel wäre gebrochen, und als er merkte, dass das nicht der Fall war, ist er ausgerastet. Er hat versucht, Styx zu töten, um mir wehzutun.«

»Wie kommt er denn auf die Idee, dein Siegel wäre gebrochen?«

Töten. Er atmete gegen das Verlangen an, sich jeden Wächter auf dem ganzen Planeten vorzuknöpfen. »Weil die verdammte Aegis uns hintergangen hat und er davon wusste.«

»Das ergibt doch gar keinen Sinn«, sagte Ares.

»Regan.« Schon allein der Name fachte seine Wut neu an, und er konnte das blutdurstige Knurren nicht aufhalten, das sich in seiner Kehle bildete. »Sie wurde nicht zu mir geschickt, um etwas über unsere Geschichte zu erfahren. Sie wurde geschickt, um mich zu verführen. Sie hat mich hintergangen. Sie haben uns alle hintergangen.« Wut nagte an seiner Selbstbeherrschung, während der ätzende Schlamm, der schon die ganze Zeit in ihm kochte, in seine Adern strömte und wie Säure durch sie hindurchfloss.

»Beruhige dich, Than«, sagte Limos. »Wovon redest du überhaupt?«

»Regan.« Than begann auf- und abzulaufen, vergeblich bemüht, seinem Zorn davonzulaufen. »Diese Hexe!« Er wirbelte zu Arik herum. »Was wusstest du davon, Aegi?« Er baute sich vor dem Menschen auf. »Sag's mir!«

Ariks Miene verschloss sich. »Ich weiß gar nicht, wovon du redest, aber ich würde es wirklich zu schätzen wissen, wenn du dir die Definition des Begriffs ›persönliche Distanz‹ aneignen könntest.«

»Than.« Diesen Tonfall hatte sie immer verwendet, wenn sie Reseph bei einem seiner seltenen Wutanfälle zu beruhigen versuchte, aber bei Thanatos würde das nicht funktionieren. Er drehte sich mit gebleckten Zähnen zu ihr um.

»Sie hat mich mit einer Droge betäubt, verdammte Scheiße.« Er musste unbedingt töten, und die Seelen in seiner Rüstung verlangten schreiend danach, losgelassen zu werden. *Bald. Schon sehr bald*, versprach er ihnen.

Ares' Miene verfinsterte sich. »Wann? Und womit?«

»Nachdem ihr fort wart.« Than kochte vor Wut, wenn er daran dachte. »Sie hat mir meinen Lieblingshonigwein vorgesetzt, der mit irgendetwas vermischt war, vermutlich Orkkraut.«

»O Mann.« Ares fuhr sich mit der Hand durch die Haare. »Ja, jetzt versteh ich, warum du dich aufregst, aber offensichtlich hat es nicht funktioniert –«

»O doch, das hat es.«

Alle erstarrten. Alle außer Arik, der zwischen den anderen hin und her blickte, offensichtlich verwirrt.

Schließlich räusperte sich Limos. »Das kann nicht sein.«

»Ich kapier nicht, was los ist. Was ist denn Orkkraut?«, fragte Arik.

»Das ist ein Aphrodisiakum«, erklärte Limos. »Than, ich begreife immer noch nicht, was du meinst.«

»Ich meine, dass sie mir Drogen gegeben hat. Und …« Bei dem Gedanken an seine Erniedrigung zog sich ihm die Haut zusammen. »Sie hat mich genommen.«

»Ich kapier immer noch nicht, wo das Problem liegt.« Ariks Blick war skeptisch. »Du hattest Sex mit einer schönen Frau. Was ist daran so schlimm? Oder stehst du auf Schwänze?«

Ehe sich Than auf Arik stürzen konnte, hielt Ares ihn mit festem Griff um die Taille zurück. »Ich bring deinen Mann um, Limos, das schwör ich dir.«

Ares zerrte Than grob von dem Menschen fort. »Lass mich dein Siegel sehen.«

Thans Hand zitterte, als er in seine Rüstung griff und die goldene Münze an der Kette hervorzog. Alle wurden ganz still. Anspannung lag in der Luft wie dichter Nebel. Die einzigen Laute waren das Rascheln der Kleidung im eisigen Wind und die rasselnden Atemzüge seines Hengsts. Immerhin halfen Caras heilende Kräfte, und Styx' Wunden schlossen sich mit erstaunlicher Geschwindigkeit.

Ares nahm das Siegel in die Hand. Seine Augen waren von Sorge und eisiger Entschlossenheit erfüllt. Ares würde tun, was nötig war, um Than davon abzuhalten, als von Grund auf böses Wesen in die Welt hinauszuziehen, was Than ihm nicht verdenken konnte. Trotzdem drehte sich ihm der Magen um, als Ares' Hand auf den Knauf seines Schwerts fiel.

Thanatos sah Ares in die Augen. »Ihr habt Deliverance.« Wenn er auch Pestilence nicht getötet hatte, würde er doch hoffentlich Death umbringen, sollte Thans Siegel brechen.

»Den werden wir nicht brauchen«, sagte Ares. Seine Worte klangen abgehackt unter der Wucht seiner Überzeugung. Doch in Wahrheit war Than keineswegs sicher, ob Deliverance überhaupt etwas ändern konnte. Wenn nach dem ersten Siegel irgendeines der anderen drei brach, würden sie alle brechen. Aber vielleicht, wenn es Ares gelang, Than ins Herz zu treffen, ehe sein Siegel vollständig entzweigebrochen war …

»Wie lange hat es gedauert, bis Resephs gebrochen ist?«, fragte Limos.

»Es hat nur ein paar Sekunden lang vibriert, und dann ist es gesprungen.« Ares fuhr mit dem Daumen über die Sense, die auf der Vorderseite des Siegels abgebildet war. »Aus dem, was Sin über das Timing des Ereignisses sagte, das den Bruch verursachte, schätze ich, dass es nahezu gleichzeitig passierte.«

Er warf Than einen Blick zu. »Wie lange ist es her, seit du Sex hattest?«

Than presste die Worte zwischen zusammengebissenen Zähnen heraus: »Vielleicht eine halbe Stunde.«

»Moment mal.« Arik trat vor. »Wollt ihr damit etwa sagen, dass dein Siegel durch Sex gebrochen wird?«

»Genau das«, sagte Limos. »Zumindest dachten wir das immer.« Sie sah Than an. »Vielleicht hättest du ja die ganze Zeit schon Sex haben können?«

Fünftausend vergeudete Jahre? Das konnte nicht sein. Es musste eine andere Antwort geben. Er packte Arik beim Kragen, ohne Limos' Knurren zu beachten.

»Warum sollte die Aegis jemanden aussenden, um mein Siegel zu brechen? Das ergibt doch keinen Sinn.«

»Genau.« Ariks Stimme war erstaunlich ruhig für jemanden, der dem Tod persönlich in die Fänge geraten war. »Das tut es nicht. Und das bedeutet, dass sie nicht davon ausgingen, dass das Siegel durch Sex zerbrechen würde. Und offensichtlich lagen sie damit richtig. Also lass mich los und zieh ab, um fünftausend Jahre Enthaltsamkeit nachzuholen, Arschloch.«

Ein blutroter Schleier der Wut senkte sich über Thanatos' Augen. Limos und Ares stellten sich neben ihm auf, und er bereitete sich auf den nun unweigerlich folgenden Kampf vor. Irgendwo in seinem hasserfüllten Gehirn wusste er, dass er verloren war, dass es falsch war, sich zu wünschen, den Menschen in seinem Griff zu erwürgen. Aber das spielte keine Rolle.

»Than?« Caras Stimme drang durch die tödliche Suppe, die ihm den Kopf verstopfte. »Styx braucht dich.« Er ließ Arik los und wirbelte zu Cara herum, die den blutverklebten Hals des Pferds streichelte. »Es geht ihm gut, aber er braucht noch Ruhe –«

»Zu mir.« Augenblicklich löste sich das Pferd in Rauch auf und verschwand in Thans Panzerhandschuh.

»Thanatos …« Ares' leise, aber scharfe Stimme übermittelte eine deutliche Drohung. »Was hast du vor?«

»Ich werde die Aegi umbringen, die mich betrogen hat.«

Ares packte seine Schulter. »Wir dürfen nicht auch noch Krieg untereinander führen.«

»Dann hätte sie uns nicht hintergehen dürfen!« Die Seelenschatten wirbelten um ihn herum wie in einem Mixer.

»Than«, sagte Limos, in deren Stimme ein Anflug von Verzweiflung lag. »Du musst dich beruhigen. Du hast schon wieder diesen Wahnsinn in den Augen, und wir brauchen nun wirklich kein zweites Roanoke.«

Roanoke … Er hatte die Beherrschung verloren, nachdem man auf ihn geschossen hatte, und dann … Er konnte sich an nichts mehr erinnern. Schwarzer Nebel hatte sich über sein Gehirn gesenkt, der Todesnebel, der signalisierte, dass es keine Umkehr gab, der sein Verlangen nach Mord und Totschlag anzeigte.

»Than, wir werden eine Lösung finden.«

»Than, jetzt beruhige dich doch …«

Es folgte ein leuchtender Blitz, und er glaubte, einen Engel zu sehen, aber sein Körper bebte inzwischen dermaßen, dass er nichts von dem, was er sah oder hörte, noch trauen konnte.

»Reaver … Gott sei Dank … wo kommst du denn her …«

»Tu es, Ares …«

Die Worte vermischten sich in seinem Kopf, bis er nicht mehr in der Lage war zu unterscheiden, wer was sagte. Er wollte nur noch töten. Mit Regan würde er anfangen, und dann würde er sich durch die gesamte Aegis vorarbeiten. Er würde Gliedmaßen von Körpern abreißen, Kehlen zerfleischen, töten, töten, töten …

»Limos! Bring Arik hier weg!«

Zu spät. Mit lautem Brüllen ließ er los. Scheiß auf die Konsequenzen.

34

Ares hatte Thanatos schon erlebt, wenn er einen Wutanfall hatte; er hatte danach aufgeräumt und mit ihm zusammengesessen. Aber so etwas hatte er noch nie gesehen.

Reaver war herbeigeblitzt – Harvester hatte ihn abgesetzt –, kurz bevor Thanatos hochging wie eine Atombombe. Die Gewalt der Explosion riss Ares und Cara um, und sowohl Reaver als auch Limos, die Arik nicht schnell genug hatte fortbringen können, warfen sich auf ihn und schirmten ihn mit ihren Körpern ab.

Die Schockwelle rollte über das Land, riss Schnee mit sich und bildete eine solide weiße Wand, während sie vom Epizentrum aus in alle Richtungen schoss. Sie würde jedes einzelne Lebewesen in Grönland umbringen.

Ares sprang auf die Füße und riss seinen Bruder um. Er und Than stürzten in einem Haufen und mit krachenden Rüstungen aufs Eis. Dort wälzten sie sich herum und kämpften verbissen, aber dank Caras Gegenwart war Ares klar im Nachteil, denn sein geschwächter Panzer schützte ihn kaum vor Thans Schlägen.

Darum fummelte er wie wild in dem kleinen Beutel an seiner Hüfte herum, bis er endlich fand, was er gesucht hatte. Ohne zu zögern, rammte er Than den kleinen Knochenpfeil in den Hals. Dieser erstarrte augenblicklich.

Dieser Pfeil, den zu tragen Cara ihn überredet hatte, war mit dem Speichel eines Höllenhundes bedeckt, gerade genug, um einen von ihnen für ein paar Minuten außer Gefecht zu setzen. Eigentlich war sie auf die Idee gekommen, diese Waffe gegen

Pestilence einzusetzen – oder gegen einen der anderen Reiter, sollte noch eines der Siegel brechen. Er nahm sich fest vor, seine Frau später zum Dank zu küssen, bis sie ohnmächtig umfiel.

Doch leider blieb ihnen nur wenig Zeit.

»Hol Hal«, sagte Ares zu Cara.

Sie konnte den Hund mithilfe ihrer Gedanken rufen, und der verflixte Köter sollte sich gefälligst beeilen. Während er wartete, berührte er die Narbe an Thans Kehle und zwang dessen Rüstung damit, zu verschwinden, sodass sein Bruder jetzt nackt auf dem Eis lag.

Hal tauchte wie aus dem Nichts auf. Die Zunge hing ihm aus dem Maul, und sein Sabber spritzte nach allen Seiten. Nachdem Cara kurz mit ihm geredet hatte, trottete er zu Than und biss ihm ein großes Stück aus dem Arm. Das Funkeln in seinen schwarzen Augen verriet, dass er es genoss, aber Ares zuckte zusammen. Er wusste aus eigener Erfahrung, dass man alles mitbekam, während man unter dem Einfluss des Höllenhundgifts stand.

»Tut mir leid, Bruder«, murmelte Ares. »Aber es ist zu deinem eigenen Besten.«

»Ares.« Caras Stimme klang beunruhigt, und er sprang sofort auf die Füße und griff nach seinem Schwert.

Aber es war nicht sein Schwert, was er brauchte. Sein Herz hätte beinahe aufgehört zu schlagen, als er sah, worauf Caras Blick gerichtet war.

Arik wälzte sich auf der Erde. Er hielt sich den Kopf mit beiden Händen, und ein stummer Schrei drang aus seiner Kehle. Neben ihm lagen Reaver und Limos und rührten sich nicht.

»Was zur Hölle soll das denn schon wieder?«

Als Reaver in einem langen schwarzen Gewand aufgetaucht war und aussah, als hätte er einen Kampf gegen eine Kettensäge verloren, hatte Ares gehofft, er könne ihnen mit Thanatos helfen. Aber das hier war definitiv keine Hilfe, und es war nicht gut. Ares kniete sich neben Limos und den Engel, fühlte nach einem Puls, ob sie noch atmeten, irgendetwas.

Aber da war nichts. Sie waren beide so kalt wie das Eis um sie herum.

Cara kauerte sich neben ihn. »Was ist los?«

»Ich weiß nicht.«

Die Angst versetzte seinem Herzen einen Stich, und einen Moment lang fürchtete er schon, es habe aufgehört zu schlagen. Als er ein Prickeln fühlte, bei dem sich ihm die Nackenhaare aufrichteten, fuhr er herum, um gleich darauf sowohl erleichtert wie auch besorgt zur Kenntnis zu nehmen, dass sich Gethel neben Than materialisierte. Wie gewöhnlich trug sie eine Tunika im griechischen Stil, weiche Lederstiefel und eine Scheide an der Hüfte.

Sie ging neben Arik auf die Knie. »Was ist passiert?«

»Thanatos. Er war sehr wütend.« Mehr brauchte er nicht zu sagen. Gethel hatte Hunderte von Jahren über sie gewacht. Sie kannte sich aus. »Woher wusstest du, dass etwas passiert ist?«

»Der plötzliche Tod von Tausenden von Menschen auf dieser Insel ist nicht unbemerkt geblieben. Wir konnten Thanatos' Todeswelle aufhalten, aber zu spät. So viele Menschen sind gestorben.« Ihre Stimme war vor Kummer bleiern. »Aber darüber hinaus konnte ich Reavers und Limos' Seelen schreien hören.«

Ares' Blut wurde so kalt wie das Land um sie herum. »Was meinst du damit?«

Gethal strich Arik übers Haar, und er beruhigte sich, wenn auch nur ein wenig. Er lag immer noch da und schnappte nach Luft wie ein Fisch, der am Flussufer auf dem Trockenen liegt und stirbt. »Haben Reaver und Limos Arik vor Thanatos' Wut beschützt?«

»Sie haben ihn mit ihren Körpern abgeschirmt«, sagte Cara.

Gethel neigte den Kopf und schloss die Augen. »Ja, das ergibt Sinn.«

»Was?« Ares trat vor, er verstand überhaupt nichts mehr. »Was ergibt Sinn?«

»Die Schockwelle ... sie hat Limos und Reaver in Arik hineingestoßen, und das ist wörtlich zu nehmen.« Sie sah zu ihm auf. »Sie hat ihnen die Seelen herausgerissen und sie in den Menschen gedrückt. Wenn sie nicht gewesen wären, wäre er jetzt tot. Das Problem ist, dass er sowieso sterben wird, wenn es mir nicht gelingt, ihre Seelen wieder aus ihm herauszuholen. Und selbst wenn, wird es gefährlich, und es wird wehtun. Sehr weh.«

Als Cara ein Schaudern überlief, nahm Arik sie in die Arme. Sie mochte inzwischen unsterblich sein, aber gegen Kälte war sie nach wie vor nicht immun. »Warum tut es denn weh?«

»Seelen sind ... klebrig.« Gethel hörte nicht auf, über Ariks Haar zu streicheln, was seine Qualen offenbar linderte. »Sie binden sich an dämonische Lebenskräfte und machen sie stärker. Darum sammelt Pestilence sie. Ich werde Reaver und Limos von Arik abschälen müssen, aber es werden Fragmente zurückbleiben oder von Arik abgetrennt werden.«

Ares hatte in seinem Leben ja schon viel gesehen und gehört, aber das war neu für ihn. Und beunruhigend. »Was meinst du mit Fragmenten?«

Gethel schwieg kurz, als ob sie nach den richtigen Worten suchte. »Stellt euch zwei Menschen vor, die zusammenkleben, und zwar mit ... wie heißt das noch?«

»Sekundenkleber?«, schlug Cara vor.

»Genau. Mit Sekundenkleber.« Arik stöhnte, und sofort strich Gethel mit der Hand über seine Wange. »Wenn man diese Menschen dann auseinanderzieht, werden Stückchen der Haut und Haare abgerissen. Wenn es um Seelen geht, ist das, was mitgenommen oder zurückgelassen wird, natürlich ungleich bedeutsamer.«

Das musste Ares erst mal verdauen. Er wünschte, er hätte was gegen Sodbrennen dabei, denn so langsam schlug ihm das alles hier auf den Magen. »Wenn Arik stirbt, gehört seine Seele Pestilence.«

»Ich weiß«, sagte Gethel leise. Sie sah zwischen Ares und Cara hin und her. »Haltet ihn fest. Er wird sich dagegen wehren.«

Cara gab Hal einen Klaps, der zu Arik hinübertrottete und sich auf dessen Beine legte.

Gethel hob eine Augenbraue. »Unkonventionell, aber effektiv.«

»Was für mein gesamtes Leben mit Cara gilt«, murmelte Ares. Er drückte Ariks breite Schultern nach unten, während Cara seinen Kopf festhielt.

»Gut festhalten«, mahnte Gethel.

Sie schloss die Augen, atmete tief ein, und dann begann ihr Körper zu leuchten. Sie streckte die Hand aus, die gleich darauf in Ariks Brustkorb verschwand und tief in dessen Körper eintauchte. Arik schrie und bäumte sich auf, die Adern an seinen Schläfen und seinem Hals schwollen an. Dann begann er zu zucken. Ares hätte Stein und Bein darauf geschworen, dass er eine Art Reißen hörte, als Gethel so fest zog, dass sie hintüber fiel. Aber noch im freien Fall griff sie hinter sich und rammte Limos ihre Faust ins Brustbein.

Limos zuckte und kam mit einem Keuchen zu sich. »Arik!« Sie krabbelte gleich zu ihm hinüber, packte seinen Arm und blickte zwischen Ares und Gethel hin und her. »Was stimmt denn mit ihm nicht? Was ist passiert?«

Gethel breitete die gespreizten Finger über Ariks Herz aus, so als hielte sie es mit ihrer Willenskraft am Schlagen. »Ich versuche, ihn zu retten.«

Ein wildes Schluchzen erschütterte Limos, die sich an Arik klammerte. »Es tut mir leid, Arik. Ich nehme alles zurück. Hauptsache, du bleibst am Leben, okay? Du musst leben.«

Ares blinzelte verwirrt. *Ich nehme alles zurück?* Was war denn bei den beiden los gewesen, nachdem Ares ihr Haus letzte Nacht verlassen hatte?

Gethels Hand tauchte noch einmal tief in Arik ein, und Limos erstickte mit dem Handrücken einen Schrei.

Wieder schrie Arik gellend auf, ein harscher, animalischer Laut, der selbst Ares zusammenzucken ließ, trotz all der Jahre voller Krieg und Tod und Zerstörung, die ihn eigentlich den Tönen des Leidens gegenüber hätten immun machen müssen. Aber dies ging weit über normales Leid hinaus, und mit einem Mal wusste Ares, was der Ausdruck »seelentiefer Schmerz« wirklich bedeutete.

Endlich richtete sich Gethel auf und warf sich über Reaver. In dem Moment, in dem ihre Hand seinen Brustkorb traf, richtete er sich auf und atmete tief aus.

»Eure Seelen wurden in Arik hineingedrückt«, murmelte Gethel. Überaus behutsam zog sie den jetzt bewegungslos daliegenden Menschen in die Arme und hielt ihn fest. Ausgerechnet Gethel, die niemand war, der andere verhätschelte. Ares hätte sie mit offenem Mund angestaunt, wenn er sich nicht solche Sorgen um den Kerl gemacht hätte.

»Ist er …«

»Er lebt, aber er ist nicht mehr derselbe.« Gethel sah Limos an. »Ihr werdet seine Grenzen und Talente erforschen müssen.« Ihr Mund wurde zu einem schmalen Strich. »Und auch deine. Du und Reaver, ihr teilt jetzt gewisse Dinge mit Arik, so wie er gewisse Dinge mit euch teilt.« Gethel legte ihm eine leuchtende Hand auf die Stirn, und er erwachte und blinzelte verschlafen.

»Ich fühl mich wie am Morgen nach einem Junggesellenabschied.« Mit lautem Stöhnen setzte er sich auf. Als sein Blick auf Gethel fiel, stieß er einen Fluch aus. »*Du.*« Er packte ihre Tunika mit beiden Händen, als könnte sie ihn nicht mit ihrem kleinen Finger vernichten, wenn sie nur wollte. »Wie konntest du meine verdammte Ehe ohne meine verdammte Erlaubnis scheiden?«

Gethel blickte ihn mit schmalen Augen an und löste seine Hände von ihrem Gewand. »Ich habe nichts dergleichen getan. Was ich allerdings getan habe, ist, dir das Leben zu retten.«

Ares zuckte bei dieser wenig subtilen Zurechtweisung zusammen, während sich alle zu Limos umdrehten, die knallrot geworden war. Sie blickte in den Schnee hinab und knabberte an ihrer Lippe. »Ich … oh, Mist, könnte sein, dass ich … ein bisschen geschwindelt habe … über die Scheidung.«

»Dann sind wir also immer noch verheiratet?« Als Limos nickte, nach wie vor, ohne ihm in die Augen zu sehen, stieß Arik einen langen, von Herzen kommenden Seufzer aus. »Gott sei Dank.« Er ergriff Limos' Hand. »Darüber reden wir später noch. Aber was zum Teufel ist eigentlich passiert?«

»Du wärst fast gestorben, Mensch.« Gethel erhob sich und sagte: »Kümmert euch um ihn«, und im nächsten Moment war sie verschwunden.

Arik warf einen Blick auf Ares' bewegungslos daliegenden Bruder. »Höllenhund?«

Ares nickte. »Joop. Wir müssen ihn noch ein Weilchen in diesem Zustand lassen.«

»Wie lange denn?«, fragte Arik.

Ares wünschte, er kenne die Antwort. »So lange wie nötig.« Ares hob Than auf. »Aber ich vermute, er wird ein schönes langes Päuschen machen.«

Schadenskontrolle. Scheiße … Schadenskontrolle.

Das waren die Worte, die Kynan in seinem Kopf ein ums andere Mal wiederholte, während er zusammen mit Regan, Val, Malik, Decker und Lance im Aegis-Hauptquartier saß. Er hatte Regan sofort hierher gebracht, nachdem sie in letzter Sekunde vor Thanatos hatten fliehen können. Gerade vor einer Minute hatten sie die Nachricht von einer Katastrophe auf Grönland erhalten.

»Wir sind für den Tod all dieser Menschen verantwortlich«, sagte Decker wie betäubt. Seine Augen klebten am Laptop, der auf dem Tisch im Konferenzraum stand.

Val schüttelte den Kopf, auch wenn er genauso verstört wie Decker wirkte. »Wir konnten nicht wissen, wie der Reiter reagieren würde.«

»*Über*reagieren.« Lance schnaubte angewidert. »Er ist total ausgerastet, nur weil er Sex hatte. Was sollte die Scheiße? Was für ein Arschloch flippt denn aus, nur weil er seine verdammte Unschuld an eine heiße Tussi verliert? Regan, du musst ja echt erbärmlich im Bett sein.«

Regan stürzte sich mit wütendem Knurren über den Tisch hinweg auf Lance. Val und Kynan konnten sie gerade noch aufhalten, ehe sie sich oder dem neuen Leben, das jetzt in ihr heranwuchs, schaden konnte. Sie machten sich allerdings nicht die Mühe, Decker aufzuhalten, der Lance die Faust ins Gesicht rammte und den Kerl aus seinem Stuhl gegen die Wand schleuderte.

Decker stellte seinen riesigen Stiefel auf Lances Brust, der jetzt jammernd und stöhnend auf dem Teppich lag. »Wenn du noch ein Mal so über Regan sprichst, schieb ich dir diesen Stiefel so weit in deinen Arsch, dass du die Schnürsenkel als Zahnseide benutzen kannst.«

»Und rede nicht so über Thanatos.« Regan riss sich von Val und Kynan los, setzte sich aber wieder, statt sich über Lance herzumachen. »Er trägt an alldem keine Schuld.«

Decker ließ Lance endlich wieder aufstehen, der mürrisch vor sich hinstarrte, sich eine Serviette vom Kaffeetresen schnappte und an seine blutige Nase drückte.

»Und was jetzt?« Malik beäugte Regan, als ob die eine Antwort hätte, aber sie schluckte nur. Ihr war immer noch übel.

»Schadenskontrolle«, sagte Kynan. »Die Reiter werden dies als Verrat betrachten, und das zu Recht, angesichts der Umstände.«

Verdammt. Mit diesen Komplikationen hatte niemand rechnen können. Ihren Informationen zufolge waren die Reiter mit Ausnahme von Limos alle sexuell aktiv. Deshalb waren sie davon ausgegangen, dass alles ganz einfach werden würde: Regan trifft ein, hat einen One-Night-Stand mit Than und ist auch schon wieder weg.

Trotzdem hatte sich Kynan von Anfang an mit diesem Schwangerschaftsplan nicht wohlgefühlt. Er hatte gehofft, er werde Thanatos danach alles erklären können, nachdem sie herausgefunden hatten, auf welche Weise das Kind die Welt retten würde.

Und jetzt … waren sie alle am Arsch.

Warum zum Teufel war Thanatos denn Jungfrau gewesen? Hatte das vielleicht was mit Religion zu tun? Ein Gelübde? Ein schüchterner Penis? *Mist!*

»Und was erzählen wir denen jetzt?«, fragte Decker.

Kynan lehnte sich mit einem Seufzer zurück und starrte blindlings auf das riesige Gemälde an der gegenüberliegenden Wand, auf dem der Kampf zwischen Dämonen und Engeln dargestellt war. »Ich werde mit ihnen reden.«

»Ich komme mit dir«, sagte Decker.

»Nein«, flüsterte Regan. »Das kannst du nicht. Thanatos ist …« Sie erschauerte. »Tu's nicht.«

»Sie hat recht«, sagte Kynan. »Ich werde allein gehen. Das wird nicht lustig, aber zumindest können sie mich nicht umbringen.«

»Wir bleiben hier und beten«, sagte Val. »Sie mögen ja vielleicht nicht imstande sein, dich zu töten, aber ich habe mir die Aufzeichnungen darüber angesehen, was Limos und Reseph mit den Ältesten getan haben, als wir sie das letzte Mal hintergangen haben. Und ihr könnt mir glauben, sie sind durchaus imstande, uns alle zu töten.«

35

Sie versammelten sich bei Ares. Thanatos musste natürlich getragen werden, und Arik wurde von Limos und Reaver gestützt, obwohl Arik insgeheim fand, dass Reaver die Hilfe wohl nötiger gehabt hätte als er. Er wusste ja nicht viel über Engel, bezweifelte aber, dass sie normalerweise aussahen, als wären sie erst von einem Panzer überrollt worden, um gleich darauf aus einer Kanone abgefeuert zu werden. Arik hatte seinerzeit genug Menschen mit einem Kater gesehen, und er würde jeden Eid schwören, dass Reaver einen Mordskater hatte.

Nachdem sie Thanatos in einem der freien Schlafzimmer untergebracht hatten, zusammen mit einer Höllenhundwache, die an ihm knabbern sollte, sobald er sich rührte, trafen sie sich alle in Ares' Wohnzimmer und starrten einander an. Niemand schien zu wissen, womit er anfangen sollte. Was wohl keine Überraschung war, angesichts der Vielzahl möglicher Themen: Limos' Verrat, den bösen Streich, den die Aegis und Regan Thanatos gespielt hatten, Thans Zusammenbruch und Reavers … Kater.

Was Limos anging – sie hatte Arik immer noch nicht in die Augen gesehen und lief nun vor dem kalten Kamin auf und ab.

Ares, der neben dem Sessel stand, in dem Cara saß, Hal zu ihren Füßen zusammengerollt, kreuzte die Arme vor der Brust und richtete seinen finsteren Blick auf Reaver. »Und? Willst du uns nicht sagen, wo du dich rumgetrieben hast und warum du auf unsere Rufe nicht geantwortet hast?«

»Es steht euch nicht zu, meine Aktivitäten zu hinterfragen.« Der Engel mochte ja aussehen wie die Hölle auf Beinen, aber seine tödliche Macht war ungebrochen, und er schaffte es immer noch, in einem großen Raum voller Leute zum Mittelpunkt zu werden.

Limos stellte ihre Wanderung ein. »Steht es mir denn vielleicht zu, dich zu fragen, warum du dem wichtigsten Ereignis meines Lebens ferngeblieben bist?«

Reaver zuckte zusammen, als hätte man ihn gerade in seinen heiligen Arsch gekniffen. »Du hast deinen *Agimortus* gefunden?«

»Ja, aber das meine ich nicht.«

»Was denn?«

Sie reckte ihr Kinn in die Höhe. »Meine Hochzeit.«

Reavers saphirblaue Augen nahmen die Farbe der stürmischen See an. »*Mit Satan?*«

»Nein«, erwiderte Arik. »Mit mir.« Endlich blickte Limos ihn an, und er hoffte, dass sie seine stumme Botschaft klar und deutlich empfing: *Wir sind verheiratet, und so wird es auch bleiben, ganz gleich, was für einen Mist du dir noch einfallen lässt.*

Er und verbittert? Nicht doch.

»Ich begreife nicht.« Reavers mattes, schlaff herunterhängendes Haar streifte sein Gewand, als er sich wieder zu Limos umwandte. »Arik zu heiraten, löst deinen Vertrag nicht auf.«

»Oh, das hat es aber eindeutig.« Limos schnaubte verächtlich, als ob es sie beleidigt hätte, dass Reaver es wagte, an ihr zu zweifeln. »Als Arik meinen Keuschheitsgürtel abgenommen und seinen –«

»Okay.« Arik unterbrach sie hastig, ehe sie noch auf Details zu sprechen kam, die weder ihr Bruder noch ein Engel hören sollten. »Er hat schon verstanden.«

Reaver verzog das Gesicht. »Nur zu deutlich.«

Limos blickte auf ihre Füße und dann wieder zu Reaver. »Ich kapier ja, dass du viel zu tun hast, und du musst diese ganzen bescheuerten Regeln befolgten, aber ... es gibt nicht viele Leute, an denen mir was liegt, und viele Freunde hab ich auch nicht … und ich hätte mir gewünscht, dass du kommst.«

»Es tut mir leid, Limos.« Das Bedauern in Reavers Stimme ließ sie rau und heiser klingen. »Diejenigen, die dafür verantwortlich sind, dass ich nicht teilnehmen konnte, werden dafür bezahlen. Das verspreche ich dir.«

Ariks Handy begann in seiner Hosentasche zu vibrieren, und als er es herausholte, erschien Kynans SMS auf dem Display: *Bin in zwei Minuten bei Ares.*

Oh, das dürfte spannend werden.

Er entschuldigte sich und überließ es Limos und Ares, Reaver über seinen Verbleib zu befragen, aber er wünschte ihnen viel Glück dabei, da der Engel nicht gewillt schien, sie darüber zu informieren.

Arik traf Kynan auf dem Hof und unterbrach Ky, ehe der auch nur »Hallo« sagen konnte. »Wisst ihr Idioten eigentlich, was ihr beinahe angestellt hättet?«

Die Miene des anderen Mannes blieb ungerührt, obwohl Arik ihn so angefahren hatte. »Ich habe keine Ahung, aber ich gehe davon aus, dass du mich umgehend darüber informieren wirst.«

»Ich rede von Thans Siegel. Kommt dir das vielleicht bekannt vor? Weißt du, was das Siegel dazu bringen sollte zu brechen? Sex. Sein Siegel sollte eigentlich durch Sex brechen, und darum war er sein ganzes Leben lang enthaltsam.«

Kynan erblasste. »Warte mal … was? Regan sagte zwar, er sei noch Jungfrau gewesen, aber wir wussten nicht, warum … Oh, Scheiße!«

»Allerdings, ihr Gehirnamputierten. Ihr habt mir zwar erzählt, dass Regan Thanatos verführen sollte, aber –« Als Kynan ihm pantomimisch bedeutete, dass da jemand hinter ihm stand, verstummte Arik. Während er sich mit einem flauen Gefühl in der

Magengegend umdrehte, stand Limos in der Tür, flankiert von Reaver und Ares, und ihre Augen sprühten Feuer.

»Du wusstest es? Du hast die ganze Zeit gewusst, warum Regan bei Than war, und hast es mir nicht gesagt? Deine Lüge hätte die verdammte Apokalypse auslösen können!« Sie kam auf ihn zu, wobei sie ihn mit solcher Verachtung anstarrte, dass es ihm ins Herz schnitt. »Nach all dem Mist, den du mir da erzählt hast, von wegen, wie sehr du Lügner hasst, hast du mich angelogen. Du hast *mich* angelogen!«

Arik hatte keine Entschuldigung dafür. Nicht einmal ein lahmes »Du musst gerade reden«, denn wenn er damit auch recht haben mochte, blieb doch die Tatsache bestehen, dass er ein Heuchler epischen Ausmaßes war, und genau darum ging es hier. Nicht um seine Lüge, nicht um seine Unterlassung. Sondern um seine Heuchelei.

»Und?«, fragte sie auffordernd.

Er hatte keine Gelegenheit, ihr zu antworten – nicht dass er gewusst hätte, was er sagen sollte –, denn in diesem Moment eilte Cara zu ihnen hinaus … oder versuchte es jedenfalls, denn Hal schnappte immer wieder nach ihren Schnürsenkeln. »Ich habe gerade nach Thanatos gesehen. Ich glaube, das solltet ihr euch anschauen.«

Ares erstarrte. »Lässt die Wirkung des Gifts nach?«

»Nein, alles bestens. Aber … ihr solltet wirklich mitkommen.«

Ares warf Arik noch einen *Wir-sprechen-uns-noch*-Blick zu, genau wie Limos. Mann, Arik steckte echt bis weit über den Hals in der Scheiße. Alles in allem würde er es lieber mit Ares aufnehmen als mit Limos. Er musste das wiedergutmachen. Und zwar sofort.

Als er Anstalten machte, den anderen zu folgen, packte ihn Kynan am Arm. »Ein kleiner Rat von einem Ehemann zum anderen. Du musst sie jagen. Frauen vergeben dir nicht, wenn du es nicht tust. Aber lass ihr erst mal ein paar Minuten, damit sie sich beruhigt.« Kynan lächelte schief. »Vertrau mir.«

Ariks Muskeln zuckten – er wollte seiner Frau auf der Stelle nachgehen, ihr das Unerklärbare erklären und diesen ganzen Scheiß zwischen ihnen in Ordnung bringen. Er würde sich erst wieder sicher fühlen, wenn sie ihre ganze schmutzige Wäsche gewaschen hatten und er mit Gewissheit wusste, dass sie niemals wieder versuchen würde, ihn zu seinem eigenen Besten loszuwerden. Sie mussten das durchstehen, und auch wenn er wusste, dass Kynan recht hatte, konnte Arik einfach nicht abwarten. Er war Soldat, und seine Aufgabe war es, den Feind zu zerstören.

In diesem Augenblick war der Feind seine eigene Dummheit.

Er setzte sich wieder in Bewegung, aber diesmal war es Reaver, der ihn aufhielt. Der Engel trat aus dem Haus, packte ihn mit festem Griff im Nacken und schleppte ihn wieder zu Kynan hinüber, als ob Arik ein unartiger Schuljunge wäre.

»Wir sollten uns erst mal unterhalten.« Reaver ließ Arik los, damit sowohl er als auch Kynan die *Ihr-wart-schrecklich-böse-Jungen*-Predigt genießen konnten. »Wann hat die Aegis beschlossen, Regan zu Thanatos zu schicken?«

»Vor ein paar Tagen«, sagte Kynan. »Warum? Übrigens, du siehst grauenhaft aus.«

»Nichts ist mir wichtiger, als deine Meinung zu hören«, entgegnete Reaver. »Und was habt ihr mit dieser Aktion bezweckt?«

»Wir haben kürzlich eine Schriftrolle gefunden, die von einem Wächter geschrieben wurde, der seinerzeit als besonders präziser Seher bekannt war.« Kynan verlagerte ein paar Mal sein Gewicht. »Er … gab zu verstehen, dass sich ein Aegi mit einem Reiter paaren müsste, um die Welt vor Pestilence zu retten.«

Reavers Augen wurden zu schmalen Schlitzen. »Wo habt ihr diese Rolle gefunden?«

»In einer Aegis-Kammer, zu der mich Limos geführt hatte.«

»Ah.« Reaver blickte mit besorgter Miene aufs Meer hinaus, das die griechische Insel umgab. Arik hätte schwören können, dass der Typ zitterte. »Ist das nicht interessant, dass Limos dich zu einer Schriftrolle führte, die euch anwies, etwas zu tun, wovon alle glaubten, es werde das Siegel des betreffenden Reiters zerbrechen, während ich zufällig außerhalb eurer Rufweite festgehalten wurde?«

»Wir hatten keinen Grund, Limos nicht zu trauen. Sie sagte, sie hätte die Kammer während der Suche nach ihrem *Agimortus* entdeckt. Wir haben uns nicht leichtfertig entschlossen zu handeln, und sowieso erst, nachdem wir alles, was wir in der Kammer gefunden hatten, einer genauen Überprüfung unterzogen hatten.«

In Ariks Magengegend machte sich ein Klumpen breit, der die Ausmaße eines Gargantua-Dämons hatte und in erster Linie aus einem hässlichen Verdacht bestand. Limos hatte diese Kammer nie erwähnt, hatte nie davon gesprochen, dass sie in letzter Zeit der Aegis geholfen hätte. War dies vielleicht noch ein Geheimnis? Ein weiterer Versuch, die Apokalypse zu starten?

Nein. Das konnte er einfach nicht glauben. Sie hatte ja schon viele Lügen verbreitet, aber er war davon überzeugt, dass sie diese längst bereute, und wenn sie etwas getan hätte, um die Aegis auf eine falsche Fährte zu locken, dann war es sicherlich nicht mit Absicht geschehen.

Eine Brise kam auf und kräuselte Reavers Gewand. Er zog die Schärpe noch einmal fest, ehe er sich wieder Kynan und Arik zuwandte. »Da Thans Siegel nicht gebrochen ist, wurde kein Schaden angerichtet, aber es sind immer noch eine Menge Fragen unbeantwortet.«

»Zum Beispiel, was es denn dann ist, das Thans Siegel brechen lässt.« Arik stieß einen frustrierten Seufzer aus. »Sogar er selbst war davon überzeugt, dass es Sex wäre.«

Kynans Gesicht nahm eine grünliche Färbung an. »Ähm … da gibt es noch etwas.«

O mein Gott. Arik presste ein »Was denn noch?« heraus, in der Hoffnung, nicht gleich das zu hören, was er annahm.

»Es ist Regan«, platzte es aus Kynan heraus. »Sie ist schwanger.«

Es folgte absolute Stille, dann taumelte Reaver ein paar Schritte nach hinten. In seinen Augen brannte blaues Feuer. Er stieß einen wütenden Schrei aus, und im nächsten Moment war er verschwunden.

Limos kochte vor Wut, während sie Ares und Arik in den hinteren Teil des Hauses folgte. Wie konnte Arik ihr nur so etwas Wichtiges verheimlichen? Dabei ging es doch nicht um eine Sache wie »Nein, Liebling, dein Hintern sieht in diesem Kleid gar nicht fett aus«. Er hatte gewusst, dass die Aegis jemanden geschickt hatte, der vorhatte, sie alle zu hintergehen, und sie nicht gewarnt. Wie lange hatte er es schon gewusst? War er vielleicht sogar an der Entscheidung beteiligt gewesen?

Möglicherweise hätte er während ihrer Hochzeitszeremonie ja auch sagen können: »Ach, übrigens, Regan ist hier, um deinen Bruder zu vögeln, und ich wusste davon«, anstatt zuzugeben, wie viele andere Frauen er schon geküsst hatte.

Ja, das wäre doch gut gewesen. Wie viele Menschen waren auf Grönland wegen seines Verrats ums Leben gekommen? Und welche Konsequenzen kamen noch auf sie zu?

Und jetzt war Thanatos nur wegen der Aegis außer Gefecht gesetzt, war in seinem eigenen Kopf gefangen, während ihm nichts Gesellschaft leistete außer seiner Wut.

Er lag da, wo sie ihn verlassen hatten, auf einem großen Bett in einem der kleineren Gästezimmer. Irgendjemand hatte ihm eine Jogginghose angezogen, und eine Decke bedeckte seinen

Oberkörper. Ein Höllenhund lag neben ihm auf dem Bett, aber angesichts des Blicks, den Cara ihm zuwarf, ging Limos davon aus, dass sein Platz eigentlich auf dem Fußboden war. Aber man schrieb einem zweitausend Pfund schweren, menschenfressenden Ungeheuer schließlich nicht vor, wo es zu schlafen hatte.

»Wenn wir Than noch lange so hier behalten müssen, braucht er Infusionen, um nicht auszutrocknen.« Limos' Stimme zeigte ihre Wut so deutlich, dass der Höllenhund die Zähne fletschte, als wäre sie eine Bedrohung.

»Außerdem werden wir von nun an abwechselnd bei ihm Wache halten.« Ares legte den Arm um Caras Taille. Limos schluckte. Sie fragte sich, ob sie und Arik wohl jemals wieder zu dieser Art Vertrautheit zurückfinden würden. »Worüber machst du dir Sorgen?«

Cara zeigte auf Thanatos. »Sieh selbst.«

Das konnte nichts Gutes bedeuten. Sie traten vor, um ihren Bruder zu betrachten, der so friedlich wirkte, als würde er schlafen. Nur dass seine Augen offen waren. Sie starrten nach oben, unbeweglich, aber in vollem Bewusstsein. Limos erstarrte. Sie wusste genau, was er gerade durchmachte und wie er sich fühlte. Aber wenigstens war er bei seiner Familie und wusste, dass ihm hier niemand etwas Böses wollte. Dass sie alles dafür taten, dass er es bequem hatte und sich in Sicherheit befand.

Cara tippte Thans Fuß an. »Passt auf.«

Than reagierte augenblicklich. Nicht sein Körper ... nur seine Oberlippe. Und ... heilige Hölle ... seine Zähne. Seine Eckzähne verwandelten sich in Fänge, auf die sogar ein Tiger stolz gewesen wäre.

Ares wich zurück, wobei er um ein Haar Limos umgestoßen hätte. »Was zur Hölle ist das denn?« Er drehte sich zu ihr um. »Hast du davon gewusst?«

Sie konnte den Blick einfach nicht abwenden, selbst als Thans Mund wieder normal aussah. »Ich hatte keine Ahnung. Ist sein Siegel denn noch intakt? Reseph … Pestilence … ihm wuchsen Fänge, als seins brach.«

Ares zog die Decke zurück, bis Thans Siegel zum Vorschein kam, das zum Glück immer noch unversehrt war. Aber das erklärte immer noch nicht diese Raubtierhauer. Ob Thanatos wohl genauso verwirrt war wie sie?

»Die letzten paar Tage waren echt vedammt interessant«, murmelte Ares. »Und mit interessant meine ich beschissen.«

»Ja, und ich bin dafür mitverantwortlich.« Limos holte tief Luft. Sie wusste, dass sie dies tun musste, und wappnete sich gegen Ares' Zorn. »Was ich getan habe und die ganzen Lügen, die ich erzählt habe, das alles tut mir schrecklich leid. Ich erwarte nicht, dass ihr mir verzeiht, und ich könnte es verstehen, wenn ihr mich hasst –« Bei diesen Worten versagte ihr die Stimme, denn wenn sie es auch verstehen könnte, könnte sie es doch nicht ertragen.

Aber das musste sie auch nicht. Ares zog sie mit solcher Wucht an sich, dass ihr die Luft wegblieb.

»Ich hasse dich doch nicht«, sagte er. Auch seine Stimme klang mitgenommen. »Ich verabscheue, was du getan hast, und ich hasse es, dass du so lange gelogen hast, aber ich hab's ernst gemeint, als ich sagte, dass ich dich liebe, ganz egal, was du auch getan hast. Es war falsch von mir, das zu leugnen und zu behaupten, du wärst so schlimm wie Pestilence. Kannst du mir verzeihen?«

O Gott! Jetzt bat er sie um Verzeihung? Wie dumm von ihr, je an ihm zu zweifeln. Sie war in dem Glauben erzogen worden, dass jeder um sie herum sie jederzeit mit einem einzigen Wort oder einer einzigen Tat hintergehen könnte. Nie war es ihr in den Sinn gekommen, dass Liebe bedingungslos verschenkt werden könnte.

Aber schließlich hatte auch sie ihre Brüder stets geliebt, ganz egal, wie wütend sie auch auf sie gewesen sein mochte. Ganz egal, wie wütend sie auch in diesem Moment auf Arik war, so hatte sie ihm doch ihr Herz geschenkt. Warum hatte sie das alles nicht schon viel früher herausgefunden? Vielleicht ein paar tausend Jahre früher?

»Es gibt nichts zu verzeihen, Ares«, flüsterte sie.

Er drückte sie an sich und stellte sie behutsam wieder ab. Vor Erleichterung waren ihre Knie ganz wackelig, bis sie wieder zu Thanatos hinübersah. Es gab so viel, womit er fertigwerden musste – von ihren Lügen mal ganz abgesehen.

Sie ließ sich auf die Matratze sinken und nahm Thanatos' Hand. »Hey. Ich weiß, dass du mich hören kannst. Alles wird wieder gut. Wir werden Kynan holen, und der erklärt uns das mit Regan –« Als sich Thans Lippe erneut verzog und seine Beißerchen herausflutschten, verstummte sie.

Doch dieses Mal blitzten gleichzeitig blutrote Speichen in seinen gelben Augen auf, und sein Körper strahlte eine versengende Hitze aus. Seine Tattoos bewegten sich aufgeregt, und die Sense an seinem Hals hieb auf den Skorpion ein.

Sie schöpfte tief Luft, stand behutsam von seinem Bett auf und trat zurück, aber die Wut, die sich in ihm angestaut hatte, hörte nicht auf zu brennen.

Wie es aussah, standen sie nicht nur vor dem Rätsel, wieso ihm Fänge gewachsen waren, sondern sie hatten es offenbar mit einem immer noch verdammt wütenden Reiter zu tun. Und das hatte nie etwas Gutes zu bedeuten.

36

Reaver stand auf dem Berg von Megiddo und fluchte. Fluchte, bis die Wolken über ihm in einem bedrohlichen schwarzen Strudel durcheinanderwirbelten, und dann fluchte er gleich noch einmal. Er war nicht in der Lage, in den Himmel zu gelangen, nicht, ehe seine Flügel nicht nachgewachsen waren. Er kam sich wieder wie ein Ausgestoßener vor, der zwischen den Reichen feststeckte und praktisch machtlos war.

Aber wenigstens konnte er seine himmlischen Brüder rufen, immer vorausgesetzt, sie würden antworten. Sein Körper war immer noch voller Markwein – und doch war es nicht genug. Er verlangte so stark danach, dass er am ganzen Leib zitterte. Entweder musste er sich schleunigst Nachschub verschaffen oder aber clean werden, aber in diesem Moment war sein Gehirn zu alkoholisiert, um die Sache mit dem Cleanwerden ernsthaft in Erwägung zu ziehen.

Seine Kopfhaut zog sich zusammen, und als ein Blitz nur wenige Meter entfernt die Erde versengte, drehte er sich um. Als er erlosch, stand Harvester dort mit einem Jutesack in der Hand. Ihre Augen leuchteten, ihre Lippen waren so blutrot wie der Wein, den sie ihm die Kehle hinuntergezwungen hatte.

»Hier ist wohl jemand sauer.«

Sauer traf es nicht mal ansatzweise, und es kostete Reaver jedes Fitzelchen Selbstbeherrschung, um nicht auf der Stelle über sie herzufallen. »Was hast du getan?«

Harvester legte den Kopf auf die Seite und lächelte ihn an. »Wie ich sehe, hast du soeben herausgefunden, warum ich dich ein paar Tage bei mir beherbergt habe.« Donner krachte, und große, schwere Regentropfen prasselten auf sie herab. Mit einer Geste schuf sie einen unsichtbaren Regenschirm, der sie beide beschirmte. »Wir konnten ja wohl kaum zulassen, dass du der Aegis rätst, ja niemanden zu Thanatos zu schicken, um ihn zu ficken, oder?«

Ein Teil seiner Wut verpuffte und wurde durch Argwohn ersetzt. Sie schien überhaupt nicht verärgert, dass Thans Siegel nicht gebrochen war, und das verriet ihm, dass sie es bereits vorher gewusst hatte. Dann war ihr Ziel also nicht gewesen, dem Zölibat des Reiters ein Ende zu machen …

»Woher wusstest du, dass sein Siegel nicht brechen würde?«

»Ich habe keine Ahnung, was du meinst. Selbstverständlich dachte ich, es würde brechen.«

Sie log. Aber warum? Er blickte in die wirbelnden Wolken hinauf und dann wieder auf den bösen gefallenen Engel, und da kam ihm die Erleuchtung. »Du weißt, was Thanatos' *Agimortus* ist, stimmt's?«

»Keine Ahnung.«

»Du lügst.« Er stürzte sich auf sie, aber ohne seine Flügel war er viel langsamer als sie, und seine Hände schlossen sich um Luft.

Sie stand mit einem breiten Grinsen drei Meter von ihm entfernt. »Ich würde niemals lügen. Ich bin entsetzt, dass du so von mir denkst.«

»*Entsetzt*, dass ich nicht lache!« Er knirschte mit den Zähnen. »Wie kommt es, dass du über Thanatos' *Agimortus* Bescheid weißt und ich nicht?«

»Ich bin eben etwas Besonderes. Du bist ein Engel ohne Erinnerung an seine Vergangenheit und mit besonders schmutzigen Flügeln. Ach, richtig, du hast ja überhaupt keine Flügel.« Sie griff in den Beutel, den sie in Händen hielt. »Ich hab dir was mitgebracht. Genieß es.«

Sie warf ihm eine Flasche zu, die er mit einer Hand auffing, ehe ihm klarwurde, dass er sie auf den Felsen hätte zerschellen lassen sollen.

Markwein. Die Flasche verbrannte ihm die Haut, fast so, als ob sie auf seiner Handfläche Wurzeln schlage. Dann prasselte Regen auf ihn nieder. Harvester war fort.

Der Wein … Fassungslos sah er zu, wie sich sein Körper von seinem Verstand löste, sah zu, wie er die Flasche entkorkte und an die Lippen hob.

Stärker. Ich bin stärker.

Die Worte durchdrangen sein Gehirn, aber nicht, weil sie wahr waren, sondern weil er sie schon einmal gesagt und sich dabei geirrt hatte. Aber wann? Warum? Die verschwommene Erinnerung war ungefähr so solide wie ein Phantom und noch schwerer festzuhalten. Aber die Tatsache, dass er sich überhaupt erinnerte, ganz gleich, wie undeutlich, kam schon einem Wunder gleich.

Vielleicht war ein Hauch von Ariks militärgeschulter Fähigkeit, sich an wichtige Details zu erinnern, an Reaver hängen geblieben, als Gethel seine Seele von der des Menschen getrennt hatte. Interessant.

Mit einem Mal durchschoss tausendfacher Schmerz seine Hand, und als er hinsah, entdeckte er, dass er die Flasche so fest zusammengedrückt hatte, dass sie zerbrochen war. In seiner Hand, seinem Handgelenk und den Fingern steckten Scherben, während sich der Markwein mit Blut und Regen vermischte, über seinen Arm floss und sich auf der ausgedörrten Erde zu seinen Füßen sammelte.

Ein Teil von ihm wäre am liebsten auf die Knie gegangen und hätte den Wein aufgeleckt, ehe er in der Erde versickerte. Aber irgendwie gelang es ihm zu widerstehen.

Harvester würde nicht noch einmal den Sieg davontragen.

Harvester blitzte sich nach Hause zurück, wo Whine mit gesenktem Kopf und niedergeschlagenen Augen auf sie wartete. Sie war grauenhafter Laune, seit sie Reaver auf dem Berg von Megiddo angetroffen hatte, wo er im wahrsten Sinne des Wortes ein Unwetter herbeigeflucht hatte. Es war nicht ihr Wunsch gewesen, ihn so rasch wiederzusehen, nachdem sie ihn gerade erst rausgeworfen hatte, aber Befehle waren Befehle, und nur ein Narr würde Luzifer ignorieren.

Nähre seine Sucht, hatte Luzifer gesagt. *Sieh zu, dass er ständig berauscht ist.* Leichter gesagt als getan. Obwohl sie Reaver ständig Markwein eingeflößt hatte, während er bei ihr in Ketten lag, hatte er nicht darum gebeten – nicht einmal, als ein kurzer Entzug heftiges Zittern und Fieber bei ihm ausgelöst hatte. Sie hatte in der Nähe gestanden, mit der Flasche in der Hand, und darauf gewartet, dass er sie anflehte.

Aber er hatte es kein einziges Mal getan. Sie war gezwungen gewesen, ihn zu überwältigen und ihm das Zeug mit Gewalt einzuflößen. Wenn er erst einmal vom Wein gekostet hatte, trank er freiwillig, aber er hatte die unglaubliche Kraft besessen, nicht ein Mal danach zu fragen.

So ein stolzer, mächtiger Engel.

Dafür bewunderte und verachtete sie ihn zugleich.

Als sie Whine zu sich winkte, hatte sie einen bitteren Geschmack im Mund. Im nächsten Moment lag er vor ihr auf den Knien und küsste ihr die Füße. Das leichte Kratzen seiner Zähne auf ihrer Haut ergrimmte sie – die einzige Zeit, zu der er in dieser Beziehung ein wenig nachlässig wurde, war, wenn der Vollmond in seiner Heimat Ungarn aufging. Was bedeutete, dass sie ihn für drei Tage würde freilassen müssen, damit er seine Wargenergie loswurde.

Verdammt. Dieser Tag wurde einfach immer besser. Eigentlich sah es so aus, als würden die lang gehegten Pläne endlich

Wirklichkeit, und dennoch … standen sie so kurz davor, alles zu verlieren.

Es war ein gewagtes Spiel gewesen, das Aegis-Mädchen dazu zu bringen, sich schwängern zu lassen.

In neun Monaten würde sich das Spiel entweder für Harvester auszahlen – oder sie in den Ruin stürzen.

In neun Monaten würde die Apokalypse entweder abgewendet werden … oder die Welt zerbrechen.

37

Wütend starrte Arik auf den Fleck, an dem Reaver gerade noch gestanden hatte, und fragte sich, wann und ob die Welt wohl jemals wieder normal werden würde. Seiner Einschätzung nach würde das passieren, wenn die Hölle zufror. War das nicht ein Witz? Wenn Pestilence obsiegte, würde sich die Hölle genau hier auf Erden befinden.

»Mist«, sagte Kynan. »Was für ein Chaos.«

»Chaos?« Arik fuhr herum. »Das ist doch wohl die Untertreibung des Jahrhunderts, meinst du nicht? Die Aegis hat verdammtes Glück gehabt, dass sie mit ihrer Nummer nicht Thans Siegel haben brechen lassen.«

»Aber zumindest haben wir versucht, etwas zu tun, um die Apokalypse aufzuhalten«, fuhr Kynan ihn an. »Deine Leute vom R-XR sitzen einfach nur auf ihren faulen Ärschen rum. Bis die mal handeln, ist es längst zu spät.«

Das Militär war immer schon eher reaktiv als proaktiv gewesen, genau wie die Regierung, nur auf dem entgegengesetzten Ende des Spektrums. Die Aegis hingegen sprang los, ehe sie hinsah, wohin. Aber das war nichts Neues und keinen Streit wert. Letzten Endes richtete sich Ariks Wut ja auch gar nicht gegen Kynan. Sie richtete sich nicht einmal gegen sich selbst, weil er Limos sein Wissen über Regan vorenthalten hatte, auch wenn er sich deswegen am liebsten in den Hintern getreten hätte.

Am Ende lief alles auf eines hinaus: Arik wusste, dass er eine Entscheidung treffen musste, und zwar eine, von der er nie gedacht hätte, dass er je mit ihr konfrontiert werden würde.

Kynan, der immer schon fähig gewesen war, eine Lage so gut einzuschätzen, als ob er allen anderen zwei Schritt voraus wäre, wusste genau, was in Arik vorging. »Du kommst doch zu uns zurück, oder etwa nicht?«

»Würde ich dann gezwungen sein, Geheimnisse vor meiner Familie zu haben?«

Es folgte ausgedehntes Schweigen, ehe Kynan seufzte. »Mann, ich weiß genau, wie du dich fühlst. Immerhin bin ich ein Wächter, der in eine Dämonenfamilie eingeheiratet hat. Meine eigene Gefährtin ist ein Dämon. Meine Loyalität steht Tag für Tag auf dem Prüfstand.«

»Aber?«

Kys jeansblaue Augen bohrten sich in Arik. »Aber du hast es mit Leuten zu tun, die uns die Hölle heißmachen können, falls die Siegel brechen. Es gibt Dinge, bei denen wir uns bedeckt halten müssen.«

»Das verstehe ich ja, und ich weiß, Limos versteht es auch.« Sein Mädchen mochte im Moment ziemlich sauer sein, aber sie war alles andere als dumm und verstand genau, was die Konsequenzen waren, sollte sie auf die Seite des Bösen wechseln. »Sie wird keine Fragen stellen, wenn es um Dinge geht, die uns kompromittieren würden, falls ihr Siegel bricht. Aber die ganzen anderen Sachen … zum Beispiel, einen Reiter dazu bringen, eine Wächterin zu schwängern? Also, so was behaltet ihr wohl lieber für euch, denn so sieht's aus: Ich werde nichts vor ihr geheim halten.«

Nie wieder. Geheimnisse und Lügen hätten seine Beziehung mit ihr und zu ihren Brüdern beinahe zerstört. Ja, das könnten sie auch immer noch. Sie war noch nicht zurückgekehrt, und er begann sich zu fragen, ob sie es überhaupt tun würde.

Kynan fluchte. »Du weißt schon: Wenn du irgendjemand anders wärst, würden wir dir sagen, du kannst dich verpfeifen.«

»Ich weiß. Aber sogar ohne meine Ausbildung, meine Erfahrungen im Kampf gegen Dämonen und meine Fähigkeit, Dämonensprachen zu lernen, bin ich viel zu wertvoll, als dass das R-XR oder die Aegis es sich leisten könnten, auf mich zu verzichten.«

Keine der beiden Organisationen würde ein Mitglied des innersten Kreises der Reiter verlieren wollen. Das Problem dabei war nur, dass Arik in Zukunft sehr vorsichtig sein musste, wohin er ging und mit wem er zusammen war, solange Pestilence noch seine Seele besaß. Dieser Mistkerl konnte ihn jederzeit und überall spüren, und Arik würde auf keinen Fall riskieren, dass Pest in ein Treffen im Aegis-Hauptquartier reinplatzte oder so.

»Ich hasse es, wenn du recht hast.« Kynan warf einen Blick auf seine Uhr. »Hör mal, ich muss gehen. Aber wir brauchen dich. Jetzt mehr denn je. Denk mal drüber nach.«

Arik musste gar nicht darüber nachdenken. Wenn da nicht diese lästige kleine Sache mit der Apokalypse gewesen wäre, hätte er vermutlich nicht im Traum daran gedacht, zurückzugehen. Aber im Augenblick brauchte die Welt jede Hilfe, die sie nur kriegen konnte, und er hatte nicht vor, der Menschheit den Rücken zuzukehren.

»Du bist so ein Idiot«, rief Arik Kynan hinterher, der schon über den Pfad lief, der zum Höllentor der Insel führte. »Du weißt doch, wie meine Antwort lautet.«

Kynan drehte sich nicht um, sondern hielt nur den ausgestreckten Mittelfinger in die Höhe. »Ich weiß.«

»Arschloch«, murmelte Arik. Er rieb sich die Schläfen und bereitete sich innerlich schon mal auf die nächste Konfrontation vor.

Limos. Und Ares. Denen er nicht nur erklären musste, warum er ihnen ein Geheimnis vorenthalten hatte, sondern auch noch beibringen musste, dass sie bald Tante und Onkel sein würden. Irgendetwas sagte ihm, dass sie diese Nachricht nicht gerade mit Jubel entgegennehmen würden.

Als er sich auf den Weg zur Haustür machte, fragte er sich, wie viele Leute sich wohl auf seiner Beerdigung blicken lassen würden.

»Hey, Arik.«

Arik erstarrte und fuhr zu dem Besitzer der tiefen Stimme herum. »Tav? Was zur Hölle machst du denn hier?« Als der blonde Sem daraufhin traurig lächelte, drehte sich Arik der Magen um, während er daran dachte, dass er mit dem letzten Gedanken den Nagel auf den Kopf getroffen hatte. »Du bist hier, um mich zu töten oder?«

»Jepp.«

Ein Schaudern kroch Arik das Rückgrat hinauf. »Warum? Limos ist ihren Vertrag los, also hat es keinen Sinn, mich umzubringen.«

»Offensichtlich ist der Dunkle Herrscher darüber ziemlich sauer.«

»Das sollte er auch. Er hat nämlich verloren.« Und wie er verloren hatte.

Tavin zuckte nur mit den Schultern und musterte Arik von oben bis unten. »Du siehst gut aus. Die Freiheit bekommt dir.«

»Danke schön.« Okay, es war schon irgendwie seltsam, mit dem Mann freundlich zu plaudern, der mit dem Auftrag gekommen war, ihn zu töten. »Tja.«

Tavin stieß einen langen Seufzer aus. »Tja.«

»Und wie gehen wir jetzt vor?«

»Keine Ahnung.« Tav wirkte aufrichtig verwirrt; seine sandfarbenen Augenbrauen zogen sich über den blauen Augen zusammen. »Ich musste noch nie jemanden töten, den ich mochte.«

»Wir geben echt ein tolles Paar ab, es hat nämlich auch noch nie jemand, den ich mochte, versucht, mich zu töten.« Arik fuhr sich mit der Hand durch die Haare. »Das ist irgendwie total scheiße.«

»Eine echt beschissene Situation.«

Tavin griff unter seine Jacke und zog eine runde Metallscheibe hervor, deren Kanten scharf genug aussahen, um einem Werwolf ohne Anstrengung den Kopf vom Körper zu trennen. Und genau das, so vermutete Arik, würde ihm jetzt gleich blühen.

»Tut mir echt leid, Arik.«

»Ich kann dir das wohl nicht ausreden, oder?«

»Wenn ich versage, werden mir ziemlich schlimme Dinge zustoßen.« Tavins Stimme war monoton geworden, ein Zeichen dafür, dass er nicht mehr der Freund war, sondern der Soldat, der seine Pflicht zu tun hatte.

»Und wenn du nicht versagst, werden mir ziemlich schlimme Dinge zustoßen.«

Arik verlagerte das Gewicht und löste beiläufig die Schlaufe an seinem Holster, die die Pistole an seiner Hüfte sicherte. Den meisten Dämonen war mit gewöhnlichen Kugeln nicht beizukommen, aber er wusste, dass Semini durch sie verletzt werden konnten. Außerdem gab es da ja auch immer noch sein altes Lieblingssprichwort. Es besagte, dass Feuerwaffen dem, was sonst nur eine gewöhnliche Prügelei wäre, eine gewisse Würde verliehen.

Er war bereit, sich überaus würdevoll zu gebärden. Nicht, dass er etwas gegen die eine oder andere kleine Gemeinheit einzuwenden hätte.

Tavin neigte den Kopf. Ein scharfes, respektvolles Nicken, und schon waren sie mittendrin. Tavin bewegte sich wie ein Phantom, sodass man nur noch irgendetwas Verschwommenes huschen und etwas Silbriges glänzen sah. Die runde Klinge kam mit einem Zischen auf Arik zu, und er konnte gerade noch rechtzeitig die Pistole ziehen, um die Klinge abzuwehren – die ihm einen neuen Scheitel gezogen hätte. So durchschnitt sie glatt den Lauf seiner Beretta und schlug sie ihm aus der Hand.

Verdammter Mist!

Tavin warf sich auf ihn, und Arik wirbelte herum, um sich gegen den Dämon zur Wehr zu setzen, der eine einzige Masse aus Fäusten und Klingen war, die er sich wohl aus dem Arsch gezogen haben musste. Arik wurde auf einen Schlag ungefähr eine Million Mal aufgeschlitzt, so als ob er durch einen riesigen Fleischwolf gedreht würde. Er prallte auf die Erde, rollte sich ab, zog blitzartig sein *S'teng* aus dem Brustharnisch und hieb damit nach Tavs Oberkörper.

Der Dämon jaulte auf und wich zurück, aber noch während Arik dem Sem das silberne Ende der Waffe in die Schulter bohrte, stieß Tav Arik eine gut zwanzig Zentimeter lange Klinge in den Leib. Er hörte das Blut spritzen, fühlte den leichten Widerstand, den Muskeln und Organe dem Eindringen der Klinge entgegenzusetzen hatten. Und dann spürte er nur noch den grässlichen Schmerz, der ihm die Luft abschnürte.

Irgendwie schaffte er es noch, Tavin das Knie zwischen die Beine zu rammen. Der Kerl stieß einen Fluch aus und brach zusammen. Keuchend und stöhnend stieß Arik dem Dämon das *S'teng* in den Rücken und riss es nach oben, sodass er ihm den ganzen Rücken bis auf die Rippen öffnete. Der Dämon schrie, wirbelte mit blutroten Augen herum und versenkte seine Klinge in Ariks Brust.

Arik wurde schwindelig. Er kippte einfach um, und schwarzer Nebel senkte sich über ihn. Verdammte Scheiße, jetzt würde er doch tatsächlich sterben. Er hatte einen Monat Folter in Sheoul überlebt, hatte Pestilence, Satan, Thanatos und *Khnive* überlebt.

Und dieser Sexdämon würde ihn jetzt töten.

»Arschloch«, krächzte er.

Tavins Augen färbten sich wieder golden, was bedeutete, dass er nur noch leicht angesäuert war. Sobald sie wieder ihre gewöhnliche blaue Farbe annahmen, war der Kerl wieder normal, aber Arik bezweifelte, dass das in nächster Zukunft der Fall sein würde.

»Tut mir wirklich leid, Mensch.« Tavin stieß zu.

Mitten in Ariks Herz.

Schmerz. Arik hatte gedacht, er kenne bereits alle nur denkbaren Arten von Schmerz.

Da hatte er sich wohl geirrt.

Herzschmerz war ein einzigartiges Wesen, ein scharfes, sengendes Gefühl, das es einem unmöglich machte, sich auch nur zu winden.

Er lag unter Tavins schwerem Körper und wünschte sich, er hätte die Chance gehabt, Limos wenigstens ein Mal zu lieben, ehe er starb. Wünschte sich, er hätte sie um Verzeihung bitten können. Wünschte, er hätte ihr in aller Deutlichkeit klarmachen können, dass nichts, was sie in der Vergangenheit getan hatte, für ihn eine Rolle spielte.

Der Schmerz in Ariks Herzen hatte nichts mit dem Messer zu tun, das darin steckte. Sein Schmerz galt Limos.

Tavin zog die Klinge wieder aus Ariks Brust und kam schwerfällig auf die Beine, die Hand auf die eigene, stark blutende Wunde gepresst, während Arik in den Sand blutete.

Oder …? Moment mal. Er blutete nicht. Er hob den Kopf und probierte Finger und Zehen aus. Alle voll funktionstüchtig. Er setzte sich auf, sah an sich hinunter, und hey – seine Wunden schlossen sich bereits.

»Was soll denn der Mist?« Tavin wirbelte herum und ließ den Dolch durch die Luft sausen, sodass er sich in Ariks Kehle grub.

Es tat zwar höllisch weh, aber Arik zog ihn raus, und ein seltsames Gefühl überkam ihn, als die Wunde heilte, so als würde sich ein Reißverschluss schließen.

»Das ist echt cool.« Arik tastete seinen Körper ab und blickte nicht mal auf, als Tavin eine Handvoll Krähenfüße auf ihn regnen ließ, die an ihm klebten wie Kletten.

Sie bohrten sich in seine Haut, um die lebenswichtigen Organe zu erreichen; eine widerliche dämonische Waffe. Aber noch während Arik fluchend versuchte, einen von seiner Schulter zu lösen, zog sich sein Fleisch um sie herum zusammen und stieß sie aus.

»Mist.« Tav blieb vor ihm stehen. »Warum stirbst du denn nicht?«

»Keine Ahung.« Als Arik aufstand, fielen die kleinen Knochenkletten auf den Boden.

Tavin griff ihn erneut an, diesmal mit einer gebogenen Klinge, die auf Ariks Hals zielte. Man merkte, dass es dem Dämon jetzt bitterernst war. Die meisten Lebewesen – sogar unsterbliche Lebewesen – überlebten eine Enthauptung nicht. Arik duckte sich, holte aus und schaffte es, Tavin vom rechten Kurs abzubringen, aber der Kerl war verdammt schnell, und als er herumwirbelte, füllte die silberne Klinge Ariks Gesichtsfeld bereits vollständig aus.

Er warf sich zu Boden und schnappte sich einen der Krähenfüße, während er sich abrollte. Mit einer raschen Bewegung schleuderte er die winzige Waffe von sich, die den Bauch des Dämons traf. Tavin zischte vor Schmerz auf und ließ die Klinge fallen. Arik nutzte die Gelegenheit, schnappte sich den Dolch und eiferte noch einmal seinen Tagen als Footballspieler an der Highschool nach, indem er Tavin umrannte.

Arik hielt Tav die Klinge an die Kehle. »Bist du jetzt fertig?«

»Bring mich schon um«, krächzte Tav. »Sonst muss ich es weiter versuchen.«

Die Knochenklette würde ihn sowieso umbringen, aber das wäre ein langsamer und verdammt schmerzhafter Tod. Dagegen wäre es eine Gnade, Tavin die Kehle durchzuschneiden. Aber verdammt, der Kerl hatte Arik unter großem persönlichem Risiko geholfen, indem er ihm zusätzlich Wasser gegeben und ihm den Fluchtweg aus Sheoul verraten hatte. Und dann war da noch eine Sache.

Arik musterte den Dämon, dessen Haut aschfahl und schweißig geworden war. »Du hast meinen Körper geheilt, aber auch meinen Verstand, hab ich recht? Darum bin ich jetzt kein sabbernder Haufen PTBS.«

Tavin riss die Augen auf. Einen Moment lang dachte Arik, er würde es leugnen, aber dann erschauerte er heftig und brachte mit Mühe noch einige Worte heraus. »Ich … verfüge nur über … begrenzte Fähigkeiten. Mutter … war eine … *Pruosi*.«

Pruosi. Eine Dämonenspezies, die über unglaubliche mentale Fähigkeiten verfügte. Dann hatte Tav also eine körperliche Gabe von seinem Seminus-Erzeuger geerbt und eine mentale von seiner Mutter. Arik fragte sich, welche anderen Fähigkeiten der Dämon wohl noch geheim hielt.

Und welche Informationen wohl gleich daneben lagerten.

»Was weißt du über die *Khnive*, die hinter mir her waren?«

»Nichts.« Tav stöhnte, Blut sickerte ihm aus dem Mundwinkel. »Aber … du musst … den Anstifter … außerhalb von Sheoul … suchen.« Seine vor Schmerz inzwischen glasigen Augen blickten Arik an. »*Khnive* sind Spione. Kein Dämon … würde sie als … Auftragsmörder verwenden. Viel zu unzuverlässig.«

Na, das hörte sich ja gut an. Wer außerhalb von Sheoul wollte ihn denn tot sehen?

Da ließen donnernde Schritte die Erde erbeben, und auf einmal waren Limos und Ares da und zielten mit den Schwertern auf Tavin.

»Ich hab alles im Griff«, sagte Arik. »Tavin hat versucht, mich umzubringen, aber aus irgendeinem Grund sterbe ich einfach nicht.«

Ares rief mit einem Pfiff einen seiner Widderkopf-Diener herbei, der in der Nähe wartete. »Bereite die Folterkammer vor.«

Jesses. Diese Reiter fackelten nicht lange. Er sah zu Limos, die ihn wütend anstarrte, und fragte sich, ob sie sich wohl gerade vorstellte, dass Arik neben Tavin in der Folterkammer hing. Arik warf den Dolch in den Sand und stand auf. Hier würde niemand gefoltert werden, und es würde auch niemand Tavin umbringen.

»Habt ihr den Teil gehört, in dem es darum ging, dass ich nicht sterbe? Er hat mir in den Bauch, den Hals und das Herz gestochen.« Arik rieb über die Haut an seinem Hals. »Und jetzt ist nichts mehr davon zu sehen.«

»Das gibt's doch nicht.« Ares schob sein Schwert wieder in die Scheide. »Gethel sagte uns, dass etwas von Reaver und Limos in dir verbleiben würde, nachdem sie deren Seelen aus dir herausgeholt hätte. Ich würde sagen, du hast ein Stück Unsterblichkeit zurückbehalten.«

Tav, der immer noch auf dem Boden lag, hustete, sodass sich vor seinem Mund ein feiner Nebel aus Blut erhob. »Dann bin ich … aus dem Schneider … wenn du«, er holte rasselnd Luft, »unsterblich bist.«

Arik kniete sich neben ihn und legte die Hand auf die Wunde im Unterleib des Dämons. »Er braucht einen Arzt.« Ariks rudimentäre medizinische Ausbildung würde in dieser Lage kein Stück weiterhelfen.

»Er hat versucht, dich zu töten«, fuhr Limos ihn an. »Was der braucht, ist eine Enthauptung.«

»Er hat mir geholfen, aus Sheoul zu entkommen«, sagte Arik ruhig. »Und dabei, trotz allem nicht dem Wahnsinn zu verfallen.«

Ares fluchte. »Dann bring ich ihn ins *Underworld General*. Scheiß-Dämonen und ihr Scheiß-Dämonenkrankenhaus …«

Er hob Tav auf, öffnete ein Tor und war verschwunden. Arik und Limos blieben zurück und starrten einander an. Arik war sich ziemlich sicher, dass sie ihn in Gedanken schon mit Ketten und glühenden Eisen traktierte.

»Du hast mich angelogen.« Sie schob ihr Schwert in die Scheide, und er stieß einen Atemzug aus, von dem er gar nicht gemerkt hatte, dass er ihn angehalten hatte.

»Ja.«

»Warum?«

Er könnte ihr erzählen, dass er es getan hatte, um seine Kollegen und ihre Beziehung zur Aegis zu schützen, und obwohl das der Wahrheit entsprach, würde er sich dennoch an den Grund halten, der überhaupt erst zur Lüge geführt hatte.

»Weil die Aegis davon überzeugt war, sie könnte die Apokalypse aufhalten. Sie tat es zum Wohl der ganzen Welt. Ich hatte an der Entscheidung keinen Anteil, aber ich musste glauben, dass sie es aus den richtigen Gründen tat.« Er legte eine Pause ein und fragte sich, wie er ihr nun auch noch den Rest beibringen sollte. Er beschloss, es so zu tun, wie man ein Pflaster entfernt: schnell. »Regan ist schwanger.«

Limos sog scharf die Luft ein. »Ist es … Thans Kind?«

»Ja.« Er beobachtete sie misstrauisch und hoffte, sie werde nicht gleich in die Luft gehen wie Thanatos. Das hatte ihm eine Scheißangst eingejagt; ein Abenteuer, das er sicher nie wieder erleben wollte. »Eine von den Schriftrollen, zu denen du Kynan geführt hast, wies darauf hin, dass, wenn ein Reiter und ein Wächter ein Baby kriegen würden, dieses Kind die Welt retten würde.«

»O Gott.« Limos schloss die Augen.

»Du wusstest davon?«

»Nein.« Ihre Augen waren blutunterlaufen, als sie sie wieder aufschlug. »Ich meine, ich wusste nichts von der Schriftrolle, aber … ich wusste, dass die Kammer ein Trick war.«

»Das hatte ich beinahe schon vermutet«, murmelte er. »Ich schätze, Pestilence hat dich erpresst?«

»Ja.« Sie wirkte so niedergeschlagen, dass er sie am liebsten auf der Stelle in die Arme genommen hätte, aber er befürchtete, dass er dann nicht mehr zu stoppen wäre. Oh, er wollte all das einfach nur vergessen und sich lieber etwas sehr viel Angenehmerem widmen, aber zuerst mussten sie das hier erledigen. Sie mussten das jetzt ein für alle Mal klären.

»Das alles ist nur passiert, weil ich meine Lügen nicht auffliegen lassen wollte.« Limos' Stimme zitterte. »Das alles ist meine Schuld, Arik. Wird das denn niemals enden?«

Er konnte es nicht mehr ertragen. Er musste sie berühren. Also trat er an sie heran und legte die Hände zärtlich, aber bestimmt auf ihre Schultern. »Es wird enden, Limos. Aber sag mir erst einmal, gibt es noch etwas, das du verschwiegen hast? Irgendetwas?«

»Nein«, flüsterte sie. »Du und meine Brüder, ihr wisst jetzt alles. Oder sie werden es zumindest wissen, wenn ich ihnen von der Kammer erzählt habe. Und von dem Baby.«

Vor Erleichterung verwandelten sich Ariks Muskeln erst mal in weich gekochte Spaghetti. Endlich lagen die Lügen und die Geheimnisse hinter ihnen, und sicherlich würden die Brüder ihr vergeben, so wie Runa –

Da überkam ihn eine Welle der Scham, deren Wucht ihn beinahe zu Boden gedrückt hätte. Wie viel er vor Runa verborgen gehalten hatte. Ja, sicher, zu ihrem eigenen Besten, aber als Limos etwas zu *seinem* Besten getan hatte, war er stinksauer gewesen, weil er seine eigenen Entscheidungen treffen konnte.

Wieder kam es ihm so vor, als ob seine Heuchelei ihn ersticke. Für einen kurzen Augenblick verschluckten ihn Dunkelheit und Selbstverachtung.

»Arik?«

»Tut mir leid, Limos.« Auf seinem Brustkorb lastete ein solcher Druck, als müsste er jeden Moment explodieren. »Gott, was war ich nur für ein Arschloch. Die ganze Zeit hasste ich Lügen, hasste ich Leute, die lügen. Aber für mich war es natürlich okay, Hauptsache, ich beschützte damit andere Leute – als ob die zu schwach wären, um mit der Wahrheit fertigzuwerden.« O Mann, seine Brust tat wirklich entsetzlich weh. »Mein Dad sagte immer, Runa sei schwach. Er sagte, sie bekäme sehr schnell blaue Flecken. Und sie brach schnell in Tränen aus. Er nannte sie immer Mickerling.«

Limos legte ihm die Hand auf die Schulter, aber er entzog sich ihr, unfähig, in diesem Moment Trost anzunehmen. Nicht, wenn er es nicht verdient hatte.

»Ich hätte nie gedacht, dass ich sie auch behandle, als ob sie schwach wäre, aber genau das hab ich getan, indem ich ihr gewisse Dinge vorenthalten habe.« Er rieb sich übers Brustbein, was den Druck aber nicht verminderte. »Und dann hab ich mich aufgespielt und jeden gehasst, der log oder Geheimnisse hatte, aber Scheiße … ich glaube, eigentlich hab ich gar nicht sie gehasst, sondern mich selbst.«

Als Limos ihn diesmal berührte und er versuchte, sie abzuschütteln, ließ sie es nicht zu. Sie schien an ihm festzukleben, sogar als er zurückwich und versuchte, sie von sich abzuschälen. Er brüllte sie an, sie solle ihn loslassen, aber sie klammerte sich an ihn wie ein Cowboy an einen Bronco.

»Hör auf!«, fuhr sie ihn schließlich an. »Arik!« Sie nahm ihn fest in die Arme und vergrub ihr Gesicht an seinem Hals, küsste ihn und schmiegte sich an ihn. »Hör auf.« Sie streichelte ihm übers Haar, über seine Schultern, und irgendwann sank er gegen einen Baum und ließ zu, dass dieser – und Limos – ihn stützten.

»Es tut mir leid«, krächzte er. »Es tut mir leid, dass ich mich bei dir wie der letzte Idiot aufgeführt habe. Du hattest es nicht verdient, so verurteilt zu werden.«

»Doch«, murmelte sie, gegen seine Haut gedrückt. »Das hatte ich allerdings. Ohne dich würde dieser ganze Mist immer noch auf mir lasten, und vielleicht hätte Pestilence schon gewonnen.«

Behutsam schob er sie ein Stück von sich, damit er sie ansehen konnte. »Ich verstehe nicht.«

»Er wollte, dass ich lüge«, sagte sie. »Er weiß, dass ich nach Lügen süchtig bin. Aber du … du hast das geändert, Arik. Ich möchte dir alles erzählen. Ich hasse es, dir etwas zu verschweigen. Du gibst mir etwas, das Lügen und diese ganzen selbstzerstörerischen Aktionen mir nie geben konnten. Diese Dinge berauschen mich, aber bei dir ist dieser Rausch eine Million Mal intensiver, und dazu noch ohne das schlechte Gewissen. Ich liebe dich so sehr. Bitte hass nicht die Person, die ich liebe.«

Ariks Augen brannten. Er legte die Arme so fest um sie, dass sie aufstöhnte, und dann küsste er sie, bis sie nicht mehr wusste, wo oben und unten war. »Das haben wir also hinter uns«, sagte er in ihr Ohr. »Die Lügen und die Geheimnisse und diese dämlichen gefälschten Scheidungspapiere, oder?«

Sie lehnte sich zurück und grinste. »Ja, das haben wir hinter uns. Jetzt wirst du mich nie wieder los, Arik.«

Gerade als er sie darauf hinweisen wollte, dass dasselbe auch umgekehrt galt, öffnete sich vor ihnen ein Tor, aus dem Ares heraustrat. »Deinem Mörderfreund wird's bald wieder gut gehen.« Seine Miene war finster. »Ich hätte ihn doch umbringen sollen, aber was soll's.«

Limos stellte sich auf die Zehen und küsste Arik. »Sollte er je wieder versuchen, dich zu töten, dann schafft er es nicht bis ins Krankenhaus, das versprech ich dir.«

»Ach, wie niedlich du bist, wenn du auf dem Beschützertrip bist.« Als sie daraufhin verächtlich schnaubte, musste er lachen. Dann drückte er ihr einen Kuss aufs Haar und atmete tief ihren

Duft nach Kokosnüssen ein. »Hey, Tavin hat übrigens etwas über die *Khnive* gesagt, die uns angegriffen haben. Er denkt, dass jemand außerhalb von Sheoul sie gerufen hat.«

Limos runzelte die Stirn. »Das ist aber … nicht gut.«

Es folgte längeres Schweigen, während Ares seinen Schwertknauf streichelte. »Wenn dieser Unbekannte kein Dämon ist, heißt das, dass die Gruppen, die auf eine Apokalypse hinarbeiten, stärker werden. Wir werden alle um uns herum im Auge behalten müssen.«

Ein Verräter. Ares deutete an, dass sich in ihrer Mitte ein Verräter befand, und so gern Arik auch gegen diese Vorstellung aufbegehren wollte, konnte er es nicht. Nicht, wenn sogar die Aegis selbst von einem der eigenen Leute erst vor ein paar Jahren kompromittiert worden war.

Und die Sache mit Regan bestätigte Ares' Worte nur noch.

»Ares«, begann Arik, denn das musste gesagt werden. »Ich habe schon mit Limos darüber gesprochen, aber ich muss es auch dir noch einmal sagen: Ich schwöre, dass ich euch niemals wieder Informationen vorenthalten werde.«

Ares nahm seine Worte mit einem kurzen Nicken zur Kenntnis. »Ich werde dich daran erinnern, Mensch.«

So war Ares: Wenn er nicht gerade wütend war, war er im Grunde verdammt vernünftig. Im Gegensatz zu Limos' anderen beiden Brüdern. Apropos …

»Wie geht's Thanatos?«

»Können wir nicht später darüber reden?«, fragte Limos. »Ich will nach Hause. Wir hatten noch nicht mal eine richtige Hochzeitsnacht.«

Ares stöhnte. »Das ist dann wohl mein Stichwort. Ich muss sowieso noch meine Weihnachtseinkäufe erledigen.«

Arik zog Limos fest an sich. »Mir kommt es so seltsam vor, dass ihr Weihnachten feiert.«

»Reseph liebte jeden Vorwand, um zu feiern und Geschenke zu kaufen«, sagte Limos. »Mit der Tradition zu brechen, würde uns nur noch mehr zu Bewusstsein bringen, dass er fort ist.«

»Nicht zu vergessen die Tatsache, dass zwei von uns mit Menschen verheiratet sind«, sagte Ares. »Und ihr schleppt schon eine ganze Menge Gepäck mit euch rum.« Als ein Lächeln seine Lippen verzog, wurde Arik klar, dass Ares auf Cara reagierte, die mit in die Seiten gestemmten Hüften hinter diesem aufgetaucht war.

»Du bezeichnest mich als Gepäck?« Ihr Ton war schroff, aber in ihren Augen glitzerte der Schalk.

In einer blitzschnellen Bewegung wirbelte Ares herum, warf sich Cara über die Schulter und marschierte aufs Haus zu. »Wenn du dir den Schuh anziehen willst.«

Arik sah dem Paar hinterher, bis es die Tür hinter sich geschlossen hatte. Dann wandte er sich wieder Limos zu. »Was würdest du dazu sagen, wenn ich dich wie einen Sack Kartoffeln fortschleppe?«

Limos' Lächeln war so süß, dass Arik befürchtete, Diabetes zu bekommen. »Wenn du das tust, bring ich dich um.«

»Kannst du gar nicht. Ich bin jetzt unsterblich.«

Sie schnaubte. »Dann kriegst du eben keinen Sex mehr.«

Er lachte. »Also, darüber würde ich mir echt Sorgen machen, wenn ich nicht wüsste, dass du dich genauso sehr danach sehnst wie ich.«

»Du sehnst dich also danach?«

Er trat weit genug von ihr zurück, um seine Blicke über ihren Körper schweifen zu lassen. »O ja. Ich möchte dich auf jede nur erdenkliche Art nehmen und dich dermaßen heißmachen, dass du, wenn du mal gerade nicht im Bett bist, nur daran denken kannst, wieder dort reinzukommen.« Er bewunderte ihre üppigen Kurven und stellte sich vor, wie gut die seine Stöße abfedern würden. »Und das ist nur der Plan für heute Nacht.«

Ihre Zunge schoss hervor und leckte über die Lippen. Er sah nur noch ihren Mund, und sein Körper wurde hart.

»Vergiss alles, was ich darüber gesagt habe, dass ich dich umbringe oder dir den Sex verweigere … und bring mich einfach nach Hause.«

»Was ist mit Ares?«, fragte er. »Wir müssen ihm noch von der Kammer und dem Baby berichten.«

»Morgen«, sagte sie. »Für heute haben wir wahrlich genug durchgemacht.«

Grinsend hob er sie hoch und warf sie sich über die Schulter. »Öffne ein Tor.« Als sie sich – nur aus Prinzip – dagegen wehrte, versetzte er ihr einen Klaps auf ihr festes Hinterteil. »Öffne sofort ein Tor.«

Ein Schaudern überkam sie, und schon öffnete sich das Tor. »So. Und – Arik?«

»Was?«

»Mach das noch mal.«

Er trat durch das Tor und befolgte ihren Befehl.

38

Endlich würde Limos bekommen, was sie sich immer gewünscht hatte. Sicher, im Grunde hatte sie ihre Jungfräulichkeit bereits verloren – aber nicht nur, dass sie es nicht zu Ende gebracht hatten, es war außerdem voller Wut und aus reiner Notwendigkeit passiert. Jetzt würde sie ihre Jungfräulichkeit so verlieren, wie es sein sollte.

Als sie aus ihrem Bad kam, schienen sich auf einmal tausend Schmetterlinge in ihrem Bauch zu tummeln. Das sexy Outfit, das sie sich für die Hochzeitsnacht besorgt hatte … tja, das lag auf dem Fußboden im Bad, wo sie es liegen gelassen hatte, nachdem sie es angezogen hatte, während Arik im Gästebad duschte. Natürlich hatte er vorgeschlagen, gemeinsam zu duschen, aber nein, ihre Vorstellung von der perfekten Hochzeitsnacht beinhaltete, dass sie ins Schlafzimmer rauschte, um ihren frischgebackenen Ehemann zu begrüßen, dem angesichts ihrer spärlichen Bekleidung die Zunge aus dem Mund hängen würde.

Leider lag ihr das Rauschen nicht so. Und ihr Hochzeitsnacht-Outfit hatte sie auch nicht an. Als sie sich im Spiegel betrachtet und die prächtige Unterwäsche gesehen hatte, die sich verführerisch an ihre Kurven schmiegte und nur hier und da etwas Haut sehen ließ, war ihr klar geworden, dass sie noch nie vollständig nackt gewesen war. Dass sie immer in Lügen und diesen infernalischen Keuschheitsgürtel gehüllt gewesen war. Und jetzt stand sie hier und bedeckte ihren Körper schon wieder mit irgendwelchem Zeug.

Also hatte sie sich wieder ausgezogen, denn sie würde als neue

Frau zu ihrem Mann kommen, auf eine Art offen, wie sie es noch nie gewesen war – und wie sie es nur bei ihm sein würde.

Arik, der gerade eine Kerze anzündete, blickte auf. Ihm blieb der Mund offen stehen. Wunderschön. Er hatte sich ein Handtuch um die Hüften geschlungen, das er gleich darauf fallen ließ. Die Auswirkung seines nackten Körpers auf sie wurde unmittelbar sichtbar. Als sie den Anblick seiner harten Muskeln und seiner großen, steil emporragenden Erektion in sich aufsaugte, ließ Hitze ihre Haut erröten, und zwischen ihren Beinen erblühte flüssige Hitze.

Limos' Auswirkung auf ihn war ebenso offensichtlich.

Er vergeudete keine Sekunde. Nach drei Schritten stand er vor ihr und küsste sie mit einer Leidenschaft, die ihren Puls wie verrückt in ihren Adern hämmern ließ. Seine Zunge liebkoste ihre, um gleich darauf in offenkundiger Nachahmung dessen, was sie gleich tun würden, in sie hineinzustoßen. Eine Hand wanderte an ihren Hintern und zog sie an sich, und eine warme, klebrige Flüssigkeit verteilte sich auf ihrem Bauch, als seine Erektion dagegen drückte.

Das war alles so neu für sie. Sie streckte die Hand aus und fuhr mit dem Finger über den kleinen Schlitz in der Eichel. Dann begann sie zu spielen, zu erforschen und genoss es, wie Arik immer wieder die Luft anhielt.

Langsam, fast ehrfürchtig, legte Arik sie aufs Bett. »Ich habe von dir geträumt«, flüsterte er in ihre Ohrmuschel, als er seinen großen Körper über ihrem ausstreckte. »Als ich in dieser Zelle saß. Wenn ich schlief, habe ich hiervon geträumt.«

»Ach ja?«

Seine Hände glitten über ihre Taille zu ihren Brüsten hinauf. »O ja.«

»War ich gut?«

»Die Beste.«

Ein Zittern erfasste sie, ein leichtes, bebendes Zögern. »Was, wenn ich mich beim Sex ganz schrecklich – «

Er unterbrach sie mit einem Kuss. »Schhhh«, hauchte er an ihren Lippen. »Lass einfach zu, dass ich mich um dich kümmere. Ich werde mich immer um dich kümmern.«

»Wer kann dazu schon Nein sagen«, seufzte sie, während er eine Spur feuriger Küsse über ihr Kinn und den Hals hinunterzog. Überall, wo seine Lippen ihre Haut berührten, bekam sie Gänsehaut.

Seine Hände streichelten und massierten sie, und während er sich seinen Weg mit Küssen weiter nach unten bahnte, liebkosten seine Finger ihre Nippel. Jede Bewegung löste eine Explosion winziger elektrischer Funken in ihrem Körper aus. Eine Vielzahl verwirrender Sinneseindrücke zog sie in einen Strudel der Leidenschaft, der sich noch intensivierte, als seine Hand auf ihren Po glitt, um sie gegen seine Erektion zu ziehen.

»Jetzt, Arik«, stöhnte sie. »Bitte warte nicht zu lange.«

»Das hab ich nicht vor, Liebling.« Er senkte den Kopf und nahm ihre hochsensible Brustwarze in den Mund. Als sie vor schierer Lust aufschrie, hob er den Kopf. »Ich sorge nur dafür, dass dein erstes Mal so ist, wie du es dir erträumt hast.«

Sie bäumte sich auf, um ihn in sich aufzunehmen. »Das ist es doch schon.«

Ein hinterlistiges Lächeln hob seine Mundwinkel an, als er sie mit dem Gewicht seines Körpers wieder nach unten drückte. »Nicht so schnell.«

»Aber ich sterbe.« Sie hatte noch nie im Leben gejammert, aber sie war so was von bereit, und sie sehnte sich nach der Erlösung, die nur Liebende gemeinsam erleben können. Zu viele Jahre einsamer Handarbeit hatten sie ungeduldig werden lassen.

»Ich sag dir mal was.« Er zog seine Zunge über ihr Brustbein hinunter bis zu ihrem Nabel, während er zurückkroch. »Ich werde dir schon mal einen kleinen Vorgeschmack gegen. Ist das okay für dich?«

»Wenn du damit meinst, was ich glaube, dass du meinst, dann ist das mehr als okay für mich.«

Als er das Gesicht hob, waren seine Augen halb geschlossen, doch die Gier in ihnen war unverkennbar. »Und ich bin gut darin.«

Ehe sie ihn damit aufziehen konnte, dass er reichlich von sich überzeugt sei, sprang er vom Bett, kniete sich davor, hakte die Arme um ihre Schenkel und zog sie zu sich heran, bis ihr Hintern beinahe über den Bettrand hing. Dann spreizte er sie mit den Daumen. Sie fühlte sich dermaßen verletzlich und nervös, dass ihr Instinkt übernahm und sie automatisch versuchte, die Schenkel wieder zu schließen. Aber Arik beugte sich vor und schob seine breiten Schultern dazwischen.

»Ich kann's kaum erwarten«, flüsterte er, und dann legte sich sein Mund auf ihr Geschlecht.

Sie stöhnte, als seine Zunge vom Eingang zu ihrem Tunnel bis zur Klitoris fuhr, wo er kurz innehielt und seine Zunge flach liegen ließ. Er betrachtete sie, als wäre sie ein Schatz, als ob jede ihrer Bewegungen die Welt für ihn bedeute. Sie hätte jeden Eid geschworen, dass sich ihre Blicke volle sechzig Sekunden lang trafen, ehe er den Kopf wieder senkte und sie erneut leckte. Und noch einmal.

Die Augen fest geschlossen, bäumte sie sich auf. Ihr Körper war eine so unglaubliche Stimulation nicht gewöhnt. Arik packte sie noch fester, zog sie an sich. Sein Atem war heiß, seine Zunge nass, und gerade als sie bereit war zu kommen, hielt er inne.

»Du kannst doch nicht mittendrin aufhören.« Sie konnte kaum sprechen, die Hände hatte sie tief in die Laken gegraben.

Arik schmiegte sein Gesicht an sie und küsste ihr Innerstes sanft. »Ich will ja auch nicht aufhören, das war doch nur zum

Aufwärmen.« Er ließ einen Finger in sie hineingleiten, und sie hob glatt von der Matratze ab.

»Oh … o Gott.« Sie schrie auf, als er einen weiteren Finger folgen ließ und begann, sie auf- und ab zu bewegen, während seine Zunge um ihre Klitoris kreiste. »Ja«, flüsterte sie. »Ja … o ja, genau da …«

Ihre Hüften kreisten und rotierten, während sie dem Pfad seiner Zunge folgte, um sie genau dorthin zu bekommen, wo sie sie haben wollte. Aber er wusste genau, was sie tat, und neckte sie, und gerade als sie vor köstlicher Frustration aufbegehren wollte, schloss sich sein Mund um den angeschwollenen Nervenknoten und begann zu saugen. Seine Finger stießen tief in sie hinein, wo sie eine leichte Drehung vollführten, und schon detonierte ihr Orgasmus wie eine Bombe.

In einer blendenden Explosion zerriss es sie in tausend Teile, während Arik sie immer weiter bearbeitete, wenn seine Berührungen auch immer zarter wurden, je weiter ihre Sensibilität zunahm. Und dann kam er auf die köstliche und nahezu sündige Idee, die Zunge in superschnellen Bewegungen über das Fleisch gleich über der Stelle flattern zu lassen, in die seine Finger hineinstießen. Sie kam gleich noch einmal, diesmal sogar noch intensiver.

Während sie sich langsam wieder beruhigte, erhob sich Arik und drückte die dicke, runde Spitze seiner Erektion gegen ihren Eingang. Sie bäumte sich auf, wollte ihn in sich spüren. Sie *musste* ihn in sich spüren.

Zunächst verweigerte er sich ihr und beugte sich vor, um ihren Körper erneut mit Küssen zu bedecken, während er sie beide wieder vollständig auf die Matratze bugsierte. Dann legte er sich behutsam auf sie und ließ sich zwischen ihren Beinen nieder.

»Du bist so wunderschön.« Seine Worte waren so flüsterzart wie seine Lippen, mit denen er jetzt ihren Mund streifte.

Dann intensivierte er den Kuss, während er in sie hineinglitt. Sein Schaft erfüllte sie in einer einzigen weichen, ruhigen Bewegung, und als er ganz und gar in ihr steckte, verharrte er.

»Geht's dir gut?«

»Ja«, murmelte sie. »O ja.«

Er stieß die Luft aus, während ihn ein erwartungsvoller Schauer überlief, schloss die Augen und begann sich zu bewegen. »Verdammt, du fühlst dich so gut an.«

Genau wie er, aber sie fand keine Worte. Sie konnte sich nur an ihn klammern und das wunderbare Gefühl genießen, dass zwei miteinander verbundene Körper auslösten. Sein Gewicht zu tragen, erschien ihr wie eine Belohnung, eine, die sie von jetzt an jeden Tag erleben wollte. Zweimal täglich. Oder noch öfter, wenn es nach ihr ging.

Ihre Hände glitten seinen Rücken rauf und runter, erkundeten die Täler und Hügel seiner arbeitenden Muskeln. Seine Arme neben ihr waren angespannt, die großen Adern zeichneten sich deutlich unter seiner gebräunten Haut ab. Ein Knurren entrang sich seiner Brust, und als sich seine Nasenflügel weiteten, sich seine Lippen öffneten und er einen weiteren kehligen Laut ausstieß, wusste sie, dass er gleich so weit sein würde.

Zwischen ihren Beinen wuchs die Anspannung bei jedem seiner Stöße. Seine Hüften bewegten sich schneller, liebkosten sie höher, heißer. Er streckte eine Hand aus, um ihren Schenkel auf seinen Rücken zu legen, und sie fühlte diese kleine Veränderung, die ihm ein noch tieferes Eindringen ermöglichte, wie einen Blitz der Lust. Sie genoss die Kraft seiner Stöße, seine Geschicklichkeit, seine Fähigkeit, genau zu wissen, wie und wo er sie berühren musste, um ihr das Maximum an Lust zu verschaffen.

Jetzt stöhnten sie beide, und dann kam sie erneut. Ihr Köper bebte, ihre Beine drückten zu. Ihr Geschlecht umschloss ihn, sodass jede einzelne Welle ihres Höhepunktes seinen ganzen langen Schaft massierte und ihren eigenen Orgasmus dazu auf erstaunliche Weise bereicherte.

»Limos.« Keuchend sagte er ihren Namen. Sein ganzer Körper erstarrte kurz und begann zu zucken. Die Sehnen an seinem Hals traten in seiner Ekstase hervor, während er seine Saat in heißen Ergüssen in sie hineinpumpte.

Gemeinsam kosteten sie den Ansturm der Lust aus; ihre Körper fanden zu einem Rhythmus, der es ihnen gleichermaßen ermöglichte, zu geben und zu nehmen. Es war genauso, wie sie sich die körperliche Liebe mit einem Mann immer vorgestellt hatte. Als der Sturm vorbei war, schienen Ariks Knochen nur noch aus Gummi zu bestehen, und er brach auf ihr zusammen. Sie lagen einfach da und genossen das Nachglühen, keuchend und schwitzend, und ja, das war das Warten wert gewesen.

»Und?«, fragte Arik heiser. »War es so, wie man sich immer erzählt?«

Sie grinste. »Wenn du wissen willst, ob es gut war – das war es.« Dann verschwand ihr Lächeln. »Du glaubst mir doch, oder?«

Er wälzte sich auf die Seite, um sie nicht zu erdrücken, auch wenn sie es eigentlich sogar genossen hatte, sein Gewicht auf sich zu spüren. »Ich werde nie wieder an dir zweifeln, mein Schatz.«

»Dann will ich, dass du weißt, dass ich glücklich bin, dass du es warst.« Sie drehte sich zu ihm um und legte ihm die Hand auf die Wange. »Ich weiß, dass ich es mir nicht ausgesucht habe, dass ich so lange auf mein erstes Mal warten musste, aber ich bin sehr froh, dass es so ist.«

Er rieb sein Gesicht an ihrer Handfläche wie eine schnurrende Katze. »Und jetzt hast du eine ganze Menge nachzuholen.«

»Mmm. Ich kann's kaum erwarten.« Ihre Hand glitt über seine Brust und seine Bauchmuskeln. Tiefer … immer tiefer, und sie war angenehm überrascht, als sie entdeckte, dass er schon für die nächste Runde bereit war.

Er stöhnte. »Ich glaube, ich habe ein Monster erschaffen.«

»Und ich glaube, damit wirst du schon fertig.« Sie rieb seinen Schaft. Sie liebte es zu spüren, wie ihre Berührung ihn anschwellen ließ. »Ich habe größtes Vertrauen in deine Fähigkeit, alle meine Bedürfnisse zu befriedigen.«

»Ach, wirklich?«

»O ja.« Sie legte ihr Bein über ihn und richtete sich auf, bis sie rittlings auf ihm saß. Er beobachtete sie mit halb geschlossenen Augen. »Arik?«

»Ja.«

»Danke.«

Seine Hände glitten über ihre Waden zu ihren Schenkeln, sodass ihre Haut dort zu prickeln begann. »Wofür?«

»Dafür, dass du meine wildesten Träume hast Wirklichkeit werden lassen.«

Eine Augenbraue schoss nach oben, und in seine Augen trat ein freches Funkeln. »Ach, wirklich? Ich kann dir nur sagen, dass wir noch nicht einmal angefangen haben, wild zu sein.«

Sie erschauerte in freudiger Erwartung. »Worauf warten wir dann?«

Mit einer überraschend schnellen Bewegung packte Arik sie um die Taille und warf sie hinunter. Gleich darauf spürte sie sein Gewicht auf ihrem Rücken und seinen Mund an ihrem Ohr. »Wir warten keine Sekunde mehr.« Seine Zähne bissen zärtlich in ihr Ohrläppchen. Sie keuchte, als sie den winzigen Nadelstich aus Schmerz spürte. »Bist du bereit?«

»Bereit«, hauchte sie. Immerhin hatte sie darauf seit fünftausend Jahren gewartet.

Und es war jede Minute wert gewesen.

Begriffserläuterungen

Die Aegis – Eine Gruppe menschlicher Krieger, die ihr Leben der Aufgabe gewidmet haben, die Welt vor dem Bösen zu schützen. Das »g« in Aegis wird gesprochen wie in Pager. Siehe: Regent, Siegel, Wächter.

Agimortus – Auslöser für das Brechen der Siegel der Reiter. Ein Agimortus kann als ein Symbol bezeichnet werden, das auf eine Person oder ein Objekt eingeprägt oder eingebrannt wurde. Bislang wurden drei Arten von Agimorti identifiziert; sie können die Gestalt einer Person, eines Gegenstands oder eines Ereignisses annehmen.

Daemonica – Die Dämonenbibel und Grundlage Dutzender dämonischer Religionen. Ihre Prophezeiungen bezüglich der Apokalypse – sollten sie denn zutreffen – werden gewährleisten, dass die vier apokalyptischen Reiter auf der Seite des Bösen kämpfen.

Gefallener Engel – Die meisten Menschen halten gefallene Engel grundsätzlich für böse, allerdings kann man sie in zwei Kategorien unterteilen: Wahre Gefallene und Ausgestoßene. Ausgestoßene Engel wurden aus dem Himmel verbannt und leben, an die Erde gefesselt, ein Leben, das weder wahrhaftig gut noch wahrhaftig böse ist. In diesem Zustand ist es ihnen möglich, wenn auch nur äußerst selten, sich die Wiederaufnahme in den Himmel zu verdienen. Oder sie wählen das Dämonenreich, Sheoul. Indem sie Sheoul betreten, vervollständigen sie ihren Fall und werden zu wahren Gefallenen, die als Dämonen ihren Platz an Satans Seite einnehmen.

Gezeichneter Hüter – Ein Mensch, der von Engeln gesegnet und mit der Aufgabe betraut wurde, ein hochwichtiges Artefakt zu beschützen. Hüter sind unsterblich; nichts und niemand kann ihnen Schaden zufügen. Nur Engel (einschließlich gefallene Engel) sind imstande, einen Hüter zu verletzen oder gar zu töten. Ihre Existenz ist ein streng gehütetes Geheimnis.

Höllentore – Vertikale Portale, die für Menschen unsichtbar sind und die Dämonen dazu benutzen, um zwischen Orten auf der Erde und Sheoul hin und her zu reisen. Einige wenige Geschöpfe sind dazu in der Lage, ihre eigenen, höchstpersönlichen Höllentore zu schaffen.

Khote – Unsichtbarkeitszauber, der es seinem Träger ermöglicht, sich unter Menschen zu bewegen, ohne gesehen oder – für gewöhnlich – gehört zu werden.

Quantamun – Ein Zustand hyperbeschleunigter Existenz auf einer Ebene, die es einigen übernatürlichen Geschöpfen ermöglicht, sich unter den Menschen zu bewegen. Die Menschen – die nicht die geringste Ahnung haben, was sich in ihrer Welt bewegt – erscheinen denen innerhalb des Quantamun wie erstarrt. Der Khote hingegen funktioniert in Echtzeit, da es sich bei ihm um einen Zauber handelt und nicht um eine andere Existenzebene.

Regent – Leiter einer regionalen Aegis-Zelle.

Sheoul – Dämonenreich, tief in den Eingeweiden der Erde gelegen; nur durch Höllentore zu erreichen.

Sheoul-gra – Eine Art Aufbewahrungsbecken für Dämonenseelen. Der Ort, an dem dämonische Seelen warten, bis sie entweder wiedergeboren werden oder in die Qualen der Vorhölle geschickt werden.

Sheoulisch – Universelle Dämonensprache, die alle Dämonen beherrschen, auch wenn die meisten Spezies darüber hinaus ihre eigene Sprache besitzen.

Siegel – Gremium von zwölf Menschen, die Älteste genannt werden und die als oberste Leitung der Aegis fungieren. Ihr Hauptsitz liegt in Berlin, doch sie beaufsichtigen sämtliche Aegis-Zellen auf der ganzen Welt.

Ter'taceo – Dämonen, die sich als Menschen ausgeben können, entweder weil ihre Spezies von Natur aus dem Menschen ähnelt, oder weil sie menschliche Gestalt annehmen können.

Wachen – Individuen, denen die Aufgabe zugeteilt wurde, ein Auge auf die vier Reiter zu haben. Ein Abschnitt der Übereinkunft, die während der ursprünglichen Verhandlungen zwischen Engeln und Dämonen geschmiedet wurde und dazu führte, dass Ares, Reseph, Limos und Thanatos dazu verflucht wurden, als Speerspitze der Apokalypse zu dienen, legt fest, dass einer von ihnen ein Engel und der andere ein gefallener Engel ist. Keiner der Wachen ist es gestattet, die Bestrebungen eines der Reiter, Armageddon auszulösen oder abzuwenden, direkt zu unterstützen. Allerdings sind sie in der Lage, hinter den Kulissen einzugreifen. Doch wenn sie dies tun, bewegen sie sich auf einem sehr schmalen Grat, von dem abzukommen sich als fatal erweisen könnte.

Wächter – Krieger der Aegis, die in Kampftechniken, Waffenkunde und Magie ausgebildet werden. Bei ihrem Eintritt in die Aegis erhalten alle Wächter ein magisches Schmuckstück mit dem Wappenschild der Aegis, das ihnen unter anderem ermöglicht, bei Nacht so gut zu sehen wie am Tag und den dämonischen Unsichtbarkeitszauber zu durchschauen.

Danksagungen

Ein riesiges Dankeschön geht wie immer an das ganze Team von Grand Central Publishing, das fleißig dafür gearbeitet hat, dieses Buch in die Regale der Buchhandlungen zu bringen; mit besonderem Dank an Amy Pierpoint und Lauren Plude für all ihre Arbeit und Unterstützung.

Vielen Dank auch an Cid Tyer, die mir Rhys überließ, um ihn ein wenig zu foltern. Ich hatte jede Menge Spaß!

Und schließlich noch herzlichen Dank an Shawna Malone … Jetzt müssen wir dich nur noch dazu bringen, nach Wisconsin umzuziehen!

LARA ADRIAN • BELLA ANDRE • ILONA ANDREWS • ALFRED BEKKER • AMBER BENSON • ANNETTE BLAIR SCOTT BOWEN • JACQUELINE CAREY • KRESLEY COLE • SUSAN CRANDALL • MARY JANICE DAVIDSON JOCELYNN DRAKE • JENNIFER FALLON • JACQUELYN FRANK • ANDREA GUNSCHERA • TATE HALLAWAY GEMMA HALLIDAY • LORI HANDELAND • MOLLY HARPER • RACHEL HAWKINS • BARB & J.C. HENDEE WOLFGANG HOHLBEIN • IAN HOLT • TANYA HUFF • STACIA KANE • JULIE KENNER • JACKIE KESSLER CAITLIN KITTREDGE • JEANINE KROCK • VICTORIA LAURIE • JENS LOSSAU • KATIE MACALISTER • SEANAN MCGUIRE • SHANNON MCKENNA • RICHELLE MEAD • ELISABETH NAUGHTON • CHLOE NEILL • PAMELA PALMER • BERND PERPLIES • MICHELLE RAVEN • KIMBERLY RAYE • LISA MARIE RICE • LINDA ROBERTSON STEPHANIE ROWE • DIANA ROWLAND • LILITH SAINTCROW • R.A. SALVATORE • LYNSAY SANDS • JENS SCHUMACHER • GESA SCHWARTZ • ULRIKE SCHWEIKERT • ALISON SINCLAIR • NALINI SINGH • ROXANNE ST. CLAIRE • DACRE STOKER • LYNN VIEHL • CHRISTIAN VON ASTER • EILEEN WILKS • CAY WINTER LARA ADRIAN • BELLA ANDRE • ILONA ANDREWS • ALFRED BEKKER • AMBER BENSON • ANNETTE BLAIR SCOTT BOWEN • JACQUELINE CAREY • KRESLEY COLE • SUSAN CRANDALL • MARY JANICE DAVIDSON JOCELYNN DRAKE • JENNIFER FALLON • JACQUELYN FRANK • ANDREA GUNSCHERA • TATE HALLAWAY GEMMA HALLIDAY • LORI HANDELAND • MOLLY HARPER • RACHEL HAWKINS • BARB & J.C. HENDEE WOLFGANG HOHLBEIN • IAN HOLT • TANYA HUFF • STACIA KANE • JULIE KENNER • JACKIE KESSLER CAITLIN KITTREDGE • JEANINE KROCK • VICTORIA LAURIE • JENS LOSSAU • KATIE MACALISTER • SEANAN MCGUIRE • SHANNON MCKENNA • RICHELLE MEAD • ELISABETH NAUGHTON • CHLOE NEILL • PAMELA PALMER • BERND PERPLIES • MICHELLE RAVEN • KIMBERLY RAYE • LISA MARIE RICE • LINDA ROBERTSON STEPHANIE ROWE • DIANA ROWLAND • LILITH SAINTCROW • R.A. SALVATORE • LYNSAY SANDS • JENS SCHUMACHER • GESA SCHWARTZ • ULRIKE SCHWEIKERT • ALISON SINCLAIR • NALINI SINGH • ROXANNE ST. CLAIRE • DACRE STOKER • LYNN VIEHL • CHRISTIAN VON ASTER • EILEEN WILKS • CAY WINTER LARA ADRIAN • BELLA ANDRE • ILONA ANDREWS • ALFRED BEKKER • AMBER BENSON • ANNETTE BLAIR SCOTT BOWEN • JACQUELINE CAREY • KRESLEY COLE • SUSAN CRANDALL • MARY JANICE DAVIDSON JOCELYNN DRAKE • JENNIFER FALLON • JACQUELYN FRANK • ANDREA GUNSCHERA • TATE HALLAWAY GEMMA HALLIDAY • LORI HANDELAND • MOLLY HARPER • RACHEL HAWKINS • BARB & J.C. HENDEE WOLFGANG HOHLBEIN • IAN HOLT • TANYA HUFF • STACIA KANE • JULIE KENNER • JACKIE KESSLER CAITLIN KITTREDGE • JEANINE KROCK • VICTORIA LAURIE • JENS LOSSAU • KATIE MACALISTER • SEANAN

Larissa Ione

Demonica

Roman

»Eine faszinierende Welt voller prickelnder Erotik!« *Lara Adrian*

Eine Dämonenjägerin, deren Leidenschaft von einem attraktiven Dämon entfacht wird. Ein ehemaliges Dämonenpaar, das nach einer Entführung gezwungen ist, sich erneut ihrer Liebe zueinander zu stellen. Eine Frau, der ein Amulett Unsterblichkeit verleiht, so lange sie ihre Unschuld bewahrt ...

Tauche ein in Larissa Iones Welt voller dunkler Leidenschaften und heißer Erotik!

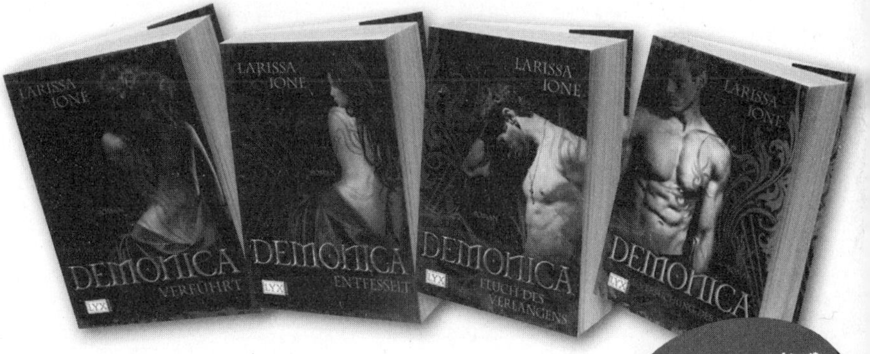

je ca. 400 Seiten kartoniert mit Klappe

Band 1: Verführt ISBN 978-3-8025-8378-0
Band 2: Entfesselt ISBN 978-3-8025-8379-7
Band 3: Fluch des Verlangens ISBN 978-3-8025-8380-3
Band 4: Versuchung der Nacht ISBN 978-3-8025-8879-2

www.egmont-lyx.de

EGMONT Verlagsgesellschaften LYX